Der Fluch des Khan

CLIVE CUSSLER
DIRK CUSSLER

DER FLUCH DES KHAN

Ein Dirk-Pitt-Roman

Aus dem Amerikanischen
von Oswald Olms

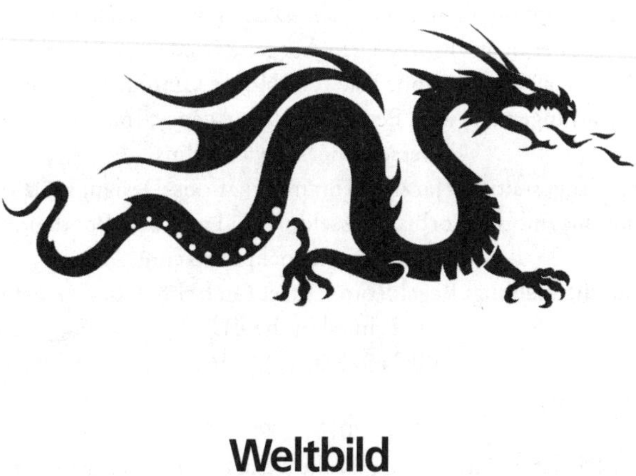

Weltbild

Die amerikanische Originalausgabe erschien 2006 unter dem Titel
Treasure of Khan bei G.P. Putnam´s Sons, New York.

Besuchen Sie uns im Internet:
www.weltbild.de

Genehmigte Lizenzausgabe für Verlagsgruppe Weltbild GmbH,
Steinerne Furt, 86167 Augsburg

By arrangement with Peter Lampack Agency, Inc., New York
Übersetzung: Oswald Olms
Umschlaggestaltung: Jarzina Kommunikations-Design, Holzkirchen
Umschlagmotiv: Corbis, Düsseldorf (© Larry Lee Photography);
Drache: www.istockphoto.com
Gesamtherstellung: Bagel Roto-Offset GmbH & Co. KG, Schleinitz
Printed in the EU
ISBN 978-3-8289-9169-9

2011 2010 2009 2008
Die letzte Jahreszahl gibt die aktuelle Lizenzausgabe an.

Für Kerry, in Liebe
D.E.C.

Der Sturm
des Kaisers

TREIBENDES MONGOLENSCHIFF

10. August 1281
Hakata-Bai, Japan

Arik Temur spähte in die Dunkelheit und lauschte auf den lauter werdenden Schlag der Ruder, die ins Wasser eintauchten. Als das Geräusch nur noch wenige Meter entfernt war, drückte er sich in den Schatten und zog den Kopf ein. Diesmal werden wir den Angreifern hier an Bord einen heißen Empfang bereiten, dachte er mit grimmiger Vorfreude.

Das Klatschen der Ruder brach ab, doch ein dumpfer Laut verriet ihm, dass das kleine Boot am Heck des großen Schiffes längsseits haltgemacht hatte. Nur eine schmale Mondsichel stand am mitternächtlichen Himmel, die kristallklar funkelnden Sterne tauchten das Schiff aber in ein wattig weißes Licht. Temur kniete sich lautlos hin, als er eine dunkle Gestalt über die Achterreling klettern sah, gefolgt von einer weiteren und dann noch einer, bis fast ein Dutzend Männer an Deck standen. Die Angreifer trugen leuchtend bunte Seidengewänder unter ihren ledernen Panzerhemden, die bei jeder Bewegung leise knarrten. Vor allem war es aber das Schimmern der rasiermesserscharfen Katanas, der einschneidigen Duellschwerter, das ihm ins Auge fiel, während sie sich sammelten.

Sobald der Köder angenommen und die Falle zugeschnappt war, wandte sich der mongolische Befehlshaber an einen neben ihm kauernden Jungen und nickte ihm zu. Unverzüglich schlug der Junge einen schweren Bronzegong an, den er unter den Arm geklemmt hatte, worauf ein metallisch dröhnender Ton durch die stille Nachtluft hallte. Die Angreifer erstarrten, vom jähen Alarm erschreckt. Dann sprangen dreißig bewaffnete Soldaten lautlos aus dem Schatten. Mit spitzen Eisenspeeren bewehrt stürzten sie sich auf die Gegner und stachen mit mörderischer Wut auf sie ein. Die Hälfte der Angreifer wurde auf der Stelle getötet, getroffen von zahllosen Speerspitzen, die ihren Harnisch durchdrangen. Die verbliebenen Gegner schwangen ihre Schwerter und versuchten sich zu wehren, wurden aber von der Masse der Verteidiger rasch überwältigt. Binnen Sekunden lagen sämtliche Angreifer tot oder tödlich verwundet auf dem Schiffsdeck. Mit Ausnahme eines Mannes, der wie ein einsamer Derwisch dastand.

Bekleidet mit einem reich bestickten roten Gewand und einer Pluderhose, die in Bärenfellstiefeln steckte, war er offenkundig kein einfacher Bauer, den man zum Söldnerdienst gepresst haben musste. Blitzschnell und mit verheerender Treffsicherheit überraschte er die vorrückenden Verteidiger, als er kurzerhand herumfuhr, genau auf sie zustürmte und mit flinken Schwertschlägen die Speerstöße ablenkte. Im Nu hatte er zu einer dreiköpfigen Verteidigergruppe aufgeschlossen, fällte sie allesamt mit funkelnder Klinge und hieb einen Mann mit einem einzigen Streich fast entzwei.

Als er sah, wie dieser Wirbelwind seine Soldaten dahinmetzelte, sprang Temur auf, zückte sein Schwert und stürmte voran. Der Schwertkämpfer bemerkte Temur, parierte geschickt einen Speerstoß von der Seite, drehte sich herum und hieb nach dem anrückenden Krieger. Der mongolische Kommandeur, der im Laufe seines Lebens schon mehr als zwanzig Männer getötet hatte, wich der sausenden Klinge seelenruhig aus. Die Schwertspitze zischte an seiner Brust vorbei und verfehlte die Haut nur um Millimeter. Sobald sein Gegner ins Leere schlug, hob Temur seine Klinge und stieß ihm die Spitze in die Seite. Der Angreifer erstarrte, als der kalte Stahl in seinen Brustkorb drang und das Herz durchbohrte. Mit letzter Kraft verbeugte sich der Angreifer vor dem Mongolen, verdrehte dann die Augen und kippte tot um.

Die Verteidiger stießen einen Jubelruf aus, der über das Hafenbecken hallte und den übrigen Schiffen der hier versammelten mongolischen Eroberungsflotte verriet, dass der Angriff in dieser Nacht fehlgeschlagen war.

»Ihr habt tapfer gekämpft«, lobte Temur seine Soldaten, hauptsächlich Chinesen, die sich um ihn scharten. »Werft die Leichen der Japaner ins Meer, danach waschen wir ihr Blut von unserem Deck. Heute Nacht werden wir gut und voller Stolz schlafen.« Inmitten weiterer Jubelrufe kniete sich Temur neben den Samurai und löste das blutbefleckte Schwert aus der Hand des Toten. Im schummrigen Lichtschein der Schiffslaternen musterte er die japanische Waffe, bewunderte die feine Schmiedekunst und die rasiermesserscharfe Schneide und schob sie dann mit einem zufriedenen Nicken in die Scheide an seiner Taille.

Während die Toten kurzerhand über die Bordwand geworfen wurden, wandte sich der Kapitän des Schiffes, ein ernster Koreaner namens Yon, an Temur.

»Ein wackerer Kampf«, sagte er ohne große Begeisterung. »Aber wie viele Angriffe auf mein Schiff muss ich noch ertragen?«

»Sobald die Südgruppe der Yangtse-Flotte eintrifft, wird der Angriff an Land eröffnet werden. Dann wird der Feind bald zermalmt sein, und diese Überfälle werden aufhören. Vielleicht wirkt auch die Falle abschreckend, die wir dem Feind heute Nacht gestellt haben.«

Yon schnaubte zweifelnd. »Mein Schiff und die Besatzung sollten mittlerweile wieder in Pusan sein. Der ganze Eroberungsfeldzug gerät zu einem Debakel.«

»Die Ankunft der beiden Flotten hätte zwar besser aufeinander abgestimmt werden müssen, doch der Ausgang steht außer Frage. Der Sieg wird unser sein«, erwiderte Temur gereizt.

Als der Kapitän kopfschüttelnd wegging, fluchte Temur leise vor sich hin. Auf koreanische Schiffe und ihre Besatzung sowie auf ein Heer chinesischer Fußkämpfer angewiesen zu sein, war so, als kämpfte man mit gebundenen Händen. Wenn man eine Zehntausendschaft mongolischer Reiterei an Land schaffte, das wusste er, wäre das Inselvolk binnen einer Woche unterworfen.

Mit bloßem Wünschen aber war es nicht getan, und so dachte er unwirsch über die Worte des Kapitäns nach. Der Feldzug hatte in der Tat von Anfang an unter einem schlechten Stern gestanden, und wenn er abergläubisch wäre, hätte er sogar auf den Gedanken kommen können, dass ein Fluch auf ihnen lastete. Als Khubilai, der Kaiser von China und Großkhan des mongolischen Reiches, Tribut von den Japanern verlangt hatte und abgewiesen worden war, hatte es sich von selbst verstanden, dass er eine Flotte losschickte, um sie für ihre Unverschämtheit zu bestrafen. Doch die im Jahr 1274 ausgesandte Flotte war viel zu klein. Noch ehe man einen sicheren Brückenkopf errichten konnte, zerschlug ein schwerer Sturm die mongolische Armada und schmälerte die Anzahl der vor der Küste liegenden Kriegsschiffe.

Jetzt, sieben Jahre später, wollte man den gleichen Fehler nicht noch einmal begehen. Khubilai Khan hatte eine gewaltige Flotte aufgeboten, die aus Einheiten der koreanischen Ostflotte und der aus China kommenden Hauptmacht, der Südgruppe der Yangtse-Flotte bestand. Mehr als hundertfünfzigtausend chinesische und mongolische Soldaten sollten über die japanische Insel Kyuschu herfallen und die lumpigen Aufgebote der Kriegsherren überrennen, die das Land verteidigten. Doch die Streitmacht musste sich erst noch vereinigen. Die Ostflotte, die von Korea aus ansegelte, war zuerst eingetroffen. Ihre nach Ruhm gierenden Befehlshaber hatten versucht, nördlich der Hakata-Bai Truppen anzulanden, die aber rasch zum Stehen gebracht wurden. Angesichts der beherzten japanischen Gegenwehr waren sie gezwungen, sich zurückzuziehen und auf die Ankunft der zweiten Flotte zu warten.

Die zusehends selbstbewusster werdenden japanischen Krieger gingen daraufhin zum Kampf gegen die mongolische Flotte über. Freche Stoßtrupps stahlen sich bei Nacht mit kleinen Booten in den Hafen und griffen die vor Anker liegenden mongolischen Schiffe an. Ein ums andere Mal wurden grausam enthauptete Leichen gefunden, die von einem weiteren Überfall der Samuraikrieger kündeten, welche die Köpfe ihrer erschlagenen Feinde als Kriegsbeute mit nach Hause nahmen. Nach etlichen dieser Angriffe wurden die Schiffe der Erobererflotte miteinander vertäut, damit sie sich gegenseitig Schutz gewähren konnten. Lediglich Temurs Plan, mit seinem Schiff abseits der anderen am Rande der Bucht vor Anker zu gehen, um dem Feind eine Falle zu stellen und einen japanischen Stoßtrupp in den Tod zu locken, war geglückt.

Rein taktisch richteten die nächtlichen Angriffe nur wenig Schaden an, aber sie untergruben die ohnehin schon schwindende Moral der Truppe. Die Soldaten mussten fast drei Monate nach dem Auslaufen aus Pusan noch immer an Bord der engen Schiffe ausharren. Die Verpflegung wurde knapp, die Schiffe verrotteten, und in der Flotte brach die Ruhr aus. Doch Temur wusste, dass sich das Blatt mit der Ankunft der Yangtse-Flotte wenden würde. Die kampferprobten und disziplinierten Truppen aus China würden die nur schlecht geordneten Samuraikrieger mühelos besiegen, sobald sie in großer Zahl gelandet waren. Wenn sie nur endlich einträfen.

Sonnig und klar brach der nächste Morgen an, mit einer steifen Brise aus südlicher Richtung. Kapitän Yon stand am Achterdeck seiner *Mugun*, eines Versorgungsschiffes, und ließ den Blick über die dicht an dicht liegenden Schiffe in der Hakata-Bai schweifen. Die koreanische Flotte bot einen eindrucksvollen Anblick. Fast neunhundert Schiffe jedweder Größe und Form erstreckten sich quer über die Bucht. Die meisten waren ausladende, robuste Dschunken, manche nur drei Meter, andere, wie Yons Schiff, nahezu fünfundzwanzig Meter lang. Fast alle waren eigens für diesen Feldzug gebaut worden. Doch die Ostflotte, wie sie genannt wurde, würde von der erwarteten Streitmacht um ein Vielfaches übertroffen werden.

Um halb drei Uhr nachmittags erklang ein Ruf aus dem Ausguck, und bald darauf hallten aufgeregte Schreie und dröhnende Trommelschläge über das Hafenbecken. Draußen auf See tauchten die ersten winzigen Punkte der südlichen Flotte am Horizont auf und näherten sich langsam der japanischen Küste. Von Stunde zu Stunde waren immer mehr Punkte zu erkennen, die allmählich größer wurden, bis die ganze See mit einer Unmasse dunkler Holzschiffe mit blutroten Segeln übersät war. Mehr als dreitausend Schiffe mit hunderttausend weiteren Soldaten rückten aus der Korea-Straße an – eine Invasionsflotte, wie sie die Welt bis zur Landung der alliierten Truppen in der Normandie fast siebenhundert Jahre später nicht mehr erleben sollte.

Die Seidensegel der Kriegsflotte erstreckten sich wie eine karmesinrote Regenwand über den Horizont. Die ganze Nacht über und bis weit in den darauffolgenden Tag hinein näherte sich ein Geschwader chinesischer Dschunken nach dem anderen der Küste und sammelte sich in und um die Hakata-Bai, während die Oberbefehlshaber über ein Landungsunternehmen nachdachten. Signalflaggen stiegen am Flaggschiff empor, wo die mongolischen und chinesischen Generäle neue Pläne schmiedeten.

Die Japaner, die sich hinter steinernen Deichmauern verschanzt hatten, blickten voller Entsetzen auf die mächtige Flotte. Die gewaltige Übermacht schien jedoch manch einen Verteidiger in seiner Entschlossenheit eher noch zu bestärken. Andere hingegen wirkten verzweifelt, beteten zu ihren Göttern und flehten um himmlischen Beistand. Selbst die furchtlosesten Samuraikrieger erkannten, dass sie den Angriff höchstwahrscheinlich nicht überleben würden.

Doch tausend Meilen weiter südlich war eine andere Macht am Werk, und zwar eine noch gewaltigere als die Invasionsflotte des Khubilai Khan. Eine brodelnde Gemengelage aus Wind, See und Regen braute sich zusammen und ballte eine ungeheure Kraft in sich. Der Sturm war wie die meisten Taifune in den warmen Gewässern des westlichen Pazifik nahe den Philippinen entstanden. Ein einziges Gewitter in einer Hochdruckfront hatte ihn ausgelöst, denn dadurch trafen warme Luftschichten auf kalte. Die wirbelnden Winde, mit denen die warme Luft vom Meeresspiegel emporgesogen wurde, wuchsen sich allmählich zum Sturm aus. Mit unverminderter Kraft zog er über die See, wurde immer stärker und verheerender und erreichte Windgeschwindigkeiten von über zweihundert Stundenkilometern. Der »Supertaifun«, wie man ihn heute bezeichnen würde, zog zunächst geradewegs nach Norden und drehte dann unverhofft in Richtung Nordost ab. Auf seiner Bahn lagen die südlichen Inseln von Japan und die mongolische Flotte.

Die vor Kyuschu liegende vereinigte Flotte konzentrierte sich unterdessen nur auf den bevorstehenden Kampf. Ohne den aufziehenden Sturm wahrzunehmen, sammelten sich die Schiffe zu einem gemeinsamen Angriff.

»Wir werden zu den Landungsmanövern im Süden beordert«, meldete Kapitän Yong Temur, als in seinem Geschwader die Signalflaggen emporstiegen. »Die ersten Stoßtrupps sind gelandet und haben einen Hafen zum Entladen der Truppen gesichert. Wir sollen Teilen der Yangtse-Flotte aus der Hakata-Bai folgen und unsere Soldaten zur Verstärkung an Land bringen.«

»Für meine Soldaten wird es die reinste Erlösung sein, wenn sie wieder festen Boden unter den Füßen bekommen«, erwiderte Temur. Wie alle Mongolen war er den Krieg zu Lande gewohnt, vor allem den Reiterkampf. Angriffe von See aus waren für die Mongolen etwas Neues, das der Kaiser erst vor wenigen Jahren eingeführt hatte, weil er nur auf diese Weise Korea und Südchina unterwerfen konnte.

»Sie werden noch früh genug an Land kommen«, erwiderte Yon, der das Einholen des Steinankers beaufsichtigte.

Während er mit seinem Schiff der Hauptmacht der Flotte aus der Hakata-Bai und entlang der Küste gen Süden folgte, blickte Yon ein ums andere Mal beklommen zum Himmel, der am Horizont immer schwärzer wurde. Eine einzelne Wolke war dort aufgezogen, die augenscheinlich immer größer wurde, bis sie den ganzen Himmel bedeckte. Als die Dunkelheit anbrach, peitschte der Wind die See auf, und schwere Regentropfen pladderten auf das Schiff. Viele koreanische Kapitäne erkannten die ersten Anzeichen des aufkommenden Sturms und steuerten ihre Schiffe weiter von der Küste weg. Die chinesischen Seeleute indessen, die weniger Erfahrung mit der offenen See hatten, hielten törichterweise ihre Position nahe der Landestelle.

Temur, der in seiner schaukelnden Koje keinen Schlaf fand, stieg an Deck, wo sich acht seiner Männer, seekrank vom Toben der Elemente, an die Reling klammerten. Dutzende Lichter tanzten in der stockdunklen Nacht auf den Wogen, kleine, mit Kerzen bestückte Laternen, die die anderen Schiffe der Flotte kennzeichneten. Viele waren noch immer miteinander vertäut, und Temur sah das ständige Auf und Ab des Kerzenscheins in der rollenden Dünung.

»Ich kann Eure Truppen nicht an Land bringen«, schrie Yon Temur über den heulenden Wind hinweg zu. »Der Sturm nimmt noch zu. Wir müssen auf See hinaus, um nicht an den Felsen zermalmt zu werden.«

Temur nickte lediglich, ohne einen Einwand zu erheben. Obwohl er sich nichts lieber wünschte, als mit seinen Soldaten das stampfende Schiff zu verlassen, wusste er doch, dass jeder derartige Versuch an Tollkühnheit grenzte. Ihnen blieb nichts anderes übrig, als den Sturm abzuwarten, so sehr ihm beim bloßen Gedanken daran auch graute.

Yon ließ das Luggersegel am Vormast setzen und ging auf Westkurs. Mühsam kämpfte sich das stampfende Schiff durch die immer höher werdenden Wogen und entfernte sich allmählich von der Küste.

Auf den übrigen Schiffen der Flotte herrschte heillose Verwirrung. Zahlreiche chinesische Dschunken versuchten in der kochenden See Truppen an Land abzusetzen, doch die meisten blieben nahe der Küste vor Anker liegen. Nur vereinzelte Schiffe der Ostflotte folgten Yon und nahmen Kurs aufs offene Meer. Offenbar glaubten nur wenige, dass erneut ein Taifun über die Flotte hereinbrechen und sie ein weiteres Mal zerschlagen würde, so wie im Jahr 1274. Doch die Zweifler sollten bald eines Besseren belehrt werden.

Heftiger Wind und sintflutartige Regenfälle kündigten den

näher ziehenden Supertaifun an. Kurz nach Anbruch der Morgendämmerung wurde der Himmel pechschwarz, dann brach der Sturm mit aller Macht los, peitschte Gischt und Regen waagerecht vor sich her und zerfetzte die Segel der rollenden und stampfenden Flotte, als wären sie von Hagelkörnern getroffen worden. Unter Donnerschlägen, die man kilometerweit hören konnte, brachen sich gewaltige Wogen an der Küste. Mit gellendem Wind, stärker als bei einem Hurrikan der Kategorie 4, traf der Wirbelsturm schließlich auf Kyushu.

Die japanischen Verteidiger an Land waren einer drei Meter hohen Sturmflut ausgesetzt, die über die Küste hinwegbrandete, Häuser, Ortschaften und Verteidigungsanlagen überschwemmte und Hunderte von Menschen ertränkte. Verheerende Winde entwurzelten Bäume und fegten Trümmer durch die Luft, die wie Geschosse einschlugen. Dazu fiel unentwegt sintflutartiger Regen, in manchen Gegenden bis zu dreißig Zentimeter binnen einer Stunde, der Täler überschwemmte und Flüsse über die Ufer treten ließ. Springfluten und Schlammlawinen, die innerhalb von Sekunden ganze Städte und Ortschaften unter sich begruben, forderten zahllose weitere Opfer.

Doch das Unheil, das die Küste heimsuchte, verblasste im Vergleich mit den wütenden Urgewalten, die über die mongolische Flotte auf See herfielen. Zu den mörderischen Winden und dem peitschenden Regen gesellten sich Mammutwellen, die der tobende Sturm auftürmte. Wogende Wasserberge brandeten gegen die Invasionsflotte an, brachten zahlreiche Schiffe zum Kentern und zertrümmerten andere. Schiffe, die zu nah an der Küste ankerten, trieben binnen kürzester Zeit machtlos in die felsigen Untiefen, wo sie zu Kleinholz zerschlagen wurden. Spanten gaben nach und Balken brachen unter der Wucht der Wogen, sodass Dutzende von Dschunken einfach in der brodelnden See verschwanden. Die in der Hakata-Bai liegenden Schiffe, die noch immer miteinander vertäut waren, waren dem Sturm gnadenlos ausgeliefert. Und wenn eines unterging, zog es die anderen mit in die Tiefe. Die in den rasch sinkenden Schiffen gefangenen Besatzungsmitglieder und Soldaten starben eines schnellen Todes. Aber auch diejenigen, die sich ins tobende Wasser retteten, ertranken kurz darauf, da nur wenige schwimmen konnten.

An Bord der koreanischen *Mugun* hielten sich Temur und seine Männer verzweifelt fest, während das Schiff wie ein Korken herumgeschleudert wurde. Zwar steuerte Yon gekonnt durch den wütenden Sturm und achtete darauf, dass der Bug stets auf die anrollenden Wogen ausgerichtet war. Doch oft krängte das Schiff so stark, dass Temur dachte, es würde kentern. Yon aber stand unverwandt am Ruder, wenn sich das Schiff wieder aufrichtete, den Mund zu einem entschlossenen Grinsen verzogen, während er mit den tobenden Elementen kämpfte. Erst als ein gewaltiger, gut zwölf Meter hoher Brecher unverhofft im Dämmerlicht auftauchte, wurde selbst der alte Kapitän bleich.

Mit Donnergrollen brach die mächtige Wasserwand über sie herein, fegte wie eine Lawine über das Schiff hinweg und begrub es unter kochendem Wasser und brodelndem Schaum. Mehrere Sekunden lang verschwand das koreanische Schiff in der tobenden See. Den Männern unter Deck wurde kurz flau im Magen, als sie jählings absackten, dann wurde alles schwarz, und selbst das Heulen des Windes verstummte. Eigentlich hätte das hölzerne Schiffe unter der Wucht der Woge bersten müssen, doch die zähe kleine *Mugun* hielt durch. Als die Riesenwelle vorübergebrandet war, tauchte das Schiff wie eine Erscheinung aus der Tiefe auf und trotzte weiter Wind und Wellen.

Temur war quer über das Deck geschleudert worden, als das Schiff überflutet wurde, und konnte sich nur mit knapper Not an einer Leiter festhalten. Er schnappte nach Luft, als sie wieder auftauchten, dann sah er zu seinem Entsetzen, dass die Masten weggerissen worden waren. Achteraus ertönte ein schriller Schrei im Wasser. Er warf einen kurzen Blick über das Deck und stellte erschrocken fest, dass Yon und fünf koreanische Seeleute sowie eine Handvoll seiner Männer über Bord gespült worden waren. Dann gellte ein Chor banger Hilferufe auf, der jedoch im nächsten Augenblick im heulenden Wind unterging, und Temur sah den Kapitän und seine Männer unmittelbar neben dem Schiff um ihr Leben kämpfen. Doch er konnte nur ohnmächtig zusehen, wie sie von einer großen Woge davongetragen wurden.

Ohne Masten und Besatzung war das Schiff dem Sturm auf Gedeih und Verderb ausgeliefert. Tausend Mal hätte es untergehen können, als es hilflos durch die Sturzseen stampfte und rollte und immer wieder von hoch anbrandenden Wogen überflutet wurde. Doch dank seiner simplen, aber stabilen Bauweise hielt sich gerade dieses koreanische Schiff über Wasser, während rundum zahllose chinesische Dschunken in der Tiefe versanken.

Nachdem er sich mehrere Stunden ausgetobt hatte, wurde der Wind schwächer, und auch der trommelnde Regen ließ allmählich nach. Einen Moment lang brach sogar die Sonne durch, und Temur dachte bereits, der Sturm sei vorüber. Doch es war nur das vorüberziehende Auge des Taifuns, das ihnen eine kurze Gnadenfrist gewährte, bevor der Orkan von Neuem losbrach. Unter Deck stieß Temur auf zwei koreanische Seeleute, die noch an Bord waren, und zwang sie, seinen Männern beim Führen des Schiffes zu helfen. Als der Wind wieder auffrischte und der Regen erneut einsetzte, ließen sich Temur und die Seeleute abwechselnd am Ruder festbinden und kämpften gegen die mörderischen Wogen.

Sie hatten keine Ahnung, wo sie sich befanden und in welche Richtung sie segelten, wandten aber ihren ganzen Mut auf, um das Schiff über Wasser zu halten. Dabei war ihnen nicht bewusst, dass der Wind mittlerweile gedreht hatte, aus Norden blies und sie über das offene Meer rasch gen Süden trieb. Der Taifun hatte einen Großteil seiner Kraft verloren, als er auf Kyushu traf, daher setzte er ihnen nicht mehr ganz so heftig zu wie zuvor. Aber noch immer wurde das Schiff von Böen mit einer Windgeschwindigkeit von mehr als hundertfünfzig Stundenkilometern erfasst, die es erbarmungslos durch die Sturzseen peitschten. Temur, vom trommelnden Regen geblendet, wusste nicht mehr, auf welchem Kurs sie unterwegs waren. Mehrmals kam das Schiff dem Land gefährlich nahe und trieb nur knapp an Inseln, tückischen Riffs und Untiefen vorüber, ohne dass sie im Zwielicht des Sturm zu sehen waren. Wie durch ein Wunder lief es nicht auf, und den Männern an Bord wurde überhaupt nicht klar, wie nahe sie dem Tod waren.

Tag und Nacht tobte der Taifun, bevor er allmählich abflaute und Wind und Regen nachließen. Die koreanische *Mugun* war zwar leck und beschädigt, verbissen und stolz hielt sie sich aber über Wasser. Obwohl Kapitän und Besatzung über Bord gegangen waren und das Schiff kaum mehr als ein Wrack war, hatten Temur und seine Männer die ganze Wucht des mörderischen Sturms überlebt. Umso glücklicher wähnten sie sich, als sich die See endlich beruhigte, so als wären sie vom Schicksal zu etwas Besonderem auserkoren.

Die übrige mongolische Armada, die weniger Glück hatte, wurde von dem mörderischen Taifun fürchterlich geschlagen. Fast die gesamte Yangtse-Flotte wurde vernichtet, entweder an der Felsenküste zertrümmert oder von tobenden Sturzseen versenkt. Eine Unmasse geborstener Spanten und Planken der mächtigen chinesischen Dschunken, koreanischen Kriegsschiffe und Ruderbarken übersäte die Küste. Die Schreie der im Wasser Sterbenden waren längst vom heulenden Wind verweht worden. Viele der Soldaten, die schwere Lederpanzer trugen, sanken sofort zum Meeresgrund, nachdem sie in die Wogen geschleudert worden waren. Andere kämpften trotz aller Panik und hielten sich über Wasser, um der Gewalt der mächtigen, endlos anbrandenden Wellen letztlich doch zum Opfer zu fallen. Und die wenigen Glücklichen, die lebend an Land krochen, wurden binnen kurzer Zeit von plündernden Samuraihorden niedergemacht, die den Strand absuchten. Wie Holzstapel säumten die Toten nach dem Sturm die Küste, und vor Kyushu ragten so viele nur halb versunkene Wracks am Horizont auf, dass es schon hieß, man könne trockenen Fußes über den Golf von Imari laufen.

Die Überreste der Invasionsflotte schleppten sich nach Korea und China zurück und brachten die unvorstellbare Kunde mit, dass es ein weiteres Mal die Natur gewesen war, die die mongolischen Eroberungspläne durchkreuzt hatte. Für Khubilai Khan bedeutete es eine vernichtende Niederlage, die schwerste, die die Mongolen seit den Tagen eines Dschingis Khan erlebt hatten, und sie zeigte aller Welt, dass die Streitkräfte des großen Reiches alles andere als unbesiegbar waren.

Für die Japaner war der aufziehende Taifun nicht weniger als ein Wunder. Trotz der Zerstörungen, die er auf Kyushu anrichtete, hatte er die Insel vor der Eroberung bewahrt und die feindliche Streitmacht vernichtet. Die meisten Menschen glaubten, das sei nur den Gebeten zu verdanken, die zur elften Stunde an die Sonnengöttin im Schrein von Ise gerichtet worden waren. Göttlicher Beistand habe ihnen den Sieg beschert, ein klares Zeichen dafür, dass Japan auf den Beistand der Himmelsmächte zählen könne, um sich fremder Eroberer zu erwehren. Der Glaube an den Kami-Kaze oder »Götterwind«, wie er genannt wurde, war so stark, dass er die ganze japanische Geschichte durchdrang und als Bezeichnung für die Selbstmordpiloten im Zweiten Weltkrieg wieder auftauchte.

Temur und die Überlebenden an Bord des koreanischen Truppentransporters hatten keine Ahnung von der Vernichtung der Invasionsflotte. Da sie aufs offene Meer getrieben worden waren, konnten sie nur vermuten, dass sich die Streitmacht neu formiert hatte, nachdem der Sturm abgezogen war, und den Angriff fortsetzte.

»Wir müssen wieder zur Flotte stoßen«, erklärte Temur seinen Männern. »Der Kaiser erwartet einen Sieg, und wir haben unsere Pflicht zu erfüllen.«

Doch das war leichter gesagt als getan. Nachdem sie drei Tage und Nächte lang ohne Mast und Segel umhergetrieben waren, wusste keiner mehr, wo sie sich befanden. Als das Wetter aufklarte, waren nirgendwo andere Schiffe in Sicht. Noch schlimmer aber war für Temur, dass niemand an Bord wusste, wie man sich auf hoher See orientierte. Die beiden koreanischen Seeleute, die den Sturm überlebt hatten, waren ein Koch und ein betagter Schiffszimmermann, die nichts von Navigation verstanden.

»Japan muss östlich von uns liegen«, erklärte Temur dem koreanischen Zimmermann. »Stell einen neuen Mast und Segel her, dann werden wir anhand der Sonne und der Sterne gen Osten segeln, bis wir Land sichten und feststellen können, wo wir die Flotte finden können.«

Der alte Zimmermann wandte ein, dass das Schiff nicht mehr seetüchtig sei. »Es ist leck und angeschlagen. Wir müssen nach Nordwesten segeln, nach Korea, wenn wir uns retten wollen.«

Doch davon wollte Temur nichts wissen. In aller Eile wurde ein Behelfsmast gezimmert und ein Notsegel gesetzt. Mit neuer Entschlossenheit steuerte der zum Seemann gewordene mongolische Soldat das Schiff in Richtung Osten, konnte es kaum erwarten, die japanische Küste anzulaufen und sich wieder in die Schlacht zu stürzen.

Zwei Tage verstrichen, doch Temur und seine Männer sahen nichts als blaues Wasser. Das japanische Festland kam nicht in Sicht. Überlegungen, den Kurs zu ändern, wurden verworfen, als von Südwesten ein weiterer Orkan aufzog, zwar nicht so heftig wie der Taifun, aber dennoch ein ausgedehntes tropisches Sturmtief, das sich nur langsam weiterbewegte. Fünf Tage lang kämpfte das Schiff gegen schwere Regenfälle und starken Wind, der es hilflos herumwarf. Das angeschlagene Schiff schien die Grenzen seiner Belastbarkeit erreicht zu haben. Der Behelfsmast samt der Segel wurde erneut von Böen über Bord gefegt, und unter der Wasserlinie waren so viele Lecks, dass der Zimmermann rund um die Uhr arbeiten musste. Noch beunruhigender aber war, dass die gesamte Ruderanlage abgebrochen war und zwei von Temurs Männern, die sich daran festklammerten, mit in den Tod gerissen hatte.

Als es so aussah, als könnte das Schiff nicht länger durchhalten, zog der zweite Sturm ab. Doch sobald sich das Wetter beruhigte, wurden die Männer an Bord besorgter denn je. Seit über einer Woche hatten sie kein Land mehr gesichtet, und allmählich schwanden die Vorräte. Die Männer flehten Temur an, das Schiff nach China zu steuern, doch das war wegen der vorherrschenden Winde und Strömungen gar nicht möglich, zumal die *Mugun* über kein Ruder mehr verfügte. Einsam trieb das Schiff im Ozean, orientierungslos, ohne Navigationshilfen und kaum einer Möglichkeit, es zu steuern.

Temur verlor jedes Zeitgefühl, während die Stunden zu Tagen gerannen und die Tage zu Wochen. Als der Proviant zur Neige ging, ernährte sich die Besatzung von gefangenen Fischen und sammelte Regenwasser zum Trinken. Dann verzogen sich die grauen Sturmwolken allmählich, der Himmel klarte auf, und sonniges Wetter brach an. Mit dem Abflauen des Windes stieg die Temperatur. Das Schiff samt seiner Besatzung schien sich nicht von der Stelle zu rühren, trieb noch immer ziellos über eine glatte See. Bald darauf hielt der Tod Einkehr auf der *Mugun*. Bei jedem Sonnenaufgang fand man einen neuen Leichnam, war wieder ein verhungernder Seemann über Nacht gestorben. Temur kam sich geradezu entehrt vor, wenn er seine ausgezehrten Soldaten betrachtete. Statt des ruhmreichen Schlachtentods hatte ihnen das Schicksal ein elendes Verderben auf einem menschenleeren Ozean fern von der Heimat beschieden.

Als die Männer rundum in der Mittagssonne vor sich hin dösten, brach an Backbord plötzlich lautes Geschrei aus.

»Ein Vogel!«, schrie jemand. »Mach ihn tot.«

Temur sprang auf und sah, wie drei Männer einen großen Meeresvogel mit schwarzem Schnabel zu umringen versuchten. Der Vogel hüpfte aufgeregt umher und beäugte die Männer mit wachsamem Blick. Einer der Männer ergriff mit knorriger, sonnenverbrannter Hand einen Holzhammer und warf ihn blitzschnell nach dem Vogel, in der Hoffnung, ihn zu betäuben oder zu töten. Der Vogel wich dem wirbelnden Hammer geschickt aus, stieß einen entrüsteten Schrei aus und schwang sich mit einem trägen Flügelschlag zum Himmel auf. Während die Männer lauthals fluchten, musterte Temur schweigend den Vogel und folgte ihm mit seinem Blick, als er gen Süden flog und allmählich am Horizont verschwand. Blinzelnd betrachtete er die blaue Linie in weiter Ferne, wo Wasser und Himmel ineinander übergingen, dann aber zog er eine Augenbraue hoch. Er zwinkerte ein paar Mal, sah wieder hin und straffte sich leicht, als er einen kleinen, grünen Punkt am Horizont bemerkte. Dann bestätigte ihm seine Nase, dass er nicht fantasierte. Die feuchte Salzluft, an die sich Temur mittlerweile gewöhnt hatte, roch mit einem Mal anders. Ein schwacher Blütenduft wehte zu ihm. Er atmete tief durch, räusperte sich und wandte sich an die Männer an Deck.

»Da vorn ist Land«, sagte er mit ausgedörrter Stimme und deutete an die Stelle, wo die Möwe verschwunden war. »Jeder Mann, der noch bei Kräften ist, muss mithelfen, damit wir es ansteuern können.«

Bei seinen Worten rappelte sich die erschöpfte und ausgezehrte Besatzung auf. Nachdem sie eine ganze Weile auf den fernen Fleck am Horizont gestarrt hatten, besannen sich die Männer und machten sich ans Werk. Ein großer Decksbalken wurde zersägt, an Tauen befestigt und über das Heck abgelassen, wo er als notdürftiges Ruder dienen sollte. Während drei Mann mit dem Balken kämpften, um das Schiff zu steuern, schnappten sich die restlichen alles, was sich als behelfsmäßiges Ruder verwenden ließ, Besen, Planken und sogar Säbel, und mühten sich mit dem Mut der Verzweiflung, das angeschlagene Schiff an Land zu bringen.

Langsam wurde der Punkt in der Ferne größer, bis eine smaragdgrün schimmernde Insel mit einer breiten, hoch aufragenden Bergspitze vor ihnen auftauchte. Als sie näher kamen, sahen sie schwere Brecher, die an eine senkrecht aufragende Felsküste brandeten. Einen bangen Augenblick lang geriet das Schiff in eine Gegenströmung, die es auf eine von schroffen Klippen umgebene Bucht zutrieb.

»Riff voraus!«, schrie der alte Schiffszimmermann, der die aufragenden Felsen vom Bug aus im Auge behielt.

»Alle Mann zur linken Seite«, brüllte Temur, als sie auf eine dunkle Felswand zuhielten. Das halbe Dutzend Männer an Steuerbord rannte, humpelte oder kroch nach Backbord und schlug mit den Ersatzrudern wie besessen aufs Wasser ein. Erst in letzter Sekunde konnten sie den Bug von den Felsen wegdrehen, und selbst dann hielten sie noch die Luft an, als die Backbordwand an eine Reihe unter Wasser liegender Felsen schrammte. Dann endete das mahlende Scharren, und den Männern wurde klar, dass die Rumpfplanken des Schiffes einmal mehr standgehalten hatten.

»Hier können wir nirgendwo an Land gehen«, schrie der Zimmermann. »Wir müssen wenden und zurück auf See.«

Temur spähte auf die blanken Felsklippen, die über der Küste aufragten. Eine hohe, schroffe Wand aus porösem schwarzem und grauem Gestein erstreckte sich vor ihnen, nur vom kleinen, schwarzen Oval einer Bucht unterbrochen, die an Steuerbord unmittelbar voraus lag.

»Bringt den Bug herum. Rudert, Männer, immer weiter rudern.«

Mit aller Kraft pullten die ausgepumpten Männer das Boot von den Felsen weg und in die ablandige Strömung. Sie trieben an der Insel entlang, bis sie sahen, dass die hoch aufragende Küste allmählich flacher wurde. Endlich stieß der Zimmermann die Worte aus, auf die die Besatzung wartete.

»Hier können wir landen«, sagte er und deutete auf eine große, halbmondförmige Bucht.

Temur nickte, worauf die erschöpften Männer das Schiff mit letzter Kraft zur Küste steuerten und in die Bucht hineinruderten, auf einen Sandstrand zu, bis der verkrustete Rumpf ein paar Schritte vor dem Festland auf Grund lief.

Die Männer waren so geschwächt, dass sie kaum vom Schiff klettern konnten. Temur nahm sein Schwert und schleppte sich mit fünf Mann an Land, um Nahrung und Trinkwasser zu suchen. Als sie in der Ferne Wasser rauschen hörten, schlugen sie sich einen Pfad durch dichte Farngewächse und stießen auf eine Süßwasserlagune, gespeist von einem Wasserfall, der über einen Felssims herabstürzte. Jubelnd stürzten sich Temur und seine Männer in die Lagune und tranken das kühle Wasser in großen Zügen.

Doch ihre Ausgelassenheit endete jählings, als ein dumpfes Dröhnen durch die Luft drang. Es war der Schlag der Signaltrommel an Bord des koreanischen Schiffes, der zur Schlacht rief. Temur sprang sofort auf und rief seine Männer zusammen.

»Zurück zum Schiff. Sofort.«

Ohne darauf zu warten, dass sich seine Männer gesammelt hatten, stürmte er in Richtung Schiff los. Sämtliche Schmerzen und auch die Schwäche in seinen Beinen, die ihm gerade noch zu schaffen gemacht hatten, waren durch das erfrischende Wasser und die jähe Aufregung verflogen. Er hörte, wie der Trommelschlag lauter wurde, als er durch den Dschungel rannte und allmählich näher kam, bis er einen Palmenhain passierte und den Sandstrand erreichte.

Mit dem geübten Blick eines altgedienten Soldaten suchte er das umliegende Gewässer ab und entdeckte sofort den Grund für den Alarm. Auf halber Breite der Bucht hielt ein schmales Kanu auf das gestrandete Schiff zu. Darin saßen ein halbes Dutzend Männer mit nacktem Oberkörper, die in stetem Rhythmus spatenförmige Paddel ins Wasser tauchten und das Boot rasch in Richtung Küste trieben. Temur bemerkte die dunkle, bronzefarbene Haut der Männer, die größtenteils lockige schwarze Haare hatten, und zwar kürzere als seine. Mehrere Männer trugen Halsketten mit einem hakenförmigen Knochen, der ihnen über der Brust hing.

»Eure Befehle?«, fragte der abgemagerte Soldat, der die Trommel geschlagen hatte.

Temur zögerte einen Augenblick, bevor er antwortete, wusste er doch, dass selbst eine Schar alter Jungfern mit seiner Besatzung in ihrem derzeitigen Zustand fertig werden würde.

»Bewaffnet euch mit Speeren«, befahl er in aller Ruhe. »Bildet hinter mir eine Verteidigungslinie am Strand.«

Die Überlebenden seines Trupps schleppten sich vom Schiff und aus dem Dschungel und bezogen mit den wenigen verbliebenen Speeren hinter Temur Stellung. Die abgerissenen Soldaten hatten kaum noch Kraft, aber Temur wusste, dass sie notfalls bis auf den Tod für ihn kämpfen würden. Er tastete nach dem Griff des japanischen Samuraischwertes und fragte sich, ob er wohl mit der Klinge in der Hand sterben würde.

Das Kanu, dessen Ruderer das Boot lautlos zur Küste paddelten, hielt gezielt auf die Männer am Strand zu. Als der Bug über den Sand scharrte, sprangen die Insassen heraus, zogen das Kanur rasch an Land und stellten sich dann neben dem Boot auf. Mehrere Sekunden lang musterten sich die beiden Parteien argwöhnisch. Schließlich schritt einer der Männer aus dem Kanu über den Strand und blieb vor Temur stehen. Er war klein, kaum einen Meter fünfzig groß, älter als die anderen und hatte lange weiße Haare, die er mit einem Baststreifen zu einem Pferdeschwanz gebunden hatte. Er trug eine Kette aus Haifischzähnen um den Hals und hielt einen Stock aus knorrigem Treibholz in der Hand. Seine braunen Augen funkelten, als er den Mongolen anlächelte und eine Reihe schiefer, aber strahlend weißer Zähne zeigte. Er stieß ein paar rasche Worte in einem melodischen Singsang aus, offenbar einen Gruß. Temur nickte nur leicht, ohne die anderen Männer am Kanu aus dem Auge zu lassen. Der Alte plapperte ein paar Minuten lang, kehrte dann jählings zum Kanu zurück und griff hinein.

Temur schloss die Hand fester um das japanische Schwert und warf seinen Männern einen warnenden Blick zu. Doch seine Anspannung legte sich, als der Alte sich aufrichtete und einen fetten, gut dreißig Pfund schweren Gelbflossenthunfisch hoch hielt. Die anderen Eingeborenen beugten sich ebenfalls in das Kanu, holten weitere Fische und Binsenkörbe mit Schalentieren heraus, die sie vor Temurs Männern ablegten. Die ausgehungerten Soldaten warteten bangen Blickes auf die Erlaubnis des mongolischen Anführers, dann machten sie sich gierig über die Nahrung her und lächelten ihren Gastgebern zu. Unterdessen ging der Alte zu Temur und bot ihm einen mit Wasser gefüllten Trinkschlauch aus Schweinsleder an.

Als beide Seiten Vertrauen zueinander gefasst hatten, deuteten die Eingeborenen in den Dschungel und winkten den Schiffbrüchigen zu, dass sie ihnen folgen sollten. Zögernd verließen Temur und seine Männer ihr Schiff und trotteten hinter den Eingeborenen durch den Urwald, bis sie nach einem zwei, drei Kilometer langen Marsch auf eine Lichtung traten. Mehrere Dutzend kleiner, mit Stroh gedeckter Hütten standen rund um ein eingezäuntes Gehege, in dem etliche Kinder mit einer Schar Schweine spielten. Auf der anderen Seite der Lichtung befand sich eine größere Hütte mit hohem Dach, das Haus des Dorfvorstehers, der, wie Temur zu seiner Überraschung feststellte, niemand anders war als der weißhaarige Alte.

Die Bewohner des Dorfes glotzten die Fremdlinge an, während in aller Eile ein Fest vorbereitet wurde, mit dem man die asiatischen Krieger als Ehrengäste in der Gemeinschaft willkommen hieß. Das Schiff, die Kleidung und die Waffen der Fremdlinge deuteten auf großes Wissen hin, und insgeheim schätzte man die Männer als neue Verbündete im Kampf gegen mögliche Feinde. Die chinesischen und koreanischen Krieger aber waren einfach froh, noch am Leben zu sein, und nahmen dankbar die großzügigen Speisen, die Unterkünfte und die Gefährtinnen an, die man ihnen bot. Nur Temur reagierte zurückhaltend auf die Gastfreundschaft. Während er mit dem Dorfvorsteher eine gegrillte Abalone verzehrte und seine Männer betrachtete, die zum ersten Mal seit Wochen wieder ihr Dasein genossen, fragte er sich, ob er die Mongolei jemals wiedersehen würde.

Im Lauf der nächsten Wochen ließen sich die Männer der mongolischen Invasionsflotte in der Ortschaft nieder und lebten sich allmählich in der Dorfgemeinschaft ein. Temur hingegen weigerte sich anfangs noch und schlief jede Nacht in dem faulenden

Schiff. Erst als der vom Sturm zerschlagene Rumpf endgültig auseinanderbrach und die Überreste der *Mugun* auf den Grund der Bucht sanken, zog auch er widerwillig in das Dorf um.

Wieder und wieder gingen ihm Gedanken an seine Frau und die vier Kinder durch den Kopf, aber jetzt, da das Schiff verloren war, gab Temur jegliche Hoffnung auf eine Rückkehr in die Heimat auf. Seine Besatzung hingegen fand sich nur zu gern mit dem neuen Leben auf dem tropischen Eiland ab, das sie viel reizvoller fanden als das freudlose Dasein als Soldaten des mongolischen Kaisers in China. Ihr kampflustiger Befehlshaber jedoch war ein treuer Gefolgsmann des Khans und wusste, dass er die Pflicht hatte, bei der erstbesten Gelegenheit zurückzukehren und wieder in dessen Dienst zu treten. Aber da sein Schiff zertrümmert am Grund der Bucht lag, bot sich ihm keinerlei Möglichkeit zur Heimkehr. Verbittert und widerwillig fand sich Temur mit seinem Dasein als Gestrandeter auf der großen Insel ab.

Die Jahre verstrichen, und allmählich ließ die Entschlossenheit des alten Kriegers nach. Im Lauf der Zeit hatten Temur und seine Männer die melodische Sprache der Inselbewohner gelernt. Und der mongolische Kommandeur genoss es, wenn er und der weißhaarige Häuptling einander Abenteuergeschichten erzählten. Mahu, wie er genannt wurde, prahlte damit, dass seine Vorfahren vor ein paar Generationen mit riesigen Segelschiffen auf große Fahrt über die endlose See gegangen seien. Die Insel, so sagte er, habe sie mit einem Grollen und einer Rauchwolke aus der Bergspitze empfangen, ein Willkommenszeichen der Götter, dass sie sich hier niederlassen und es sich wohlergehen lassen sollten. Seither wären ihnen die Götter gnädig gewesen und hätten sie mit einem Stück Land beschenkt, in dem mildes Klima herrschte und Nahrung im Überfluss vorhanden war.

Temur verkniff sich ein Lachen, fragte er sich doch, wie die primitiven Eingeborenen, die mit ihren kleinen Kanus kaum zu den Nachbarinseln übersetzen konnten, den Ozean überquert haben wollten.

»Ich möchte gern eins dieser riesigen Segelschiffe sehen«, entgegnete er dem alten Mann also ungläubig.

»Ich werde dich zu einem bringen«, erwiderte Mahu unwirsch. »Dann kannst du dich selbst davon überzeugen.«

Belustigt stellte Temur fest, dass es der alte Häuptling ernst meinte, und ging auf sein Angebot ein. Nach einem zweitägigen Marsch quer über die Insel, auf dem er seine Neugier bereits zu bereuen begann, führte der überwucherte Dschungelpfad, dem sie folgten, überraschend auf einen schmalen Sandstrand. Temur blieb stehen, als er den Sand unter den Füßen spürte, worauf der Alte schweigend ans andere Ende des Strandes deutete.

Temur erkannte es nicht gleich. Er ließ den Blick über den Sand schweifen, sah aber nur zwei große Baumstämme, die im rechten Winkel zum Wasser lagen. Ansonsten wirkte der Strand einsam und verlassen. Als er erneut zu den gefällten Bäumen schaute, wurde ihm mit einem Mal klar, dass er mehr als nur totes Holz vor sich hatte – die Stämme bildeten den Stützrahmen eines mächtigen Floßes, das halb im Sand vergraben lag.

Der mongolische Krieger, der seinen Augen kaum traute, rannte hin. Und mit jedem Schritt stieg seine Erregung. Obwohl der uralte Segler offensichtlich seit Jahren, vielleicht sogar seit Jahrzehnten am Strand lag, war er noch immer intakt. Temur erkannte, dass es sich um ein Boot mit Doppelrumpf und einem flachen Deck handelte, das von den beiden Stämmen getragen wurde. Es war rund achtzehn Meter lang und hatte einst einen großen Mast besessen, der mittlerweise verfault war. Das mit Planken belegte Deck hatte sich zwar aufgelöst, aber die mächtigen Stützbalken wirkten noch genauso fest wie zu der Zeit, da sie gefällt worden waren. Temur hatte nicht den geringsten Zweifel, dass er es mit einem hochseetüchtigen Boot zu tun hatte. Mahus fantastische Geschichte stimmte also. Aufgeregt betrachtete Temur die Überreste des Gefährts, meinte er doch in ihnen eine Möglichkeit zu sehen, von der Insel wegzukommen.

»Du wirst mich nach Hause und zu meinem Kaiser zurückbringen«, flüsterte er der mächtigen Holzkonstruktion zu.

Mit Hilfe eines eingeborenen Arbeitstrupps und unter Anleitung des koreanischen Schiffszimmermannes machte sich Temur nun daran, das alte Segelboot zu überholen. In der Nähe wachsende Hartholzbäume wurden gefällt und zu Decksplanken zurechtgehauen. Kokosfasern wurden zu Tauwerk geflochten und an Rumpfplanken und Stützen festgemacht. Ein großes Binsensegel wurde gewebt und am Ersatzmast angebracht, den sie aus einem jungen Baum nahe dem Strand hergestellt hatten. Innerhalb weniger Wochen war der fast vergessene Hochseesegler dem Sand entrissen und bereit, die Wogen zu durchpflügen.

Zum Segeln des Bootes hätte Temur seine alten Kampfgefährten an Bord beordern können, doch er wusste, dass die Mehrzahl gar nicht bereit war, ihr Leben erneut für eine wagemutige Seefahrt aufs Spiel zu setzen. Viele Männer hatten mittlerweile Frauen und Kinder auf der Insel. Als er sich nach Freiwilligen erkundigte, traten nur drei Mann sowie der alte Mahu vor. Mehr konnte Temur nicht verlangen. Es waren zwar kaum genügend Männer, um das alte Boot zu segeln, aber der mongolische Kommandeur fand sich mit der Entscheidung der anderen ab, die lieber bleiben wollten.

Proviant wurde eingelagert, dann warteten die Männer so lange, bis Mahu erklärte, dass der richtige Zeitpunkt gekommen sei.

»Die Göttin Hina wird uns jetzt eine sichere Fahrt nach Westen gewähren«, sagte er eine Woche später zu Temur, als der Wind drehte. »Lass uns aufbrechen.«

»Ich werde dem Kaiser von seiner neuen Kolonie in diesem fernen Land berichten«, rief er den am Strand versammelten Männern zu, als der Doppelrumpf durch die Brandung stieß und von einem ablandigen Wind rasch aufs Meer hinausgetrieben wurde. Das Schiff hatte reichlich Wasser, getrocknete Fische und Früchte an Bord, sodass sie wochenlang auf See überleben konnten.

Als die üppige grüne Insel hinter ihnen in den Wogen verschwand, wurden die Männer an Bord des Katamarans einen Augenblick lang unsicher und kamen sich töricht vor. Der mörderische Kampf gegen die See, den sie vor mehr als einem Jahrzehnt hatten bestehen müssen, kam ihnen wieder in den Sinn, und alle fragten sich, ob die Urgewalten der Natur sie wohl auch diesmal am Leben ließen.

Doch Temur war zuversichtlich. Er vertraute Mahu. Zwar hatte der alte Häuptling wenig Erfahrung im Segeln, dagegen hatte er mühelos den Stand der Sterne bestimmt, tagsüber den Lauf der Sonne verfolgt und Wolken und Dünung gemustert. Mahu wusste, dass die auf der Insel herrschenden Südwinde im Herbst auf Ost drehten, sodass sie von einer steten Brise in Richtung Heimat getrieben werden würden. Mahu war es auch, der wusste, wie man mit einer Leine, einem knöchernen Haken und einem Fliegenden Fisch als Köder Thunfische fangen und damit die Verpflegung während der langen Fahrt aufstocken konnte.

Nachdem die Insel endgültig verschwunden war, stellte die unerfahrene Besatzung fest, dass sich ihr Boot überraschend leicht segeln ließ. Vierzehn Tage lang wurden sie jeden Tag aufs Neue von klarem Himmel und ruhiger See empfangen, während der Wind sie stetig vorantrug. Nur ein gelegentlicher Sturm stellte die Stabilität des Bootes auf die Probe, gab der Besatzung zugleich aber auch die Gelegenheit, frisches Regenwasser zu sammeln. Und die ganz Zeit über erteilte Mahu in aller Ruhe seine Befehle und orientierte sich ständig am Stand der Sonne und der Sterne. Als er etliche Tage später den Horizont betrachtete, bemerkte er einen ungewöhnlichen Wolkenhaufen im Südwesten.

»Land im Süden, zwei Tage entfernt«, rief er aus.

Die Besatzung reagierte erleichtert und aufgeregt auf die Nachricht, dass sie bald wieder auf festes Land stoßen würden. Aber wo waren sie, und welchem Land näherten sie sich?

Am nächsten Morgen tauchte ein Punkt am Horizont auf,

der von Stunde zu Stunde größer wurde. Es war aber kein Land, sondern ein anderes Segelschiff, das ihren Kurs kreuzte. Als es näher kam, sah Temur, dass es ein niedriges Achterdeck hatte und den Wind mit einem Dreieckssegel einfing. Es war also keine chinesische Dschunke, wie er wusste, sondern allem Anschein nach ein arabisches Handelsschiff. Der Kauffahrer drehte längsseits neben dem Katamaran bei, worauf ihnen ein schlanker, dunkelhaariger Mann in einem leuchtend bunten Gewand von der Reling aus einen Gruß zurief. Temur musterte den Mann einen Augenblick lang, bis er davon überzeugt war, dass von ihm keine Gefahr drohte, und kletterte dann an Bord des kleinen Seglers.

Das Handelsschiff stammte aus Sansibar, und sein muslimischer Kapitän lieferte schon seit Jahren Waren an den Hof des Großkhans. Das Schiff war nach Shanghai unterwegs und mit Ebenholz, Gold und Gewürzen beladen, die gegen kostbares chinesisches Porzellan eingetauscht werden sollten. Temurs kleine Besatzung, die an Bord herzlich empfangen wurde, sah bedrückt zu, als ihr bewährter Katamaran losgeschnitten wurde und in den Pazifik davontrieb.

Der gerissene muslimische Kapitän vermutete seinerseits, dass ihm günstigere Handelsbedingungen eingeräumt werden würden, wenn er einem mongolischen Kommandeur das Leben rettete, und er wurde nicht enttäuscht. Beim Anlegen in der Hafenstadt Shanghai sorgte das Schiff sofort für Aufsehen. In Windeseile verbreitete sich die Kunde von der Rückkehr der Soldaten, die dreizehn Jahre nach dem gescheiterten Angriff auf Japan wieder aufgetaucht waren. Sendboten der Regierung nahmen Temur und seine Männer in Empfang und brachten sie zu einer Audienz beim Kaiser in die Hauptstadt Ta-tu. Auf dem Weg dorthin erkundigte sich Temur bei seinen Begleitern, was sich auf dem Schlachtfeld und im Reich während seiner Abwesenheit ereignet habe.

Ein Großteil der Nachrichten war entmutigend. Der Angriff auf Japan war eine einzige Katastrophe gewesen, berichtete man ihm, da ein Taifun mehr als zweitausend Schiffe vernichtet und fast hunderttausend Männer getötet habe. Sehr zu seinem Kummer erfuhr er, dass sein Oberbefehlshaber und viele seiner Kameraden nicht mit den Überresten der Flotte zurückgekehrt waren. Nicht weniger beunruhigend war die Mitteilung, dass die japanischen Inseln noch immer nicht erobert waren. Zwar wollte Khubilai Khan einen dritten Eroberungsversuch unternehmen, doch seine Ratgeber hatten ihm dies klugerweise ausreden können.

In etwas mehr als einem Jahrzehnt war die Vormachtstellung des gesamten Reiches erschüttert worden. Nach der Niederlage vor der japanischen Küste war auch ein Kriegszug gegen das unbotmäßige Vietnam gescheitert, und zugleich hatten die Kosten für den Ausbau des Großen Kanals nach Chung-tu beinahe zu einem Zusammenbruch der Wirtschaft geführt. Zudem machte man sich um den Gesundheitszustand des Kaisers Sorgen und befürchtete Schlimmes, was seinen Nachfolger betraf. Insgeheim murrte das Volk darüber, dass das Reich der Mitte von einem Mongolen regiert wurde. Und jetzt gab es allem Anschein nach kaum noch Zweifel, dass die Yüan-Dynastie des Khubilai Khan, der 1279 die Song besiegt und China unter einem Herrscher vereint hatte, in einem langsamen Niedergang begriffen war.

Bei ihrer Ankunft in der Hauptstadt Ta-tu wurden Temur und seine Männer in den kaiserlichen Palast gebracht und in die Privatgemächer des Herrschers geleitet. Temur, der Khubilai Khan in früheren Jahren des Öfteren gesehen hatte, erschrak beim Anblick seines obersten Kriegsherrn. Ein fetter, abgespannt wirkender Mann, der ihn mit einem mürrischen Blick aus seinen schwarzen Augen musterte, ruhte, in kostbare Seidengewänder gekleidet, auf einer gepolsterten Liege. Aus Trauer über den kürzlichen Tod seiner Lieblingsfrau und den Verlust seines zweiten Sohnes hatte Khubilai Khan in Speis und Trank Trost gesucht und sprach beidem im Übermaß zu. Zwar hatte er das erstaunliche Alter von achtzig Jahren erreicht, doch jetzt ruinierte die hemmungslose Völlerei die Gesundheit des Herrschers. Temur bemerkte den entzündeten, von der Gicht geplagten Fuß des Khans, der auf einem Kissen ruhte, während Krüge mit vergorener Stutenmilch in Reichweite standen.

»Temur, du bist nach langer Abwesenheit zurückgekehrt, um dich wieder deiner Pflicht zu widmen«, stellte der Khan mit heiserer Stimme fest.

»Wie der Kaiser befiehlt«, erwiderte Temur und verbeugte sich tief.

»Berichte von deinen Reisen, Temur, und dem geheimnisvollen Land, an dem du gestrandet bist.«

Kunstvoll geschnitzte Stühle wurden für Temur und seine Männer gebracht, worauf der mongolische Kommandeur von dem heftigen Taifun berichtete, der sein Schiff von Japan weggeweht hatte, und den anschließenden Entbehrungen, als sie hilflos auf dem Meer getrieben waren. Während Becher mit Stutenmilch herumgereicht wurden, schilderte er die glückliche Landung auf der grünen Insel und den Empfang durch die Eingeborenen. Dann stellte er Mahu vor und erzählte, dass ihm der Alte beim Segeln des Katamarans über die offene See geholfen habe, bis sie auf den muslimischen Händler gestoßen seien.

»Eine bemerkenswerte Fahrt«, lobte der Khan. »Waren die Ländereien, auf die du gestoßen bist, reich und fruchtbar?«

»Außerordentlich. Der Boden ist sehr ergiebig, und da das Klima mild ist und viel Regen fällt, gedeiht dort eine Vielzahl von Wild- und Nutzpflanzen.«

»Glückwunsch, mein Herr«, sagte ein runzliger Mann mit weißem Bart, der neben dem Khan stand. Der konfuzianische Ratgeber des Herrschers war offenbar nur mäßig beeindruckt von der Erzählung und den geladenen Gästen. »Ihr habt dem Reich wieder neue Ländereien gewonnen.«

»Ist es wahr, dass du eine Garnison zurückgelassen hast?«, fragte der Khan. »Stehen die Länder jetzt unter mongolischer Herrschaft?«

Temur verfluchte den konfuzianischen Ratgeber insgeheim

für seine Ränke, mit denen er dem Kaiser neuen Ruhm vorgaukeln wollte. Denn er wusste, dass die Männer, die er zurückgelassen hatte, bereits vor langer Zeit das Schwert niedergelegt und sich dem Familienleben gewidmet hatten. Ihre Treue zum Khan war schon, bevor sie schiffbrüchig wurden, fraglich gewesen.

»Ja«, log Temur. »Eine kleine Abteilung herrscht in Eurem Namen über das Land.« Beschämt schaute er zu dem alten Häuptling, doch Mahu, der die Politik des Reiches offenbar verstand, nickte bloß.

Khubilai blickte über die Männer hinweg, als sehe er ein Bild weit jenseits der Mauern des Palastes. Temur fragte sich, ob der mongolische Herrscher betrunken war.

»Ich möchte diesen wundersamen Ort sehen, dieses Land, in dem die Sonne in meinem Reich aufgeht«, flüsterte der Khan schließlich verträumt.

»Ja, es ist beinahe ein Paradies auf Erden. So herrlich wie alle Ländereien unter Eurer Herrschaft.«

»Kennst du den Weg dorthin, Temur?«

»Ich verstehe nichts von Navigation auf hoher See, aber Mahu kann sich anhand der Sonne und der Sterne orientieren. Mit einem tüchtigen Schiff könnte er den Weg nach Hause finden, glaube ich.«

»Du hast dem Reich gute Dienste erwiesen, Temur. Für deine Treue sollst du reich belohnt werden«, keuchte der Khan, hustete dann und spie einen Mundvoll Stutenmilch über sein Seidengewand.

»Vielen Dank, mein Herr«, erwiderte er und verbeugte sich erneut. Dann tauchten zwei Palastwachen auf und geleiteten Temur und seine Männer aus dem Gemach des Kaisers.

Der mongolische Kommandeur war bedrückt, als er den Palast verließ. Der große Khubilai Khan war alt und müde, nur mehr ein Schatten des alten Herrschers, der eines der größten Reiche der Welt regierte. Zumal Khubilai, der weit mehr als nur ein blutrünstiger Eroberer war – wie sein Großvater –, mit einer noch nie dagewesenen Weisheit geherrscht hatte. Er hatte Händler und Forschungsreisende aus fernen Ländern willkommen geheißen, Gesetze zur Duldung anderer Religionen erlassen und die Wissenschaften, allen voran die Geographie, die Astronomie und die Medizin gefördert. Jetzt war er dem Tode nah, und ohne seine weitsichtige Herrschaft würde das Reich weitaus weniger Einfluss haben.

Als Temur den großen Palast verließ, bemerkte er mit einem Mal, dass Mahu nicht mehr bei ihm war. Offenbar, so wurde ihm nun klar, war der alte Häuptling im Gemach des Kaisers zurückgeblieben. Temur wartete auf ihn, doch nach etlichen Stunden gab er es endlich auf, verließ die Hauptstadt und begab sich in sein Heimatdorf und zu seiner Familie. Er sah den Alten, der ihn nach Hause geleitet hatte, nie wieder und fragte sich oftmals, was aus seinem Freund aus der Fremde geworden sein mochte.

Nur zwei Monate später wurde die traurige Nachricht vom Tod des großen Kaisers bekanntgegeben. Khubilai Khan war schließlich an Altersschwäche und den Folgen unmäßigen Alkoholgenusses gestorben. In Ta-tu, der Stadt, die er zu seinem ersten Regierungssitz auserkoren hatte, wurde eine aufwändige Abschiedsfeier für den toten Herrscher ausgerichtet. Später errichtete man südlich der Stadt, die heute Peking heißt, einen Altar zu seinen Ehren, der noch heute dort steht. Nach den öffentlichen Gedenkfeiern verließ ein Trauerzug die Stadt, der den Sarg des Großkhans in einer prachtvollen Kutsche mit sich führte. Von tausend Pferden und Soldaten begleitet, marschierte er langsam nach Norden, in die Mongolei, die Heimat des Großkhans. An einem geheimen Ort im Kentei-Gebirge wurde die letzte Ruhestätte des Khubilai Khan angelegt, in die man ihn mit reichen Grabbeigaben, Tieren, Konkubinen und Schätzen aus dem gesamten Reich bestattete. Damit auch im Tode niemand seinen Frieden störte, wurde die ganze Gegend von Pferden zertrampelt, um die Grabstätte zu tarnen. Die Bauarbeiter, die das Grabmal ausgeschachtet hatten, wurden auf der Stelle hingerichtet, und die Befehlshaber des Trauerzuges mussten unter Androhung der Todesstrafe schwören, das Geheimnis zu wahren. Wenige Jahre später war die Grabstätte des Mongolenherrschers vergessen und das Gedenken an Khubilai Khan von den Winden, die unermüdlich über die grünen, bewaldeten Hänge der Bergkette fegen, verweht.

Tausend Meilen weiter südlich glitt eine große chinesische Dschunke vor Anbruch der Morgendämmerung aus ihrem Liegeplatz im Hafen von Shanghai und trieb lautlos den Gelben Fluss hinab zum Pazifischen Ozean. Die mächtige Dschunke, eines von nur einer Handvoll hochseetüchtigen Handelsschiffen in der Flotte des Kaisers, war über sechzig Meter lang und hatte ein Dutzend Segel an vier hohen Masten. Da das Yüan-Reich noch immer Trauer trug, führte das Schiff nicht das übliche Staatsbanner – es hatte überhaupt keine Flaggen gehisst.

Die wenigen Menschen, die sich um diese Tageszeit am Ufer des Flusses aufhielten, wunderten sich über das frühe Auslaufen des großen Schiffes, das sonst nur unter großem Geschrei seine Segel setzte. Nur einer Handvoll Zuschauern fiel auf, dass es lediglich mit halber Besatzung bemannt war. Und nur ein paar Einzelne bemerkten den sonderbaren, dunkelhäutigen alten Mann, der mit wehendem weißem Haar neben dem Kapitän am Ruder stand und auf die Wolken und die aufgehende Sonne deutete. In einer fremden Sprache gab er den Kurs des majestätischen Schiffes vor, als es das Reich der Mitte verließ und in den weiten blauen Ozean vorstieß, unterwegs zu einem fernen Ziel, das auf keiner Karte verzeichnet war.

Spuren einer Dynastie

4. August 1937
Shang-tu, China

Der dumpfe Donner in der Ferne hallte wie der Ruf einer Kriegstrommel herüber. Erst ein trockener Knall, auf den ein paar Sekunden später ein markerschütterndes Krachen folgte. Die Stille zwischen jedem Schlag verleitete einen zu der trügerischen Hoffnung, das Getöse sei nun vorbei. Dann drang jedoch ein weiterer gedämpfter Knall durch die Luft, der allen an den Nerven zerrte, die sich in Hörweite befanden und auf den anschließenden Einschlag warteten.

Leigh Hunt stand in dem frisch ausgehobenen Graben auf, reckte die Arme hoch und stellte auf einer Mauer aus Lehmziegeln dann vorsichtig eine Schale ab. Der Archäologe, der in Oxford studiert hatte und in den Diensten des Britischen Museums stand, trug eine lange Khakihose und ein dazu passendes Hemd mit zwei Brusttaschen, beides verschwitzt und mit einer feinen Staubschicht bedeckt. Statt des typischen Tropenhelms hatte er einen zerbeulten Fedora auf, der seinen Kopf vor den Strahlen der Sommersonne schützte. Mit müden haselnussbraunen Augen spähte er durch das weite Tal in Richtung Osten, wo der Donner herkam. Zum ersten Mal konnte er durch die flimmernde Hitze der Morgensonne kleine Rauchwolken am Horizont sehen.

»Tsendyn, ich habe den Eindruck, dass die Artillerie näher rückt«, sagte er mit gleichmütigem Tonfall in Richtung Graben gewandt.

Ein kleiner Mann, der ein dünnes Wollhemd trug und eine rote Schärpe um die Taille gebunden hatte, stieg schweigend aus der Grube. Hinter ihm grub ein Trupp chinesischer Arbeiter mit schweren Spaten und Maurerkellen weiter im trockenen Erdreich. Im Gegensatz zu den chinesischen Helfern hatte der gedrungene, aber breitschultrige Mann einen dunklen, ledrigen Teint und rundliche Augen. Anhand dieser Züge erkannte jeder Chinese auf den ersten Blick, dass er es mit einem Mongolen zu tun hatte.

»Peking fällt. Die ersten Flüchtlinge sind bereits unterwegs«, erwiderte er und deutete auf eine schmale, unbefestigte Straße, die etwa eine Meile entfernt lag. Dort rollten ein halbes Dutzend Ochsenkarren durch den Staub, auf denen die Habseligkeiten mehrerer Familien verstaut waren, die nach Westen flohen. »Wir müssen die Ausgrabungen abbrechen, Sir, bevor die Japaner über uns herfallen.«

Hunt tastete unwillkürlich nach seinem Webley Fosbery, einem automatischen Revolver vom Kaliber .455, der in einem Holster an der Hüfte steckte. Zwei Abende zuvor hatte er damit auf eine kleine Bande marodierender Räuber geschossen, die eine Kiste mit ausgegrabenen Artefakten stehlen wollten. Da ganz China in Auflösung begriffen war, zogen überall Diebesbanden durch die Gegend, aber die meisten waren unbewaffnet und stellten sich nicht allzu schlau an. Ein Kampf gegen die kaiserlich-japanische Armee war etwas ganz anderes.

China brach unter dem Ansturm der japanischen Militärmacht rasch zusammen. Seit die japanische Kwantung-Armee im Jahr 1931 die Mandschurei besetzt hatte, hatte die militärische Führung Nippons eine Kolonisierung Chinas nach dem Vorbild von Korea ins Auge gefasst. Nachdem es sechs Jahre lang immer wieder zu vereinzelten Zusammenstößen und inszenierten Zwischenfällen gekommen war, brachen im Sommer 1937 offene Kampfhandlungen aus. Die kaiserlich-japanische Armee fiel in Nordchina ein, da man befürchtete, die nationalistischen Streitkräfte unter Chiang Kai-shek könnten zu stark werden.

Obwohl die chinesischen Streitkräfte zahlenmäßig weit überlegen waren, bedeuteten sie für die Japaner mit ihrer besseren Ausrüstung, Ausbildung und Disziplin keinen ebenbürtigen Gegner. Chiang Kai-shek, der seine Möglichkeiten nach besten Kräften nutzte, leistete den Japanern tagsüber Widerstand, zog sich bei Nacht zurück und versuchte ihnen so einen Abnutzungskrieg aufzuzwingen, um ihren Vormarsch aufzuhalten.

Hunt horchte auf das Donnern der näher rückenden japanischen Artillerie, die vom Fall Pekings kündete, und er wusste, dass die Chinesen in ernsthaften Schwierigkeiten steckten. Anschließend war vermutlich Nanking fällig, die Hauptstadt, was zu einem weiteren Rückzug von Chiang Kai-sheks Armee nach Westen führen würde. Mit dem dumpfen Gefühl, dass auch ihm eine Niederlage drohte, warf er einen Blick auf seine Armbanduhr und wandte sich dann an Tsendyn.

»Sagen Sie den Chinesen, sie sollen die Ausgrabungen gegen Mittag beenden. Wir sichern die Artefakte und vervollständigen heute Nachmittag den Abschlussbericht über die Grabungsstätte, dann schließen wir uns der Karawane in Richtung Westen an.« Er warf einen Blick zur Straße und sah eine Horde abgehalfterter nationalistischer chinesischer Soldaten auf der Fluchtroute entlangziehen.

»Brechen Sie morgen mit dem Flugzeug nach Nanking auf?«, fragte Tsendyn.

»Vorausgesetzt, die Maschine kommt. Aber unter diesen Umständen hat es keinen Sinn, wenn ich nach Nanking fliege. Ich habe vor, die wichtigsten Funde mitzunehmen und nach Norden zu fliegen, nach Ulan-Bator. Sie müssen zusehen, dass Sie die übrigen Sachen, die Ausrüstung und die Vorräte mit den Tragtieren wegschaffen, fürchte ich. In ein paar Wochen sollten Sie in Ulan-Bator zu mir stoßen. Ich warte dort auf Sie, bevor ich mit der Transsibirischen Eisenbahn nach Westen fahre.«

»Ein kluger Entschluss. Offenbar bricht der Widerstand hier in der Gegend zusammen.«

»Die Innere Mongolei ist für die Japaner von geringer strategischer Bedeutung. Wahrscheinlich werden sie nur die Überreste der Verteidigungstruppen aus Peking jagen«, sagte er und deutete in Richtung des fernen Artilleriefeuers. »Ich nehme an, sie werden sich in Kürze zurückziehen und ein paar Tage, vielleicht auch ein paar Wochen lang Peking plündern, bevor sie die Offensive wieder aufnehmen. Damit haben wir jede Menge Zeit, uns abzusetzen.«

»Sehr bedauerlich, dass wir jetzt wegmüssen. Wir sind mit der Ausgrabung des Pavillons der großen Harmonie fast fertig«, sagte Tsendyn, während er das Labyrinth der Gräben betrachtete, die sich ringsum wie ein Schlachtfeld aus dem Ersten Weltkrieg erstreckten.

»Ein verdammter Jammer ist es«, sagte Hunt und schüttelte wütend den Kopf. »Auch wenn wir nachgewiesen haben, dass die Grabungsstätte bereits geplündert wurde.«

Hunt trat nach ein paar ausgegrabenen Bruchstücken einer Steinsäule und sah zu, wie sich der Staub über die Überreste des einst so eindrucksvollen kaiserlichen Bauwerks legte. Während der Großteil seiner Archäologenkollegen in China nach prähistorischen Grabstätten voller Bronzeartefakte suchte, konzentrierte sich Hunt auf die weitaus jüngere Yüan-Dynastie. Das hier war bereits der dritte Sommer, den er auf dem Gelände von Shang-tu zubrachte, um die Überreste des 1260 gebauten kaiserlichen Sommerpalastes freizulegen. Wenn man den trostlosen, mit frischen Erdhaufen übersäten Hang betrachtete, konnte man sich die einstige Pracht der Anlagen und des Palastes, der hier vor fast achthundert Jahren gestanden hatte, kaum vorstellen.

Die erhaltenen chinesischen Aufzeichnungen liefern zwar nur ungenügende Auskünfte, doch Marco Polo, der venezianische Abenteurer und Forschungsreisende, der in seinem Buch »Von Venedig nach China« einen anschaulichen Bericht über die Seidenstraße und das China des dreizehnten Jahrhunderts verfasste, hinterließ eine eindrucksvolle Schilderung von Shang-tu zu seiner Hochzeit. Der Palast, auf einem mächtigen Hügel im Zentrum einer von Mauern umfriedeten Stadt errichtet, war ursprünglich von Wäldern aus umgepflanzten Bäumen umgeben und von Fußwegen durchzogen, die mit Lapislazuli belegt waren und der Anlage einen zauberhaften blauen Glanz verliehen. Inmitten prachtvoller Gärten mit Teichen und Springbrunnen stand eine Reihe von Regierungsgebäuden und Wohnhäusern, die den Ta-an Ko umringten, den »Pavillon der großen Harmonie«, der den kaiserlichen Palast darstellte. Die Böden des riesigen Bauwerks, das aus grünem Marmor und mit Blattgold verzierten Steinen bestand, waren mit glasierten Kacheln belegt, die Räume mit atemberaubenden Gemälden und Skulpturen von Chinas fähigsten Künstlern ausgestattet. Shang-tu diente zunächst hauptsächlich als Sommerpalast für den Kaiser, an dem er der in Peking herrschenden Hitze entrinnen konnte, entwickelte sich aber rasch zu einem Zentrum von Wissenschaft und Kultur. Ein Krankenhaus und ein Observatorium wurden gebaut, und die Stadt wurde zu einer Anlaufstelle für Gelehrte aus dem In- und Ausland. Ein ständiger Wind, der über die Hügel strich, sorgte für angenehme Kühle, während der Kaiser und seine Gäste über ein Reich herrschten, das sich von Korea bis ans Mittelmeer erstreckte.

Doch es waren vor allem die angrenzenden kaiserlichen Jagdgründe, für die der Palast gerühmt wurde – ein weitläufiger, eingefriedeter Park mit Bäumen, Wasserläufen und dichtem Gras, der alles in allem vierzig Quadratkilometer umfasste. Dort tummelten sich Hirsche, Wildschweine und anderes Getier, auf das der Kaiser und seine Gäste Jagd machen konnten. Erhöhte Pfade zogen sich durch die Anlage, damit die Jäger keine nassen Füße bekamen. Auf erhaltenen Tapisserien ist der Kaiser zu sehen, wie er auf seinem Lieblingspferd, begleitet von einem abgerichteten Jagdgeparden, dem Weidwerk nachgeht.

Nachdem er über Jahrhunderte hinweg verlassen, vernachlässigt und geplündert worden war, blieben von dem Palast kaum mehr als verstreute Trümmer übrig. Daher war es Hunt nahezu unmöglich, sich die üppigen Gartenanlagen mit ihren Springbrunnen, Quellen und Hainen vorzustellen, die es hier einst gegeben haben musste. Jetzt wirkte die Landschaft karg und trostlos. Eine weite, grasbewachsene Ebene erstreckte sich zu den braunen Hügeln in der Ferne. Weit und breit war kein Lebewesen zu sehen, und nur der Wind, der durch das hohe Gras strich, raunte vom verblassten Ruhm der Stadt. Xanadu, die romantische Bezeichnung für Shang-tu, die durch den Dichter Samuel Taylor Coleridge bekannt wurde, lebte nur noch in der Phantasie fort.

Vor drei Jahren hatte Hunt mit Erlaubnis der nationalistischen Regierung mit den Ausgrabungen begonnen. Spatenstich um Spatenstich hatte er die Grundmauern des Pavillons der großen Harmonie freigelegt, war auf eine größere Halle gestoßen, eine Küche und einen Speisesaal. Eine Reihe von Artefakten aus Bronze und Porzellan, die er der Erde entrissen hatte, kündete vom Alltagsleben im Palast. Aber zu Hunts Enttäuschung entdeckte er keine überwältigenden Kunstgegenstände, weder Terrakotta-Armeen noch Ming-Vasen, mit denen er sich einen Namen hätte machen können. Jetzt war die Grabung fast abgeschlossen, nur noch die Überreste des kaiserlichen Schlafgemachs mussten freigelegt werden. Der Großteil seiner Kollegen war bereits aus Ostchina geflohen, da sie nicht in die Wirren des Bürgerkriegs geraten oder einer einfallenden ausländischen Armee in die Hände fallen wollten. Hunt jedoch, der das ganze Geschehen von der Grabungsstätte in Nordwestchina aus verfolgte, nicht weit von der Mandschurei entfernt, schien eine geradezu diebische Freude an dem Durcheinander und der drohenden Gefahr zu haben. Für Geschehnisse von großer Tragweite hatte er fast ebenso viel übrig wie für Altertümer. Er wusste, dass hier, in diesem Augenblick, Geschichte geschrieben wurde – und er steckte mittendrin.

Hunt wusste aber auch, dass man beim Britischen Museum mit den Funden, die er für die geplante Ausstellung zum Thema Xanadu zur Verfügung stellen konnte, sehr zufrieden sein würde. Das Chaos und die gefährliche Lage, die durch den Einmarsch der Japaner entstanden waren, kamen ihm sogar zugute. Dadurch wurden die Artefakte, die er in den Westen mitbringen wollte, nur umso reizvoller, und die Ausfuhr ließ sich zudem leichter bewerkstelligen. Hier in der Gegend waren bereits sämtliche Vertreter der Obrigkeit aus den umliegenden Dörfern geflohen, und die für die Beaufsichtigung der Altertümer zuständigen Regierungsbediensteten hatte er seit Wochen nicht mehr zu Gesicht bekommen. Vermutlich konnte er die Fundstücke mühelos außer Landes schaffen. Immer unter der Voraussetzung, dass es ihm gelang, ebenfalls zu verschwinden.

»Ich glaube, ich habe Sie lange genug von Ihrer Familie ferngehalten, Tsendyn. Ich bezweifle, dass die Russen die Japaner in der Mongolei herumschleichen lassen, daher sollten Sie dort vor diesem Wahnsinn halbwegs in Sicherheit sein.«

»Meine Frau wird sich freuen, wenn ich zurückkehre.« Der Mongole lächelte ihn mit scharfen Zähnen an.

Das leise Brummen eines Flugzeugs unterbrach sie. Im Süden tauchte ein kleiner, grauer Punkt am Himmel auf, der größer wurde und dann nach Osten abdrehte.

»Ein japanisches Aufklärungsflugzeug«, sagte Hunt versonnen. »Das verheißt nichts Gutes für die Nationalisten, wenn die Japaner die Luftherrschaft haben.« Der Archäologe holte eine Packung Red Lions aus der Hemdtasche und zündete sich eine filterlose Zigarette an, während Tsendyn mit nervösem Blick hinter dem kleiner werdenden Flugzeug herschaute.

»Je eher wir wegkommen, desto besser, glaube ich«, sagte er.

Aus einem der Gräben hinter ihnen drangen plötzlich laute Rufe. Einer der chinesischen Arbeiter reckte den Kopf über den Rand, wischte sich die schmutzige Backe ab und schnatterte auf sie ein.

»Was ist los?«, fragte Hunt und stellte seine Teetasse ab.

»Er sagt, er ist auf lackiertes Holz gestoßen«, erwiderte Tsendyn und ging in Richtung Graben.

Beide Männer traten an den Rand und blickten hinab. Aufgeregt plappernd deutete der Arbeiter mit seiner Kelle auf den Boden, während sich die anderen Helfer um sie scharten. Zu seinen Füßen befand sich ein kaum freigelegter flacher Gegenstand, gelb und rechteckig, etwa so groß wie eine Vorlegeplatte.

»Tsendyn, Sie übernehmen das Ausgraben«, rief Hunt und winkte die anderen Arbeiter weg. Als der Mongole in den Graben sprang und mit Spatel und Pinsel vorsichtig die Erde abtrug, zückte Hunt Stift und Notizbuch. Er blätterte zu einer von Hand gezeichneten Skizze des Bereichs, durch den der Graben führte, und zeichnete die Umrisse an der Fundstelle ein. Dann schlug er eine leere Seite auf und zeichnete das Artefakt, während Tsendyn es behutsam freilegte.

Als Erde und Staub entfernt waren, sah Hunt, dass es sich tatsächlich um ein gelb lackiertes Holzkästchen handelte. Es war über und über mit winzigen Darstellungen von Tieren und Bäumen bemalt, kunstvoll bis ins kleinste Detail, und am Rand mit eingelegtem Perlmutt besetzt. Erstaunt stellte Hunt fest, dass auf dem Deckel ein Elefant abgebildet war. Unterdessen entfernte Tsendyn die Erde an der Unterseite vorsichtig, hob das Kästchen behutsam aus dem Untergrund und stellte es auf einen flachen Stein am Grabenrand.

Die chinesischen Arbeiter hörten auf zu graben und scharten sich um das kunstvolle Kästchen. Bislang hatten sie kaum mehr als Porzellanscherben und gelegentlich eine Jadeschnitzerei gefunden, dies hingegen war der eindrucksvollste Fund, den sie in drei Jahren ausgegraben hatten.

Hunt betrachtete das Kästchen eingehend, bevor er es in die Hand nahm und hochhob. Darin musste sich etwas Schweres befinden, das hin und her rutschte, wenn er das Kästchen kippte. Mit den Daumen ertastete er eine schmale Naht in der Mitte der Seitenwände, die sich rundum zog, und nun versuchte er vorsichtig den Deckel zu heben. Das Kästchen, das seit fast achthundert Jahren verschlossen war, gab zunächst nicht nach, dann ging es einen Spalt breit auf. Hunt stellte es ab, griff mit spitzen Fingern in die Ritze und zog am Deckel, bis sich dieser knirschend öffnete. Tsendyn und die Arbeiter um ihn herum beugten sich vor wie ein Footballteam vor dem Anstoß und wollten sehen, was sich darin befand.

Zwei Gegenstände lagen in dem Kästchen. Hunt holte sie heraus und zeigte sie allen. Zunächst ein schwarz-gelb geflecktes Fell, von einem Leoparden oder Geparden stammend, das zusammengerollt und an beiden Enden mit Lederriemen verschnürt war. Danach eine oxidierte Kupferröhre, am einen Ende geschlossen, am anderen aber mit einer abnehmbaren Kappe versehen. Die chinesischen Arbeiter grinsten und kicherten angesichts der Gegenstände, wussten zwar nicht, was es mit ihnen auf sich hatte, nahmen aber zu Recht an, dass sie irgendeine Bedeutung hatten.

Hunt legte das Gepardenfell hin und musterte die schwere Bronzeröhre. Sie hatte sich im Lauf der Zeit dunkelgrün verfärbt, aber umso besser kam der kunstvoll gearbeitete Drachen zur Geltung, der sich über die gesamte Länge zog und den Schwanz um die Kappe geschlungen hatte.

»Nur zu, öffnen Sie sie«, stieß Tsendyn aufgeregt aus.

Hunt konnte die Kappe mühelos lösen, dann hielt er die Röhre ans Auge und sah hinein. Anschließend drehte er sie um, schüttelte sie vorsichtig und fing mit der linken Hand den Inhalt auf, der herausrutschte.

Es war ein aufgerolltes Stück Seide, hellblau gefärbt. Tsendyn schüttelte eine Decke aus und breitete sie zu Hunts Füßen am Boden aus. Der Archäologe wartete, bis sich der Staub verzogen hatte, dann kniete er sich auf die Decke und rollte den Seidenstreifen auf, der fast anderthalb Meter lang war. Tsendyn bemerkte, dass dem ansonsten so unerschütterlichen Archäologen jetzt die Hände zitterten, während er die Falten glatt strich.

Eine herrliche Landschaft war auf die Seide gemalt – ein hoher Berg mit tiefen Tälern, Schluchten und Wasserläufen, alles bis ins kleinste Detail wunderbar dargestellt. Aber offensichtlich war das mehr als ein Kunstwerk. Über den linken Rand zog sich ein Text, uigurische Schriftzeichen, wie Hunt erkannte, die älteste mongolische Schrift, übernommen von Turkvölkern, die in den Steppen Asiens siedelten. Am rechten Rand befand sich eine Abfolge von kleineren Bildern, ein Harem, Pferdeherden, Kamele, Maulesel und andere Tiere sowie eine Abteilung Soldaten, die zahlreiche Holzkisten umringten. Auf der Landschaft hingegen war weit und breit nur ein einziges Lebewesen zu sehen – ein auf einer Anhöhe stehendes Trampeltier mit einer Satteldecke, auf der zwei Worte standen. Das Kamel weinte offenbar und vergoss riesige Tränen.

Als Hunt die bemalte Seide genauer betrachtete, trat ihm der Schweiß auf die Stirn. Er spürte, wie mit einem Mal sein Herz raste, und musste sich regelrecht dazu zwingen, tief Luft zu holen. Das kann nicht sein, dachte er.

»Tsendyn … Tsendyn«, murmelte er, hatte fast Angst davor zu fragen. »Das ist uigurische Schrift. Können Sie lesen, was da steht?«

Der mongolische Assistent bekam große Augen, als auch er sich darum bemühte, die Bedeutung des Bildes zu verstehen. Stotternd und stammelnd versuchte er den Text für Hunt zu übersetzen.

»Am linken Rand wird das Berggebiet beschrieben, das auf dem Gemälde zu sehen ist. ›Hoch auf dem Burhan Haldun, inmitten des Kentei-Gebirges, schläft unser Herrscher. Der Ononfluss stillt seinen Durst zwischen den Tälern der Verlorenen‹.«

»Und die Inschrift auf dem Kamel?«, flüsterte Hunt und deutete mit zitterndem Finger auf die Bildmitte.

»Temujin khagan«, erwiderte Tsendyn, der die Worte leise, fast ehrfürchtig aussprach.

»Temujin«, wiederholte Hunt wie in Trance. Die chinesischen Arbeiter verstanden nicht, womit sie es hier zu tun hatten, aber Hunt und Tsendyn wurde schlagartig klar, dass sie eine ganz erstaunliche Entdeckung gemacht hatten. Hunt, der sich immer mehr erregte, musste die ungeheure Bedeutung dieses Seidengemäldes erst einmal verdauen. Insgeheim versuchte er die Aussage zunächst anzuzweifeln, aber die Kraft, die diesem Bild innewohnte, war zu überwältigend. Das weinende Kamel, die

Beigaben, die auf der anderen Seite abgebildet waren, die Ortsbeschreibung. Dann war da noch der Name auf dem Rücken des Kamels. Temujin. Das war der Geburtsname eines jungen Stammeskriegers, der später zum größten Eroberer der Weltgeschichte wurde. Der Titel, den er sich als Herrscher zulegte, war bis zum heutigen Tag unvergessen: Dschingis Khan. Das alte Seidengemälde, das vor ihnen lag, konnte nichts anderes sein als ein Lageplan der geheimen Grabstätte des Dschingis Khan.

Hunt sank in die Knie, als ihm allmählich klar wurde, was dieser Fund bedeutete. Das Grab des Dschingis Khan war eine der meistgesuchten Stätten in der Geschichte der Archäologie. Mit einem erstaunlichen Siegeszug hatte Dschingis Khan zunächst die mongolischen Stämme der asiatischen Steppen geeint und war dann zu einem Eroberungskrieg aufgebrochen, der seither ohnegleichen geblieben war. Zwischen 1206 und 1223 nach Christus rückten er und seine Nomadenhorden im Westen bis nach Ägypten und Litauen vor und unterwarfen sämtliche Länder, auf die sie unterwegs stießen. Dschingis Khan starb 1227 auf dem Höhepunkt seiner Macht und wurde, wie man wusste, heimlich im mongolischen Kentei-Gebirge begraben, nicht weit von seinem Geburtsort entfernt. Nach mongolischer Tradition wurde er mit vierzig Konkubinen und unermesslichen Schätzen bestattet, und anschließend wurde die Begräbnisstätte von seinen Untertanen sorgfältig getarnt. Das einfache Fußvolk, das den Trauerzug begleitet hatte, wurde getötet, die Befehlshaber mussten Stillschweigen geloben, sonst drohte ihnen das gleiche Schicksal.

Seither hatte es keinerlei Hinweis auf die Grabstätte mehr gegeben, da diejenigen, die sie kannten, gestorben waren und ihrem Treueid entsprechend bis zum Ende geschwiegen hatten. Nur ein Kamel, so jedenfalls lautete die Legende, verriet rund ein Jahrzehnt später den Ort. Ein als Packkamel dienendes Trampeltier, die Mutter eines mit dem großen Herrscher bestatteten Tieres, wurde weinend an einer bestimmten Stelle im Kentei-Gebirge gefunden. Dem Besitzer war klar, dass es um seinen verlorenen Sohn weinte, der unter seinen Füßen begraben lag, am gleichen Ort, an dem auch Dschingis Khan die letzte Ruhe gefunden hatte. Doch damit endete die Sage, denn der Kameltreiber wahrte das Geheimnis, sodass bis heute niemand das Grab des Dschingis Khan in den mongolischen Bergen gefunden hatte, in denen er auch geboren war.

Jetzt wurde die Legende durch das Seidengemälde vor Hunts Augen zu neuem Leben erweckt.

»Das ist ein geheiligter Fund«, flüsterte Tsendyn. »Er wird uns zum Grabmal des Großkhans führen.« Tsendyn sprach voller Ehrfurcht, beinahe ängstlich.

»Ja«, stieß Hunt aus, der sich bereits den Ruhm vorstellte, den er ernten würde, wenn er das Grab des Dschingis Khan entdeckte.

Mit einem Mal packte ihn die Angst, die chinesischen Arbeiter könnten die Bedeutung des Seidenstreifens erkennen, denn wer wusste schon, ob nicht einer von ihnen einen Banditen in der Familie hatte. Hastig rollte Hunt das Tuch zusammen, steckte es wieder in die Röhre und legte sie zusammen mit dem Gepardenfell in das lackierte Holzkästchen. Dann schlug er das Kästchen in ein Tuch ein und verstaute es in einer großen Ledertasche, die er den ganzen Tag über nicht mehr aus der Hand gab.

Nachdem sie an der Stelle, an der sie das Kästchen entdeckt hatten, das gesamte Erdreich durchgesiebt hatten, ohne irgendwelche anderen Artefakte zu finden, befahl Hunt widerwillig die Einstellung der Ausgrabungen. Rasch verstauten die Arbeiter ihre Hacken, Schaufeln und Pinsel auf einem Holzkarren und stellten sich dann an, um ihren kargen Lohn in Empfang zu nehmen. Obwohl sie nur ein paar Pennys pro Tag bekamen, hatten sich die Männer regelrecht um die schwere Arbeit geprügelt, denn in den von Armut heimgesuchten chinesischen Provinzen gab es nur wenige Verdienstmöglichkeiten.

Als die Ausrüstung und die Artefakte auf drei Holzkarren verstaut und die Arbeiter entlassen waren, zog sich Hunt nach einem gemeinsamen Abendessen mit Tsendyn in sein Zelt zurück und packte seine Habseligkeiten zusammen. Zum ersten Mal wurde ihm unwohl zumute, als er die Ereignisse des Tages in seinem persönlichen Tagebuch festhielt. Mit der Entdeckung des kostbaren Kästchens, das er praktisch in letzter Minute gefunden hatte, wurden ihm auch die Gefahren bewusst, die rundum lauerten. Rücksichtslos hatten Plünderer und Banditen andere Grabungsstätten in der Provinz Shaanxi ausgeraubt, und ein Kollege, der dreitausend Jahre alte Bronzegegenstände gefunden hatte, war sogar von Marodeuren mit der Pistole bedroht und zusammengeschlagen worden. Dann gab es da noch die japanische Armee, die einem britischen Staatsbürger zwar möglicherweise nichts zuleide tun würde, sich aber durchaus seine Funde unter den Nagel reißen könnte. Und wer konnte wissen, wie es weiterging? War es möglich, dass er mit der Entdeckung des Grabes von Dschingis Khan einen Fluch auf sich lud, so wie es angeblich Lord Carnarvon und seinen Mitarbeitern widerfahren war, die das Grab des Pharao Tutanchamun gefunden hatten?

Nachdem er die Tasche mit dem Holzkästchen unter seinem Feldbett verstaut hatte, fiel er in einen unruhigen Schlaf, aus dem er immer wieder aufschreckte, weil ihm zahllose bange Gedanken durch den Kopf gingen. Zudem heulte der Wind die ganze Nacht über ums Zelt und zerrte bis zur Morgendämmerung an der Leinwand. Benommen stand er bei Tagesanbruch auf und stellte erleichtert fest, dass die Tasche noch immer unberührt unter seinem Feldbett lag und draußen nirgendwo japanisches Militär zu sehen war. Tsendyn stand ganz in der Nähe und briet gemeinsam mit zwei chinesischen Waisenjungen, die dem Mongolen zur Hand gingen, an einem offenen Feuer ein Stück Ziegenfleisch.

»Guten Morgen, Sir. Heißer Tee steht bereit.« Tsendyn lächelte und reichte Hunt eine Tasse mit dem dampfenden Gebräu. »Sämtliche Ausrüstung ist zusammengepackt, und die Maulesel sind an die Karren gespannt. Wir können jederzeit aufbrechen.«

»Sehr gut. Verstauen Sie mein Zelt, wenn Sie so gut wären, und achten Sie auf die Tasche unter dem Feldbett«, sagte er, setzte sich dann auf eine Holzkiste und betrachtete den Sonnenaufgang, während er seinen Tee schlürfte.

Als die verbliebenen Männer des Ausgrabungstrupps auf den drei von Mauleseln gezogenen Wagen von Shang-tu aufbrachen, ertönte in der Ferne der erste Schuss der japanischen Artillerie. Auf der vom Wind gepeitschten Ebene, knapp über eine Meile entfernt, befand sich die kleine Ortschaft Lanqui. Die Karawane zog an dem staubigen Dorf vorbei und schloss sich einem kleinen Flüchtlingstreck an, der in Richtung Westen unterwegs war. Gegen Mittag trotteten die Maulesel in die alte Stadt Duolun, wo die Männer an einer Hütte am Wegesrand haltmachten und sich etwas zu essen gönnten. Sie schlangen eine Schale geschmackloser Brühe mit Nudeln in sich hinein, die mit Insekten übersät war, und brachen dann zu einer großen, flachen Wiese am Stadtrand auf. Hunt, der auf einem der Wagen saß, blickte immer wieder zum leicht bewölkten Himmel auf. Beinahe auf die Minute pünktlich war ein leises Summen zu hören, dann sah der Archäologe einen winzigen silbernen Punkt vor den Wolken, der allmählich größer wurde, als er den notdürftig eingerichteten Flugplatz ansteuerte. Während die Maschine näher kam, zückte Hunt ein Taschentuch, band es an einen Stock und rammte ihn als primitiven Windsack in den Boden, damit der Pilot Windstärke und -richtung einschätzen konnte.

Behutsam zog dieser die Maschine in eine weite Kurve, ging tiefer und setzte kurz darauf mit dem lärmenden Flugzeug auf. Erleichtert stellte Hunt fest, dass es sich um eine dreimotorige Fokker F-VIIB handelte, eine zuverlässige Maschine, die auch für lange Flüge über unfruchtbare Landstriche geeignet war. Erstaunt nahm er den Namen *Blessed Betty* zur Kenntnis, der unter dem Cockpitfenster auf den Rumpf gemalt war.

Der Motor war kaum zum Stillstand gekommen, als die Rumpftür aufging und zwei Männer in abgewetzten Lederjacken heraussprangen.

»Hunt? Ich bin Randy Schodt«, begrüßte ihn der Pilot, ein hochaufgeschossener Mann mit zwar markigem, aber freundlichem Gesicht, der mit amerikanischem Akzent sprach. »Mein Bruder Dave und ich sollen Sie nach Nanking fliegen, so jedenfalls steht es im Vertrag«, fügte er hinzu und tippte auf ein zusammengefaltetes Papier in der Brusttasche seines Hemdes.

»Was machen denn zwei Yankees hier draußen?«, erwiderte Hunt.

»Besser als zu Hause in Eerie, Pennsylvania, auf der Werft zu arbeiten.« Dave Schodt grinste. Er war ein umgänglicher Mann, der wie sein Bruder immer einen Witz auf Lager hatte.

»Wir sind für das chinesische Eisenbahnministerium geflogen und haben Nachschub für den Ausbau der Strecke Peking-Shanghai geliefert«, erklärte Randy Schodt, ebenfalls grinsend. »Allerdings ist die Arbeit ganz plötzlich abgebrochen worden, weil die Japaner unangenehm wurden.«

»Ich habe inzwischen ein etwas anderes Reiseziel«, sagte Hunt, ohne sich auf die Frotzeleien einzulassen. »Sie müssen mich nach Ulan-Bator fliegen.«

»In die Mongolei?«, fragte Schodt und kratzte sich am Kopf. »Solange wir Nippons Armee nicht zu nahe kommen, soll's mir recht sein.«

»Ich stecke den Kurs ab. Mal sehen, ob wir genügend Reichweite haben«, sagte Dave und kehrte zur Maschine zurück. »Hoffentlich gibt's dort, wo wir ankommen, eine Tankstelle.« Er lachte.

Gemeinsam mit Schodt überwachte Hunt das Verstauen der bedeutsameren Artefakte und Geräte im Rumpf der Fokker. Als die Holzkisten fast den ganzen Laderaum ausfüllten, nahm Hunt die Tasche mit dem lackierten Kästchen und stellte sie vorsichtig auf den vorderen Passagiersitz.

»Das sind hundertfünfzig Meilen weniger als nach Nanking. Aber wir brauchen auch Sprit für den Rückflug, und der kostet mehr, als ich mit Ihren Leuten vom Britischen Museum vertraglich vereinbart habe«, erklärte Schodt und breitete auf einem

Stapel Holzkisten eine Karte der Region aus. Ulan-Bator, die Hauptstadt der Mongolei, im Norden des Landes gelegen, über vierhundert Meilen von der chinesischen Grenze entfernt, war mit einem Stern markiert.

»Sie bekommen eine Vollmacht von mir«, erwiderte Hunt und reichte dem Piloten eine handschriftliche Bitte um eine Kursänderung. »Ich versichere Ihnen, dass das Museum für die zusätzlichen Kosten aufkommen wird.«

»Selbstverständlich, schließlich wollen die nicht, dass Ihre Kostbarkeiten in einem Museum in Tokio landen.« Schodt lachte. Er steckte den Zettel in die Tasche und fügte hinzu: »Dave hat den Kurs nach Ulan-Bator abgesteckt und meint, wir schaffen es in einem Zug. Da wir über die Wüste Gobi fliegen, können Sie froh sein, dass die *Blessed Betty* Reservetanks hat. Wenn Sie so weit sind, können wir jederzeit los.«

Hunt ging zu den beiden noch beladenen Maultierkarren und betrachtete die Ausrüstung und die Artefakte, die darauf verstaut waren. Tsendyn hielt die Zügel des Leittiers und kraulte es hinter den Ohren.

»Tsendyn, wir haben einen schweren, aber ergiebigen Sommer hinter uns. Sie haben einen unschätzbar wertvollen Beitrag zum Gelingen dieser Expedition geleistet.«

»Es war mir eine Ehre. Sie haben meinem Land und seiner Geschichte einen großen Dienst erweisen. Meine Nachkommen werden Ihnen dankbar sein.«

»Bringen Sie die übrige Ausrüstung und die Artefakte nach Shijiazhuang. Von dort aus können Sie mit der Eisenbahn nach Nanking fahren. Ein Vertreter des Britischen Museums wird die Sachen dort in Empfang nehmen und für die Überführung nach London sorgen. Ich warte in Ulan-Bator auf Sie, wo wir unseren jüngsten Fund eingehend untersuchen werden.«

»Ich freue mich schon auf unser nächstes Projekt«, erwiderte Tsendyn und schüttelte dem Archäologen die Hand.

»Leben Sie wohl, mein Freund.«

Hunt stieg in die schwer beladene Fokker, worauf die drei

220 PS starken Sternmotoren vom Typ Wright Whirlwind losröhrten. Tsendyn stand da und sah zu, wie Schodt die Maschine in den Wind ausrichtete und dann die Gashebel bis zum Anschlag vorschob. Mit ohrenbetäubendem Lärm raste die Maschine über die Wiese, hüpfte ein paar Mal auf und ab und schwang sich dann träge in die Luft. Schodt zog sie in eine elegante Kurve und steuerte die mongolische Grenze an, während das Flugzeug allmählich Höhe gewann. Tsendyn stand auf der Wiese und schaute der immer kleiner werdenden Maschine hinterher, bis er den Motorenlärm nicht mehr hören konnte. Aber erst als das Flugzeug ganz außer Sicht war, griff er in die Jackentasche und überzeugte sich davon, dass die Seidenrolle noch da war, wo er sie gestern Abend verborgen hatte.

Sie waren zwei Stunden in der Luft, als Hunt zu der Tasche griff und das lackierte Holzkästchen herausholte. Der Flug langweilte ihn, zugleich aber war er wegen des Fundes so aufgeregt, dass er es nicht mehr länger aushielt und das bemalte Stück Seide unbedingt noch einmal durch die Finger gleiten lassen musste. Als er das Kästchen in der Hand hielt, spürte er das vertraute Gewicht der Bronzeröhre, die darin herumrollte. Aber irgendetwas stimmte nicht. Er hob den Deckel an, sah das zusammengerollte Gepardenfell, das wie zuvor an der Seitenwand lag, daneben die Bronzeröhre, die unversehrt wirkte. Doch als er sie herausnahm, bemerkte er, dass sie schwerer war, als er sie in Erinnerung hatte. Mit zitternden Händen zog er die Kappe ab, worauf ihm prompt ein Schwall Sand auf den Schoß rieselte. Als das letzte Korn herausgefallen war, schaute er hinein und sah, dass die aufgerollte Seide verschwunden war.

Er riss die Augen auf und rang mühsam um Atem, als ihm klar wurde, dass er ausgetrickst worden war. Der erste Schreck schlug rasch in helle Wut um, und sobald er wieder einen Ton hervorbringen konnte, wandte er sich lauthals an die Piloten.

»Umkehren! Kehrt um! Wir müssen sofort zurück!«, schrie er.

Doch seine Bitte stieß auf taube Ohren. Die beiden Piloten vorn im Cockpit mussten sich um etwas weitaus Besorgniserregenderes kümmern.

Der Bomber vom Typ Mitsubishi G3M, im Westen unter der Bezeichnung Nell bekannt, war nicht im Kampfeinsatz. Die zweimotorige Maschine, die sich in einer Höhe von neuntausend Fuß befand, war auf einem Aufklärungsflug und sollte die russische Luftwaffe auskundschaften, die angeblich in der Mongolei stationiert war.

Nach der mühelosen Eroberung der Mandschurei und dem erfolgreichen Vorstoß nach Nordchina hatten die Japaner die wichtigen Seehäfen und Kohlebergwerke weiter im Norden, in Sibirien, ins Auge gefasst. Die Russen, ihrerseits misstrauisch, was die Absichten der Japaner betraf, hatten ihre Truppen in Sibirien bereits verstärkt und kurz zuvor einen Beistandspakt mit der Mongolei geschlossen, aufgrund dessen sie Truppen und Flugzeuge in dem weitgehend unbesiedelten Land stationieren durften. Die Japaner wiederum trugen nachrichtendienstliche Erkenntnisse zusammen, erkundeten die Verteidigungsstellungen und trafen Vorbereitungen für eine Offensive nach Norden, die Mitte 1939 von der Mandschurei aus vorgetragen werden sollte.

Der Vorstoß der Nell in die östliche Mongolei war ergebnislos gewesen. Nirgendwo waren Truppenansammlungen oder Rollbahnbauten für die russische Luftwaffe zu sehen. Wenn sich russisches Militär in der Mongolei befand, musste es weiter im Norden sein, schloss der japanische Pilot daraus. Unter ihm war nichts als ab und zu ein Nomadenstamm zu sehen, der mit seiner Kamelherde durch die menschenleeren Weiten der Wüste Gobi zog.

»Hier gibt's nichts als Sand«, sagte gähnend der Copilot der Nell, ein junger Leutnant namens Miyabe. »Ich weiß nicht, weshalb der Staffelführer ein solches Getue wegen dieser Gegend macht.«

»Weil sie eine Pufferzone zu den wertvolleren Gebieten im Norden ist, nehme ich an«, erwiderte Hauptmann Nobuji Negishi. »Ich kann nur hoffen, dass wir wieder an die Front verlegt werden, wenn die Offensive im Norden eröffnet wird. Uns entgeht schon der ganze Spaß in Peking und Shanghai.«

Als Miyabe den flachen Boden unter der Maschine musterte, nahm er aus dem Augenwinkel ein kurzes Aufblinken wahr, als ob sich die Sonne auf irgendetwas spiegelte. Er suchte den Horizont ab, hielt Ausschau nach der Ursache der Reflektion und kniff dann die Augen zusammen.

»Vor uns und etwas tiefer befindet sich ein Flugzeug«, sagte er und deutete mit dem Fliegerhandschuh in die Richtung.

Negishi spähte nach vorn und hatte die Maschine binnen kürzester Zeit entdeckt. Es war eine silberne Fokker-Trimotor, die nach Nordwesten flog, in Richtung Ulan-Bator.

»Sie kreuzt unseren Kurs«, stellte der japanische Pilot fest und hob leicht die Stimme. »Endlich eine Gelegenheit zum Kampf.«

»Aber Negishi-san, das ist kein Kampfflugzeug. Ich glaube, es ist nicht einmal ein chinesisches Flugzeug«, sagte Miyabe, der die Kennzeichen der Fokker betrachtete. »Wir haben den Befehl, nur gegen chinesische Militärflugzeuge vorzugehen.«

»Diese Maschine stellt eine Gefahr dar«, erklärte Negishi. »Außerdem ist das eine gute Waffenübung, Leutnant.« Kein japanischer Soldat auf dem chinesischen Kriegsschauplatz wurde, wie er sehr wohl wusste, wegen Übergriffen belangt. Zudem bekam er als Bomberpilot nur selten die Gelegenheit, ein anderes Flugzeug in einen Luftkampf zu verwickeln und zu vernichten. Hier aber bot sich die Möglichkeit zu einem leichten Abschuss, und den wollte er sich nicht entgehen lassen.

»Kanoniere auf Kampfstation«, brüllte er in die Bordsprechanlage. »Vorbereiten auf Luftkampf.«

Die fünfköpfige Besatzung war augenblicklich hellwach und begab sich auf ihre Kampfstationen. Statt sich wie üblich kleinerer und schnellerer Jagdflugzeuge erwehren zu müssen, fand sich die Besatzung mit einem Mal in der Rolle des Jägers wieder. Hauptmann Negishi berechnete im Kopf den Kurs der Dreimotorigen, nahm dann die Gasregler zurück und zog den Bomber in eine weite Rechtskurve. Die Fokker glitt unter ihnen hindurch, worauf Negishi beidrehte und sich hinter das silberne Flugzeug setzte.

Er schob die Gasregler nach vorn, als die Fokker vor ihm größer wurde. Mit einer Spitzengeschwindigkeit von 345 Stundenkilometern war die Mitsubishi fast doppelt so schnell wie die Fokker und schloss rasch zu ihr auf.

»Vordere Kanonen bereit«, befahl Negishi, als die unbewaffnete Maschine im Visier auftauchte.

Doch die Fokker war keine leichte Beute. Randy Schodt hatte den Bomber zuerst entdeckt und gesehen, wie er abdrehte und von hinten zu ihm aufschloss. Die Hoffnung, der Japaner könnte nur an ihm vorbeifliegen wollen, schwand, als sich die Mitsubishi genau hinter ihn setzte und an seinen Schwanz hängte. Da er das schnellere Militärflugzeug nicht abschütteln konnte, tat er das Nächstbeste.

Der japanische Turmkanonier hatte gerade den ersten Schuss aus seinem 7,7-mm-Maschinengewehr abgegeben, als die Trimotor scharf nach links abdrehte und in der Luft stehen zu bleiben schien. Die Kugeln flogen harmlos in den Himmel, als der Bomber im nächsten Moment über die Fokker hinwegschoss.

Negishi, den das jähe Ausweichmanöver völlig überrascht hatte, fluchte vor sich hin, während er den Bomber wieder neu auf die kleinere Maschine auszurichten versuchte. Das Rattern des Maschinengewehrfeuers hallte durch den Rumpf, als ein Seitenkanonier die jäh ausscherende Fokker erfasste und einen langen Feuerstoß auf sie abgab.

Unterdessen schimpfte Hunt lauthals über die Piloten der Fokker, als die ersten Kisten mit Artefakten im Frachtraum herumflogen. Ein lautes Krachen verriet ihm, dass durch die jähen Wendemanöver der Maschine eine Kiste mit Porzellan zerborsten war. Erst als sich die Fokker in eine scharfe Rechtskurve legte und Hunt den japanischen Bomber durch das Seitenfenster sah, wurde ihm klar, was wirklich los war.

Vorn im Cockpit versuchte Schodt unterdessen sämtliche Tricks, die er auf Lager hatte, um die Mitsubishi abzuhängen, denn dann, so hoffte er, würde der Bomber die Jagd vielleicht abbrechen. Doch der japanische Pilot war offenbar wütend geworden, weil er ihm vorhin eine solche Abfuhr erteilt hatte, und verfolgte ihn nun unerbittlich. Ein ums andere Mal riss Schodt die Fokker hoch und ließ sie durchsacken, um den Bomber abzuschütteln, der an seinem Heck hing, und ihn dazu zu zwingen, abzudrehen und sich erneut von hinten an ihn heranzumachen. Doch der Jäger wollte die Hatz nicht aufgeben, und kurz darauf stellte Schodt fest, dass die Mitsubishi schon wieder hinter ihm saß, bis die Kanoniere schließlich ihr Ziel erfassten.

Zuerst erwischte es die Höhenflosse der Fokker, die von einem Bleihagel zerfetzt wurde. Negishi leckte sich die Lippen, da er wusste, dass die Maschine jetzt nicht mehr ausscheren konnte. Grinsend wie ein Wolf steuerte er den Bomber näher und setzte zum Fangschuss an. Als der Kanonier das Feuer eröffnete, sah er zu seinem Entsetzen, dass die Fokker erneut nach rechts auswich, dann hochgezogen wurde und abschmierte.

Schodt gab sich noch nicht geschlagen. Mittlerweile hatte Dave die Gasregler der beiden Tragflächenmotoren übernommen, sodass Randy der Mitsubishi nach wie vor ausweichen konnte. Wieder schlugen die Schüsse lediglich in den Rumpf ein, wo Hunt erneut das Gesicht verzog, als eine weitere Kiste zu Bruch ging.

Negishi, der die Taktik seines Gegners mittlerweile durchschaut hatte, legte den Bomber in eine weite Kurve und näherte sich der Fokker von der Seite. Diesmal gab es kein Entrinnen. Eine Qualmwolke schlug aus dem rechten Motor der Fokker, während die Kugeln die Zylinderköpfe zerfetzten. Schodt konnte gerade noch die Benzinleitung zudrehen, bevor der Motor Feuer fing. Auch mit nur zwei Motoren versuchte er die Fokker weiter in der Luft zu halten und dem Schlimmsten zu entgehen, wenn er auch wusste, dass seine Uhr allmählich ablief. Ein gut gezielter Schuss von Seiten der Mitsubishi zertrennte schließlich die Seilzüge zum Höhenruder und bereitete dem Flug der *Blessed Betty* ein Ende.

Ohne Höhensteuerung sackte die Maschine kurz durch und setzte dann zu einem flachen Schwebeflug in Richtung Boden an. Schodt musste ohnmächtig mitansehen, wie der staubige Untergrund immer näher rückte. Erstaunlicherweise hielt sich die Fokker aufrecht und segelte mit leicht abgesenkter Nase nach unten. Kurz vor dem Aufprall stellte er die übrigen Treibstoffleitungen ab, spürte dann, wie die linke Tragfläche zuerst den Boden berührte und die Maschine herumgewirbelt wurde.

Die Besatzung des japanischen Bombers war etwas enttäuscht, als sie sah, wie die Fokker über den Boden schlitterte, ohne in Flammen aufzugehen. Stattdessen überschlug sich die Trimotor lediglich zweimal und rutschte dann auf dem Dach liegend in eine Sandrinne.

Obwohl sie sich mit dem Abschuss einer Zivilmaschine reichlich schwergetan hatten, ertönten an Bord der Mitsubishi laute Jubelrufe.

»Gut gemacht, Männer, aber das nächste Mal müssen wir es noch besser machen«, rief Negishi, dann legte er den Bomber in die Kurve und nahm Kurs auf seinen Stützpunkt in der Mandschurei.

An Bord der Fokker herrschten Tod und Verderben. Schodt und sein Bruder waren auf der Stelle tot gewesen, als sich die Maschine zum ersten Mal überschlagen hatte. Hunt überlebte den Aufprall, doch er hatte sich das Rückgrat gebrochen, und sein linkes Bein hing nur noch an einem Fetzen Fleisch. Fast zwei Tage lang klammerte er sich unter Höllenqualen ans Leben, dann starb auch er im Wrack der Maschine. Mit schwindender Kraft zog er das lackierte Holzkästchen an seine Brust und verfluchte das Missgeschick, das ihn so unerwartet ereilt hatte. Als er den letzten Atemzug tat, ahnte er nicht, dass er noch immer den Hinweis auf einen der größten Schätze in den Armen hielt, die die Welt jemals sehen würde.

ERSTER TEIL

Seebeben

SEICHE-WELLE AM BAIKALSEE

Baikalsee, Sibirien
2. Juni 2007

1

Das ruhige Wasser des tiefsten Sees der Welt funkelt leuchtend blau wie ein geschliffener Saphir und ist kristallklar, da die uralten, kalten Flussläufe, die den Baikal speisen, keinerlei Schlick oder Sedimente mit sich führen. Zudem lebt dort ein kleines Krustentier, ein nur anderthalb Millimeter großer Ruderfußkrebs mit dem lateinischen Namen *Epischura baicalensis*, der sich von Algen und Plankton ernährt, die die meisten anderen Binnengewässer verunreinigen. Dadurch ist das Wasser so erstaunlich klar, dass man eine Silbermünze noch in gut dreißig Meter Tiefe erkennen kann.

Die im Norden von schroffen, schneebedeckten Berggipfeln und im Süden von dichten Taigawäldern mit Birken, Lärchen und Kiefern umgebene »blaue Perle Sibiriens« erstreckt sich in all ihrer Schönheit durch eine ansonsten menschenfeindliche Landschaft. Der mitten in Südsibirien gelegene, über 600 Kilometer lange See, der wie eine Mondsichel geformt ist, zieht sich in nord-südlicher Richtung bis knapp an die Grenze zur Mongolei. Es ist ein riesiges Gewässer, rund 31 500 Quadratkilometer groß, stellenweise bis zu 1600 Meter tief, und enthält ein Fünftel aller Süßwasservorkommen auf der Erde, mehr als sämtche großen Seen Nordamerikas zusammen. Nur ein paar vereinzelte Fischerdörfer sind an seinem Ufer verstreut, sodass er wie ein nahezu menschenleeres Meer der Stille wirkt. Lediglich die Gegend an der Südspitze ist dichter besiedelt – Irkutsk, eine halbwegs moderne Stadt mit einer halben Million Einwohner, liegt rund 70 Kilometer weiter westlich, und die alte Stadt Ulan-Ude ist nur ein kurzes Stück vom Ostufer des Sees entfernt.

Theresa Hollema blickte von ihrem Laptop auf und bewunderte kurz die blauen Berge am Ufer des Sees, über deren Gipfel wattig weiße Wolken dahinzogen. Die holländische Geophysikerin genoss den klaren blauen Himmel, den sie zu Hause, am Stadtrand von Amsterdam, nur selten erlebte. In tiefen Zügen atmete sie die frische Luft ein und versuchte die spektakuläre Landschaft mit all ihren Sinnen in sich aufzunehmen.

»Ein angenehmer Tag auf dem See, nicht?«, fragte Tatiana Borjin mit tiefer, ausdrucksloser Stimme, wie sie typisch für Russen ist, wenn sie Englisch sprechen. Doch der barsche Tonfall und die geschäftsmäßige Art passten nicht recht zu ihrem Äußeren. Obwohl sie den Burjaten ähnelte, einem hier in der Gegend ansässigen Volk, war sie genau genommen Mongolin. Mit ihren langen schwarzen Haaren, der bronzefarbenen Haut und den mandelförmigen Augen war sie eine natürliche, wenn auch etwas herbe Schönheit. Aber ihre dunklen Augen strahlten eine Tiefe aus, die darauf hindeutete, dass sie alles sehr ernst nahm.

»Ich hatte keine Ahnung, dass Sibirien so herrlich ist«, erwiderte Theresa. »Der See ist atemberaubend. So ruhig und friedlich.«

»Im Augenblick ist er ein ruhiges Juwel, aber er kann im nächsten Moment auch bösartig werden. Der Sarma, ein jäher Wind aus Südwesten, kann mit Sturmgewalt über ihn hinwegfegen. Die Friedhöfe hier in der Gegend sind voller Fischer, die den Mächten des Baikal nicht die gebührende Achtung erwiesen haben.«

Theresa lief es eiskalt über den Rücken. Die Einheimischen, so jedenfalls kam es ihr vor, schienen ständig vom Geist des Sees zu sprechen. Das unberührte Wasser des Baikal war für die Sibirer ein Kulturgut, auf das sie stolz waren, und ihr Bemühen, den See vor jeglicher Verschmutzung durch Industrieabwässer zu bewahren, hatte zum Entstehen einer Umweltbewegung geführt, die weltweit Zulauf fand. Selbst die sowjetische Regierung war von dem allgemeinen Aufschrei überrascht worden, als sie vor fünfzig Jahren ein Zellulosekombinat am Südufer hatte bauen wollen. Theresa hoffte nur, dass keine Schlauchbootarmada von Greenpeace auf dem See auftauchte und ihnen das Leben schwer machte.

Wenigstens war ihre Tätigkeit relativ harmlos, redete sie sich ein. Ihr Arbeitgeber, die Royal Dutch Shell, war damit beauftragt worden, einen Teil des Seegrundes nach Ölaussickerungen abzusuchen, die dort gemeldet worden waren. Von Probebohrungen oder gar einer Förderung war nicht die Rede gewesen, und ihrer Ansicht nach würde es hier auf dem See ohnehin nicht dazu kommen. Die Firma wollte sich lediglich mit dem Besitzer eines neu erschlossenen Ölfeldes in Sibirien gut stellen, mit dem sie sich noch umfassendere Geschäftsbeziehungen versprach.

Theresa hatte vor ihrer Abreise nach Sibirien noch nie etwas vom Avarga Oil Consortium gehört, wusste aber, dass eine Vielzahl von Ölfirmen um den russischen Markt buhlten. Ein paar von der Regierung unterstützte Unternehmen wie Yukos und Gasprom tauchten in den Schlagzeilen auf, aber wie überall auf der Welt gab es garantiert auch irgendeinen kleinen Wildcatter, einen freischaffenden Prospektor, dem ein schmäleres Stück vom Kuchen gehörte. Ihrer Ansicht nach besaß das Avarga Oil Consortium bislang noch nicht mal ein Stück von der Kruste.

»In Forschung und Entwicklung stecken sie ihre Einkünfte offensichtlich nicht«, sagte sie, an die beiden Shell-Techniker gewandt, die sie begleiteten, während sie an Bord des geleasten Erkundungsbootes stieg.

»Die sind schlau. Sie haben den Kahn so gebaut, dass er wie ein runtergekommenes Fischerboot aussieht«, frotzelte Jim Wofford, ein hochaufgeschossener, umgänglicher Geophysiker aus Arkansas, der einen buschigen Schnurrbart trug und stets ein freundliches Lächeln parat hatte.

Das schwarze Fischerboot mit dem hohen Bug sah aus, als hätte es schon vor Jahren abgewrackt werden sollen. Überall blätterte die Farbe ab, und der ganze Kahn stank nach fauligem Holz und totem Fisch. Die blanken Teile waren seit Jahrzehnten nicht mehr poliert und das Deck allenfalls von einem gelegentlichen Regenschauer gewaschen worden. Theresa wurde etwas mulmig zumute, als sie bemerkte, dass die Bilgenpumpe ununterbrochen lief.

»Wir besitzen keine eigenen Schiffe«, wandte Tatiana ungerührt ein. Sie vertrat Avarga Oil und war damit bislang die einzige Ansprechpartnerin des Erkundungsteams von Shell gewesen.

»Ist schon gut, es geht hier zwar ein bisschen eng zu, aber dafür ist es umso ungemütlicher.« Wofford lächelte.

»Stimmt, aber ich gehe jede Wette ein, dass irgendwo an Bord Kaviar versteckt ist«, warf Woffords Partner Dave Roy ein, ein Seismologe, der mit weichem Boston-Akzent sprach. Wie Roy wusste, gab es im Baikalsee einen riesigen Stör, der bis zu zehn Kilogramm Kaviar lieferte.

Theresa war Roy und Wofford behilflich, als sie ihre Monitore, Kabel und Sonargeräte an Bord schleppten und die Ausrüstung auf dem engen Achterdeck des achteinhalb Meter langen Fischerbootes verstauten.

»Kaviar? Für einen Biertrinker wie dich?«, flachste Theresa.

»Das passt sogar ausgezeichnet zusammen«, erwiderte Roy mit gespieltem Ernst. »Der Salzgehalt des Kaviars erzeugt ein Durstgefühl, das sich nur mit Malzgetränken stillen lässt.«

»Mit anderen Worten, es ist ein guter Vorwand, noch mehr Bier zu trinken.«

»Wer braucht denn einen Vorwand, wenn er Bier trinken will?«, fragte Wofford unwirsch.

»Ich geb's auf.« Theresa lachte. »Ich denke nicht daran, mich mit einem Alkoholiker zu streiten. Geschweige denn mit zweien.«

Tatiana, die ganz und gar nicht belustigt wirkte, nickte dem Kapitän zu, sobald sämtliche Geräte verstaut waren. Der Kapitän, ein mürrisch dreinblickender Mann, der eine Tweedkappe trug und eine knollige, vom steten Wodkakonsum gerötete Nase hatte, huschte ins niedrige Ruderhaus, warf den qualmenden Dieselmotor des Bootes an und löste dann die Vertäuleinen. Bei ruhigem Wasser tuckerten sie von ihrem Anlegeplatz in dem am Südwestufer des Sees gelegenen Fischerstädtchen Listwjanka ab.

Tatiana rollte eine Karte vom See auf und deutete auf ein rund fünfundsechzig Kilometer nördlich der Stadt gelegenes Gebiet.

»Hier werden wir mit der Erkundung beginnen, an der Peschanaja-Bucht«, erklärte sie den Geologen. »In dieser Gegend wurden von Fischern zahlreiche Ölteppiche gemeldet, die allem Anschein nach auf aussickernden Kohlenwasserstoff hindeuten.«

»Sie lassen uns doch nicht in tiefem Wasser herumschnüffeln, Tatiana, oder?«, fragte Wofford.

»Ich weiß sehr wohl, dass die Geräte, die uns zur Verfügung stehen, nur begrenzt einsetzbar sind. Uns sind eine Reihe möglicher Aussickerungen in der Mitte des Sees bekannt, aber ich bin mir darüber im Klaren, dass das Wasser dort zu tief für eine Exploration ist. Unsere Suche konzentriert sich daher auf vier Stellen im Süden des Baikalsees, die sich alle in Ufernähe und vermutlich in seichtem Wasser befinden.«

»Das werden wir bald rausfinden«, erwiderte Roy, während er ein wasserdichtes Datenübertragungskabel an ein anderthalb Meter langes Schleppsonar anschloss. Die Sensoren des Sidescan-Sonars konnten nicht nur ein akustisch erfasstes Abbild des Seebodens übermitteln, sondern auch die Wassertiefe berechnen.

»Liegen die Stellen alle am Westufer?«, fragte Theresa.

»Nur das Zielgebiet in der Peschanaja-Bucht. Die drei anderen Stellen befinden sich auf der anderen Seite des Sees, am östlichen Ufer.«

Das alte Fischerboot tuckerte an den Kais von Listwjanka vorbei und passierte ein Tragflächenboot, das von einer Fahrt nach Port Baikal am gegenüberliegenden Ufer des Flusses Angara zurückkehrte. Das schnittige Fährschiff wirkte neben der Flottille alter hölzerner Fischerboote, die in den Gewässern von Listwjanka dümpelten, etwas fehl am Platz. Nach dem Auslaufen aus dem kleinen Hafen steuerte das Fischerboot in Richtung Norden und hielt sich nahe am zerklüfteten Westufer des kalten Sees. Dichte Taigawälder, ab und zu von hügeligen Wiesen mit saftigem Gras durchsetzt, erstreckten sich wie ein grüner Teppich bis ans Wasser. Angesichts der satten Farben der Landschaft unter dem strahlend blauen Himmel konnte sich Theresa nur schwer vorstellen, wie karg und öde diese Gegend im Winter wirken musste, wenn der See von einer anderthalb Meter dicken Eisschicht bedeckt war. Sie erschauderte beim bloßen Gedanken daran und war froh, dass sie sich zu einer Zeit hier befand, da die Tage am längsten waren.

Für Theresa spielte das allerdings keine große Rolle. Die Erdölspezialistin liebte vor allem das Reisen und hätte den See schon des Erlebnisses wegen auch gern im Januar aufgesucht. Sie war klug, besaß einen analytischen Verstand und hatte ihren Beruf weniger wegen der geistigen Herausforderung gewählt als wegen der Möglichkeit, an abgelegene Orte auf der ganzen Welt reisen zu können. Längere Aufenthalte in Indonesien, Venezuela und dem Baltikum wurden gelegentlich durch zweiwöchige Einsätze wie diesem hier unterbrochen, bei dem sie ein vielversprechendes Ölfeld erkunden sollte. Dass sie einen typischen Männerberuf ausübte, erwies sich nicht als Nachteil, da sie mit ihrer lebhaften Art und ihrem gesunden Humor mühelos mit Männern zurechtkam, auch wenn diese nicht gerade auf ihre sportliche Figur, die dunklen Haare und die walnussbraunen Augen abfuhren.

Rund fünfundsechzig Kilometer nördlich von Listwjanka tat sich am Westufer eine seichte Bucht auf, die Peschanaja-Bucht, die von einem schmalen Sandstrand gesäumt wurde. Als der Kapitän das Boot in diese Bucht steuerte, wandte sich Tatiana an Theresa und erklärte: »Hier fangen wir an.«

Als das Boot mit dem im Leerlauf tuckernden Motor durch

die Fahrrinne trieb, gaben Roy und Wofford das Sidescan-Sonar übers Heck ins Wasser, während Theresa eine GPS-Antenne an der Seitenreling befestigte und sie an den Computer des Sonars anschloss. Tatiana warf einen Blick auf das Echolot im Ruderhaus und rief: »Dreißig Meter Tiefe.«

»Nicht zu tief, das ist gut«, sagte Theresa, als das Boot wieder Fahrt aufnahm und das Sonar rund dreißig Meter hinter sich herzog. Das Gerät tastete den Seegrund mit Schallwellen ab, fing deren Echo wieder auf und setzte es in digitale Bilder um, die über den Farbmonitor liefen.

»Bis zu einer Tiefe von fünfzig Metern bekommen wir aussagekräftige Ergebnisse«, sagte Wofford. »Sobald es tiefer wird, brauchen wir längere Kabel und ein größeres Boot.«

»Und mehr Kaviar«, fügte Roy mit gierigem Blick hinzu.

Langsam fuhr das Boot, von seinem erfahrenen Kapitän mit leichter Hand gesteuert, in der Bucht hin und her, während sich die vier Passagiere über den Sonar-Monitor am Achterdeck beugten. Ungewöhnliche geologische Formationen wurden erfasst und ihre Position markiert, während die erfahrenen Ölsucher am Grund des Sees Ausschau nach typischen Merkmalen hielten, die auf aussickernden Kohlenwasserstoff hindeuteten. Natürlich mussten weitere Untersuchungen vorgenommen, Bohr- und Wasserproben ausgewertet werden, um sicherzustellen, dass es sich um eine Aussickerung handelte. Doch mit Hilfe des Sidescan-Sonars konnten die Exploratoren vielversprechende Stellen für eine genaue geologische Überprüfung erkunden.

Als sie das nördliche Ufer der Bucht erreichten, wo der Kapitän beidrehte und das Boot auf die letzte Suchstrecke ausrichtete, stand Theresa auf und reckte sich. Weit draußen auf dem See sah sie ein schmutzig graues Schiff, das in Richtung Norden unterwegs war. Offenbar war es eine Art Forschungsschiff mit einem altmodischen Hubschrauber am Achterdeck. Die Rotoren des Helikopters drehten sich, als wollte er abheben. Sie ließ den Blick über die Brücke schweifen und stellte fest, dass am

Mast des Schiffes sowohl die russische als auch die amerikanische Flagge wehten. Wahrscheinlich ein gemeinschaftliches Forschungsunternehmen, dachte sie. Vor ihrer Anreise hatte sie sich reichlich Lesestoff über den Baikalsee besorgt und dabei zu ihrer eigenen Überraschung erfahren, dass sich westliche Wissenschaftler besonders für dessen einzigartige Flora und Fauna interessierten. Geophysiker, Mikrobiologen und Umweltforscher aus aller Welt zogen hierher, um den See und sein klares Wasser zu untersuchen.

»Wieder auf Kurs«, rief Roy übers Deck. Zwanzig Minuten später erreichten sie das Südufer der Bucht und beendeten ihre Rastersuche. Bei der Betrachtung der Sonarbilder waren Theresa drei Anomalitäten am Seeboden aufgefallen, die eine weitere Untersuchung rechtfertigten.

»Damit wären wir mit dem Auftakt des heutigen Tagesprogramms fertig«, sagte Wofford. »Wohin geht's jetzt?«

»Wir überqueren den See und wollen genau dorthin«, sagte Tatiana und tippte mit einem schlanken Finger auf die Karte. »Fünfunddreißig Kilometer südöstlich von unserer derzeitigen Position.«

»Da können wir das Sonar gleich im Wasser lassen. Meiner Meinung nach schafft das Boot sowieso nicht mehr als Suchtempo, und wir können dabei gleich die Wassertiefe feststellen«, erklärte Theresa.

»Meinetwegen«, sagte Wofford, der sich aufs Deck setzte und die Beine auf die Reling legte. Beiläufig betrachtete er den Monitor des Sonargeräts, doch auf einmal blickte er verwundert auf. »Das ist sonderbar«, murmelte er.

Roy beugte sich vor und musterte ebenfalls den Monitor. Das schattenhafte Bild des Seegrunds war plötzlich verändert, ein Schwall von Zackenlinien lief über den Bildschirm.

»Hat der Schleppaal Bodenberührung?«, fragte er.

»Nein«, erwiderte Wofford mit einem kurzen Blick auf die Tiefenanzeige. »Er ist vierzig Meter über dem Seegrund.«

Die Störung hielt ein paar Sekunden lang an, dann hörte sie

ebenso abrupt auf, wie sie angefangen hatte. Klar und deutlich liefen nun wieder die Konturen des Seebodens über den Bildschirm.

»Vielleicht wollte sich einer von diesen Riesenstören einen Happen von unserem Schleppaal schnappen«, flachste Wofford, der erleichtert war, dass das Gerät wieder funktionierte. Doch kaum hatte er ausgesprochen, als ein tiefes Grollen über das Wasser hallte.

Viel länger und tiefer als ein Donnerschlag, ein sonderbar gedämpfter Klang. Fast eine halbe Minute lang hallte er wie ein absonderliches Gemurmel über den See. Alle an Bord blickten nach Norden, dorthin, wo das Geräusch herkam, aber nirgendwo war etwas zu sehen, das es hätte auslösen können.

»Irgendwelche Bauarbeiten?«, fragte Theresa.

»Möglicherweise«, erwiderte Roy. »Muss aber weit entfernt sein.«

Er warf einen Blick auf den Monitor und bemerkte einen kurzen Lärmausschlag, der das Bild leicht verzerrte, dann tauchten die klaren Umrisse des Seebodens wieder auf.

»Ganz egal, was das ist«, versetzte Wofford mit grimmiger Miene, »aber es soll aufhören, sonst ruiniert es unser Gerät.«

2

Zehn Meilen weiter nördlich ging Rudi Gunn auf die Brückennock des grauen russischen Forschungsschiffes *Wereschtschagin* und blickte zum azurblauen Himmel auf. Er nahm die dicke Hornbrille ab und putzte sorgfältig die Gläser, setzte sie dann wieder auf und blickte erneut nach oben. Kopfschüttelnd kehrte er auf die Brücke zurück und murmelte: »Klingt wie Donner, aber am Himmel ist kaum eine Wolke zu sehen.«

Daraufhin schlug ihm von einem korpulenten Mann mit schwarzem Haar und entsprechendem Bart schallendes Gelächter entgegen. Dr. Alexander Sarchow wirkte so groß und mächtig wie ein Tanzbär, hatte aber eine ungemein joviale Ausstrahlung und dunkle Augen, die vor Lebenslust funkelten. Der Geophysiker vom Limnologischen Institut der Russischen Akademie der Wissenschaften amüsierte sich von Herzen gern, vor allem auf Kosten seiner neuen Freunde aus Amerika.

»Ihr Westler seid zum Kaputtlachen«, gluckste er mit schwerem Akzent.

»Alexander, mit Rudi müssen Sie nachsichtig sein«, mischte sich eine tiefe Stimme von der anderen Seite der Brücke ein. »Er hat noch nie in einem Erdbebengebiet gelebt.«

Auch Dirk Pitts leuchtend grüne Augen funkelten vergnügt, als er sich über seinen Stellvertreter lustig machte. Der Leiter der National Underwater & Marine Agency stand vor einer Reihe von Monitoren, reckte sich auf seine vollen ein Meter neunzig und drückte die Handteller an die Decke. Zwei Jahrzehnte voller Abenteuer über und unter Wasser hatten seinem Körper zwar ihren Tribut abverlangt, doch war er nach wie vor schlank und durchtrainiert. Lediglich ein paar Falten um die Augen und die zusehends grauer werdenden Haare an den Schläfen kündeten vom Kampf mit dem Alter.

»Ein Erdbeben?«, sagte Gunn versonnen. Der blitzgescheite stellvertretende Direktor der NUMA, Absolvent der Marineakademie in Annapolis und ehemals Commander der US Navy, starrte verwundert durch das Brückenfenster.

»Ich habe nur ein oder zwei erlebt, aber die habe ich auch bloß gespürt, nicht gehört.«

»Bei den schwächeren klappern lediglich die Teller, aber stärkere Erdbeben klingen wie ein Eisenbahnzug«, sagte Pitt.

»Unter dem Baikalsee herrscht eine rege tektonische Tätigkeit«, fügte Sarchow hinzu. »Hier kommt es häufig zu Erdbeben.«

»Ich persönlich komme auch ohne sie aus«, sagte Gunn mit einem leicht verlegenen Lächeln und nahm wieder vor den Monitoren Platz. »Hoffentlich stören sie uns nicht bei unserer Vermessung der Strömungen im See.«

Die *Wereschtschagin* war für ein russisch-amerikanisches Forschungsunternehmen im Einsatz, bei dem die bislang noch nicht verzeichneten Strömungen des Baikalsees untersucht werden sollten. Pitt, der es an seinem Schreibtisch in der NUMA-Zentrale in Washington nicht lange aushielt, leitete ein kleines Team der regierungseigenen Forschungsbehörde, das mit einheimischen Wissenschaftlern vom Limnologischen Institut in Irkutsk zusammenarbeitete. Die Russen stellten das Schiff und die Besatzung zur Verfügung, während die Amerikaner die Sonobojen, Messgeräte, Rechner und Monitore beisteuerten, mit denen ein dreidimensionales Bild des Sees und seiner Strömungen erstellt werden sollte. Aufgrund seiner Tiefe herrschte im Baikalsee eine einzigartige Wasserzirkulation, die für ihre Unberechenbarkeit bekannt war. Geschichten von jähen Strudeln, die Fischerboote mitsamt der Netze in den Untergang rissen, waren in den Gemeinden am See weit verbreitet.

Vom nördlichen Zipfel des Sees ausgehend hatten die Wissenschaftler Dutzende kleiner Sensoren ausgeworfen, die in orangen Schwimmkörpern steckten und so austariert waren, dass sie in unterschiedlicher Tiefe trieben, ständig Temperatur und Druckverhältnisse maßen und die Ergebnisse mitsamt ihrer Position sofort an eine Reihe großer Unterwassertransponder weiterleiteten, die sich an festen Standorten befanden. Die Computer an Bord der *Wereschtschagin* werteten die von den Transpondern übermittelten Daten aus und setzten sie in dreidimensionale graphische Darstellungen um. Gunn warf einen Blick auf eine Reihe von Monitoren vor seinem Sitzplatz und konzentrierte sich dann vor allem auf einen, auf dem der mittlere Teil des Sees abgebildet war. Das Bild ähnelte einer Packung oranger Murmeln, die in einer Schale aus blauer Eiscreme trieben. Im gleichen Augenblick schoss eine Reihe oranger Kugeln senkrecht zum oberen Rand des Bildschirms.

»Hoppla! Entweder ist einer unserer Transponder umgekippt oder der Seeboden ist aus den Fugen geraten«, rief er aus.

Pitt und Sarchow wandten sich dem Monitor zu und sahen, wie ein Schwall oranger Punkte zur Wasseroberfläche raste.

»Die Strömung wird deutlich stärker«, sagte Sarchow stirnrunzelnd. »Kaum zu glauben, dass ein Erdbeben solche Auswirkungen hat.«

»Das eigentliche Beben vielleicht nicht«, sagte Pitt, »aber möglicherweise seine Nachwirkungen. Ein Erdrutsch, der durch ein leichteres Beben unter Wasser ausgelöst wird, könnte der Auslöser sein.«

Pitt hatte recht. Das Grollen, das übers Wasser hallte, stammte von einem Erdbeben der Stärke 6,7 auf der nach oben offenen Richter-Skala, das sich hundertdreißig Meilen nördlich der *Wereschtschagin* in rund 600 Metern Tiefe ereignete. Später sollten die Seismologen feststellen, dass sich das Epizentrum des Bebens nahe dem Nordufer befand. Doch besonders verheerend wirkte es sich auf ein Gebiet am Westufer aus, das etwa auf halber Länge des Sees lag, in der Nähe der Insel Olchon. Unmittelbar vor dem Ostufer des großen, öden Eilands sackte der Seeboden ab und rutschte einen Steilhang hinab, der zur tiefsten Stelle des Sees führte.

Bei seismologischen Untersuchungen hatte man ein gutes Dutzend Verwerfungslinien entdeckt, die unter dem Seeboden verliefen, darunter auch eine Spalte bei der Insel Olchon. Hätte ein Unterwassergeologe die Verwerfung vor und nach dem Erdbeben vermessen, so hätte er festgestellt, dass sich die Erde nur knapp drei Millimeter bewegt hatte. Doch diese drei Millimeter genügten, um eine sogenannte »Bruchbildung« mit einem senkrechten Absinken des Bodens hervorzurufen.

Durch das Beben brach ein gewaltiger, fast zwanzig Meter dicker Brocken aus abgelagerten Sedimenten ab, rauschte wie eine Unterwasserschlucht hinab und nahm an Masse und Tempo immer mehr zu. Über achthundert Meter weit raste dieser Berg aus Gestein, Schlick und Schlamm abwärts, riss Bodenwellen und Felsen mit sich und schlug schließlich in einer Tiefe von fünfzehnhundert Metern am Seegrund auf.

Innerhalb von Sekunden landete eine Million Kubikmeter Sedimente am Seeboden und wühlte eine mächtige Schlammwolke auf. Das dumpfe Grollen des Erdrutsches verhallte rasch, doch zugleich wurden gewaltige Kräfte freigesetzt. Die abbrechenden Sedimente verdrängten riesige Wassermassen, die erst in Richtung Grund gedrückt wurden und dann nach oben auswichen – eine Wirkung, wie man sie im Kleinen erzielt, wenn man mit der hohlen Hand in eine eingelassene Badewanne schlägt.

Der Erdrutsch war von Olchon aus in Richtung Süden abgegangen, und in dieser Richtung baute sich auch eine Wasserwand auf. Nördlich der Abbruchstelle blieb der See relativ ruhig, doch gen Süden wälzte sich eine Woge mit verheerender Wucht. Auf hoher See wird eine solche Welle als Tsunami bezeichnet, auf einem Binnengewässer nennt man sie »Seiche-Welle«.

Das aufgewühlte Wasser türmte sich zu einer drei Meter hohen Woge auf, die in Richtung Süden brandete. Sobald der Seeboden anstieg, wurde sie immer höher und schneller und bildete eine mörderische Wasserwand, die jedem, der ihr in die Quere kam, den Tod brachte.

Mit wachsender Besorgnis beobachteten Pitt und Gunn von der Brücke der *Wereschtschagin* aus, wie sich die Killerwelle entwickelte. Auf einer vergrößerten dreidimensionalen Karte des Seegebiets südlich von Olchon war eine Vielzahl oranger Punkte zu sehen, die in rascher Folge hochgeschleudert wurden.

»Ruf nur die Sensoren an der Wasseroberfläche ab, Rudi«, sagte Pitt. »Wir wollen uns doch mal genauer ansehen, was da draußen vor sich geht.«

Gunn gab einen kurzen Befehl in den Computer ein, worauf sofort ein zweidimensionales Bild auf dem Monitor erschien. Eine Reihe von Schwimmkörpern war zu sehen, die in einem etwa acht Kilometer langen Wasserstreifen trieben. Alle Mann auf der Brücke blickten wie gebannt auf den Bildschirm, als ein Schwimmkörper nach dem anderen in nord-südlicher Richtung hoch aufschaukelte.

»Eine Welle, ganz richtig. Die Sensoren werden im Vorbeirollen fast fünf Meter emporgeschleudert«, stellte Gunn fest. Er überprüfte seine Messungen noch einmal, dann nickte er Pitt und Sarchow schweigend, aber mit grimmiger Miene zu.

»Ein Erdrutsch kann natürlich eine solche Welle hervorrufen«, sagte Sarchow, der sofort begriff, was die elektronische Darstellung zu bedeuten hatte. Der Russe deutete auf eine an die Schottwand gepinnte Karte des Sees. »Die Welle wird sich auf ihrem Weg nach Süden durch das seichte Delta des Flusses Selenga wälzen. Vielleicht verliert sie dort ihre Wucht.«

Pitt schüttelte den Kopf. »Wenn Wogen in seichtere Gewässer geraten, hat das eher die gegenteilige Wirkung. Sie werden höher und noch stärker«, sagte er. »Wie schnell ist sie, Rudi?«

Gunn griff zur Computermaus, zog eine Linie zwischen zwei Schwimmkörpern und maß den Abstand. »Den Sensoren nach zu schließen bewegt sich die Welle mit rund zweihundert Stundenkilometern.«

»Dann dürfte sie in knapp fünfzig Minuten bei uns sein«, schätzte Pitt. Seine Gedanken überschlugen sich bereits. Die *Wereschtschagin* war ein robustes Schiff und konnte seiner Meinung nach die Welle abreiten, ohne dass großer Schaden entstand. Weitaus schlimmer dürfte es hingegen den anderen Schiffen auf dem See ergehen, hauptsächlich kleinen Fischerbooten und Frachtern, die einer viereinhalb Meter hohen Welle, die mit derartiger Wucht anbrandete, nicht gewachsen waren. Außerdem waren da auch noch die Menschen, die am Ufer wohnten, denn die tiefer gelegenen Gebiete würden garantiert überflutet werden.

»Dr. Sarchow, ich schlage vor, dass der Kapitän unverzüglich eine Warnung an alle Schiffe auf dem See absetzt. Wenn jemand die Welle sichtet, ist es bereits zu spät, um ihr auszuweichen. Außerdem müssen wir die Behörden verständigen, damit sie alle Leute evakuieren, die an den gefährdeten Uferstreifen leben.«

Sarchow eilte zum Schiffsfunkgerät und setzte die Warnung persönlich ab. Schon im nächsten Moment war im Äther der Teufel los, als auf den Notruf hin zahllose Rückmeldungen und Bestätigungen eingingen. Pitt verstand zwar kein Russisch, aber aus dem skeptischen Tonfall manch eines Funkers schloss er, dass zumindest einige Leute Sarchow entweder für verrückt oder für betrunken hielten. Unwillkürlich musste er lächeln, als der sonst so umgängliche Wissenschaftler rot anlief und eine Reihe von Kraftausdrücken ins Mikrofon brüllte.

»Diese dummen Fischer! Sie haben mich als Spinner bezeichnet!«, fluchte er.

Die Warnung wurde erst beachtet, als der Kapitän eines Fischerbootes, das in der halbwegs geschützten Aja-Bucht lag, von den Ausläufern der Woge erfasst wurde und um ein Haar gekentert wäre, den Vorfall mit überschnappender Stimme meldete. Pitt suchte mit einem Fernglas den Horizont ab und konnte ein halbes Dutzend schwarzer Fischerboote erkennen, die den sicheren Hafen von Listwjanka ansteuerten, dazu einen kleinen Frachter und ein Tragflächen-Fährboot.

»Ich glaube, jetzt hören sie auf Sie, Alex«, sagte Pitt.

»Ja«, erwiderte Sarchow sichtlich erleichtert. »Die Polizei von Listwjanka hat sämtliche Reviere rund um den See verständigt und lässt die Leute von Tür zu Tür gehen, um die gefährdeten Gebiete zu evakuieren. Wir haben alles getan, was wir können.«

»Könnten Sie nun vielleicht auch noch so freundlich sein und dem Kapitän sagen, dass er volle Kraft voraus fahren und uns so schnell wie möglich nach Listwjanka und zum Westufer bringen soll«, sagte Pitt lächelnd, da Sarchow offenbar überhaupt nicht daran gedacht hatte, dass sie ja ebenfalls in Gefahr schwebten.

Als die *Wereschtschagin* Kurs auf Listwjanka nahm und schnellere Fahrt machte, musterte Gunn die Karte vom Baikalsee und strich mit dem Finger über die nach Westen gekrümmte Südspitze.

»Wenn die Welle weiter nach Süden rollt, müssten wir eigentlich so weit davon entfernt sein, dass wir nicht die volle Wucht abbekommen«, stellte Gunn fest.

»Das will ich doch hoffen«, erwiderte Pitt.

»Wir sind knapp dreißig Kilometer von Listwjanka entfernt«, sagte Sarchow, der durch die Brückenverglasung zum Westufer spähte. »Wir entgehen ihr um Haaresbreite, wie Sie gesagt haben.«

In Listwjanka heulte eine alte Fliegeralarmsirene auf, woraufhin die aufgeschreckten Einwohner ihre kleinen Boote an Land zogen und die größeren Schiffe fest an den Kais vertäuten. Die Schulkinder wurden mit einer Warnung an ihre Eltern nach Hause geschickt und die Geschäfte in Ufernähe kurzerhand geschlossen. Massen von Anwohnern rund um den See begaben sich in höhergelegene Gebiete und brachten sich vor der anbrandenden Wasserwand in Sicherheit.

»Da draußen geht es zu wie bei einer Regatta«, sagte Sarchow, während er mit verkniffenem Grinsen durch die Brückenverglasung blickte. Am Horizont waren nahezu ein Dutzend Boote zu sehen, die mit Höchstgeschwindigkeit Listwjanka anliefen, als würden sie von einem Magneten angezogen. Der Kapitän der *Wereschtschagin*, ein ruhiger, unerschütterlicher Mann namens Ian Charitonow, fasste das Ruder fester und beschwor sein Schiff stillschweigend, noch mehr Fahrt zu machen. Wie die anderen auf der Brücke warf er immer wieder einen verstohlenen Blick in Richtung Norden und hielt Ausschau nach der drohenden Welle.

Pitt, der ein Auge auf das Schiffsradar hatte, bemerkte einen Blip, etwa zehn Meilen südöstlich von ihnen, der sich nicht von der Stelle bewegte.

»Offenbar hat da jemand nichts gemerkt«, sagte er zu Sarchow und deutete auf den Leuchtpunkt am Radarsichtgerät.

»Der Idiot hat vermutlich sein Funkgerät ausgeschaltet«, murmelte Sarchow und beugte sich mit einem Fernglas aus dem Backbordfenster. In der Ferne konnte er mit Mühe und Not einen verschwommenen schwarzen Punkt erkennen, der langsam in Richtung Osten wanderte.

»Er hält genau auf das Zentrum des Sturms zu«, sagte Sarchow und griff wieder zum Mikrofon des Funkgerätes. Mehrmals versuchte er, in Kontakt mit dem einsamen Schiff zu kommen, erntete aber nur Schweigen.

»Blind und taub fahren sie in den Tod«, sagte er, schüttelte bedächtig den Kopf und hängte das Mikrofon wieder ein. Im nächsten Moment fuhr er hoch, als ein lautes Knattern ertönte, das die Brückenverglasung zum Klirren brachte.

Ein kleiner Helikopter, der tief über dem Wasser flog, hielt genau auf die *Wereschtschagin* zu, zog dann jäh hoch und schwebte neben der Steuerbordbrückennock. Es war eine Kamow Ka-26, ein alter sowjetischer Hubschrauber, der seine Hochzeit in den 1960er Jahren als leichte Transportmaschine erlebt hatte. Am Rumpf des mit einem verblichenem Silberlack gestrichenen Hubschraubers prangte groß und unübersehbar das Wappen des Limnologischen Instituts von Irkutsk. Dann ging der fünfunddreißig Jahre alte Helikopter tiefer, worauf der Pilot, der eine fette Zigarre im Mund klemmen hatte, die Männer auf der Brücke mit großer Geste grüßte.

»Habe sämtliche Messbojen ausgebracht. Bitte um Erlaubnis, die Klapperkiste abstellen und vertäuen zu dürfen, bevor wir surfen gehen«, meldete sich knisternd und mit tiefer Stimme Giordino über Funk.

Sarchow stand auf, starrte aus dem Brückenfenster und verfolgte fassungslos das Manöver des Helikopters.

»Das ist wertvolles Eigentum des Instituts«, herrschte er Pitt an.

»Keine Sorge, Alexander«, erwiderte Pitt. »Al kann eine 747 durch das Loch in einem Donut fliegen.«

»Vielleicht sollte er das Ding lieber am Ufer abstellen, statt Gefahr zu laufen, dass er vom Deck gefegt wird«, sagte Gunn.

»Ja … natürlich«, stammelte Sarchow, der sich nur wünschte, der Hubschrauber möge Abstand zur Brücke halten.

»Wenn es euch recht ist, würde ich vorher gern zu dem verirrten Fischerboot fliegen und die Leute dort auf die Gefahr hinweisen«, sagte Pitt.

Sarchow musterte Pitt mit betont ruhigem Blick und nickte dann. Im nächsten Moment griff Pitt schon zum Mikrofon des Funkgeräts.

»Al, wie sieht's mit deinem Sprit aus?«, fragte er.

»Habe gerade am Flugplatz von Port Baikal aufgetankt. Müsste für etwa dreieinhalb Stunden Flug reichen, wenn ich mich mit dem Gas zurückhalte. Aber der Pilotensitz ist alles andere als bequem, wenn ich das mal anmerken darf.« Giordino klang müde, nachdem er fast den ganzen Nachmittag lang Messsonden verteilt hatte, zumal die Maschine dem Piloten vollen körperlichen Einsatz abverlangte.

»Geh am Landeplatz runter, aber lass den Rotor laufen. Wir müssen einen Notruf überbringen.«

»Roger«, quäkte es aus dem Funkgerät. Im nächsten Moment wurde der Helikopter hochgezogen und glitt zum Heck des Schiffes, wo er sachte auf einer wackligen Plattform am Achterdeck aufsetzte.

»Rudi, halte uns per Funk über die Welle auf dem Laufenden. Wir fliegen mit dem Hubschrauber zum Ufer, wenn wir das Fischerboot verständigt haben«, sagte Pitt.

»Aye, aye«, erwiderte Gunn, als Pitt davonstürmte. Er rannte in Richtung Heck, einen Gang hinab zu seiner Kabine und kam kurz darauf mit einem roten Seesack wieder heraus, den er sich über die Schulter geworfen hatte. Dann raste er die nächste Treppe hoch, den Mittelgang entlang und kam auf dem offenen Achterdeck heraus, wo er sich an einer Dekompressionskammer vorbeidrängte. Unmittelbar über ihm knatterte der Helikopter, sodass er den Abwind der Rotorblätter spürte, als er die schmale Treppe zum Hubschrauberlandeplatz hinaufstieg und tief geduckt zur Steuerbordtür des Kamow lief.

Der seltsame kleine Helikopter erinnerte Pitt an eine Libelle. Auf den ersten Blick sah es so aus, als bestünde die knapp zehn

Meter lange Maschine nur aus dem hochbeinigen Rumpf. Das kleine Cockpit wirkte, als wäre es unmittelbar hinter den Pilotensitzen abgerissen, was daher rührte, dass die abnehmbare sechssitzige Passagierkabine entfernt worden war. Der alte Hubschrauber war für vielseitige Einsatzmöglichkeiten konstruiert worden, daher konnte an dieser Stelle ein 900 Kilogramm fassender Chemikalien- oder Bestäubungsbehälter zum Besprühen land- und forstwirtschaftlicher Flächen, ein Abteil für den Krankentransport oder für Passagiere beziehungsweise – in diesem Fall – eine offene Frachtplattform eingebaut werden. Auf dieser Ladefläche war ein Gestell mit Röhren befestigt, in denen die Schwimmkörper mit den Messsonden verstaut gewesen waren. Über diesem Gestell waren an zwei Stummelflügeln beiderseits der Rumpfoberseite die beiden Neun-Zylinder-Sternmotoren mit je 325 PS angebracht, die die zwei koaxialen, gegenläufigen Dreiblattrotoren antrieben. An dem schmalen, gegabelten Heck befanden sich Leitwerk und Höhenruder, aber kein Heckrotor. Der Ka-26 oder »Hoodlum«, wie er im Westen genannt wurde, konnte auch als fliegender Kran für eine Hakenlast von bis zu 900 Kilogramm verwendet werden. Zudem war er dank seiner Kompaktheit, Stabilität und Korrosionsfestigkeit für den Einsatz von Schiffen aus ideal geeignet.

Als Pitt zur rechten Seite des Cockpits sprintete, wurde die Copilotentür aufgestoßen, und ein junger russischer Techniker, der eine ZZ-Top-Baseballkappe trug, sprang aufs Deck. Mit einem kurzen Kopfnicken bedeutete er dem hochaufgeschossenen Amerikaner, er solle Platz nehmen, reichte ihm Kopfhörer und Funkmikrofon und verließ dann sofort die Plattform. Pitt verstaute seinen Seesack im Fußraum, stieg ein und wandte sich an seinen alten Freund auf dem Pilotensitz, während er die Tür schloss.

Albert Giordino entsprach kaum dem Bild, das man sich von einem schneidigen Flieger macht. Der stämmige Italiener mit den kräftigen Armen war fast dreißig Zentimeter kleiner als Pitt. Widerspenstige schwarze Haare ringelten sich um seinen Kopf, im Mund klemmte die allgegenwärtige Zigarre, und sein markiges Gesicht hatte seit Tagen keinen Rasierapparat mehr gesehen. Die mahagonibraunen Augen sprühten vor Intelligenz, kündeten aber auch von einem eingefleischten Sinn für Humor, der vor allem in Gefahrenmomenten aufblitzte. Der Direktor für Unterwassertechnologie bei der NUMA und Pitts Freund seit Kindestagen war eher im Cockpit eines Tauchboots zu Hause, hatte aber auch ein feines Händchen im Umgang mit den meisten Fluggeräten.

»Ich habe die Warnmeldung gehört. Willst du den Brecher verfolgen, bis er in Listwjanka anbrandet?«, fragte Giordino über die Bordsprechanlage.

»Erst müssen wir jemandem einen Besuch abstatten. Bring uns in die Luft und geh auf Südostkurs, dann erkläre ich dir alles.«

Giordino hob mit dem Kamow sofort von dem stampfenden Schiff ab und ging auf zweihundert Fuß Höhe, dann steuerte er in Richtung Osten über den See. Während der Hubschrauber auf 136 Stundenkilometer beschleunigte, berichtete Pitt von der Seiche-Welle und dem ahnungslosen Fischerboot. Kurz darauf tauchte dessen schwarzer Rumpf am Horizont auf, und Giordino hielt genau darauf zu, während Pitt sich über Funk mit der *Wereschtschagin* in Verbindung setzte.

»Rudi, was macht unsere Welle?«

»Wird jede Minute stärker, Dirk«, meldete Gunn ruhig. »Sie ist jetzt in der Mitte fast zehn Meter hoch und wird im flachen Wasser vor dem Selenga-Delta immer schneller.«

»Wie viel Zeit haben wir noch, bis sie bei uns ist?«

Gunn schwieg einen Moment und gab einen Befehl in den Computer ein. »In schätzungsweise etwa siebenunddreißig Minuten wird sie die *Wereschtschagin* erreichen. Wir sind dann rund fünf Meilen vor Listwjanka.«

»Danke, Rudi. Halte die Luken dicht. Wir sind über euch und schauen uns das Ganze an, sobald wir das Fischerboot verständigt haben.«

»Roger«, erwiderte Gunn, der plötzlich wünschte, er könnte mit Pitt den Platz tauschen.

Die Woge war noch vierzig Meilen entfernt, und die Männer auf der *Wereschtschagin* konnten die Hügel von Listwjanka jetzt deutlich sehen. Das Schiff dürfte der größten Wucht der Welle entrinnen, aber die Ufergebiete waren ihr schutzlos ausgeliefert. Während er die verrinnenden Minuten zählte, spähte Gunn durch das Brückenfenster und fragte sich insgeheim, wie das malerische Städtchen am See in einer Stunde wohl aussehen würde.

3

Scheint so, als ob wir Gesellschaft bekommen«, sagte Wofford und deutete vom Heck des Fischerboots aus zum Horizont.

Theresa hatte die Maschine bereits entdeckt, aber alle anderen an Bord des Bootes hielten inne und blickten auf. Der gedrungene silberne Helikopter kam von Westen näher und flog schnurgerade auf sie zu.

Das Fischerboot, dessen Besatzung nichts von der drohenden Gefahr ahnte, war in Richtung Ostufer unterwegs und zog sein Schleppsonar hinter sich her. Niemand an Bord hatte bemerkt, dass alle anderen Boote verschwunden waren, zumal es nichts Ungewöhnliches war, dass man auf dem riesigen See weit und breit kein Wasserfahrzeug sehen konnte.

Aller Augen wandten sich zum Himmel, als der plump wirkende Hubschrauber auf das kleine Boot zudonnerte, dann beidrehte und an Backbord querab schwebte. Die Erkundungsmannschaft blickte auf die schwarzhaarige Gestalt am Copilotensitz, die mit einem Mikrofon am Fenster herumfuchtelte und mit dem Finger auf ihre Kopfhörer deutete.

»Er versucht uns über Funk zu erreichen«, stellte Wofford fest. »Haben Sie auf Empfang gestellt, Kapitän?«

Tatiana übersetzte für den mürrischen Kapitän, worauf dieser den Kopf schüttelte und der Russin in unwirschem Tonfall etwas erwiderte. Dann holte er ein Funkmikrofon aus dem Ruderhaus, hielt es zum Helikopter hin und fuhr sich mit der anderen Hand waagerecht über die Kehle.

»Der Kapitän sagt, sein Funkgerät funktioniert schon seit zwei Jahren nicht mehr«, berichtete Tatiana. »Er meint, er braucht keines, auf dem See kommt er auch ohne Funk zurecht.«

»Warum überrascht mich das nicht?«, sagte Roy und verdrehte die Augen.

»Offensichtlich war er nicht bei den Pfadfindern«, fügte Wofford hinzu.

»Sieht so aus, als sollten wir kehrtmachen«, sagte Theresa, als sie den Copiloten des Helikopters winken sah. »Ich glaube, sie wollen, dass wir Listwjanka anlaufen.«

»Der Helikopter ist vom Limnologischen Institut«, stellte Tatiana fest. »Sie haben keinerlei Befugnisse. Wir müssen nicht darauf eingehen.«

»Ich glaube, sie wollen uns warnen«, wandte Theresa ein, als der Helikopter mehrmals die Rotorblätter neigte und der Copilot ihnen weiter zuwinkte.

»Vermutlich stören wir sie bei einem unwichtigen Experiment«, sagte Tatiana. Sie stieß mit beiden Händen nach dem Helikopter, als wollte sie ihn wegscheuchen, und brüllte: »*Otbyt', otbyt'*… haut ab.«

Giordino schaute grinsend aus dem Cockpit. Der mürrische Kapitän des Fischerbootes brüllte dem Hubschrauber offenbar Kraftausdrücke zu, während Tatiana sie verscheuchen wollte.

»Offenbar wollen sie nichts von uns wissen«, stellte Giordino fest.

»Meiner Ansicht nach ist der Kapitän entweder schwer von Begriff, oder er hat zu viel selbst gebrannten Wodka getrunken«, erwiderte Pitt kopfschüttelnd.

»Könnte aber auch an deiner lausigen Marcel-Marceau-Imitation liegen.«

»Schau dir mal die Wasserlinie von dem Kahn an.«

Giordino musterte die Backbordwand des Fischerbootes und stellte fest, dass es tief im Wasser lag.

»Sieht so aus, als ob es bereits sinkt«, sagte er.

»Gegen eine zehn Meter hohe Welle hat es keine große Chance«, bemerkte Pitt. »Du musst mich an Deck absetzen.«

Giordino brachte weder Bedenken vor, noch wies er Pitt auf die Gefahr hin, in die er sich begab. Er wusste, dass es sinnlos war. Pitt war wie ein großer Pfadfinder, der nicht Nein sagen konnte, wenn er einer alten Frau über die Straße helfen sollte. Er würde sein eigenes Wohlbefinden hintanstellen, um anderen beizustehen, ohne sich um mögliche Gefahren zu scheren. Mit ruhiger Hand zog Giordino den Hubschrauber in engem Kreis um das Boot und hielt nach einer Stelle Ausschau, an der er landen und Pitt absetzen konnte. Doch der alte Kahn machte ihm einen Strich durch die Rechnung. Ein mehr als drei Meter hoher Holzmast, der vom Ruderhaus aufragte, schirmte das Boot wie eine Lanze ab. Der Hubschrauber mit seinen zwölf Meter messenden Rotorblättern konnte nirgendwo über dem Boot schweben, ohne den Mast zu erwischen.

»Ich komm nicht nah genug ran«, sagte Giordino. »Du musst entweder schwimmen oder aus mindestens fünf Meter Höhe abspringen, ohne dir die Beine zu brechen.«

Pitt betrachtete das heruntergekommene schwarze Boot, dessen Besatzung fragend zu ihm aufblickte. »Ich habe im Augenblick keine Lust zum Schwimmen«, sagte er mit einem Blick auf das eiskalte Wasser. »Aber wenn du mich am Mast absetzen kannst, zeige ich dir, was für ein guter Feuerwehrmann ich bin.«

Eine verrückte Idee, dachte Giordino, aber es könnte klappen. Wenn er mit dem Helikopter dicht über dem Mast schwebte, konnte Pitt ihn zu fassen kriegen und daran runterrutschen. Schon an Land war das ein kitzliges Manöver, wie Giordino sehr wohl wusste, aber über einem schaukelnden und stampfenden Boot konnte der Hubschrauber, wenn er nicht aufpasste, leicht abschmieren.

Er zog den Kamow hoch, bis sich das Fahrwerk rund drei Meter über dem Mast befand, und steuerte den Helikopter nun behutsam näher. Dann nahm er das Gas leicht zurück, sodass der Hubschrauber etwa genauso schnell wie das Boot war, ging dann vorsichtig tiefer, bis die Maschine knapp einen Meter über dem Mast schwebte.

»Da das Boot so schwankt, kann ich die Kiste nur kurz durchsacken lassen, um dich abzusetzen«, meldete sich Giordino über die Bordsprechanlage. »Bist du sicher, dass du auch wieder hochklettern kannst, damit ich dich abholen kann?«

»Ich habe nicht vor zurückzukommen«, erwiderte Pitt. »Lass mir einen Moment Zeit, dann lotse ich dich runter.«

Pitt nahm die Kopfhörer ab, bückte sich und holte seinen Seesack heraus. Dann öffnete er die Cockpittür, durch die sofort der Abwind der Rotorblätter pfiff, warf den Sack kurzerhand hinaus und sah, wie er am Dach des Ruderhauses aufschlug. Anschließend hängte er die Beine aus der Tür und winkte Giordino mit einer Hand zu, dass er die Maschine in der Schwebe halten sollte. Der Mast des schaukelnden Bootes schwankte hin und her, aber Pitt bekam rasch ein Gefühl für den Rhythmus. Er wartete, bis sich der Mast in der Dünung kurz aufrichtete und senkte dann die Hand. Der Pilot ließ den Helikopter einen Meter durchsacken, und im nächsten Augenblick war Pitt aus der Tür. Daraufhin zog Giordino die Maschine wieder hoch, ohne sich davon zu überzeugen, ob Pitt den Mast zu fassen bekommen hatte, und drehte von dem Fischerboot ab. Erst als er aus dem Seitenfenster schaute, sah er zu seiner Erleichterung, dass Pitt den Mast mit beiden Armen umklammerte und langsam hinabrutschte.

»*Wereschtschagin* an fliegendes Personal, over«, meldete sich Rudi Gunn bei Giordino.

»Was gibt's, Rudi?«

»Wollte dich bloß über die Welle auf dem Laufenden halten. Sie ist jetzt zwohundertfünfzehn Stundenkilometer schnell, bei einer Kammhöhe von über zehn Metern. Sie hat gerade das Selenga-Delta passiert, daher rechnen wir nicht damit, dass sie noch schneller wird, bevor sie das Südufer erreicht.«

»Ich nehme an, das soll eine gute Nachricht sein. Wann ist sie in etwa hier?«

»In rund achtzehn Minuten. In zehn Minuten richtet die *Wereschtschagin* den Bug auf die Woge aus. Ich schlage vor, dass du dich für eine Rettungsaktion bereithältst.«

»Rudi, bitte um Bestätigung. Achtzehn Minuten bis zum Eintreffen der Welle?«

»Richtig.«

Noch achtzehn Minuten. Bis dahin konnte das verwahrloste Fischerboot nie und nimmer einen sicheren Hafen erreichen. Giordino, der auf den tief im Wasser liegenden schwarzen Rumpf starrte, wurde klar, dass der alte Kahn nicht den Hauch einer Chance hatte. Ein ungutes Gefühl beschlich ihn, denn möglicherweise hatte er seinen Freund dem sicheren Tod überantwortet, als er ihn da unten abgesetzt hatte.

Pitt hielt sich einen Moment lang am Querholz fest und betrachtete die beiden rostigen Antennen, eine für die GPS-Anlage, die andere fürs Funkgerät, die nur Zentimeter vor seinem Gesicht aufragten. Sobald Giordino mit dem Helikopter abgedreht hatte und der Abwind nachließ, rutschte er lässig am Mast hinab und bremste mit den Füßen ab. Dann ergriff er seinen Seesack, lief übers Dach des Ruderhauses und stieg über eine Leiter zum Achterdeck hinab, wo er sich einer Schar sichtlich erschrockener Menschen zuwandte, die ihn mit offenem Mund anstarrten.

»*Priwet.*« Er grinste übers ganze Gesicht. »Spricht hier jemand Englisch?«

»Alle bis auf den Kapitän«, erwiderte Theresa, die ebenso wie die anderen überrascht war, dass Pitt kein Russe war.

»Was wollen Sie hier?«, fragte Tatiana mit schroffem Unterton. Misstrauisch musterte sie Pitt mit ihren dunklen Augen. Der Kapitän des Fischerbootes, der hinter ihr unter die Tür des Ruderhauses getreten war, stieß in seiner Muttersprache einen nicht minder verächtlichen Wortschwall aus.

»Sagen Sie Ihrem Kapitän, dass er sofort volle Fahrt voraus Kurs auf Listwjanka nehmen soll, wenn er sich noch einmal einen Wodka hinter die Binde gießen will«, erwiderte Pitt im Befehlston.

»Was ist denn los?«, fragte Theresa beschwichtigend.

»Vor der Insel Olchon ist ein Erdrutsch abgegangen und hat eine riesige Welle ausgelöst. In diesem Moment kommt eine zehn Meter hohe Wasserwand auf uns zu. Auf dem ganzen See wurden Notrufe abgesetzt, aber Ihr Kapitän hat die Warnung offenbar nicht gehört.«

Tatiana sprach mit aschgrauem Gesicht leise auf den Kapitän ein. Der Kapitän nickte schweigend und begab sich ins Ruderhaus. Kurz darauf heulte der alte Motor auf, die Gasregler wurden bis zum Anschlag nach vorn geschoben, das Boot drehte bei und nahm Kurs auf Listwjanka. Unterdessen waren Roy und Wofford auf dem Achterdeck bereits dabei, ihr Sidescan-Sonar einzuholen.

Pitt blickte zum Himmel auf und stellte beunruhigt fest, dass Giordino sich vom Boot entfernt hatte und mit dem silbernen Helikopter im Tiefflug rasch in Richtung Westen verschwand. Wenn das Boot der Welle nicht entrinnen konnte, was so gut wie sicher war, dann wollte er Giordino wenigstens in der Nähe haben. Insgeheim verfluchte er sich, kein Walkie-Talkie mitgenommen zu haben.

»Danke, dass Sie hergeflogen sind, um uns zu warnen«, sagte Theresa, die mit nervösem Lächeln auf Pitt zuging und ihm die Hand zum Gruß bot. »Das war eine ziemlich gefährliche Landung an Bord.« Pitt mochte die Holländerin auf Anhieb. Sie hatte eine angenehm offene Art, die ihn an seine Frau Loren erinnerte.

»Ja, wir sind dankbar für Ihre Warnung«, sagte Tatiana und entschuldigte sich für ihren barschen Empfang. Nachdem sie die Umstehenden rasch vorgestellt hatte, fragte sie: »Sie sind vom Limnologischen Institut, nicht?«

»Ja. Unser Schiff nimmt Kurs auf Listwjanka, genau wie alle anderen Boote in diesem Teil des Sees. Ihr seid die Einzigen gewesen, die wir nicht über Funk verständigen konnten.«

»Ich habe dir doch gleich gesagt, dass mit diesem Boot irgendwas nicht stimmt«, flüsterte Wofford Roy zu.

»Mit dem Kapitän ist auch irgendwas faul«, erwiderte Roy kopfschüttelnd.

»Mr. Pitt, offenbar müssen wir die Welle gemeinsam abreiten. Wie viel Zeit haben wir noch, bis sie uns erreicht?«, fragte Tatiana.

Pitt warf einen Blick auf das orange Zifferblatt seiner Doxa-Taucheruhr. »In knapp fünfzehn Minuten, wenn sie noch so schnell ist wie vor unserem Start auf der *Wereschtschagin*.«

»In der Zeit schaffen wir es niemals nach Listwjanka«, stellte Tatiana leise fest.

»Der See wird nach Süden zu breiter, sodass sich die Welle in Richtung Westen abschwächen dürfte. Je näher wir Listwjanka kommen, desto kleiner wird die Woge.«

Als er jedoch an Deck des leckenden Fischerbootes stand, bezweifelte er insgeheim, dass sie ihr entrinnen konnten. Das alte Boot schien von Minute zu Minute tiefer im Wasser zu liegen, und der Motor hustete und stotterte, als wollte er jeden Moment ausgehen. Das Holz rundum wirkte faulig, und bislang hatte er nur das Oberdeck gesehen. Pitt wollte sich gar nicht erst vorstellen, in welchem Zustand die Planken unter der Wasserlinie sein mochten.

»Wir sollten uns lieber auf einen wilden Ritt gefasst machen. Jeder nimmt sich eine Schwimmweste. Alles, was nicht verloren gehen soll, muss an Deck oder an der Bordwand vertäut werden.«

Roy und Wofford sicherten mit Theresas Hilfe sofort ihre

Geräte. Tatiana kramte im Ruderhaus herum und kam ein paar Minuten später mit einem Arm voller alter Schwimmwesten heraus.

»Es sind nur vier Schwimmwesten an Bord«, erklärte sie. »Der Kapitän will keine anlegen, aber trotzdem haben wir eine zu wenig«, sagte sie mit einem Blick auf Pitt.

»Keine Sorge, ich habe meine eigene mitgebracht«, erwiderte Pitt. Während das Explorationsteam die Schwimmwesten festzurrte, streifte Pitt seine Schuhe und die Oberkleidung ab und stieg in den Trockentauchanzug aus Neopren, den er aus seinem Seesack holte.

»Was ist das für ein Lärm?«, fragte Theresa.

Von Weitem hallte ein noch kaum wahrnehmbares Grollen über den See. Für Pitt klang es wie ein Güterzug, der in der Ferne einen Berg umkurvt. Doch das Grollen kam stetig näher und wurde allmählich auch lauter.

Ohne hinzuschauen wusste Pitt, dass die Gnadenfrist abgelaufen war. Die Welle musste noch stärker und schneller geworden sein, denn sie hielt jetzt deutlich früher auf sie zu, als Rudi geschätzt hatte.

»Da ist sie!«, brüllte Roy und deutete auf den See hinaus.

»Die ist ja riesig«, stieß Theresa sichtlich erschrocken aus.

Die Woge war kein von weißer Gischt gekrönter Brecher, wie ihn Surfer mögen, sondern eher eine sonderbar glatte Wasserwalze, die sich von einem Ufer zum anderen erstreckte. Selbst aus rund dreißig Kilometer Entfernung konnten die Männer und Frauen auf dem Fischerboot erkennen, dass sie nahezu zwölf Meter hoch sein musste. Beim Anblick dieser aberwitzigen Wasserwand, die unter Donnergrollen auf sie zukam, hielten alle wie erstarrt inne. Alle bis auf Pitt.

»Tatiana, sagen Sie dem Kapitän, dass er den Bug auf die Welle ausrichten soll«, befahl er. Der mürrische Kapitän, der mit weit aufgerissenen Augen auf den See hinausstarrte, riss rasch das Ruderrad herum. Pitt war sich darüber im Klaren, dass sich das alte und undichte Boot in einer nahezu aussichtslosen Lage befand. Aber solange noch Hoffnung bestand, war er fest entschlossen, alle Mann an Bord zu retten.

Zunächst einmal musste er verhindern, dass jemand über Bord ging. Er sah sich an Deck um und bemerkte ein altes Fischernetz, das zusammengerollt an der Steuerbordwand lag.

»Jim, helfen Sie mir mit dem Netz da«, sagte er zu Wofford.

Gemeinsam zerrten sie das Netz übers Deck und schoben es an die Rückwand des Ruderhauses. Dann schlang Wofford das eine Ende um die Steuerbordreling, und Pitt befestigte das andere am Backbordstieper.

»Wozu soll das gut sein?«, fragte Theresa.

»Wenn die Welle auf uns zukommt, legen sich alle hin und halten sich am Netz fest. Das wirkt wie ein Polster und sorgt hoffentlich dafür, dass niemand unfreiwillig schwimmen geht.«

Während der Kapitän die nahende Woge ansteuerte, gingen die drei Männer und die beiden Frauen vor dem Netz in Stellung. Roy gesellte sich zu Pitt, sodass ihn die anderen nicht hören konnten.

»Ein mutiger Versuch, Mr. Pitt«, flüsterte er ihm zu. »Aber wir beide wissen, dass es dieser Seelenverkäufer nicht schaffen wird.«

»Nur nicht verzagen«, erwiderte Pitt mit seltsam zuversichtlicher Miene.

Das Grollen, das übers Wasser hallte, wurde immer lauter, als sich die Woge bis auf rund acht Kilometer näherte. Nur noch wenige Minuten, dann würde sie über das Boot hereinbrechen. Die Männer und Frauen an Bord machten sich auf das Schlimmste gefasst – einige beteten lautlos, während andere dem Tod mit grimmig entschlossener Miene entgegenblickten. Im Tosen der Wassermassen bemerkte niemand das Rotorengeräusch des anfliegenden Helikopters. Der Kamow war nur mehr hundert Meter von der Backbordseite entfernt, als Wofford aufblickte und rief: »Was zum Geier ...?«

Alle wandten sich von der nahenden Woge ab und warfen einen kurzen Blick zu dem Helikopter, dann schauten sie ein zweites Mal hin. An einer rund fünf Meter langen Trosse unter dem Hubschrauber hing eine Art weißer Zylinder, der über dem Wasser baumelte und offenbar ziemlich schwer war. Alle – bis auf Pitt – dachten zunächst, der Hubschrauberpilot hätte den Verstand verloren. Warum brachte er ausgerechnet in diesem Moment irgendeine sonderbare Apparatur zu dem Fischerboot?

Pitt hingegen grinste übers ganze Gesicht, als er den sperrigen Gegenstand erkannte, der unter dem Helikopter baumelte. Er wäre fast dagegen gerannt, als er kurz zuvor von der *Wereschtschagin* aufgebrochen war. Es war die Dekompressionskammer, die das Forschungsschiff an Bord hatte, für den Fall, dass es zu einem Tauchunfall kommen sollte. Giordino war offenbar der Meinung, sie könnte als eine Art Tauchboot eingesetzt werden, in der die Bootsbesatzung Zuflucht fand. Pitt sprang auf und winkte Giordino zu, dass er die Kammer aufs Achterdeck ablassen sollte.

Während die Seiche-Welle weiter auf das Boot zuhielt, schwebte Giordino über dem Heck, bis sich die Kammer ausgependelt hatte. Dann ließ er sie ab. Mit einem dumpfen Knirschen landete sie auf den Planken. Die Druckkammer, in der vier Personen Platz hatten, nahm fast das ganze Achterdeck ein und drückte das Heck des Bootes noch ein paar Zentimeter tiefer ins Wasser.

Pitt löste rasch die Haltetrosse, lief zur Reling und winkte dem Helikopter mit hochgerecktem Daumen zu. Giordino drehte augenblicklich ab und hielt den Hubschrauber ein Stück entfernt im Schwebeflug, um den Aufprall der Woge zu beobachten.

»Weshalb hat er das Ding da abgesetzt?«, fragte Tatiana.

»Der große, hässliche Schwimmer ist unsere Lebensversicherung«, erwiderte Pitt. »Alle Mann rein, wir dürfen keine Zeit verlieren.«

Pitt warf einen Blick nach vorn und sah, dass die Welle nur noch anderthalb Kilometer entfernt war. Rasch entriegelte er die schwere runde Tür und riss sie auf. Theresa stieg zuerst hinein, gefolgt von Wofford und Roy. Tatiana zögerte, ergriff dann eine Ledertasche und begab sich hinter Roy ins Innere der Kammer.

»Beeilung«, drängte Pitt. »Wir haben keine Zeit für eine Gepäckkontrolle.«

Sogar der missmutige Kapitän, der fassungslos auf die dräuende Wasserwand starrte, riss sich vom Ruderrad los und huschte nach den anderen in die Kammer.

»Leisten Sie uns keine Gesellschaft?«, fragte Tatiana, als Pitt die Tür schloss.

»Da drin geht's schon mit fünf Leuten ziemlich eng zu. Außerdem muss jemand die Kammer abdichten«, erwiderte er mit einem Augenzwinkern. »Dahinten sind Decken und Polster. Damit könnt ihr Kopf und Körper schützen. Macht euch bereit, ich bin gleich wieder da.«

Mit einem metallischen Scheppern ging die Tür zu, worauf Pitt sie verschloss. Eine sonderbare Stille umfing die Insassen, aber sie hielt nur einen Augenblick lang an. Dann brach die Woge über sie herein.

Theresa saß hinter dem dicken Bullauge und blickte hinaus zu dem geheimnisvollen Mann, der unverhofft aufgetaucht war, um sie zu retten. Sie sah, wie Pitt in seinen Seesack griff und eine Taucherbrille und eine Trageschale mit Schultergurten herausholte, an der eine kleine Pressluftflasche angebracht war. Rasch schnallte er das Gerät um und stieg auf die Bordwand, bevor ein Schwall Wasser über das Bullauge hinwegspülte.

Das gecharterte Fischerboot war noch immer fünfundzwanzig Kilometer von Listwjanka und dem Westufer entfernt, als es von der Welle erfasst wurde. Die Menschen an Bord hatten keine .Ahnung, dass sie die volle Wucht des Brechers abbekamen, dessen Kamm sich beim Anbranden wie ein zweistöckiges Haus auftürmte.

Giordino musste aus zweihundert Fuß Höhe ohnmächtig mit ansehen, wie die Woge über das schwarze Fischerboot hereinbrach. Tapfer versuchte der alte Kahn mit seinem noch immer auf Vollgas laufenden Motor die vertikale Wasserwand zu erklimmen. Doch die Wucht des Brechers überforderte die fauligen Rumpfplanken, und einen Moment lang schien sich das Boot regelrecht in seine Einzelteile aufzulösen und unter der dräuenden Woge ganz zu verschwinden.

Verzweifelt suchte Giordino den See nach einer Spur von Pitt oder der Dekompressionskammer ab. Doch als sich das Wasser wieder beruhigte, sah er nur den treibenden Bug. Das alte Fischerboot war unter der Wucht der Woge auseinandergebrochen, und ausschließlich der vordere Teil hatte den Aufprall überstanden. Das Achterdeck mitsamt der Druckkammer war dagegen spurlos verschwunden. Der schwarze Bug schaukelte noch einen Moment lang auf dem Wasser, sodass die Mastspitze hin und her schwankte, dann versank er in einem Blasenschwall in den eisigen Fluten des Sees.

4

Festhalten!«, rief Theresa im jähen Brüllen der gewaltigen Wasserwand.

Ihre Worte hallten in der Kammer wider, deren Insassen heftig durcheinandergeschleudert wurden. Die ganze Kammer wurde hochgerissen, als die Welle das Heck des Fischerbootes anhob. Die drei Männer und die beiden Frauen klammerten sich verzweifelt an die gusseisernen Griffstangen der beiden Liegen, um nicht durch das ganze Gelass zu fliegen. Einen Moment lang schien die Zeit stehen zu bleiben, als sich das Boot aufrichtete und die Welle zu erklimmen versuchte. Dann ertönte ein lautes Knacken unter ihren Füßen, und der Rumpf brach auseinander. Der leichtere Bug hielt sich über Wasser, doch der hintere Teil versank langsam im Wellental, als die Woge mit voller Wucht voranwalzte.

Theresa hatte das Gefühl, alles liefe in Zeitlupe ab. Zunächst schien die ganze Kammer abzusacken, dann wurde sie von der Gewalt der Woge herumgeworfen. Sie hörte, wie die anderen Insassen aufkeuchten, dann laut schrien, sah hochgerissene Arme und Beine. Das wenige Licht, das durch das Bullauge drang, wurde rasch schummriger und verschwand dann gänzlich, sodass sie nur noch von Furcht erregender Finsternis umgeben waren.

Die Welle hatte, ohne dass es die Betroffenen bemerken konnten, das gesamte Heck des Schiffes umgekippt, sodass die Druckkammer darunter begraben und unter der Last des vollgelaufenen Maschinenraums samt der schweren Maschine und der Schraubenwelle zum Seegrund hinabgezogen wurde. Die Dekompressionskammer, die ihnen das Leben retten sollte, hatte sich in einen Sarg verwandelt, der seine Insassen in die eisigen Tiefen des sibirischen Sees riss.

Die schwere Stahlkammer konnte bis zu dreißig Atmosphären standhalten, das entsprach dem Wasserdruck in einer Tiefe von dreihundert Metern. Doch der See war an der Stelle, an der das Boot auseinandergebrochen war, fast tausend Meter tief, sodass sie zerquetscht werden würde, noch ehe sie den Grund erreichte. Normalerweise war die luftdicht verschlossene Druckkammer so leicht, dass sie auch mit fünf Insassen genügend Auftrieb hatte, um sich über Wasser zu halten. Doch jetzt saß sie unter dem umgekippten Heck fest und wurde erbarmungslos nach unten gezogen.

Als das Licht, das durch das Bullauge drang, immer schummriger wurde, wusste Theresa, das sie im See versanken. Sie dachte an Pitts letzte Worte, als er die Kammer als »Schwimmer« bezeichnet hatte. Also muss sie schwimmfähig sein, schloss sie daraus. Da allem Anschein nach nirgendwo Wasser eindrang, musste sie von anderen Kräften in die Tiefe gerissen werden.

»Alle in diesen Teil der Kammer, wenn ihr könnt«, rief sie den anderen zu, nachdem sie sich zur einen Seite vorgetastet hatte. »Wir müssen das Gewicht verlagern.«

Benommen krochen ihre durchgerüttelten Schicksalsgefährten zu Theresa hin, wo sie sich schweigend aneinanderdrückten und in der Dunkelheit versuchten, gegenseitig ihre Verletzungen zu versorgen. Trotz der gut 450 Kilogramm, die sie gemeinsam auf die Waage brachten, wären sie durch die Gewichtsverlagerung allein nicht freigekommen. Aber Theresa hatte richtig vermutet und alle nahe dem Heckspiegel platziert. Unmittelbar über ihnen befand sich jetzt die Maschine, also der schwerste Teil des Achterschiffs, und durch das vereinte Gewicht kippte das Heck leicht nach unten.

Unterdessen nahm der Druck immer mehr zu, je tiefer das Boot sank. Die Außenwände der Kammer knackten bereits bedrohlich, als die Schweißnähte die Grenzen ihrer Belastungsfähigkeit erreichten. Doch durch die Gewichtsverlagerung stellte sich das Heck allmählich immer steiler. In dem engen Gelass spürte man nichts davon, aber ein leises Scharren war zu hören, als die Kammer über das schräge Deck rutschte. Dadurch wiederum geriet das Achterschiff noch mehr aus dem Gleichgewicht, bis sich die Kammer merklich aufrichtete, um sich dann mit einem deutlich vernehmbaren Scheppern von dem sinkenden Wrack zu lösen.

Die Insassen kamen sich vor wie in einer Achterbahn mit Looping, als die Kapsel vom eigenen Auftrieb nach oben gerissen wurde. Giordino, der vom Kamow aus den Wasserspiegel des Sees absuchte, erinnerte der Anblick der auftauchenden Druckkammer an den Start einer Trident-Rakete von einem Atom-Unterseeboot der Ohio-Klasse. Nachdem die Welle weitergerollt und der abgerissene Bug des Bootes gesunken war, bemerkte er in unmittelbarer Nähe einen Schwall aufsteigender Luftblasen. Seiner Vermutung nach konnte er nur von der weißen Dekompressionskammer stammen, die sich in rund 25 Meter Tiefe befand und mit hoher Geschwindigkeit nach oben trieb. Die Kapsel tauchte mit der schmalen Seite zuerst auf, schoss dann gänzlich aus dem Wasser und schlug mit voller Wucht wieder auf. Als er näher heranschwebte, sah er, dass die

Kammer offenbar dicht geblieben war und mühelos in der kabbeligen Dünung trieb.

Obwohl sie sich völlig zerschlagen fühlte, konnte sich Theresa vor Erleichterung kaum beherrschen, als sie durch das Bullauge den blauen Himmel sah und dann feststellte, dass sie ruhig im Wasser trieben. Nun strich ein Schatten über das Guckloch hinweg, und sie bemerkte den silbernen Hubschrauber des Instituts, der über ihnen schwebte. Erst jetzt, da es in der Kammer wieder heller war, wandte sie sich um und betrachtete ihre wild durcheinandergeworfenen Gefährten.

Bei dem turbulenten Aufstieg hatten sich alle Prellungen und blaue Flecken zugezogen, aber wie durch ein Wunder war niemand ernsthaft verletzt worden. Der Kapitän des Fischerbootes blutete aus einer hässlichen Platzwunde an der Stirn, und Wofford, der sich den Rücken gestaucht hatte, hockte mit schmerzverzerrter Miene da. Roy und die beiden Frauen hingegen waren nahezu ungeschoren davongekommen. Theresa fragte sich, wie viele Brüche und Schädelverletzungen sie wohl davongetragen hätten, wenn sie sich nicht unmittelbar vor dem Anbranden der Woge mit Decken und Polstern geschützt hätten. Sobald sie wieder halbwegs zur Besinnung kam, dachte sie an Pitt und überlegte, ob der Mann, der sie gerettet hatte, diesen Mahlstrohm wohl überlebt hatte.

Der Leiter der NUMA war der Meinung gewesen, die Welle am besten im offenen Wasser überstehen zu können. Als erfahrener Surfer, der in Newport Beach aufgewachsen war, wusste Pitt, dass er unter der anbrandenden Woge hindurchtauchen und sie über sich hinwegrollen lassen musste, um möglichst wenig von ihrer Wucht abzubekommen. Nachdem er das Explorationsteam in der Dekompressionskammer eingeschlossen hatte, streifte er die Vollgesichtsbrille mit integriertem Lungenautomaten über, der an ein Dräger-Regenerationsgerät angeschlossen war, und sprang von der Bordwand des Fischerbootes. Sobald er auf dem Wasser aufschlug, schwamm er mit aller Kraft los, versuchte so weit wie möglich von dem Fischerboot wegzukommen und unter die Welle zu tauchen, bevor sie zuschlug. Doch es war ein paar Sekunden zu spät.

Er war kaum untergetaucht, als die Seiche-Welle über ihn hereinbrach. Statt unter ihr hindurchzugleiten wurde er zum Kamm emporgerissen. Pitt kam sich wie in einem Expressaufzug vor und spürte, wie sich sein Magen umdrehte. Doch im Gegensatz zu dem Boot, das auf der Welle schwamm, bevor es auseinanderbrach, befand er sich inmitten der Wassermassen und wurde eins mit der Woge.

Seine Ohren klangen vom Tosen der Mammutwelle, und das brodelnde Wasser raubte ihm jede Sicht. Dank des Kreislaufgeräts auf seinem Rücken und der Vollgesichtsbrille konnte er inmitten der wirbelnden Fluten immerhin atmen. Einen Moment lang hatte er das Gefühl, als fliege er durch die Luft, und teilweise genoss er es sogar, war sich aber bewusst, dass er jederzeit unter der Woge zerschmettert werden konnte. Er war sich allerdings auch darüber im Klaren, dass es sinnlos war, sich gegen die überwältigende Kraft des Wassers zu wehren, und so entspannte er sich ein bisschen, während er immer höher gerissen wurde. Das Tempo der Welle nahm er hingegen kaum wahr, obwohl er bereits mehrere hundert Meter von der Stelle abgetrieben war, an der sie ihn erfasst hatte.

Als er nach oben schoss, spürte er plötzlich, dass eines seiner Beine aus dem Wasser ragte, dann drang Sonnenlicht durch das Glas seiner Brille, und sein Kopf tauchte auf. Im nächsten Moment spürte er einen jähen Sog, der ihn voranzog. Sofort wurde ihm klar, dass er gerade zum Kamm der Welle emporgerissen worden war und jetzt Gefahr lief, von ihr überspült zu werden. Nur wenige Zentimeter von ihm entfernt fiel die zehn Meter hohe Wasserwand fast senkrecht ab. Rundum kochte weiß brodelnde Gischt, ein Zeichen dafür, dass sich die Woge demnächst brach. Pitt wusste, dass er von den Wassermassen zermalmt werden würde, wenn er unter diese tosenden Urgewalten geriet.

Er warf sich herum, brachte sich lotrecht zur Wellenfront,

stieß mit den Armen durch das Wasser, setzte die Füße ein und versuchte mit aller Kraft über den Kamm zu schwimmen. Er spürte jedoch, wie er vom Sog der Welle zurückgezogen wurde, und zwang sich dazu, mit den Beinen noch kräftiger auszuholen. Unermüdlich ruderte er, als gelte es einen neuen Schwimmrekord aufzustellen, und versuchte über den Wellenkamm zu gelangen. Das tosende Wasser zerrte nach wie vor an ihm und drohte ihn in die Tiefe zu reißen, doch mit der Kraft der Verzweiflung kämpfte er weiter.

Dann ließ der Sog mit einem Mal nach, und die Woge schien unter ihm vorbeizuspülen. Er spürte, wie er mit dem Kopf voran fiel, was wiederum hieß, dass er sich auf der Rückseite der Welle befand. Diesmal ging es rasend schnell abwärts, aber wenigstens nicht in freiem Fall. Trotzdem spannte er die Muskeln an und bereitete sich auf den Aufprall vor. Doch dazu kam es nicht. Das tosende Wüten der Wassermassen ließ plötzlich nach, und dann war es vorüber. Im nächsten Augenblick fand er sich in einem Schwall schaumiger Blasen unter Wasser wieder. Als das laute Donnern der Welle verklang, warf er einen Blick auf den Tiefenmesser, der an seiner Tragschale angebracht war, und stellte fest, dass er sich in fünf Meter Tiefe befand.

Sobald er sich halbwegs orientieren konnte, schaute er nach oben, sah den schimmernden Wasserspiegel über sich und tauchte mit ein paar lässigen Beinschlägen auf. Jetzt hörte er wieder das Donnergrollen, wandte sich um und sah, wie die verheerende Woge in Richtung Ufer brandete. Dann wurde das Getöse leiser, und Pitt nahm das Geräusch von Hubschrauberrotoren wahr. Er drehte sich um und sah den Kamow, der im Tiefflug schnurstracks auf ihn zuhielt. Er suchte den See ab, konnte aber nirgendwo eine Spur des Fischerbootes entdecken.

Giordino steuerte den Kamow unmittelbar neben Pitt und schwebte so tief über dem Wasser, dass die Dünung über das Fahrwerk spülte. Pitt schwamm gerade zum Cockpit, als die Copilotentür über ihm aufgestoßen wurde. Er kletterte auf das Fahrwerk, zog sich durch die Tür und ließ sich auf den Copilotensitz sinken. Noch ehe er die Taucherbrille abnehmen konnte, zog Giordino den Hubschrauber bereits wieder hoch.

»Manche Typen sind für einen guten Ritt doch wirklich zu allem bereit«, sagte Giordino grinsend, aber zutiefst erleichtert, dass sein Freund einigermaßen heil geblieben war.

»War aber eine lausige Surfwelle«, japste Pitt erschöpft. »Was ist mit dem Fischerboot?«

Giordino schüttelte den Kopf. »Hat's nicht überstanden. Ist auseinandergebrochen wie ein Streichholz. Ich dachte schon, wir hätten die Dekompressionskammer ebenfalls verloren, aber die ist kurz darauf wieder nach oben geschossen. Ich habe jemanden durchs Bullauge winken sehen. Mit etwas Glück dürfte den Leuten in der Blechbüchse also nicht allzu viel fehlen. Ich habe die *Wereschtschagin* angefunkt. Sie ist schon unterwegs, um sie rauszufischen.«

»War doch eine gute Idee, dass du die Kammer im letzten Moment noch vorbeigebracht hast. Sonst hätte die Besatzung nicht überlebt.«

»Tut mir leid, dass ich dich nicht rausholen konnte, bevor die Welle kam.«

»Wolltest du mir etwa den Ritt verderben?« Pitt nickte kurz. Er war sich bewusst, dass er diese fürchterliche Welle nur mit viel Glück überlebt hatte. Dann kam ihm die *Wereschtschagin* in den Sinn. »Wie ist es dem Forschungsschiff ergangen?«

»Kurz vor Listwjanka war die Welle bloß noch knapp viereinhalb Meter hoch. Offenbar hat die *Wereschtschagin* sie mit links abgeritten. Rudi sagt, ein paar Liegestühle sind durcheinandergepurzelt, aber sonst ist alles paletti. Allerdings nimmt er an, dass in der Ortschaft ziemlich viel Schaden entstanden ist.«

Pitt schaute auf das blaue Wasser unter dem Cockpit, konnte die Dekompressionskammer aber nirgendwo entdecken.

»Wie weit bin ich geritten?«, fragte er, als er endlich wieder einigermaßen bei Atem war. Langsam wurde ihm klar, dass er ziemlich angeschlagen war, denn allmählich tat ihm der ganze Körper weh.

»Etwa drei Meilen«, erwiderte Giordino.

»Und zwar in medaillenreifer Zeit, wenn ich das so sagen darf«, gab er zurück und wischte sich einen Wassertropfen von der Stirn.

Giordino gab Gas und steuerte den Helikopter im Tiefflug über den mittlerweile wieder ruhigen See in Richtung Norden. Dann tauchte vor ihnen etwas Weißes auf, weshalb Giordino den Kamow drosselte. Bald erreichten sie die im Wasser schaukelnde Kammer.

»Jede Wette, dass die Luft in dem Tank allmählich ziemlich stickig wird«, sagte er.

»Die können da drin noch stundenlang aushalten, ohne dass ihnen eine Kohlendioxidvergiftung droht«, erwiderte Pitt. »Wie lange wird es dauern, bis die *Wereschtschagin* hier ist?«

»Etwa neunzig Minuten. Aber ich fürchte, wir können nicht mehr lange bleiben und ihnen Gesellschaft leisten«, sagte Giordino und tippte an die Treibstoffanzeige, die bereits ziemlich niedrig stand.

»Tja, wenn du so freundlich bist und an Deck zurückkehrst, sage ich ihnen Bescheid, dass man sie nicht im Stich lässt.«

»Du kannst wohl nicht genug vom kalten Wasser kriegen, was?«, fragte Giordino und ging tiefer, bis der Helikopter nur noch ein paar Fuß über dem Wasser schwebte.

»So ähnlich wie du mit deinem reinen Quellwasser aus den Rocky Mountains«, konterte Pitt. »Sorg dafür, dass Alexander uns nicht überfährt«, sagte er und stülpte sich die Vollgesichtsbrille über den Kopf.

Mit einem kurzen Winken sprang er aus der Tür und landete ein paar Meter neben der Kammer im Wasser. Als Giordino mit dem Helikopter das nahende Forschungsschiff ansteuerte, schwamm Pitt zu der Dekompressionskammer, zog sich zum Bullauge hoch und spähte hinein.

Theresa keuchte auf, als sie Pitts Tauchbrille hinter dem dicken Glas sah.

»Er ist am Leben«, sagte sie, als sie die grünen Augen erkannte.

Die anderen drängten sich um das Bullauge und winkten Pitt zu, ohne zu wissen, dass er von der Welle fast fünf Kilometer weit mitgerissen worden war, bevor er per Helikopter zurückkehrte.

Pitt deutete mit dem Zeigefinger auf die Insassen, fuhrte ihn an die Daumenspitze und hielt ihn vor die Luke.

»Er fragt, ob alles okay ist«, sagte Roy, der das Zeichen verstand.

Tatiana, die unmittelbar am Bullauge saß, nickte und erwiderte die Geste. Dann deutete Pitt auf seine Taucheruhr und hielt den Zeigefinger hoch.

Tatiana nickte erneut. »Eine Stunde«, sagte sie zu den anderen. »Die Helfer sind schon unterwegs.«

»Ich glaube, dann können wir's uns ruhig noch gemütlich machen«, sagte Wofford. Gemeinsam mit Roy breitete er die Polster wieder auf dem schrägen Boden aus, sodass alle bequem sitzen konnten.

Unterdessen schwamm Pitt um die Kammer herum und untersuchte sie nach Schäden oder Lecks. Nachdem er sich davon überzeugt hatte, dass sie nicht sinken würde, kletterte er auf die aus dem Wasser ragende Stahlwand und wartete. In der klaren Nachmittagsluft konnte er die *Wereschtschagin* mühelos erkennen und verfolgte ihren Kurs, als sie auf sie zuhielt.

Giordino hatte bereits den großen Kran vorbereitet, als das Forschungsschiff etwas über eine Stunde später längsseits ging. Da die Schlepptrosse noch immer an der Kammer hing, musste Pitt sie lediglich einholen und am Kranhaken anbringen. Dann hockte er sich rittlings auf die Kammer, als säße er auf einem riesigen weißen Hengst, und ließ sich mitsamt dem Stahlbehälter auf das Achterdeck der *Wereschtschagin* hieven. Sobald die Bodenstreben das Deck berührten, sprang er ab und kurbelte die Einstiegsluke auf. Gunn stürmte zu ihm, steckte den Kopf hinein und half dann Theresa und Tatiana sowie den drei Männern heraus.

»Mann, tut das gut«, sagte Wofford, der die frische Luft in tiefen Zügen einatmete.

Der russische Fischer torkelte, kaum dass er ausgestiegen war, an die Reling und hielt Ausschau nach seinem alten Boot.

»Erklären Sie ihm, dass es von der Welle zertrümmert wurde und untergegangen ist«, sagte Pitt zu Tatiana.

Der Kapitän schüttelte den Kopf und schluchzte, als sie ihm die Nachricht überbrachte.

»Wir konnten es kaum glauben, als Sie wieder aufgetaucht sind, nachdem die Welle vorüber war«, sagte Theresa und schaute Pitt bewundernd an. »Wie haben Sie das überlebt?«

»Manchmal habe ich eben einfach Glück«, erwiderte er grinsend, dann öffnete er seinen Seesack und zeigte ihr die Tauchausrüstung.

»Nochmals vielen Dank«, sagte Theresa, worauf auch die anderen Mitglieder des Explorationsteams ihre Lobgesänge anstimmten.

»Bedanken Sie sich nicht bei mir«, sagte Pitt. »Das haben Sie alles nur Al Giordino und seiner fliegenden Dekompressionskammer zu verdanken.«

Giordino stieg vom Kran, ging zu ihnen und verbeugte sich mit großer Geste. »Hoffentlich war die Tour in der Blechbüchse nicht zu ruppig«, sagte er.

»Sie haben uns das Leben gerettet, Mr. Giordino«, sagte Theresa, schüttelte ihm dann die Hand und wollte sie gar nicht mehr loslassen.

»Bitte nennen Sie mich Al«, sagte der grummelige Italiener, der unter dem Blick der hübschen Holländerin sichtlich auftaute.

»Immerhin weiß ich jetzt, wie einer Flipperkugel zumute sein muss«, murmelte Roy.

»Sagen Sie mal, haben Sie vielleicht Wodka an Bord?«, ächzte Wofford und rieb sich das Kreuz.

»Scheint in Kalifornien die Sonne?«, gab Gunn schlagfertig zurück. »Hier entlang, meine Damen und Herren. Wir lassen

Sie kurz vom Schiffsarzt untersuchen, dann können Sie sich in eine Kabine zurückziehen und ausruhen oder in der Bordküche einen Drink zu sich nehmen. In Listwjanka herrscht das reinste Chaos, deshalb können wir Sie vermutlich ohnehin erst morgen Nachmittag an Land absetzen.«

»Al, bring du doch die Leute auf die Krankenstation. Ich möchte kurz ein paar Worte mit Rudi reden«, sagte Pitt.

»Mit Vergnügen«, sagte Giordino, nahm Theresa am Arm und führte sie und die anderen den Steuerbordgang entlang zur kleinen Krankenstation des Schiffes.

Gunn trat auf Pitt zu und klopfte ihm auf die Schulter. »Al hat mir von deinem Wasserritt berichtet. Hätte ich gewusst, dass du in die Welle reintauchst, hätte ich dir ein paar Messgeräte auf den Rücken geschnallt«, sagte er grinsend.

»Bei einem Glas Tequila erzähl ich dir gern von meiner Erfahrung mit flüssigem Dynamit«, erwiderte Pitt. »Wie sieht's mit den Schäden an Land aus?«

»Soweit wir das von Weitem sehen konnten, hat Listwjanka den Sturm einigermaßen überstanden. Die Kais sind verwüstet, und zwei, drei Boote liegen jetzt auf der Hauptstraße, aber schwerere Schäden haben wohl nur ein paar Geschäfte in Ufernähe davongetragen. In den Radioberichten wurden keine Todesopfer erwähnt, folglich hat unsere Warnung offenbar etwas genützt.«

»Wir müssen weiter aufpassen, falls es Nachbeben gibt«, sagte Pitt.

»Ich stehe per Satellit in ständiger Verbindung mit dem National Earthquake Information Center in Golden, Colorado. Die sagen uns sofort Bescheid, wenn sie ein Nachbeben bemerken.«

Die Dämmerung senkte sich bereits über den See, als die *Wereschtschagin* in den Hafen von Listwjanka einlief. Fast die gesamte Besatzung des Forschungsschiffes drängte sich an die Reling am Vordeck, um sich die Schäden anzusehen. Die Welle hatte wie ein Hammer zugeschlagen, Bäume umgerissen und die kleineren Gebäude in Wassernähe regelrecht zertrümmert. Aber der Großteil der Stadt und auch die Hafenanlagen hatten die Wassermassen einigermaßen heil überstanden. Etliche hundert Meter vor den verwüsteten Kais, die im Schein der Notlampen schimmerten, die sich das ganze Ufer entlangzogen, ging das Forschungsschiff bei tiefer Dunkelheit vor Anker. Das Tuckern eines alten Belarus-Traktors hallte über das Wasser – offenbar hatten die Stadtbewohner noch spätabends mit den Aufräumarbeiten begonnen.

Zu dieser Zeit saßen Roy, Wofford und der Kapitän des Fischerbootes in einer Ecke der Galley zusammen und kippten sich gemeinsam mit einem russischen Matrosen, der eine Flasche Altai-Wodka großzügigerweise mit ihnen teilte, etliche Kurze hinter die Binde. Pitt, Giordino und Sarchow, die mit Theresa und Tatiana auf der anderen Seite des Raumes saßen, genossen gerade die letzten Bissen des gebratenen Störs, den es zum Abendessen gab. Als die Teller abgeräumt waren, brachte Sarchow eine Flasche ohne Etikett zum Vorschein und schenkte jedem einen Verdauungsschnaps ein.

»Auf Ihr Wohl«, sagte Giordino und prostete den beiden Frauen zu, ohne mit ihnen anzustoßen.

»Das wir vor allem Ihnen zu verdanken haben«, erwiderte Theresa lachend. Dann trank sie einen Schluck, verzog das Gesicht und riss die Augen auf.

»Was ist das?«, krächzte sie. »Das schmeckt ja wie Bleichmittel.«

Sarchow lachte laut auf. »Das ist Samogon. Ich habe ihn bei einem alten Freund in der Ortschaft gekauft. Ich glaube, in Amerika gibt es so was Ähnliches. Den Selbstgebrannten.«

Der ganze Tisch lachte, als Theresa das halbvolle Glas wegstieß. »Ich glaube, ich bleibe lieber bei Wodka«, sagte sie, grinste jetzt aber genauso wie alle anderen.

»Verraten Sie mir mal, was zwei hinreißende junge Damen zur Ölsuche an den großen, bösen Baikalsee führt?«, fragte Pitt, nachdem er sein Glas geleert hatte.

»Das Avarga Oil Consortium besitzt Öl- und Bergbaurechte in den Gebieten östlich des Sees«, erwiderte Tatiana.

»Der Baikalsee gilt als kulturelle Kostbarkeit. Er wurde von den Vereinten Nationen zum Weltnaturerbe erklärt und ist eine Ikone für Umweltschützer in aller Welt«, sagte Sarchow, der sichtlich ungehalten über die Vorstellung war, auf dem reinen Wasser des Sees könnte eine Bohrinsel errichtet werden. »Wie können Sie denn erwarten, dass man Sie auf dem See fördern lässt?«

Tatiana nickte. »Sie haben ganz recht. Wir achten den Baikal als heiliges Gewässer und würden niemals Förderanlagen auf dem See errichten. Falls Ölvorkommen nachgewiesen und für ausbeutungswürdig befunden werden sollten, würden wir sie vom Ostufer aus schräg unter dem See hindurch anbohren.«

»Durchaus sinnvoll«, stellte Giordino fest. »Im Golf von Mexiko werden ständig schräge Bohrungen vorgenommen, sogar horizontale. Aber das erklärt noch nicht, was diesen bezaubernden holländischen Engel aus Rotterdam hierhergeführt hat«, fügte er hinzu und schenkte Theresa ein breites Lächeln.

Theresa, sichtlich geschmeichelt, lief dunkelrot an, bevor sie antwortete. »Amsterdam. Eigentlich komme ich aus Amsterdam. Meine betrunkenen amerikanischen Kollegen und ich arbeiten für Shell.« Dabei deutete sie mit dem Daumen in die andere Ecke, wo Roy und Wofford lauthals schmutzige Witze mit ihrem russischen Gefährten austauschten.

»Wir sind auf Bitten von Avarga Oil hier«, fuhr sie fort. »Sie haben nicht die nötige Ausrüstung für die Gewässererkundung, und zwar aus ersichtlichen Gründen. Meine Firma hat solche Arbeiten schon im Baltikum und auf dem westsibirischen Ölfeld von Samotlor durchgeführt. Wir erkunden gemeinsam mit Avarga Oil Fördermöglichkeiten in einigen Gebieten der Region, die vielversprechend erscheinen. Für uns bot es sich einfach an, eine Exploration des Sees vorzunehmen.«

»Haben Sie Erdölvorkommen gefunden, bevor die Welle zuschlug?«, fragte Pitt.

»Wir halten Ausschau nach Hinweisen auf Kohlenwasserstoff-Aussickerungen, haben aber nicht die nötigen seismischen Geräte zum Feststellen möglicher Vorkommen. Nein, als wir das Boot verloren, hatten wir noch keine typischen Anzeichen für eine Aussickerung entdeckt.«

»Ölaussickerungen?«, fragte Sarchow.

»Ja, ein weit verbreitetes, wenn auch etwas primitives Mittel, um Erdölvorkommen festzustellen. Im Meer erkennt man Ölvorkommen anhand von Aussickerungen am Grund, die zur Wasseroberfläche aufsteigen. Als man noch nicht über Schwingermaschinen und andere seismische Hilfsmittel zum Erkunden des Tiefengesteins verfügte, wurden Kohlenwasserstoffvorkommen hauptsächlich anhand von Ölaussickerungen entdeckt.«

»Fischer haben uns von Öllachen auf dem See berichtet, auch an Stellen, wo keine Schiffe verkehren«, erklärte Tatiana. »Wir sind uns natürlich darüber im Klaren, dass es sich um Aussickerungen aus kleinen Vorkommen handeln könnte, deren Ausbeutung sich nicht lohnt.«

»Möglicherweise ein kostspieliges Unternehmen, wenn man bedenkt, wie tief der See ist«, wandte Pitt ein.

»Apropos Unternehmen, Mr. Pitt. Was machen Sie und Ihre Kollegen von der NUMA eigentlich an Bord eines russischen Forschungsschiffes?«, fragte Tatiana.

»Wir sind Gäste von Alexander und dem Limnologischen Institut«, erwiderte Pitt und deutete mit seinem Samogon-Glas auf Sarchow. »Ein Gemeinschaftsunternehmen zur Untersuchung der Strömungsverhältnisse im See und ihrer Auswirkungen auf die einheimische Flora und Fauna.«

»Und wie wurden Sie auf die Seiche-Welle aufmerksam, so lange bevor sie auftauchte?«

»Durch Messsonden. Wir haben Hunderte schwimmender Sensoren im See ausgesetzt, die die Wassertemperatur, die Druckverhältnisse und so weiter messen. Al hat sie vom Hubschrauber aus wie Brotkrümel im ganzen See verteilt. Zufällig haben wir gerade das Gebiet nahe der Insel Olchon überwacht, wo wir eine ganze Menge Sensoren im Wasser hatten. Rudi hat sofort erkannt, dass dort nach einem Beben ein Erdrutsch unter Wasser abgegangen ist, der eine Seiche-Welle auslösen könnte.«

»Zum Glück, sowohl für uns als auch für viele andere, kann ich mir vorstellen«, sagte Theresa.«

»Al hat eben einfach ein Näschen für Katastrophen«, erwiderte Pitt grinsend.

»Ohne eine Flasche Jack Daniel's nach Sibirien zu kommen, ist die wahre Katastrophe«, sagte Giordino und trank mit säuerlicher Miene einen Schluck Samogon.

»Ein Jammer, dass unsere Datenerfassung durch dieses unverhoffte Ereignis gestört wurde«, sagte Sarchow, der an die wissenschaftlichen Folgen des Bebens dachte. »Aber wir haben vermutlich einige aufsehenerregende Daten über die Entstehung und Bewegung der Welle erfasst.«

»Diese Sensoren, können die auch anzeigen, wo das Erdbeben stattfand?«, fragte Tatiana.

»Sofern es sich unter dem See ereignet hat«, erwiderte Pitt.

»Rudi sagt, er will sich morgen die Computer vornehmen und zusehen, ob er anhand der Messsensoren den genauen Ort bestimmen kann. Nach Aussage der Seismologen, mit denen er geredet hat, soll sich das Epizentrum irgendwo in der Nähe der Nordspitze des Sees befunden haben«, sagte Giordino. Er blickte sich in der Galley um, sah Gunn aber nirgendwo, und fügte dann hinzu: »Wahrscheinlich ist er auf der Brücke und hockt schon vor seinen Computern.«

Tatiana trank ihren letzten Schluck Samogon, dann warf sie einen Blick auf ihre Uhr. »Es war ein anstrengender Tag. Ich fürchte, ich muss mich für heute Abend zurückziehen.«

»Ich komme mit«, sagte Pitt, der ein Gähnen unterdrückte. »Darf ich Sie zu Ihrer Kabine geleiten?«

»Das wäre sehr freundlich«, erwiderte sie.

Sarchow schloss sich ihnen an. Sie standen auf und wünschten allen eine gute Nacht.

»Ich nehme an, ihr beiden wartet auf den gebratenen Alaskalachs?« Pitt lächelte Theresa und Giordino zu.

»Auf Geschichten aus den Niederlanden warten meine hungrigen Ohren.« Giordino grinste Theresa an.

»Bekomme ich dafür Anekdoten aus der Tiefe zu hören?« Auch sie lächelte.

»Irgendwas Tiefes gibt's hier bestimmt«, sagte Pitt lachend und wünschte ihnen eine gute Nacht.

Höflich geleitete er Tatiana zu ihrer Kabine im Achterschiff und zog sich dann in seine mittschiffs gelegene Unterkunft zurück. Auch er hatte einen anstrengenden Tag hinter sich und war heilfroh, dass er seine schmerzenden Gliedmaßen in die Koje betten konnte. Doch trotz aller Erschöpfung konnte er nur schwer einschlafen. Wieder und wieder gingen ihm die Ereignisse des Tages durch den Kopf, bis er endlich einnickte.

5

Pitt hatte etwa vier Stunden geschlafen, als er plötzlich wach wurde und sich aufsetzte. Obwohl alles ruhig war, sagte ihm sein Gefühl, dass irgendetwas nicht stimmte. Er schaltete die Leselampe ein und setzte die Füße auf den Boden, stand auf und wäre um ein Haar hingefallen. Nachdem er sich den Schlaf aus den Augen gerieben hatte, wurde ihm klar, dass das Schiff zum Heck hin krängte, und zwar um fast zehn Grad.

Er zog sich rasch an, stieg die Treppe zum Hauptdeck hoch und lief den Außengang entlang. Der Gang und das davorliegende Deck waren völlig menschenleer – auf dem ganzen Schiff herrschte eine sonderbare Stille, als er zum Bug ging. Dann wurde ihm klar, weshalb es so still war. Die Schiffsmaschinen waren abgestellt, und nur das gedämpfte Summen des Hilfsgenerators drang aus dem Maschinenraum.

Er stieg eine weitere Treppe zur Brücke hinauf, trat durch

die Tür und blickte sich um. Missmutig stellte er fest, dass auch die Brücke völlig verlassen war. Er fragte sich, ob er der einzige Mensch an Bord war, ließ dann den Blick über den Fahr- und Kommandostand schweifen und entdeckte schließlich einen roten Kippschalter mit der Aufschrift TREWOGA. Er legte ihn um, worauf im ganzen Schiff Alarmglocken schellten. Kurz darauf kam der hagere Kapitän der *Wereschtschagin* wie ein wütender Bulle aus seiner im Untergeschoss liegenden Kabine auf die Brücke gestürmt.

»Was ist hier los?«, stammelte er, sichtlich darum bemüht, sich mitten in der Nacht an die englischen Vokabeln zu erinnern. »Wo ist die Wache, Anatoli?«

»Das Schiff sinkt«, sagte Pitt ruhig. »Als ich vor einer Minute auf die Brücke kam, war keine Wache da.«

Der Kapitän verzog das Gesicht, dann riss er die Augen auf, während er die Krängung zum ersten Mal bemerkte.

»Wir brauchen Kraft!«, schrie er und griff zum Maschinenraumtelefon. Doch kaum hatte er den Hörer in der Hand, als es auf der Brücke plötzlich dunkel wurde. Die Lichter an den Masten, die Kabinenbeleuchtung, die Anzeigen am Fahr- und Kommandostand – alles erlosch, die gesamte Stromversorgung des Schiffes fiel aus. Selbst die Alarmglocken verstummten mit einem gequälten Winseln.

Fluchend tastete sich der Kapitän in der Dunkelheit am Fahr- und Kommandostand entlang, bis er den Schalter für die Notbatterie fand, woraufhin die Brücke in ein schummriges Licht getaucht wurde. Die Notbeleuchtung war kaum angegangen, als der Chefmaschinist der *Wereschtschagin* keuchend auf die Brücke gestürmt kam. Der schwergewichtige Mann mit dem ordentlich gestutzten Bart und den himmelblauen Augen schien in heller Panik.

»Kapitän, die Luken zum Maschinenraum sind mit Ketten verschlossen. Wir kommen nicht rein. Ich fürchte, das Schiff ist schon halbvoll gelaufen.«

»Jemand hat die Luken verschlossen? Was ist passiert? … Warum sinken wir? Wir liegen doch vor Anker,« rief der Kapitän kopfschüttelnd.

»Offenbar wurden die Lenzventile geöffnet. Ins Unterdeck des Achterschiffs dringt rasch Wasser ein«, meldete der Maschinist, sobald er wieder ruhiger atmen konnte.

»Sie sollten lieber alle erforderlichen Vorkehrungen zum Verlassen des Schiffes treffen«, riet Pitt so ruhig wie möglich.

Trotzdem trafen diese Worte den Kapitän bis ins Mark. Den Befehl zum Verlassen des Schiffes zu erteilen, fühlt sich für einen Kapitän genauso an, als müsste er sein eigen Fleisch und Blut hergeben. Es gibt keinen schmerzlicheren Befehl. Schon der Gedanke daran, dass er sich vor dem Schiffseigner, den Versicherungsgesellschaften und dem Untersuchungsausschuss des Seefahrtsamtes verantworten musste, wäre ihm schlimm genug. Noch schwerer aber war es, mit ansehen zu müssen, wie die Besatzung ängstlich und in aller Eile von Bord ging und der Koloss aus Holz und Stahl in den Fluten versank. Wie das Lieblingsauto einer Familie kann auch ein Schiff für den Kapitän und die Besatzung eine eigene Persönlichkeit bedeuten, samt aller Eigenarten, Schrullen und persönlichen Vorlieben. Manch einem Kapitän hat man schon vorgehalten, er sei in sein Schiff verliebt. Und das galt auch für Kapitän Charitonow.

Der müde Kapitän wusste, dass Pitt recht hatte, doch er brachte die Worte nicht heraus. Mit grimmiger Miene gab er dem Chefmaschinisten lediglich durch ein kurzes Nicken zu verstehen, dass er den entsprechenden Befehl erteilen sollte.

Pitt, der fieberhaft überlegte, wie er das Schiff über Wasser halten konnte, war bereits aus der Tür.

Zunächst dachte er daran, seine Tauchausrüstung zu holen und in den Maschinenraum vorzudringen, aber dazu musste er erst die Luke überwinden, die ja mit einer Kette verschlossen war. Und was dann? Wenn das Wasser durch ein Leck unter dem Maschinenraum eindrang, konnte er ohnehin nichts dagegen unternehmen.

Die Lösung fiel ihm ein, als er auf dem Mitteldeck unverhofft auf Giordino und Gunn stieß.

»Sieht aus, als bekämen wir nasse Füße«, sagte Giordino in aller Ruhe.

»Der Maschinenraum ist abgeriegelt und läuft voll. Das Schiff wird sich nicht mehr lange über Wasser halten«, sagte Pitt und blickte dann das abschüssige Achterdeck entlang. »Wie schnell kannst du den Knattervogel warmlaufen lassen?«

»Bin schon unterwegs«, erwiderte Giordino und rannte nach achtern, ohne Pitts Antwort abzuwarten.

»Rudi, sorg dafür, dass das Explorationsteam an Deck ist und sich in der Nähe eines Rettungsbootes aufhält. Danach sieh zu, ob du den Kapitän überreden kannst, die Ankertrosse zu kappen«, sagte Pitt zu Gunn, der mit seiner leichten Jacke bibbernd in der kühlen Nachtluft stand.

»Was hast du im Ärmel?«

»Ein As, hoffe ich doch«, versetzte Pitt, dann verschwand er nach achtern.

Der Kamow stieg in den Nachthimmel auf und schwebte dann einen Moment lang über dem sinkenden Schiff.

»Heißt es nicht immer, ›Frauen und Kinder zuerst‹?«, fragte Giordino vom Pilotensitz aus.

»Ich habe Rudi gesagt, er soll das Erkundungsteam zusammentrommeln«, erwiderte Pitt, dem klar war, dass sich Giordino ernsthaft Sorgen um Theresa machte. »Außerdem sind wir zurück, bevor irgendjemand nasse Füße kriegt.«

Während sie beide aus dem Cockpit blickten und die Silhouette des Schiffes betrachteten, das sich eher im Schein der Lichter vom Ufer abzeichnete als durch die Notbeleuchtung, hoffte Pitt insgeheim, recht zu haben. Das Heck des Forschungsschiffes sank eindeutig immer tiefer, und zwar schnell. Das Wasser stand bereits über dem Unterdeck und würde bald über das offene Achterdeck schwappen. Giordino flog instinktiv nach Listwjanka, während Pitt sich von der krängenden *Wereschtschagin* abwandte und die Schiffe betrachtete, die vor der Ortschaft vor Anker lagen.

»Suchst du irgendwas Bestimmtes?«, fragte Giordino.

»Einen starken Schlepper vor allem«, erwiderte Pitt, wusste aber, dass es so etwas auf dem ganzen See nicht gab. Unter ihnen huschten hauptsächlich Boote vorbei, kleine Fischerboote zumeist, so wie der gecharterte Seelenverkäufer, mit dem das Explorationsteam unterwegs gewesen war. Einige waren gekentert oder durch die Wucht der Seiche-Welle an Land gespült worden.

»Wie wär's mit dem großen dort?«, fragte Giordino und deutete mit dem Kopf auf eine Reihe von Lichtern in der Bucht, etwa zwei Meilen entfernt.

»Als wir gestern Abend angekommen sind, war das noch nicht da. Vielleicht ist es am Einlaufen. Schaun wir's uns mal an.«

Giordino zog den Helikopter herum und steuerte die Lichter an, in deren Schein sich kurz darauf die Umrisse eines Schiffes abzeichneten. Als der Hubschrauber näher kam, sah Pitt, dass es ein rund sechzig Meter langer Frachter war. Der Rumpf war schwarz gestrichen und mit braunen Flecken übersät, von denen sich Rostschlieren bis zur Wasserlinie zogen. Mitschiffs ragte ein verblichener blauer Schornstein auf, an dem ein goldenes Schwert prangte. Das alte Schiff hatte den See offensichtlich schon seit Jahrzehnten durchpflügt, Holz und Kohle von Listwjanka zu den abgelegenen Ortschaften an den Nordufern des Baikal befördert. Als Giordino die Steuerbordseite entlangflog, bemerkte Pitt einen großen schwarzen Turmaufbau, der am Achterdeck stand. Dann musterte er wieder den Schornstein und schüttelte den Kopf.

»Bringt nichts. Das liegt hier vor Anker, und aus dem Schornstein kommt kein Rauch, also sind die Maschinen kalt. Das dauert zu lange, bis die laufen.« Pitt deutete mit dem Kopf zur Ortschaft hin. »Ich glaube, wir müssen uns für Geschwindigkeit statt Kraft entscheiden.«

»Geschwindigkeit?«, fragte Giordino, als er Pitts Nicken sah, und steuerte die Ortschaft wieder an.

»Geschwindigkeit«, bestätigte Pitt und deutete auf eine Vielzahl bunter Lichter, die in der Ferne tanzten.

Unterdessen waren die Rettungsmaßnahmen auf der *Wereschtschagin* in vollem Gang. Die Hälfte der Besatzung saß bereits in zwei Booten, die gerade zu Wasser gelassen wurden. Gunn drängte sich an den verbliebenen Wissenschaftlern und Besatzungsmitgliedern vorbei zum Achterschiff und stieg dann ein Deck tiefer. Am anderen Ende des Gangs stand das Wasser bereits bis zur Decke, ab unmittelbar vor ihm war es nur knöcheltief. Die Gästekabinen befanden sich ganz in der Nähe, wie er erleichtert feststellte.

Trotzdem erschauderte Gunn, als er sich der ersten Kabine näherte, die Theresa und Tatiana sich teilten, und das eisige Wasser um seine Waden schwappte. Er rief ihre Namen und hämmerte an die Tür, dann drehte er den Knauf um und stemmte sich dagegen. Die Kabine war leer. Nirgendwo lagen persönliche Habseligkeiten, was nicht weiter verwunderlich war, da die Frauen kaum mehr als die Kleider, die sie am Leib trugen, bei sich gehabt hatten, als sie an Bord gekommen waren. Nur die zerknautschten Laken auf den beiden Kojen verrieten, dass hier jemand gewesen war.

Er schloss die Tür und ging rasch zur nächsten Kabine, verzog nur kurz das Gesicht, als ihm das Wasser um die Oberschenkel schwappte. Wieder rief er und klopfte an die Tür, bevor er sie aufdrückte. Soweit er wusste, teilten sich Roy und Wofford diese Unterkunft. Im schummrigen Schein der Notbeleuchtung sah er, dass die Kabine ebenfalls leer war. Doch in beiden Kojen hatte allem Anschein nach jemand geschlafen.

Mittlerweile war Gunn davon überzeugt, dass die Mitglieder des Explorationsteams oben an Deck waren. Blieb nur noch die Kabine vom Kapitän des Fischerbootes. Aber dort stand das Wasser bereits brusthoch, und seine Beine brannten in der eisigen Brühe schon jetzt, als würden sie mit tausend Nadeln traktiert. Weil er sich keine Unterkühlung zuziehen wollte, machte er lieber kehrt und begab sich wieder aufs Oberdeck, wo gerade das dritte Rettungsboot zu Wasser gelassen wurde. Er ließ den Blick über die Handvoll Besatzungsmitglieder schweifen, die noch an Deck waren, sah aber nirgendwo jemandem vom Erkundungsteam. Wahrscheinlich saßen sie in einem der ersten Rettungsboote.

Iwan Popowitsch schlief tief und fest in seiner Koje und träumte, er wäre beim Fliegenfischen am Lena-Strom, als ihn plötzlich ein dumpfes Knattern weckte. Der Kapitän des Tragflächenbootes *Woschod*, das vor Listwjanka lag, rieb sich das von Wind und Wodka gerötete Gesicht und schlüpfte in einen schweren Pelzmantel. Dann torkelte er verschlafen aus seiner kleinen Kabine und stieg zum Achterdeck des Fährschiffes hinauf.

Im nächsten Moment stach ihm der grelle Schein zweier Strahler in die Augen, und der kalte Abwind des blendenden Ungetüms über ihm beutelte ihn durch. Dann stiegen die Lichter langsam auf, verharrten einen Augenblick, drehten ab und verschwanden. Als das Schrappen der Hubschrauberrotoren in der Nacht verhallte, rieb sich Popowitsch die Augen, um die tausend roten Sterne loszuwerden, die vor seinen Pupillen tanzten. Als er sie wieder aufschlug, sah er einen Mann vor sich stehen. Groß und dunkelhaarig, weiße Zähne, ein freundliches Lächeln. »Guten Abend«, sagte der Fremde in ruhigem Tonfall. »Was dagegen, wenn ich mir Ihr Boot ausborge?«

Das schnelle Fährschiff raste auf seinen beiden vorderen Tragflächen quer durch die Bucht und war binnen kurzer Zeit bei der *Wereschtschagin.* Popowitsch hielt direkt auf den Bug des sinkenden Forschungsschiffes zu, drehte dann geschickt bei und nahm das Gas weg, sodass sein Boot nur einen Meter davor liegen blieb. Pitt stand an der Reling des Achterdecks und blickte zu dem krängenden grauen Schiff empor. Das Heck der

Wereschtschagin lag inzwischen aberwitzig tief im Wasser, sodass der Bug in einem Zwanzig-Grad-Winkel zum Himmel aufragte. Das leckende Schiff befand sich in einem gefährlichen Zustand und konnte jeden Moment untergehen oder kentern.

Plötzlich ertönte ein metallisches Scheppern über ihm, dann rasselte ein knapp zehn Meter langes Stück Ankertrosse aus der Klüse, gefolgt von einer über die Bordwand ausgeworfenen Belegleine und einer Boje, mit der die Stelle gekennzeichnet wurde, wo man die Trosse gekappt hatte. Als das letzte Glied der schweren Kette im Wasser versank, hob sich der Bug, der jetzt vom Zug und der Last des Ankers befreit war, um ein weiteres Stück.

»Schleppleine los«, schrie jemand von oben.

Pitt blickte auf und sah zu seiner Beruhigung Giordino und Gunn an der Bugreling stehen. Kurz darauf hievten sie ein schweres Tau über die Bordwand und ließen es zur Wasserlinie herab.

Popowitsch reagierte sofort. Der erfahrene Fährschiffkapitän setzte sein Boot zurück, bis Pitt die Schlinge der herabhängenden Leine ergreifen und an Bord ziehen konnte. Im Nu hatte er sie an einem Poller festgezurrt, sprang dann auf und winkte Popowitsch mit hochgerecktem Daumen zu.

»Schleppleine belegt«, brüllte er. »Bringen Sie uns weg, Iwan.«

Popowitsch schaltete die Dieselmaschinen auf langsame Fahrt und tastete sich voran, bis die Schleppleine gestrafft war, dann gab er behutsam mehr Gas. Als die Schrauben der Fähre das Wasser verwirbelten, ließ er jede Vorsicht fallen und schob die Gasregler unverzüglich auf volle Fahrt voraus.

Pitt, der noch immer am Heck stand, hörte das Aufheulen der beiden Diesel, die jetzt mit voller Drehzahl liefen. Weiße Gischt brodelte um die wirbelnden Schrauben, doch von einer Vorwärtsbewegung war nichts zu spüren. Pitt war sich schon darüber im Klaren, dass es ein heikles Manöver war, so als versuchte eine Mücke einen Elefanten zu ziehen, aber diese Mücke hatte einen garstigen Biss. Immerhin konnte die Fähre mit bis zu zweiundddreißig Knoten laufen, und die beiden 1000 PS starken Maschinen entwickelten eine gewaltige Kraft.

Niemand spürte die erste Bewegung, aber dann kroch die *Wereschtschagin* doch Zentimeter um Zentimeter und schließlich Meter um Meter voran. Giordino und Gunn verfolgten das Ganze gemeinsam mit dem Kapitän und einer Handvoll Besatzungsmitglieder von der Brücke aus, wo alle den Atem anhielten, während sie sich langsam auf die Ortschaft zuschoben. Popowitsch machte keine großen Umstände und steuerte auf kürzestem Weg zum Ufer, genau auf das Zentrum von Listwjanka zu.

Die beiden Schiffe hatten sich rund achthundert Meter vorangeschleppt, als ein lang gezogenes Knarren und Ächzen aus dem Bauch der *Wereschtschagin* drang. Offenbar fand in dem Schiff ein hartes Gefecht zwischen dem vollgelaufenen Heck und dem viel leichteren Bug statt, bei dem die Statik auf eine harte Probe gestellt wurde. Pitt stand angespannt neben der Schleppleine und sah, wie das Schiff erbebte. Er wusste, dass er das Tau sofort loswerfen musste, wenn die *Wereschtschagin* sank, damit sie das Fährboot nicht mit in die Tiefe zog.

Die Minuten schienen sich endlos hinzuziehen, während sich die *Wereschtschagin* zwar allmählich näher zum Ufer schleppte, ihr Achterschiff aber immer tiefer ins Wasser sank.

Wieder drang ein metallisches Ächzen aus dem Innern des Schiffes, und ein weiteres Mal erbebte es. Quälend langsam schob sich das Schiff voran, das jetzt immerhin schon in den gelben Schein der Uferbeleuchtung getaucht war. Popowitsch hielt mit der Fähre, die nur einen geringen Tiefgang hatte, genau auf einen schmalen, felsigen Strand neben den zerstörten Bootsanlegern zu. Das Röhren der Maschinen hallte bereits von den Häusern der Stadt wider, der Fährschiffkapitän blieb jedoch beharrlich auf Kurs, bis ein dumpfes Knirschen wenige Meter vor dem Ufer verriet, dass die *Wereschtschagin* auf Grund gelaufen war.

Popowitsch, der im Ruderhaus der Fähre stand, spürte eher, wie das Forschungsschiff auflief, als dass er es hörte, und stellte sofort die überhitzten Maschinen ab. Eine geradezu unheimliche Stille umgab nun die beiden Schiffe, als die letzten Maschinengeräusche verhallten. Dann ertönte ein lautes Gejohle, erst von der Schiffsbesatzung, die mit ihren Rettungsbooten in der Nähe angelandet war, dann von den Bewohnern der Ortschaft, die sich am Ufer drängten, und schließlich von den an Bord gebliebenen Männern der *Wereschtschagin*. Alle applaudierten Pitt und Popowitsch für ihre geradezu heroischen Anstrengungen. Popowitsch bedankte sich mit einem zweimaligen Tröten der Schiffssirene, ging dann zum Heck der Fähre und winkte den Männern auf der Brücke der *Wereschtschagin* zu.

»Mein Kompliment, Kapitän«, sagte Pitt. »Was Sie da am Ruder geleistet haben, war große Kunst, genauso gekonnt wie Rachmaninoffs Klavierspiel.«

»Ich konnte doch nicht mit ansehen, wie mein altes Schiff untergeht«, erwiderte Popowitsch und starrte versonnen auf die *Wereschtschagin*. »Auf der Babuschka habe ich mal angefangen. Ich musste ihre Decks schrubben.« Er grinste. »Außerdem ist Kapitän Charitonow ein alter Freund von mir. Ich wollte nicht, dass er Ärger mit dem Staat bekommt.«

»Dank Ihres Einsatzes wird die *Wereschtschagin* das Wasser des Baikal wieder befahren können. Ich nehme doch an, dass Kapitän Charitonow ihr Kommandant bleibt, wenn es so weit ist.«

»Das hoffe ich ebenfalls. Er hat mir über Funk berichtet, es sei ein Sabotageakt gewesen. Vermutlich steckt eine dieser Umweltschutzorganisationen dahinter. Die führen sich auf, als ob ihnen der Baikal gehört.«

Zum ersten Mal dachte Pitt über diese Möglichkeit nach. Offenbar handelte es sich um Sabotage, aber von wem? Und zu welchem Zweck? Vielleicht wusste Sarchow eine Antwort darauf.

In Listwjanka brach zu später Stunde hektisches Treiben aus, als immer mehr Einwohner herbeieilten, um dem knapp einer Katastrophe entronnenen Schiff beizustehen. Etliche kleine Fischerboote brachten Besatzungsmitglieder zum Ufer und wieder zurück, während andere halfen, das auf Grund gelaufene Schiff sicher zu vertäuen. Eine in der Nähe gelegene Fischkonservenfabrik, deren Böden noch von der Flutwelle nass waren, und die nur wenige Stunden zuvor einen Teil des Gebäudes unter Wasser gesetzt hatte, wurde aufgeschlossen und diente den Wissenschaftlern und Besatzungsmitgliedern als Notunterkunft. Einheimische Fischerfrauen versorgten sie mit Kaffee, Wodka und frisch geräuchertem *Omul*, falls jemand spätnachts noch Hunger haben sollte.

Pitt und Popowitsch wurden mit Jubelrufen und Applaus empfangen, als sie die Fabrik betraten. Kapitän Charitonow bedankte sich bei beiden Männern, dann zeigte er eine für ihn untypische Gefühlsregung und schloss seinen alten Freund Popowitsch in die Arme.

»Du hast die *Wereschtschagin* gerettet. Ich bin dir zu tiefstem Dank verpflichtet, mein Freund.«

»Ich bin doch froh, dass ich helfen konnte. Allerdings war es Mr. Pitt, der erkannt hat, wozu sich meine Fähre einsetzen lässt.«

»Ich hoffe nur, dass ich Sie das nächste Mal nicht wieder mitten in der Nacht aufscheuchen muss, Iwan.« Pitt lächelte und warf einen Blick auf die Pantoffeln, die Popowitsch noch immer an den Füßen hatte, Dann wandte er sich an Kapitän Charitonow und fragte: »Sind alle Besatzungsmitglieder wohlbehalten?«

Der Kapitän zog eine besorgte Miene. »Anatoli, der Wachhabende auf der Brücke, wurde bislang noch nicht gesehen. Und Dr. Sarchow wird ebenfalls vermisst. Ich hatte gehofft, er wäre vielleicht bei Ihnen.«

»Alexander? Nein, der war nicht bei uns. Ich habe ihn nicht mehr gesehen, seit wir uns nach dem Abendessen zurückgezogen haben.«

»Er war auch in keinem der Rettungsboote«, erwiderte Charitonow.

Dann näherten sich Giordino und Gunn, beide sichtlich geknickt und mit gesenktem Kopf.

»Das sind nicht die Einzigen, die fehlen«, sagte Giordino, der das Gespräch mitgehört hatte. »Das gesamte Ölerkundungsteam, das wir gerettet haben, ist verschwunden. Keiner von ihnen saß in den Rettungsbooten, und in ihren Kabinen waren sie auch nicht.«

»Ich habe alle Kabinen überprüft, bis auf die des Bootskapitäns«, fügte Gunn mit einem Nicken hinzu.

»Und keiner hat gesehen, wie sie das Schiff verlassen haben?«, fragte Pitt.

»Nein«, sagte Giordino und schüttelte verständnislos den Kopf. »Spurlos verschwunden. Als wären sie niemals da gewesen.«

6

Als einige Stunden später die Sonne im Südosten aufging und die Dämmerung anbrach, wurde deutlich, wie schlimm es um die *Wereschtschagin* wirklich stand. Der Maschinenraum, der Laderaum im Achterschiff und die unteren Kabinen waren vollgelaufen, und über ein gutes Drittel des Oberdecks schwappte das Wasser. Man konnte lediglich mutmaßen, wie lange das Schiff noch durchgehalten hätte, wenn es nicht zum Ufer geschleppt worden wäre. Doch allen war klar, dass es nur eine Frage von wenigen Minuten gewesen sein konnte.

Pitt und Kapitän Charitonow standen neben einem Andenkenkiosk, der von der Seiche-Welle weggerissen worden war, und musterten das auf Grund gelaufene Forschungsschiff. Pitt sah, wie zwei glänzend schwarze *Nerpa* neben dem Heck auftauchten und über die Reling schwammen. Die kleinen, rehäugigen Ringelrobben, die im See lebten, ließen sich träge über das überflutete Achterdeck treiben, bevor sie auf der Suche nach Nahrung wieder im Wasser verschwanden. Während Pitt darauf wartete, dass die *Nerpa* erneut auftauchten, betrachtete er die Wasserlinie des Schiffes und bemerkte mittschiffs einen schmalen roten Streifen, offenbar Farbabrieb von einem Kai oder einem Boot.

»Der Reparaturtrupp aus Irkutsk wird nicht vor morgen früh eintreffen«, sagte Charitonow mit grimmiger Miene. »Ich lasse die Besatzung inzwischen tragbare Pumpen einsetzen, auch wenn das meiner Meinung nach wenig Sinn hat, solange wir die genaue Ursache der Havarie nicht feststellen können.«

»Das Verschwinden von Alexander und dem Ölexplorationsteam macht mir im Augenblick mehr zu schaffen«, erwiderte Pitt. »Da man sie auch an Land nicht gefunden hat, müssen wir davon ausgehen, dass sie nicht überlebt haben. Wir müssen den vollgelaufenen Teil des Schiffes nach ihren sterblichen Überresten absuchen.«

Der Kapitän nickte widerwillig. »Ja, wir müssen meinen Freund Alexander finden. Aber ich fürchte, wir sollten damit warten, bis ein Trupp Polizeitaucher ankommt.«

»Ich glaube nicht, dass wir so lange warten müssen, Kapitän«, sagte Pitt und deutete mit dem Kopf auf eine näher kommende Gestalt.

Knapp fünfzig Meter entfernt marschierte Giordino, der einen Bolzenschneider mit roten Griffen auf der Schulter liegen hatte, am Wasser entlang auf die beiden Männer zu.

»Den gab's im Räumungsverkauf in einer Werkstatt in der Stadt«, sagte Giordino, wuchtete den Bolzenschneider von der Schulter und stellte ihn auf den Boden. Die langen Griffe reichten ihm fast bis zur Taille.

»Damit müssten wir uns Zugang zu den verschlossenen Teilen des Schiffes verschaffen können«, sagte Pitt.

»Sie? Sie wollen den Schaden untersuchen?«, fragte Charitonow, den die zupackende Art der beiden Amerikaner sichtlich verblüffte.

»Wir müssen doch feststellen, ob Alexander und die anderen noch an Bord sind«, sagte Giordino mit entschlossenem Blick.

»Die Leute, die Ihr Schiff versenken wollten, wer immer das auch gewesen sein mag, wollten möglicherweise unser Forschungsprojekt torpedieren«, fügte Pitt hinzu. »Wenn dem so ist, müssen wir rausfinden, warum. Unsere Tauchausrüstung ist im vorderen Laderaum verstaut. Folglich kommen wir an sämtliche Geräte ran.«

»Es könnte aber gefährlich werden«, warnte Charitonow.

»Das Schwierigste dabei ist, dass ich Al überreden muss, vor dem Frühstück zu tauchen«, sagte Pitt, der angesichts der unangenehmen Aufgabe, die ihnen bevorstand, die Stimmung etwas aufheitern wollte.

»Ich weiß aus zuverlässiger Quelle, dass der hiesige IHOP Störpfannkuchen im Angebot hat. Futtern bis zum Abwinken«, versetzte Giordino stirnrunzelnd.

»Dann müssen wir eben darauf vertrauen, dass sie nicht ausgehen.«

Gunn war mit von der Partie, als Pitt und Giordino in einem geliehenen Zodiac zu dem auf Grund gelaufenen Schiff tuckerten. Er stieg über das abschüssige Deck zur vorderen Laderaumluke hinauf und ging ihnen zur Hand, als die Männer in ihre schwarzen Trockentauchanzüge schlüpften und die Bleigurte umschnallten. Dann half er ihnen beim Anlegen der leichten Regenerations-Atemgeräte. Bevor sie ihre Tauchbrillen aufsetzten, deutete Gunn nach oben.

»Ich gehe auf die Brücke. Mal sehen, ob die Computer etwas Neues über die seismische Aktivität in der Region zu bieten haben. Haut nicht ohne mich mit den Nixen ab«, sagte er.

»Die packt sowieso die Schwermut, wenn sie in dem eisigen Wasser rumschwimmen müssen«, grummelte Giordino.

Ohne ihre Flossen anzulegen, trabten die beiden Männer auf den Gummifüßlingen ihrer Trockentauchanzüge und wateten ins Wasser. Als es ihnen bis zur Schulter stand, hob Pitt die Hand und schaltete die kleine Lampe ein, die er um den Kopf geschnallt hatte, dann tauchte er unter. Ein paar Schritte vor ihm, an der Steuerbordwand, gab es einen Niedergang. Pitt, der gegen den Widerstand des Wassers ankämpfen musste, trottete wie Frankensteins Monster darauf zu. Ein tanzender Lichtstrahl von hinten verriet ihm, dass Giordino knapp hinter ihm sein musste.

Mit zwei, drei unbeholfenen Hopsern stieg Pitt hinab, kam an mehreren Kabinen vorbei und drang zum Orlopdeck und zu dem Maschinenraum vor. Tiefe Dunkelheit umgab ihn hier unten, wo kein Sonnenlicht hindrang. Das Wasser allerdings war so klar wie in einem Swimmingpool, sodass Pitts kleiner Strahler wie ein weißer Streifen durch die Düsternis schnitt. Da sie keine Tarierwesten trugen, die ihnen Auftrieb verliehen hätten, fiel ihnen das Laufen leichter als das Schwimmen, auch wenn sie sich eher mit einer Art Hoppeln, wie einst Neil Armstrong auf dem Mond, zur Steuerbordluke des Maschinenraums fortbewegten. Wie der Chefmaschinist berichtet hatte, war die schwere Stahltür fest verschlossen. Eine rostige alte Kette war um den Riegel geschlungen und am Schott verzurrt. Pitt stellte fest, dass das kleine, golden glitzernde Vorhängeschloss, mit dem man sie verhakt hatte, offenbar neueren Datums war.

Er sah, wie der Schein von Giordinos Lampe auf die Luke fiel, dann tauchten die Scherblätter des Bolzenschneiders vor ihm auf und fassten ein Kettenglied unmittelbar neben dem Vorhängeschloss. Er drehte sich zu Giordino um und bemerkte gerade noch, wie der kleine Italiener mit seinen stämmigen Armen scheinbar mühelos die Griffe des Bolzenschneiders zusammendrückte und das Glied durchtrennte, als knackte er eine Walnuss. Als auch die andere Hälfte gekappt war, löste Pitt die Kette, öffnete die Luke und drang ins Innere vor.

Obwohl die *Wereschtschagin* über vierzig Jahre auf dem Buckel hatte, war der Maschinenraum tadellos sauber – ein Zeichen, dass der Chefmaschinist seinen Job verstand. Der schwere

Schiffsdiesel in der Mitte nahm den Großteil des Raumes ein. Pitt ging langsam außen herum und hielt Ausschau nach Schäden an Schotten und Decke sowie an der Maschine selbst, konnte aber nichts erkennen. Nur eine große stählerne Abdeckplatte aus dem hinteren Teil des Raums war nicht da, wo sie hingehörte, sondern lehnte an einem Werkzeugschrank. Pitt spähte in die Luke hinab und stellte fest, dass sie in die Bilge führte. Knapp anderthalb Meter tiefer befand sich ein niedriger Raum, der sich dann offenbar unter dem Deck hindurchzog. Eine leicht nach innen gekrümmte stählerne Rumpfplatte des Schiffes bildete den Boden.

Pitt zwängte sich durch die Luke, ließ sich auf die Rumpfplatte sinken und untersuchte dann die ganze Abteilung bis zum Heck. Soweit er es im Schein seiner Lampe erkennen konnte, waren die Rumpfplatten offenbar alle in Ordnung. Als das Licht von Giordinos Strahler in den Raum fiel, fuhr er herum und stieß prompt an etwas Hartes. Im Schein von Giordinos Lampe sah Pitt ein dickes Rohr, das aus dem Hindernis hinter seinem Rücken nach vorn ragte. Er wollte sich gerade umdrehen, als er bemerkte, wie Giordino ihm bestätigend zunickte.

Es war ein Handrad, das etwa dreißig Zentimeter über dem Rohr aufragte. Daneben befand sich ein kleines rotes Schild, auf dem in fetten weißen Lettern PREDOSTEREZHENIYE! stand, was wahrscheinlich so viel wie »Vorsicht!« hieß. Pitt ergriff das Rad mit beiden Händen und drehte es gegen den Uhrzeigersinn. Es rührte sich nicht von der Stelle. Anschließend versuchte er es in umgekehrter Richtung. Das Handrad ließ sich nun mühelos bis zum Anschlag drehen. Pitt warf einen kurzen Blick zu Giordino, der ihm erneut zunickte. So einfach war das also. Mit diesem Rad konnte man das Seeventil öffen und die Bilge fluten – und letztlich das ganze Schiff volllaufen lassen. Irgendjemand war in den Maschinenraum eingedrungen, hatte das Seeventil geöffnet, die Lenzpumpen außer Betrieb gesetzt und dann den Zugang zu der gesamten Abteilung verriegelt. Auf diese Weise konnte man ein Schiff mitten in der Nacht rasch und mühelos versenken.

Pitt stieg aus der Bilge und lief durch den Maschinenraum. Auf der anderen Seite fand er eine weitere Abdeckplatte, die diesmal allerdings an Ort und Stelle lag. Er zog sie weg und stieg hinab, überprüfte das Seeventil an Backbord und stellte fest, dass es ebenfalls offen war. Nachdem er es geschlossen hatte, reichte er Giordino die Hand, worauf der ihn wieder in den Maschinenraum zog.

Damit war schon einmal die halbe Arbeit getan. Sie waren in den Maschinenraum vorgedrungen und hatten den Grund für den Wassereinbruch gefunden. Aber was war mit Sarchow, Anatoli und dem Explorationsteam? Mit einem kurzen Blick auf seine Uhr stellte Pitt fest, dass sie seit fast dreißig Minuten unter Wasser waren. Sie hatten zwar noch jede Menge Luft und auch entsprechend viel Zeit, aber trotz des isolierenden Trockentauchanzuges setzte ihm das eisige Wasser doch allmählich zu. In jungen Jahren hatte er die Kälte beim Tauchen kaum wahrgenommen, aber jetzt erinnerten ihn seine Knochen einmal mehr daran, dass er kein junger Spund mehr war.

Er verdrängte den Gedanken, verließ dann, gefolgt von Giordino, den Maschinenraum und überprüfte die anderen vollgelaufenen Abteilungen um sich herum. Nachdem er nichts Außergewöhnliches vorgefunden hatte, stieg er die Treppe zu den unteren Kabinen hinauf. Der Gang, der zunächst nach mittschiffs führte und dann in Richtung Vor- und Achterschiff abzweigte, war zu beiden Seiten von Kabinen gesäumt.

Mit einer kurzen Handbewegung gab Pitt Giordino zu verstehen, dass er sich die Backbordkabinen vornehmen sollte, während er die Unterkünfte an Steuerbord überprüfte. Er kam sich wie ein Strauchdieb vor, als er auf dem Weg nach hinten die erste Kabine betrat, in der, wie er wusste, Sarchow untergebracht war. Obwohl sie ganz unter Wasser stand, stellte er zu seiner Überraschung fest, dass sich alles noch an Ort und Stelle befand. Nur ein paar Blatt Schreibmaschinenpapier und ein Teil der hiesigen Zeitung trieben träge umher. Pitt sah einen offenen Laptop am Schreibtisch stehen, dessen Bildschirm durch die Feuchtigkeit längst beschädigt war. Eine Regenjacke, die Sarchow beim Abendessen noch dabeigehabt hatte, hing am Schreibtischstuhl. Pitt warf einen Blick in den kleinen Kleiderschrank und sah eine Reihe von Hemden und Hosen, alle ordentlich aufgehängt. Das deutete seiner Ansicht nach nicht darauf hin, dass Sarchow das Schiff verlassen wollte.

Nachdem er Sarchows Unterkunft verlassen hatte, durchsuchte er rasch die nächsten drei Kabinen und nahm sich dann die letzte an der Steuerbordseite vor. Das war die Kabine, zu der Gunn nicht mehr vorgedrungen war, als er das Explorationsteam gesucht hatte. Auf der anderen Seite des Gangs sah Pitt den tanzenden Lichtstrahl von Giordinos Lampe. Dieser war vor ihm und überprüfte gerade die letzte Backbordkabine.

Pitt drehte den Knauf um und lehnte sich an die Tür, um sie gegen den Wasserwiderstand aufzudrücken. Wie alle anderen Kabinen, die er durchsucht hatte, machte auch diese einen ordentlichen Eindruck und war durch das Wasser nicht allzu sehr in Mitleidenschaft gezogen. Aber schon von der Tür aus konnte er erkennen, dass sich diese Kabine in einem wesentlichen Punkt von den anderen unterschied. Ihr Bewohner war noch da.

Im schummrigen Licht hätte es auch ein Seesack oder eine Reihe von Kissen sein können, die auf der Koje lagen. Doch Pitt ahnte, was ihn dort erwartete. Als er einen Schritt näher trat, konnte er sehen, dass dort ein Mann lag, bleich und tot.

Langsam ging er zu der Gestalt, beugte sich darüber und leuchtete den Leichnam mit seinem Strahler an. Die offenen Augen des sonst so ruppigen Kapitäns starrten ihn reglos an, die Miene wirkte leicht verwundert. Der alte Fischer trug ein T-Shirt, seine Beine steckten unter der Zudecke, die straff gespannt war und so verhindert hatte, dass er wegtrieb.

Pitt richtete seine Lampe auf den Kopf des Fischers und strich mit den Fingern am Haaransatz entlang. Knapp fünf Zentimeter über dem Ohr stieß er auf eine leichte Schwellung. Die Haut war zwar nicht aufgeplatzt, aber offensichtlich hatte der Mann infolge eines heftigen Schlages einen Schädelbruch erlitten. Pitt fragte sich, ob der alte Mann durch den Hieb gestorben oder ertrunken war, als er bewusstlos in der überfluteten Kabine liegen blieb.

Als der Strahl von Giordinos Lampe plötzlich unter der Tür auftauchte, suchte Pitt sorgfältig den Boden unter der Koje ab. Auf dem Teppich lag nichts. Er sah weder einen Porzellankrug, noch einen Briefbeschwerer oder irgendwelche Wodkaflaschen, die von einem Regal gefallen sein und den Mann versehentlich getroffen haben könnten. Der Raum enthielt keinerlei Ausstattung, eine leer stehende Kabine, die man dem Fischer zugeteilt hatte, der seinerseits keinerlei Habseligkeiten bei sich hatte.

Pitt warf einen weiteren Blick auf den alten Mann und wusste, dass sein erster Eindruck richtig gewesen war. Von dem Moment an, da er ihn gesehen hatte, war ihm klar gewesen, dass der Fischer nicht durch einen Unfall ums Leben gekommen war. Er war ermordet worden.

7

Sie ist weg«, stieß Gunn aus, der vor Wut rot angelaufen war. »Irgendjemand hat die Festplatte mit unserer Datei herausgerissen und ist damit verschwunden. Sämtliche Daten, alles, was wir in den letzten zwei Wochen zusammengetragen haben, alles ist weg.«

Gunn schäumte weiter, während er Pitt und Giordino unterhalb der Brücke beim Ablegen ihrer Trockentauchanzüge half.

»Was ist mit den Sicherungs-DVDs, Rudi?«, fragte Pitt.

»Ganz recht«, warf Giordino ein, während er seinen Anzug auf einen Haken hängte. »Ich weiß doch, dass du – als Computerfreak – alles auf DVDs speicherst, vermutlich sogar doppelt und dreifach.»

»Die Kiste mit den DVDs fehlt ebenfalls«, rief Gunn. »Irgendjemand hat genau gewusst, was er mitnehmen muss.«

»Unser Freund Sarchow?«, fragte Giordino.

»Das glaube ich nicht«, wandte Pitt ein. »Seine Kabine sah nicht so aus, als hätte er sich absetzen wollen.«

»Ich begreife das nicht. Unsere Forschungsdaten sind nur für Wissenschaftler von Wert. Wir hätten unsere russischen Kollegen doch an allem teilhaben lassen. Wer sollte denn die Aufzeichnungen stehlen?«, fragte Gunn, dessen Ärger allmählich abklang.

»Vielleicht wollte man gar nicht die Daten stehlen«, sagte Pitt versonnen. »Vielleicht wollte man nur verhindern, dass wir bei der Auswertung irgendwas Bestimmtes entdecken.«

»Könnte sein«, pflichtete ihm Giordino bei. »Rudi, das heißt, dass deine geliebte Festplatte mittlerweile vermutlich am Grund des Baikalsees liegt und den Fischern die Netze ruiniert.«

»Soll das ein Trost sein?«, versetzte Gunn.

»Kopf hoch. Du bist immer noch besser dran als der alte Fischer.«

»Stimmt. Er hat sein Boot verloren«, sagte Gunn.

»Er hat mehr als das verloren«, erwiderte Pitt. Dann berichtete er von seiner Entdeckung in der Kabine.

»Aber warum sollte jemand einen alten Mann ermorden?«, fragte Gunn und schüttelte verständnislos den Kopf. »Und was ist mit den anderen? Wurden sie entführt? Oder haben sie sich freiwillig abgesetzt, nachdem sie den Fischer umgebracht und unsere wissenschaftlichen Daten vernichtet haben?«

Die gleiche Frage ging auch Pitt durch den Kopf, aber er wusste keine Antwort darauf.

Bis zum Mittag war ein Kabel vom Ufer bis zur *Wereschtschagin* gezogen worden, mit dem das auf Grund gelaufene Schiff mit Strom versorgt wurde, sodass man die Lenzpumpen wieder in Betrieb nehmen konnte. Außerdem wurden Hilfspumpen aufs Achterdeck gebracht, die im Jaulen der zugeschalteten Generatoren die überfluteten Abteilungen auspumpten. Langsam aber sicher hob sich das Achterschiff wieder aus dem Wasser, auch wenn es den wenigen verbliebenen Besatzungsmitgliedern, die vom Ufer aus zuschauten, viel zu langsam ging.

Inzwischen setzten die Einwohner von Listwjanka die Aufräumarbeiten nach der verheerenden Flutwelle fort. Der beliebte Fischmarkt war binnen kurzer Zeit in Ordnung gebracht, und etliche Händler boten schon wieder allerlei köstlich riechende, frisch geräucherte Fische an. Der Lärm der Sägen und Hämmer hallte durch die Luft, als eine Reihe Andenkenkioske, die die ganze Wucht der Woge abbekommen hatten, wiederaufgebaut wurden.

Allmählich verbreitete sich auch die Kunde von weiteren durch das Erdbeben und die Flutwelle verursachten Verwüstungen rund um den See. Vor allem am Südufer waren zahlreiche Gebäude beschädigt worden, aber bemerkenswerterweise wurden keine Todesopfer gemeldet. Die finanziell folgenschwersten Schäden trug das Zellulose- und Papierkombinat in Baikalsk davon, mit seinen qualmenden Schloten ein weithin sichtbarer Orientierungspunkt am Südufer. Mehrere Wochen musste es den Betrieb einstellen, bis die Trümmer beseitigt und die überfluteten Anlagen repariert waren. Schwere Erdbebenschäden, so wurde berichtet, habe auch die Taischet-Nachodka-Ölpipeline erlitten, die am Nordufer des Sees verlief. Ökologen vom Limnologischen Institut waren bereits unterwegs, um festzustellen, ob austretendes Öl zu Umweltschäden im See führen könnte.

Kurz nach dem Mittagessen kam der Polizeichef von Listwjanka in Begleitung zweier Kriminalpolizisten aus Irkutsk an Bord der *Wereschtschagin*. Die Ordnungshüter stiegen zur Brücke des Schiffes hinauf, wo sie Kapitän Charitonow mit förmlichem Tonfall begrüßten. Der Polizeichef, ein ungepflegt wirkender Mann in einer schlecht sitzenden Uniform, warf den drei Amerikanern, die auf der anderen Seite der Brücke saßen und ihre Computer untersuchten, einen abschätzigen Blick zu. Er war von sich und seiner Machtbefugnis eingenommen, ein Mann, der die Annehmlichkeiten, wenn auch nicht unbedingt die Arbeit zu schätzen wusste, die mit seiner Stellung verbunden waren. Als Charitonow von den Vermissten, dem toten Fischer und dem Wassereinbruch im Achterschiff berichtete, verzog der Polizeichef unwirsch das Gesicht. Vermisste Personen und der drohende Untergang der *Wereschtschagin* ließen sich möglicherweise noch durch einen Unfall erklären, aber ein Toter komplizierte die ganze Sache. Ein Mord bedeutete zusätzliche Papierarbeit und Vertreter des Staates, die ihm über die Schulter schauten. In Listwjanka musste er sich allenfalls um den einen oder anderen Fahrraddiebstahl oder eine Kneipenschlägerei kümmern. Und dabei wollte er es auch belassen.

»Unsinn«, entgegnete er mit rauer Stimme. »Ich habe Belikow gut gekannt. Er war ein versoffener alter Fischer. Hat zu viel Wodka getrunken und ist abgekratzt wie ein alter Geißbock. Ein bedauerlicher Unglücksfall«, erklärte er leichthin.

»Und was ist mit den beiden verschwundenen Besatzungsmitgliedern, dem Erkundungsteam und dem Fischer? Und warum hat jemand versucht, mein Schiff zu versenken?«, wandte Kapitän Charitonow ein, der zusehends aufgebrachter wurde.

»Ach ja«, erwiderte der Polizeichef, »die Besatzungsmitglieder, die irrtümlich die Seeventile geöffnet haben. Wahrscheinlich haben sie sich wegen ihres Fehlers geschämt und sind desertiert. Irgendwann werden sie schon wieder in einer unserer schönen Schenken auftauchen«, sagte er im Brustton der Überzeugung. Als ihm klar wurde, dass die beiden Männer aus Irkutsk nichts von seinen Abwiegelungsversuchen hielten, fuhr er fort: »Natürlich wird der Vorfall offiziell untersucht werden, und dazu müssen wir selbstverständlich sämtliche Besatzungsmitglieder und Passagiere vernehmen.«

Pitt wandte den Blick von dem offenbar allzu sehr von sich überzeugten Polizeichef ab und musterte die beiden Ordnungshüter neben ihm. Die Ermittler vom Kriminaldezernat der Stadtpolizei von Irkutsk schienen eindeutig aus einem anderen Holz geschnitzt. Abgebrühte Männer, die keine Uniform trugen, sondern Anzüge, unter denen sie ihre Waffen verbargen. Keine gewöhnlichen Streifenpolizisten, denn sie strahlten eine Ruhe und ein Selbstvertrauen aus, das auf Erfahrung und eine gute Ausbildung hindeutete, die sie aller Wahrscheinlichkeit nach nicht an der einheimischen Polizeiakademie genossen hatten. Als die drei Männer mit ihren ersten Vernehmungen begannen, fiel Pitt auf, dass sich die Kriminalpolizisten aus Irkutsk allem Anschein nach mehr für Sarchows Verschwinden als für das vermisste Erkundungsteam und den toten Fischer interessierten.

»Wer sagt denn, dass Boris Badenow nicht quicklebendig ist?«, grummelte Giordino nach einem kurzen Verhör vor sich hin.

Als alle Mann an Bord vernommen waren, kehrten die Ordnungshüter auf die Brücke zurück, wo der Polizeichef Kapitän Charitonow aus purer Schikane eine strenge Mahnung erteilte. Missmutig gab der Kapitän der *Wereschtschagin* bekannt, dass auf Anweisung der Polizei von Listwjanka sämtliche Besatzungsmitglieder sofort auf das Schiff zurückkehren und dort bleiben müssten, bis die Untersuchung abgeschlossen sei.

»Die hätten uns vorher wenigstens noch einen Zug durch die Gemeinde gönnen sollen«, rief Giordino.

»Ich wusste gleich, dass ich in Washington hätte bleiben sollen«, murrte Gunn. »Jetzt sitzen wir in sibirischer Verbannung fest.«

»Washington ist um diese Jahreszeit sowieso ein elendes Sumpfnest«, entgegnete Pitt, während er vom Brückenfenster aus den Blick auf den See genoss.

Etwa anderhalb Meilen entfernt sah er den schwarzen Frachter, über den Al und er in der Nacht zuvor geflogen waren. Das Schiff lag jetzt an einem nicht beschädigten Kai am anderen Ende der Stadt, und über seinem hinteren Laderaum ragte ein großer Hafenkran auf.

An einem Haken neben dem Brückenfenster hing ein Fernglas, das Pitt unwillkürlich ansetzte und das Schiff betrachtete. Durch das starke Glas sah er zwei Tieflader und einen kleineren Kastenwagen neben dem Schiff am Kai stehen. Der Kran lud irgendwelche Gegenstände auf die Lastwagen, ein bisschen ungewöhnlich, denn Listwjanka war hauptsächlich ein Verladehafen, von dem aus alle anderen Kommunen am See mit Waren beliefert wurden. Als er das Glas auf einen der Tieflader richtete, sah er dort einen sonderbaren länglichen Gegenstand, der mit einer Segeltuchplane umhüllt war, auf einer Holzpalette stehen.

»Kapitän?«, sagte er zu Charitonow und deutete aus dem Fenster. »Der schwarze Frachter dort. Wissen Sie etwas darüber?«

Kapitän Charitonow trat hin und schaute blinzelnd zu dem Schiff. »Die *Primoskij*. Eine alte Bekannte auf dem Baikalsee. Sie ist jahrelang regelmäßig zwischen Listwjanka und Baikalskoje im Norden verkehrt und hat Stahl und Holz für die Eisenbahnstrecke befördert, die da oben gebaut wurde. Als die Arbeiten letztes Jahr abgeschlossen wurden, lag sie monatelang im Hafen fest. Soweit ich zuletzt gehört habe, ist sie kurzfristig von einer Ölfirma geleast worden. Die haben ihre eigene Mannschaft mitgebracht, was die alte Besatzung ziemlich gewurmt hat. Ich weiß nicht, wozu sie benutzt wird, vermutlich zum Transport von Geräten für den Bau einer Pipeline.«

»Eine Ölfirma«, wiederholte Pitt. »Doch nicht etwa das Avarga Oil Consortium?«

Charitonow blickte einen Moment lang nachdenklich auf. »Ja, jetzt, wo ich drüber nachdenke, glaube ich, das war es. Vergeben Sie einem müden Mann, dass es ihm nicht eher eingefallen ist. Vielleicht wissen die etwas über das vermisste Erkundungsteam. Und über den Verbleib von Alexander und Anatoli«, fügte er mit grimmigem Unterton hinzu.

Der russische Kapitän griff zum Funkgerät und setzte einen Spruch an den Frachter ab, dessen Name, *Primoskij*, von einem Gebirge im Westen des Baikalsees stammte. Eine schnarrende Stimme meldete sich und antwortete in kurzen, abgehackten Sätzen auf die Fragen des Kapitäns. Währenddessen sah sich Pitt den Frachter genauer an, dann richtete er das Glas auf das leere Achterdeck.

»Al, schau dir das an.«

Giordino kam angetrottet, nahm das Fernglas und betrachtete eingehend den Fracher. Als er die verhüllte Fracht bemerkte, die gerade gelöscht wurde, sagte er: »Die tun ja ziemlich geheimnisvoll, meinst du nicht auch? Aber wenn wir fragen, sagen sie bestimmt, das wären bloß gebrauchte Traktorteile.«

»Schau dir mal das Achterdeck an«, sagte Pitt.

»Letzte Nacht hat da doch ein Turm gestanden«, versetzte Giordino. »Er ist verschwunden, genau wie unsere Freunde.«

»Auch wenn es dunkel war, als wir über das Schiff geflogen sind, aber wie ein Märklinturm sah er nicht aus.«

»Nein, das Ding konnte man nicht so auf die Schnelle auseinanderlegen, nicht ohne eine ganze Schar von Arbeitern«, sagte Giordino.

»Soweit ich das durchs Glas erkennen konnte, ist nur eine Notbesatzung auf dem Schiff.«

Der Kapitän hängte das Mikrofon des Funkgerätes ein und unterbrach sie.

»Tut mir leid, meine Herren. Der Kapitän der *Primoskij* teilt mit, dass er keine Passagiere an Bord genommen, von einem Ölerkundungsteam weder etwas gehört noch gesehen hat und nicht einmal wusste, dass eins auf dem See unterwegs ist.«

»Und ich gehe jede Wette ein, dass er auch nicht weiß, wer in Grants Grab liegt«, sagte Giordino.

»Hat er vielleicht zufällig verraten, was er geladen hat?«, fragte Pitt.

»O ja«, erwiderte Charitonow. »Sie bringen landwirtschaftliche Geräte und Traktorteile von Irkutsk nach Baikalskoje.«

8

Der junge Polizist, der darauf achten sollte, dass keiner das Schiff verließ, langweilte sich. Unermüdlich war er nur wenige Meter von der Stelle entfernt, an der sich der Bug der *Wereschtschagin* in den Grund gebohrt hatte, am Ufer auf und ab gegangen und hatte das Schiff nicht aus den Augen gelassen, bis die Sonne unterging. Doch als die erste Abendstunde ereignislos verstrichen war, ließ seine Wachsamkeit nach. Der laute, hämmernde Lärm aus einer Kneipe oben an der Straße lenkte ihn zusehends ab, und bald darauf drehte er sich um und schaute zur Kneipentür, wo es vielleicht eine attraktive Touristin oder eine Studentin aus Irkutsk zu sehen gab.

Da er abgelenkt war, konnte er die beiden Männer in Schwarz nicht sehen, die leise ein kleines Zodiac über das Heck der *Wereschtschagin* schoben und sich dann lautlos in das Gummiboot fallen ließen.

Pitt und Giordino steuerten das Zodiac langsam von der *Wereschtschagin* weg und achteten darauf, dass das Schiff zwischen ihnen und dem Posten an Land lag.

»Nur ein paar Paddelschläge entfernt gibt es mindestens zwei nette Kneipen, und du willst unbedingt fischen gehen«, grummelte Giordino.

»Lauter teure Touristenfallen, wo sie dir lauwarmes Bier und alte Bretzeln andrehen«, antwortete Pitt.

»Lieber ein warmes Bier als gar keins«, erwiderte Giordino versonnen.

Obwohl sie rasch mit der Dunkelheit verschmolzen, ließ Pitt sie rudern, bis sie fast eine Meile vom Ufer entfernt waren, bevor er am Starterseil des 25 PS starken Außenbordmotors zog. Hustend sprang der kleine Motor an, worauf Pitt das Boot parallel zum Ufer steuerte und mit langsamer Fahrt vorantuckerte. Sobald das Boot in Bewegung war, ergriff Giordino das knapp einen Meter lange Schleppsonar, das am Plankenboden lag, schob es über die Bordwand und und ließ das hundert Meter lange Kabel fast bis zum Anschlag ablaufen. Nachdem er die Schleppleine verzurrt hatte, klappte er einen Laptop auf und aktivierte die Software des Sidescan-Sonars. Binnen weniger Minuten scrollte ein gelbliches Bild vom Seeboden über den Monitor.

»Das Kino hat angefangen«, meldete Giordino. »Im Moment

ist ein unebener, sandiger Seeboden in etwa fünfzig Meter Tiefe zu sehen.«

Pitt steuerte das Boot weiterhin parallel zum Ufer, bis er auf gleicher Höhe mit dem schwarzen Frachter war. Er blieb noch eine Viertelmeile auf Kurs, drehte dann mit dem Zodiac bei und fuhr in Gegenrichtung etliche Meter auf den See hinaus.

»Hier in der Gegend müsste die *Primorskij* meiner Ansicht nach gelegen haben, als wir gestern Nacht drübergeflogen sind«, sagte Pitt und deutete nach Südosten. Er wandte sich um und musterte die Orientierungspunkte am nördlichen Ufer, die er, soweit er sich erinnern konnte, vom Helikopter aus gesehen hatte.

Giordino nickte. »Einverstanden, wir müssten ganz in der Nähe sein.«

Pitt holte einen Kompass aus der Hosentasche und überprüfte ihre Position, dann legte er ihn vor sich auf die Ruderbank. Gelegentlich richtete er zur Orientierung den Strahl seiner Stiftlampe darauf und hielt steten Kurs, bis sie etwa eine halbe Meile in Gegenrichtung zurückgelegt hatten, wendete dann und steuerte wieder zurück, diesmal weiter nach Süden. Eine Stunde lang setzten sie ihre Suche fort und entfernten sich dabei immer weiter vom Ufer, während Giordino mit Hilfe des Laptops den Grund des Sees absuchte.

Pitt wandte den Blick zum Ufer und bereitete sich gerade auf die Wende am Ende einer gedachten Suchstrecke vor, als Giordino sagte: »Da ist was.«

Pitt blieb auf Kurs und beugte sich vor, um den Bildschirm zu betrachten. Ein langer, dunkler Gegenstand scrollte über den Monitor, gefolgt von einem weiteren, der in spitzem Winkel darauf zulief. Langsam bildete sich eine Art A-förmiges Objekt mit ein paar Querstreben heraus.

»Etwa zwölf Meter lang«, sagte Giordino. »Sieht genauso aus wie der Aufbau, den wir letzte Nacht am Achterdeck der *Primorskij* gesehen haben. Die sollen sich schämen, den See so zu versauen.«

»Jawohl, Schande über sie«, erwiderte Pitt, während er zu dem schwarzen Frachter hinüberblickte. »Fragt sich nur, warum, mein lieber Watson?«

Als sich Pitt vorbeugte und den Außenbordmotor abstellte, wusste Giordino, dass sie nach der Erklärung suchen würden. Irgendetwas hatte Pitt an dem schwarzen Frachter von Anfang an gestört. Als er erfuhr, dass er vom Avarga Oil Consortium geleast war, hatte dies seinen Verdacht nur bestätigt. Er hatte kaum einen Zweifel daran, dass irgendein Zusammenhang zwischen dem Auftauchen dieses Schiffes und dem Verschwinden von Sarchow und dem Explorationsteam bestehen musste. Während er es von Weitem musterte, holte Giordino rasch das Sonar ein, klappte den Laptop zu und griff zu den Rudern.

Ruhig und dunkel lag die *Primorskij* an ihrem Ankerplatz am Ende des Hafens. Die Lastwagen, darunter auch die beiden Tieflader mit ihrer verhüllten Ladung, standen noch immer am Kai daneben. Ein hoher Maschendrahtzaun mit einem Schilderhaus am Tor, in dem zwei Wachmänner saßen, umgab das Areal. Einige weitere Männer standen um die Trucks herum und studierten eine Karte, die sie auf einem Kotflügel ausgebreitet hatten. Auf dem Frachter selbst war kein Lebenszeichen zu erkennen.

Lautlos näherten sich Pitt und Giordino dem Achterschiff und ließen sich in die Dunkelheit unter dem hohen Heckspiegel treiben. Dann streckte Pitt den Arm aus, ergriff die Vertäuleine des Frachters, die tief aufs Wasser herabhing und zog das Boot an ihr entlang zum Kai. Während Giordino eine Leine um einen gesplitterten Laternenmast schlang, stieg Pitt aus dem Zodiac und kroch auf den hölzernen Pier.

Die Lastwagen standen auf der anderen Seite, nahe dem Bug des Schiffes, doch Pitt konnte die Stimmen der Männer dennoch hören. Als er zwei rostige Ölfässer am Rand des menschenleeren Piers entdeckte, kroch er hin und kniete sich dahinter. Im nächsten Moment tauchte Giordino lautlos hinter ihm auf.

»So verlassen wie eine Kirche am Montag«, flüsterte Giordino, während er das gespenstisch stille Schiff betrachtete.

»Ja, ein bisschen zu ruhig.«

Pitt spähte um das Fass herum und bemerkte eine Gangway am anderen Ende des Piers, die zum vorderen Laderaum des Schiffes hinaufführte. Dann musterte er die Reling des Frachters, die rund zwei Meter über dem Kai aufragte.

»Auf der Gangway fallen wir möglicherweise auf«, flüsterte er Giordino zu. »Ich glaube, wir können von hier aus hochklettern«, sagte er und deutete auf die Fässer.

Vorsichtig rollte Pitt eins der Fässer an den Rand des Kais und stieg hinauf, beugte die Knie, sprang einen Meter übers Wasser und bekam die untere Stange der Reling zu fassen. Dort hing er eine Sekunde lang, schwang sich dann zur Seite und schlüpfte unter der Reling hindurch aufs Deck. Giordino, der deutlich kleiner war, verpasste die Reling um ein Haar und hing einen Moment lang an einer Hand, bis Pitt ihn auf das Schiff zog.

»Das nächste Mal nehm ich den Aufzug«, grummelte er.

Sie verharrten im Schatten, bis ihr Atem wieder langsamer wurde, und musterten das ruhige Schiff. Die *Primorskij* war nur rund sechzig Meter lang, für ein hochseetüchtiges Schiff ziemlich klein, aber gebaut wie die meisten Frachter, mit den Aufbauten in der Mitte und einem offenen Vor- und Achterdeck. Der Rumpf bestand zwar aus Stahl, die Decksbeplankung aber aus Teak, und sie stank nach Öl, Diesel und einer Reihe von Chemikalien, die im Laufe von vier Jahrzehnten ins Holz eingesickert waren. Pitt ließ den Blick über das Achterdeck schweifen, auf dem eine Reihe von Metallcontainern um eine Frachtluke stand. Lautlos und tief geduckt huschten er und Giordino auf einen der Container zu, drückten sich in den Schatten und spähten in den offenen hinteren Laderaum.

Zu beiden Seiten des Raumes stapelten sich bündelweise dünne Eisenrohre. Der mittlere Bereich war leer, aber trotz der Dunkelheit waren die Schrammen am Boden zu sehen, die von den Füßen der geheimnisvollen Geräte hinterlassen worden waren, die bis vor Kurzem noch dort gestanden hatten. Noch auffälliger aber war ein knapp zwei Meter durchmessender verschlossener Lukendeckel, der sich genau in der Mitte der Kratzer befand.

»Sieht aus wie das Stringerloch eines Nordsee-Bohrschiffs«, flüsterte Pitt.

»Und das Bohrgestänge liegt gleich daneben«, erwiderte Giordino. »Aber das ist bestimmt kein Bohrschiff.«

Offensichtlich hatte er recht. Ein Bohrschiff führt das Gestänge, die Rohre und alle weiteren Geräte mit sich, die nötig sind, um Öl zu fördern und an Bord zu pumpen. Bohrgestänge und Rohre konnte der alte Frachter vielleicht ausbringen, aber er hatte keine Tanks zum Einlagern des Öls.

Pitt hielt sich nicht lange mit Überlegungen auf, sondern begab sich rasch zu einem Gang an Backbord. Dann blieb er stehen, drückte sich an eine Wand und spähte um die Ecke. Noch immer befand sich nirgendwo eine Menschenseele. Jetzt, da sie vom Kai aus nicht mehr gesehen werden konnten, atmete er ruhiger, während er, gefolgt von Giordino, langsam vorrückte.

Sie schlichen nach vorn, bis sie auf einen ebenso menschenleeren Quergang stießen, der zwischen den Aufbauten hindurchführte. Der von einer Deckenlampe in schummrig gelbes Licht getauchte Gang war menschenleer. Irgendwo in der Ferne summte ein Stromgenerator wie ein Schwarm Zikaden. Pitt ging unter der Lampe hindurch, zog den Pulloverärmel über die rechte Hand, reckte sich hoch und schraubte die Glühbirne heraus. Da der Schein der Kailampen nicht bis hierher drang, war es nahezu stockdunkel.

Als sie an der Ecke standen, hörten sie hinter sich das Schloss einer Kabinentür klicken. Sofort drückten sich beide Männer in den Seitengang, wo sie von der Tür aus nicht gesehen werden konnten. Links von Pitt befand sich ein offener, schummrig erleuchteter Raum, in den er sich rasch verzog, gefolgt von Giordino, der die Tür hinter ihnen schloss.

Während sie an der Tür standen und auf Schritte horchten,

ließen sie den Blick durch die Abteilung schweifen. Sie standen offenbar in der Schiffsmesse, die zugleich auch als Konferenzraum genutzt wurde und überhaupt nicht zu dem sonst so verlotterten Frachter passte. Auf einem kostbaren Perserteppich stand ein auf Hochglanz polierter Mahagonitisch, der sich quer durch den Raum erstreckte und von wuchtigen Lehnstühlen mit Lederpolstern umgeben war. Mit seinen schweren Tapeten, den geschmackvollen Kunstdrucken, die hier und da an der Wand hingen, und den künstlichen Pflanzen erinnerte er fast an die Lobby des Waldorf-Astoria. Auf der anderen Seite befand sich eine Doppeltür, die in die Galley führte, und an der Wand neben Pitt war ein großer Bildschirm angebracht, der offenbar über Satellitenanschluss verfügte.

»In so einer gemütlichen Umgebung möchte man doch am liebsten eine Portion Räucherfisch mit Borschtsch vertilgen«, grummelte Giordino.

Ohne darauf einzugehen, trat Pitt vor eine Reihe von Karten, die an die Wand gepinnt waren. Offenbar Computerausdrucke, die vergrößerte Abschnitte des Baikalsees zeigten. An diversen Stellen rund um den See waren rote konzentrische Kreise von Hand eingezeichnet, die vor allem an der Nordspitze dicht an dicht nebeneinanderlagen und teilweise das Ufer überlappten, wo eine in west-östlicher Richtung verlaufende Pipeline zu erkennen war.

»Bohrstellen?«, fragte Giordino.

»Vermutlich. Das wird den Umweltschützern aber ganz und gar nicht passen«, erwiderte Pitt.

Giordino horchte an der Tür, bis die Schritte draußen an einer Leiter verklangen. Dann öffnete er die Tür einen Spalt und warf einen kurzen Blick in den wieder menschenleeren Gang.

»Niemand in der Nähe. Und nirgendwo eine Spur von Passagieren.«

»Ich möchte mir das Beiboot mal ansehen«, flüsterte Pitt.

Vorsichtig schoben sie die Tür auf, schlichen zurück zum Backbordgang und drückten sich an den Aufbauten vorbei in Richtung Vordeck, auf dem sie zwei weit auseinanderliegende Frachtluken erkennen konnten. An der Backbordwand stand ein aufgebocktes Beiboot, ziemlich ramponiert, an dem noch die Trosse hing, die zu einer Winde führte – ein Zeichen dafür, dass es vor Kurzem erst benutzt worden war.

»Das liegt genau im Blickfeld der Brücke«, sagte Giordino und deutete mit dem Kopf nach oben, auf ein diffuses Licht, das rund fünf Meter über ihnen aus dem Brückenfenster fiel.

»Aber nur, wenn auch jemand in die Richtung blickt«, gab Pitt zurück. »Ich schau mir das Ding kurz an.«

Während Giordino im Schatten blieb, huschte Pitt, der sich dicht an der Bordwand hielt, tief geduckt über das offene Deck. Im gedämpften Schein der Kailaternen und der Brückenbeleuchtung warf Pitt nur einen fahlen Schatten, als er vorrückte. Aus dem Augenwinkel blickte er kurz auf die Trucks und die Handvoll Männer, die da herumstanden. Von dort aus dürfte er in schwarzer Hose und schwarzem Pullover kaum zu erkennen sein. Doch machte er sich wegen der Leute auf der Brücke Gedanken.

Er sprintete regelrecht zu dem kleinen Boot, duckte sich unter dem Bug hindurch und drückte sich neben der Bordwand in den Schatten. Als sein Herz wieder langsamer schlug, horchte er auf verdächtige Geräusche, doch alles blieb ruhig. Nur ein paar gedämpfte Laute aus der Stadt drangen an sein Ohr. Pitt warf einen Blick zur Brücke hinauf und sah dort zwei Männer stehen, die miteinander redeten. Keiner der beiden schenkte dem Vorschiff auch nur die geringste Beachtung.

Pitt duckte sich und zückte seine Stiftlampe, richtete sie auf den Bootsrumpf und schaltete sie kurz ein. Der dünne Lichtstrahl fiel auf zerschrammte Planken, die karmesinrot gestrichen waren. Als er mit der Hand darüberrubbelte, lösten sich große Flocken, die an seinen Fingern hafteten. Es war, wie er vermutet hatte, der gleiche Farbton wie bei dem roten Abrieb auf der Steuerbordseite der *Wereschtschagin*.

Er richtete sich vorsichtig auf und wollte gerade zum Bug des

Beiboots gehen, als ihm plötzlich etwas auffiel. Er beugte sich über die Bordwand und schaltete kurz die Stiftlampe ein, deren Schein auf eine verblichene Baseballkappe fiel, über deren Schirm ein roter Aufnäher mit einem angreifenden Keiler prangte, den Pitt sofort erkannte – das Kampfschwein war das Maskottchen der University of Arkansas. Seines Wissens war das Jim Woffords Mütze. Jetzt stand für ihn eindeutig fest, dass die *Primorskij* etwas mit dem Anschlag auf die *Wereschtschagin* und auch mit dem Verschwinden der Besatzungsmitglieder und Ölsucher zu tun hatte.

Er steckte die Stiftlampe wieder ein, richtete sich auf und warf einen weiteren Blick zur Brücke. Die beiden Gestalten da oben unterhielten sich immer noch miteinander, ohne dem Vordeck auch nur einen Blick zu gönnen. Langsam schob sich Pitt um den Bug des Beiboots, dann blieb er plötzlich stehen. Mit einem Mal spürte er, dass da noch ein anderer in der Nähe war. Doch es war schon zu spät. Im nächsten Moment wurde eine Halogenlampe auf sein Gesicht gerichtet, und jemand schrie auf Russisch: »*Ostanowka!*«

9

Ein Mann löste sich aus der Dunkelheit, trat in den Schein der Kailampen und blieb etwa anderthalb Meter vor Pitt stehen. Er war zierlich gebaut, hatte ölig schwarze Haare und trug eine dazu passende Latzhose. Nervös wippte er auf den Fußballen, doch die 9-mm-Automatik vom Typ Jarygin PYa, die er auf Pitt gerichtet hatte, verharrte weiter vor dessen Brust. Der Mann musste hinter der Ankerwinde auf der Back gesessen haben, wurde Pitt jetzt klar, da er freie Sicht auf die Gangway hatte. Von dort aus hatte er Pitts Stiftlampe bemerkt und sich herangeschlichen, um nachzusehen, was da los war.

Der Wachmann, der noch keine zwanzig war, starrte Pitt mit

unsteten braunen Augen an. Von Berufs wegen war er vermutlich gar kein Wachmann, wie Pitt angesichts der schmutzigen schwarzen Finger feststellte, mit denen er die Waffe hielt. Eher ein Mechaniker. Dennoch hielt er Pitt mit der Pistole in Schach und würde zweifellos auch abdrücken, wenn er musste.

Pitt steckte in der Klemme, eingezwängt zwischen Beiboot und Bordwand, zwischen ihm und dem Wachmann das offene Deck. Als der Wachman mit der linken Hand ein Walkie-Talkie an den Mund führte, entschloss sich Pitt zum Handeln. Er konnte sich entweder auf den Wachmann stürzen und sich eine Kugel einfangen oder über die Reling hechten und sein Glück im kalten See versuchen. Es sei denn, Giordino tauchte auf. Aber der war fünfzehn Meter weit entfernt, und sobald er aufs offene Vordeck trat, würde ihn der Wachmann sehen können.

Dieser ließ Pitt nicht aus den Augen, als er kurz in das Funkgerät sprach. Pitt, der sich nicht von der Stelle rührte, überlegte unterdessen, welche Strafe in Russland auf das unbefugte Betreten eines Schiffes stehen mochte, und kam zu dem Schluss, dass er es zumindet nicht allzu weit hatte, falls er nach Sibirien verbannt werden sollte. Dann dachte er an den toten Fischer an Bord der *Wereschtschagin* und fragte sich, ob ihm nicht noch etwas Schlimmeres blühen konnte als ein sibirisches Straflager.

Unauffällig drückte er die Knie durch, während er darauf wartete, dass der Posten eine Antwort bekam und von dem Knacken und Knistern des Funkgerätes zumindest ein wenig abgelenkt wurde. Als eine tiefe Stimme aus dem Lautsprecher schallte, legte Pitt die linke Hand auf die Bordwand und setzte zu einer Flanke an. Weiter kam er nicht.

Mit einem gleißenden Mündungsblitz, gefolgt von einem trockenen Knall, ging die Jarygin los und bäumte sich in der Hand des Postens auf. Pitt erstarrte, als ein Brocken Teakholz unmittelbar neben seiner Hand von der Reling abprallte und kurz darauf im Wasser landete.

Er hörte laute Rufe vom Kai, wo man den Schuss offenbar auch gehört hatte. Ehe er etwas unternehmen konnte, stürmten zwei Männer über die Gangway, die ebenfalls Jarygin-Pistolen in den Händen hielten, die Dienstwaffe des russischen Militärs. Der zweite war, wie Pitt sofort erkannte, der verschwundene Steuermann der *Wereschtschagin*, ein verstockter Eisklotz namens Anatoli. Kurz darauf tauchte ein dritter Mann am Fuß des Treppchens von der Brücke auf und näherte sich mit ruhigen Schritten. Er hatte lange schwarze Haare, wirkte befehlsgewohnt und sah sich die Szene mit teilnahmsloser Miene an. Im Schein der Hafenlichter sah Pitt eine lange Narbe, die sich über seine linke Wange zog, vermutlich ein Andenken an einen Messerkampf in jungen Jahren.

»Ich habe diesen Eindringling hier entdeckt, der sich hinter dem Beiboot versteckt hat«, meldete der Wachmann.

Der Mann musterte Pitt kurz und wandte sich dann an die beiden anderen Besatzungsmitglieder. »Seht nach, ob er Komplizen hat. Und keine Schüsse mehr. Wir wollen kein Aufsehen erregen.«

Die beiden Männer schwärmten sofort aus und suchten das Vordeck ab, vor allem die dunklen Stellen. Unterdessen wurde Pitt in die Mitte gebracht, wo er im Schein einer Deckslampe stand.

»Wo ist Alexander?«, fragte Pitt seelenruhig. »Er hat gesagt, ich soll mich hier mit ihm treffen.«

Pitt erwartete nicht, dass der Bluff gelang, aber er musterte das Gesicht des Mannes, der hier offenbar das Sagen hatte, wartete auf eine Reaktion. Er zog nur kurz die Augenbrauen hoch.

»Engländer?«, sagte er schließlich ungerührt. »Sie müssen von der *Wereschtschagin* sein. Leider haben Sie sich verlaufen.«

»Aber ich habe herausgefunden, wer sie versenken wollte«, entgegnete Pitt.

Trotz des schummrigen Lichts sah er, wie der Mann rot anlief. Mühsam unterdrückte er seine Wut, als Anatoli und der andere Mann kopfschüttelnd näher kamen.

»Keine Begleiter? Dann steckt ihn zu den anderen und erledigt sie alle unauffällig, wenn wir an eine Stelle kommen, wo ihr sie über die Bordwand werfen könnt, ohne dass sie einer findet«, zischte er.

Der Wachmann trat einen Schritt vor, drückte Pitt die Pistole in die Rippen und nickte zum Backbordgang hin. Schleppenden Schrittes ging Pitt auf den Schatten zu, dorthin, wo er Giordino zuletzt gesehen hatte. Der Wachmann und die beiden Besatzungsmitglieder hielten sich hinter ihm, und aus dem Augenwinkel konnte er sehen, wie der narbengesichtige Boss auf die Brücke zurückkehrte.

Als sie den Seitengang passierten, rechnete er fast damit, dass Giordino unverhofft aus der Dunkelheit auftauchen und sich auf seine Bewacher stürzen würde, doch sein Freund und Partner war nirgendwo zu sehen. Am Achterdeck angekommen, wurde er zu den rostigen Frachtcontainern gedrängt, die entlang der Bordwand standen. Ruhig und ohne Widerstand zu leisten wartete er ab, bis sich einer der Matrosen an dem Vorhängeschloss zu schaffen machte, dann ging er zum Angriff über. Der Wachmann, der ihm immer noch die Pistole an die Rippen drückte, geriet sofort aus dem Gleichgewicht, als Pitt mit dem Ellbogen auskeilte und die Pistole blitzschnell wegstieß. Ehe er wusste, wie ihm geschah, hatte Pitt mit aller Kraft ausgeholt und ihm einen Schwinger verpasst, der den Wachmann am Kinn traf und ihn beinahe bewusstlos schlug. Er torkelte zurück, landete in Anatolis Armen und ließ die Waffe fallen.

Der dritte Mann war noch mit dem Schloss beschäftigt, daher ging Pitt aufs Ganze und hechtete nach der Waffe. Er landete an Deck und schloss die ausgestreckte rechte Hand gerade um den Kunststoffgriff der Jarygin, als eine 70 Kilo schwere Last auf seinem Rücken landete. Ohne zu zögern hatte Anatoli dem angetrunkenen Wachmann einen Schubs versetzt, sodass er ins Stolpern geriet und prompt auf Pitt stürzte. Als dieser den Wachmann von sich wälzen wollte, spürte er plötzlich die kalte Stahlmündung einer automatischen Pistole, die seitlich an seinen Hals gedrückt wurde, worauf er seinerseits die Waffe fallen ließ.

Pitt musste mit vorgehaltener Pistole auf dem Deck knien, bis das Schloss geöffnet war und die Doppeltür des sechs Meter langen Containers aufgerissen wurde. Dann bekam er einen Stoß in den Rücken, torkelte hinein und fiel auf etwas Weiches. Im schummrigen Licht erkannte er, dass es sich um einen Menschen handelte, der eingerollt am Boden lag. Dann rührte sich die Gestalt, stützte sich auf die Ellbogen und wandte Pitt das Gesicht zu.

»Dirk … gut, dass Sie vorbeischauen«, krächzte Alexander Sarchow mit matter Stimme.

Giordino fluchte lautlos vor sich hin, als er von seinem Versteck im Schatten aus mit ansehen musste, wie Pitt auf dem Vordeck gefangen genommen wurde. Aber unbewaffnet wie er war, hatte er nur beschränkte Möglichkeiten zum Eingreifen. Er überlegte, ob er einfach auf den Mann mit der Pistole losgehen sollte? Aber dazu müsste er das offene Deck überqueren, wo man ihn jederzeit sehen konnte. Als er dann aber hörte, wie der Wachmann einen Warnschuss auf Pitt abgab, verkniff er sich jede Heldentat, zumal er kurz darauf sah, wie die Männer vom Kai an Bord gestürmt kamen. Deshalb beschloss er, sich zurückzuziehen und durch den Quergang zur Steuerbordseite zu laufen. Vielleicht konnte er irgendwie in den Rücken der Männer gelangen und den Bewaffneten ausschalten.

Lautlos huschte er an den Aufbauten vorbei und bog in den Seitengang ab. Doch kaum trat er um die Ecke, als eine schwarz gekleidete Gestalt von der anderen Seite angerannt kam und mit ihm zusammenstieß. Wie in einem alten Stummfilm mit den Keystone Kops prallten beide Männer zusammen und landeten rücklings am Boden. Giordino steckte den Schlag im Nu weg, sprang flink wie eine Katze auf und stürzte sich auf den anderen Mann, der sich gerade aufrappeln wollte. Er schlang die Arme um seinen Oberkörper und rammte seinen Kopf an die Schottwand. Ein dumpfes Scheppern ertönte, als der Schädel auf die Stahlplatte traf, dann erschlaffte der andere.

Der Mann war kaum ausgeschaltet, als Giordino von der Backbordseite her Schritte hörte. Er warf einen kurzen Blick auf das helle Vordeck und sah, dass Pitt nach achtern gebracht wurde. Rasch zerrte er den Mann in den Quergang und verzog sich in eine Art Konferenzraum. Als er die schlaffe Gestalt auf den Tisch wuchtete, bemerkte er, dass er etwa genauso groß war wie er und die gleiche schwarze Latzhose trug wie der Posten auf dem Vordeck. Kurz durchsuchte er den Mann, bei dem es sich offenbar um den Funker des Frachters handelte, fand aber keine Waffe. Dann zog er ihm die Latzhose aus, schlüpfte hinein und setzte sich die dunkle Strickmütze auf, die der Mann trug. Nachdem er sich davon überzeugt hatte, dass er in der Dunkelheit durchaus als Besatzungsmitglied durchging, trat er wieder auf den Gang und lief nach achtern, ohne zu wissen, was genau er unternehmen sollte.

Sarchows Kleidung war zerknittert, die Haare zerzaust und die linke Stirnseite dunkelblau verfärbt. Er wirkte müde, doch seine Augen funkelten, als er Pitt erkannte.

»Alexander, sind Sie schwer verletzt?«, fragte Pitt und half Sarchow beim Aufsetzen.

»Mir fehlt nichts«, erwiderte er mit kräftiger Stimme. »Die haben mich bloß ein bisschen vermöbelt, nachdem ich einen ihrer Männer flachgelegt habe.« Ein leichtes, zufriedenes Lächeln spielte um seine Mundwinkel.

Hinter ihnen wurde die Doppeltür des Containers zugeschlagen, worauf das Innere in tiefer Dunkelheit versank. Kurz danach sprang draußen ein Dieselmotor an, und eines der Besatzungsmitglieder setzte sich an die Schalthebel eines Schiffskrans. Er schwenkte den Ausleger über das Deck, bis sich der Stahlhaken genau über dem Container befand, und ließ ihn dann ab. Mit metallischem Scheppern schlug er auf.

Unterdessen hatte Pitt seine Stiftlampe eingeschaltet, damit sie überhaupt etwas sehen konnten, während Sarchow allmählich wieder zu Kräften kam.

»Sie haben versucht, die *Wereschtschagin* zu versenken«, sagte der Russe. »Sagen Sie bitte, dass sie gescheitert sind?«

»Aber nur um Haaresbreite«, erwiderte Pitt. »Wir konnten das Schiff zum Ufer schleppen, bevor es in der Bucht versank. Das Ölexplorationsteam ist allerdings verschwunden. Sind die Leute mit Ihnen an Bord gekommen?«

»Ja, aber wir wurden getrennt, sobald wir auf dem Frachter waren. Ich hatte auf dem Gang vor meiner Kabine Lärm gehört, blickte aber in eine Pistolenmündung, als ich nachsehen wollte, was da los war. Es war Anatoli, der Decksoffizier. Er und die Frau, diese Tatiana, haben uns mit vorgehaltener Waffe zu einem Beiboot getrieben und hergebracht. Mir ist völlig rätselhaft, weshalb sie das getan haben«, fügte er kopfschüttelnd hinzu.

»Das ist im Moment auch nicht so wichtig. Zunächst mal müssen wir hier raus«, sagte Pitt und stand auf. Er sah sich in dem Container um, stellte aber fest, dass er bis auf ein paar am Boden herumliegende Lappen leer war.

Draußen hatte Anatoli inzwischen zwei mit Schlingen versehene Stahltrossen geholt und schob sie unter dem Fuß des Containers hindurch. Das andere Besatzungsmitglied, ein dünner Mann mit fettigen Haaren, kletterte hinauf, zog die Trossen zusammen und hängte sie an den Kranhaken. Der Wachmann, den Pitt niedergeschlagen hatte, rappelte sich auf, nahm seine Pistole wieder an sich und verfolgte das Ganze aus sicherem Abstand.

Der dünne Matrose sprang vom Dach des Containers und setzte sich in den Führerstand des Krans, der ein paar Meter weit entfernt in einer dunklen Ecke stand. Er betätigte den Hebel des Zugseils und hob den Ausleger an, bis sich die Trossen strafften, dann zog er die Last hoch. Er war so auf den in der Luft baumelnden Container konzentriert, dass er die Gestalt nicht bemerkte, die lautlos über das Deck huschte und sich von der Seite anschlich. Und er sah auch die geballte Faust nicht, die plötzlich aus der Dunkelheit schoss und ihn mit voller Wucht unter dem Ohr traf. Wenn er durch den Hieb auf die Halsschlagader nicht augenblicklich das Bewusstsein verloren hätte, hätte er in das Gesicht von Al Giordino geblickt, der ihn wie einen nassen Sack vom Führerstand zerrte und auf dem Deck ablegte.

Giordino hatte keine Zeit, sich lange mit der Bedienung zu befassen, als er im Führerstand Platz nahm. Mit der rechten Hand betätigte er auf gut Glück einen Hebel und stellte fest, dass er richtig geraten hatte. Der Ausleger hob sich und zog den Container ein paar Zentimeter höher. Dann probierte er mit der linken Hand die Hebel für die Seitwärtsbewegungen aus und schwenkte den Ausleger erst einen halben bis einen Meter mittschiffs, dann in die Gegenrichtung, nach Backbord, bis der Container dicht über der Reling hing, wo er gefährlich hin und her schaukelte. Wie Giordino gehofft hatte, begaben sich Anatoli und der Wachmann ebenfalls an die Backwordwand, um mit anzusehen, wie die Gefangenen ersäuft wurden. Obwohl die Nachtluft ziemlich kühl war, rannen Schweißtropfen über Giordinos Stirn, während er mit den Händen an den Hebeln seelenruhig abwartete, bis Anatoli ihm das Zeichen gab, dass er den Ausleger absenken sollte. Langsam schwenkte Giordino den Container ein Stück weiter vom Schiff weg und ließ ihn kurz pendeln, betätigte dann den anderen Hebel und zog den Kranausleger wieder über das Achterdeck.

Die beiden Männer an der Reling sahen verwundert zu, als der Arm über sie hinwegschwenkte und der Container einen Sekundenbruchteil in der Luft hing, dann pendelte der zwei Tonnen schwere Stahlkasten in die Gegenrichtung und kam genau auf sie zu.

Der Wachmann, der immer noch nicht ganz sicher auf den Beinen stand, sprang zurück und fluchte vor sich hin, als der Container knapp an seinem Gesicht vorbeiflog. Anatoli hatte weniger Glück. Statt sich zu ducken, versuchte er dem Stahlkasten auszuweichen. Doch kaum hatte er den ersten Schritt getan, als der Container ihn erfasste und seine Lunge zerquetschte. Er brachte nur noch einen erstickten Schrei hervor, dann wurde er wie eine Stoffpuppe über das Deck geschleudert.

Der benommene Wachmann drehte sich zum Führerstand des Krans um und fluchte wie ein Wahnsinniger, dann aber verstummte er sofort, als ihm klar wurde, dass der Mann, der dort saß, gar nicht sein Kollege war. Als er zur Waffe greifen wollte, zog Giordino den Steuerhebel nach rechts, worauf sich der Kranausleger wieder zur Backbordwand bewegte. Giordino duckte sich, als der Wachmann auf ihn anlegte und abdrückte, sodass die Kugel knapp über seinen Kopf hinwegpfiff. Aber noch immer hatte er die Hände an den Steuerhebeln.

Mittlerweile pendelte der Container wieder in Richtung Backbordwand. Der Wachmann, der gerade einen zweiten Schuss abgeben wollte, sah ihn auf sich zukommen und duckte sich. Doch im gleichen Moment zog Giordino den Hebel für das Zugseil nach unten und senkte den Ausleger. Der Stahlkasten folgte prompt und schlug unmittelbar vor dem Schützen auf das Deck.

Ein gellender Schrei hallte über das Achterschiff, als der Container aufprallte, seitwärts kippte, sich dann überschlug und das linke Bein des Wachmanns erwischte, ehe er sich in Sicherheit bringen konnte. Der mit zerschmettertem Knochen unter dem schweren Stahlkasten eingeklemmte Mann brüllte vor Schmerzen. Giordino rannte zu ihm, trat auf sein Handgelenk und hob die Pistole auf. Dann nahm er die geborgte Strickmütze ab, stopfte sie ihm in den Mund und erstickte die Schreie.

»Vorsicht bei unbekannten Flugobjekten«, herrschte er den Mann an, der ihn mit glasigen, schmerzverzerrten Augen anstarrte.

Dann zielte Giordino auf das Vorhängeschloss, gab aus nächster Nähe zwei Schüsse darauf ab und riss es herunter. Er ergriff den Hebel zum Entriegeln der Tür, riss einen der Flügel auf und ließ ihn aufs Deck knallen. Pitt und Sarchow kullerten wie zwei durchgerüttelte Welpen heraus, rappelten sich auf und rieben sich die schmerzenden Körperteile.

»Sag mal, warst du in einem früheren Leben Karussellführer?«, sagte Pitt mit einem schiefen Lächeln.

»Nee, ich habe bloß ein bisschen Bowling trainiert«, erwiderte Giordino. »Wenn ihr so weit seid, schlage ich vor, dass wir das gastliche Schiff schleunigst verlassen.«

Von vorn hörten sie laute Schritte auf der Gangway, dazwischen Rufe. Pitt ließ den Blick über das Achterdeck schweifen und bemerkte die reglosen Männer, die am Boden lagen. Dann betrachtete er Sarchow. Der Russe war sichtlich angeschlagen, bewegte sich nur langsam und sah nicht so aus, als könnte er in dieser Nacht noch vor jemandem davonlaufen.

»Ich hol das Boot. Nimm Alexander und seil dich mit ihm über die Heckleine ab«, wies er Giordino an.

Dieser nickte nur kurz, als Pitt zur Steuerbordwand rannte, über die Reling stieg und hinabsprang. Um ein Haar hätte er den Kai verpasst, brachte aber gerade noch einen Fuß auf den Boden, warf sich dann nach vorn und rollte sich ab.

Weitere Stimmen hallten über das Schiff und kamen allmählich näher, begleitet von den zuckenden Strahlen mehrerer Taschenlampen. Pitt gab jedes Versteckspiel auf und sprintete zum Boot, als er hinter sich rasche Schritte am Kai hörte. Er sprang in das Zodiac und stieß ein kurzes Stoßgebet aus, das auch prompt erhört wurde – beim ersten Zug am Seil sprang der alte Außenborder an. Er jagte den Motor hoch und steuerte das Zodiac zum Heck des Schiffes, bis das Gummiboot an die Stahlplatten des Rumpfes stieß.

Pitt nahm das Gas zurück und blickte nach oben. Unmittelbar über ihm hing Sarchow, der sich mit letzter Kraft an die hintere Vertäuleine klammerte.

»Lassen Sie los, Alxander«, rief er.

Pitt stand auf und fing den schweren Russen auf, als er sich wie ein Mehlsack ins Boot fallen ließ. Dann hörten sie über ihren Köpfen ein halbes Dutzend Schüsse, die über Schiff und Kai hinwegpfiffen, offenbar aus einer Automatik. Im nächsten Augenblick tauchte Giordino an der Vertäuleine auf und hangelte sich in aller Eile herunter, bis er unmittelbar über dem Boot hing. Als oben wieder laute Schreie ertönten, ließ er sich lautlos ins Boot fallen.

»Abgang geschafft«, grummelte er.

Pitt gab bereits Gas und steuerte unter dem Heck nach Backbord, bevor er Kurs auf den See nahm. Kurz darauf hob sich der Fiberglasbug aus dem Wasser, als das Boot mit voller Fahrt davonraste. Trotzdem waren sie noch mehrere Sekunden lang in Sichtweite von Schiff und Pier, daher duckten sie sich vorsichtshalber, um nicht getroffen zu werden.

Aber niemand schoss auf sie. Pitt warf einen Blick zurück und sah ein halbes Dutzend Männer an die Backbordreling stürmen. Doch sie standen lediglich da und blickten dem kleinen Boot hinterher, bevor es in der Ferne verschwand.

»Komisch, dass die im letzten Moment noch zu Pazifisten geworden sind«, stellte Giordino fest.

»Vor allem, nachdem du die ganze Nachbarschaft mit deinen Schießkünsten geweckt hast«, versetzte Pitt.

Er fuhr direkt auf die *Wereschtschagin* zu, ohne sich die Mühe zu machen, ihre Widersacher zu täuschen. Als sie sich schon ein paar Minuten später dem Forschungsschiff näherten, ging Pitt neben einem an der Steuerbordwand herabgelassenen Fallreep längsseits. Mittlerweile hatte sie der junge Polizist am Ufer bemerkt und rief ihnen zu, dass sie sich nicht von der Stelle bewegen sollten. Sarchow stand auf und brüllte etwas auf Russisch zurück. Der Polizist sackte sichtlich in sich zusammen, machte dann kehrt und verschwand in Richtung Ortschaft.

»Ich habe gesagt, er soll seinen Chef wecken«, erklärte Sarchow. »Wir brauchen ein paar kräftige Männer für die Durchsuchung des Frachters.«

Rudi Gunn, der während ihrer Abwesenheit nervös am Deck auf und ab gegangen war, stürmte von der Brücke herab, als die drei Männer an Bord kletterten.

»Dr. Sarchow … ist mit Ihnen alles in Ordnung?«, fragte er und musterte sein geschwollenes Gesicht und die blutige Kleidung.

»Mir geht's bestens. Würden Sie bitte so freundlich sein und den Kapitän holen.«

Pitt begleitete Sarchow auf die Krankenstation der *Wereschtschagin*, während Gunn den Schiffsarzt und Kapitän Charitonow weckte. Giordino hatte unterdessen eine Flasche Wodka organisiert und schenkte eine Runde aus, während der Arzt Sarchow untersuchte.

»Das war ziemlich knapp«, erklärte der russische Wissenschaftler, der, nachdem er einen Wodka zu sich genommen hatte, allmählich wieder Farbe bekam. »Ich bin meinen Freunden von der NUMA sehr zu Dank verpflichtet«, sagte er, prostete den Amerikanern mit einem zweiten Wodka zu und leerte das Glas in einem Zug.

»Auf Ihr Wohl«, sagte Pitt, bevor er sich seinen Schnaps hinter die Binde goss.

»*Wasche sdorowje!*«, versetzte Sarchow und gönnte sich ein drittes Glas.

»Wissen Sie, was aus Theresa und den anderen geworden ist?«, fragte Giordino mit einem besorgten Stirnrunzeln.

»Nein, wir wurden getrennt, sobald wir an Bord des Schiffes waren. Da sie offenbar vorhatten, mich umzubringen, wollten sie die anderen vermutlich aus irgendeinem Grund am Leben lassen. Ich nehme an, sie sind noch auf dem Schiff.«

»Alexander, du bist in Sicherheit!«, brüllte Kapitän Charitonow, während er sich in die enge Krankenstation drängte.

»Er hat ein verstauchtes Handgelenk und einige Prellungen«, meldete der Arzt, während er eine Platzwunde in Sarchows Gesicht mit einem Pflaster versah.

»Das ist gar nichts«, sagte Sarchow und scheuchte den Arzt mit einer unwirschen Handbewegung weg. »Hör zu, Ian. Der Frachter des Avarga Oil Consortiums … die stecken hinter dem Anschlag auf unser Schiff. Unser Decksoffizier Anatoli steht in ihren Diensten und die Frau, diese Tatiana, möglicherweise auch.«

»Anatoli? Ich habe ihn doch erst kurz vor diesem Projekt angeheuert, als sich mein Erster Offizier eine schwere Lebensmittelvergiftung zuzog. Dieser Verräter!«, fluchte der Kapitän.

»Ich verständige sofort die Behörden. Diese Schurken dürfen nicht davonkommen.«

Fast eine Stunde später tauchte die Staatsmacht in Gestalt des Polizeichefs und seines jungen Assistenten auf, die von den beiden Kriminalpolizisten aus Irkutsk begleitet wurden. Es hatte eine ganze Weile gedauert, bis der unwirsche Polizeichef aufgestanden war, sich angezogen hatte, ein schnelles Frühstück mit Würstchen und Kaffee verzehrt, sich dann in aller Seelenruhe auf den Weg zur *Wereschtschagin* gemacht und unterwegs die beiden Kriminalpolizisten aus einem Gasthaus geholt hatte.

Sarchow erzählte die Geschichte von seiner Entführung noch einmal, während Pitt und Giordino von der Suche nach dem verschwundenen Turmaufsatz und ihrer Flucht von dem Frachter berichteten. Die beiden Männer aus Irkutsk zogen das Verhör allmählich an sich und stellten bohrendere und durchdachtere Fragen. Pitt fiel auf, dass die beiden Ermittler offenbar großen Respekt vor dem russischen Wissenschaftler hatten, im Umgang mit ihm aber auch eine gewisse Vertraulichkeit an den Tag legten.

»Es dürfte ratsam sein, den Frachter mit unseren sämtlichen Sicherheitskräften zu durchsuchen«, warf der Polizeichef wichtigtuerisch ein. »Sergeij, trommle bitte alle Hilfspolizisten von Listwjanka zusammen und sage ihnen, dass sie sich unverzüglich in der Polizeizentrale melden sollen.«

Fast eine Stunde verging, bis ein kleiner Trupp Hilfspolizisten unter Führung des aufgeblasenen Polizeichefs zum Liegeplatz des Frachters marschierte. Die Dämmerung brach bereits an und tauchte den Nebel, der über dem Boden hing, in graues Licht. Pitt und Giordino, die von Gunn und Sarchow begleitet wurden, folgten den Polizisten durch das Tor am Kai, das jetzt offen stand und nicht bewacht wurde. Weit und breit war kein Mensch zu sehen, und Pitt wurde etwas mulmig zumute, als er bemerkte, dass die drei Lastwagen, die neben dem Schiff gestanden hatte, verschwunden waren.

Großspurig schritt der Polizeichef über die Gangway und rief lauthals nach dem Kapitän, aber nur das Summen eines Generators antwortete ihm. Pitt folgte ihm auf die verlassene Brücke und bemerkte, dass weder ein Logbuch noch irgendwelche Karten vorhanden waren. Langsam und methodisch durchsuchten die Polizisten das Schiff und stellten fest, dass es ausgeräumt und menschenleer war. Sie fanden auch keinerlei Hinweis darauf, zu welchem Zweck das Schiff eingesetzt wurde, und nicht *eine* Person, die seine Geschichte erzählen konnte.

»Ein verlassenes Schiff«, grummelte Giordino kopfschüttelnd. »Keinerlei persönliche Habseligkeiten, nicht einmal in den Kabinen. Die sind aber schnell abgehauen.«

»Zu schnell. Sie haben damit gerechnet, sonst hätten sie es in der kurzen Zeit, seit wir weg sind, nicht geschafft. Nein, die hatten ihre Arbeit erledigt und wollten sich schon davonschleichen, als wir aufgekreuzt sind. Ich gehe jede Wette ein, dass von Anfang an keinerlei persönliche Habseligkeiten oder irgendwelche anderen Hinweise auf die Besatzung an Bord waren. Sie wollten ein leeres Schiff hinterlassen, als sie sich abgesetzt haben.«

»Mit einem Ölsuchtrupp«, erwiderte Giordino, der immer wieder an Theresa denken musste. Nachdem er eine Zeitlang geschwiegen hatte, kehrte er auf die Brücke zurück und hoffte dort irgendwelche Hinweise auf den Verbleib der Lastwagen zu finden.

Pitt stand auf der Brückennock und starrte auf das Achterdeck und die leeren Container. Fieberhaft dachte er über den Grund für die Entführung und das Schicksal des Explorationsteams nach. Der rosige Schein der aufgehenden Sonne tauchte das Schiff in ein mattes Morgenlicht und fiel auf die von den Haltebolzen hinterlassenen Löcher am Deck, wo in der Nacht zuvor noch der Turm gestanden hatte. Wenn dieses Schiff irgendwelche Geheimnisse geborgen hatte, dann waren sie ebenso verschwunden wie die Besatzung und die Fracht. Nur den versenkten Turm hatten sie nicht verbergen können. Pitt hatte keine Ahnung, was das zu bedeuten hatte, aber insgeheim vermutete er, dass es ein wichtiger Anhaltspunkt zu einem noch größeren Rätsel war.

ZWEITER TEIL

Der Weg nach Xanadu

1953ER JAWA-MOTORRAD

10

Kapitän Steve Howard blickte blinzelnd durch ein verkratztes Fernglas und suchte das aquamarinblaue Wasser des Persischen Golfs ab, das vor ihm in der Sonne gleißte. Auf dieser Schifffahrtsroute wimmelte es häufig von Frachtern, Tankern und Kriegsschiffen, die sich in eine möglichst günstige Position bringen wollten, vor allem für die enge Durchfahrt der Straße von Hormus. Als sie am späten Nachmittag vor Katar lagen, stellte er allerdings fest, dass kaum noch Verkehr herrschte. Backbord voraus näherte sich ein großer Tanker, der frisches Rohöl geladen hatte und tief im Wasser lag. Achteraus bemerkte er ein kleines Bohrschiff, das ein, zwei Meilen hinter ihnen fuhr. Tanker waren alles, was er zu sehen hoffte, daher senkte er erleichtert das Glas und richtete es auf den Bug seines Schiffes.

Er brauchte das Glas, um die Back seines Schiffes deutlich erkennen zu können, denn die ausladende Vorpiek war fast zweihundertfünfzig Meter entfernt. Als er nach vorn blickte, sah er flirrende Hitzewellen über dem weißen Oberdeck der *Marjan* flimmern. Der schwere Supertanker, ein sogenannter »Ultra Large Crudeoil Carrier« oder ULCC, konnte mehr als zwei Millionen Barrel Öl befördern. Das Schiff, größer als das Chrysler Building und etwa ebenso leicht zu manövrieren, war auf dem Weg nach Saudi-Arabien, um seine gewaltigen Tanks mit leichtem Rohöl zu füllen, das auf dem reichen Ölfeld von Ghawar gefördert wurde.

Die Fahrt durch die Straße von Hormus löste bei Howard unterbewusst immer eine gewisse Unruhe aus. Die amerikanische Marine zeigte zwar stets ihre Präsenz im Golf, konnte aber nicht jedes Handelsschiff absichern, das in diese stark befahrenen Gewässer einlief. Und da auf der anderen Seite des Golfs der Iran lag und in einem halben Dutzend Länder rund um die arabische Halbinsel potentielle Terroristen lauerten, gab es allen Grund zur Besorgnis. Während er auf der Brücke auf und ab ging und den Horizont absuchte, war sich Howard darüber im Klaren, dass er erst wieder ruhiger werden würde, wenn sie ihr Rohöl geladen hatten und sich im tiefen Wasser des Arabischen Meeres befanden.

Howard bemerkte eine jähe Bewegung an Deck, richtete sein Glas aus und stellte es schärfer, bis er einen drahtigen Mann mit zottigen blonden Haaren erkannte, der auf einem gelben Moped über das Schiff raste. Dieser Teufelskerl fuhr offenbar mit Höchstgeschwindigkeit und schlängelte sich tief geduckt unter und zwischen den diversen Rohren und Ventilen vorbei. Howard verfolgte ihn, als er sich mit der Maschine in die Kurve legte und an einem Mann vorbeipreschte, der mit nacktem Oberkörper auf einem Clubsessel saß und eine Stoppuhr in der Hand hielt.

»Wie ich sehe, versucht der Erste Maat immer noch, einen neuen Streckenrekord aufzustellen«, sagte Howard grinsend.

Der Erste Offizier des Tankers, der über eine farbige Seekarte des Golfs gebeugt war, nickte, ohne aufzublicken.

»Ihr Rekord wird bestimmt noch eine Weile bestehen bleiben, Sir«, erwiderte er.

Howard lachte vor sich hin. Die dreißigköpfige Besatzung des Tankers ließ sich ständig etwas Neues einfallen, um die Langeweile während der Atlantiküberquerungen oder der Liegezeit zu vertreiben, wenn das Schiff beladen oder gelöscht wurde. Ein klappriges Moped, das normalerweise für Inspektionsfahrten auf dem riesigen Deck diente, wurde einfach zu einer Rennmaschine zweckentfremdet. Dazu hatten die Männer eine ovale

Rennstrecke samt Schikanen und Sprungschanzen angelegt, auf der ein Besatzungsmitglied nach dem anderen sein Glück versuchte, als ginge es um die Qualifikation zur Indy 500. Zum Leidwesen der Besatzung hatte der Kapitän des Schiffes bislang die Bestzeit vorgelegt. Keiner der Männer an Bord ahnte, dass Howard in seiner Jugend in North Carolina Motocross gefahren war.

»Wir nähern uns Dharan, Sir«, sagte der Erste, ein aus Houston, Texas, stammender stiller Afroamerikaner namens Jensen. »Ras Tanura liegt fünfundzwanzig Meilen voraus. Soll ich die automatische Steuerung ausschalten?«

»Ja, gehen Sie auf Handsteuerung und lassen Sie bei der Zehn-Meilen-Markierung die Maschinen drosseln. Verständigen Sie auch den Hafenmeister, dass wir in etwa zwei Stunden bereit zur Übernahme durch die Schlepper sind.«

Beim Steuern eines Supertankers kam es hauptsächlich auf Weitblick und Vorsicht an, vor allem, wenn es darum ging, das Mammutschiff rechtzeitig zu stoppen. Jetzt, da die Öltanks leer waren und das Schiff hoch im Wasser lag, war es zwar wendiger, doch noch immer bedeutete es für die Männer auf der Brücke etwas Ähnliches, als müssten sie einen Berg von der Stelle bewegen.

An der Westküste wich die staubig braune Wüste den ersten Häusern von Dharan, einer Arbeiterstadt, die zugleich Hauptsitz des Ölkonglomerats Saudi-Aramco war. Der Tanker passierte die Stadt sowie den benachbarten Hafen von Dammam und näherte sich einer schmalen Halbinsel, die von Norden in den Golf ragte. Auf der anderen Seite dieser Halbinsel lag die riesige Ölanlage von Ras Tanura.

Ras Tanura ist der Hauptumschlagplatz der saudischen Ölindustrie. Mehr als die Hälfte der gesamten saudischen Ölexporte laufen durch den regierungseigenen Komplex, der über eine Vielzahl von Pipelines mit den reichen Ölfeldern in der Wüste im Landesinneren verbunden ist. An der Spitze der Insel wird das schwarze Gold in Dutzenden mächtiger Tanks gelagert, dazu kommen noch Flüssiggas und andere petrochemische Produkte, die für den Transport nach Asien und in den Westen bestimmt sind. Ein Stück weiter nördlich befindet sich die größte Raffinerie der Welt, in der das Rohöl veredelt wird. Doch die eindrucksvollste Anlage von Ras Tanura ist kaum zu sehen.

Howard, der auf der Brücke der *Marjan* stand, achtete nicht auf die Tanks und Pipelines an der Küste, sondern konzentrierte sich auf ein halbes Dutzend Supertanker, die paarweise vor der Halbinsel lagen. Diese Schiffe waren an einem Terminal namens Sea Island vertäut, der sich wie ein langer Balken über eine Meile quer durchs Wasser erstreckte. Dort wurden die Supertanker mit dem Rohöl beladen, das aus den zwei Meilen entfernten Lagertanks an der Küste mit Hochdruck durch eine Vielzahl von dreißig Zoll starken, am Grund des Golfes verlegten Rohren gepumpt wurde.

Als sich die *Marjan* langsam näherte, sah Howard, wie drei Schlepper einen griechischen Tanker nach Sea Island brachten, bevor sie sein Schiff ansteuerten. Der Steuermann der *Marjan* lotste den Supertanker längsseits an einen freien Liegeplatz am Ende des Terminals, dem griechischen Tanker genau gegenüber. Während sie darauf warteten, dass die Schlepper sie hineinbugsierten, blickte Howard bewundernd auf die anderen sieben Supertanker, die in der Nähe lagen. Alle waren über dreihundert Meter lang, weitaus größer als die *Titanic* und wahre Wunderwerke der Schiffsbaukunst. Obwohl er in seinem Leben schon Hunderte von Tankern gesehen und vor der *Marjan* bereits auf mehreren Supertankern gedient hatte, beeindruckte ihn der Anblick eines ULCC stets aufs Neue.

Dann bemerkte er in der Ferne das schmutzig weiße Segel einer arabischen Dhau und wandte sich der Halbinsel zu, um das in diesen Gewässern heimische Segelboot näher zu betrachten. Das kleine Boot fuhr dicht unter Land in Richtung Norden, an dem Bohrschiff vorbei, das ein paar Stunden zuvor noch hinter der *Marjan* gewesen war, jetzt aber näher an der Küste lag.

»Schlepper sind an Backbord in Position gegangen«, meldete der Steuermann.

Howard nickte lediglich, und kurz darauf wurde das mächtige Schiff an seinen Liegeplatz vor Sea Island gezogen. Über eine Reihe großer Rohre wurde schwarzes Rohöl in die leeren Tanks des Schiffes gepumpt, das immer tiefer ins Wasser sank. Während sie vor dem Terminal lagen, wurde Howard etwas gelöster, wusste er doch, dass er seine Pflicht zumindest für die nächsten paar Stunden erfüllt hatte.

Es war fast Mitternacht, als er aus kurzem Schlaf erwachte und sich mit einem Spaziergang über das Vordeck des Tankers die Beine vertrat. Die *Marjan* war nahezu voll beladen und konnte mühelos und wie geplant um drei Uhr morgens auslaufen und ihren Liegeplatz an der Pumpstation für den nächsten Supertanker räumen. Das Tröten eines Schleppers in der Ferne verriet ihm, dass ein Tanker, der ein Stück weiter abwärts lag, mit der Ölübernahme fertig war und sich zum Ablegen bereitmachte.

Während er die funkelnden Lichter entlang der arabischen Küste betrachtete, fuhr er plötzlich zusammen, als die »Delphine« an den Rumpf des Tankers stießen. Diese gepolsterten Stützen, die entlang der Liegeplätze von Sea Island angebracht waren, sollten die Seitwärtsbewegung der Schiffe abfedern, während sie am Terminal beladen wurden. Doch dann wurde ihm klar, dass das Scheppern der Delphine nicht nur von unten kam, sondern durch die ganze Hafenanlage hallte. Er trat an die Bordwand, beugte sich hinaus und schaute am Kai entlang.

Bei Nacht leuchtete Sea Island mitsamt den dort liegenden Supertankern wie ein Weihnachtsbaum. Im Schein der zahllosen Lampen sah Howard, dass sich der Terminal selbst hin und her bewegte und an die Seitenwände der Tanker stieß. Das ist doch Unsinn, dachte er. Der Verladepier war fest im Meeresboden verankert. Nur die Schiffe, die an ihren Liegeplätzen vertäut waren, konnten sich bewegen. Doch als er am Terminal entlangblickte, sah er, dass es sich wie eine Schlange wand, an die Seitenwand eines Tankers stieß, dann an den nächsten.

Die Schläge der Fender wurden immer lauter, bis sie wie Donnerhall an die Schiffe hämmerten. Howard, der nicht recht begreifen konnte, was hier vor sich ging, umfasste die Reling, bis seine Knöchel weiß anliefen. Erschrocken starrte er auf die vier Ladearme, jeder vierundzwanzig Zoll stark und sah, wie einer nach dem anderen abriss und nach allen Seiten einen Schwall Rohöl ausspie. Dann ertönte ganz in der Nähe ein gellender Schrei, und Howard entdeckte einen Pumpeningenieur, der sich mit aller Kraft an dem schaukelnden Terminal festklammerte.

Soweit das Auge reichte, wogte und schwankte der stählerne Verladepier wie eine gigantische Schlange und schlug an die mächtigen Schiffe. Alarmglocken schellten los, als eine Pumpleitung nach der anderen abriss und sich aus jeder ein schwarzer Strom über die Seitenwände der Schiffe ergoss. Ein Stück weiter vorn ertönten Hilferufe, und als Howard in diese Richtung schaute, sah er zwei Männer mit gelben Schutzhelmen schreiend über den Terminal rennen, während hinter ihnen allmählich die Lichter erloschen. Einen Moment lang stand Howard mit weit aufgerissnen Augen da, bis ihm klar wurde, dass Sea Island im Meer versank.

Das Hämmern am Rumpf der *Marjan* wurde heftiger, so als zertrümmerten die Delphine die Seitenwand des Tankers. Zum ersten Mal nahm Howard ein tiefes Grollen wahr, das offenbar von tief unten kam. Es wurde lauter, schwoll einige Sekunden lang zu einem Röhren an und brach dann ebenso rasch wieder ab. Stattdessen hörte er jetzt die verzweifelten Schreie von Männern, die am Terminal entlangrannten.

Howard musste an ein einstürzendes Kartenhaus denken, als die Fundamente des Terminals nachgaben und die meilenlange Insel nach und nach im Meer versank. Dann hörte er die schrecklichen Schreie der Männer im Wasser, und sein Entsetzen schlug in Sorge um sein Schiff um. Er rannte los, hakte ein Walkie-Talkie vom Gürtel und rief in vollem Lauf zur Brücke hin.

»Kappt die Vertäuleinen! Kappt um Gottes willen die Vertäuleinen!«, befahl er. Er spürte, wie ihm das Adrenalin ins Blut schoss und die lähmende Angst vertrieb, während er in halsbrecherischem Tempo über das Deck raste. Er war noch hundert Meter vom Brückenhaus entfernt, als seine Beine zum ersten Mal vor Krämpfen schmerzten. Aber langsamer wurde er trotzdem nicht, nicht einmal, als er über einen glitschigen Strom aus Rohöl springen musste, der sich über das Deck ergossen hatte.

»Sagt … dem … Chefmaschinisten … wir brauchen … volle Kraft … sofort«, krächzte er in das Funkgerät, während seine Lunge wie Feuer brannte.

Als er die Heckaufbauten des Tankers erreichte, lief er sofort die nächste Treppe hinauf, ohne den Aufzug zu nehmen, der in einer anderen Ebene stand. Er stieg die acht Etagen zur Brücke empor und fasste neuen Mut, als er plötzlich das Pochen der Schiffsmaschinen unter den Füßen spürte. Als er auf die Brücke torkelte und zum Fenster ging, sah er seine schlimmsten Befürchtungen bestätigt.

Unmittelbar vor der *Marjan* hatten noch vor wenigen Minuten paarweise Supertanker einander gegenübergelegen, nur durch den Pumpenterminal von Sea Island voneinander getrennt. Aber jetzt war der Terminal verschwunden, dreißig Meter tief im Persischen Golf versunken. Die Vertäuleinen der Supertanker aber waren noch am Liegeplatz festgemacht, und der sinkende Terminal zog sie mit aller Kraft aufeinander zu. Howard sah, wie die Lichter der beiden Tanker vor ihm miteinander verschmolzen und hörte dann laut aufkreischendes Metall, während die Bordwände aneinanderschrammten.

»Volle Fahrt zurück«, rief Howard seinem Ersten Offizier zu. »Wie sieht's mit den Vertäuleinen aus?«

»Die Achterleinen sind klariert«, erwiderte Jensen, der angespannt wirkte. »Ich warte noch auf Meldung von den Bugleinen, aber die beiden letzten sind offenbar noch festgemacht«, fügte er hinzu und richtete das Fernglas auf zwei Leinen am Steuerbordbug, die immer noch straff gespannt waren.

»Die *Ascona* treibt auf uns zu«, sagte der Steuermann und deutete mit dem Kopf nach rechts.

Howard folgte seinem Nicken und warf einen Blick auf das unter griechischer Flagge fahrende Schiff, das neben ihnen lag, ein schwarz-rot gestrichener Supertanker, der mit seinen dreihundert Metern etwa genauso lang war wie die *Marjan*.

Ohnmächtig standen die Männer auf der Brücke der *Marjan* und starrten atemlos auf den Griechen. Dann endlich legten die mächtigen Schrauben unter ihnen los und verwirbelten das Wasser mit wilder Wut, während die Maschinen auf Hochtouren kamen.

Zunächst war die Bewegung kaum wahrnehmbar, dann aber kroch das mächtige Schiff langsam zurück, blieb einen Moment lang liegen, als sich die Vertäuleinen am Bug strafften. Dann rissen die Trossen, und das Schiff schob sich weiter rückwärts. Die an Steuerbord liegende *Ascona* kam näher. Der in Korea gebaute Tanker war voll beladen und lag gut anderthalb Meter tiefer im Wasser als die *Marjan*. Howard kam es so vor, als könnte er mit einem Schritt von einem Schiff zum andern steigen.

»Zwanzig Grad Steuerbord«, befahl er. Er wollte schräg von dem Tanker wegkommen. Howard hatte die *Marjan* gut hundert Meter von dem versunkenen Terminal weggelotst, aber nicht weit genug, um dem querab treibenden Tanker zu entrinnen.

Der Zusammenstoß war leichter, als Howard erwartet hatte, im Ruderhaus so gut wie gar nicht zu spüren. Er hörte nur ein tiefes, lang gezogenes Knirschen, als die Stahlplatten aufeinandertrafen. Der Bug der *Marjan* befand sich fast mittschiffs von der *Ascona*, als die beiden Tanker kollidierten. Doch da Howard mit voller Kraft zurückfahren ließ, wurde beim Aufprall ein Großteil der Wucht abgefangen. Eine halbe Minute lang schrammte der Bug der *Marjan* an der Backbordwand des anderen Tankers entlang, dann kamen die beiden Schiffe wieder frei.

Howard ließ sofort die Maschinen stoppen und zwei Rettungsboote ausbringen, die im Wasser nach Hafenarbeitern suchen sollten. Dann setzte er das Schiff vorsichtig weitere dreihundert Meter zurück und sah sich das ganze Chaos an.

Alle zehn Supertanker waren beschädigt. Zwei der großen Schiffe hatten sich derart ineinander verkeilt, dass es mindestens zwei Tage dauern würde, bis man sie trennen konnte, selbst wenn man ganze Heerscharen von Schweißern einsetzte. Drei Schiffe, deren doppelte Rumpfplatten zerschlagen waren, hatten stark Schlagseite und verstömten Tausende Tonnen Rohöl in den Golf. Die *Marjan* indessen war mit geringfügigen Schäden davongekommen, und dank Howards schneller Reaktion war keiner ihrer Tanks in Mitleidenschaft gezogen worden. Doch seine Erleichterung über die Rettung des Schiffes war nur von kurzer Dauer, denn kurz darauf hallte eine Reihe dumpfer Schläge über das Wasser des Golfs.

»Sir, das ist die Raffinierie«, sagte der Steuermann und deutete auf die Küste im Westen. Ein orangener Glutschein tauchte am Horizont auf, der sich zu einer aufgehenden Sonne auswuchs, dann dröhnten weitere Explosionen übers Wasser. Stundenlang sahen Howard und seine Besatzung zu, wie sich die Feuersbrunst entlang der Küste ausbreitete und dicker schwarzer Rauch aufstieg, der bald darauf in dichten, nach brennendem Petroleum stinkenden Schwaden über das Schiff hinwegzog.

»Wie haben die das geschafft?«, stieß der Erste Offizier aus. »Wie konnten da Terroristen mit Sprengstoff reinkommen? Das ist eine der bestgesicherten Anlagen der Welt.«

Howard schüttelte stumm den Kopf. Jensen hatte recht. Der ganze Komplex wurde von einer bewaffneten Privatarmee unter strengsten Sicherheitsvorkehrungen bewacht. Und ein Anschlag auf den Terminal auf Sea Island ist ebenfalls eine Meisterleistung in Sachen Infiltration, dachte er, auch wenn es dort, soweit er sich erinnern konnte, keine Explosionen gegeben hatte. Er konnte immerhin dankbar sein, dass sein Schiff samt der Besatzung in Sicherheit war, und dabei sollte es auch bleiben. Sobald die Suche nach Überlebenden im Wasser abgeschlossen war, stieß Howard mit dem Tanker mehrere Meilen in den Golf hinaus und ließ das große Schiff bis zum Anbruch der Morgendämmerung im Kreis fahren.

Bei Tageslicht, als bereits Rettungstrupps aus der näheren Umgebung zum Ort des Geschehens strömten, wurde das ganze Ausmaß des Schadens offenbar. Die Raffinerie von Ras Tanura, eine der größten der Welt, war zu einer rauchenden Ruine geworden, vom wütenden Feuer fast völlig zerstört. Der Terminal auf Sea Island, an dem bis zu achtzehn Supertanker gleichzeitig mit Rohöl vollgepumpt werden konnten, war in den Fluten des Persischen Golfs verschwunden. Das Tanklager, das bis zu dreißig Millionen Barrel Öl, Benzin und andere petrochemische Produkte fasste, stand unter einer hüfttiefen Schicht aus zähflüssigem schwarzem Schlamm, der aus Dutzenden von Lecks ausgetreten war. Zudem waren zahllose Pipelines ins Landesinnere geborsten, aus denen das schwarze Gold in dicken Strahlen in den Wüstensand stömte.

Über Nacht war fast ein Drittel der saudi-arabischen Ölindustrie zerstört worden. Doch diesmal steckte kein Terroranschlag dahinter. Seismologen in aller Welt hatten die Ursache der Katastrophe bereits erkannt. Ein schweres Erdbeben der Stärke 7,3 auf der Richter-Skala hatte die Ostküste von Saudi-Arabien erschüttert. Eine Laune der Natur, beteuerten Analysten und andere Fachleute, als sie anhand ihrer Berechnungen feststellten, dass das Epizentrum knapp zwei Meilen vor Ras Tanura lag. Die Erschütterungen jedoch, die ein Erdbeben an dieser Stelle auslöste, sollten nicht nur die Länder am Persischen Golf, sondern würde in den folgenden Monaten die ganze Welt zu spüren bekommen.

11

Hang Zhou zog ein letztes Mal an seiner filterlosen Zigarette, dann schnippte er die Kippe über das Geländer. Teils gelangweilt, teils neugierig blickte er dem Glutpunkt hinterher, als er ins schmutzige Wasser trudelte, und rechnete fast damit, dass die trübe Brühe in Flammen aufging. In der schwarzen Suppe schwimmt so viel Öl, dass man damit eine Kleinstadt versorgen kann, dachte er, als die Zigarette neben einer bäuchlings treibenden Makrele verzischte.

Wie der tote Fisch bewies, waren die Gewässer rund um die chinesische Hafenstadt Ningbo alles andere als lebensfreundlich. Zumal das ohnehin schon von einem steten Strom leckender Containerschiffe, Tanker und Trampdampfer verschmutzte Wasser durch die rege Bautätigkeit im Hafenviertel zusätzlich aufgewühlt worden war. Die nicht weit von Shanghai im Delta des Yangtse-Flusses gelegene Stadt Ningbo wuchs rasend schnell zu einem der größten Hochseehäfen Chinas heran, was teilweise an der tiefen Fahrrinne lag, die auch riesige, dreihunderttausend Tonnen schwere Supertanker passieren konnten.

»Zhou!«, brüllte hinter ihm jemand mit bellender Stimme. Zhou drehte sich um und sah seinen Vorgesetzten, den Betriebsleiter des Ningbo Container-Terminals Nr. 3, mit weit ausholenden Schritten den Kai entlang auf sich zukommen. Der Mann, ein scheußlicher Tyrann namens Qinglin, hatte ein feistes Gesicht, das stets missmutig wirkte, und ähnelte eher einer übergewichtigen Bulldogge.

»Zhou«, wiederholte er, als er sich dem Hafenarbeiter näherte. »Wir haben eine Arbeitsplanänderung. Die *Akagisan Maru* aus Singapur verspätet sich wegen Maschinenschadens. Deshalb überlassen wir der *Jasmine Star* ihren Liegeplatz an Dock 3-A. Sie ist für halb acht angekündigt. Sorg dafür, dass dein Trupp bereitsteht, wenn sie einläuft.«

»Ich sage den Leuten Bescheid«, erwiderte Zhou und nickte.

Der Container-Terminal, an dem sie arbeiteten, war rund um die Uhr in Betrieb, denn in den nahen Gewässern des Ostchinesischen Meeres wartete ein steter Strom von Frachtschiffen auf einen freien Liegeplatz. Chinas zahllose Arbeitskräfte produzierten massenhaft billige Unterhaltungselektronik, Kinderspielzeug und Kleidung, die von den Märkten der Industrienationen unverzüglich aufgesogen wurden. Doch es waren vor allem die schwerfälligen Containerschiffe, diese unbesungenen Arbeitspferde der Handelsschifffahrt, die den globalen Handel ermöglichten und für den kometenhaften Aufstieg der chinesischen Wirtschaft sorgten.

»Kümmere dich darum. Und sieh zu, dass sich der Ladetrupp ranhält. Mir liegen Beschwerden wegen zu langer Liegezeiten vor«, knurrte Qinglin. Er senkte sein Klemmbrett und steckte sich einen gelben Stift hinter das rechte Ohr, drehte sich dann um und ging weg. Doch nach zwei Schritten blieb er stehen, wandte sich langsam erneut um und starrte Zhou mit großen Augen an. Zumindest glaubte Zhou, dass er ihn anstarrte.

»Die haben Feuer an Bord«, murmelte Qinglin.

Zhou bemerkte, dass sein Vorgesetzter an ihm vorbeischaute, und drehte sich um.

Ein gutes Dutzend Schiffe schoben sich rund um den Terminal durchs Hafenbecken, darunter mächtige Containerschiffe und gewaltige Supertanker, aber auch eine Handvoll kleiner Frachter. Einer dieser Frachter zog eine dicke schwarze Rauchfahne hinter sich her.

Das Schiff war der reinste Seelenverkäufer, wie Zhou feststellte, und sah aus, als gehörte es längst auf die Abwrackwerft. Seiner Schätzung nach war es mindestens vierzig Jahre alt und hatte einen verblichenen blauen Rumpf, der mit schuppigen braunen Rostflecken übersät war. Schwarzer Qualm, der von Minute zu Minute dichter wurde, quoll aus dem vorderen Laderaum und verdeckte die Aufbauten. Aus der Luke züngelten gelbe Flammen, die hin und wieder bis zu fünf Meter hoch aufloderten. Zhou warf einen Blick auf den Bug des Schiffes, der eine weiße Gischtwelle aufwarf.

»Der fährt zu schnell… und er hält genau auf die Hafenanlagen zu«, rief er.

»Diese Idioten!«, fluchte Qinglin. »In der Richtung können sie nirgendwo anlegen.« Er ließ sein Klemmbrett fallen und rannte den Kai entlang zu seinem Büro, um das qualmende Schiff anzufunken.

Mittlerweile hatte man auch auf anderen Schiffen und in den Hafenanlagen das Feuer bemerkt und bot Hilfe an. Doch das qualmende Schiff reagierte auf keinen Funkspruch.

Zhou blieb am Ende des Kais sitzen und sah zu, wie das Schiff näher kam. Mit einem gekonnten Manöver, das Zhou angesichts des Qualms, der um die Brücke waberte, geradezu wundersam vorkam, schob sich der Seelenverkäufer zwischen einer vertäuten Schute und einem beladenen Containerschiff hindurch. Einen Moment lang sah es so aus, als hielte das Schiff genau auf den Container-Terminal zu, doch dann drehte es nach Backbord ab. Als der Frachter wieder geradeaus fuhr, sah Zhou, dass er jetzt das große, auf der Insel Cezi gelegene Rohöldepot von Ningbo ansteuerte.

Seltsamerweise bemerkte er niemanden, der das Feuer an Bord bekämpfte. Zhou ließ den Blick über das ganze Schiff schweifen und konnte durch den Qualm sogar kurz die Brücke erkennen, als der Frachter abdrehte. Doch er sah nicht ein einziges Besatzungsmitglied. Einen Augenblick lang lief es ihm eiskalt über den Rücken, während er sich insgeheim fragte, ob es sich um ein unbemanntes Geisterschiff handeln konnte.

Zwei Hochseetanker lagen an Ningbos größtem Rohöl-Terminal, der unlängst ausgebaut worden war und jetzt auch von Supertankern angelaufen werden konnte. Der brennende Seelenverkäufer steuerte direkt auf den leewärtigen Tanker zu, ein schwarz-weißes Ungetüm, das dem saudischen Herrscherhaus gehörte. Der durch den hektischen Funkverkehr aufgeschreckte Erste Offizier des Tankers gab ein ohrenbetäubendes Signal mit der Schiffssirene, doch der qualmende Frachter blieb unverwandt auf Kurs. Dann stand er hilflos auf der Brückennock und schaute ungläubig auf das brennende Schiff, das sich mehr und mehr näherte.

Die durch das Warnsignal aufgescheuchten Besatzungsmitglieder, die natürlich nur zu gut um die Feuergefahr auf einem Tanker wussten, versuchten zu fliehen und strömten wie Ameisen zu der einzigen Gangway. Der Erste indessen, zu dem sich mittlerweile auch der besorgte Kapitän gesellt hatte, blieb auf seinem Posten und starrte auf das rostige Schiff, das sich jeden Moment in ihren Rumpf bohren konnte.

Doch der Zusammenstoß blieb aus. In letzter Sekunde drehte das brennende Schiff erneut nach Backbord ab und verfehlte den Supertanker nur um wenige Meter, zog dann parallel an ihm vorbei und hielt auf den angrenzenden Anleger zu. Auf diesem Terminal, eine halb im Wasser schwimmende hölzerne Rampe auf zusammenklappbaren Stützen, die hundertachtzig Meter weit in den Hafen ragte, befanden sich Rohre und Pumpen, die zum Löschen des Rohöls dienten.

Der rostige Seelenverkäufer, dessen ganzes Vorschiff mittlerweile in Flammen gehüllt war, fuhr schnurgerade weiter. Er wurde auch nicht langsamer, sondern schien sogar eher mehr Fahrt zu machen. Der Bug des Schiffes rammte das Ende des Terminals, schnitt hindurch, als wäre er aus Streichhölzern, und schleuderte nach allen Seiten Trümmer davon. Eine Stütze nach der anderen barst, ohne das voranpflügende Schiff aufzuhalten. Etwa hundert Meter weiter vorn standen mehrere Besatzungsmitglieder, die von dem großen Tanker geflüchtet waren, wie angewurzelt auf der Gangway und wussten nicht, wohin sie sich in Sicherheit bringen sollten. Ein paar Sekunden später brach das Schiff auch durch die Gangway und riss, in Rauch und Flammen gehüllt, ein Gewirr aus Stahlfetzen, Holz und Menschen ins Wasser, wo sie binnen kürzester Zeit unter den wirbelnden Schrauben verschwanden.

Das Schiff fuhr weiter, wurde aber endlich durch die ineinander verkeilten Trümmer, die sich vor dem Bug türmten, etwas langsamer. Doch der alte Frachter hatte Stehvermögen. Mit letzter Kraft pflügte er weiter voran, zermalmte den einzigen Stützpfeiler, der noch stand, und bohrte sich dann in die Lager und Hafenanlagen. Ein Donnerschlag hallte über die Insel, begleitet von einer schwarzen Qualmwolke, als das Schiff endlich liegen blieb. Alle, die das Werk der Zerstörung mit angesehen hatten, atmeten erleichtert auf und meinten, das Schlimmste wäre überstanden. Aber dann drang ein dumpfer Knall aus dem Bauch des Schiffes, und der Bug flog in einer orangenen Feuerwand davon. In Sekundenschnelle stand alles in Flammen, die in dem ausgelaufenen Rohöl, das um das Schiff schwappte, reiche Nahrung fanden. In Windeseile breitete sich das Feuer auf den Öllachen bis zu den Anliegeplätzen aus und erfasste den dort vertäuten Tanker. Im Nu war die ganze Insel in dicken, schwarzen Qualm gehüllt, der das flammende Inferno verbarg.

Fassungslos sah Zhou von der anderen Seite der Bucht aus zu, wie die Flammen über die Hafenanlage fegten. Dann starrte er auf den schrottreifen Frachter, der immer tiefer sank und dann endlich kenterte, durch das Feuer inwendig zerschmolzen. Und er versuchte zu begreifen, was für ein selbstmörderischer Irrer zu einer solchen Wahnsinnstat fähig sein könnte.

Rund anderthalb Kilometer von Zhous Standort entfernt tuckerte ein verblichenes weißes Motorboot langsam von der Insel Cezi fort. Am Bug lag, unter einer tiefhängenden Segeltuchplane verborgen, ein Mann mit kaffeebrauner Haut, der das Flammenmeer an Land durch ein kleines Teleskop betrachtete, das an einem Laserzielgerät befestigt war. Mit einem zufriedenen Grinsen besah er sich das Chaos, nahm dann das Lasersichtgerät und den dazugehörigen Sender auseinander, mit dem er kurz zuvor noch per Funk die Steuerbefehle an die automatische Navigationsanlage des rostigen Schiffes durchgegeben hatte. Als dichter Rauch übers Wasser zog, wuchtete der Mann einen schweren Edelstahlkoffer über die Bordwand und ließ ihn behutsam aus den Fingern gleiten. Wenige Sekunden später lag der Koffer samt den Hightech-Geräten für immer unter einer zehn Zentimeter dicken Schlammschicht am Grund des Hafenbeckens von Ningbo.

Der Mann wandte sich an den Steuermann des Bootes und zeigte dabei eine lange Narbe, die sich über die linke Gesichtshälfte zog.

»Zum Bootshafen«, befahl er leise. »Ich muss mein Flugzeug erwischen.«

Anderthalb Tage tobten die Brände, bis die Hafenfeuerwehr die Flammen unter Kontrolle bekam. Der Tanker wurde von drei prompt reagierenden Schlepperkapitänen gerettet. Sie liefen das Schiff durch das lodernde Wasser an und bugsierten es in die Bucht, wo die Brände an Bord rasch gelöscht werden konnten.

Die Anlagen an Land hatte es schlimmer getroffen. Der Terminal auf Cezi war völlig zerstört, zehn Ölarbeiter waren ums Leben gekommen und ein halbes Dutzend Besatzungsmitglieder des Supertankers wurden noch vermisst, waren vermutlich aber ebenfalls tot.

Als die Ermittlungsbeamten den geheimnisvollen Seelenverkäufer endlich betreten konnten, mussten sie erstaunt feststellen, dass sich keine Leichen an Bord befanden. Allmählich sah es so aus, als hätten die Augenzeugen recht. Es war ein verlassenes Schiff, das offenbar von allein gefahren war. Der Frachter, den hier in der Gegend niemand kannte, konnte schließlich von Versicherungsagenten bis zu einem malaysischen Schiffsmakler zurückverfolgt werden, der ihn bei einer Auktion an einen Schrotthändler verkauft hatte. Der Schrotthändler schien untergetaucht, und sein Unternehmen war, wie sich herausstellte, eine Scheinfirma unter falscher Adresse, bei der alle Spuren endeten.

Die Ermittler nahmen an, ehemalige Besatzungsmitglieder, die Ärger mit dem Kapitän hatten, hätten das Schiff aus Rache in Brand gesteckt. »Der Brander von Ningbo«, wie es in der Gegend genannt wurde, hatte ihrer Meinung nach durch bloßen Zufall die Feuersbrunst auf Cezi ausgelöst. Hang Zhou indessen war anderer Ansicht. Er war fest davon überzeugt, dass irgendjemand das Schiff in den Untergang gesteuert hatte.

12

Jan, wir sollen in zehn Minuten im Goldenen Konferenzraum sein. Darf ich dir einen Kaffee bringen, bevor wir aufbrechen?«

Jan Montague Clayton starrte auf ihren Kollegen, der in der Bürotür stand, als käme er gerade vom Mars.

»Harvey, mein Urin sieht aus wie Capuccino, und ich habe so viel Koffein im Blut, dass man damit ein Space Shuttle antreiben könnte. Aber trotzdem danke. Ich bin gleich so weit.«

»Ich sorge dafür, dass der Projektor aufgebaut ist«, erwiderte Harvey verlegen, dann verschwand er im Korridor.

Clayton wusste nicht mehr, wie viel Kaffee sie in den letzten zwei Tagen getrunken hatte, war sich aber darüber im Klaren, dass sie kaum etwas anderes zu sich genommen hatte. Seit am Vortag die Nachrichten von dem Erdbeben eingegangen waren, saß sie am Schreibtisch fest, verfasste Einschätzungen über die wirtschaftlichen Auswirkungen und holte gleichzeitig bei Insidern, deren Namen sie in ihrem Rolodex verwahrte, Aussagen über die Reaktionen der Ölfirmen ein. Nur durch einen kurzen Abstecher in ihr schickes Apartment im East Village, wo sie sich eine Weile hingelegt und dann umgezogen hatte, war sie dem allgemeinen Chaos, das sie umgab, eine Zeitlang entronnen.

Als leitende Analystin für die Entwicklung der Rohstoffmärkte bei der Investmentbank Goldman Sachs war es Clayton gewohnt, zwölf Stunden am Tag zu arbeiten. Doch auf die Folgen des Erdbebens von Ras Tanura war sie als Spezialistin für

Termingeschäfte mit Öl und Erdgas nicht vorbereitet gewesen. Sie hatte den Eindruck, dass jeder Verkäufer und Fondsmanager in der Firma bei ihr anrief und um Rat bat, wie er mit dem Anlagevermögen seiner Kunden umgehen sollte. Zu guter Letzt musste sie ihr Telefon ausstöpseln, um sich konzentrieren zu können, und von ihren E-Mails ließ sie vorsichtshalber die Finger. Sie warf einen letzten Blick auf einige Ölexportzahlen, stand auf und strich ihr beiges Kay-Unger-Kostüm glatt, nahm einen Laptop und ging zur Tür. Wider besseres Wissen blieb sie plötzlich stehen, kehrte zu ihrem Schreibtisch zurück und schnappte sich eine Keramiktasse, die zur Hälfte mit Kaffee gefüllt war.

Im Konferenzraum drängten sich die Mitarbeiter, hauptsächlich Männer, die ungeduldig auf ihren Bericht warteten. Während Harvey die Besprechung mit einem kurzen Überblick über die wirtschaftliche Lage eröffnete, betrachtete Clayton die Anwesenden. Die Gesellschafter und leitenden Manager waren anhand ihrer vorzeitig ergrauten Haare und Schmerbäuche, die von zahllosen Arbeitsstunden in der Bank kündeten, leicht zu erkennen. Den Gegenpol bildeten die jüngeren Anlagenverkäufer, gnadenlos und aggressiv, die unbedingt die Karriereleiter in die geheiligten Gefilde der Führungskräfte aufsteigen wollten, wo man am Jahresende mit schöner Regelmäßigkeit siebenstelligen Provisionen einstreichen konnte. Gut die Hälfte der überbezahlten und überarbeiteten Investment-Profis scherte sich nicht darum, ob Claytons Voraussagen zutrafen oder nicht, solange sie jemandem die Schuld für ihre Transfers in die Schuhe schieben konnten. Diejenigen, die aufpassten, stellten rasch fest, dass Clayton etwas von ihrem Geschäft verstand. In der kurzen Zeit, die sie erst bei der Firma war, hatte sie sich einen guten Ruf als ausgebuffte Analystin mit einer geradezu unheimlichen Fähigkeit zur Voraussage von Markttrends erworben.

»Und jetzt wird Jan den derzeitigen Zustand der Ölmärkte ansprechen«, schloss Harvey und überließ Clayton die Bühne. Sie schloss ihren Laptop an die Projektionsanlage an und wartete einen Moment, bis ihre PowerPoint-Präsentation am Bildschirm auftauchte. Unterdessen ging Harvey zu einem großen Panaromafenster im Konferenzraum des Hochhauses an der Broad Street, durch das sich ein eindrucksvoller Ausblick auf das südliche Manhattan darbot, und schloss die Jalousien.

»Meine Damen und Herren, das ist Ras Tanura«, begann sie leise, aber mit selbstbewusstem Ton. Eine Karte von Saudi-Arabien tauchte auf der Leinwand auf, gefolgt von Fotos einer Ölraffinerie und Lagertanks.

»Ras Tanura ist der Hafen für die Ausfuhr von Öl und Erdgas in Saudi-Arabien. Besser gesagt, er war es bis zu dem schweren Erdbeben von gestern. Genaue Schadensberechnungen liegen noch nicht vor, aber offenbar wurden nahezu sechzig Prozent der Raffinerie zerstört, und mindestens fünfzig Prozent der Lagerkapazitäten erlitten schwere bauliche Schäden.«

»Wie wirkt sich das auf die Ölexporte aus?«, unterbrach sie ein Mann namens Eli, der Segelohren hatte und einen Donut mampfte, während er sprach.

»So gut wie gar nicht«, erwiderte Clayton und wartete darauf, dass Eli den Köder schluckte.

»Warum dann der große Ölschock?«, fragte er und wischte sich ein paar Krümel vom Mund.

»Der Großteil des Ausstoßes der Raffinerie wird von den Saudis selbst verbraucht. Was sich auf die Ölexporte auswirken wird, sind die Schäden an den Pipelines und Einschiffungshäfen.« Auf der Leinwand erschien ein weiteres Bild, auf dem ein Dutzend Supertanker zu sehen waren, die am Verladeterminal von Sea Island lagen.

»Diese schwimmenden Terminals hätten eigentlich erdbebensicher sein sollen«, bemerkte jemand im hinteren Teil des Raumes.

»Nicht, wenn das Epizentrum des Bebens nur knapp zwei Meilen entfernt ist«, konterte Clayton. »Außerdem sind das keine schwimmenden Terminals, sie sind am Meeresboden verankert. Durch die vom Erdbeben ausgelösten Sedimentverwerfungen wurde dieser Offshore-Terminal, Sea Island genannt, völlig zerstört. Sämtliche Anlagen auf Sea Island, wo die größten Supertanker abgefertigt wurden, fallen aus. Darüber hinaus wurden auch mehrere Verladepiers an der Küste zerstört. Offenbar sind über neunzig Prozent der für den Export bestimmten Infrastruktur von Ras Tanura beschädigt oder zerstört. Deswegen kam es zu einem ›großen Ölschock‹«, sagte sie und sah Eli an.

Bedrücktes Schweigen stellte sich ein. Dann meldete sich Eli, der seinen Donut endlich aufgegessen hatte, erneut zu Wort.

»Jan, auf welchen Umfang belaufen sich die Ausfälle?«

»Nahezu sechs Millionen Barrel saudisches Öl pro Tag werden ab sofort nicht mehr zur Verfügung stehen.«

»Sind das nicht fast zehn Prozent des täglichen Bedarfs weltweit?«, fragte einer der Gesellschafter.

»Eher sieben Prozent, aber Sie können sich in etwa eine Vorstellung von den Folgen machen.«

Clayton rief das nächste Bild ab, auf dem der jüngste Preisanstieg für westtexanisches Rohöl an der New Yorker Handelsbörse dargestellt wurde.

»Wie Sie wissen, haben die Märkte wie üblich vollkommen hysterisch reagiert, was den Preis für Rohöl in den letzten vierundzwanzig Stunden auf über hundertfünfundzwanzig Dollar pro Barrel hochtrieb. Diejenigen unter Ihnen, die mit Dividendenpapieren handeln, haben den daraus resultierenden Kollaps des Dow Jones bereits erlebt«, fügte sie hinzu, worauf etliche ihrer Zuhörer aufstöhnten und nickten.

»Aber wie geht es weiter?«, fragte Eli.

»Das ist die Vierundsechzig-Dollar-Frage beziehungsweise, in Ihrem Fall, die Hundertfünfundzwanzig-Dollar-Frage. Im Augenblick regiert die Angst die Geschäfte, ausgelöst durch Ungewissheit. Und da Angst für gewöhnlich zu irrationalem Verhalten führt, lässt sich das nicht so leicht voraussagen.« Clayton hielt inne und trank einen Schluck Kaffee. Sie hatte die Zuhörer in ihren Bann geschlagen. Obwohl sie mit ihrer Attraktivität stets Aufsehen erregte, war es diesmal ihr Wissen, das die Kollegen faszinierte. Einen Moment lang genoss sie ihre Macht, dann fuhr sie fort.

»Geben Sie sich keiner Täuschung hin. Die Zerstörung von Ras Tanura wird auf der ganzen Welt verheerende Folgen nach sich ziehen. Im Inland wird es zu einem sofortigen Rückschlag für die heimische Wirtschaft kommen, der mindestens ebenso schlimm ausfallen wird wie nach dem 11. September 2001. Wenn die hundertfünfundzwanzig Dollar pro Barrel Öl an den Verbraucher weitergegeben werden und er nächste Woche anderthalb Dollar für einen Liter Benzin zahlen muss, wird er seinen Hummer stehen lassen und mit dem Bus fahren. Alles wird teurer werden, von Windeln für Babys bis zu Flugtickets. Auf eine derartige Preissteigerung, die den Konsum in kürzester Zeit dämpfen wird, ist niemand vorbereitet.«

»Kann der Präsident irgendetwas dagegen tun?«, fragte Eli.

»Nicht viel, auch wenn es ein oder zwei Dinge gibt, die den Schlag etwas abmildern könnten. Die strategischen Erdölreserven unseres Landes sind auf dem Höchststand. Wenn der Präsident will, könnte man auf diese Reserven zurückgreifen und so einen Teil der Ausfälle aus Saudi-Arabien ausgleichen. Darüber hinaus hat man mit der von der vorherigen Regierung bewilligten Förderung im arktischen Naturschutzgebiet begonnen, sodass die Alaska-Pipeline jetzt wieder mit voller Kapazität läuft. Das wird der einheimischen Produktion leichten Auftrieb geben. Allerdings wird sich mit keiner dieser Maßnahmen eine Treibstoffknappheit in einigen Regionen des Landes verhindern lassen.«

»Was können wir langfristig erwarten?«, hakte Eli nach.

»Wir können zwar nicht absehen, welche Auswirkungen die Angst auf die Märkte haben wird, aber wir können doch die Dynamik von Angebot und Nachfrage voraussagen, die sich letztlich durchsetzen wird. Der Preisanstieg sollte die derzeitige Nachfrage im Lauf der nächsten Monate etwas dämpfen, wodurch der Druck auf die Ölpreise abgemildert werden dürfte. Darüber hinaus werden die anderen OPEC-Länder lauthals verkünden, sie könnten die saudischen Exportausfälle auffangen. Allerdings ist noch unklar, ob sie die nötige Infrastruktur dafür haben.«

»Aber liegt es nicht im Interesse der OPEC, dass der Ölpreis bei über hundert Dollar stagniert?«, wandte Eli ein.

»Sicher, wenn die Nachfrage konstant bleibt. Aber wir werden uns auf schwere wirtschaftliche Rückschläge einstellen müssen. Wenn der Preis willkürlich bei hundertfünfundzwanzig Dollar bliebe, würden wir einen Zusammenbruch der Weltwirtschaft erleben, vergleichbar der großen Krise der zwanziger und dreißiger Jahre des letzten Jahrhunderts.«

»Sie glauben doch nicht, dass es so weit kommt?«

»Möglich wäre es. Aber die OPEC will ebensowenig wie die Industrienationen, dass es zu einem weltweiten Wirtschaftskollaps kommt, daher wird man die Einkünfte herunterfahren. Die größte Sorge bereitet uns nach wie vor das Angebot. Wenn es zu einer weiteren Reduzierung des Angebots kommt, ist alles möglich.»

»Und wie stellt sich das fürs Anlagekapital dar?«, hakte Eli wieder nach.

»Erste Einschätzungen aus Ras Tanura deuten darauf hin, dass die Einschiffungsanlagen innerhalb von sechs bis neun Monaten repariert oder wiederaufgebaut werden können. Ich würde beim derzeitigen Preis kurzfristige Ölpositionen empfehlen, da zu erwarten ist, dass sich die Preise innerhalb von neun bis zwölf Monaten wieder in moderateren Höhen bewegen werden.«

»Sind Sie sich dessen sicher?«, fragte Eli leicht skeptisch.

»Natürlich nicht«, gab Clayton zurück. »Venezuela könnte morgen von einem Meteoriten getroffen werden. In Nigeria könnte ein faschistischer Diktator an die Macht gelangen. Es gibt tausendundein politische und natürliche Einflüsse, die den ganzen Ölmarkt im Nu durcheinanderbringen könnten. Das ist ja das Beunruhigende. Jede weitere schlechte Nachricht könnte uns nicht nur in eine Rezession, sondern in eine schwere Wirtschaftskrise treiben, von der wir uns jahrelang nicht erholen würden. Aber ich halte die Annahme, dass es zu einer weiteren Naturkatstrophe von den gleichen Ausmaßen wie Ras Tanura kommen könnte, für etwas weit hergeholt. Gibt es noch weitere Fragen?«, sagte Clayton, die inzwischen bei ihrem letzten Dia angelangt war.

Harvey öffnete die Jalousien, worauf gleißender Sonnenschein einfiel und alle einen Moment lang zum Blinzeln brachte.

»Ja, ich handle weltweit mit Dividendenpapieren«, sagte eine blonde Frau in einer granatfarbenen Bluse. »Können Sie mir sagen, welche Länder durch den Rückgang der saudischen Ölimporte am stärksten betroffen sein werden?«

»Sandra, ich kann Ihnen sagen, wohin die Saudis ihr Öl derzeit exportieren. Die USA sind, wie Sie wissen, seit den 1930er Jahren der Hauptabnehmer von saudischem Öl. Washington hat lange Zeit versucht, unsere Abhängigkeit von Rohöl aus dem Nahen Osten zu verringern, aber nach wie vor beziehen wir fast fünfzig Prozent unserer gesamten Öleinfuhren aus Saudi-Arabien.«

»Was ist mit der Europäischen Union?«

»Westeuropa bezieht den Großteil seines Öls aus der Nordsee, aber die Einfuhren aus Saudi-Arabien spielen trotzdem eine große Rolle. Die geographische Nähe zu anderen Lieferanten sollte meiner Meinung nach ernsthafte Engpässe verhindern. Nein, die am schwersten betroffenen Länder liegen in Asien.«

Clayton trank den letzten Schluck Kaffee, während sie auf ihrem Computer eine Datei abrief. Leicht befremdet stellte sie fest, dass alle Anwesenden sitzen blieben und auf jedes ihrer Worte achteten.

»Japan wird die Folgen am stärksten zu spüren bekommen«, sagte sie, während sie den Bericht überflog. »Die Japaner führen hundert Prozent ihres Ölbedarfs ein und wurden bereits durch das jüngste Erdbeben in Sibirien, bei dem ein Teil der Taischet-Nachodka-Pipeline ausfiel, schwer getroffen. Dieser Zwischenfall wurde zwar nicht allgemein bekannt, trieb den Ölpreis aber um drei bis vier Dollar pro Barrel nach oben«, stellte sie fest.

»Zweiundzwanzig Prozent der japanischen Öleinfuhren kommen aus Saudi-Arabien, infolgedessen werden die Einschnitte dort deutlich zu spüren sein. Allerdings könnte ein vorübergehender Anstieg der russischen Exporte den Druck etwas dämpfen, sobald die sibirische Pipeline wieder repariert ist.«

»Und China?«, meldete sich eine Stimme, die sie nicht kannte. »Was ist mit der Brandkatastrophe bei Shanghai?«

Mit gerunzelter Stirn überflog Clayton ihren Text.

»Die Chinesen werden einen ähnlichen Schock durchmachen. Nahezu zwanzig Prozent der chinesischen Öleinfuhren kommen aus Saudi-Arabien«, sagte sie, »und alles wird mit Tankern geliefert. Die Auswirkungen des Brandes im Ölterminal von Ningbo habe ich noch nicht berechnet, daher kann ich lediglich Mutmaßungen darüber anstellen. Aber in Verbindung mit der Katastrophe von Ras Tanura wird das dazu führen, dass die Chinesen in nächster Zeit mit großen Schwierigkeiten rechnen müssen.«

»Können die Chinesen denn auf alternative Lieferanten zurückgreifen?«, meldete sich jemand weit hinten.

»Nicht ohne Weiteres. Russland käme natürlich in Frage, aber die Russen verkaufen ihr Öl lieber in den Westen und nach Japan. Kasachstan könnte einspringen, aber die dortige Pipeline nach China ist bereits voll ausgelastet. Ich glaube, die Auswirkungen auf die chinesische Wirtschaft könnten gewaltig sein, zumal sie bereits unter Energieknappheit leidet.« Clayton nahm sich vor, die Situation in China genauer auszuloten, sobald sie wieder in ihrem Büro war.

»Sie haben vorhin von Treibstoffverknappung im Inland gesprochen«, sagte ein blasser Mann mit lila Schlips. »Wie schlimm wird es werden?«

»Ich rechne nur mit vorübergehenden Engpässen in bestimmten Gebieten, vorausgesetzt, es kommt zu keinen weiteren Auswirkungen auf die Märkte. Auch hier ist die Angst das Hauptproblem, mit dem wir es zu tun haben. Die Angst vor weiteren Einschränkungen des Angebots, ob echten oder eingebildeten, ist der eigentliche Übeltäter, der uns in einen völligen Zusammenbruch treiben könnte.«

Die Besprechung war vorüber, worauf ein Großteil der Bankleute mit mürrischer Miene in ihre grauen Bürokabuffs zurückeilte. Clayton nahm ihren Laptop und wollte gerade zur Tür gehen, als plötzlich jemand neben sie trat. Sie wandte sich um und stellte beklommen fest, dass es Eli war, so ungepflegt wie eh und je, mit Donut-Krümeln auf der Krawatte.

»Klasse Vortrag, Jan.« Eli grinste. »Darf ich Ihnen eine Tasse Kaffe spendieren?«

Sie biss die Zähne zusammen und nickte lächelnd. Mehr konnte sie nicht tun.

13

In Peking herrschte drückende Schwüle. Hitze, Smog und Feuchtigkeit stauten sich über der überbevölkerten Stadt, auf deren verstopften Straßen es immer wieder zu heftigen Auseinandersetzungen zwischen Autos und Radfahrern kam, die einander die Vorfahrt streitig machten. Mütter schnappten ihre Kinder und zogen zu den zahlreichen Seen der Stadt, um dort Linderung zu suchen. Halbwüchsige Straßenhändler, die verschwitzten Touristen und durstigen Geschäftsleuten eisgekühlte Coca-Cola verkauften, erzielten astronomische Gewinne.

In dem großen Besprechungssaal innerhalb der Zentrale der Kommunistischen Partei Chinas, die gut abgeschirmt im Westen der Verbotenen Stadt lag, war es etwas kühler. Der fensterlose Raum, tief im Keller eines uralten Gebäudes verborgen, das den unpassenden Namen *Palast des tiefen Mitgefühls* trug, war mit einer seltsamen Gemengelage aus edlen Teppichen, alten Wandbehängen und billigen Büromöbeln aus den 1960er Jahren eingerichtet. Ein halbes Dutzend ernster Männer, die Elite des Ständigen Ausschusses des Politbüros der KP, des einflussreichsten Gremiums der chinesischen Regierung, saß im Beisein von Qian Fei, dem Generalsekretär der Partei und Präsidenten von China, um einen verschrammten runden Tisch.

Der Handelsminister, ein Mann namens Shinzhe, der schütteres Haar und glänzende Knopfaugen hatte und den Parteibonzen mit seiner jungen Assistentin Rede und Antwort stand, fand es auch hier viel zu stickig.

»Shinzhe, der Staat hat erst im letzten November den Fünfjahresplan für den wirtschaftlichen Fortschritt bewilligt«, hielt ihm Präsident Fei mit herablassendem Tonfall vor. »Wollen Sie mir etwa sagen, dass ein paar ›Zwischenfälle‹ die hehren Ziele unseres Volkes unerreichbar gemacht haben?«

Shinzhe räusperte sich und wischte sich die feuchte Hand am Hosenbein ab.

»Herr Generalsekretär, hochverehrte Mitglieder des Politbüros«, erwiderte er und nickte den am Tisch versammelten Bürokraten zu. »Der Energiebedarf Chinas war in den letzten Jahren erheblichen Veränderungen unterworfen und ist durch das rasche und dynamische Wachstum unserer Wirtschaft erheblich gestiegen. Vor ein paar Jahren noch hat unser Land Rohöl ausgeführt. Heute wird mehr als die Hälfte unseres Verbrauchs durch Rohöleinfuhren gedeckt. Das ist eine bedauerliche Tatsache, die auf die Stärke unserer Wirtschaft zurückzuführen ist. Ob wir wollen oder nicht, wir sind abhängig von den ökonomischen und politischen Kräften, die am ausländischen Erdölmarkt eine Rolle spielen, so wie es die Amerikaner in den letzten vier Jahrzenten waren.«

»Ja, wir alle sind uns des wachsenden Energiebedarfs wohl bewusst«, stellte Fei fest. Der erst unlängst gewählte Parteivorsitzende, mit seinen fünfzig Jahren für chinesische Verhältnisse vergleichsweise jung, begegnete den Traditionalisten im bürokratischen Apparat mit List und Charme zugleich. Er galt zwar als aufbrausend, wie Shinzhe wohl wusste, legte aber Wert auf die Wahrheit.

»Das ist, als hätte man uns die Gliedmaßen abgeschlagen.

Das Erdbeben in Saudi-Arabien wird unsere Öllieferungen per Schiff über Monate hinweg stark einschränken, auch wenn wir im Laufe der Zeit andere Versorgungsmöglichkeiten aufbauen können. Der Brand im Hafen von Ningbo schadet uns möglicherweise noch mehr. Fast ein Drittel unserer Öleinfuhren strömen über die dortigen Anlagen. Die für den Ölimport notwendige Infrastruktur lässt sich nicht so rasch wiederaufbauen. Leider muss ich Ihnen mitteilen, dass wir ab sofort mit empfindlichen Engpässen zu rechnen haben, die sich nicht so leicht beheben lassen.«

»Ich habe erfahren, dass es möglicherweise ein Jahr dauern kann, bis die Schäden so weit behoben sind, dass die Einfuhren wieder den derzeitigen Umfang erreichen können«, sagte ein weißhaariges Mitglied des Politbüros.

»Diese Einschätzung kann ich nicht bestreiten«, sagte Shinzhe und senkte den Kopf.

Auf einmal erloschen die Neonlampen an der Decke, und gleichzeitig verstummte die laute und nahezu wirkungslose Klimaanlage. Eine Zeitlang herrschte in dem dunklen Raum Stille, dann flackerten die Lichter auf, und die Lüftung sprang wieder an. Prompt bekam der Präsident einen Wutanfall.

»Diese Stromausfälle müssen aufhören!«, schrie er. »Halb Shanghai war fünf Tage lang ohne Elektrizität. Unsere Fabriken müssen wegen Stromknappheit die Produktion einschränken, unsere Arbeiter können sich zu Hause nicht einmal ihr Abendessen zubereiten. Und jetzt teilen Sie uns mit, dass unser Fünfjahresplan wegen Engpässen bei der Treibstoffeinfuhr aus dem Ausland null und nichtig ist? Ich möchte wissen, was getan wird, um diese Probleme zu lösen?«, zischte er.

Shinzhe sank bei dieser Tirade förmlich in sich zusammen. Er warf einen Blick in die Runde, sah aber, dass keins der anderen Ausschussmitglieder den Mut zu einer Erwiderung hatte, daher holte er tief Luft und ergriff mit ruhigem Tonfall das Wort.

»Wie Sie wissen, werden in den neuen Wasserkraftwerken

des Drei-Schluchten-Staudamms zusätzliche Generatoren ans Netz gehen, gleichzeitig sind ein halbes Dutzend neuer Kohle- und Gaskraftwerke im Bau. Doch der Bezug von ausreichend Erdgas- und Öllieferungen zum Betreiben der Kraftwerke ist seit jeher schwierig gewesen, und jetzt gilt das umso mehr. Unsere staatlichen Ölfirmen haben trotz der Proteste von Seiten der vietnamesischen Regierung Explorationen im Südchinesischen Meer durchgeführt. Darüber hinaus bauen wir unsere Beziehungen mit anderen Ländern zum Zweck einer besseren Versorgung weiter aus. Das Außenministerium hat, wenn ich das Komitee daran erinnern darf, unlängst Verhandlungen mit dem Iran über die Lieferung erheblicher Mengen Heizöl erfolgreich abgeschlossen. Und wir bemühen uns weiterhin um den Aufkauf westlicher Ölfirmen, die über reichlich Reserven verfügen.«

»Minister Shinzhe hat recht.« Der grauhaarige Außenminister, der bisher wortlos dagesessen hatte, hustete. »Diese Aktivitäten beziehen sich allerdings auf die langfristige Sicherung der Energieversorgung und werden die augenblicklichen Probleme nicht lösen.«

»Ich frage noch einmal, was unternommen wird, um die Verknappung zu überwinden?« Fei brüllte jetzt regelrecht, seine Stimme erklang eine Oktave höher.

»Neben dem Iran haben wir mit einer Reihe weiterer Länder im Nahen Osten über eine Erhöhung ihrer Ausfuhren gesprochen. Natürlich müssen wir, was den Preis angeht, mit den Ländern des Westens mithalten«, sagte Shinzhe leise. »Aber durch die Schäden im Hafen von Ningbo ist der Umfang der Öllieferungen, die wir auf dem Seeweg beziehen können, stark eingeschränkt.«

»Was ist mit den Russen?«

»Die liebäugeln mit den Japanern«, versetzte der Außenminister. »Unser Vorstoß zum Bau einer gemeinsamen Pipeline von den sibirischen Ölfeldern hierher wurde von den Russen zugunsten einer Leitung zum Pazifik abgelehnt, über die Japan versorgt wird. Kurzfristig können wir lediglich die Öltransporte, die per Eisenbahn aus Russland kommen, aufstocken, aber Lieferungen in großem Umfang lassen sich auf diese Weise natürlich nicht befördern.«

»Folglich gibt es gar keine richtige Lösung«, grummelte Fei, dessen Wut noch immer nicht verflogen war. »Unser Wirtschaftswachstum wird zum Erliegen kommen, unsere Vorteile gegenüber dem Westen werden dahin sein, und wir alle können uns auf unsere landwirtschaftlichen Genossenschaften in der Provinz zurückziehen und uns über die ständigen Stromausfälle freuen.«

Wieder kehrte tiefe Stille ein, so als wagten die Männer in der Runde angesichts der Wut des Generalsekretärs kaum zu atmen. Nur das blecherne Rattern der Klimaanlage war zu hören, das die griesgrämige Stimmung im Raum wie ein grollender Hintergrundkommentar begleitete. Dann räusperte sich Shinzhes Assistentin, eine zierliche Frau namens Yee.

»Entschuldigen Sie, Herr Generalsekretär, Minister Shinzhe«, sagte sie und nickte den beiden Männern zu. »In unserem Ministerium ist heute ein merkwürdiges Anschreiben an die Staatsführung eingegangen, in dem man uns Unterstützung bei der Überwindung der Engpässe bei der Energieversorgung anbietet. Tut mir leid, dass ich noch nicht die Gelegenheit hatte, Sie davon in Kenntnis zu setzen, Herr Minister«, sagte sie zu Shinzhe. »Ich war mir über die Bedeutung nicht gleich im Klaren.«

»Was ist das für ein Anschreiben?«, fragte Fei.

»Es handelt sich um das Angebot eines Unternehmens aus der Mongolei und betrifft die Versorgung mit hochwertigem Rohöl …«

»Aus der Mongolei?«, unterbrach Fei. »In der Mongolei gibt es kein Öl.«

»Man bietet uns eine Million Barrel pro Tag an«, fuhr Yee fort. »Lieferungsbeginn innerhalb von neunzig Tagen.«

»Das ist doch Unsinn«, rief Shinzhe und funkelte Yee an, ungehalten, weil sie ihm nicht unter vier Augen von dem Schreiben berichtet hatte.

»Vielleicht«, erwiderte Fei, der mit einem Mal neugierig und wieder etwas freundlicher wirkte. »Es wäre doch eine Überprüfung wert. Was steht sonst noch in dem Schreiben?«

»Nur die Bedingungen, die man im Gegenzug stellt«, erwiderte Yee, die plötzlich nervös wirkte. Sie stockte zunächst, als hoffte sie, das Thema wäre damit beendet, fuhr dann aber verlegen fort, als sie sah, dass aller Augen auf sie gerichtet waren. »Die Öllieferungen werden nach dem derzeitigen Marktpreis berechnet, der auf einen Zeitraum von drei Jahren festgeschrieben wird. Ferner sollen die ausschließlichen Nutzungsrechte für die nordöstliche Pipeline zum Hafen von Qinhuangdao garantiert und darüber hinaus die unter chinesischer Verwaltung stehenden Ländereien der Inneren Mongolei offiziell an die derzeitige mongolische Regierung abgetreten werden.«

Zunächst wirkten die altgedienten Parteibonzen sichtlich erschrocken über die Forderung, dann brachten sie lauthals ihre Einwände vor. Nachdem er sich das Geschrei ein paar Minuten lang angehört hatte, schlug Fei mit einem Aschenbecher auf den Tisch, um für Ruhe zu sorgen.

»Schluss!«, rief der Präsident und brachte die Runde damit augenblicklich zum Schweigen. Einen Moment lang machte er eine gequälte Miene, dann ergriff er ruhig und mit leiser Stimme das Wort. »Stellen Sie fest, ob das Angebot ernst zu nehmen ist, und ob das Öl tatsächlich vorhanden ist. Danach werden wir uns darum bemühen, einen angemessenen Preis auszuhandeln.«

»Wie Sie wünschen, Herr Generalsekretär«, sagte Shinzhe und verbeugte sich.

»Aber sagen Sie mir noch eins. Wer stellt diese unverschämte Forderung?«

Shinzhe warf Yee einen hilflosen Blick zu. »Es ist ein kleines Unternehmen, das in unserem Ministerium bislang unbekannt war«, antwortete sie, an den Präsidenten gewandt. »Die Firma nennt sich Avarga Oil Consortium.«

14

Sie hatten sich hoffnungslos verirrt. Zwei Wochen nach dem Aufbruch in Ulan-Ude hatte der fünfköpfige seismische Explorationstrupp, der das obere Flusstal der Selenga erkunden sollte, jegliche Orientierung verloren. Keiner der für die russische Ölfirma LUKOIL tätigen Männer stammte aus der Region, was die Sache noch schlimmer machte. Der Ärger fing an, als jemand eine Tasse Kaffee über das GPS-Gerät kippte, das sofort den Geist aufgab. Das hatte sie jedoch nicht davon abhalten können, weiter gen Süden zu ziehen, selbst als sie über die mongolische Grenze und in Gegenden gerieten, die auf den Karten von Sibirien, die sie vorsichtshalber dabeihatten, nicht verzeichnet waren. Eine Reihe unterirdischer Falten, die sie mit Hilfe des Fallgewichts an ihrem Lastwagen entdeckt hatten und die auf mögliche Fangstrukturen hindeuteten, hatte sie immer weiter vorangelockt. Sogenannte Fangstrukturen oder Fallen im Gestein deuten auf natürliche Sammelbecken hin, in denen sich Erdöl- und Gasvorkommen bilden können. Auf der Suche nach weiteren tiefen Erdölfallen war der Erkundungstrupp in südöstlicher Richtung vorgedrungen und schließlich vom Flusslauf abgekommen.

»Wir müssen uns lediglich nach Norden halten und unseren Spuren folgen, soweit wir sie sehen können«, sagte ein kleiner Mann mit Glatzenansatz, der Dimitri hieß. Der Leiter des Trupps blickte nach Westen und betrachtete die langen Schatten, die die Bäume im Schein der untergehenden Sonne warfen.

»Ich habe doch gleich gewusst, dass wir mit Brotkrümeln eine Spur hätten legen sollen«, versetzte grinsend einer seiner Assistenten, ein junger Ingenieur namens Wlad.

»Ich glaube nicht, dass unser Treibstoff bis Kjachta reicht«, erwiderte der Lastwagenfahrer. Er stieg durch die offene Tür ins Führerhaus, legte sich auf der Sitzbank lang und schob die fleischigen Hände unter den Kopf, um ein Nickerchen zu machen.

Der große Dreißigtonner hatte einen Stahlblock unter der Karosserie, der auf die Erde hämmerte und seismische Wellen tief ins Gestein sandte. Kleine Empfänger, sogenannte Geophone, die in unterschiedlicher Entfernung vom Lastwagen aufgestellt worden waren, zeichneten die von den unterirdischen Sedimentschichten gebrochenen oder reflektierten Wellen in Seismogrammen auf, die dann per Computer in Karten und graphische Darstellungen des Untergrunds umgesetzt wurden.

Ein schmutziger roter Laster mit Allradantrieb hielt neben dem schweren Lkw, worauf die beiden Insassen heraussprangen und sich in die Debatte einmischten.

»Wir hatten keine Erlaubnis, die Grenze zu überschreiten, und jetzt wissen wir nicht einmal mehr, wo die Grenze überhaupt liegt«, berschwerte sich der Fahrer des Versorgungswagens.

»Die Seismogramme waren Grund genug, die Sache weiter zu verfolgen«, erwiderte Dimitri. »Außerdem haben wir den Auftrag, die Gegend zwei Wochen lang zu erkunden. Ob die Firma die Bohrerlaubnis bekommt, steht auf einem anderen Blatt, aber damit soll sich die Verwaltung befassen. Und was die Grenze betrifft, die liegt irgendwo nördlich von uns. Wir müssen uns zunächst mal darum kümmern, dass wir Sprit auftreiben, um überhaupt dorthin zu kommen.«

Der Fahrer wollte einen weiteren Einwand vorbringen, als er von einem gedämpften Knall in der Ferne abgelenkt wurde.

»Da oben, auf dem Berg«, sagte Wlad.

Über dem felsigen Hügel, auf dem sie standen, ragte eine kleine Bergkette auf, deren von Kiefern überwucherte Hänge grün schimmerten. Ein paar Meilen entfernt stieg eine graue Rauchwolke aus einem dicht bewaldeten Kamm in den wolkenlosen Himmel. Als das Echo der Explosion verklungen war, hörten sie das leise Rumpeln schweren Geräts von den Felswänden widerhallen.

»Was, um Himmels willen, war das?«, knurrte der Fahrer, der durch den Knall aufgewacht war.

»Eine Explosion oben in den Bergen«, erwiderte Dimitri. »Vermutlich von einem Bergwerk.«

»Gut zu wissen, dass wir nicht die einzigen Menschen in dieser Wildnis sind«, murmelte der Fahrer.

»Vielleicht kann uns da oben irgendwer sagen, wie wir zurückkommen«, warf Wlad ein.

Die Antwort ließ nicht lange auf sich warten. In der Ferne war ein Automotor zu hören, dessen Geräusch rasch näherkam, bis schließlich ein Geländewagen neuesten Bautyps auftauchte. Das Fahrzeug umkurvte einen Hügel und jagte quer durch die Ebene auf den Trupp zu. Der Wagen wurde erst langsamer, als er schon fast bei ihnen war, und hielt dann in einer Staubwolke an. Die beiden Insassen blieben einen Moment lang reglos sitzen, dann stiegen sie vorsichtig aus.

Die Russen erkannten anhand der flachen Nasen und der hohen Wangenknochen sofort, dass es sich um Mongolen handelte. Der Kleinere der beiden trat einen Schritt vor und herrschte sie barsch an. »Was tun Sie hier?«

»Wir haben uns ein bisschen verirrt«, erwiderte Dimitri, ohne sich aus der Ruhe bringen zu lassen. »Irgendwie sind wir bei der Erkundung des Tals von der Straße abgekommmen. Wir müssen über die Grenze und zurück nach Kjachta, wissen aber nicht genau, ob wir genügend Treibstoff haben. Können Sie uns vielleicht helfen?«

Der Mongole riss die Augen auf, als er das Wort »Erkundung« hörte, und zum ersten Mal musterte er den Lkw mit dem Fallgewicht, der hinter den Männern stand.

»Führen Sie eine Erdölexploration durch?«, fragte er in etwas ruhigerem Tonfall.

Der Ingenieur nickte.

»Hier gibt es kein Öl«, antwortete der Mongole. Er wedelte mit dem Arm herum und sagte: »Sie werden hier über Nacht ein Biwak aufschlagen müssen. Bleiben Sie an Ort und Stelle. Morgen früh bringe ich Treibstoff für Ihren Lastwagen und weise Ihnen den Weg nach Kjachta.«

Ohne ein Abschiedswort stiegen er und der Fahrer wieder in den Wagen und verschwanden mit röhrendem Motor in den Bergen.

»Unsere Probleme sind gelöst«, sagte Dimitri zufrieden. »Wir schlagen hier unser Lager auf und sehen zu, dass wir morgen möglichst früh aufbrechen. Hoffentlich hast du uns ein bisschen Wodka übrig gelassen«, sagte er und tätschelte die Schulter des schläfrigen Lkw-Fahrers.

Rasch brach die Dunkelheit an, sobald die Sonne hinter den Hügeln untergegangen war, und nun wurde es empfindlich kühl. Die Männer drängten sich um das Feuer, das sie vor einem großen Zelt entzündet hatten, und schlangen ihr fades Abendessen, bestehend aus Doseneintopf mit Reis, hinunter. Bald darauf holten sie den Wodka und ihre Karten heraus und spielten um Zigaretten und Kleingeld.

»Dreimal hintereinander.« Dimitri lachte, als er das Geld einsackte, das er bei der Préférence gewonnen hatte, einem russischen Kartenspiel, das dem Rommé ähnelt. Seine Augen funkelten unter den schweren Lidern, und der Wodka tropfte von seinem Kinn, als er seine nicht weniger betrunkenen Kollegen anfeixte.

»Spar es, dann hast du bald genug für eine Datscha am Schwarzen Meer«, entgegnete einer.

»Oder einen schwarzen Dackel am Kaspischen Meer«, sagte ein anderer und lachte.

»Das Spiel ist mir zu schwer, glaube ich«, maulte Wlad, als er feststellte, dass er an diesem Abend hundert Rubel verloren hatte. »Ich verzieh mich in meinen Schlafsack, damit mich Dimitri nicht noch mehr bescheißen kann.«

Ohne auf die hämischen Kommentare der anderen zu achten, rappelte er sich auf und wandte sich dem Zelt zu, ging dann aber erst zur Rückseite des Lkw, um sich zu erleichtern, bevor er sich zurückzog. Betrunken wie er war, geriet er ins Stolpern und stürzte in eine schmale Bodenrinne neben dem Laster, rutschte gut anderthalb Meter hinab und prallte gegen einen Felsbrock. Dort blieb er einen Moment liegen, umklammerte sein schmerzendes Knie und verfluchte sich ob seines Missgeschicks, als er den Hufschlag von Pferden hörte, die sich dem Lager näherten. Er wälzte sich herum und kroch auf allen vieren zum Rand der Rinne hinauf, wo er unter dem Lkw hindurch zu dem Lager auf der anderen Seite schauen konnte.

Die Stimmen seiner Kollegen verstummten, als sich eine Schar Pferde dem Lager näherte. Wlad rieb sich ungläubig die Augen, als der Lichtschein des Feuers auf sie fiel. Die sechs grimmig wirkenden Reiter, die hoch aufgerichtet im Sattel saßen, sahen aus, als wären sie einem mittelalterlichen Wandbehang entsprungen. Jeder trug einen langen, orangen Seidenumhang, der bis zu den Knien reichte und die bauschigen weißen Hosen bedeckte, die in schweren Lederstiefeln steckten. In den hellblauen Schärpen, die sie um die Taille gebunden hatten, steckten Schwerter samt Scheide, und um die Schulter hatten sie Kompositbögen und Köcher mit gefiederten Pfeilen hängen. Auf dem Kopf trugen sie runde, schalenförmige Helme, die nach oben spitz zuliefen und mit einem Rosshaarbusch verziert waren. Alle sechs hatten lange, dünne Schnurrbärte, die bis übers Kinn herabhingen und sie noch bedrohlicher wirken ließen.

Dimitri richtete sich mit einer fast vollen Wodkaflasche in der Hand von der Feuerstelle auf, begrüßte die Reiter und lud sie ein, sich zu ihnen zu gesellen.

»Einen Schluck auf eure prächtigen Pferde«, lallte er und hob die Flasche.

Schweigsam und mit kalten Blicken starrten die sechs Reiter den Ingenieur an, ohne auf sein Angebot einzugehen. Dann griff einer der Berittenen nach hinten. Mit einer blitzschnellen Bewegung, die Wlad später immer wieder vor Augen hatte, legte er den Bogen an, zog die Sehne durch und schoss einen hölzernen Pfeil ab. Wlad, der das Geschoss kaum sah, nahm nur wahr, dass die Flasche Wodka plötzlich aus Dimitris Hand glitt und am Boden zerschellte. Dimitri, der nur ein paar Schritte entfernt stand, griff sich mit der anderen Hand an die Kehle, und zwischen seinen Fingern ragte ein gefiederter Pfeilschaft heraus. Dann sank der Ingenieur mit einem gurgelnden Hilfeschrei in die Knie und kippte um, während ein Schwall Blut über seine Brust strömte.

Die drei anderen Männer am Lagerfeuer sprangen erschrocken auf, doch das sollte ihre letzte Bewegung sein. Im nächsten Augenblick wurden sie mit einem Pfeilhagel eingedeckt. Mit schlafwandlerischer Sicherheit handhabten die Berittenen ihre Bögen und feuerten in Sekundenschnelle ein halbes Dutzend Pfeile auf die betrunkenen Exploratoren ab, die sie aus der Entfernung mühelos trafen. Ein paar kurze Schreie hallten durch die Nacht, dann war es vorbei – alle drei lagen tot am Boden, die leblosen Leiber mit Pfeilen gespickt.

Wlad, der das Gemetzel entsetzt und mit weit aufgerissenen Augen verfolgt hatte, hätte vor Schreck beinahe laut aufgeschrien, als der erste Pfeil abgeschossen wurde. Sofort hatte er das Gefühl, als zerspringe ihm das Herz, doch dann spürte er, wie ihm das Adrenalin ins Blut schoss, und er wollte nur noch weg, so schnell wie möglich. Er rutschte in die Rinne hinab und lief los, rannte, wie er in seinem ganzen Leben noch nie gerannt war. Das schmerzende Knie, der Alkohol in seinem Blut, all das spielte keine Rolle mehr, wurde von einer noch nie dagewesenen Angst verdrängt. Er stürmte den Hang hinab, ohne Rücksicht auf die unsichtbaren Hindernisse in der Dunkelheit, getrieben von heller Panik. Mehrmals fiel er hin, zog sich garstige Risse an Armen und Beinen zu, rappelte sich aber sofort wieder auf und lief weiter, horchte trotz hämmernden Herzens und keuchender Atemzüge auf die Hufschläge der Verfolger. Doch sie kamen nicht.

Zwei Stunden lang rannte er ohne Unterlass, schleppte sich torkelnd und stolpernd voran, bis er das rauschende Wasser des Flusses Selenga erreichte. Als er am Ufer entlangmarschierte, stieß er auf zwei große Felsblöcke, die ihm sowohl Schutz als auch Deckung boten. Er kroch in einen Spalt unter den Felsen und schlief sofort ein, als wollte er dem Albtraum entrinnen, den er soeben erlebt hatte.

15

Eine unbequeme Fahrt, dachte Theresa, als säße man im Jahre 1860 in einer Butterfield-Postkutsche und reiste durch den amerikanischen Südwesten. Bei jeder Bodenwelle und Querrinne, über die die Räder des zwei Tonnen schweren Kastenwagens rumpelten, wurde die Ladefläche so durchgeschüttelt, dass sie meinte, ihre Knochen klappern zu hören. Dass sie gefesselt und geknebelt auf einer Hartholzbank zwei bewaffneten Wachen gegenübersaß, trug auch nicht gerade zu ihrem Wohlbefinden bei. Immerhin waren Roy und Wofford bei ihr, die man neben ihr angekettet hatte. Das war zumindest ein kleiner Trost.

Wundgescheuert, müde und hungrig, wie sie war, versuchte sie trotzdem zu begreifen, was am Baikalsee vorgefallen war. Tatiana hatte kaum etwas gesagt, als sie ihr in ihrer gemeinsamen Kabine die kalte Pistole ans Kinn gedrückt und sie geweckt hatte. Nachdem man sie und die anderen mit vorgehaltener Waffe von der *Wereschtschagin* in ein Beiboot getrieben hatte, waren sie zunächst zu dem schwarzen Frachter und dann an Land gebracht worden, wo man sie im Laderaum des Kastenwagens einsperrte. Fast zwei Stunden lang warteten sie am Kai, hörten Schüsse und lautes Geschrei, bevor der Lastwagen losfuhr.

Sie fragte sich, was aus Sarchow geworden war, dem russischen Wissenschaftler. Grob hatten sie ihn weggezerrt und in einen anderen Teil des Schiffes geschafft. Ihr gefiel das ganz und gar nicht, sie machte sich um den stets fröhlichen Forscher Sorgen. Und was war mit der *Wereschtschagin*? Sie schien tiefer im Wasser zu liegen, als man sie weggetrieben hatte. Schwebten Al, Dirk und die übrige Besatzung ebenfalls in Gefahr?

Vor allem aber fragte sie sich, weshalb man sie entführt hatte. Sie fürchtete um ihr Leben, doch wenn sie einen Blick auf Roy und Wofford warf, schwand ihr Selbstmitleid sofort. Den beiden Männern ging es viel schlechter. Wofford hatte sich das Bein verletzt, wahrscheinlich gebrochen, als man ihn von dem schwarzen Frachter schubste. Er hatte es ausgestreckt und zuckte jedes Mal vor Schmerz zusammen, wenn der Laster durchgeschüttelt wurde.

Roy, an dessen Hemd trockenes Blut klebte, war immerhin eingeschlafen, wie sie sah. Als er stehen geblieben war, um Wofford auf die Beine zu helfen, hatte ihm einer der Wärter den Kolben seines Karabiners über den Schädel gezogen und ihm eine klaffende Platzwunde zugefügt. Er war mehrere Minuten lang bewusstlos gewesen und wurde von den Wachen kurzerhand auf den Laster geworfen.

Theresa wurde jäh aus ihren unguten Gedanken gerissen, als der Laster sie ein weiteres Mal durchstauchte, worauf sie die Augen schloss und einzuschlafen versuchte, um diesem Albtraum für eine Weile zu entrinnen. Fünf Stunden lang musste sie die holprige Fahrt noch über sich ergehen lassen, dann kamen sie, dem stockenden Verkehr und dem Motorenlärm anderer Autos nach zu schließen, durch eine größere Stadt. Kurz darauf verstummte der Verkehrslärm wieder, und der Lastwagen beschleunigte und bretterte weitere vier Stunden lang über einen kurvigen Fahrweg. Dann wurde er langsamer, und da die Wärter auf einmal besonders wachsam wirkten, ahnte Theresa, dass sie sich ihrem Ziel näherten.

»Wir hätten auch gleich herfliegen können, wenn man bedenkt, wie oft wir in der Luft gewesen sind«, sagte Wofford und verzog das Gesicht, als der Laster wieder über ein Schlagloch rumpelte und sie alle von der Bank geschleudert wurden.

Theresa lächelte über seinen trockenen Humor, konnte aber nichts erwidern, da der Lastwagen plötzlich anhielt. Der klapprige Dieselmotor wurde abgestellt, dann flogen die Türen auf und gleißendes Sonnenlicht fiel in den Laderaum. Auf das Nicken der Wachen hin halfen Theresa und Roy Wofford beim Aussteigen, dann sahen sie sich um.

Sie befanden sich auf einem Anwesen, von einer Mauer umgeben. Zwei Gebäude standen hier. Der Himmel war strahlend blau, die Temperatur trotz der leichten Brise, die ihnen übers Gesicht strich, deutlich höher als am Baikalsee. Theresa schnupperte und meinte einen trockenen, staubigen Geruch wahrzunehmen. Tief unter sich sah sie ein von wogendem Gras bewachsenes Tal, doch unmittelbar neben den Gebäuden ragte ein grau-grüner Berggipfel auf. Das Anwesen war offenbar in die Bergflanke hineingehauen worden, an der Latschen und dichte Kiefernwälder wucherten.

Links von ihr, hinter einer langen Heckenreihe halb verborgen, stand ein aus Ziegeln errichteter einstöckiger Flachbau, wie man ihn ganz ähnlich in jedem Industriegelände findet. Der Pferdestall, der auf der einen Seite angebaut war, wirkte allerdings etwas fehl am Platz. Ein halbes Dutzend träger Pferde standen auf einer Koppel herum und knabberten an dem kargen Gras, das aus dem Staub spross. Auf der anderen Seite des Gebäudes befand sich eine große Stahlgarage, in der etliche Lastwagen und andere Geräte standen. Eine Handvoll Männer in schwarzen Overalls machte sich dort an mehreren Erdbewegungsmaschinen zu schaffen.

»Ich dachte, der Taj Mahal wäre in Indien«, sagte Roy.

»Tja, vielleicht sind wir in Indien«, erwiderte Wofford mit einem gequälten Lächeln.

Theresa drehte sich um und musterte das andere Gebäude. Sie musste Roy recht geben – es hatte gewisse Ähnlichkeiten mit dem berühmten indischen Grabmal, auch wenn das hier viel kleiner war. Ein eindrucksvoller Prachtbau, ganz anders als das nüchterne Ziegelgebäude nebenan, aus glänzendem weißem Marmor, mit einem Säulengang, der zu einem ebenfalls von einem Halbkreis aus Säulen umgebenen Portal führte, über dem ein Zwiebeldach mit einer goldenen Spitze aufragte. Mit der Kuppel des Taj Mahal hatte es nicht viel gemein, auch wenn es durchaus anmutig wirkte, aber auf Theresa machte es eher den Eindruck einer riesigen Eiskremkugel, die vom Himmel gefallen war.

Die Anlage vor dem Gebäude war nicht minder prachtvoll. Zwei künstliche Wasserläufe strömten quer über das Anwesen in ein schimmerndes Becken, in dem sich die Fassade des Bauwerks spiegelte. Theresa hörte ganz in der Nähe einen Fluss rauschen, der offenbar die Kanäle speiste. Rund um die Gewässer erstreckten sich üppig grüne Ziergärten, die so gepflegt waren, dass jeder englische Landedelmann vor Neid erblasst wäre.

Auf der anderen Seite der Rasenfläche sah sie Tatiana und Anatoli mit einem Mann sprechen, der ein Holster umgeschnallt hatte. Der Mann nickte, kam dann zum Lastwagen und sagte mit schwerem Akzent: »Hier entlang.« Die beiden Wachmänner bauten sich hinter Roy und Wofford auf, um dem Befehl Nachdruck zu verleihen.

Theresa und Roy fassten Wofford unter und folgten dem gedrungenen Mann, der auf das prunkvolle Gebäude zuging. Sie erreichten das Portal, an dem eine große, mit Schnitzwerk verzierte Tür ins Innere führte. Zu beiden Seiten standen zwei Posten, wie Portiers im Savoy Hotel, nur dass diese hier lange, reich bestickte orange Seidenmäntel trugen. Theresa wusste, dass es Wachen waren, da sie keine Anstalten machten, die Tür zu öffnen, sondern nur reglos dastanden und mit einer Hand die spitzen Lanzen hielten.

Dann öffnete sich die Tür, und sie traten in die von einer Kuppel überspannte Eingangshalle, in der rundum Bilder hingen, ländliche Szenen mit weidenden Pferden zumeist. Ein kleinwüchsiger Hausmeister schlüpfte mit schiefem Grinsen hinter der Tür hervor und bedeutete ihnen mit einem kurzen Nicken, ihm zu folgen. Er tappte über den glänzenden Marmorboden und führte sie einen Seitengang entlang zu drei Gästezimmern. Nacheinander wurden Theresa, Roy und Wofford in die behaglich ausgestatten Räume gebracht, worauf der Hausmeister die Tür hinter sich schloss und verriegelte.

Auf einem Beistelltisch neben dem Bett sah Theresa eine Schale mit dampfender Suppe stehen, daneben einen Laib Brot. Rasch wusch sie sich den Straßenschmutz von Händen und Gesicht und löffelte dann gierig die Suppe. Schließlich siegte die Erschöpfung über die Angst: Sie legte sich auf das weiche Bett und schlief sofort ein.

Drei Stunden später wurde sie von einem lauten Klopfen an der Tür geweckt.

»Hier entlang, bitte«, sagte der kleine Hausmeister, der Theresa mit leicht lüsternem Blick beäugte.

Roy und Wofford warteten bereits auf dem Gang. Erstaunt stellte Theresa fest, dass Woffords Bein verbunden war, außerdem hatte er einen Rohrstock bei sich. Roys Kopfverletzung war ebenfalls bandagiert, und statt des blutigen Hemdes trug er einen weiten Baumwollpullover.

»Ihr zwei seht ja aus wie das blühende Leben«, sagte sie.

»Klar. Vorausgesetzt, ein Dummy sieht aus wie das blühende Leben«, erwiderte Roy.

»Um die Gastfreundschaft ist es hier etwas besser bestellt«, sagte Wofford und tippte mit seinem Stock auf den Boden.

Die drei wurden zurück zur Eingangshalle und dann den Hauptgang entlang zu einem weitläufigen Wohnraum geführt. Regale mit ledergebundenen Büchern säumten die Wände, am anderen Ende befand sich ein offener Kamin, auf der einen Seite eine Bar. Theresa blickte nervös zum Oberkörper eines Schwarzbären auf, der mit erhobenen Pranken und gefletschten Fängen an der Wand hing, so als könnte er jeden Augenblick angreifen. Sie ließ den Blick durch das Zimmer schweifen und stellte fest, dass es der Traum eines jeden Präparators sein musste. Allerlei ausgestopfte Hirsche, Dickhornschafe, Wölfe und Füchse starrten die unfreiwilligen Gäste mit boshaft funkelnden Augen an, als bewachten sie das Anwesen. Tatiana stand mitten im Zimmer – und neben ihr ein Mann, der aussah, als könnte man ihn ebenfalls an die Wand hängen.

Es lag an seinem Grinsen, stellte sie fest. Wenn er lächelte, blitzte eine Reihe spitzer Zähne auf, wie bei einem Hai, so als gierte er nach rohem Fleisch. Sonst aber wirkte er weniger eindrucksvoll. Er war schmächtig, aber muskulös und hatte kohlschwarze, locker nach hinten gekämmte Haare. Ein typischer Mongole, im klassischen Sinne gut aussehend, mit hohen Wangenknochen und sonderbar gold-braunen Augen. Die von Wind und Sonne eingegerbten Fältchen deuteten darauf hin, dass er in jüngeren Jahren viel in freier Natur gearbeitet hatte. Die Haltung des Mannes, der einen eleganten grauen Anzug trug, ließ allerdings darauf schließen, dass dies lange her sein musste.

»Schön, dass Sie sich zu uns gesellen«, sagte Tatiana in ausdruckslosem Tonfall. »Darf ich Ihnen Tolgoi Borjin vorstellen, den Präsidenten des Avarga Oil Consortiums.«

»Freut mich, Sie kennenzulernen.« Wofford humpelte zu den beiden und schüttelte dem Mann die Hand, als wären sie alte Freunde. »Könnten Sie uns jetzt vielleicht erklären, warum zum Teufel wir überhaupt hier sind?«, fragte er und drückte mit aller Kraft zu.

Der Mongole zögerte kurz, als wäre er auf Woffords unverhoffte Forderung nicht gefasst, und ließ rasch dessen Hand los.

»Sie befinden sich in der Zentrale meines Unternehmens, die zugleich auch mein Zuhause ist.«

»In der Mongolei?«, fragte Roy.

»Ich bedaure den überstürzten Aufbruch aus Sibirien«, erwiderte Borjin, ohne auf Roys Frage einzugehen. »Tatiana berichtete mir, dass Sie sich in Lebensgefahr befanden.«

»Aha?«, sagte Theresa und warf der Frau, mit der sie sich die Kabine geteilt hatte, einen scharfen Blick zu.

»Zu Ihrer eigenen Sicherheit mussten wir Sie mit Waffengewalt fortbringen«, erklärte sie. »Die radikalen Umweltschützer am Baikal sind gefährlich. Sie hatten sich offenbar auf dem Forschungsschiff des Instituts eingeschlichen und wollten es mit Mann und Maus versenken. Glücklicherweise konnte ich mich mit einem geleasten Schiff in Verbindung setzen, das in der Nähe lag und uns bei Ihrer Evakuierung unterstützte. Der heimliche Aufbruch war das Beste, was wir tun konnten, da wir keinerlei Aufsehen erregen wollten, um keine weiteren Anschläge zu provozieren.«

»Von derart gewaltbereiten Umweltschützern am Baikalsee habe ich noch nie etwas gehört«, erwiderte Theresa.

»Es handelt sich um eine neue Gruppierung jugendlicher Radikaler. Da der Staat seine Aufsichtspflicht in den vergangenen Jahren zunehmend vernachlässigt hat, sind diese Jugendlichen leider immer stärker und unverschämter geworden.«

»Und was ist mit Dr. Sarchow, dem Wissenschaftler, der mit uns vom Schiff gebracht wurde?«

»Er bestand darauf, aufs Schiff zurückzukehren und die anderen Mitarbeiter des Instituts zu verständigen. Leider konnten wir für seine Sicherheit nicht mehr garantieren.«

»Ist er tot? Was wurde aus den anderen Leuten auf dem Schiff?«

»Aus Sicherheitsgründen waren wir gezwungen, die Gegend so schnell wie möglich zu verlassen. Ich weiß nicht, was aus Dr. Sarchow und dem Forschungsschiff geworden ist.«

Theresa wurde kreidebleich, als sie über die Worte nachdachte.

»Und warum hat man uns hierhergeschleppt?«, fragte Roy.

»Wir haben das Projekt am Baikalsee vorerst abgebrochen. Ihre Hilfe bei der Erkundung möglicher Ölvorkommen ist für uns nach wie vor von großem Wert. Laut Vertrag sollten Sie sechs Wochen für uns tätig sein. Daran werden wir uns auch halten und Ihnen ein neues Projekt zuweisen.«

»Wurde die Firma verständigt?«, fragte Theresa, der mit einem Mal klar wurde, dass sie ihr Handy auf der *Wereschtschagin* zurückgelassen hatte. »Ich muss mich mit meinen Vorgesetzten in Verbindung setzen und die Sache mit ihnen besprechen.«

»Leider ist unsere Mikrowellenverbindung im Moment unterbrochen. So etwas kommt in abgelegenen Gegenden häufig vor, wie Sie sicher wissen. Sobald der Empfang wieder hergestellt ist, dürfen Sie natürlich so viele Anrufe machen, wie Sie möchten.«

»Warum schließen Sie uns wie Tiere in unseren Zimmern ein?«

»Wir sind mit einer Reihe geheimer Forschungsprojekte befasst. Leider können wir Außenstehende nicht unbeaufsichtigt auf dem Gelände herumspazieren lassen. Zu gegebener Zeit werden wir Sie durch einen Teil unserer Anlagen führen.«

»Und wenn wir stattdessen sofort aufbrechen wollen?«, hakte Theresa nach.

»Ein Fahrer wird Sie nach Ulan-Bator bringen, wo Sie ein Flugzeug erreichen, das Sie nach Hause bringt.« Borjin lächelte und zeigte seine scharfen Zähne.

Theresa, immer noch müde von der Fahrt, wusste nicht, was sie davon halten sollte. Vielleicht sollten wir noch nicht gleich die Probe aufs Exempel machen, dachte sie. »Was erwarten Sie von uns?«

Dicke Aktenordner wurden in das Zimmer gekarrt, dazu mehrere Laptops, auf denen geologische Gutachten und Seismogramme abgespeichert waren. Borjins Auftrag war simpel.

»Wir wollen unsere Bohrungen in eine neue Region ausdehnen. Die Bodenuntersuchungen liegen vor Ihnen. Sagen Sie uns, wo sich Ihrer Meinung nach die am ehesten geeigneten Stellen befinden.« Ohne ein weiteres Wort wandte er sich ab und verließ, gefolgt von Tatiana, das Zimmer.

»Das ist doch alles Blödsinn«, murmelte Roy und stand auf.

»Genau genommen sieht das wie eine professionell angelegte Datensammlung aus«, erwiderte Wofford und hielt eine Isopachen-Karte hoch, auf der die Mächtigkeit diverser unterirdischer Gesteinsschichten dargestellt war.

»Ich meine nicht die Daten«, sagte Roy und knallte einen Ordner auf den Tisch.

»Ganz ruhig, Großer«, flüsterte Wofford und deutete mit dem Kopf auf eine Zimmerecke. »Wir sind hier in *Vorsicht Kamera*.«

Roy blickte nach oben und bemerkte eine winzige Kamera, die neben dem ausgestopften Kopf eines grinsenden Rentiers angebracht war.

»Wir sollten lieber so tun, als ob wir uns die Unterlagen vornehmen«, fuhr Wofford mit gesenkter Stimme fort und hielt sich beim Sprechen die Karte vor den Mund.

Roy setzte sich, zog einen der Laptops näher und ließ sich dann tief in den Sessel sinken, sodass der aufgeklappte Bildschirm sein Gesicht verdeckte.

»Mir gefällt das ganz und gar nicht. Diese Leute sind nicht ganz sauber. Und vergesst nicht, dass sie uns mit Waffengewalt hergebracht haben.«

»Ganz meine Meinung«, flüsterte Theresa. »Diese Geschichte, dass sie uns nur zu unserer eigenen Sicherheit vom Baikalsee weggeschafft haben, ist doch lächerlich.«

»Soweit ich mich entsinne, hat Tatiana gedroht, mir das Ohr wegzuballern, wenn ich nicht mit ihr die *Wereschtschagin* verlasse«, sagte Wofford und zupfte versonnen an seinem Ohrläppchen. »Fürsorglich klingt das meiner Meinung nach nicht gerade.«

Theresa klappte eine topographische Karte von einer Gebirgskette auf und deutete auf ein paar bedeutungslose Merkmale, während sie sprach.

»Und was ist mit Dr. Sarchow? Er wurde aus Versehen mit uns gefangen genommen. Meiner Meinung nach haben sie ihn womöglich umgebracht.«

»Das wissen wir nicht, aber es könnte schon stimmen«, sagte Roy. »Wir müssen davon ausgehen, dass uns das Gleiche blüht, wenn wir ihnen die Informationen geliefert haben, die sie wollen.«

»Das Ganze ist so verrückt«, sagte Theresa und schüttelte kurz den Kopf. »Aber wir müssen zusehen, dass wir hier irgendwie rauskommen.«

»Die Garage neben dem Industriebau, auf der anderen Seite der Rasenfläche. Die stand voller Fahrzeuge«, sagte Wofford.

»Wenn wir einen Lastwagen klauen und von hier wegkommen, könnten wir uns bestimmt nach Ulan-Bator durchschlagen.«

»Die sperren uns entweder in unseren Zimmern ein oder überwachen uns. Wir müssen uns bereithalten, damit wir notfalls auf die Schnelle ausbrechen können.«

»Bei Dauerlauf und Weitsprung muss ich zurzeit leider passen«, sagte Wofford und streckte sein verletztes Bein aus. »Ihr zwei müsst es ohne mich versuchen.«

»Ich habe eine Idee«, sagte Roy, während er einen Schreibtisch auf der anderen Seite des Zimmers musterte. Er tat so, als suchte er zwischen den Karten nach einem Stift, stand dann auf und trat zu dem Schreibtisch, wo er ein Lederfutteral nahm und einen Stift herauszog. Er kehrte der Kamera den Rücken zu, fischte einen silbernen Brieföffner heraus, der zwischen den Stiften steckte, und schob ihn in seinen Ärmel. Anschließend kehrte er zum Tisch zurück und kritzelte etwas, während er mit Theresa und Wofford sprach.

»Heute Nacht checken wir die Sache aus. Ich hole Theresa und erkunde mit ihr das Gelände, anschließend legen wir uns einen Fluchtplan zurecht. Morgen Nacht brechen wir dann aus. Mitsamt dem Invaliden«, fügte er hinzu und grinste Wofford an.

»Dafür wäre ich sehr dankbar«, erwiderte Wofford nickend. »Wirklich sehr dankbar.«

16

Roy wachte um Punkt zwei Uhr morgens auf und zog sich rasch an. Er holte den Brieföffner unter der Matratze hervor und tastete sich durch das dunkle Zimmer zu der verschlossenen Tür. Er strich mit den Fingerspitzen am Türrahmen entlang, bis er auf die erhabenen Kanten der drei Metallscharniere stieß, die an der Innenseite herausragten. Er hob den Brieföffner in das oberste Scharnier und hebelte vorsichtig den langen Metallstift heraus. Nachdem er auch die Stifte aus den beiden anderen Scharnieren gezogen hatte, hob er die Tür behutsam an und zog sie schräg in den Raum, bis der Riegel auf der Außenseite aus der Zuhaltung sprang. Dann stahl er sich hinaus auf den Flur und zog die Tür wieder in den Rahmen, sodass es auf den ersten Blick so aussah, als wäre sie noch immer verschlossen und verriegelt.

Der Gang war verlassen, daher schlich er auf Zehenspitzen zu Theresas Zimmer nebenan. Er löste den Riegel, öffnete die Tür und sah sie wartend auf dem Bett sitzen.

»Du hast es geschafft«, flüsterte sie, als sie ihn im Licht stehen sah, das vom Gang hereinfiel.

Roy schenkte ihr ein schmales Lächeln, dann bedeutete er ihr mit einem kurzen Nicken, ihm zu folgen. Sie huschten in den Korridor und liefen langsam in Richtung Eingangshalle. Eine Reihe schwacher, in Bodenhöhe angebrachter Lämpchen sorgte für gedämpftes Licht im Gang, in dem sich allem Anschein nach niemand aufhielt. Theresas Gummisohlen quietschten auf dem Marmorboden, daher blieb sie stehen, zog die Schuhe aus und lief auf Socken weiter.

Roy und Theresa drückten sich an die Wand, als sie sich der Eingangshalle näherten, die von einem großen Kristalllüster hell erleuchtet war, dann rückten sie vorsichtig weiter vor. Roy ging in die Hocke und huschte zu einem schmalen Fenster neben dem Eingang. Er spähte hinaus, kehrte zu Theresa zurück und schüttelte den Kopf. Trotz der späten Stunde waren draußen immer noch zwei Wachen postiert. Also mussten sie einen anderen Ausweg finden.

Und stellten fest, dass sie sich hier in der Eingangshalle am Fuß eines umgekehrten T befanden. Die Gästezimmer befanden sich links, die Privaträume der Bewohner vermutlich rechts. Deshalb schlichen sie den breiten Hauptgang entlang, der zu dem Arbeitszimmer führte.

Im Haus blieb alles still, bis auf das Ticken einer alten Uhr im

Gang. Sie kamen zum Arbeitszimmer und liefen weiter, schlichen auf Zehenspitzen an einem großen Speisesaal und zwei kleinen Konferenzräumen vorbei, die mit einer eindrucksvollen Sammlung von Antiquitäten aus der Song- und Jin-Dynastie ausgestattet waren. Theresa suchte die Decken nach weiteren Kameras ab, sah aber keine. Dann drang ein Flüstern an ihr Ohr und sie ergriff unwillkürlich Roys Arm, der seinerseits zusammenzuckte, als sie ihm die scharfen Fingernägel in die Haut grub. Beide entspannten sich wieder, als ihnen klar wurde, dass das Geräusch lediglich vom Wind stammte, der draußen um das Gebäude strich.

Der Korridor endete in einem großen, offenen Wohnzimmer, das auf drei Seiten von Fenstern gesäumt wurde, die vom Boden bis zur Decke reichten. Bei Nacht gab es zwar nicht viel zu sehen, aber Theresa und Roy ahnten doch, welch grandiose Aussicht man von hier oben, hoch am Berg, auf die leicht gewellte Steppe unten im Tal haben musste. In der Nähe des Eingangs entdeckte Roy eine mit Teppichboden belegte Treppe, die nach unten führte. Er deutete dorthin, worauf Theresa nickte und ihm lautlos folgte. Der weiche Teppichboden war Balsam für ihre Füße, die auf dem harten Marmor allmählich ermüdet waren. Als sie zu einem Treppenabsatz kamen, blickte sie auf und sah das große Porträt eines alten Kriegers. Der Mann auf dem Bild saß hoch aufgerichtet auf seinem Pferd und trug einen mit Pelz verbrämten Mantel, eine orangene Schärpe und den typischen Rundhelm der Mongolen. Triumphierend starrte er sie aus gold-schwarzen Augen an. Er hatte den Mund zu einem leichten Grinsen verzogen und zeigte seine spritz zugefeilten Zähne, die sie an Borjin erinnerten. Das Gemälde wirkte so lebensecht, dass sie unwillkürlich erschauderte, sich dann rasch abwandte und die letzten Stufen hinabstieg.

Am Fuß der Treppe befand sich ein Korridor, der ein kurzes Stück vom Haus wegführte. Auf der einen Seite waren Fenster, hinter denen ein großer Innenhof lag. Theresa und Roy spähten durch das nächstgelegene dieser Fenster und sahen die Umrisse eines freistehenden Bauwerks.

»Hier muss es irgendwo eine Tür auf den Hof geben«, flüsterte Roy. »Wenn wir da rauskommen, können wir vielleicht den Flügel mit den Gästezimmern umgehen und uns zur Garage schleichen.«

»Für Jim ist das aber ein weiter Weg. Wenigstens scheint es hier keine Wachen zu geben. Komm, wir suchen die Tür.«

Rasch gingen sie zum Ende des Korridors, wo sie schließlich auf eine Tür stießen, die nach draußen führte. Theresa zog sie vorsichtig auf, rechnete fast damit, dass sie einen Alarm auslöste, aber alles blieb ruhig. Gemeinsam schlichen sie auf den Innenhof, der nur stellenweise von ein paar vereinzelten Lampen entlang des Fußwegs erleuchtet wurde. Theresa schlüpfte wieder in ihre Schuhe, kaum dass sie die Füße auf den kalten Boden gesetzt hatte. Die Nachtluft war frisch, und sie bibberte, als der eisige Wind durch ihre leichte Kleidung drang.

Sie folgten dem mit Feldsteinen belegten Fußweg, der quer über den Hof zu einem steinernen Gebäude an der Rückseite des Grundstücks führte. Es wirkte wie eine kleine Kapelle, war allerdings rund und hatte ein Kuppeldach. Außerdem musste es allem Anschein nach uralt sein und auch nicht aus Marmor, so wie das Hauptgebäude. Als sie näher kamen, ließ Roy den tunnelartigen Zugang links liegen und lief entlang der runden Mauer zur Rückseite.

»Ich glaube, ich habe da hinten ein Fahrzeug gesehen«, flüsterte er Theresa zu, die ihm auf den Fersen folgte.

Hinter dem Gemäuer stießen sie auf eine Art Lagerschuppen, der von einer niedrigen Lattenwand umgeben war. Vermutlich war es einst ein Stall gewesen, aber jetzt standen dort dicht an dicht ein halbes Dutzend Pferdewagen, auf deren hölzernen Ladeflächen sich Schaufel, Pickel und Kisten stapelten. Unter einer Segeltuchplane ragte das Vorderrad eines staubigen Motorrads hervor, Roy aber musterte bereits das Auto weiter hinten, das er vom Hof aus gesehen hatte. Es war ein mächtiges altes Ungetüm, mit dem Staub vieler Jahrzehnte auf dem Buckel – und mindestens drei platten Reifen.

»Hier ist gar nichts. Jedenfalls nichts, mit dem wir nach Ulan-Bator kommen könnten«, bemerkte Theresa enttäuscht.

Roy nickte. »Dann müssen wir uns die Garage auf der anderen Seite vornehmen.« Er erstarrte plötzlich, als der Wind einen schrillen Laut herantrug.

Pferdegewieher, stellte er fest, nicht weit vom Innenhof entfernt.

»Hinter den Wagen«, flüsterte er und deutete auf den Schuppen.

Sie warfen sich zu Boden, robbten unter der Lattenwand hindurch und unter den nächsten Wagen, gingen dann hinter einem der altmodischen Holzräder in Deckung und spähten vorsichtig zwischen den Speichen hindurch.

Kurz darauf hörten sie auf dem Feldsteinweg Hufgeklapper, dann tauchten zwei Reiter auf. Sie umkreisten das steinerne Gebäude, trabten neben den Schuppen und hielten an. Theresa wäre beinahe das Herz stehen geblieben, als sie die beiden Männer sah. Sie waren fast genauso gekleidet wie der Krieger auf dem Porträt. Golden schimmerten ihre orangenen Seidenumhänge im Schein der Hoflichter. Dazu trugen sie bauschige Hosen, dick besohlte Stiefel und einen runden Eisenhelm. Die beiden Männer trieben sich ein paar Minuten lang draußen herum, nur wenige Schritte von Theresas und Roys Versteck entfernt. Sie waren schon so nahe, dass Theresa den Staub schmecken konnte, den die Pferde aufwirbelten, wenn sie mit den Hufen scharrten.

Einer der Männer rief irgendetwas Unverständliches, dann sprengten beide davon. Im nächsten Augenblick waren die Männer in der Dunkelheit verschwunden.

»Die Nachtwache«, erklärte Roy, als der Hufschlag verklang.

»Ein bisschen zu nah für meinen Geschmack«, sagte Theresa, stand auf und klopfte sich den Staub von den Kleidern.

»Vermutlich haben wir nicht viel Zeit, bis sie die nächste Runde drehen. Sehen wir zu, ob wir das Haus auf der anderen Seite umgehen und von dort zur Garage kommen können.«

»Okay. Beeilen wir uns. Diesen Typen möchte ich nicht noch mal begegnen.«

Sie rannten durch das Schuppentor und liefen auf den Gästeflügel des Gebäudes zu. Doch mitten auf dem Innenhof hörten sie einen schrillen Schrei und den Hufschlag galoppierender Pferde. Sie blickten sich um und sahen zu ihrem Entsetzen, dass die Pferde nur noch wenige Meter hinter ihnen waren. Die beiden Reiter hatten das alte Gemäuder noch einmal lautlos umrundet und waren losgepprescht, als sie Theresa und Roy über den Hof rennen sahen.

Die beiden blieben wie erstarrt stehen, wussten nicht, ob sie zum Haus laufen oder vom Hof flüchten sollten. Es spielte auch keine Rolle, da die Reiter bereits am Rand des Hofs waren und sie deutlich erkennen konnten. Theresa sah, wie sich eins der Pferde aufbäumte, als der Reiter jäh die Zügel anzog, um es zum Stehen zu bringen. Der andere galoppierte weiter und lenkte sein Pferd genau auf Theresa und Roy zu.

Roy erkannte sofort, dass er sie über den Haufen reiten wollte. Er warf einen kurzen Blick zu Theresa, sah, dass sie vor Angst und Verwirrung weder ein noch aus wusste.

»Weg!«, schrie er, packte Theresa am Ellbogen und stieß sie aus der Gefahrenzone. Der Reiter war schon fast da, und Roy konnte dem anpreschenden Pferd gerade noch ausweichen, wurde aber noch vom Steigbügel gestreift. Sobald er wieder festen Fuß gefasst hatte, tat er das Unvorstellbare. Statt Deckung zu suchen, drehte er sich um und rannte dem galoppierenden Pferd hinterher.

Der nichts ahnende Reiter sprengte noch ein paar Meter weiter, zügelte dann sein Pferd und zog es nach rechts, um die nächste Attacke zu reiten. Als er herumfuhr, sah er Roy unmittelbar vor sich stehen. Der Seismik-Ingenieur streckte die Arme aus, ergriff die locker herabhängenden Zügel und riss sie jäh nach unten.

»Schluss mit dem Ritterspiel«, grummelte er.

Der Reiter schaute noch immer mit verständislosem Blick

auf Roy, während er das schnaubende Tier zu bändigen versuchte, das dichte Atemwolken aus den Nüstern blies.

»Neiiiiin!« Theresa stieß einen gellenden Schrei aus, so laut, dass man ihn noch in Tibet hätte hören können.

Roy warf einen Blick auf Theresa, die am Boden lag, aber offenbar nicht in unmittelbarer Gefahr schwebte. Dann hörte er ein leises Zischen und sah gerade noch, wie etwas auf ihn zuflog. Im nächsten Augenblick hatte er das Gefühl, als legte sich eine Schraubzwinge um seine Brust, dann meinte er inwendig zu verbrennen. Ein jähes Schwindelgefühl übermannte ihn, und er sank auf die Knie, als Theresa auftauchte und ihn die Arme nahm.

Die rasiermesserscharfe Spitze des Pfeils, den der zweite Reiter abschoss, hatte Roys Herz verfehlt, aber nur um Haaresbreite. Stattdessen hatte das in seine Brust eingedrungene Geschoss die Lungenarterie durchbohrt. Die Wirkung war nahezu die gleiche – schwere innere Blutungen, die binnen Kurzem zum Herzstillstand führten.

Verzweifelt versuchte Theresa das aus der Eintrittswunde quellende Blut zu stillen, aber gegen die inneren Verletzungen war sie machtlos. Sie hielt ihn fest, als sein Gesicht jede Farbe verlor. Keuchend rang er nach Luft, dann wurde sein Körper schlaffer. Einen Moment lang strahlten seine Augen auf, und Theresa meinte, er würde es vielleicht überstehen. Er schaute sie an und stieß ein gequältes »Rette dich selber« aus. Dann schloss er die Augen und war tot.

17

Die Passagiermaschine, eine TU-154 der Aeroflot, zog eine langsame Kurve über der Stadt Ulan-Bator, drehte dann in den Wind und setzte zum Landeanflug auf den Buyan-Ucha-Airport an. Bei wolkenlosem Himmel genoss Pitt von seinem engen Fensterplatz aus die Aussicht auf diese weitläufige Stadt und die Landschaft der Umgebung. Zahlreiche Kräne und Bulldozer deuteten darauf hin, dass die Hauptstadt der Mongolei im Umbruch begriffen war.

Auf den ersten Blick wirkt Ulan-Bator wie eine Ostblock-Metropole, die in den fünfziger Jahren des vorigen Jahrhunderts stehen geblieben ist. Ein Großteil der Stadt, in der immerhin 1,2 Millionen Menschen wohnen, ist im typisch sowjetischen Baustil errichtet, gesichtslos und gleichförmig. Triste graue Plattenbauten, so anheimelnd wie ein Zellenblock, prägen zu Dutzenden das Stadtbild. Und auch bei den großen Gebäudeblocks der Regierung, die das Stadtzentrum umgeben, hat man erst im Nachhinein ein gewisses Stilbewusstsein entwickelt. Doch die neu gewonnene Unabhängigkeit, die dem Land eine erste Kostprobe in Sachen Demokratie und ein gewisses Wirtschaftswachstum bescherte, löste in der Stadt eine Aufbruchstimmung aus sowie den offenkundigen Wunsch nach Fortschritt und Moderne. Schmucke Geschäfte, noble Restaurants und blühende Nachtclubs stehlen sich allmählich in das einst so muffige Stadtbild.

Im Grunde stellt die Stadt eine angenehme Mischung aus Alt und Neu dar. In den Außenbezirken stehen noch immer zahllose Jurten oder *Ger*, wie sie von den Einheimischen genannt werden, runde Zelte aus Filz, seit jeher die traditionelle Behausung der nomadisch lebenden mongolischen Hirten und ihrer Familien. Tausende dieser grauen oder weißen Zelte drängen sich dicht an dicht auf den offenen Feldern rings um die Hauptstadt, die einzige echte Metropole des Landes.

Im Westen weiß man nur wenig über die Mongolei, von Dschingis Khan und mongolischem Rindfleisch einmal abgesehen. Das nur dünn besiedelte Land, das im Norden an Russland und im Süden, Westen und Osten an China grenzt, ist von der Fläche her nur wenig kleiner als Alaska. Im Norden und Westen bestimmen die schroffen Ketten des Altai- und des Chungai-Gebirges das Landschaftsbild, im Süden erstreckt sich die Wüste Gobi. Den größten Teil des Landes nehmen Steppengebiete ein, welliges Grasland, das die vielleicht besten Reiter hervorbrachte, die die Welt jemals erlebt hat. Die ruhmreichen Tage des mongolischen Imperiums, das sich einst vom Gelben Meer bis fast zur Ostsee erstreckte, sind indessen nur noch eine ferne Erinnerung. Unter der jahrzehntelangen Vorherrschaft der Sowjets, in der die Mongolei eines der größten kommunistischen Länder war, wurden das nationale Selbstverständnis und die Entwicklung des Staates unterdrückt. Erst in letzter Zeit konnten die Menschen wieder zu ihrer kulturellen und religiösen Identität zurückfinden.

Während Pitt auf die Berge rings um Ulan-Bator hinabblickte, fragte er sich, ob die Verfolgungsjagd bis in die Mongolei eine gute Idee war. Immerhin war es ein russisches Schiff gewesen, das am Baikalsee um ein Haar versenkt worden wäre, keins von der NUMA. Und nicht mal einem seiner Mitarbeiter hatte man etwas zuleide getan. Für das Explorationsteam war er auch nicht verantwortlich, obwohl er davon überzeugt blieb, dass die Ölsucher nichts mit den Vorfällen zu tun hatten. Dennoch mussten die kriminellen Machenschaften wie auch ihre Entführung in irgendeinem Zusammenhang mit der Erkundung des Sees stehen. Irgendjemand drehte hier ein krummes Ding, und er wollte wissen, warum.

Als die Reifen des Jets kreischend aufsetzten, stieß Pitt mit dem Ellbogen nach dem Nachbarsitz. Al Giordino war kurz nach dem Start in Irkutsk eingeschlafen und hatte sich auch nicht stören lassen, als ihm die Flugbegleiterin Kaffee über den Fuß gekippt hatte. Jetzt schlug er mühsam die schweren Lider auf und warf einen Blick zum Fenster. Als er die Betonpiste sah, fuhr er hoch und war schlagartig hellwach.

»Hab ich irgendwas verpasst?«, fragte er gähnend.

»Das Übliche. Weite Landschaften. Ein paar Schafe und Pferde. Zwei, drei Nudistenkolonien.«

»Was für ein Pech«, erwiderte er, während er einen braunen Fleck auf seinem Schuh argwöhnisch musterte.

»Willkommen in der Mongolei und der ›Stadt der Roten Helden‹, wie Ulan-Bator übersetzt heißt«, meldete sich Sarchow frohgemut von der anderen Seite des Ganges. Giordino fragte sich, woher der Russe, der sich in dem engen Sitz doch kaum bewegen konnte und dessen Gesicht kreuz und quer verpflastert war, seine gute Laune nahm. Als er allerdings sah, wie er eine Wodkaflasche in seinem Handkoffer verstaute, wusste er Bescheid.

Die drei gingen zur Passkontrolle, wo Pitt und Giordino einer eingehenden Überprüfung unterzogen wurden, bevor sie ihr Gepäck abholen durften. Der Flughafen war nach internationalen Maßstäben eher klein, und als sie am Straßenrand auf ein Taxi warteten, bemerkte Pitt einen drahtigen Mann in einem roten Hemd, der ihn von der anderen Seite des Vorplatzes aus betrachtete. Er ließ den Blick durch das Flughafengebäude schweifen und bemerkte, dass ihn etliche Einheimische angafften, die offenbar den Anblick eines eins neunzig großen Abendländers nicht gewohnt waren.

Schließlich hielten sie ein klappriges Taxi an, das sie die kurze Strecke in die Stadt brachte.

»Ulan-Bator – und eigentlich auch die ganze Mongolei – hat sich in den letzten Jahren sehr verändert«, sagte Sarchow.

»In meinen Augen sieht das aus, als ob sich in den letzten paar Jahrhunderten nicht viel verändert hat«, versetzte Giordino, als er eine große Jurtensiedlung bemerkte.

»Die Mongolei hat das zwanzigste Jahrhundert irgendwie verpasst«, sagte Sarchow nickend. »Aber im einundzwanzigsten holt das Land allmählich auf. Ähnlich wie in Russland beherrscht der Polizeistaat nicht mehr den Alltag – die Menschen lernen die Freiheit schätzen. Für Sie mag die Stadt trostlos wirken, aber sie ist viel lebendiger als noch vor einem Jahrzehnt.«

»Sind Sie oft hier gewesen?«, fragte Pitt.

»Ich habe mit der mongolischen Akademie der Wissenschaften an mehreren Projekten am Chövsgöl Nuur gearbeitet, einem See im Norden des Landes.«

Das Taxi umkurvte ein kratergroßes Schlagloch und hielt dann mit quietschenden Reifen vor dem Continental Hotel. Während Sarchow sie anmeldete, bewunderte Pitt die Kopien mittelalterlicher Kunstwerke, die in der weitläufigen Lobby ausgestellt waren. Als er einen Blick durch das Frontfenster warf, sah er einen Wagen vorfahren, aus dem ein Mann in einem roten Hemd stieg. Der gleiche Mann, der ihm am Flughafen schon aufgefallen war.

Pitt musterte ihn, als er neben dem Auto stehen blieb. Seine Züge wirkten europäisch, was darauf hindeutete, dass er nicht bei der mongolischen Polizei oder den Zollbehörden arbeitete. Aber allem Anschein nach befand er sich hier in vertrauter Umgebung, wie das freundliche, zu einem breiten Grinsen verzogene Gesicht verriet. Pitt bemerkte, dass er sich bedächtig, aber selbstsicher bewegte, wie eine Katze auf einem Zaun. Doch er war kein Tänzer. An seinem Kreuz, unmittelbar über der Taille, sah Pitt eine leichte Ausbuchtung, die nur von einem Holster herrühren konnte.

»Alles klar«, sagte Sarchow und reichte Pitt und Giordino die Zimmerschlüssel. »Wir haben nebeneinander liegende Zimmer im vierten Stock. Die Pagen bringen gerade unser Gepäck hoch. »Warum gehen wir nicht in die Hotelcafeteria, essen etwas zu Mittag und überlegen uns, wie wir bei unseren Nachforschungen vorgehen wollen?«

»Wenn's in dem Laden kaltes Bier gibt, bin ich schon dort«, erwiderte Giordino.

»Ich bin noch ein bisschen steif vom Flug«, sagte Pitt. »Ich glaube, ich laufe erst mal um den Block und vertrete mir die Beine. Bestellt mir ein Thunfischsandwich. Ich stoße in ein paar Minuten zu euch.«

Als Pitt das Hotel verließ, kehrte ihm der Mann in dem roten Hemd rasch den Rücken zu, beugte sich über den Wagen und blickte wie beiläufig auf seine Uhr. Pitt wandte sich ab, ging in die andere Richtung und wich einer Gruppe japanischer Touristen aus, die in dem Hotel absteigen wollten. Forschen Schrittes lief er los und hatte binnen kurzer Zeit zwei Häuserblocks hinter sich gelassen. Als er um eine Ecke bog, warf er einen kurzen Blick zur Seite. Wie er vermutet hatte, verfolgte ihn der Mann mit dem roten Hemd, der sich etwa einen halben Block hinter ihm hielt.

Pitt war in eine schmale Seitenstraße abgebogen, gesäumt von kleinen Geschäften, die ihre Ware auf dem Gehsteig feilboten. Sobald er außer Sichtweite des Verfolgers war, rannte er los, an einem halben Dutzend Läden und einem Zeitungskiosk vorbei, und blieb vor einem Bekleidungsgeschäft stehen. Eine Stange mit schweren Wintermänteln ragte aus der Seitenwand des Gebäudes und bot sich als ideales Versteck an. Pitt trat um den Ständer mit den Mänteln herum und drückte sich mit dem Rücken an die Wand.

Eine runzlige alte Frau, die eine Schürze umgebunden hatte, tauchte hinter einem Tisch voller Schuhe auf und sah Pitt an.

»Scht.« Pitt lächelte und hielt den Zeigefinger an den Mund. Die Alte warf ihm einen verwunderten Blick zu, dann kehrte sie kopfschüttelnd in ihren Laden zurück.

Pitt musste nur ein paar Sekunden warten, bis der Mann mit dem roten Hemd eiligen Schrittes die Straße entlangkam und mit nervösem Blick sämtliche Läden absuchte, an denen er vorbeikam. Seine schweren Ledersohlen verrieten ihn, ehe er vor dem Geschäft stehen blieb. Pitt rührte sich nicht von der Stelle, bis er ihn weitergehen hörte, dann sprang er gewandt hinter dem Mantelständer hervor.

Der Mann in dem roten Hemd wollte gerade zum nächsten Laden laufen, als er eine Bewegung hinter sich bemerkte. Er warf einen kurzen Blick über die Schulter und sah Pitt, der ihn um mehr als Haupteslänge überragte, nur einen Schritt hinter sich. Bevor er reagieren konnte, hatte ihn Pitt mit beiden Händen an der Schulter gepackt.

Er hätte den Mann umrempeln, herumwirbeln oder zu Boden werfen können. Aber da er in vollem Lauf war und sich die Gesetze der Physik aus alter Gewohnheit eher nutzbar machte, als sich ihnen zu widersetzen, stieß er ihn einfach nach vorn, auf einen runden Mützenständer zu. Der Verfolger prallte mit dem Gesicht voran auf die Metallstange, riss sie um und landete inmitten der herabfallenden Baseballkappen auf dem Bauch. Die meisten Männer wären nach einem solchen Sturz außer Gefecht gesetzt, aber Pitt wunderte sich nicht weiter, als der drahtige Typ sofort wieder aufsprang, in die Hocke ging und mit der linken Hand nach Pitt schlug, während er mit der rechten nach hinten griff.

Pitt trat einen Schritt vor und grinste den Mann an.

»Suchen Sie die hier?«, fragte er. Mit einer knappen Handbewegung hob er eine Serdjukow SPS und richtete die Automatik auf die Brust des Mannes. Der Mann wirkte einen Moment lang verdutzt, als seine Hand ins Leere griff. Dann warf er Pitt einen gelassenen Blick zu und grinste breit.

»Mr. Pitt. Sie haben haben mich offenbar überlistet«, sagte er mit kaum hörbarem russischem Akzent.

»Ich mag es nicht, wenn man mir zu nahetritt«, erwiderte Pitt, ohne die Waffe zu senken.

Der Mann blickte nervös die Straße auf und ab, dann wandte er sich leise an Pitt. »Von mir haben Sie nichts zu befürchten. Ich bin ein Freund, der Ausschau nach Ihnen hält.«

»Gut. Dann können Sie mir beim Mittagessen mit meinen Freunden Gesellschaft leisten. Die wollen Sie bestimmt gern kennenlernen.«

»Auf zum Hotel Continental.« Der Mann lächelte und nahm eine Kindermütze mit einem aufgestickten Rennkamel ab, die im Getümmel irgendwie an seinem Hinterkopf hängen geblieben war. Langsam ging er um Pitt herum und lief in Richtung Hotel. Pitt, der sich ein paar Schritte hinter ihm hielt und die Waffe im Jackenärmel versteckte, fragte sich, wer dieser Spinner wohl sein mochte, der ihn da verfolgt hatte.

Der Russe, der keinerlei Fluchtversuch unternahm, marschierte forschen Schrittes ins Hotel und quer durch die Lobby ins Restaurant. Zu Pitts Verwunderung steuerte er sofort die große Nische an, in der Giordino und Sarchow saßen und sich ein Bier genehmigten.

»Alexander, alter Junge!«, begrüßte er Sarchow und lachte laut los.

»Korsow! Hat man dich noch immer nicht des Landes verwiesen?«, erwiderte Sarchow, stand auf und schloss den kleineren Mann in die Arme.

»Für den Staat bin ich von unschätzbarem Wert«, erwiderte Korsow mit gespieltem Ernst. Er betrachtete Sarchows verschwollenes Gesicht, runzelte die Stirn und sagte: »Du siehst aus, als ob du gerade aus dem Gulag geflohen wärst.«

»Nein, das waren nur diese ungastlichen Misthunde, von denen ich dir erzählt habe. Verzeih mir, ich habe dich meinen amerikanischen Freunden noch nicht vorgestellt. Dirk, Al, das ist Iwan Korsow, der Sonderattaché an der russischen Botschaft hier in Ulan-Bator. Iwan und ich haben vor vielen Jahren zusammengearbeitet. Er hat sich bereit erklärt, uns bei den Nachforschungen über Avarga Öl zu helfen.«

»Er ist uns vom Flughafen gefolgt«, sagte Pitt, der noch nicht ganz überzeugt war.

»Alexander hat mir mitgeteilt, dass ihr kommt. Ich wollte nur dafür sorgen, dass euch niemand anders verfolgt.«

»Offenbar muss ich mich bei Ihnen entschuldigen.« Pitt lächelte, gab Korsow unauffällig die Pistole zurück und schüttelte ihm die Hand.

»Ist schon gut«, erwiderte der. »Auch wenn meiner Frau möglicherweise meine neue Nase nicht gefällt«, sagte Korsow und meinte die lila Beule, die er sich am Mützenständer zugezogen hatte.

»Wie deiner Frau die alte gefallen konnte, ist mir schon schleierhaft.« Sarchow lachte.

Die vier Männer nahmen Platz, bestellten sich etwas zu essen und besprachen dann ernstere Themen.

»Alexander, du hast mir von dem Anschlag auf die *Wereschtschagin* und der Entführung der Ölsucher berichtet, aber ich wusste gar nicht, dass du dabei auch verletzt wurdest«, sagte Korsow und deutete auf den dicken Verband an Sarchows Handgelenk.

»Die Verletzungen wären viel schlimmer gewesen, wenn meine Freunde nicht eingegriffen hätten«, erwiderte er und hob sein Bierglas auf Pitt und Giordino.

»Und wir haben uns mitten in der Nacht nasse Füße geholt, was uns ganz und gar nicht gepasst hat«, warf Giordino ein.

»Wie kommt ihr darauf, dass die Gefangenen in die Mongolei gebracht wurden?«

»Wir wissen, dass der Frachter von Avarga Oil geleast wurde, und das Explorationsteam war in deren Auftrag unterwegs. Nach Auskunft der russischen Polizei verfügt die Firma in ganz Sibirien über keinerlei feste Niederlassung, daher nahmen wir an, dass ihre Mitarbeiter in die Mongolei zurückkehren würden. Die Grenzkontrolle bestätigte uns dann, dass in Nauschki ein Lastwagenkonvoi durchkam, der unserer Beschreibung entsprach und in die Mongolei fuhr.«

»Habt ihr schon einen entsprechenden Antrag auf Rechtshilfe gestellt?«

»Ja, man hat der mongolischen Staatspolizei ein offizielles Ersuchen zugesandt, und auch auf unterer Ebene bemüht man sich um Zusammenarbeit. Ein Vertreter der Polizei von Irkutsk hat mich allerdings darauf hingewiesen, dass es eine Weile dauern könnte, bis man uns die nötige Unterstützung gewährt.«

»Das stimmt. Die Russen haben in der Mongolei nicht mehr viel Einfluss«, sagte Korsow kopfschüttelnd. »Und um die Sicherheit ist es auch nicht mehr so gut bestellt wie früher. Durch all diese demokratischen und wirtschaftlichen Reformen hat der Staat sein eigenes Volk kaum noch richtig im Griff«, sagte er und schaute Giordino und Pitt mit hochgezogenen Augenbrauen an.

»Die Freiheit hat eben ihren Preis, mein Guter, aber den nehme ich gern hin«, erwiderte Giordino.

»Oh, Al, glaub mir, wir alle sind froh über die Reformen, die den Menschen mehr Freiheit gebracht haben. Aber gelegentlich wird meine Aufgabe dadurch auch ein bisschen schwerer.«

»Und was genau ist Ihre Aufgabe?«, fragte Pitt.

»Sonderattaché und stellvertretender Pressechef, zu Ihren Diensten. Ich sorge unter anderem dafür, dass die Botschaft über sämtliche Ereignisse und Vorgänge in unserem Gastgeberland stets auf dem Laufenden ist.«

Pitt und Giordino warfen sich einen wissenden Blick zu, sagten aber nichts.

»Gibst du schon wieder an, Iwan?« Sarchow lächelte. »Das reicht jetzt. Was kannst du uns über Avarga Oil berichten?«

Korsow lehnte sich zurück und wartete, bis die Bedienung eine Runde Bier gebracht hatte, dann ergriff er mit gesenkter Stimme das Wort.

»Das Avarga Oil Consortium. Ein sonderbares Ding.«

»Inwiefern?«, fragte Sarchow.

»Nun ja, eingetragene Firmen kennt man in der Mongolei erst seit Neuestem. Unter kommunistischer Herrschaft gab es natürlich keinen Privatbesitz, daher konnte sich das freie Unternehmertum erst seit etwa fünfzehn Jahren durchsetzen. In den letzten fünf Jahren kam es zu zahllosen Firmengründungen durch Privatpersonen oder die öffentliche Hand, aber davor waren alle Unternehmen auf eine Beteiligung des Staates oder ausländischer Firmen angewiesen. Das galt vor allem für die Bergbauunternehmen, da man hierzulande kein Startkapital bekam und sämtlicher Grund und Boden Staatseigentum war. Bei Avarga ist das jedoch nicht der Fall gewesen.«

»Die mongolische Regierung ist nicht daran beteiligt?«, fragte Pitt.

»Nein, laut Eintragung ins Firmenregister ist sie ganz und gar im Privatbesitz. Das ist umso interessanter, als sie eine der ersten Firmen war, die Anfang der neunziger Jahre unter der neuen, unabhängigen mongolischen Regierung zugelassen wurde. Der Name übrigens weist auf eine alte Stadt hin, angeblich die erste Hauptstadt der Mongolei.«

»Wenn man eine Ölfirma gründen will, braucht man bloß ein Stück Land zu pachten«, sagte Giordino. »Vielleicht haben sie mit nichts als einem Blatt Papier und einem Pickup angefangen.«

»Möglicherweise. Ich weiß nicht, mit welchen Mitteln sie begonnen haben, aber derzeit sind sie weit mehr wert als ein Pickup.«

»Was hast du in Erfahrung gebracht?«, fragte Sarchow.

»Man weiß, dass sie ein ziemlich unergiebiges Ölfeld im Norden haben, nahe der sibirischen Grenze, darüber hinaus nehmen sie Probebohrungen in der Gobi vor. Außerdem sind sie im Besitz von Explorationsrechten in einigen ziemlich großen Ländereien am Baikalsee. Aber die einzige Niederlassung, die Avarga hat, ist ein Zulieferhof für die Ölindustrie, der südlich von Ulan-Bator liegt, nahe dem Bahnhof, und den gibt es schon seit Jahren. Und in jüngster Zeit haben sie bekannt gegeben, eine kleine Kupfermine in der Nähe von Karakorum ausbeuten zu wollen.«

»Das ist nichts Ungewöhnliches«, sagte Pitt.

»Ja, aber das sind nur die in der Öffentlichkeit ohnehin bekannten Unternehmungen. Ich konnte mir beim Ministerium für Landwirtschaft und Industrie eine Auflistung ihrer weitaus interessanteren Liegenschaften besorgen.« Korsows Augen zuckten hin und her, was offenbar bedeuten sollte, dass der Minister für Landwirtschaft und Industrie nichts davon wusste, dass Korsow sich die Unterlagen beschafft hatte.

»Das Avarga Oil Consortium hat Ölförderungs- und Schürfrechte auf riesigen Arealen im ganzen Land erworben. Und was noch erstaunlicher ist – sie sind im alleinigen Besitz von Tausenden Hektar Grund und Boden, die früher Staatseigentum waren. In der Mongolei ist das ein ungewöhnliches Privileg. Meine Quellen haben mir mitgeteilt, dass die Firma der Regierung eine beträchtliche Summe für die Landrechte bezahlt hat. Aber mir will nicht recht einleuchten, woher sie die Mittel dazu hat.«

»Irgendwo gibt's immer eine Bank, die einem Geld leiht«, sagte Pitt. »Vielleicht haben ihnen auch ausländische Anleger das Geld vorgeschossen.«

»Ja, das wäre möglich, allerdings habe ich keinerlei Hinweis darauf gefunden. Das Seltsame dabei ist, dass ein Großteil dieser Ländereien in Gegenden liegt, in denen es weder Ölvorkommen noch andere Bodenschätze gibt. Zum Beispiel in der Wüste Gobi.«

Die Bedienung kam und stellte einen großen Teller mit Lammbraten vor Korsow auf den Tisch. Der Russe steckte sich einen Brocken Fleisch in den Mund, dann fuhr er fort.

»Ich finde es sehr sonderbar, dass die Firma allem Anschein nach keinerlei politische Beziehungen oder Kontakte hat und einem Großteil der mongolischen Regierungsvertreter völlig unbekannt ist. Die Geschäfte wurden offenbar mit Bargeld abgewickelt, dessen Herkunft mir rätselhaft bleibt. Nein, der Leiter der Firma führt in Xanadu ein eher zurückgezogenes Leben.«

»Xanadu?«, fragte Pitt.

»So hat er seinen Wohnsitz genannt, der gleichzeitig auch als Firmenzentrale dient. Etwa zweihundertfünfzig Kilometer südöstlich von hier gelegen. Ich bin nie dort gewesen, aber ein leitender Angestellter von Yukos-Öl, der wegen eines Geschäftsabkommens dort eingeladen war, hat mir davon berichtet. Demnach ist es ein kleiner, aber feudaler Palast, der Sommerresidenz eines mongolischen Herrschers aus dem dreizehnten Jahrhundert nachempfunden. Voller Antiquitäten. Angeblich gibt es in der ganzen Mongolei nichts, was sich damit vergleichen ließe. Seltsamerweise kenne ich keinen einzigen Mongolen, der schon mal in diesem Palast gewesen ist.«

»Ein weiterer Hinweis auf unerklärlichen Reichtum«, sagte Sarchow. »Und was ist nun mit den Gefangenen? Hat man sie zu dem Industriegelände hier in der Stadt gebracht oder zu diesem … Xanadu?«

»Schwer zu sagen. Die Lastwagen könnten dort jederzeit ein- und ausfahren, ohne dass es jemand bemerkt, daher wäre das ein guter Ausgangspunkt. Aber verratet mir, warum man diese Ölsucher entführt hat!«

»Gute Frage. Genau das wollen wir herausfinden«, erwiderte Pitt. »Fangen wir mit diesem Industriegelände an. Können Sie uns dort Zutritt verschaffen, damit wir uns mal umsehen?«

»Natürlich«, erwiderte Korsow, als wäre er durch die Frage schon gekränkt. »Ich habe die Anlage bereits ausgekundschaftet. Sie wird von Wachmännern gesichert, allerdings sollte man über die Bahntrasse hineingelangen können.«

»Wenn wir uns bei Nacht mal kurz dort umsehen, sollte das niemanden weiter aufregen«, sagte Giordino.

»Ja, ich dachte mir schon, dass Sie das wollen. Sie müssen sich nur davon überzeugen, ob das Explorationsteam dort ist. Sobald wir das geklärt haben, können wir die mongolischen Polizeibehörden dazu drängen, tätig zu werden. Sonst werden wir alt und grau, bis irgendetwas geschieht. Glaubt mir, Genossen, in der Mongolei kann die Zeit tatsächlich stehen bleiben.«

»Was ist mit der Frau, dieser Tatiana? Haben Sie irgendwelche Informationen über sie?«

»Leider nicht. Möglicherweise ist sie unter falschem Namen nach Sibirien gereist, falls man den Grenzschutzbehörden trauen kann. Aber wenn sie zu Avarga Oil gehört und sich in der Mongolei aufhält, werden wir sie auch finden.«

Korsow vertilgte sein Lamm und gönnte sich noch ein zweites in China gebrautes Bier.

»Morgen um Mitternacht. Wir treffen uns hinter dem Hotel, danach bringe ich euch zu der Anlage. Natürlich wäre es für mich in meiner Stellung zu gefährlich, euch zu begleiten.« Er lächelte, dass seine großen Zähne blitzten.

»Ich fürchte, bei dem Mantel-und-Degen-Auftritt muss ich ebenfalls passen«, sagte Sarchow und hob den verbundenen Arm. »Ich werde euch nach besten Kräften anderweitig unterstützen«, fügte er leicht enttäuscht hinzu.

»Kein Problem, Genossen«, versetzte Pitt. »Wir wollen doch keinen internationalen Zwischenfall unter Beteiligung unserer beiden Länder verursachen. Falls irgendwas passiert, geben wir uns einfach als Touristen aus, die sich verlaufen haben.«

»Ein unbefugtes Betreten des Geländes sollte nicht weiter gefährlich sein«, pflichtete Sarchow bei.

»Ich muss euch leider auf eine traurige Nachricht hinweisen. Ein russischer Ölsuchtrupp von LUKOIL wurde vor zwei Tagen in den Bergen nördlich von hier überfallen und getötet. Vier Mann wurden ohne ersichtlichen Grund ermordet. Ein fünfter Mann war Augenzeuge des Mordes, konnte aber unbemerkt entkommen. Ein Schafhirte fand ihn völlig erschöpft und verängstigt nicht weit von der Ortschaft Eröö. Als der Mann in Begleitung der Polizei zum Tatort zurückkehrte, war alles verschwunden – die Leichen, die Lastwagen, die Ausrüstung. Ein Vertreter der Botschaft traf sich mit ihm und brachte ihn nach Sibirien zurück. Unterdessen bestätigte ein Sprecher von LUKOIL, dass die übrigen Mitglieder des Erkundungstrupps vermisst werden.«

»Gibt es irgendeinen Hinweis, dass Avarga Oil etwas damit zu tun hat?«, fragte Giordino.

»Da man keine Spuren fand, wissen wir das nicht. Aber es wäre schon sonderbar, wenn es ein Zufall wäre, das müsst ihr zugeben.«

Einen Moment lang herrschte Schweigen, dann sagte Pitt: »Iwan, Sie haben uns ziemlich wenig über die Besitzer von Avarga Oil erzählt. Hat die Firma auch ein Gesicht?«

»Mehrere sogar«, antwortete Korsow. »Das Unternehmen ist auf einen gewissen Tolgoi Borjin eingetragen. Man weiß, dass er eine jüngere Schwester und einen Bruder hat, aber ich konnte ihre Namen nicht in Erfahrung bringen. Die Frau, diese Tatiana, könnte durchaus seine Schwester sein. Ich werde zusehen, ob ich mehr herausfinden kann. Da die staatlichen Archive in der Mongolei nicht allzu ergiebig sind, ist nur wenig über die Familie bekannt. Den Akten zufolge ist Borjin offenbar in einer Staatskommune in der Provinz Kentei aufgewachsen. Seine Mutter starb jung, der Vater war Arbeiter und Landvermesser. Wie ich schon erwähnte, scheint die Familie über keine besonderen politischen Beziehungen zu verfügen, und soweit man weiß, lässt sie sich auch nicht in den gehobenen Gesellschaftskreisen von Ulan-Bator sehen. Ich kann nur ein Gerücht wiedergeben, demzufolge sich die Familie aus eigenen Stücken zu Mitgliedern des Goldenen Klans ernannt hat.«

»Tiefe Taschen, was?«, fragte Giordino.

Korsow schüttelte den Kopf. »Nein, mit Reichtum hat der Goldene Klan nichts zu tun. Der Name bezieht sich auf die Abstammung.«

»Bei einem solchen Namen muss aber irgendwann im Lauf der Zeit Geld vorhanden gewesen sein.«

»Ja, vermutlich kann man das so sagen. Viel Geld und auch Ländereien. Jede Menge sogar. Genau genommen fast der gesamte asiatische Kontinent.«

»Sie wollen doch nicht etwa sagen …«, setzte Pitt an.

Korsow unterbrach ihn mit einem kurzen Kopfnicken. »Genau. Anhand der Geschichtsbücher werden Sie feststellen, dass die Mitglieder des Goldenen Klans direkte Nachkommen von Temujin sind.«

»Temujin?«, fragte Giordino.

»Ein geschickter Taktiker, Eroberer und vielleicht der größte Herrscher der mittelalterlichen Welt«, warf Pitt ein. »Besser bekannt unter dem Namen Dschingis Khan.«

18

Nach einem späten Abendessen zogen Pitt und Giordino dunkle Kleidung an, erkundigten sich an der Rezeption betont laut und auffällig nach den besten Bars in der näheren Umgebung und verließen dann das Hotel. Zwar waren ausländische Touristen in Ulan-Bator keine Seltenheit mehr, aber Pitt wusste, dass sie besser keinen Verdacht erregen sollten. Lässig spazierten sie einmal um den Block und setzten sich in ein kleines Café gegenüber dem rückwärtigen Eingang des Hotels. Das Café war gut besucht, trotzdem fanden sie einen freien Ecktisch, bestellten sich zwei Bier und warteten, dass die Uhr zwölf schlug. Eine Schar betrunkener Geschäftsleute, die in der Nähe saßen, gröhlten lauthals Balladen, zu denen sie eine rothaarige Barfrau auf einem Saiteninstrument namens »Jattak« begleitete. Belustigt stellte Pitt fest, dass sie allem Anschein nach immer das gleiche Lied sangen.

Punkt Mitternacht tauchte Korsow in einem grauen Toyota auf. Er bremste nur kurz ab, damit Pitt und Giordino einsteigen konnten, und gab dann wieder Gas. Korsow fuhr einen weiten Umweg durch die Stadt, der sie auch am Suchbaatar-Platz vorbeiführte. Der öffentliche Versammlungsort im Herzen von Ulan-Bator war nach dem Revolutionsführer benannt, der die Chinesen besiegt und die Mongolei 1921 an eben dieser Stelle für unabhängig erklärt hatte. Möglicherweise wäre er ein bisschen enttäuscht gewesen, wenn er gewusst hätte, dass eine einheimische Rockband, die von Teenagern in Grunge-Klamotten umlagert wurde, in dieser Nacht die Hauptattraktion war.

Der Wagen fuhr in Richtung Süden und ließ den Innenstadtverkehr bald hinter sich, worauf Korsow durch eine Reihe dunkler Seitenstraßen kurvte.

»Ich habe auf dem Rücksitz ein Geschenk für euch«, sagte Korsow lächelnd und zeigte ihnen im Rückspiegel seine vorstehenden Zähne. Giordono tastete herum und fand zwei abgewetzte braune Jacken, auf denen zwei verschrammte gelbe Schutzhelme lagen.

»Die schützen euch vor der Kälte der Nacht. Außerdem seht ihr damit wie zwei einheimische Arbeiter aus.«

»Oder wie zwei Penner auf Trebegang«, versetzte Giordino, während er eine anzog. Die abgetragene Jacke war stellenweise von Motten zerfressen, und Giordino hatte das Gefühl, die Schulternähte würden jeden Moment platzen. Er lächelte, als er sah, dass die Ärmel von Pitts Jacke knapp unterhalb der Ellbogen endeten.

»Gibt's hier in der Gegend irgendwelche Änderungsschneider, die nachts offen haben?«, fragte er und hielt einen Arm hoch.

»Ha, sehr komisch.« Korsow lachte. Dann griff er unter den Sitz und reichte Pitt einen großen Briefumschlag und eine Taschenlampe.

»Eine Luftaufnahme von der Gegend, mit freundlicher Genehmung des Ministeriums für Bauwesen und Stadtplanung. Nicht sehr scharf, aber sie vermittelt zumindest einen groben Eindruck von der Anlage.«

»Sie waren heute Abend ziemlich fleißig, Iwan«, sagte Pitt.

»Ich habe eine Frau und fünf Kinder. Erwarten Sie etwa, dass ich nach der Arbeit nach Hause gehe?« Er lachte.

Sie kamen zum südlichen Stadtrand, wo Korsow nach Westen abbog und an einer Reihe von Bahngleisen entlangfuhr. Als sie den Hauptbahnhof von Ulan-Bator passierten, bremste Korsow. Im Schein der Taschenlampe betrachteten Pitt und Giordino kurz die Luftaufnahme.

Das verschwommene Schwarzweißfoto deckte ein etwa fünf Quadratkilometer großes Gebiet ab, aber Korsow hatte das Avarga-Gelände rot eingekreist. Viel war nicht zu erkennen. Zwei große Lagerhäuser standen auf beiden Seiten der Anlage, dazwischen befanden sich ein paar kleinere Gebäude. Der Großteil des Hofes, der zur Straße hin von einer Mauer und auf den übrigen drei Seiten von einem Zaun umgeben war, diente als Lager für Rohre und allerlei Gerätschaften. Pitt verfolgte mit dem Finger ein Bahngleis, das im Osten vom Hof führte und sich schließlich mit der Haupttrasse zur Stadt vereinte.

Korsow schaltete die Scheinwerfer aus und stieß auf ein unbebautes Grundstück. Am Rand stand ein kleines Gebäude ohne Dach, über dessen Mauerwerk sich schwarze Rußstreifen zogen. Die Überreste einer ehemaligen Bäckerei, die schon vor langer Zeit abgebrannt war.

»Das Bahntrasse befindet sich unmittelbar hinter diesem Gebäude. Folgt dem Gleis, bis ihr zum Hof kommt. An der Einfahrt steht ein Maschendrahttor«, sagte Korsow und reichte Pitt eine kleine Drahtschere. »Ich warte bis drei am Bahnhof und schaue um Viertel nach drei Uhr kurz hier vorbei. Wenn ihr länger braucht, seid ihr auf euch allein gestellt.«

»Danke, Iwan. Keine Sorge, wir sind pünktlich«, erwiderte Pitt.

»Gut. Und denkt bitte an eins.« Korsow grinste. »Falls irgendetwas passieren sollte, dann ruft bitte die amerikanische Botschaft an, nicht die russische.«

Pitt und Giordino liefen zu dem ausgebrannten Gebäude und warteten im Schatten, bis Korsows Rücklichter verschwunden waren. Ein paar Meter hinter dem Gemäuer stießen sie auf den Bahndamm und folgten dem dunklen Gleis, bis sie in der Ferne die hell erleuchtete Anlage sahen.

»Weißt du, wir hätten auch in dem kuschligen kleinen Café bleiben und den einheimischen Wodka kosten können«, bemerkte Giordino, als der eisige Wind um sie pfiff.

»Aber die Barfrau war verheiratet«, erwiderte Pitt. »Du hättest nur deine Zeit verschwendet.«

»In einer Bar zu sitzen und was zu trinken, habe ich noch nie als Zeitverschwendung empfunden. Im Gegenteil, ich habe sogar festgestellt, dass die Zeit oft stehen bleibt, wenn man in einer Bar sitzt.«

»Aber nur, bis die Rechnung kommt. Ich sag dir was, lass uns Theresa und ihre Begleiter suchen, dann geht die erste Flasche Stoli auf mich.«

»Abgemacht.«

Sie hielten sich dicht neben dem Bahndamm und liefen raschen Schrittes auf das Werksgelände zu. Das Tor sah genauso aus, wie Korsow es beschrieben hatte – ein Stück Maschendrahtzaun, auf der einen Seite an zwei Scharnieren aufgehängt, auf der anderen mit einem Vorschängeschloss versehen, das an einem dicken Eisenpfahl hing. Pitt holte die Drahtschere aus der

Tasche und schnitt ein auf dem Kopf stehendes L in den Draht. Giordino streckte die Hand aus und zog den Schlitz auf, sodass Pitt hindurchsteigen konnte, dann folgte er ihm.

Der große Hof war hell erleuchtet, und trotz der späten Stunde wurde hier offenbar noch fleißig gearbeitet. Pitt und Giordino hielten sich im Schatten auf, so gut es ging, als sie bis zu einem großen Fertigbau auf der Ostseite des Geländes vorrückten. Hinter dem Schiebetor, das auf den inneren Hofbereich führte, hörten sie Stimmengewirr und hektisches Treiben. Sie schlichen sich nach vorn und gingen neben dem halboffenen Tor in Deckung.

Von ihrem Standort aus hatten sie freie Sicht auf das Firmengelände. Links von ihnen, an dem Bahngleis, waren ein gutes Dutzend Männer mit einer Reihe von Flachwagen beschäftigt. Ein Kran verlud bündelweise Rohrstücke – jedes hatte einen Durchmesser von rund anderthalb Meter – auf den vordersten Waggon, Gabelstapler brachten schmälere Bohr- und Standrohre zu den anderen Wagen. Pitt stellte erleichtert fest, dass etliche Männer abgewetzte braune Jacken und verschrammte Schutzhelme trugen, genau wie sie.

»Dünne zum Anzapfen der Ölquelle, dicke für die Pipeline«, flüsterte Pitt. »Nichts Ungewöhnliches.«

»Wenn man mal davon absieht, dass man mit dem Material hier den Erdkern anbohren und das Zeug bis zum Mond durchleiten könnte«, sagte Giordino versonnen, während er den Blick über den Hof schweifen ließ.

Pitt nickte. Der ganze Hof lag voller mächtiger Rohre, alle über zehn Meter lang und zu hohen Stapeln aufgetürmt. Es sah aus wie in einem Sägewerk, in dem stählernes Stangenholz ordentlich abgelagert auf die Weiterverarbeitung wartete. Die schmäleren Rohre und Bohrgestänge, die sich in einem etwas abseits gelegenen Bereich stapelten, waren nicht minder eindrucksvoll.

Pitt wandte sich dem offenen Lagerhaus zu, schob sich um die Türkante und warf einen Blick ins Innere. Der Raum war zwar hell erleuchtet, doch sah man keine Menschenseele. Nur eine unkenntliche Popmelodie, die aus einem Kofferradio in einem kleinen Büro an der Seitenwand plärrte, deutete darauf hin, dass sich hier Arbeiter aufhielten. Kurz entschlossen ging er hinein, duckte sich mit Giordino hinter einen an der Wand stehenden Lastwagen und schaute sich das Ganze an.

Ein halbes Dutzend Tieflader standen im vorderen Teil des Gebäudes, dazwischen zwei Muldenkipper und entlang der Wand eine Reihe schwerer Hitachi-Bagger und -Bulldozer. Der abgeteilte hintere Bereich diente offenbar als Montagewerk. Pitt musterte einen Stapel halbfertiger Metallarme und Lager, die hier offenbar zusammengesetzt wurden. In der Mitte stand ein nahezu vollständiges Exemplar, das einem großen, eisernen Schaukelpferd ähnelte.

»Ölpumpen«, sagte Pitt, der sich der nickenden Eisenpumpen entsann, die er als Kind auf den unerschlossenen Feldern Südkaliforniens gesehen hatte. Diese hier allerdings wirkten kleiner und gedrungener als die zu Hause, mit denen man das Öl aus gesättigten Quellen gepumpt hatte, deren Druck nicht ausreichte, um das schwarze Gold aus eigener Kraft nach oben zu pressen.

»Kommt mir eher so vor, als ob hier ein paar Schweißer einen draufgemacht haben«, erwiderte Giordino. Im nächsten Moment nickte er zum Büro hin, hinter dessen Glaswand sie einen Mann sahen, der gerade telefonierte.

Pitt und Giordino huschten hinter einen der Tieflader und wollten sich gerade zum Eingang des Warenhauses vorschieben, als sie unmittelbar neben dem Tor zwei Stimmen hörten. Sie duckten sich rasch, zogen sich zurück und gingen neben den wuchtigen Hinterrädern in Deckung. Von ihrem Versteck aus sahen sie zwei Arbeiter, die sich angeregt miteinander unterhielten und das Büro weiter hinten ansteuerten.

»Einer dieser Tieflader könnte am Baikalsee gewesen sein«, flüsterte Giordino, »aber so was Ähnliches wie einen Kastenwagen sehe ich hier nirgendwo.«

»Da drüben geht das Gelände noch weiter«, erwiderte Pitt und deutete mit dem Kopf auf das Lagerhaus auf der anderen Seite der Anlage. Das Gebäude stand im Dunkeln und war offenbar verschlossen. Gemeinsam rückten sie vor, zwischen den vereinzelten Lagerschuppen an der Nordseite des Geländes hindurch, bis sie sich einer Reihe von Hütten und einem kleinen Wachhaus näherten – hier befand sich offenbar der Haupteingang der Anlage. Pitt schlug einen Bogen um den Eingangsbereich und schlich dann, gefolgt von Giordino, wieder näher. An der letzten Hütte, in der ein Schrank voller öliger Werkzeuge stand, hielt er inne und musterte das zweite Lagerhaus.

Es war genauso groß wie das andere, aber offenbar einsam und verlassen. Das Tor war verriegelt, desgleichen die kleine Seitentür. Außerdem drehte ein bewaffneter Wachmann seine Runden.

»Was gibt's denn bei einem Zulieferer für die Ölindustrie Besonderes zu bewachen?«, fragte Giordino.

»Warum überzeugen wir uns nicht selbst?«

Pitt ging zu dem Werkzeugschrank und wühlte darin herum. »Der hier könnte ganz gut passen«, sagte er und legte sich einen Vorschlaghammer über die Schulter. Giordino nahm einen grünen Werkzeugkasten und leerte ihn aus, bis auf eine Eisensäge und einen Franzosen.

»Auf zum Rohre reparieren, Boss«, grummelte er.

Die beiden traten aus dem Schutz des Schuppens und gingen auf das Gebäude zu, als wären sie dort zu Hause. Der Wächter achtete zunächst gar nicht auf die beiden Männer, die mit ihren abgerissenen Jacken und verbeulten Schutzhelmen genauso aussahen wie alle anderen Arbeiter auf dem Hof. Aber als sie einfach auf die Seitentür zugingen, ohne ihn auch nur zu beachten, schritt er zur Tat.

»Halt«, bellte er auf Mongolisch. »Was wollt ihr hier?«

Giordino blieb stehen, bückte sich aber lediglich und band seinen Schnürsenkel. Pitt ging weiter auf die Tür zu, als wäre der Wachmann Luft.

»Halt«, brüllte der Wächter noch mal, griff an sein Holster und lief auf Pitt zu.

Pitt ging weiter, bis der Wachmann nur mehr einen Schritt entfernt war, dann drehte er sich langsam um und lächelte ihn an.

»Sorry, *no habla*«, sagte er mit einem bedauernden Achselzucken.

Der Wachmann, der kein Wort verstanden hatte, schaute Pitt an, sah, dass er einen Europäer vor sich hatte, und wirkte einen Moment lang völlig verwundert. Dann traf ihn unverhofft ein grüner Werkzeugkasten seitlich am Kopf – er kippte um und war bewusstlos, noch ehe er am Boden aufschlug.

»Ich glaube, der hat meinen Werkzeugkasten eingedellt«, maulte Giordino und strich über eine Beule an der vorderen Blechwand.

»Vielleicht ist er versichert. Ich glaube, wir sollten den seligen Schläfer lieber woanders zur Ruhe betten«, erwiderte Pitt, während er um den Mann herumging.

Er versuchte die Tür zu öffnen, stellte aber fest, dass sie verschlossen war. Ohne zu zögern, holte er mit dem Vorschlaghammer aus und drosch damit auf den Griff. Das Schloss sprang auf, und er konnte sie mühelos auftreten. Giordino hatte den Wachmann bereits unter den Achseln gefasst, schleppte ihn hinein und legte ihn an der Wand ab, während Pitt die Tür hinter ihnen zuzog.

Der Innenraum war dunkel, aber Pitt drückte auf die Schalter neben der Tür, worauf die Halle in gleißendes Neonlicht getaucht wurde. Zu seiner Überraschung war das Gebäude nahezu leer. In der Mitte standen lediglich zwei Aufleger ohne Zugmaschinen, die nur einen Bruchteil des Raumes einnahmen. Einer der Tieflader war leer, aber auf dem anderen stand ein großer, mit einer Segeltuchplane verhüllter Gegenstand. Die Umrisse wirkten stromlinienförmig, wie bei einem U-Bahn-Wagen, und er war deutlich größer als das senkrecht aufragende Frachtstück auf dem Lastwagen am Baikalsee.

»Sieht nicht so aus wie das Geschenk, das wir suchen«, stellte Pitt fest.

»Wir könnten es ja auspacken und nachsehen, was für ein geheimnisvolles Ding das ist«, erwiderte Giordino und holte die Eisensäge aus dem verbeulten Werkzeugkasten. Er sprang auf die Ladefläche und machte sich an den Seilen zu schaffen, mit denen das Segeltuch festgezurrt war. Als er sie gekappt hatte, packte Pitt die Plane und zog sie weg.

Vor ihnen stand eine röhrenförmige Maschine, die fast zehn Meter lang war. Zahllose Rohre und Hydraulikleitungen verliefen von dem zylindrischen Kopf an der Vorderseite zu einer Stützstrebe am Ende. Pitt ging um das Gerät herum und musterte den Bug, der aus einer runden Platte mit etwa zweieinhalb Meter Durchmesser bestand, die mit kleinen, schräg stehenden Scheiben besetzt war.

»Eine Tunnelbohrmaschine«, sagte er und strich über eines der Schneidräder am Bohrkopf, das vom häufigen Einsatz stumpf geworden war.

»Korsow hat doch erwähnt, dass die Firma im Bergbau tätig ist. Ich habe gehört, dass es hierzulande reiche Kupfer- und Kohlevorkommen gibt.«

»Ein ziemlich teures Gerät für eine windige Ölfirma.«

Plötzlich ertönte irgendwo auf dem Hof ein schriller Pfiff. Pitt und Giordino warfen einen Blick zur Tür und stellten fest, dass der Wachmann verschwunden war.

»Jemand ist aufgewacht und hat den Zimmerservice bestellt, ohne uns Bescheid zu sagen«, sagte Pitt.

»Und ich habe nicht mal Münzen fürs Trinkgeld dabei.«

»Wir haben alles gesehen, was es zu sehen gibt. Hauen wir ab.«

Sie rannten zu Tür, die Pitt einen Spalt breit öffnete und hinausspähte. Auf der anderen Seite des Hofes sah er einen Jeep mit drei Wachmännern, der auf das Lagerhaus zuhielt. Der Mann, der auf dem Rücksitz saß und sich den Kopf rieb, war der Posten, den Giordino niedergestreckt hatte.

Ohne zu zögern, stieß Pitt die Tür auf und stürmte, gefolgt von Giordino, aus dem Gebäude. Sie rannten auf die zahllosen Rohrstapel zu, die neben dem Bahngleis lagerten. Die Verfolger schrien ihnen etwas zu, aber im nächsten Moment waren Pitt und Giordino hinter der ersten Palette verschwunden.

»Hoffentlich haben sie keine Hunde«, sagte Giordino, als sie stehen blieben und Luft holten.

»Ich höre kein Gebell.« Pitt hatte sich auf dem Weg nach draußen den Vorschlaghammer geschnappt und hielt ihn hoch, um Giordino zu zeigen, dass sie nicht ganz wehrlos waren. Dann musterte er die Rohrstapel rundum und legte sich eine Fluchttaktik zurecht.

»Wir schlagen uns zwischen den Rohren bis zum Bahngleis durch. Wenn wir die Laderampe umgehen können, ohne dass man uns entdeckt, müssten wir zurück zum Tor kommen, während sie hier noch rumsuchen.«

»Ich folge dir auf den Fersen«, erwiderte Giordino.

Sie liefen wieder los und bahnten sich einen Weg durch das Labyrinth aus rund fünf Meter hohen Rohrstapeln. Hinter sich hörten sie das Geschrei der Wachen, die ausgeschwärmt waren und sie verfolgten. Aber zwischen den Dutzenden dicht an dicht stehender Paletten waren die Mongolen eindeutig im Nachteil.

Pitt, der sich zu orientieren versuchte, so gut es ging, führte sie auf möglichst direktem Weg zur Bahnlinie und blieb stehen, als sie sich der letzten Reihe Paletten näherten. Das Gleis endete ein paar Meter vor ihnen, und unmittelbar dahinter stand die dreieinhalb Meter hohe Ziegelmauer, die das Gelände im Süden umgab.

»Da kommen wir nicht drüber«, flüsterte Pitt. »Wir müssen uns an die Bahnlinie halten.«

Sie sprangen über das Gleis und liefen so schnell es ging, ohne aufzufallen, auf die Laderampe zu. Vor ihnen setzte sich das Beladen der Wagen fort. Die Arbeiter hatten kurz innegehalten, als Alarm gegeben wurde, dann aber weitergemacht, als sie sahen, dass die Wachen zu dem Lagerhaus fuhren.

Pitt und Giordino liefen an der Rückseite der Wagen entlang, als sie sich der Rampe näherten, und hatten ihre Schutzhelme tief in die Stirn gezogen. Die ersten drei Waggons hatten sie fast hinter sich, als ein Vorarbeiter von der Ladefläche sprang und ein paar Schritte vor Giordino landete. Er geriet aus dem Gleichgewicht, stolperte gegen Giordino und prallte von dem stämmigen Italiener ab, als wäre er gegen eine Betonwand gerammt.

»Entschuldigung«, grummelte der Mann auf Mongolisch, dann schaute er Giordino an. »Wer bist du?«

Giordino bemerkte den argwöhnischen Blick, mit dem ihn der Mann musterte, und verpasste ihm mit der Rechten einen Schwinger ans Kinn, bevor er Alarm schlagen konnte. Als er zu Boden ging, ertönte vor ihnen ein lauter Schrei. Zwei andere Arbeiter, die neben dem nächsten Waggon standen, hatten gesehen, wie Giordino ihren Vorgesetzten niedergestreckt hatte. Sie drehten sich um, brüllten irgendetwas quer über den Hof und winkten dem Jeep mit den Wachmännern zu, der gerade vom Lagerhaus wegfuhr.

»So viel zum Thema heimlicher Abgang«, stellte Pitt fest.

»Ich wollte doch bloß in Ruhe gelassen werden«, grummelte Giordino.

Pitt blickte am Bahngleis entlang zu dem Tor, in das sie ein Loch geschnitten hatten. Wenn sie losrannten, konnten sie es möglicherweise erreichen, bevor ihnen der Jeep den Weg abschnitt, aber die Wachmänner waren ihnen auf jeden Fall dicht auf den Fersen.

»Wir müssen sie ablenken«, sagte Pitt rasch. »Versuch die Typen im Jeep auf dich aufmerksam zu machen. Ich überlege mir inzwischen, wie wir an einen fahrbaren Untersatz kommen.«

»Aufsehen erregen dürfte nicht weiter schwer sein.«

Sie duckten sich unter einen Waggon und krochen zur anderen Seite. Pitt verharrte im Schatten, während Giordino aufsprang und zu einem Rohrstapel zurückrannte. Im nächsten Moment flitzten mehrere Arbeiter hinter ihm her, die unmittelbar vor Pitts Gesicht Staub und Kies aufschleuderten. Er riskierte einen kurzen Blick und sah, wie der Jeep jählings wendete und Giordino mit seinen Scheinwerfern erfasste.

Jetzt war Pitt am Zug. Er sprang unter dem Flachwagen hervor und rannte auf den nächsten Waggon zu. Einer der Gabelstapler setzte gerade eine Palette mit Standrohren auf der Ladefläche ab, als Pitt auf das Führerhaus zustürmte. Er holte mit dem Vorschlaghammer aus und schlug zu, als er aufs Trittbrett sprang. Das schwere Werkzeug traf den Fuß des Fahrers, noch ehe Pitt gelandet war. Der erschrockene Fahrer starrte Pitt aus großen Augen an, dann erst spürte er den Schmerz und öffnete den Mund zu einem Schrei, doch noch ehe er einen Laut hervorbrachte, hatte Pitt den Hammer wieder gehoben.

»Sorry, mein Guter, aber ich muss mir deine Karre borgen«, sagte er.

Der benommene Fahrer sprang auf der anderen Seite aus dem offenen Führerhaus und verschwand in der Dunkelheit, ehe ihm Pitt einen weiteren Schlag verpassen konnte. Er ließ den Hammer fallen, schwang sich auf den Sitz und setzte das Gefährt zurück. Vor Jahrzehnten war er mal eine Weile Gabelstapler gefahren, als er in den Schulferien bei einem Autozulieferer gearbeitet hatte, daher kam er mit der Steuerung rasch klar. Er zog das Fahrzeug auf dem Hinterrad herum, trat das Gaspedal durch und hielt auf Giordino zu.

Pitts Partner war in das Labyrinth aus Rohrstapeln gerannt, bis er plötzlich einen der bewaffneten Wachmänner hinter der nächsten Palette hervortreten sah. Der Jeep mit den beiden anderen Wachen raste unterdessen vom Hof aus auf ihn zu, und drei Arbeiter rannten von der Laderampe aus hinter ihm her. Giordino überschlug kurz seine Chancen und kam zu dem Schluss, dass die unbewaffneten Arbeiter der leichteste Gegner waren. Er hielt inne, drehte sich um und stürmte auf den nächsten Verfolger zu. Der überraschte Arbeiter zögerte, als Giordino plötzlich auf ihn losging, und bekam im nächsten Augenblick dessen Schulter in die Magengrube gerammt. Keuchend stieß er die Luft aus, lief blau an und sackte über Giordino zusammen. Ohne sich aus dem Tritt bringen zu lassen, wuchtete er den Mann auf die Schulter und rannte auf den zweiten Arbeiter zu, der sich nur ein paar Schritte hinter seinem Kollegen befand. Mit einem dumpfen Schlag prallten sie zusammen und gingen in einem wilden Durcheinander aus Armen und Beinen zu Boden. Giordino aber, der den Rammstoß mit dem Körper des ersten Arbeiters abgefangen hatte, landete irgendwie obenauf.

Einen Augenblick später war er wieder auf den Beinen und fuhr herum, um sich den nächsten Verfolger vorzunehmen. Doch der dritte Arbeiter, ein drahtiger Mann mit langen Koteletten, war dem Menschenknäuel geschickt ausgewichen und hatte sich hinter Giordino gepirscht. Als dieser aufstand, sprang er ihm auf den Rücken und schlang den Arm um seinen Hals. Im gleichen Augenblick kam der Jeep nur wenige Zentimeter neben ihm mit quietschenden Reifen zum Stehen, während der andere Wachmann mit gezogener Waffe brüllend auf ihn zurannte. Als ihm klar wurde, dass er sich den Fluchtweg nicht mehr freikämpfen konnte, gab er jeden Widerstand auf. So hatte er sich den Ausgang des Ablenkungsmanövers nicht vorgestellt.

Er warf einen Blick durch die Windschutzscheibe des Jeeps und sah, wie ihm der Fahrer einen triumphierenden Blick zuwarf, so als hätte er gerade einen kapitalen Hirsch erlegt. Der selbstgefällige Wachmann, offensichtlich Chef des firmeneigenen Sicherheitsdienstes, wollte aus dem Jeep steigen, zögerte aber plötzlich, blickte sich verdutzt um und erschrak zu Tode, als aus der Dunkelheit ein gelbes Ungetüm auf ihn zuschoss.

Pitt, der das Gaspedal des Gabelstaplers bis zum Anschlag durchgetreten hatte, raste quer über den Hof genau auf die Fahrertür des Jeeps zu. Der Beifahrer stieß einen Warnschrei aus und versuchte sich in Sicherheit zu bringen, doch der Fahrer konnte nichts mehr unternehmen. Die beiden Gabeln bohrten sich in den Jeep, als wäre er aus Käse, und drangen unmittelbar hinter und vor dem Fahrersitz in den Innenraum ein. Dann rammte die Schnauze des Gefährts den Türrahmen und schob den Jeep anderthalb Meter zur Seite, sodass die Insassen herausgeschleudert wurden und unmittelbar neben ihrem Wagen am Boden aufschlugen. Sofort legte Pitt den Rückwärtsgang ein, schüttelte das zermalmte Auto ab und setzte den Gabelstapler zurück.

Giordino, der von dem Zusammenprall zunächst ebenso erschrocken war wie der Arbeiter, spürte, wie dessen Klammergriff etwas nachließ, und reagierte augenblicklich. Er stieß den Unterarm des Mannes nach oben und rammte ihm den Ellbogen in die Rippen. Das brachte ihn so weit aus der Fassung, dass er ihn abschütteln konnte. Giordino drehte sich herum und duckte sich, als ihm der Arbeiter einen Schwinger verpassen wollte, den er seinerseits mit einer harten Geraden konterte, die seinen Gegner unter dem Ohr traf. Der kleinere Mann sank auf die Knie und starrte Giordino aus glasigen Augen an.

Damit war nur noch der Wachmann übrig. Giordino warf einen Blick auf den Bewaffneten, der bloß ein paar Schritte entfernt war, und sah zu seiner Erleichterung, dass er die Pistole nicht mehr auf ihn gerichtet hatte. Stattdessen hatte er sich dem Gabelstapler zugewandt, der jetzt direkt auf ihn zuraste. Der Posten feuerte zwei überhastete Schüsse auf das Führerhaus ab und sprang beiseite. Pitt, der tief geduckt im Fahrersitz saß, hörte die Kugeln über seinen Kopf hinwegpfeifen und riss das Lenkrad herum, als er an dem Wachmann vorbeipreschte. Der wendige Gabelstapler reagierte sofort, und im nächsten Moment war Pitt dem Mann auf den Fersen. Der überraschte Posten stolperte, als er dem Gefährt entkommen wollte, und fiel der Länge nach hin. Sofort senkte Pitt die Gabeln und setzte zum Todesstoß an.

Statt sich zur Seite zu rollen, versuchte der Wachmann aufzustehen und zu fliehen. Doch kaum hatte er sich aufgerichtet, als ihn einer der Gabelzinken im Rücken traf und sich unter seine Jacke schob. Pitt fuhr die Gabeln hoch und hievte den Mann in die Luft, der mit Armen und Beinen um sich schlug, dann seine Waffe fallen ließ und sich verzweifelt am Zinken festklammerte, um nicht auf den Boden zu stürzen.

»Weißt du, dass du mit dem Ding jemanden verletzen kannst, wenn du nicht aufpasst«, sagte Giordino, sprang ins Führerhaus und hielt sich am Überrollbügel fest.

»Lieber Vorsicht als Nachsicht, sage ich immer«, erwiderte Pitt. »Oder ist es umgekehrt?«

Er hatte den Gabelstapler bereits gewendet, drückte dann das Gaspedal durch und raste am Bahngleis entlang in Richtung Tor. Als sie zur Laderampe kamen, wollten ihnen einige Arbeiter den Weg verstellen, sprangen aber sofort zurück, als sie das Gefährt, an dessen Gabel noch immer der um Hilfe schreiende Wachmann hing, auf sich zudonnern sahen.

Dann bemerkte Pitt einen hohen Stapel Ölfässer und steuerte ihn an.

»Die Passagiere der Ersten Klasse müssen jetzt leider aussteigen«, murmelte er.

Er hielt genau auf die Fässer zu und trat ein paar Meter davor die Bremse durch. Der Gabelstapler schlitterte mit quietschenden Reifen weiter, prallte gegen die unteren Fässer und blieb stehen. Der an der hochgefahrenen Gabel hängende Wachmann wurde durch das jähe Bremsmanöver nach vorn geschleudert und landete im oberen Fässerstapel. Als Pitt zurücksetzte, hörte er dumpfe Flüche aus den Fässern. Offenbar lebte der Wachmann also noch.

Pitt steuerte das Gefährt zurück zum Bahndamm und trat das runde Gaspedal bis zum Anschlag durch. Vom Hof – dort wo der kaputte Jeep lag – waren Schreie zu hören. Pitt warf einen kurzen Blick nach hinten und sah, dass sich zwei der Männer aufgerappelt hatten und sie verfolgten. Dann fielen hinter ihnen Schüsse, ein paar Kugeln bohrten sich scheppernd in das Blech des Gabelstaplers. Doch das elektrisch getriebene Gefährt raste mit leisem Surren weiter und vergrößerte den Abstand zu den wütenden Verfolgern.

Als sie sich dem Tor näherten, zog Pitt den Gabelstapler näher an das Gleis, bis das rechte Rad über die hölzernen Schwellen rumpelte.

»Rammgeschwindigkeit«, sagte Giordino, der Pitts Absicht erkannte und sich für den Aufprall wappnete.

Pitt, der das Lenkrad mit beiden Händen fest umklammerte, steuerte den linken Torpfosten an, erwischte ihn mit dem Gabelzinken und durchtrennte das untere Scharnier, während sich der rechte durch den Maschendraht bohrte. Dann traf die Schnauze des Gefährtes mit voller Wucht auf das Tor. Der Gabelstapler hob beim Aufprall kurz ab, riss dann das Maschendrahtgeflecht aus den Angeln und schleuderte es zur Seite.

Pitt hatte alle Hände voll zu tun zu verhindern, dass der Gabelstapler umkippte, nachdem er durch das Hindernis gebrochen war. Das ramponierte Gefährt holperte über die Gleise und schlingerte auf den Kiesweg neben dem Bahndamm, bevor es wieder auf allen drei Rädern stand. Ohne den Fuß vom Gas zu nehmen, fuhr Pitt weiter.

»Hoffentlich ist unser Taxifahrer pünktlich«, brüllte er.

»Wehe, wenn nicht. Lange können wir sie nicht mehr abhängen.« Giordino warf einen Blick nach hinten und sah die Scheinwerfer eines anderen Fahrzeugs, das neben den Gleisen auf das zerstörte Tor zufuhr.

Eisern hielt Pitt das Lenkrad fest, während der Gapelstapler im Schein der Sterne über unsichtbare Schlaglöcher, Fahrrinnen und Steine holperte. Die Scheinwerfer hatte er längst ausgeschaltet, da er den Verfolgern kein Ziel bieten wollte. Dann tauchten endlich die Umrisse der ausgebrannten Bäckerei auf dem kleinen Hügel neben ihnen auf, und Pitt trat auf die Bremse.

»Alle Mann aussteigen«, sagte er, als sie schlitternd zum Stehen kamen. Dann sprang er hinaus und suchte den Boden ab, bis er einen großen, flachen Stein fand. Er drehte kurz am Lenkrad, bis das Hinterrad wieder gerade stand, legte den Stein auf das Gaspedal und sprang zurück. Das gelbe Gefährt fuhr den Kiesweg entlang und verschwand leise surrend in der Nacht.

»Ein Jammer. Ich hatte mich grade an die Kiste gewöhnt«, grummelte Giordino, als sie die Böschung hinaufstiegen.

»Vielleicht kann ein Kamelhirt in der Gobi etwas damit anfangen.«

Oben angekommen, duckten sie sich hinter eine bröckelnde Mauer der ausgebrannten Bäckerei und spähten nach vorn, auf das unbebaute Grundstück. Korsows Wagen war nirgendwo zu sehen.

»Erinner mich dran, dass ich bei nächstbester Gelegenheit in aller Öffentlichkeit über den KGB herziehen wollte«, sagte Giordino.

Etwa eine halbe Meile entfernt sahen sie plötzlich rote Bremslichter aufleuchten.

»Hoffentlich ist das unser Mann«, sagte Pitt.

Die beiden verließen das Gemäuer und rannten zur Straße. Sobald sie die Reifen auf dem Kies knirschen hörten, sprangen sie an den Straßenrand, zögerten aber kurz, als sich ein Auto mit ausgeschalteten Scheinwerfern aus der Dunkelheit löste. Es war der graue Toyota.

»Guten Abend, meine Herren.« Korsow grinste, als Pitt und Giordino in den Wagen stiegen. Er hatte eine Wodkafahne. »Ein erfolgreicher Ausflug?«

Hinter der Bäckerei sahen sie tanzendes Scheinwerferlicht, das den Hang herabfiel. Wortlos wendete Korsow den Wagen und gab Gas. Binnen weniger Minuten raste er durch Nebenstraßen in die Innenstadt, bis der Hintereingang des Hotels plötzlich vor ihnen auftauchte.

»Gute Nacht, meine Herren«, sagte Korsow mit leichtem Lallen. »Wir setzen uns morgen wieder zusammen. Dann können Sie mir Bericht erstatten.«

»Danke, Iwan«, sagte Pitt. »Fahren Sie vorsichtig.«

»Aber natürlich.«

Als Pitt die Tür zuschlug, schoss der Toyota davon und verschwand mit quietschenden Reifen um die nächste Ecke. Giordino blieb stehen und deutete auf die andere Straßenseite. Musik und Gelächter drang aus dem kleinen Café, in dem es auch zu später Stunde noch hoch herging.

Dann wandte er sich an Pitt und lächelte. »Ich glaube, ich habe noch ein Ablenkungsmanöver bei dir gut, Boss.«

19

Theresa saß im Arbeitszimmer und las mit geistesabwesendem Blick einen seismischen Bericht durch. Schwermut und Trauer, durchsetzt mit Wut, hatten das anfängliche Entsetzen über den brutalen Mord an Roy abgelöst. Er war für sie wie ein Bruder gewesen, und nur mühsam konnte sie sich mit seinem Tod in der Nacht zuvor abfinden. Zumal das Ganze noch schlimmer wurde, als kurz darauf Tatiana auf den Hof kam. Mit funkelndem Blick hatte sie Theresa gemustert und sie dann angeherrscht.

»Wenn du nicht parierst, wird es dir genauso ergehen!«

Danach hatte sie der Reiter, der Roy getötet hatte, auf ihr Zimmer geschleift, wo ein bewaffneter Posten auf sie aufpasste.

Von da an standen sie und Wofford unter ständiger Überwachung. Sie ließ den Blick zum Eingang des Arbeitszimmers schweifen, wo zwei Wärter standen und sie mit versteinerter Miene anstarrten. In ihrem leuchtend bunten *Del*, einer Seidentunika, wirkten sie gar nicht so grimmig, aber seit letzter Nacht wusste sie, dass es hervorragend ausgebildete Killer waren.

Wofford, der neben ihr saß und sein schmerzendes Bein auf einen Stuhl gelegt hatte, war in einen geologischen Bericht vertieft. Auch er war über Roys Tod schockiert gewesen, war allem Anschein nach aber rasch darüber hinweggekommen. Wahrscheinlich nutzte er die Aufgabe, mit der er betraut war, jedoch nur dazu, um seine wahren Gefühle zu verbergen, vermutete Theresa.

»Vielleicht sollten wir einfach die Arbeit erledigen, die sie uns gegeben haben«, hatte er zu ihr gesagt. »Das könnte der einzige Grund sein, dass sie uns am Leben lassen.«

Möglicherweise hat er recht, dachte sie und konzentrierte sich wieder auf den Bericht, der vor ihr lag. Es war eine geologische Beurteilung eines großen Beckens in einer nicht näher gekennzeichneten Ebene. Spalten in Sand- und Kalksteinschichten waren von undurchlässigen Deckschichten aus Tonerde und Schiefer überlagert, die sich über das ganze Areal erstreckten. Es waren genau die stratigraphischen Voraussetzungen, die auf unterirdische Erdölvorkommen hindeuteten.

»Die geologischen Verhältnisse sehen vielversprechend aus, wo immer das auch sein mag«, sagte sie zu Wofford.

»Schau es dir an«, erwiderte er und rollte einen Computerausdruck aus. Auf dem Bogen, einer sogenannten seismischen Sektion, war eine per Computer angefertigte Darstellung mehrerer Sedimentschichten zur näheren Positionsbestimmung zu sehen. Die Graphik stammte von einem Explorationsteam, das künstlich seismische Wellen erzeugt hatte, die sich in den verschiedenen Gesteinen unterschiedlich schnell ausbreiteten, an den Schicht- oder Verwerfungsgrenzen gebrochen oder zurückgeworfen und mit Seismographen aufgezeichnet wurden. Theresa, die aufgestanden war, um sich die Sache genauer anzusehen, betrachtete den Bogen mit frisch erwachtem Interesse. Eine derartige Darstellung hatte sie noch nie gesehen. Die meisten Seismogramme waren undeutlich und verschwommen und ähnelten eher einem Rohrschach-Test, der im Regen liegen gelassen wurde. Die Darstellung vor ihr aber war gestochen scharf, mit klar umrissenen Schichtgrenzen.

»Ein erstaunliches Bild«, stellte sie fest. »Muss mit hochmoderner Technologie angefertigt worden sein. Ich habe noch nie eine so genaue Darstellung gesehen.«

»Das übertrifft eindeutig alles, was wir bislang benutzt haben. Aber das ist gar nicht das eigentlich Erstaunliche«, fügte er hinzu. Er deutete auf einen tropfenförmigen Umriss nahe der Unterkante des Bogens. Theresa beugte sich vor und betrachtete ihn eingehend.

»Das sieht aus wie eine typische, außerdem ziemlich große

antiklinale Erdölfalle«, sagte sie und wies auf die sich dachartig in entgegengesetzter Richtung neigenden Gesteinsschichten hin. Auf derartige Verwerfungsgrenzen achteten Geophysiker ganz genau, denn vor allem an diesen Stellen bildeten sich Erdöllagerstätten.

»Ziemlich groß, in der Tat«, erwiderte Wofford. Er zog einen Stapel ähnlicher Seismogramme zu sich und breitete eins aus. »Diese Falle hier erstreckt sich über fast vierzg Kilometer. Und in der gleichen Region habe ich noch sechs andere gefunden.«

»Das sind meiner Ansicht nach genau die richtigen Voraussetzungen für eine Lagerstätte.«

»Das weiß man nicht, solange man keine Aufschlussbohrung gemacht hat. Aber den Darstellungen nach zu schließen, sieht es ziemlich vielversprechend aus.«

»Und es gibt noch sechs weitere? Das könnte ja ein riesiges Vorkommen sein.«

»Mindestens sechs weitere. Ich habe noch nicht alle Berichte durch, aber das ist ziemlich irre. Nach dieser Darstellung könnten unter Umständen allein in dieser einen Falle zwei Milliarden Barrel lagern. Wenn du die anderen dazuzählst, kommst du auf über zehn Milliarden Barrel Erdöl. Und das auf einem einzigen Feld. Und wir haben keine Ahnung, wie viel noch in der ganzen Region lagert.«

»Unglaublich. Wo liegt dieses Feld?«

»Das ist ja der Haken. Irgendjemand hat sorgfältig sämtliche geographischen Anhaltspunkte aus den Dateien entfernt. Ich kann dir nur sagen, dass es sich um unterirdische Fangstrukturen handelt, und dass sie sich in einer flachen Gegend mit vorwiegend Sandsteinuntergrund befinden.«

»Soll das heißen, dass wir möglicherweise die nächsten Ölfelder in der Nordsee vor uns haben, du aber weißt nicht, wo sie liegen?«

»Ich habe nicht die leiseste Ahnung.«

Sarchow schüttelte sich vor Lachen, trank einen Schluck Tee und prustete wieder los.

»Mit einem Gabelstapler durch die Nacht rasen und einen Wachmann von Avarga durch die Luft schleifen.« Er gluckste. »Ihr Amerikaner habt wirklich ein Talent für große Auftritte.«

»Ein etwas unauffälligerer Abgang wäre mir wirklich lieber gewesen«, erwiderte Pitt, der auf der anderen Seite des Cafétisches saß. »Aber Al hat darauf bestanden, dass wir fahren, statt zu Fuß zu gehen.«

»Und trotzdem hätten wir's fast nicht geschafft.« Giordino grinste, bevor er sich wieder seinem Morgenkaffee widmete.

»Die Geschäftsleitung kratzt sich bestimmt den Kopf und wundert sich, weshalb zwei Abendländer auf ihrer Anlage herumspaziert sind. Nur schade, dass ihr keine Hinweise auf unsere Freunde, die Ölsucher, gefunden habt.«

»Nein, das einzig Interessante ist die Tunnelbohrmaschine gewesen. Und die war unter einer Segeltuchplane verborgen, so wie der Gegenstand, der von dem Frachter am Baikalsee entladen wurde.«

»Möglicherweise wurde die Maschine gestohlen und heimlich ins Land geschafft. In der Mongolei kommt man nicht so leicht an hochmoderne Technologie. Vielleicht will die Firma gar nicht, dass die Regierung über ihre technische Ausstattung Bescheid weiß.«

»Ja, das könnte sein«, erwiderte Pitt. »Trotzdem würde ich gern wissen, was sie da am Baikalsee abtransportiert haben.«

»Alexander, hat sich bei den Ermittlungen wegen der Entführung schon was getan?«, fragte Giordino, bevor er in ein Butterbrötchen biss.

Sarchow blickte gerade auf, als Korsow das gut besuchte Café in unmittelbarer Nähe des Suchbaatar-Platzes betrat. »Ich werde die Frage an unseren Fachmann vor Ort weiterleiten«, sagte er, stand auf und begrüßte seinen Freund von der Botschaft. Korsow lächelte, zeigte seine Zähne und zog sich einen Stuhl an den Tisch.

»Ich hoffe doch, dass alle eine angenehme Nacht hatten«, sagte er zu Pitt und Giordino.

»Nur so lange, bis die Wirkung des Wodkas nachgelassen hat«, sagte Pitt grinsend und warf Giordino, der leicht verkatert wirkte, einen wissenden Blick zu.

»Iwan, wir haben gerade über die Ermittlungen gesprochen. Gibt es von offizieller Seite irgendetwas Neues?«, fragte Sarchow.

»*Njet*«, sagte Korsow, der plötzlich ernst wurde. »Die Nationalpolizei wurde noch immer nicht mit dem Fall betraut. Das Ersuchen um Amtshilfe wird vom Justizministerium blockiert. Ich bitte um Entschuldigung, aber ich habe mich geirrt, als ich sagte, Avarga Oil hätte keine Beziehungen zur Regierung. Auf irgendeiner Ebene ist hier eindeutig Bestechung im Spiel.«

»Für Theresa und die anderen könnte jede Stunde zählen«, sagte Giordino.

»Unsere Botschaft unternimmt auf offiziellem Weg alles, was sie kann. Und ich zapfe natürlich auch meine inoffiziellen Kanäle an. Keine Sorge, mein Freund, wir werden sie finden.«

Sarchow trank den letzten Schluck Tee und stellte die leere Tasse ab. »Ich fürchte, mehr können wir von Iwan nicht verlangen. Die mongolischen Behörden arbeiten oftmals nach ihren eigenen Zeitvorgaben. Letzten Endes werden sie auf die ständigen Anfragen unserer Botschaft reagieren, trotz aller Schmiergelder, mit denen man die Ermittlungen behindern will. Vielleicht sollten wir uns einfach zurückhalten und abwarten, bis die bürokratischen Hürden aus dem Weg geräumt sind, bevor wir weitere Schritte unternehmen. Ich muss ohnehin nach Irkutsk zurückkehren und einen Bericht über die Schäden an der *Wereschtschagin* verfassen. Ich war so frei und habe für uns drei einen Flug für heute Nachmittag gebucht.«

Pitt und Giordino warfen Korsow einen verschwörerischen Blick zu, dann wandten sie sich an Sarchow.

»Eigentlich hatten wir schon andere Reisepläne, Alexander«, sagte Pitt.

»Wollt ihr etwa sofort in die Vereinigten Staaten zurückkehren? Ich dachte, ihr möchtet vielleicht vorher noch nach Sibirien und euren Freund Rudi abholen.«

»Nein, wir wollen weder in die Vereinigten Staaten noch nach Sibirien. Jedenfalls noch nicht.«

»Jetzt verstehe ich gar nichts. Wohin wollt ihr dann?«

Pitts grüne Augen funkelten. »An einen sagenumwitterten Ort namens Xanadu.«

20

Korsows nachrichtendienstliches Netzwerk zahlte sich erneut aus. Die Zentralregierung in Ulan-Bator wurde zwar seit dem Zusammenbruch der Sowjetunion demokratisch gewählt, doch es gab noch immer eine beträchtliche kommunistische Minderheit, die jetzt in der Opposition saß, dazu viele Staatsbeamte, die Moskau nach wie vor freundlich gesonnen waren. Ein untergeordneter Mitarbeiter im Außenministerium war es denn auch, der Korsow von einem bevorstehenden chinesischen Staatsbesuch berichtete. Korsow wiederum erkannte sofort die günstige Gelegenheit, die sich Pitt und Giordino dadurch bot.

Der chinesische Handelsminister sollte in Kürze eintreffen, angeblich zur Besichtigung einer neuen Solarenergieanlage, die vor Kurzem am Südrand der Hauptstadt eröffnet worden war. Weitaus mehr Zeit aber war für einen Privatbesuch des Ministers beim Leiter des Avarga Oil Consortiums in dessen südöstlich von Ulan-Bator gelegenem Wohnsitz vorgesehen.

»Ich kann euch in dem Autokonvoi unterbringen, mit dem ihr auf Borjins Anwesen gelangen werdet. Alles Weitere hängt dann von euch ab«, hatte Korsow Pitt und Giordino erklärt.

»Nehmen Sie's mir nicht übel, aber mir ist nicht ganz klar,

wie uns irgendjemand abnehmen soll, dass wir zur chinesischen Delegation gehören«, wandte Giordino ein.

»Das ist auch gar nicht nötig, weil ihr der mongolischen Staatseskorte angehört.«

Giordino runzelte die Stirn. Seiner Ansicht nach änderte das auch nicht viel.

Korsow erklärte, dass der Minister nach seiner Ankunft am späten Nachmittag von einer Abordnung des Außenministeriums begrüßt und unter starkem Begleitschutz zum offiziellen Abendempfang im Regierungssitz gebracht werde. Doch für den morgigen Tag, wenn die Delegation die Solarenergieanlage besichtigen und zur Zentrale von Avarga fahren wolle, sei auf Wunsch des Ministers nur ein kleines Geleit vorgesehen.

»Wir heuern also beim mongolischen Geheimdienst an?«, fragte Pitt.

Korsow nickte. »Eigentlich übernehmen Offiziere der Nationalpolizei diese Aufgabe. Es bedurfte nur eines kleinen Anreizes, euch als Ersatzleute im Personenschutz unterzubringen. Ihr werdet bei der Solarenergieanlage den Platz der ursprünglichen Sicherheitskräfte einehmen und dem Konvoi nach Xanadu folgen. Wie schon gesagt, ich würde gern meine eigenen Mitarbeiter für diesen Auftrag einsetzen.«

»Nein«, erwiderte Pitt, »ab jetzt übernehmen wir die Sache. Sie haben schon genug für uns riskiert.«

»Notfalls kann ich alles abstreiten. Außerdem verlasse ich mich darauf, dass ihr eure Zuträger nicht preisgebt«, fügte er mit einem Grinsen hinzu.

»Garantiert nicht.«

»Gut. Aber denkt daran, dass ihr zwar unauffällig bleiben, euch aber trotzdem davon überzeugen müsst, dass eure entführten Freunde auf dem Anwesen sind. Wenn wir die entsprechenden Beweise haben, können wir die mongolischen Behörden dazu drängen, tätig zu werden.«

»Wird gemacht. Was schulden wir Ihnen für das Schmiergeld?«

»Das ist ein hässliches Wort«, erwiderte Korsow mit einem gequälten Blick. »Ich arbeite in einem Gewerbe, in dem es um Erkenntnisse geht. Alles, was ihr mir über Avarga Oil, den Genossen Borjin und seine Vorhaben berichten könnt, wird die kleine Summe, die ich für die Polizeibegleitung aufwenden musste, mehr als wettmachen. Was wiederum heißt, dass ich euch morgen Abend hier auf einen Borschtsch erwarte.«

»Na, wenn das kein Anreiz ist«, ächzte Giordino.

»Und noch was«, fügte Korsow mit einen Lächeln hinzu. »Vergesst nicht, dass ihr den chinesischen Minister am Leben erhalten müsst.«

Pitt und Giordino fuhren mit dem Taxi zu der Solarenergieanlage, wo sie eine Stunde vor der geplanten Ankunft des Ministers eintrafen. Sie lächelten einem schläfrig wirkenden Wachmann am Tor zu, zeigten zwei falsche Presseausweise vor, die ihnen Korsow besorgt hatte, und spazierten auf das Gelände. Es war nur rund vier Hektar groß und mit zahllosen Sonnenkollektoren bestückt, mit denen zusätzlich zu dem benachbarten Kohlekraftwerk Elektrizität erzeugt werden sollte. Von den Betreibern des E-Werks als experimentelle Erprobungsanlage gebaut, reichte der hier erzeugte Strom jedoch allenfalls zur Beleuchtung eines Fußballplatzes. Mit über zweihundertsechzig Sonnentagen im Jahr verfügte die Mongolei über beste Voraussetzungen zur Nutzung der Solarenergie. Doch bislang war man technologisch noch weit davon entfernt, bezahlbaren Strom für den Normalverbraucher ins Netz einspeisen zu können.

Pitt und Giordino hielten sich von einem in aller Eile errichteten Podium fern, auf dem eine Handvoll Vertreter des Staates sowie leitende Angestellte des E-Werks nervös auf ihre Gäste warteten, und versteckten sich lieber hinter einer Reihe von Sonnenkollektoren nahe dem Eingang. Mit ihren dunklen, in China geschneiderten Sportsakkos, den Sonnenbrillen und den barettähnlichen schwarzen Wollmützen konnte man sie von Weitem jederzeit für einheimische Wachschutzleute halten. Sie mussten nicht lange warten, bis der Fahrzeugkonvoi ein paar Minuten zu früh durch das Tor rollte und vor dem Podium anhielt.

Pitt lächelte beim Anblick der eher unscheinbaren Fahrzeuge, die nur wenig mit den allgegenwärtigen schwarzen Limousinen zu tun hatten, wie man sie auch in Washington sah. Drei saubere, aber sichtlich betagte Toyota Land Cruiser beförderten den Minister, eine kleine Gruppe von Begleitern und die Personenschützer. Angeführt wurde der Konvoi von einem viertürigen gelben UAZ-Jeep der Sicherheitskräfte. Ein weiterer UAZ, dessen linker vorderer Kotflügel bei einem Unfall verbeult worden war, stellte die Nachhut der Eskorte. Der in Russland gebaute UAZ, die Zivilversion eines Militärjeeps, erinnerte Pitt an den kastenförmigen, allradgetriebenen International Harvester, der in den 60er Jahren in den USA hergestellt worden war.

»Das ist unsere Karre«, sagte Pitt und deutete auf den verbeulten UAZ am Ende der Kolonne.

»Hoffentlich hat sie Satellitenradio und ein Navigationsgerät«, erwiderte Giordino.

»Ich bin schon zufrieden, wenn die Reifen in diesem Jahrhundert hergestellt worden sind«, versetzte Pitt.

Er sah, wie die beiden Insassen des Wagens unauffällig ausstiegen und inmitten der Sonnenkollektoren verschwanden, als der chinesische Minister vom Empfangskomitee begrüßt wurde. Sobald die Delegation beschäftigt war, gingen Pitt und Giordino unbemerkt zu dem Fahrzeug und nahmen auf den Vordersitzen Platz.

»Hier hast du dein Navigationsgerät«, sagte Pitt, nahm eine Karte vom Armaturenbrett und warf sie Giordino auf den Schoß. Er lächelte, als er feststellte, dass der Wagen nicht einmal über ein Radio verfügte.

Ein paar Meter weiter vorn brachte Handelsminister Shinzhe den offiziellen Teil des Empfangs rasch hinter sich. Er schüttelte den Firmenvertretern kurz die Hand und ging dann zu einer Reihe von Sonnenkollektoren, um die Besichtigung abzukürzen. Nach knapp zehn Minuten bedankte er sich bei den Gastgebern und stieg wieder in seinen Wagen.

»Da hat aber jemand Hummeln im Hintern«, sagte Giordino, der sich über die Kürze des Besuchs wunderte.

»Vermutlich will er schleunigst nach Xanadu. Die Besichtigung der Solarenergieanlage wird offenbar nicht als Höhepunkt des Besuchs bewertet.«

Pitt und Giordino dürckten sich tief in ihren Sitz, als der Konvoi in einer weiten Schleife über das Gelände fuhr und auf dem Weg zum Tor an ihnen vorbeizog. Dann ließ Pitt den Wagen an und schloss rasch zum dritten Toyota auf.

Der Konvoi verließ die Hauptstadt in Richtung Osten und fuhr am Bajanzurk-Nuuru-Gebirge vorbei, deren höchster Gipfel, der Bajanzurk, einer der vier heiligen Berge ist, die Ulan-Bator in allen vier Himmelrichtungen umgeben. Dann wich die malerische Berglandschaft allmählich weitem, baumlosem Grasland, das sich bis zum Horizont erstreckte. Das war die berühmte, sagenumwobene asiatische Steppe, ein breiter Streifen fruchtbaren Weidelands, der sich wie ein grüner Gürtel mitten durch die Mongolei zog. Dichtes Sommergras wogte in der steifen Brise, die über die Ebene wehte, wie Wellen auf einem Ozean.

Das Führungsfahrzeug folgte einer holprigen Asphaltstraße, die schließlich in eine unbefestigte, zusehends schmaler werdende Piste überging, bis sich nur noch zwei Fahrspuren durch das Grasland zogen. Pitt, der am Ende des Konvois fuhr, musste zusehen, wie er sich in den Staubwolken, die von den den anderen Autos wie auch vom ständigen Wind aufgewirbelt wurden, halbwegs orientierte.

Drei weitere Stunden lang rollte die Wagenkolonne zwischen grasbewachsenen Hügeln hindurch in Richtung Südosten, bis sie sich einer kleinen Bergkette näherte. An einem unscheinbaren Eisentor bog die Delegation auf eine andere Straße ab, die, wie Pitt feststellte, in ausgezeichnetem Zustand war. Sie schlängelte sich mehrere Meilen bergauf und zog sich dann an einer

Felswand entlang zu einem schnell dahinströmenden Fluss. Über ein Aquädukt erreichten sie die andere Seite, wo ein zementierter Wasserlauf um eine enge Biegung zu einer hohen Mauer führte, und folgten ihm zu der von einem Bogen überspannten Zufahrt, neben der er unter der steinernen Umfriedung verschwand. Zwei Wachposten in leuchtenden Seidengewändern standen zu beiden Seiten des massiven Eisentors, das den Weg versperrte. Als die Fahrzeuge vor dem Tor anhielten, dachte Pitt über ihren nächsten Zug nach.

»Weißt du, vielleicht sollten wir beim großen Auftritt gar nicht mit von der Partie sein«, sagte er.

»Trubel ist dir doch schon seit jeher zuwider«, versetzte Giordino. »Meinst du, die anderen mongolischen Personenschützer wissen Bescheid, dass wir heute Nachmittag ihre Kollegen abgelöst haben?«

»Keine Ahnung. Und vermutlich sollten wir sie auch lieber gar nicht danach fragen.«

Giordino warf einen Blick zur Einfahrt, dann kniff er die Augen zusammen. »Autopanne?«, fragte er.

»Ich dachte an einen Plattfuß.«

»Ist schon erledigt.«

Giordino duckte sich aus der Beifahrertür, kroch neben den Vorderreifen und zog die Ventilkappe ab. Dann stieß er ein Streichholz ins Ventil und wartete, während zischend die Luft entwich. Ein paar Sekunden später war der Reifen platt, worauf er die Kappe wieder aufschraubte. Er wollte gerade wieder in den Jeep steigen, als das Eisentor aufgestoßen wurde.

Pitt folgte den anderen Autos, als sie auf das Anwesen stießen, hielt aber am Tor an, worauf ihm einer der Posten einen schiefen Blick zuwarf. Pitt deutete auf den platten Reifen, der Wachmann schaute nach vorn, dann nickte er. Er bellte irgendetwas auf Mongolisch und winkte Pitt zu, dass er hinter dem Tor rechts ranfahren sollte.

Betont langsam zockelte Pitt hinter den anderen Fahrzeugen her und sah sich dabei auf dem Anwesen um. Der prachtvolle, aus Marmor gebaute Wohnsitz lag unmittelbar vor ihm, umgeben von einem kunstvoll angelegten Garten. Pitt hatte keine Ahnung, wie das echte Xanadu vor Jahrhunderten ausgesehen haben mochte, aber dies hier war auch ziemlich atemberaubend. Der Konvoi des Ministers, von zwei Reitern auf schneeweißen Pferden zum Portal geleitet, sollte offenbar mit allem Pomp empfangen werden. Die chinesische Flagge wehte an einem Fahnenmast, der neben neun hohen Holzpfählen stand, an deren Spitze, wie Pitt feststellte, weiße Fellbüschel hingen, möglicherweise Fuchsschwänze. Als sich der Zug dem Gebäude näherte, musterte er das Empfangskomitee auf der Treppe und versuchte Borjin ausfindig zu machen. Doch er war zu weit entfernt, als dass er irgendwelche Gesichter erkennen konnte.

»Hast du Tatiana irgendwo gesehen?«, fragte er, als er aus dem Konvoi ausscherte und ein Gebäude zur Rechten ansteuerte.

»Auf der Vortreppe steht mindestens eine Frau, aber erkennen kann ich sie nicht«, erwiderte Giordino, der blinzelnd durch die Windschutzscheibe schaute.

Pitt fuhr zu der Garage und stieß durch das offene Tor. Klatschend schlug der platte Reifen auf den Betonboden, als er mit dem Wagen in eine durch zwei Werkzeugschränke abgeteilte Parkbucht stieß und anhielt. Ein Mechaniker mit öligem Overall und einer roten Baseballkappe kam angerannt, fuchtelte mit den Armen herum und brüllte die Insassen des Jeeps an. Pitt lächelte den Mann freundlich an, ohne sich um sein Gezeter zu scheren.

»Pffft«, sagte er und deutete auf den Plattfuß.

Der Mechaniker ging um die Vorderseite des Wagens herum und untersuchte Giordinos Werk, dann schaute er durch die Windschutzscheibe und nickte. Er drehte sich um, ging zum anderen Ende des Raums und kehrte kurz darauf mit einem Wagenheber zurück.

»Vielleicht sollten wir die Zeit für einen kleinen Spaziergang nutzen«, sagte Pitt und stieg aus dem Wagen.

Giordino ging mit ihm durch das offene Garagentor, wo sie stehen blieben, als wollten sie sich nur kurz die Beine vertreten, während sie darauf warteten, dass der Reifen repariert wurde. Aber Pitt und Giordino würdigten den Mechaniker keines Blickes, sondern sahen sich die Garage genauer an. Davor standen mehrere nagelneue Geländewagen, sonst aber befanden sich in dem Gebäude lauter große Lastwagen und Baumaschinen. Giordino stellte den Fuß auf eine am Tor abgestellte Gärtnerkarre und musterte einen staubigen braunen Kastenwagen.

»Der Laster da«, sagte er leise, »sieht genauso aus wie der am Baikalsee.«

»Wahrhaftig. Und was hältst du von dem Tieflader da drüben?«, sagte Pitt und deutete auf eine Zugmaschine, neben der ein Aufleger stand.

Giordino warf einen kurzen Blick auf die Ladefläche, auf der lediglich Segeltuchplanen und Seile herumlagen.

»Unser großes Geheimnis?«

»Vielleicht«, erwiderte Pitt. Er ließ den Blick über die Anlage schweifen und betrachtete dann das Gebäude nebenan.

»Vermutlich können wir uns hier eine Zeitlang frei bewegen«, sagte er und deutete mit dem Kopf auf das Gebäude. »Gehen wir doch mal nach nebenan.«

Forschen Schrittes, so als ob sie hier zu Hause wären, gingen sie auf den Ziegelbau zu. Sie kamen an einer langen Laderampe vorbei und traten durch die angrenzende Glastür. Pitt dachte, sie kämen in einen Empfangsbereich, stattdessen aber standen sie mitten in einem großen Arbeitsraum. Rundum befanden sich allerlei Maschinen, Werkbänke und Schaltbretter, an denen zwei Männer in weißen antistatischen Laborkitteln arbeiteten. Einer dieser Männer, der kleine Vogelaugen hatte und eine Nickelbrille trug, stand auf und schaute Pitt und Giordino argwöhnisch an.

»*Stualét?*«, fragte Pitt, dem im letzten Moment das russische Wort für »Toilette« einfiel, das er in Sibirien aufgeschnappt hatte.

Der Mann musterte ihn einen Moment lang, nickte dann und deutete auf einen Gang, der aus dem Raum führte. »Auf der rechten Seite«, sagte er auf Russisch, setzte sich dann wieder und widmete sich seiner Arbeit.

Pitt und Giordino gingen an den beiden Männern vorbei und traten in den Korridor.

»Ich bin von deinen Sprachkenntnissen schwer beeindruckt«, sagte Giordino leise.

»Das war bloß eins von fast fünf russischen Wörtern, die ich kenne«, antwortete Pitt. »Mir ist gerade noch eingefallen, dass Korsow gesagt hat, die meisten Mongolen verstünden ein paar Brocken Russisch.«

Langsam gingen sie den gekachelten Korridor entlang, der über fünf Meter breit und fast genauso hoch war. Schleifspuren am Boden deuteten darauf hin, dass hier schweres Gerät entlangbewegt wurde. Auf beiden Seiten wurde der Gang von großen Glasfenstern gesäumt, hinter denen diverse Räume zu sehen waren, kleine Labors voller elektronischer Geräte hauptsächlich, dazwischen gelegentlich ein spartanisch eingerichtetes Büro, in dem nur ein Schreibtisch stand. Das ganze Gebäude wirkte seltsam kühl und still, was teilweise daran lag, dass hier offenbar nur ein paar Techniker arbeiteten.

»Sieht meiner Meinung nach eher wie ein Piratensender aus, und nicht wie eine Tankstelle«, sagte Giordino.

»Ich habe den Eindruck, dass es hier um irgendwas ganz anderes als Ölförderung geht. Was möglicherweise allerdings heißt, dass man Theresa und die anderen gar nicht hergebracht hat.«

Sie gingen an der Toilette vorbei und liefen weiter den Korridor entlang, bis er vor einer schweren Metalltür endete, die in eine erhöhte Schwelle eingelassen war. Pitt blickte sich kurz im Flur um, drehte am Griff und drückte an die Tür, die sich prompt nach innen öffnete. Dahinter tat sich ein großer Raum auf, der fast die ganze Rückseite des Gebäudes einnehmen musste und gut zehn Meter hoch war. Sämtliche Wände, die Decke und selbst der Boden waren mit Stacheln bewehrt, eine Reihe neben der anderen, sodass er wie eine Art mittelalterliche Folterkammer wirkte. Doch von diesen Stacheln ging keine Gefahr aus, wie Pitt merkte, als er eine der scharfen Spitzen mit den Fingern zusammendrückte.

»Ein schalltoter Raum«, sagte er.

»Zum Dämpfen elektromagnetischer Wellen«, fügte Giordino hinzu. »So was haben normalerweise bloß Firmen, die im Auftrag des Verteidigungsministeriums modernste elektronische Geräte erproben.«

»Hier hast du deine hochmodernen elektronischen Geräte«, sagte Pitt.

Er deutete in den Raum, in dessen Mitte eine große von Stelzenbeinen gestützte Arbeitsbühne auf dem Schaumgummiboden stand. Auf ihr befanden sich ein gutes Dutzend Metallschränke, daneben zahlreiche Metallständer. An einem Gestell, das mitten auf der Bühne aufgebaut war, hing ein torpedoförmiges Gerät. Pitt und Giordino stiegen auf einen Gittersteg, der von der Tür zur Bühne führte.

»Für Ölarbeiter ist das Zeug hier garantiert nicht gedacht«, sagte Pitt, während er die Geräte musterte.

In den Schränken und Metallständern befanden sich über vierzig PC-große Module, die mit dicken schwarzen Kabeln verbunden waren. Jeder Turm verfügte über ein kleines LED-Display und mehrere Stromanzeiger. Am Ende der Reihe, neben einem Monitor und einem Keyboard, stand ein großer Kasten mit zwei Skalen, die mit ERWEITERUNG und FREQUENZ gekennzeichnet waren.

Pitt musterte die beiden Wörter und zog die Augenbrauen dann verwundert hoch.

»Wenn mich meine bescheidenen schulischen Sprachkenntnisse nicht trügen, ist das Deutsch.«

»Deutsch? Ich habe gedacht, Chinesen oder Russen wären hier eher angesagt?«

»Ein Großteil der elektronischen Geräte hier scheint aber aus Deutschland zu stammen.«

»Da steckt allerhand Saft drin«, sagte Giordino, während er die in Reihe geschalteten Schränke betrachtete. »Was hältst du davon?«

»Ich kann nur raten. Die großen Schränke sehen aus wie handelsübliche Funkgeräte. Die Computertürme dienen offenbar zur Datenverarbeitung. Dann wäre da noch der hängende Dreifuß.«

Er drehte sich um und musterte das Gerät, das in der Mitte der Bühne baumelte. Es bestand aus drei langen Röhren, die zusammengefügt waren und fast drei Meter hoch aufragten. Die unteren Enden waren zum Boden hin ausgerichtet und mit einem dicht verflochtenen Material umwickelt. Oben, weit über Pitts Kopf, ragten dicke Kabelbündel heraus, die zu den Computertürmen führten.

»Das scheint mir eine Art Wandler zu sein, auch wenn ich einen so großen noch nie gesehen habe. Es könnte eine aufgemotzte Anlage zur Darstellung von Seismogrammen sein, wie man sie für die Ölsuche verwendet«, sagte er, während er das senkrecht aufgehängte dreifußartige Gerät betrachtete.

»Wirkt aber raffinierter als alles, was ich je bei einer Probebohrung gesehen habe.«

Pitts Blick fiel auf etliche Hand- und Notizbücher, die neben dem Gerät lagen. Er blätterte darin und stellte fest, dass sie alle auf Deutsch geschrieben waren. Dann schlug er ein weiteres auf, offenbar eine Bedienungsanleitung, riss die ersten Seiten heraus und steckte sie in die Hosentasche.

»Ein bisschen Lesestoff für die Heimfahrt?«, sagte Giordino.

»Übungsmaterial zum Beugen deutscher Verben.«

Pitt klappte das Handbuch zu, dann liefen sie über die Rampe zurück zur Tür und verließen den Raum. Als sie den Flur entlanggingen, hörten sie plötzlich laute Rufe, die aus dem Labor am anderen Ende drangen.

»Die Petzer haben uns vermutlich die Wachen auf den Hals gehetzt«, bemerkte Giordino.

»Schon möglich«, sagte Pitt, während er den Blick durch den Flur schweifen ließ. Er lief ein paar Schritte zurück, öffnete die Tür zu dem schalltoten Raum und kam dann wieder zu Giordino. »Vielleicht können wir an ihnen vorbeischleichen.«

Sie gingen rasch weiter, dann öffnete Pitt die Tür zu einem der Labors, die sie durch die Fenster sehen konnten, und huschte hinein. Giordino folgte ihm, schloss die Tür und schaltete das Licht aus. Als sie sich in einen Winkel zurückzogen, in dem sie vom Flurfenster aus nicht gesehen werden konnten, rochen sie einen seltsamen Chemikaliengeruch, der den ganzen Raum durchdrang. Pitt spähte durch das abgedunkelte Labor und bemerkte eine Reihe Edelstahlkessel sowie einen Tisch, auf dem zahlreiche kleine Bürsten, spitze Sonden, wie man sie zum Reinigen der Zähne benutzt, und andere Werkzeuge lagen.

»Ich glaube, die schlucken den Köder«, flüsterte Giordino.

Schritte hallten den Gang entlang, kamen näher und verloren sich dann weiter hinten. Giordino schaute durch die Glasscheibe und sah zwei Männer in Seidengewändern, die zur Tür des schalltoten Raumes marschierten.

»Besorg mir einen Besen«, flüsterte er Pitt zu und riss die Tür auf.

Im nächsten Moment rannte er den Gang enlang, steuerte aber nicht den Ausgang an, sondern stürmte genau auf die beiden Männer zu. Wie ein Abwehrspieler, der den Gegner aus dem toten Winkel attackiert, rammte er beide Männer von hinten, als sie durch die Tür des schalltoten Raumes spähten. Pitt musste unwillkürlich an eine Bowlingkugel denken, die zwei Kegel auf einmal umreißt. Die beiden Männer flogen in die Kammer und landeten bäuchlings auf dem Schaumgummiboden. Ehe sie wussten, wie ihnen geschah, war Giordino wieder aufgesprungen und riss die Tür hinter ihnen zu. Im nächsten Augenblick war Pitt mit einem Mopp, den er im Vorraum der Toilette gefunden hatte, bei ihm und brach ein knapp anderthalb Meter langes Stück vom Stiel ab. Giordino rammte den Stecken durch den Türgriff und verkeilte ihn am Rahmen.

»Damit sollten wir einen kleinen Vorsprung rausholen«, sagte Giordino, der sich die schmerzende Schulter rieb.

Pitt lächelte, als er die Schreie der Männer hörte, die durch die schallschluckende Schaumgummiverkleidung der Kammer gedämpft wurden. Als sie den Korridor zurückliefen, blieb Pitt plötzlich neben dem Raum stehen, in dem sie sich versteckt hatten.

»Das will ich mir mal genauer ansehen«, sagte er, schaltete das Licht ein und trat in das Labor.

»Wer wird denn so neugierig sein?«

Pitt ging quer durch den Raum und betrachtete die Stahlbottiche, die mit einer klaren, nach Formaldehyd riechenden Flüssigkeit gefüllt waren. Er blieb vor einem der Behälter stehen und blickte auf einen glänzenden Gegenstand, der in einer Schale am Boden lag. Pitt ergriff eine auf dem Tisch liegende Zange, holte das Ding heraus und trocknete es an einem Handtuch ab.

Es war ein rautenförmiger Anhänger, kunstvoll aus Silber geschmiedet. An der Oberkante, über einem funkelnden roten Stein in der Mitte, war ein Falke oder Adler mit zwei Köpfen eingraviert. Eine zierliche Inschrift aus arabischen Buchstaben zog sich um die Unterseite. Er wirkte alt und prachtvoll zugleich, als wäre er für eine Dame von edlem Geblüt gefertigt worden.

»Ein Labor zur Konservierung von Kunstgegenständen und gleichzeitig eine Anlage für Elektrotechnik?«, fragte Pitt. »Seltsame Verbindung.«

»Vielleicht sammelt er Münzen. Wie wär's, wenn wir abhauen, bevor unseren Freunden einfällt, dass sie Knarren haben?«

Pitt steckte den Anhänger in die Hosentasche, schaltete das Licht aus und folgte Giordino, der raschen Schrittes den Korridor entlanglief. Am Ende angekommen, stürmten sie in den großen Raum, wo sie der Ingenieur im weißen Kittel verwundert anstarrte.

»Besten Dank für die Pinkelpause.« Pitt lächelte, dann setzten er und Giordino sich nach draußen ab.

Dort hatte der Wind unterdessen aufgefrischt und fegte dichte Staubwolken über die Anlage. Pitt und Giordino liefen zur Garage zurück, wo der Mechaniker mit einer festsitzenden Schraube am Vorderrad kämpfte. Pitt schob sich zum Tor und schaute über den Rasen zum Wohngebäude. Er konnte gerade noch die beiden mongolischen Personenschützer erkennen, die auf der Vortreppe miteinander plauderten. Zwei weitere Männer standen zu beiden Seiten der Tür, die ins Innere führte.

»Wenn unser mongolischer Geleitschutz nicht durch die Tür darf, dann lassen sie uns da wahrscheinlich auch nicht einfach reinspazieren«, sagte er.

»Wir müssen einen anderen Eingang finden. Wenn Theresa und die anderen hier sein sollten, dann stecken sie irgendwo in dem Gebäude.« Giordino suchte das Gelände rund um das Herrenhaus ab. »Wir können hier nicht lange rumlaufen, bis unsere Zimmermädchen wieder freikommen.«

»Wer hat denn was von *laufen* gesagt?«, fragte Pitt.

Er kehrte in die Garage zurück, nickte die Gärtnerkarre an, die neben dem Tor stand, und überzeugte sich davon, dass der Zündschlüssel steckte. Dann blickte er sich kurz um und stellte fest, dass niemand auf sie achtete, woraufhin er das Lenkrad ergriff und die Karre zum offenen Tor schob. Giordino kam zu ihm und packte ebenfalls mit an, wuchtete das Gefährt regelrecht ins Freie und stellte es an der Seitenwand ab. Sobald sie außer Sichtweite des Mechanikers waren, sprang Pitt auf und ließ den Benzinmotor an.

Der grüne Karren, der normalerweise zur Pflege von Golfplätzen verwendet wurde, verfügte über eine kleine Ladefläche hinter den beiden Sitzen. Pitt trat das Gaspedal durch, worauf der Wagen davonschoss und mit den Hinterrädern den Kies aufwirbelte. Als er einen Blick nach rechts warf, bemerkte er zwei Reiter, die aus einem Stall an der Rückseite des Laborgebäudes kamen und kurz in einer Staubwolke verschwanden. Sofort riss er das Lenkrad nach links herum und steuerte die entgegengesetzte Seite der Anlage an.

Pitt fuhr einen Fußweg an der Umfriedungsmauer entlang und raste am Tor vorbei, ohne dass die Wachposten auf das grüne Fahrzeug achteten. Als der Kiesweg zu einer Zierbrücke führte, bremste er ab. Unter ihr strömte Wasser aus dem nahe gelegenen Fluss in zahllose Kanäle, die sich kreuz und quer durch den Landschaftsgarten zogen.

»Hübsche Bewässerungsanlage«, stellte Giordino fest, als Pitt auf der Brücke anhielt. Zur Linken sahen sie die Oberseiten zweier starker Rohre, durch die das Wasser unter der Mauer hindurch auf das Gelände geleitet wurde. Pitt fuhr weiter und steuerte entlang der Mauer zur linken Grenze des Anwesens. Aber auch dort kam man offenbar nicht ins Gebäude, es sei denn, man nahm das Hauptportal, vor dem die vier mongolischen Posten standen.

Vor ihnen endete die Mauer jäh an einem steilen, felsigen Abhang. Auf der anderen Seite ragte ein Rohr heraus, aus dem das Abwasser aus den Kanälen strömte und zu Tal stürzte, wo es sich wieder mit dem Fluss vereinte. Pitt stellte den Karren hinter einem Baum ab und ging zur Kante. Eine breite Kluft tat sich zwischen Mauer und Wohngebäude auf, zu steil, um mit dem Wagen hinunterzufahren, aber nicht so halsbrecherisch wie die Felswand mit dem künstlichen Wasserfall. Ein Fußweg schlängelte sich zu einem engen Plateau hinab. Das war offenbar das Fundament, auf dem der Wohnsitz errichtet war. Hinter dem schmalen Streifen ebenen Bodens wurde das Terrain wieder abschüssig und führte fast eine halbe Meile steil den Berg hinab, sodass hier keine Umfriedungsmauer nötig war.

»Willst du's über die Hintertür probieren?«, fragte Giordino.

»Entweder das, oder wir müssen mit dem Golfkarren durch die Vordertür fahren. Hoffentlich gibt's eine Hintertür.«

Sie stiegen den kurzen, aber steilen Pfad hinab, der von Pferdehufen zertrampelt war. Der starke Wind fegte über den Wasserfall und blies ihnen eisigen Dunst ins Gesicht. Als sie sich zur Rückseite des Anwesens vorgearbeitet hatten, stellten sie fest, dass es auf einer Berme – einer Art Absatz im Hang – errichtet war, die über ihnen aufragte und von einer Felswand gestützt wurde.

»Hier kommt man nicht so leicht rein und raus, was?«, sagte Giordino, während er die Felswand betrachtete, die sich offenbar über die ganze Länge des Gebäudes erstreckte.

»Ich nehme an, der Brandinspektor hat sich hier jedenfalls noch nicht umgesehen.«

Sie drückten sich an die Felswand, damit man sie aus den Fenstern nicht sah, und näherten sich der Mitte des Gebäudes. Mittlerweile pfiff der Wind so heftig, dass sie sich ihre Kappen vors Gesicht halten mussten, damit ihnen kein Staub in die Augen drang.

Am Rand des Innenhofs angelangt, krochen sie hinter eine niedrige Hecke und erkundeten das Terrain. Sofort entdeckten sie die Tür, die vom Hof ins Innere führte und zu beiden Seiten von zwei Posten in Seidengewändern bewacht wurde.

»Willst du bei den beiden mal deine Sprachkenntnisse ausproieren?«, fragte Giordino allen Ernstes.

Pitt hatte eigentlich nicht vorgehabt, sich gewaltsam Zutritt zu dem Haus zu verschaffen, zumal sie keinerlei Beweise dafür hatten, dass Theresa und die anderen überhaupt hier waren. Aber da sie sich nach dem Zusammenstoß im Labor ohnehin auf einen haarigen Abgang gefasst machen mussten, konnten sie seiner Meinung nach auch ein bisschen mehr riskieren. Umsehen mussten sie sich ohnehin.

»Im Innenhof steht eine Reihe von Büschen, die sich fast bis zur Tür zieht«, stellte er fest. »Wenn wir das Steingebäude dort erreichen und zur Rückseite gehen, können wir uns vielleicht anschleichen und sie überraschen.«

Giordino nickte und blickte zu dem sonderbaren Gemäuer auf der anderen Seite des Hofes hinüber. Sie warteten, bis der Wind eine dichte Staubwolke aufwirbelte, und sprinteten zu dem

Steinbau, liefen zur Rückseite und rückten dann zum Eingang vor. Danach huschten sie in die tunnelartige Öffnung, duckten sich und spähten zu den beiden Posten auf der gegenüberliegenden Seite des Hofes. Die Wachmänner standen immer noch neben der Tür, drückten sich aber in eine Nische, um dem beißenden Wind zu entrinnen. Pitt und Giordino hatten es geschafft – sie waren über den Hof gelangt, ohne dass sie jemand gesehen hatte.

Jedenfalls dachten sie das.

21

Nach einer vierstündigen Holperfahrt durch die Berge und Steppen der Mongolei, streckenweise über Straßen, die aus kaum mehr als zwei Spurrinnen bestanden, war Handelsminister Shinzhe davon überzeugt, dass der Abstecher ein fruchtloses Unterfangen blieb. In der Mongolei gab es keine heimlichen Ölvorkommen. Jedenfalls hatte er auf der ganzen Fahrt nicht eine einzige Ölquelle gesehen. Und an allem war nur Präsident Fei schuld, der törichterweise gegen Windmühlen anreiten wollte, statt sich mit den Gegebenheiten abzufinden. Nur dass Shinzhe die Rolle des Don Quixote hatte übernehmen müssen.

Der Handelsminister wartete wütend darauf, dass sein Fahrer vor der nächsten Jurte hielt, und rechnete fast damit, dass ihn der Präsident von Avarga Oil auf einem abgehalfterten Pony empfing. Sein Ärger und Unmut verflogen jedoch rasch, als der staubige Konvoi durch das Eisentor auf das imposante Anwesen von Tolgoi Borjin rollte. Die Ankunft auf einer derartigen Anlage mitten im Niemandsland stimmte ihn auf einmal wieder zuversichtlicher, was den Sinn ihrer Reise betraf. Und als sie vor dem eleganten Wohnsitz hielten, sah Shinzhe auch, dass Borjin keineswegs ein Schafhirte war.

Ihr Gastgeber trug einen hervorragend geschnittenen europäischen Anzug und verbeugte sich tief, als Shinzhe aus dem Wagen stieg. Ein Dolmetscher übersetzte seine Grußworte ins Mandarin.

»Willkommen, Minister Shinzhe. Hatten Sie eine angenehme Reise?«

»Ich war sehr angetan von der herrlichen mongolischen Landschaft«, erwiderte Shinzhe, darum bemüht, die diplomatischen Umgangsformen zu wahren, während er sich den Staub aus den Augen rieb.

»Darf ich Ihnen meine Schwester Tatiana vorstellen, die Leiterin unserer Explorations- und Erschließungsabteilug.«

Anmutig verbeugte sich Tatiana vor Shinzhe, der sogleich feststellte, dass sie ebenso eingebildet wirkte wie Borjin selbst. Shinzhe lächelte freundlich und stellte pflichtschuldigst seine Begleiter vor. Dann wandte er sich um und bewunderte eine Abteilung von Reitern im Kriegergewand, die im Halbkreis um die Auffahrt angetreten waren.

»Ich habe schon viel von den mongolischen Pferden gehört«, sagte Shinzhe. »Züchten Sie Pferde, Mr. Borjin?«

»Nur ein paar für meine Wachmannschaften. Ich verlange von meinen Sicherheitskräften, dass sie gute Reiter und ausgezeichnete Bogenschützen sind.«

»Eine interessante Reverenz an die Vergangenheit«, sagte Shinzhe.

»Und praktisch überdies. In diesem Teil der Welt gelangt man mit mongolischen Pferden an Orte, die für kein Fahrzeug erreichbar sind. Die moderne Technologie ist gut und schön, aber meine Vorfahren haben mit Pferd und Bogen die halbe Welt erobert. Ich finde, das sind auch heute noch nützliche Fertigkeiten. Doch lassen Sie uns hineingehen, wo wir vor dem Wind geschützt sind und es uns gemütlich machen können«, sagte Borjin und geleitete die Gäste durch die Tür. Dann führte er sie den breiten Gang entlang zu dem großen Raum am anderen Ende. Shinzhe bewunderte im Vorübergehen die Altertümer, die entlang des Ganges standen, und blieb vor einer Bronzeskulptur stehen, die ein tänzelndes Pferd darstellte. Das mit einer grünen Patina überzogene Ross spiegelte sich in einem farbenprächtigen Mosaik, das hinter ihm an der Wand hing.

»Eine zauberhafte Skulptur«, sagte Shinzhe, der sofort erkannte, dass es sich um ein chinesisches Kunstwerk handelte. »Yüan-Dynastie?«

»Nein, etwas älter, Song-Dynastie«, erwiderte Borjin, der vom Kennerblick des Ministers sichtlich beeindruckt schien. »Die meisten Altertümer im Haus stammen aus dem frühen dreizehnten Jahrhundert, der Zeit der großen mongolischen Eroberungen. Das Kachelmosaik an der Wand ist ein altes Stück aus Samarkand, und das geschnitzte Piedestal, auf dem die Skulptur steht, wurde um 1200 nach Christus in Indien gefertigt. Sind Sie Sammler?«

»Eigentlich nicht.« Der Minister lächelte. »Ich besitze ein paar bescheidene Porzellanwaren aus der Yüan- und der Ming-Dynastie, aber das ist auch schon alles. Ich bin sehr beeindruckt von Ihrer Sammlung. Gegenstände aus dieser Zeit sind auf dem Markt eher rar.«

»Ich habe einen Händler in Hongkong«, erklärte Borjin mit ausdrucksloser Miene.

Der Minister und sein Gefolge betraten den Konferenzraum am Ende des Gangs. Durch die riesigen, vom Boden bis zur Decke reichenden Fenster hatte man normalerweise einen herrlichen Ausblick auf die Landschaft, doch im Moment konnte man außer dem Innenhof und der umliegenden Anlage kaum etwas sehen. Der starke Wind hüllte die ganze Umgebung in dunstige Staubwolken, durch die das wogende Grün des Steppenlands tief unten im Tal nur gelegentlich schimmerte. Borjin ging an einem Sitzbereich mit Sofas und einer Bar vorbei und führte seine Gäste zu einem Mahagonitisch, an dem sie schließlich Platz nahmen.

Borjin setzte sich ans Kopfende, mit dem Rücken zur Wand. Hinter ihm stand ein breites Regal, auf dem allerlei mittelalterliche Waffen zur Schau gestellt wurden. Eine Reihe alter Speere, Lanzen und Schwerter säumte die eine Hälfte der Wand, gegenüber waren etliche von Hand gefertigte Kompositbögen und Pfeile mit Eisenspitzen aufgehängt. Auf dem obersten Regalbrett standen runde, nach oben spitz zulaufende Eisenhelme, die mit Rosshaarbüschen gekrönt waren. Davor lagen mehrere runde Gegenstände aus Ton, die wie primitive Handgranaten aussahen. Die ganze Sammlung wurde von einem ausgestopften Falken bewacht, der die Schwingen bedrohlich ausgebreitet hatte und den aufgerissenen Schnabel nach oben reckte, als stieße er einen letzten Todesschrei aus.

Shinzhe betrachtete die Waffen und den Falken, dann wandte er sich dem Mann zu, dem sie gehörten, und erschauderte unwillkürlich. Der Ölmanager hatte irgendetwas an sich, das nicht minder wild war als der Falke. Die kalten Augen deuteten auf eine unterschwellige Brutalität hin. Shinzhe konnte sich gut vorstellen, dass sein Gastgeber einen der Speere von der Wand nahm und jemanden ohne zu zögern damit durchbohrte. Als man eine Tasse Tee vor ihn hinstellte, versuchte der Minister seine Gefühle zu verdrängen und sich auf den Zweck seines Besuchs zu konzentrieren.

»Meine Regierung hat Ihr Schreiben erhalten, in dem Sie unserem Land eine erhebliche Menge Rohöl anbieten. Die Parteiführung ist sehr dankbar und höchst angetan von Ihrem großzügigen Angebot. Man hat mich damit beauftragt herauszufinden, wie ernst Ihr Vorschlag gemeint ist, und mit Ihnen über die Gegenleistungen zu sprechen, die für eine Übereinkunft erforderlich sind.«

Borjin lehnte sich zurück und lachte.

»Ja, natürlich. Warum sollte die Mongolei, tausend Jahre lang der Schrecken Chinas, unserem unbequemen Nachbarn im Süden mit einem Mal beistehen wollen? Wie soll ein Land, in dem es nichts als Sand und staubiges Steppengras gibt, das von abgerissenen Bauern und Schafhirten besiedelt ist, plötzlich zum wichtigen Lieferanten wertvoller Bodenschätze werden? Ich werde Ihnen sagen, warum. Weil ihr uns zu Gefangenen in unserem eigenen Land gemacht habt. Ihr und die Russen habt uns jahrhundertelang von der Außenwelt abgeschnitten. Wir wurden zu einer einsamen Wüstenei, einer Insel inmitten von Festlandsmassen, auf der die Zeit stehen blieb. Nun, ich fürchte, das ist vorüber, Minister Shinzhe. Wie Sie sehen, ist die Mongolei in mehr als einer Hinsicht ein reiches Land, dabei haben Sie sich weder die Zeit genommen noch die Mühe gemacht, dies zu würdigen, als Sie die Gelegenheit dazu hatten. Erst jetzt wetteifern die Unternehmen aus dem Westen darum, zu uns zu kommen, unsere Minen zu erschließen und in unseren Wäldern Holz schlagen zu dürfen. Aber wegen des Öls kommen sie zu spät. Denn als noch niemand in unserem Land danach suchen wollte, haben wir es selbst getan, und jetzt wollen wir den Lohn für unsere Mühe ernten.«

Er nickte Tatiana zu, die aus einem Büro nebenan eine Karte holte, sie vor dem chinesischen Minister aufrollte und mit zwei Jadeschnitzereien beschwerte, die in der Mitte des Tisches standen.

Es war eine Landkarte der Mongolei. Im Südosten war ein unregelmäßiges, rot schraffiertes Oval eingezeichnet, das wie eine in billigem Merlot ertrunkene Amöbe wirkte. Das Gebiet erstreckte sich über fast achtzig Kilometer und führte in weitem Bogen an der Grenze zu der von China verwalteten Inneren Mongolei entlang.

»Das Temujin-Feld. Ein natürliches Becken, neben dem sich Ihr altes Daqing-Feld wie ein Spucknapf ausnimmt«, sagte Borjin, der sich auf Chinas größtes Ölfeld bezog, das inzwischen weitgehend erschöpft war. »Unsere Aufschlussbohrungen deuten auf Lagerstätten mit rund vierzig Milliarden Barrel Rohöl und siebenhundertfünfundsechzig Milliarden Kubikmeter Erdgas hin. Die Million Barrel, die wir Ihnen verkaufen, sind eine Kleinigkeit.«

»Warum wurde eine derartige Entdeckung nicht längst bekannt gegeben?«, fragte Shinzhe etwas ungläubig. »Ich habe nichts von einem solchen Fund in der Nähe unserer Grenze gehört.«

Borjin lächelte und zeigte seine Haifischzähne. »Nur wenige Menschen außerhalb dieses Raumes sind eingeweiht«, sagte er. »Meine eigene Regierung weiß nichts von diesen Vorkommen. Wie hätte ich denn sonst die Landnutzungsrechte in dieser Region erwerben können? Es gab kleinere Explorationen in der Mongolei, die auf mögliche Ölvorkommen hindeuteten, aber auf die Hauptlagerstätte ist man nicht gestoßen. Mit Hilfe einer von uns entwickelten und patentrechtlich geschützten Technologie sowie mit etwas Zufall konnten wir das Feld lokalisieren«, sagte er lächelnd. »Die Lagerstätten liegen sehr tief, was zumindest teilweise erklären könnte, weshalb sie von früheren Suchtrupps übersehen wurden. Aber ich will Sie nicht mit Einzelheiten langweilen. Es genügt, wenn ich sage, dass eine Reihe von Aufschlussbohrungen eine erste Bestätigung der geschätzten Vorkommen erbrachten.«

Shinzhe, der sichtlich blass geworden war, saß schweigend da. Ihm blieb kaum etwas anderes übrig, als einzugestehen, dass es dieses riesige Ölfeld tatsächlich geben musste. Aber beim bloßen Gedanken daran, dass ein eingebildeter Barbar mit höchst fragwürdigen Moralvorstellungen darüber gebot, wurde ihm übel. Shinzhe war sich darüber im Klaren, dass er schlechte Karten hatte und von Borjin jederzeit ausgestochen werden konnte.

»Über die Ölvorkommen zu verfügen ist die eine Sache, aber es binnen neunzig Tagen liefern zu können, ist etwas ganz anderes«, sagte der Minister ruhig. »In Ihrem Angebot deuten Sie an, dass das Rohöl innerhalb dieses Zeitrahmens fließen kann. Mir ist nicht ganz klar, wie Sie das schaffen wollen.«

»Sie müssen Ihrerseits einen Teil dazu beitragen, aber es ist durchaus machbar«, erwiderte Borjin. Er wandte sich an Tatiana und bat um eine weitere Karte aus dem Büro. Sie rollte eine zweite Karte auf, auf der die Mongolei und Nordchina zu sehen waren. Ein Spinnenetz roter Linien zog sich kreuz und quer durch das chinesische Gebiet.

»Die in China vorhandenen Pipelines«, erklärte Borjin. »Sehen Sie sich nur Ihre unlängst fertiggestellte Nordostpipeline von Daqing nach Peking samt einer Abzweigung zum Hafen von Qinhuangdao an.«

Shinzhe betrachtete die Karte und bemerkte ein kleines X, das neben einer ungenutzten Pipelinestrecke eingezeichnet war, die durch die Innere Mongolei führte.

»Dieses X ist dreißig Kilometer von der mongolischen Grenze und vierzig Kilometer von einer fast fertigen Pipeline entfernt, die ich zurzeit bis zur Grenze verlängern lasse. Sie müssen lediglich eine Verbindung vom Endpunkt meiner Pipeline bis zu diesem Punkt Ihrer Daqing-Leitung herstellen, dann kann das Öl fließen.«

»Eine vierzig Kilometer lange Pipeline? Die kann man in neunzig Tagen nicht fertigstellen.«

Borjin stand auf und ging um den Tisch herum. »Ach, kommen Sie. Die Amerikaner haben beim Bau ihrer transkontinentalen Eisenbahn in den sechziger Jahren des neunzehnten Jahrhunderts sechzehn Kilometer Gleise pro Tag verlegt. Ich war so frei und habe die Strecke bereits vermessen lassen und die nötigen Rohre bei einem Lieferanten in Auftrag gegeben. Darüber hinaus kann ich vorläufig auch Baumaschinen zur Verfügung stellen. Für ein Land, das den Drei-Schluchten-Damm errichtet hat, sollte so etwas doch ein Kinderspiel sein.«

»Sie haben unsere Bedürfnisse wohl bedacht«, sagte Shinzhe mit mühsam verhohlenem Missmut.

»Das sollte ein guter Geschäftspartner auch tun.« Borjin lächelte. »Die Bedingungen, die ich im Gegenzug stelle, sind simpel. Sie werden pro Barrel Rohöl hundertsechsundvierzigtausend *Togrog* bezahlen, das entspricht einhundertfünfundzwanzig US-Dollar. Sie werden die südliche Mongolei, beziehungsweise das autonome Gebiet Innere Mongolei, wie Sie es bezeichnen, zurückgeben. Und Sie werden mir eine direkte und ausschließlich von mir genutzte Pipeline zum Hafen von Qinhuangdao sowie die dort erforderlichen Verlademöglichkeiten zur Verfügung stellen, damit ich meine überschüssigen Ölvorräte exportieren kann.«

Während Shinzhe angesichts dieser Forderungen noch nach Luft rang, wandte sich der Mongole ab, blickte aus dem Fenster und betrachtete die vom Wind aufgewirbelten Staubwolken, die wie Flammenzungen über das Anwesen tanzten. Dann meinte er eine Bewegung wahrgenommen zu haben und spähte in den Innenhof hinab. Zwei Männer in schwarzen Anzügen rannten auf das Heiligtum zu. Borjin sah, wie sie zur Rückseite des Gebäudes liefen, neben dem Eingang wieder auftauchten und hineinhuschten. Er hatte das Gefühl, als schnürte ihm etwas die Kehle zu, als er sich wieder an den Minister wandte.

»Wenn Sie mich einen Augenblick entschuldigen würden, ich muss mich um eine dringende Angelegenheit kümmern.«

Bevor der Minister etwas sagen konnte, kehrte ihm Borjin den Rücken zu und verließ forschen Schrittes den Raum.

22

Der Wind war vorübergehend abgeflaut, sodass Pitt und Giordino in ihrem Versteck ausharren mussten. Pitt blickte nach oben und bewunderte den hohen Bogengang, der zur Hauptkammer des Bauwerks führte. Das Gemäuer wirkte zwar uralt, war aber, den glatten und unbeschädigten Mörtelschichten zwischen den Steinen nach zu schließen, offensichtlich teilweise erneuert und restauriert worden. Und dann wurde ihm klar, dass das Herrenhaus wahrscheinlich um den mitten im Innenhof gelegenen kleinen Bau herum errichtet worden war.

»Ein buddhistischer Tempel?«, fragte Giordino, als er am Ende des Gangs flackernden Kerzenschein bemerkte.

»Höchstwahrscheinlich«, erwiderte Pitt, der wusste, dass der Buddhismus die vorherrschende Religion in der Mongolei war. Doch die beiden Männer waren neugierig geworden, und da sie ohnehin warten mussten, bis der Wind wieder auffrischte, gingen sie leise den breiten Gang entlang und betraten die Kammer.

Als sie sich im Schein Dutzender Fackeln und Kerzen umsahen, stellten Pitt und Giordino erstaunt fest, dass sie sich eher in einem Mausoleum als in einem Tempel befanden. An der Rückwand war zwar ein kleiner Holzaltar aufgebaut, doch zu beiden Seiten stand jeweils ein großer Sarkophag. Sie waren aus weißem Marmor gefertigt und wirkten modern, was darauf hindeutete, dass die darin liegenden Toten innerhalb der letzten zwanzig, dreißig Jahre hier bestattet worden waren. Pitt konnte die in die Sargdeckel gehauenen kyrillischen Schriftzeichen zwar nicht lesen, vermutete aber aufgrund von Korsows Bericht über Borjins Werdegang, dass hier die Mutter und der Vater des Ölmagnaten bestattet waren.

Allerdings wagte er nicht einmal eine Vermutung darüber anzustellen, wer in der Mitte der Krypta ruhte. Auf einem Piedestal aus poliertem Marmor stand dort nämlich ein aus Granit gehauener Sarkophag, der wesentlich älter wirkte. Er war zwar nicht allzu groß, aber über und über mit Reliefs von Pferden und wilden Tieren verziert, die einst bemalt gewesen sein mussten. Die Abbildungen waren nach wie vor deutlich zu erkennen, die Farbe allerdings war größtenteils verwittert. Am Kopfende des Sarges ragten neun Stangen auf, an deren Spitzen weiße Fellbüschel hingen, genau wie neben dem Eingang zum Wohngebäude.

»Da hat man jemandem aber einen hübschen Abschied ins Jenseits bereitet«, sagte Giordino, während er die Grabstätte betrachtete.

»Der ehrenwerte Mr. Borjin muss irgendwie von blauem Blut sein«, erwiderte Pitt.

Giordino schaute an dem Sarkophag vorbei und bemerkte, dass irgendetwas unter dem Altar lag.

»Sieht so aus, als ob hier noch ein Sarg gebraucht wird«, sagte er und deutete mit dem Kopf darauf.

Beim Betreten der Kammer war es ihnen nicht aufgefallen, aber jetzt erkannten die beiden Männer, dass auf einer Bank zu Füßen des Altars eine Leiche lag. Pitt und Giordino gingen hin und stellten erschrocken fest, dass es sich um Roy handelte. Eine dünne Decke war über Beine und Bauch ausgebreitet, aber aus seiner Brust ragte ein Pfeil.

»Theresa und Wofford sind hier«, sagte Giordino und verstummte dann gedankenverloren.

»Hoffentlich haben sie nicht das gleiche Schicksal erlitten!«, sagte Pitt leise und zog die Decke über Roys Gesicht. Während er sich noch fragte, ob sie möglicherweise zu spät kamen, hörte er plötzlich Schritte, die sich auf dem Steinboden näherten. Im nächsten Augenblick kamen die beiden Wachen, die Pitt auf der anderen Seite des Hofes gesehen hatte, in das Mausoleum gestürmt. Sie waren genauso gekleidet wie die Wärter am Tor und hatten offenbar keine Handfeuerwaffen bei sich. Stattdessen hatte jeder der Männer einen Holzspeer mit einer rasiermesserscharfen Eisenspitze in der Hand. Um die Taille hatten sie ein kurzes, in einer Scheide steckendes Messer geschnallt, und über dem Rücken hingen ein Bogen und ein kleiner Köcher. Es waren die Kriegswaffen der alten mongolischen Reitertruppen und auf Nahdistanz ebenso tödlich wie eine moderne Pistole oder ein Gewehr.

Beim Betreten der Kammer verharrten die Wachen kurz, bis sie Pitt und Giordino am Altar stehen sahen. Sofort brachten sie ihre Speere in Anschlag, liefen um den Sarg in der Mitte des Grabmals herum und rückten vor, um sie lieber aus nächster Nähe zu erledigen, statt einfach die Spieße auf sie zu werfen.

Giordino reagierte zuerst, packte eine kleine Holzbank neben dem Alter und schleuderte sie auf die Beine der angreifenen Wachen. Er hatte gut gezielt, erwischte den ersten Mann mit voller Wucht am Schienbein und brachte ihn so aus dem Gleichgewicht. Der Mann stürzte vornüber und ließ seinen Speer los, der über den Boden rollte, ohne irgendeinen Schaden anzurichten.

Der zweite Wachmann sprang wie ein Hürdenläufer über die Bank hinweg, rückte weiter vor und stürmte in vollem Lauf auf Pitt zu. Pitt stellte sich auf die Fußballen, drückte die Knie durch und ließ die Speerspitze nicht aus den Augen, rührte sich aber nicht von der Stelle. Der Wachmann wiederum nahm an, dass Pitt vor Angst erstarrt wäre und ein leichtes Opfer abgäbe. Doch dieser wartete nur ab, bis der Mann bloß noch einen Schritt von ihm entfernt war, den Speer zurückzog und zum Todesstoß ansetzte. Im nächsten Moment sprang er zur Seite, streckte den linken Arm aus und stieß den Speerschaft weg. Der Wachmann stürmte an ihm vorbei und machte ein überraschtes Gesicht, als ihm klar wurde, dass sein Stoß ins Leere gegangen war. Er wollte den Spieß noch herumreißen, doch Pitt hatte die Spitze bereits unterlaufen und versuchte seinerseits den Schaft zu packen, rutschte aber ab, als der Mann weiterlief. Die Holzstange peitschte herum und traf ihn an der Schulter, als sie ihm durch die Finger glitt.

Beide Männer verloren das Gleichgewicht und torkelten auseinander, worauf der Wachmann über den Altar stürzte, während Pitt zum Sarg geschleudert wurde. Rasch sprang er wieder auf, um sich dem Angreifer zu stellen, dann wich er zu dem steinernen Sarkophag zurück, der nur wenige Zentimeter hinter ihm aufragte. Der Wachmann wiederum war jetzt vorsichtiger und musterte Pitt misstrauisch, sobald er wieder auf den Beinen stand. Dann ergriff er den Spieß mit fester Hand, holte tief Luft und rückte erneut vor, ohne sein Opfer aus den Augen zu lassen.

Pitt, der mit dem Rücken zum Sarg stand, suchte verzweifelt nach einer Waffe. Aus dem Augenwinkel sah er Giordino, der sich auf den Mann am Boden stürzte. Er war weiter damit beschäftigt, den ersten Wachmann außer Gefecht zu setzen, und konnte ihm im Augenblick nicht helfen. Dann erinnerte sich Pitt an die mit Fell geschmückten Stangen.

Die neun Pfähle waren in Marmorplatten eingelassen und standen am Kopfende der Gruft. Pitt zog sich rasch dorthin zurück, tastete mit der rechten Hand hinter sich und ergriff unauffällig eine der Stangen. Der Wachmann bemerkte die Bewegung, dachte sich aber nichts dabei, sondern senkte den Speer und setzte zum nächsten Angriff an. Pitt wartete, bis er nur noch zehn Schritte entfernt war, dann zog er die Stange heraus, riss sie nach vorn und brachte sie in Anschlag. Mit gut zweieinhalb Metern war sie viel länger als der Speer. Der Wachmann warf ihm einen verständnislosen Blick zu, versuchte dann aber seinen Angriff abzubrechen, als ihm klar wurde, dass Pitt mit dem großen Holzstab auf ihn losgehen wollte. Zu spät – Pitt stieß mit aller Kraft zu und rammte ihm das stumpfe Ende der Stange in die Magengrube. Der erschrockene Wachmann wurde von den Beinen gerissen, sank auf die Knie und röchelte nach Luft. Gleichzeitig fiel ihm der Speer aus der Hand und rollte über den Steinboden. Verzweifelt und ohne auf Pitt zu achten, kroch er hinter der Waffe her, blickte dann aber entsetzt auf. Pitt hatte die Stange mittlerweile umgedreht und hieb jetzt mit dem Marmorfuß nach ihm. Der Wachmann versuchte sich noch zu ducken, wurde aber am Schädeldach getroffen und stürzte bewusstlos zu Boden.

»Keinerlei Respekt vor dem Mobiliar anderer Leute«, grummelte Giordino, als die Stange samt dem Marmorfuß auf den Boden krachte. Pitt blickte zu ihm hin und sah, dass er über dem ebenfalls besinnungslosen ersten Wachmann stand und sich den Handrücken rieb.

»Geht's dir gut?«

»Jedenfalls besser als meinem Freund hier. Was hältst du davon, wenn wir so schnell wie möglich von hier abhauen, bevor noch mehr Pikeniere aufkreuzen?«

»Einverstanden.«

Pitt bückte sich rasch und ergriff einen der herumliegenden Speere, dann stürmten die beiden Männer aus der Kammer. Der Wind heulte durch den Torbogen, als sie sich zum Eingang begaben und vorsichtig auf das Gelände spähten. Der Anblick war alles andere als ermutigend.

Zwei Reiter mit leuchtenden Seidengewändern und runden Eisenhelmen hatten offenbar das Fußvolk abgelöst und saßen jetzt hoch zu Ross nahe dem Eingang des Wohngebäues. Ganz in der Nähe kämmte ein weiterer berittener Wächter den Innenhof nach Pitt und Giordino ab. Die beiden Männer waren sich darüber im Klaren, dass es nichts nützte, wenn sie hier weiter verharrten. Im Schutze einer aufgewirbelten Staubwolke huschten sie auf der gegenüberliegenden Seite aus dem Bogengang und wollten zur Rückseite des Mausoleums schleichen. Als sie vorsichtig vorrückten, konnten sie den rechten Flügel des Herrenhauses einsehen, um dessen Ecke gerade ein halbes Dutzend Reiter in bunten Gewändern kam und genau auf sie zuhielt. Im Gegensatz zu den Wachen, denen sie bislang begegnet waren, hatten diese Männer allem Anschein nach Gewehre um die Schulter hängen.

»Die Kavallerie hat uns grade noch gefehlt«, sagte Giordino.

»Damit ist unser Fluchtweg ein bisschen offener«, erwiderte Pitt, der sich darüber im Klaren war, dass sie möglichst schnell den Innenhof überqueren und sich bis zu dem Weg, auf dem sie gekommen waren, durchschlagen mussten, wenn sie der Patrouille entgehen wollten.

Sie kamen zu der Scheune auf der Rückseite der Krypta, huschten hinein und wollten sich auf der anderen Seite wieder herausschleichen. Während sie sich zwischen den Kisten und Geräten hindurchzwängten, warf Pitt einen kurzen Blick auf einen eingestaubten Oldtimer, der im hinteren Teil stand, und stellte erstaunt fest, dass es sich um einen Rolls-Royce aus den frühen zwanziger Jahren des zwanzigsten Jahrhunderts handelte. Er wollte gerade zur gegenüberliegenden Wand gehen, als etwas an seinem Ohr vorbeipfiff und mit einem dumpfen Laut einschlug. Er warf einen Blick zur Seite und sah einen Pfeil, der zitternd in einer Holzkiste unmittelbar neben Giordinos Kopf steckte.

»Deckung«, brüllte er und zog den Kopf ein, als ein zweiter Pfeil vorbeischwirrte.

Giordino kauerte bereits hinter einem Holzfass, als sich das Geschoss in einen der Stützpfosten bohrte. »Ein vierter Reiter?«, sagte Giordino, während er über das Fass hinwegspähte.

Pitt warf einen Blick auf den Hof und sah den Reiter, der neben einer Hecke stand, die Bogensehne durchzog und gerade einen dritten Pfeil abfeuern wollte. Diesmal zielte er auf Pitt, der gerade noch hinter einen Wagen hechten konnte, bevor das Geschoss vorbeipfiff. Kaum hatte es eingeschlagen, als Pitt aufsprang und auf den Wachmann losging. Jetzt war er am Zug. Als der Reiter nach hinten griff, um einen weiteren Pfeil aus dem Köcher zu ziehen, schleuderte Pitt den Speer, den er im Grabmal mitgenommen hatte.

Der Berittene war fast fünfzehn Meter entfernt, doch Pitts Spieß flog genau auf den Mann zu. Nur eine rasche Drehung rettete ihm das Leben, doch die scharfe Spitze erwischte ihn trotzdem und bohrte sich unmittelbar über dem Ellbogen in den rechten Arm. Er ließ den Bogen fallen und schlug die linke Hand über die Wunde, um die Blutung zu stillen.

Doch Pitt und Giordino war damit nur eine kurze Verschnaufpause vergönnt. Die drei anderen Reiter schlossen rasch zu ihrem verwundeten Kameraden auf und nahmen sie wieder unter Beschuss. Von der anderen Seite der Scheune übertönte das Hufgeklapper der anderen Patrouille den heulenden Wind, und nur Minuten später schwirrte ein Hagel messerspitzer Pfeile in den Schuppen und schlug mit mörderischer Wucht in Holzkisten und Karren ein. Die Bogenschützen verstanden ihr Handwerk und deckten Pitt und Giordino bei der geringsten Bewegung mit ihren Geschossen ein. Wäre der starke Wind nicht gewesen, der immer wieder Staubwolken aufwirbelte, die den Reitern die Sicht raubten, und zudem ihre Pfeile ablenkte, die beiden Männer wären binnen kürzester Zeit tot gewesen. Pitt und Giordino wiederum sorgten dafür, dass ihnen die Angreifer nicht zu nahe kamen.

Obwohl sie unbewaffnet waren, verteidigten sie sich so gut sie konnten. Sie entdeckten einen Wagen voller Werkzeuge und

Gartengeräte, die sie kurzerhand zu Wurfgeschossen umfunktionierten. Vor allem Giordino zeigte sein Können im Pickelwerfen, als er einen Wächter am Schenkel traf und einen zweiten aus dem Sattel holte. Eine Zeitlang konnten sie sich die Angreifer mit fliegenden Hacken, Äxten und Schaufeln vom Leib halten, doch die Reiter wussten, dass die beiden Männer in der Falle saßen.

Bislang war der Wind Pitts und Giordinos Verbündeter gewesen, doch jetzt, mitten im Gefecht, flaute er plötzlich einen Moment lang ab. Als sich der Staub legte und das Heulen nachließ, wussten die beiden Männer, dass ihnen Ungemach drohte. Jetzt hatten die Reiter freie Sicht und deckten sie unentwegt mit ihren Pfeilen ein. Wenn sie stehen geblieben wären, hätte das ihren sofortigen Tod bedeutet, daher warfen sie ihre Werkzeuge weg und hechteten in Deckung. Die beiden wälzten sich unter einen Wagen, stellten aber fest, dass ihnen die großen Speichenräder kaum Schutz boten. Ein halbes Dutzend Pfeile bohrte sich nur Zentimeter über ihren Köpfen in den Wagen, und auf der anderen Seite der Scheune fielen mit einem Mal Schüsse, als die zweite Patrouille statt der Bogen ihre Gewehre einsetzte, um die Belagerung zu beenden.

»Auf Custers letztes Gefecht kann ich gut verzichten«, grummelte Giordino, über dessen Wange ein dünner Blutfaden rann, nachdem er vom Holzsplitter eines zerbrochenen Pfeils getroffen worden war. »Meinst du, die lassen sich auf ein weißes Taschentuch ein?«

»Wahrscheinlich nicht«, erwiderte Pitt, der an Roy dachte. Ein Pfeil bohrte sich unmittelbar neben ihm in das Wagenrad, und instinktiv wollte er sich wegrollen, prallte aber gegen etwas Hartes. Er drehte sich um und sah neben dem Wagen eine schmutzige Segeltuchplane, unter der sich ein kantiger Gegenstand abzeichnete. Im nächsten Moment kam der nächste Pfeilhagel angeflogen und zwang ihn, zu Giordino zu robben.

»Was hältst du davon, wenn wir uns bei der nächsten Staubwolke auf einen der Reiter am Rand stürzen?«, fragte Giordino.

»Du schnappst dir die Zügel, ich übernehme den Mann, dann schwingen wir uns in den Sattel. Meiner Ansicht nach kommen wir hier nur raus, wenn wir uns ein Pferd besorgen.«

»Riskant«, erwiderte Pitt, »aber wahrscheinlich unsere einzige Chance.« Er rollte sich auf die Seite, um die Lage zu sondieren, und riss dabei versehentlich einen Teil der Plane neben dem Wagen herunter. Giordino bemerkte, wie Pitts Augen plötzlich auffunkelten, als er unter das Segeltuch spähte.

»Anderer Plan?«, fragte er.

»Nein«, versetzte Pitt. »Aber wir versuchen lieber, auf einem anderen Pferd rauszukommen.«

23

Das Funkgerät an der Wand knackte, dann drang eine raue Stimme aus dem Lautsprecher. Sie klang verzerrt und wurde von allerlei Störgeräuschen überlagert, die der pfeifende Wind verursachte, war aber trotzdem gut zu verstehen.

»Wir haben sie hinter dem Heiligtum umstellt. Sie sind mit der chinesischen Delegation eingetroffen und haben sich als mongolische Personenschützer ausgegeben, aber das stimmt offenbar nicht. Zwei meiner Männer, die von ihnen in der Testkammer eingesperrt wurden, behaupten, sie wären keine Chinesen, sondern allem Anschein nach Russen.«

»Aha«, erwiderte Borjin in gereiztem Tonfall. »Agenten im Dienste der Regierung vielleicht, aber wahrscheinlich Spione einer russischen Ölfirma. Seht zu, dass sie das Anwesen nicht lebend verlassen, aber haltet euch auch mit dem Gewehrfeuer zurück, bis die Delegation abgereist ist. Ich erwarte von meinen Sicherheitskräften eine Erklärung dafür, weshalb man sie bei der Ankunft nicht überprüft hat.«

Borjin hakte das Mikrofon ein und schloss den Hängeschrank aus Kirschholz, in dem das Funkgerät verborgen war. Dann verließ er das kleine Vorzimmer, lief den Flur entlang und kehrte in den Konferenzraum zurück. Der chinesische Minister stand am Fenster und blickte gedankenverloren auf die Staubwolken, die der Wind draußen aufwirbelte.

»Entschuldigen Sie die Unterbrechung«, sagte Borjin und nahm mit grimmigem Lächeln wieder Platz. »Es gab einen kleinen Zwischenfall mit zwei Männern aus Ihrem Begleitschutz. Ich fürchte, sie werden nicht mit Ihnen zurückkehren können. Wenn Sie möchten, werde ich Ihnen natürlich Ersatzmänner zur Verfügung stellen.«

Shinzhe nickte zerstreut. »Was waren das für Schüsse, die ich draußen gehört habe?«

»Meine Sicherheitskräfte haben ein Übungsschießen veranstaltet. Kein Grund zur Beunruhigung.«

Der Minister starrte mit ausdrucksloser Miene aus dem Fenster, war aber in Gedanken irgendwo anders. Langsam und schwerfällig, wie um Jahre gealtert, ließ er sich gegenüber von Borjin nieder. »Ihr Angebot kommt einer Erpressung gleich, und Ihre Forderungen sind lachhaft«, sagte er, ohne sich auch nur darum zu bemühen, seinen Unmut zu verbergen.

»Meine Bedingungen sind nicht verhandelbar. Und vielleicht sind sie für ein Land, das vor dem wirtschaftlichen Zusammenbruch steht, gar nicht so lachhaft«, zischte Borjin.

Shinzhe starrte seinen Gastgeber voller Verachtung an. Er hatte den arroganten und anmaßenden Magnaten vom ersten Augenblick an nicht leiden können. Obwohl er sich nach außen hin freundlich und kultiviert gab, hatte er offensichtlich keinerlei Respekt vor China und seinen Ansprüchen als Weltmacht. Der bloße Gedanke an Verhandlungen schmerzte Shinzhe, doch er wusste, dass die Staatsführung und vor allem der Präsident erwarteten, dass er den Vertrag über die Öllieferungen unter Dach und Fach brachte. Zu Recht befürchtete er, dass die Regierung seines Landes diese ungeheuerlichen Bedingungen aus schierer Verzeiflung akzeptieren würde. Wenn es nur eine andere Möglichkeit gäbe.

»Minister Shinzhe, Sie müssen einsehen, dass dieses Abkommen für beide Seiten von Nutzen ist«, fuhr Borjin fort, als er seine Fassung wiedergewonnen hatte. »China erhält das Öl, das es für seine Wirtschaft benötigt, ich bekomme einen langfristigen Liefervertrag, und das sogenannte autonome Gebiet wird mit der Mongolei wiedervereint, wie es sich von Rechts wegen gehört.«

»Die Zustimmung zur Preisgabe dieses Gebietes fällt mir nicht leicht.«

»China muss doch keine bedeutenden Ländereien abtreten. Wir beide wissen, dass diese Region kaum mehr als eine staubige Einöde ist, in der vorwiegend mongolische Hirten leben. Ich lege nur deshalb so viel Wert darauf, weil ich die Länder wiedervereinigen möchte, die einst zu unserem Volk gehörten.«

»Diese Region ist von nur geringem Wert, da mögen Sie recht haben. Dennoch ist es höchst ungewöhnlich, dass sich ein privates Unternehmen in territoriale Angelegenheiten einschaltet.«

»Das ist wahr. Genau genommen weiß meine Regierung nichts von unserem Abkommen. Man wird aber durchaus erfreut über dieses politische Geschenk sein, das von unserem Volk sicherlich begeistert angenommen werden wird.«

»Und Sie werden ohne Zweifel davon profitieren.«

»Als Makler habe ich einen Teil des Gebietes meiner Firma zugewiesen, aber das ist nur ein geringer Prozentsatz der Ländereien.« Er lächelte verschlagen und reichte Shinzhe einen dicken, in Leder gebundenen Ordner. »Ich habe bereits die erforderlichen Übereinkommen ausarbeiten lassen, die von den Regierungsvertretern unser beider Länder unterzeichnet werden müssen. Ich würde mich freuen, wenn ich so bald wie möglich eine Bestätigung Ihres Landes erhielte, dass man die Bedingungen annimmt.«

»Ich werde dem Generalsekretär und seinen Beratern morgen Nachmittag Bericht erstatten. Danach wird man eine Entscheidung treffen. Ich muss Sie aber darauf hinweisen, dass Ihre unnachgiebige Haltung bezüglich der Bedingungen eine Übereinkunft auch verhindern könnte.«

»Dann sei es so. Dies sind meine Bedingungen.« Borjin erhob sich. »Ich freue mich auf eine lange und fruchtbare Zusammenarbeit, Minister Shinzhe.« Borjin verbeugte sich anmutig.

Shinzhe stand auf, zwang sich seinerseits zu einer steifen Verbeugung und verließ mit seinem Gefolge den Raum. Borjin und Tatiana begleiteten die chinesischen Gäste zur Tür und blickten ihnen hinterher, als sie sich durch den wirbelnden Staub zu ihren Autos durchkämpften. Sobald die Rücklichter hinter dem Tor verschwanden, schloss Borjin die Tür und wandte sich an Tatiana.

»Jetzt müssen wir nur noch zugreifen«, sagte er, als sie den Korridor entlanggingen.

»Ja, aber es gibt noch viele Unwägbarkeiten. Sie werden die Innere Mongolei nicht ohne Weiteres hergeben wollen. Vielleicht ahnen sie irgendetwas.«

»Unsinn. Die Chinesen haben sicher Verständnis dafür, dass die Mongolei aus historischen Gründen eine Wiedervereinigung mit ihren ehemaligen Ländereien wünscht. Eine ideale Tarnung. Und das Beste daran ist, dass sie uns die Gebiete übergeben, die wir ausbeuten werden, um ihnen dann das Öl zu verkaufen.«

»Sie werden nicht gut auf uns zu sprechen sein, wenn sie die Wahrheit erfahren. Möglicherweise erklären sie das Abkommen für null und nichtig, wenn es nicht noch schlimmer kommt. Und sie werden auch keine überhöhten Marktpreise bezahlen wollen.«

»Letzteres lässt sich ganz einfach lösen. Mit unserer neuartigen Technologie können wir über Jahre hinweg für instabile Märkte sorgen und satte Profite einfahren. Das haben wir ja bereits am Persischen Golf bewiesen, und wir werden es wieder tun.«

Sie betraten den Konferenzraum und gingen zu einer kleinen Bar, auf deren Regalen Dutzende von Flaschen standen. Borjin griff nach einem Cognac und schenkte ihn in zwei Gläser ein.

»Meine liebe Schwester, wir haben bereits gewonnen. Sobald das Öl fließt, haben wir die Chinesen am Kragen, und sie werden es nicht wagen, das Abkommen zu brechen. Sollten sie ihre Meinung ändern, beschleunigen wir einfach den Bau der Pipeline nach Sibirien und stellen einen Anschluss an die Leitung nach Nachodka her. Dann können wir unser Öl nach Japan und in die übrige Welt verkaufen und ihnen ins Gesicht lachen.«

»Ja, denn dank der Feuersbrunst, die unser Bruder in Ningbo verursacht hat, sind die Chinesen in einer verzweifelten Lage.«

»Temuge hat wahre Wunder bewirkt, nicht wahr?«

»Ich brauche dich wohl nicht daran zu erinnern, dass er mich am Baikal fast getötet hätte«, versetzte sie unwirsch.

»Eine unvorhersehbare Nebenwirkung, eine große Welle. Aber egal, jetzt bist du ja in Sicherheit«, sagte er leicht herablassend. »Du musst zugeben, dass er sehr tüchtig war. Erst die Zerstörung der Pipeline in Sibirien, dann der Brandanschlag auf den chinesischen Hafen, als keine geeignete Verwerfungslinie gefunden werden konnte. Und die von ihm zusammengestellte Truppe hat am Persischen Golf ganze Arbeit geleistet. Noch ein weiterer Vorfall im Nahen Osten, dann kommen die Chinesen auf Knien zu uns gekrochen.«

»Ist Temuge schon zum letzten großen Schlag nach Nordamerika unterwegs?«

»Sie sind bereits in See gestochen. Die Ausrüstung vom Baikal ist vor zwei Tagen in Seoul eingetroffen, und kurz danach sind sie aufgebrochen. Ich habe Temuge den Ausgrabungstrupp aus dem Kentei-Gebirge mitgegeben, da wir unsere Unternehmung nach dem Zwischenfall mit dem russischen Explorationstrupp abbrechen mussten.«

»Die Suche war ohnehin ergebnislos. Das leere Grab, das wir fanden, deutet doch darauf hin, dass die andere Gruft entweder geplündert oder nie für eine Bestattung genutzt wurde. Es ist mir ohnehin ein Rätsel, weshalb die Schätze, die es enthalten haben soll, niemals aufgetaucht sind.»

»Das spielt keine Rolle, da uns die Chinesen mit beträchtlichen

Geldsummen versorgen werden. Wir müssen nur ein oder zwei Wochen warten, bis der nächste Ölschock kommt«, sagte er und lächelte. »Dann werden sie mit allem einverstanden sein.«

Er verließ den Konferenzraum und stieg, gefolgt von seiner Schwester, eine Treppe empor. Oben angekommen, blieb er vor dem an der Wand hängenden Porträt eines alten mongolischen Kriegers stehen und hob sein Glas.

»Der erste Schritt ist getan. Wir sind auf dem besten Weg, den Reichtum und Ruhm des Goldenen Klans wiederzugewinnen.«

»Unser Vater wäre stolz auf uns«, sagte Tatiana. »Er hat das alles ermöglicht.«

»Auf Vater und unseren Herrn – Dschingis!«, sagte er und trank einen Schluck Cognac. »Mögen die Eroberungszüge von Neuem beginnen.«

24

Der Leiter der Wachmannschaften, ein hünenhafter Mann namens Batbold, der hoch zu Ross hinter dem Herrenhaus saß, hakte das Walkie-Talkie wieder an seinen Gürtel. Er hatte soeben die Nachricht erhalten, dass die chinesische Delegation das Anwesen verlassen hatte. Wenn die beiden Eindringlinge noch lebten, konnten sie jetzt mit Gewehren erledigt werden.

Der aufgewirbelte Staub nahm ihm die Sicht ins Innere der Scheune, doch der Pfeilhagel und die Kugeln, die sie bereits abgefeuert hatten, mussten die beiden Spione zur Strecke gebracht haben. Seine Leute wurden nicht mehr mit Werkzeugen beworfen, und seit mehreren Minuten hatte er die Männer auch nicht mehr gesehen. Inzwischen sind sie bestimmt tot, vermutete er. Nur zur Sicherheit ließ er seine Männer drei weitere Gewehrsalven in die Scheune abgeben und befahl dann, das Feuer einzustellen.

Anschließend zückte Batbold das kurze Schwert, das an seinem Gürtel hing, saß ab und rückte mit drei weiteren Männern zur Scheune vor, um die Leichen zu untersuchen. Sie waren nur noch zehn Schritte von der Lattenwand entfernt, als sie hörten, wie drinnen eine Holzkiste zu Bruch ging. Als Batbold und seine Männer stehen blieben, drang ein weiteres Geräusch heraus, ein metallisches Surren, das allmählich wieder erstarb. Vorsichtig trat der Anführer der Wachmannschaft noch einen Schritt vor, als er wieder dieses seltsame Surren hörte, das sich ein ums andere Mal wiederholte. Dann sah er, wie sich hinter einem der Wagen etwas bewegte.

»Dort!«, rief er und deutete auf den Wagen. »Gebt Feuer!«

Die drei Wachen legten ihre Karabiner an, als ein lauter Knall aus der Scheune hallte. Dann stürzte ein Kistenstapel ein, durchschlug die Seitenwand und riss einen Teil der Latten ab. Im nächsten Moment schoss ein niedriges Gefährt unter ohrenbetäubendem Geheul heraus.

Mit weit aufgerissenen Augen starrte Batbold auf das verblichene rote Motorrad mit Seitenwagen, das genau auf ihn zuraste. Einen Fahrer sah er nicht, nur eine Holzkiste lag auf dem Sattel, eine weitere auf dem Seitenwagen. Als Batbold ihm ausweichen wollte, bemerkte er, dass er sich hatte täuschen lassen, und riss sein Schwert hoch. Doch es war bereits zu spät.

Als das Motorrad vorbeizischte, schoss Giordino wie ein Springteufel aus der Kiste aus dem Seitenwagen, einen Spaten in der Hand, mit dem er nach Batbold hieb. Mit sattem Klatschen schlug das flache Blatt gegen die Kinnlade des Wachführers, der mit verwundertem Blick zu Boden ging.

Dann raste die Maschine auf die drei Wachmänner hinter Batbold zu, die sofort auseinanderstoben, ohne noch einen Schuss abzufeuern. Einer der Männer rutschte aus, worauf der Seitenwagen prompt über seine Beine rumpelte. Ein zweiter brachte sich mit einem Hechtsprung in Sicherheit, und den dritten streckte Giordino mit einem Schlag an den Hinterkopf nieder.

Pitt, der durch die Ritzen in der Holzkiste spähte, die er sich über die Schulter gestülpt hatte, steuerte von den mit Gewehren bewaffneten Reitern weg und lenkte auf die Bogner zu. Er musterte die feindliche Linie, suchte sich zwei Pferde aus und donnerte in die Lücke zwischen den beiden Tieren.

»Bleib unten, gleich geht's rund«, rief er Giordino noch zu.

Im nächsten Moment prallten Pfeile gegen den Seitenwagen und bohrten sich in ihre behelfsmäßigen Holzpanzer. Pitt spürte einen kurzen Stich im linken Oberschenkel, als ihn ein Pfeil streifte, doch er war zu beschäftigt, um das warme Blut wahrzunehmen, das an seinem Bein hinabrann.

Das alte Motorrad, dessen Vergaser zu fett eingestellt war, raste, eine schwarze Rauchwolke hinter sich herziehend, auf die Reiter zu. Wie Pitt gehofft hatte, trauten sich die bewaffneten Männer hinter ihnen nicht zu schießen, weil sie Angst hatten, die Bogner zu treffen. Die allerdings deckten sie mit einem Pfeilhagel nach dem andern ein.

Pitt beschloss, die Feuerlinie zu sprengen und fuhr genau auf eines der Pferde zu. Das erschrockene Tier bäumte sich auf und wirbelte herum, um der Donnerkiste auszuweichen, sodass sich sein Reiter nur mit knapper Not im Sattel halten konnte. Pitt sah eine Lanze, die nur Zentimeter an seinem Gesicht vorbeizischte und sich neben ihm in den Boden bohrte. Dann hatte er das scheuende Pferd und die berittenen Bogenschützen hinter sich gelassen und raste aus dem Innenhof.

Giordino drehte sich um und spähte über den Rand der Kiste. Die Reiter hatten sich sofort wieder formiert und verfolgten das Motorrad.

»Sie sind uns auf den Fersen«, schrie er. »Ich mach mal ein paar Wurfübungen. Sag mir Bescheid, wenn wir zur Sprungschanze kommen.«

»Dauert noch ein bisschen«, erwiderte Pitt.

Bevor sie losgefahren waren, hatte Giordino einen Sack voller Hufeisen entdeckt, der an dem Wagen hing, und ihn kurz entschlossen in den Seitenwagen geworfen. Jetzt tauchte er wieder aus der Kiste auf und warf damit nach dem Kopf des vordersten Reiters. Die schmalen, halbrunden Eisen wollten anfangs nicht richtig fliegen, aber Giordino hatte den Dreh bald raus und landete schnell den ersten Treffer. Binnen kurzer Zeit holte er zwei Reiter aus dem Sattel, zertrümmerte den Bogen eines dritten und hielt die Verfolger so auf Abstand.

Unterdessen gab Pitt Vollgas und raste auf die andere Seite des Hofes zu. Als er in der Scheune gegen das tschechische Motorrad geprallt war, hatte er zunächst gedacht, die Maschine wäre nur noch Schrott. Doch die 1953 gebaute Jawa 500 OHC hatte Luft in den Reifen, etliche Liter Sprit im Tank, und der Kickstarter ließ sich mühelos durchtreten. Schon beim siebten Versuch war der alte Zweizylindermotor hustend angesprungen, und jetzt donnerten sie damit in die Freiheit.

Dank Giordinos Hufeisen hatten sie einen beruhigenden Vorsprung auf die Reiter herausgeholt, als Pitt plötzlich den Lenker herumriss und auf den hinteren Rand des Grundstücks zuhielt.

»Schnall dich an, gleich heben wir ab«, brüllte er Giordino zu.

Giordino tauchte wieder in den Seitenwagen und hielt sich an der Griffstange vor seinem Sitz fest. In der anderen Hand hielt er noch das letzte Hufeisen, das er gleich werfen wollte.

»Auf gut Glück«, grummelte er und klemmte es unter die Haube des Seitenwagens.

Der hintere Teil des Anwesens war nicht mit einer Mauer umfriedet, da hier die Felswand steil abfiel. Pitt wusste, dass er sich auf ein selbstmörderisches Unternehmen einließ, aber einen anderen Fluchtweg hatten sie nicht. Er donnerte auf die Grundstücksgrenze zu, bremste kurz ab und steuerte die Maschine über die Kante.

Einen Moment lang hatte er das Gefühl, als drehte sich sein Magen um, als der Boden unter ihm verschwand und das Motorrad vornüberkippte. Die ersten zehn Meter fielen sie fast senkrecht bergab, bis das Vorderrad wieder den Boden berührte. Dann schlug die Maschine mit voller Wucht auf und stauchte sie so durch, dass die mit Pfeilen gespickten Holzkisten davonflogen. Pitt war froh, endlich freie Sicht zu haben, wusste aber auch, dass die Kisten ihnen wahrscheinlich das Leben gerettet hatten. Doch im nächsten Augenblick erforderte das Motorrad schon wieder seine ganze Konzentration.

Da die Maschine wegen des Seitenwagens leicht rechtslastig war, hätte sie beim Aufprall eigentlich umkippen müssen. Pitt aber hielt den Lenker mit eisernem Griff fest und sorgte mit gekonntem Gegensteuern dafür, dass sie nicht ausbrach, steuerte sie gleichzeitig aber schnurgerade bergab. Durch den Schwung stabilisierte sich das Motorrad wieder, während sie mit halsbrecherischem Tempo den Steilhang hinabrasten. Zudem schien ihnen Giordinos Hufeisen Glück zu bringen, denn weder große Felsen noch andere Hindernisse kamen ihnen in die Quere. Ab und zu aber spritzten Steine vor ihnen auf, und Pitt wurde klar, dass sie von oben unter Beschuss genommen wurden, doch das Röhren des Motors und der heulende Wind übertönten das Knallen der Gewehre. Dann wurden sie von einer Staubwolke eingehüllt, die ihnen vorübergehend Deckung bot. Gleichzeitig aber wurde Pitt durch den Wind die Sicht genommen. Doch er fuhr einfach geradeaus und hoffte, dass sie nicht gegen einen Felsen oder Baum prallten.

Die Wachmänner, die oben an der Felsleiste standen und mit ihren Karabinern auf die Maschine feuerten, fluchten lauthals, als das Motorrad in einer aufgewirbelten Staubwolke verschwand. Sechs weitere Reiter stießen zu ihnen, saßen dann ab, führten ihre Pferde den Steilhang hinab und nahmen die Verfolgung auf. Zunächst kamen sie nur langsam voran, doch sobald sie die fast senkrechte Felswand hinter sich hatten, schwangen sie sich in den Sattel und sprengten hinter dem Motorrad her.

Unterdessen hielten sich Pitt und Giordino mit aller Kraft fest, während sie mit gut hundertdreißig Stundenkilometern bergab donnerten. Endlich ließ Pitt auch die Hinterradbremse los, die er unwillkürlich angezogen hatte, seit sie über den Felssims gesprungen waren, da ihm klar wurde, dass ihre rasende Fahrt dadurch kaum langsamer wurde.

Nach einigen Sekunden ließ das Gefälle etwas nach. Der Hang war zwar nach wie vor steil, sie hatten aber wenigstens nicht mehr das Gefühl, im freien Fall den Berg hinabzustürzen. Zudem bekam Pitt die Maschine allmählich besser in den Griff und konnte hin und wieder sogar Büschen und Felsbrocken ausweichen. An einer tiefen Querrinne allerdings wären die beiden Männer fast abgeworfen worden, fingen sich jedoch wieder, noch ehe die Maschine landete. Pitt hatte das Gefühl, als würden ihm bei jedem Sprung die Nieren zermalmt, denn die straffe Federung und der harte Ledersitz fingen die heftigen Schläge kaum ab.

Mehrmals brach das Motorrad nach links oder rechts aus und drohte umzukippen, aber jedes Mal steuerte Pitt dagegen, um die Maschine aufrecht zu halten, während Giordino ihn durch ständige Gewichtsverlagerung unterstützte. Jedem Hindernis konnte Pitt jedoch nicht ausweichen, und ein paar Mal donnerte der Seitenwagen über kleinere Felsbrocken, sodass die stromlinienförmige Nase nach kurzer Zeit aussah, als wäre sie mit einem Vorschlaghammer traktiert worden.

Allmählich aber flachte sich der Hang ab, und nur noch vereinzelte Felsen, Büsche und Bäume standen ihnen im Weg, bis sie schließlich auf trockenes Gras stießen. Jetzt, da das Terrain immer ebener wurde, musste Pitt sogar Gas geben, um die Geschwindigkeit zu halten. Der Wind allerdings war so heftig wie eh und je und blies ihm genau ins Gesicht. Zudem wirbelte er noch immer dichte Staubwolken auf, in denen die Sicht auf wenige Meter beschränkt war.

»Werden wir noch verfolgt?«, schrie Pitt.

Giordino nickte. Er hatte alle paar Sekunden einen kurzen Blick nach hinten geworfen und bemerkt, wie die ersten Reiter den Berg herabstiegen. Jetzt lagen die Verfolger zwar weit zurück und waren längst im Staub verschwunden, doch er wusste auch, dass die Jagd gerade erst begonnen hatte.

Pitt war sich darüber ebenfalls im Klaren. Solange das alte Motorrad durchhielt, konnten sie ihren Vorsprung auf die Verfolger halten. Aber irgendwann mussten sie die Reiter abschütteln, und Pitt konnte nur hoffen, dass der Wind ihre Spuren verwischte. Tatsache aber war, dass ihr Leben von einer alten Maschine abhing, deren Spritreserve begrenzt war.

Pitt dachte darüber nach, was er über das tschechische Motorrad wusste. Die Jawa stammte ursprünglich noch aus der Vorkriegszeit und kam aus einer Fabrik, die Handgranaten und andere Kriegswaffen hergestellt hatte. Die nach dem Krieg gebauten Jawas, bekannt für ihren leichten, aber leistungsstarken Motor, waren schnelle und technisch innovative Maschinen, die als zuverlässig und unverwüstlich galten, wenigstens bis das Werk verstaatlicht wurde. Obwohl es mit uraltem Sprit lief, schnurrte das Motorrad fast ohne einen Aussetzer dahin. Ich nehme alles, was du mir zu bieten hast, dachte Pitt, dem klar war, dass sie den Vorsprung auf die Reiter ausbauen mussten – je weiter, desto besser. Er biss die Zähne zusammen und blickte mit verkniffenen Augen in den wirbelnden Staub, gab mehr Gas und hielt den Lenker fest, als die alte Maschine ins wabernde Zwielicht röhrte.

25

Rasch senkte sich die Dunkelheit über die weite, wogende Steppe. Hohe Wolken, die über dem Staub dahintrieben, verdeckten Mond und Sterne und tauchten das Grasland in tiefe Schwärze. Nur ab und zu blinkte ein winziger Lichtpunkt in den trockenen Schwaden auf, die über den Boden zogen, dann tauchte ein Scheinwerferstrahl auf, der im nächsten Moment wieder im Dunst verschwand. Gleichzeitig hallte das stete Röhren des Zweizylinder-Viertaktmotors über die weite Ebene, ohne auch nur einmal auszusetzen.

Das tschechische Motorrad bretterte durch das Meer aus Gras wie ein Jet Ski bei kabbeliger See. Die alte Maschine knarrte und ächzte bei jedem Sprung über Bodenwellen und Erdlöcher, raste aber nach wie vor wacker über die Hügellandschaft hinweg. Pitts Hand schmerzte vom ständigen Vollgasgeben, doch er war fest entschlossen, alles herauszuholen, was die Jawa hergab. Obwohl sie sich fernab aller Straßen befanden und der Seitenwagen immer wieder ins Schlingern geriet, donnerten sie mit fast achtzig Sachen durch das Grasland und holten mit jeder Meile, die sie vorankamen, einen größeren Vorsprung auf die Reiter heraus. Doch das war im Augenblick gar nicht das Ausschlaggebende, denn die Reifen des Motorrads hinterließen eine deutliche Spur im Sommergras, die jedem Verfolger verriet, wohin ihr Fluchtweg führte.

Pitt hatte gehofft, auf eine Wegkreuzung zu stoßen, damit er die Spuren verwischen konnte, aber er sah nur ab und zu einen Trampelpfad, der viel zu schmal war. Einmal bemerkte er in der Ferne ein Licht und versuchte es anzusteuern, doch im nächsten Moment wurde es von einer Staubwolke verschluckt, und sie fuhren weiter durch die dunkle Einöde. Im schummrigen Strahl des Scheinwerfers tauchte zwar keine Straße auf, Pitt konnte jedoch erkennen, dass sich die Landschaft allmählich veränderte. Die Hügel wurden flacher, das Gras dünner. Das Terrain musste besser geworden sein, stellte er trocken fest, denn Giordino hatte schon eine ganze Weile nicht mehr über das elende Geholper geflucht. Kurz darauf waren gar keine Hügel mehr zu sehen, das Steppenland ging in eine karge Grasnarbe über, auf die schließlich hartes, steiniges Gelände folgte, das mit Buschwerk bewachsen war.

Sie waren in die nördlichen Ausläufer der Wüste Gobi vorgedrungen, einst ein weites Binnenmeer, das sich über das südliche Drittel der Mongolei erstreckte. In diesem riesigen Trockengebiet, eher eine steinige Ebene als von Sanddünen durchzogen, in der es einst von Dinosauriern wimmelte, tummeln sich zahlreiche Gazellen, Raubvögel und andere wilde Tiere. Pitt und Giordino bekamen jedoch keines zu Gesicht, sie konnten mit Mühe und Not die zwischen den Sand- und Schotterstreifen aufragenden Granitblöcke sehen. Ein ums andere Mal musste Pitt jählings den Lenker herumreißen und um unverhofft auftauchende Schroffen und Felsnasen kurven, bis er endlich einer halbwegs brauchbaren Fahrspur zwischen den Felsen folgen konnte, hinter denen sich ein weites, flaches Tal auftat.

Das Motorrad wurde sofort schneller, als sie festeren Boden unter den Reifen hatten. Pitt allerdings bekam dadurch noch mehr Staub ins Gesicht geblasen, sodass die Sicht wieder schlechter wurde. Eine weitere Stunde lang rasten sie mit der dreirädrigen Maschine durch die Wüste, streiften immer wieder Gestrüpp und kleine Felsen, aber irgendwann bekam der Motor einen Schluckauf, geriet dann ins Stottern und hustete schließlich. Pitt holte trotzdem noch eine Meile raus, bis der Benzintank endgültig leer und ebenso trocken war wie die Wüste um sie herum.

Neben einem flachen Sandstreifen blieb die Maschine stehen, und nun senkte sich eine geradezu unheimliche Stille über sie. Es dauerte eine Weile, bis ihre vom Motoradlärm geschädigten Ohren den Wind wahrnahmen, der durch das niedrige Buschwerk strich und Sandkörner über den Boden fegte. Dann klarte der Himmel über ihnen auf, der Wind legte sich bis auf ein paar gelegentliche Böen, und vereinzelt funkelten Sterne durch die Staubschwaden, die die weite Wüste in ein fahles Licht tauchten.

Pitt drehte sich zum Seitenwagen um und sah Giordino reglos dasitzen, über und über mit Staub verkrustet. Eine graubraune Schmutzschicht hatte sich an Haaren, Gesicht und Kleidung festgesetzt. Er traute seinen Augen kaum. Giordino war tatsächlich eingeschlafen, hielt sich aber noch immer mit beiden Händen an der Griffstange des Seitenwagens fest. Erst jetzt, als der Motorenlärm erstorben und das ständige Schlingern vorbei war, fuhr er hoch, riss die Augen auf und blickte in die weite, dunkle Wüstenlandschaft.

»Du willst mir hier doch hoffentlich keine U-Boot-Regatta zeigen«, sagte er.

»Nein«, erwiderte Pitt. »Ich glaube, heute Abend ist ein Pferderennen angesagt.«

Giordino sprang aus dem Seitenwagen und streckte sich, während Pitt die Verletzung an seinem Oberschenkel untersuchte. Der Pfeil hatte nur die Haut gestreift und sich dann in eine Kühlrippe gebohrt. Die Wunde blutete schon seit einiger Zeit nicht mehr, aber rote, mit Staub verklebte Flecken zogen sich bis zu seinem Fuß hinab.

»Was macht das Bein?«, fragte Giordino, als er die Wunde bemerkte.

»Knapp vorbei. Hätte mich fast an die Maschine genagelt«, sagte Pitt und zog den abgebrochenen Pfeil aus dem Kühler.

Giordino drehte sich um und sah in die Richtung, aus der sie gekommen waren. »Wie weit liegen sie deiner Meinung nach zurück?«

Pitt überschlug die Zeit und die ungefähre Durchschnittsgeschwindigkeit, mit der sie seit der Flucht aus Xanadu unterwegs gewesen waren. »Kommt drauf an, welches Tempo sie hatten. Aber ich nehme an, wir haben zwanzig Meilen Vorsprung. Viel mehr als einen flotten Trab können sie den Pferden auf die Dauer nicht zumuten.«

»Vermutlich führt kein kürzerer Weg vom Berg runter, sonst hätten sie uns längst ein paar Autos auf den Hals gehetzt.«

»Ich hatte schon befürchtet, dass sie einen Hubschrauber haben, aber bei diesem Staubsturm konnten sie ohnehin nicht fliegen.«

»Hoffentlich haben sie sich mittlerweile den Hintern wund geritten und werfen das Handtuch. Oder rasten wenigstens bis morgen früh. Vielleicht kommen wir bis dahin per Anhalter von hier weg.«

»Sieht aber nicht so aus, als ob hier in der Gegend ein Laster hält«, erwiderte Pitt. Er stand auf, schwenkte den Lenker des Motorrads herum und ließ den Scheinwerferstrahl über die Wüste schweifen. Links von ihnen ragte eine hohe Felswand auf, doch sonst war die Landschaft so eben wie ein Billardtisch.

»Ich persönlich«, sagte Giordino, »fände es großartig, wenn ich mir nach der Sturzflugfahrt vom Berg und dem anschließenden Gestauche mal die Beine vertreten könnte. Wollen wir gegen den Wind laufen?«, fragte er und deutete nach vorn.

»Erst müssen wir noch einen Zaubertrick vorführen«, sagte Pitt.

»Was denn für einen?«

»Ach«, begann Pitt mit einem verschmitzten Lächeln. »Wie lasse ich in der Wüste ein Motorrad verschwinden.«

Die sechs Reiter hatten schon nach kurzer Zeit jeden Versuch aufgegeben, mit dem schnelleren Motorrad Schritt zu halten, und schlugen mit ihren Pferden eine geruhsamere Gangart an, die sie stundenlang durchhalten konnten. Das mongolische Pferd, über Jahrhunderte hinweg auf Ausdauer gezüchtet, war ungemein robust. Diese Tiere, Abkömmlinge einer Rasse, die einst an den Eroberungszügen durch ganz Asien teilgenommen hatte, waren dafür bekannt, dass sie auch mit kargen Futterrationen auskamen und dennoch den ganzen Tag durch die Steppe galoppieren konnten. Sie waren klein, stämmig und wirkten alles in allem ein bisschen struppig. Aber was die Zähigkeit betraf, konnte kein Vollblüter mit ihnen mithalten.

Als die kleine Reitergruppe den Fuß des Berges erreichte, ließ der Anführer anhalten und suchte mit missmutiger Miene den Boden ab. Dann schaltete er eine Taschenlampe ein, richtete den Strahl auf zwei tiefe Reifenspuren, die sich durchs Gras zogen und musterte sie eingehend. Zufrieden verstaute er seine Lampe, schwang sich in den Sattel, spornte sein Tier zu einem leichten Trab an und folgte mit den anderen Reitern der Fährte.

Der Anführer ging davon aus, dass die alte Maschine nicht mehr als fünfzig Kilometer schaffte. Vor ihnen aber lag nichts als offenes Steppenland und Wüste, darin gab es im Umkreis von hundertfünfzig Kilometern nur wenige Versteckmöglichkeiten. Wenn sie die Pferde schonten, konnten sie die Flüchtigen seiner

Schätzung nach in knapp acht Stunden einholen. Die motorisierten Verstärkungen mit ihren Geländefahrzeugen musste er jedenfalls nicht hinzuziehen, diese Aufgabe schafften seine Leute mühelos. Sie alle hatten schon früh gelernt zu reiten, noch bevor sie laufen konnten, und ihre Säbelbeine kündeten davon. Für die Flüchtigen gab es kein Entrinnen. Noch ein paar Stunden, dann waren die beiden Männer, die die Wachen in Xanadu genarrt hatten, so gut wie tot.

Die ganze Nacht hindurch trotteten sie voran und ritten gegen den stürmischen Wind, während sie den immer geradeaus führenden Reifenspuren des Motorrads folgten. Anfangs hörten sie noch das hämische Knattern des Motors, das die gelegentlichen Böen zu ihnen trugen, als sollten sie zu einer flotteren Gangart verlockt werden. Aber bald schon verklang das Geräusch in den fernen Hügeln, worauf die Reiter schweigend weitertrabten und ihren Gedanken nachhingen. Fünf Stunden lang ritten sie ununterbrochen dahin und hielten erst an, als sie auf die steinige Wüstenebene stießen.

Auf dem harten Untergrund ließ sich die Motorradspur nicht mehr so leicht verfolgen. Immer wieder verloren sie die Fährte und wurden aufgehalten, bis sie die Reifenabdrücke im Schein der Taschenlampe doch wieder ausfindig machten. Als die Dämmerung anbrach, flaute der heftige Wind, der ihnen unentwegt Staub und Sand in die Augen geblasen hatte, allmählich ab. Und im Morgenlicht waren die Fahrrillen besser zu erkennen, sodass die Reiter wieder schneller vorankamen. Jetzt schickte der Patrouillenführer einen Kundschafter voraus, der die anderen vorher verständigen sollte, falls die Spur auf dem steinigen Boden ein weiteres Mal abriss.

Die Reiter folgten der Fährte durch einen Sandstreifen, neben dem eine Felsklippe aufragte. Vor ihnen tat sich eine weite Ebene auf. Die Reifenspuren schlängelten sich durch den Sand und zogen sich dann klar und deutlich schnurgerade in die Ferne. Die Reiter ließen ihre Pferde bereits antraben, als der Anführer bemerkte, dass der Kundschafter rund fünfzig Meter voraus angehalten hatte. Als er auf ihn zuritt, wandte sich der Kundschafter mit verständnisloser Miene um.

»Warum hast du angehalten?«, herrschte ihn der Patrouillenführer an.

»Die Spur ... sie ist verschwunden«, stammelte der Scout.

»Dann reite weiter und stell fest, wo sie wieder anfängt.«

»Sie setzt sich aber nicht fort. Der Sand ... darin müsste man die Spur sehen, aber sie ist hier einfach zu Ende«, erwiderte er und deutete auf den Boden.

»Dummkopf«, murmelte der Patrouillenführer, dann gab er seinem Pferd die Sporen und zog es nach rechts. Er ritt ein Stück voraus und kehrte dann in weitem Bogen zu seinem wartenden Trupp zurück. Jetzt wirkte auch er verwundert.

Er saß ab und ging zu den Reifenspuren. Mühelos sanken die Absätze seiner Stiefel in die weiche Sandschicht, die über dem harten Untergrund lag. Er folgte den beiden Rillen, die Motorrad und Seitenwagen hinterlassen hatten, und musterte den Boden, bis die Abdrücke jäh endeten. Er suchte die Umgebung ab und stellte fest, dass ringsum weicher Sand lag, aber nur die Hufabdrücke seiner Reiter waren zu sehen. Die Fährte riss hier ab, nirgendwo waren mehr Spuren zu sehen, und das Motorrad war ebenfalls verschwunden.

Als hätte sich die Maschine samt der beiden Fahrer einfach in Luft aufgelöst.

26

Pitt und Giordino, die wie Adler in ihrem Nest gut zwanzig Meter über dem Wüstenboden hockten, sahen sich das ganze Geschehen von oben an. Vorsichtig waren sie in der Dunkelheit die schroffe Wand emporgeklettert und hatten eine tief nach innen gewölbte Felsleiste entdeckt, die von unten nicht einsehbar war. Dann hatten sie sich mitten in der natürlichen Schüssel langgelegt und ab und zu sogar ein bisschen geschlafen, bis kurz nach Anbruch der Dämmerung die Reiter anrückten. Da sie sich östlich der Verfolger befanden, wurden sie durch die Morgensonne gut gedeckt, die gleißend hell auf die Reiter fiel, während sie noch im Schatten der Felswand lagen.

Grinsend sahen Pitt und Giordino zu, wie die Reiter erstaunt innehielten, als die Motorradspur plötzlich endete. Aber sie waren noch längst nicht aus der Gefahrenzone. Gespannt verfolgten sie, wie zwei Reiter voranpreschten, während vier weitere nach beiden Seiten ausschwärmten. Wie Pitt gehofft hatte, suchten sie hauptsächlich das Terrain voraus ab und kamen offenbar nicht auf die Idee, dass die beiden Flüchtigen zurückmarschiert sein könnten, bevor sie die Felsen erklommen.

»Dir ist doch klar, Houdini, dass sie dadurch bloß noch saurer auf uns werden«, flüsterte Giordino.

»Soll mir recht sein. Wenn sie sauer sind, werden sie unaufmerksam.«

Eine Stunde lang warteten sie und sahen zu, wie die Reiter den Boden absuchten, bevor sie sich am Ende der Spur wieder sammelten. Auf Befehl des Patrouillenführers verteilten sie sich dann entlang der Fährte und verfolgten sie ein Stück zurück. Wieder sprengten zwei Berittene nach beiden Seiten davon, und zwei andere näherten sich dem Felsen.

»Hinlegen«, flüsterte Pitt, worauf er und Giordino sich in die Mulde schmiegten. Sie hörten, wie das Hufgeklapper näher kam, und erstarrten förmlich, als es unmittelbar unter ihnen anhielt. Sie hatten ihre Spuren zwar nach besten Kräften verwischt, bevor sie auf den Fels geklettert waren, doch es war dunkel gewesen. Und außerdem könnten die Verfolger nicht nur sie entdecken.

Pitts Herz schlug einen Takt schneller, als er die Männer miteinander reden hörte. Dann saß einer der Reiter ab und kletterte den Felsen empor. Er ließ es langsam angehen, aber Pitt nahm das Scharren seiner Lederstiefel am Sandstein wahr und stellte fest, dass er näher kam. Er warf einen kurzen Blick zu Giordino, der einen baseballgroßen Stein ergriff, der neben seinem Bein lag.

»Nichts«, rief der Mann, der nur noch anderthalb Meter unter der Felsleiste stand. Giordino spannte den Arm schon an, doch Pitt ergriff sein Handgelenk. Im nächsten Moment rief der Berittene dem Kletterer irgendetwas zu. Aus seinem Tonfall schloss Pitt, dass der Mann zurückkommen sollte. Das Stiefelscharren entfernte sich, und ein paar Minuten später war der Mann wieder unten und saß auf. Erneut ertönte Hufschlag, der allmählich in der Ferne verklang.

»Das war knapp«, sagte Giordino.

»Ein Glück, dass der Kletterer es sich anders überlegt hat. Mit deinem Faustkeil hättest du ihm ganz schön wehgetan«, erwiderte Pitt und nickte zu dem Stein in Giordinos Hand hin.

»Schlagball«, korrigierte er. »Das kann ich am besten.«

Er warf einen Blick zu der Staubfahne, die die Reiter aufwirbelten, und fragte: »Bleiben wir noch hier?«

»Ja. Jede Wette, dass sie wieder zurückkommen.«

Pitt dachte an das, was er über die mongolischen Eroberungszüge im dreizehnten Jahrhundert gelesen hatte. Ein vorgetäuschter Rückzug war eine der bevorzugten Taktiken des Dschingis Khan gewesen, wenn seine Horden auf einen starken Gegner stießen. Oftmals war sein Heer in bester Ordnung abmarschiert und mehrere Tage lang fortgeblieben, woraufhin die arglosen Widersacher ihre Befestigungsanlagen verließen, um dann beim nächsten Angriff vernichtend geschlagen zu werden. Gleichzeitig war sich Pitt darüber im Klaren, dass sie gegen die schnellen Reiter ohnehin keine Chance hatten, wenn sie zu Fuß in die Wüste aufbrachen. Er dachte gar nicht daran, dieses Risiko einzugehen, bis er davon überzeugt war, dass sie endgültig abgezogen waren.

Die beiden Männer kauerten sich in ihr Felsenversteck, ruhten sich von den Strapazen der letzten Nacht aus und warteten geduldig ab. Eine Stunde später wurden sie von einem jähen Grollen geweckt, das wie ferner Donner klang. Doch der Himmel war klar. Sie spähten nach Norden und sahen eine Staubwolke, die von den sechs Reitern aufgewirbelt worden war. Die Pferde preschten in gestrecktem Galopp die Fährte entlang, als ginge es beim Kentucky Derby in die Zielgerade. Nur Sekunden später sprengte der Trupp an Pitts und Giordinos Versteck vorbei bis zum Ende der Motorradspur. Dann zügelten sie ihre Pferde, teilten sich auf, schwärmten aus und suchten rundum die ganze Gegend ab. Mit gesenkten Köpfen trotteten die Reiter dahin, musterten den Boden und hielten Ausschau nach Fußabdrücken oder einem anderen Hinweis auf Pitts und Giordinos Verbleib. Fast eine Stunde lang kämmten sie das Gebiet ab, ohne fündig zu werden. Dann sammelten sie sich wieder, galoppierten in Richtung Norden und verzogen sich fast ebenso schnell, wie sie gekommen waren.

»Eine hübsche Zugabe«, sagte Giordino, als die Pferde am Horizont verschwanden.

»Ich glaube, nun ist die Party endgültig vorbei«, erwiderte Pitt. »Wird höchste Zeit, dass wir uns auf die Socken machen und eine Hamburgerbude suchen.«

Sie hatten seit dem Vortag nichts mehr gegessen, und dementsprechend knurrte ihnen der Magen. Sie kletterten den Fels hinab, liefen zu der Spur und blieben bei einem dichten Tamariskengestrüpp stehen. Grinsend musterte Pitt den Zweig in der Mitte, der aus dem vergrabenen Seitenwagen spross. Ein Ring aus Steinen, die aussahen, als wären sie willkürlich aufgetürmt, zog sich um die teilweise bloßliegenden Teile des Gefährts und verdeckte sie, falls jemand einen flüchtigen Blick darauf werfen sollte.

»Keine schlechte Tarnung, wenn man bedenkt, dass es stockfinster war«, sagte Pitt.

»Ich glaube, ein bisschen Glück hatten wir aber auch«, fügte Giordino hinzu. Er tätschelte seine Jackentasche, in der das Hufeisen steckte, das er aus dem Seitenwagen mitgenommen hatte.

Pitts Trick hatte besser funktioniert als erwartet. Als ihnen das Benzin ausging, war ihm klar gewesen, dass sie ein Versteck brauchten. Also war er ein Stück zurückgegangen und nach rund fünfzig Metern auf eine kiesige Bodenrinne gestoßen, war dann zurückgekehrt und hatte mit ein paar Zweigen aus dem Buschwerk einen Teil der Spur verwischt. Dann hatten er und Giordino die Maschine samt Seitenwagen in den alten Fahrrillen zu der Rinne zurückgeschoben und im Scheinwerferlicht ihre Fußabdrücke beseitigt, damit die Verfolger nicht erkennen konnten, dass das Motorrad zurückgebracht worden war.

Anschließend hatten sie es so weit wie möglich in die Bodenrinne geschoben und dort vergraben. Giordino hatte unter dem Sitz des Seitenwagens einen kleinen Werkzeugkasten entdeckt, den sie im Scheinwerferlicht abmontierten, die Maschine in einer Senke ganz in der Nähe flach legten und unter einer nur wenige Zentimeter dicken Sandschicht verbargen. Das war nicht weiter schwierig gewesen, da Pitt die Rückenlehne des Sitzes kurzerhand zu einer Schaufel umfunktionierte. Zudem half ihnen der Wind, den sie zuvor so verflucht hatten, und wehte weitere Sandschwaden über das Grab.

Der Seitenwagen ließ sich jedoch nicht so leicht verstecken, denn knapp zwanzig Zentimeter unter der Deckschicht stießen sie auf harten Felsboden. Als ihnen klar wurde, dass sie den Seitenwagen ohne Pickel und Schaufel nicht vergraben konnten, schoben sie ihn auf ein Tamariskengestrüpp zu und verscharrten ihn mitten im Dickicht. Anschließend türmte Giordino ringsum Steine auf, während Pitt einen Busch ausgrub und auf dem Sitz verkeilte, sodass die herabhängenden Wurzeln das Seitenblech verdeckten. Der Wagen war zwar alles andere als unsichtbar, aber die Tarnung hatte gewirkt, wie die Hufabdrücke bewiesen, die die Pferde nur ein paar Schritte von dem Versteck entfernt im Sand hinterlassen hatten.

Als die Mittagssonne auf sie herabbrannte und flimmernde Hitzewellen vom Wüstenboden aufstiegen, warfen die beiden Männer einen fast wehmütigen Blick auf den halb vergrabenen Seitenwagen.

»Hätte nicht gedacht, dass ich die Kiste mal vermissen würde«, sagte Giordino.

»Ist nicht so schlimm, wenn man bedenkt, dass es auch anders hätte kommen können«, erwiderte Pitt, während er den Horizont nach einem Lebenszeichen absuchte. Doch ringsum erstreckte sich nur ödes, menschenleeres Land, über dem eine geradezu unheimliche Stille lastete.

Pitt hob den linken Arm, bis das Handgelenk mit der flachliegenden Doxa genau auf Augenhöhe war. Dann drehte er sich um, bis der Stundenzeiger, der bei zwei Uhr stand, auf die Sonne ausgerichtet stand. Ein alter Pfadfindertrick, wusste er doch, dass Süden zwischen zwölf und ein Uhr lag, wenn er sich in der nördlichen Hemisphäre befand. Über die Uhr hinweg betrachtete er nun das Gelände und nahm seine Peilung vor – wenn bei der Eins Süden war, war Norden bei sieben Uhr, und Westen musste zwischen zwei und vier Uhr liegen.

»Wir gehen nach Westen«, sagte Pitt und deutete auf eine Reihe rötlicher Hügel, die sich am Horizont entlangzogen. »Irgendwo in dieser Richtung kommen wir auf die Transmongolische Eisenbahn, die von Peking nach Ulan-Bator fährt. Wenn wir uns in Richtung Westen halten, müssten wir irgendwann draufstoßen.«

»Irgendwann«, wiederholte Giordino bedächtig. »Warum klingt das so, als ob wir keine Ahnung haben, wie weit es sein könnte?«

»Weil es so ist.« Pitt zuckte die Achseln, wandte sich dann den Hügeln zu und lief los.

27

In der Wüste Gobi herrschen die extremsten und lebensfeindlichsten Temperaturen der Welt. Im Sommer steigen sie auf sengende 45 Grad, und im Winter können sie bis auf vierzig Grad minus sinken. Temperaturschwankungen von bis zu 40 Grad binnen eines Tages sind nichts Ungewöhnliches. Die Gobi, eine

Bezeichnung, die im Mongolischen so viel wie »wasserlose Stätte« heißt, ist die fünftgrößte Wüste der Welt. Einst war dieser trockene Landstrich ein Binnenmeer und Jahrmillionen später eine sumpfige Senke, durch die Scharen von Dinosauriern trotteten. Noch immer ist die südwestliche Gobi ein bevorzugtes Ziel von Paläontologen aus aller Welt, die hier nach tadellos erhaltenen Fossilien suchen.

Pitt und Giordino kam die menschenleere, wellige Ebene wie ein Ozean aus Sand und Geröll vor. Rosa Sandsteinklippen und schroffe rote Felszacken ragten aus der mit braunem, grauem und schwarzem Kies übersäten Einöde in den klaren blauen Himmel und verliehen der kargen Landschaft eine eigenwillige Schönheit. Für die beiden Männer, die durch diese Einöde marschierten, stellte die malerische Umgebung eine willkommene Ablenkung dar, denn sie waren sich sehr wohl bewusst, dass sie sich in einer Todeszone befanden.

Die Nachmittagstemperatur stieg auf knapp vierzig Grad, als die sengende Sonne auf den steinigen Boden brannte. Der Wind war zu einer leichten Brise abgeflaut, die kaum noch Kühlung brachte. Doch beide Männer krempelten weder ihre langen Hemdsärmel noch die Hosenbeine hoch, wussten sie doch, dass der Schutz vor den ultravioletten Strahlen weit wichtiger war als bequemere Kleidung. Sie behielten sogar ihre Jacken – wenn auch widerwillig – und banden sie sich um die Taille, um für die Kälte der Nacht gewappnet zu sein. Allerdings rissen sie ein Stück Futter heraus und schlangen es sich um den Kopf, sodass sie wie zwei verirrte Piraten aussahen.

Zu Späßen war ihnen angesichts der Aufgabe, die vor ihnen lag, nicht zumute. Am zweiten Tag, den sie nun schon ohne Nahrung und Wasser durch diese Wüste mit ihrer Gluthitze am Tag und den fast bis auf den Gefrierpunkt sinkenden Temperaturen in der Nacht zogen, drohte ihnen zweierlei Gefahr – einerseits Dehydrierung durch den Feuchtigkeitsverlust, andererseits Unterkühlung. Seltamerweise hatten sie keinerlei Hungerfühl mehr, stattdessen aber unaufhörlich einen unstillbaren Durst.

Zumal der Staub, den sie bei der Motorradfahrt pfundweise geschluckt hatten, ein Übriges dazu beitrug, dass sie ständig einen trockenen Hals hatten und kaum Luft bekamen.

Wenn sie die Wüste überleben wollten, so viel wusste Pitt, mussten sie ihre Kräfte unbedingt einteilen. Drei Tage ohne Wasser konnten sie notfalls durchhalten, aber nur halb so lange, wenn sie sich in der Tageshitze verausgabten. Da sie gut ausgeruht von ihrem Versteck aufgebrochen waren, konnten sie trotzdem eine Zeitlang ein flotteres Tempo vorlegen, bevor sie irgendwo Rast machen mussten. Immerhin mussten sie sich in die Zivilisation durchschlagen, wenn sie am Leben bleiben wollten.

Pitt suchte einen Orientierungspunkt in der Ferne und lief zügig, aber mit gemäßigtem Tempo los. Alle halbe Stunde wollten sie sich eine Felsformation suchen, in deren Schatten sie sich ausruhen und abkühlen konnten. So würden sie immer weiter marschieren, bis die Sonne unterging und die Brutofenhitze allmählich nachließ.

Die Gobi ist zwar eine große, nur dünn besiedelte Wüste, doch ist sie nicht gänzlich menschenleer. In den Gegenden, wo man Brunnen ausschachten kann, befinden sich vereinzelt sogar kleine Ortschaften, und nomadische Hirten ziehen durch die von struppigem Gras bestandenen Randgebiete. Wenn sie weitermarschierten, mussten sie irgendwann auf jemanden stoßen. Und Pitt hatte recht. Irgendwo im Westen lag die Eisenbahnlinie von Peking nach Ulan-Bator, und parallel dazu verlief eine staubige Straße. Aber wie weit war das noch?

Pitt, der mit Hilfe seiner Uhr und anhand des Sonnenstandes ständig die Himmelsrichtung überprüfte, trottete unentwegt in Richtung Westen. Als sie durch die Ebene marschierten, stießen sie auf eine Reihe von Spurrillen, die ihren Weg kreuzten.

»Halleluja, endich ein Lebenszeichen auf diesem fernen Planet«, sagte Giordino.

Pitt bückte sich und musterte die Spuren. Sie stammten eindeutig von einem Jeep oder Kleinlaster, aber die Kanten waren stumpf und mit einer Sandschicht verkrustet.

»Die sind nicht von gestern«, sagte Pitt.

»Keinen Umweg wert?«

»Diese Spuren können fünf Tage, aber auch fünf Monate alt sein«, sagte Pitt kopfschüttelnd. Die beiden Männer widerstanden der Versuchung, schenkten den Spuren keine weitere Beachtung und setzen ihren Marsch nach Westen fort. Sie sollten noch auf weitere Reifenabdrücke stoßen, die in alle möglichen Richtungen führten und sich irgendwo am Horizont verloren. In der Wüste gab es, wie in einem Großteil der Mongolei, kaum feste Straßen. Wollte man irgendwohin, fuhr man einfach auf direktem Weg zu seinem Ziel. Von einem Satelliten aus fotografiert, wirken die zahllosen Fahr- und Reifenspuren, die sich durch die Mongolei ziehen, wie ein Teller Spaghetti, den jemand fallen gelassen hat.

Als die Sonne unterging, wurde die Luft allmählich kühler, worauf die von der Hitze und dem Flüssigkeitsmangel sehr geschwächten Männer neue Kraft schöpften und ein flotteres Tempo anschlugen. Pitt hielt genau auf eine dreizackige Felsnadel zu, die ihm als Orientierungspunkt diente, und kurz nach Mitternacht kamen sie auch dort an. Der helle Halbmond, der am klaren Himmel stand, hatte ihnen geleuchtet.

Sie blieben stehen und rasteten auf einem glatten Sandsteinbrocken, legten sich dann hin und betrachteten die Sterne.

»Da oben ist der Große Wagen«, sagte Giordino und deutete auf das Sternbild Ursa Major. »Und der Kleine ist unmittelbar darüber.«

»Womit wir Polaris hätten, den Polarstern, genau am Ende der Deichsel.«

Pitt stand auf und wandte sich dem Nordstern zu, dann hob er den linken Arm.

»Westen« sagte er und deutete auf einen dunklen Höhenzug, der ein paar Meilen entfernt lag.

»Dann lass uns lieber hingehen, bevor sie zumachen«, erwiderte Giordino und schnaubte kurz auf, als er sich erhob. Das Hufeisen in seiner Jackentasche hatte ihn in die Seite gestochen, und unwillkürlich tätschelte er mit einem versonnenen Lächeln die Tasche.

Jetzt, da sie einen neuen Orientierungspunkt hatten, brachen sie wieder auf. Pitt blickte alle paar Minuten zum Himmel auf und überzeugte sich davon, dass sich der Polarstern zu ihrer Rechten befand. Der Wasser- und Nahrungsmangel aber setzte den beiden Männern zu, sie kamen langsamer voran, und ihre Gespräche verstummten. Allmählich machte sich auch die Wunde an Pitts linkem Bein bemerkbar, die bei jedem Schritt heftig stach. Die Nachtluft wurde bald empfindlich kalt, und die Männer schlüpften in ihre Jacken, die sie sich um die Taille gebunden hatten. Das Laufen hielt sie zwar warm, aber es kostete auch Kräfte, da sie nicht regenerieren konnten.

»Du hast mir versprochen, dass wir nach Mali nie wieder in die Wüste gehen«, sagte Giordino, der auf ihre Erlebnisse in der Sahara anspielte, als sie auf der Suche nach radioaktiv verseuchten Abwässern um ein Haar verschmachtet wären.

»Ich glaube, ich hatte etwas von Wüsten südlich der Sahara gesagt«, versetzte Pitt.

»Reine Haarspalterei. Wann können wir deiner Meinung nach damit rechnen, dass Rudi die Küstenwache alarmiert?«

»Ich habe ihm gesagt, dass er unsere Geräte von der *Wereschtschagin* schaffen und sich Ende der Woche mit uns in Ulan-Bator treffen soll, falls er einen Lastwagen organisieren kann. Ich fürchte, unsere gute Glucke wird uns frühestens in drei Tagen vermissen.«

»Bis dahin sind wir auch zu Fuß in Ulan-Bator.«

Pitt grinste. Wenn sie das nötige Wasser hätten, würde der toughe kleine Italiener zweifellos bis Ulan-Bator durchmarschieren und Pitt wahrscheinlich auf dem Rücken auch noch mitschleppen. Aber wenn sie nichts Trinkbares fanden – und zwar bald –, war alles Weitere ungewiss.

Ein beißend kalter Nordwind strich über sie hin, als die Temperatur weiter sank. Jetzt mussten sie in Bewegung bleiben, um sich warm zu halten, aber wenigstens wussten sie, dass die Sommernächte nur von kurzer Dauer waren. Pitt führte sie immer weiter auf den Höhenzug im Westen zu, doch eine Zeitlang hatten sie das Gefühl, dass sie ihm keinen Schritt näher kamen. Nachdem sie zwei Stunden lang durch ein Tal voller Geröll getrottet waren, stiegen sie eine Reihe sanfter Hügel hinauf, die allmählich höher und steiler wurden und auf einen Grat führten, der an den Fuß der Anhöhe grenzte. Nach einer kurzen Rast nahmen sie den Höhenzug in Angriff und marschierten den Großteil des Weges bergan, bis sie auf allen vieren über einen mit schroffen Felsblöcken übersäten Hang nahe dem Gipfel kriechen mussten. Diese Kletterei gab ihnen den Rest, und als sie endlich oben waren, blieben sie keuchend und japsend liegen.

Eine langsam dahintreibende Wolke verdeckte mehrere Minuten lang den Mond und tauchte den Bergkamm in ölige Schwärze. Pitt setzte sich auf einen pilzförmigen Fels, um seinen Beinen eine kurze Pause zu gönnen, während sich Giordino vornüberbeugte, bis er wieder halbwegs bei Atem war. Beide waren zwar nach wie vor zäh und in guter Verfassung, aber bei Weitem nicht mehr so frisch und unverwüstlich, wie sie es noch zehn Jahre zuvor gewesen wären. Jeder plagte sich stillschweigend mit einem Zipperlein herum, das ihm zusehends zu schaffen machte.

»Ein Königreich für ein Satellitentelefon«, krächzte Giordino.

»Ich wäre sogar mit einem Pferd zufrieden«, versetzte Pitt.

Während sie noch rasteten, schob sich der silberne Halbmond wieder hinter der Wolke hervor und tauchte die ganze Umgebung in einen dunstig blauen Lichtschein. Pitt stand auf und reckte sich, dann warf er einen Blick auf die andere Seite des Bergkamms. Ein steiler Hang führte zu einer Reihe schroffer Klippen hinab, unter denen sich eine Talsenke auftat. Pitt spähte in das flache Becken hinab und meinte mehrere kleine Gebilde zu erkennen, dunkel und rundlich, die sich mitten durch das Tal zogen.

»Al, ich glaube, meine Fantasie geht mit mir durch«, sagte er und deutete hinab. »Sag mir, ob du das Gleiche siehst wie ich.«

»Wenn es sich um ein Bier und ein Jumbo-Sandwich handelt, kann ich dir jetzt schon sagen, dass die Antwort ja lautet«, erwiderte Giordino, stand auf und trat zu Pitt. Eine ganze Weile schaute er den Abhang hinab und bestätigte schließlich, dass er am Talboden fast zwei Dutzend schwarzer Punkte erkennen konnte.

»Manhattan ist es nicht, aber es sieht nach Zivilisation aus.«

»Die dunklen Punkte scheinen Jurten zu sein. Eine kleine Siedlung, vielleicht auch eine Gruppe nomadischer Hirten«, vermutete Pitt.

»Jedenfalls groß genug, dass jemand eine Kaffeekanne haben könnte«, versetzte Giordino und rieb die Hände aneinander, damit sie warm wurden.

»An deiner Stelle würde ich lieber auf Tee setzen.«

»Hauptsache, er ist heiß.«

Pitt warf einen Blick auf seine Uhr und sah, dass es fast drei war. »Wenn wir uns ranhalten, sind wir bis Sonnenaufgang dort.«

»Grade rechtzeitig zum Frühstück.«

Die beiden Männer brachen zu dem dunklen Lager auf, stiegen vorsichtig eine kurze Felsrinne hinab und bahnten sich dann einen Weg über die mit Felsen übersäten Hügel. Sie marschierten mit neuem Mut, überzeugt davon, dass sie das Schlimmste hinter sich hatten. In der Ortschaft da unten, die jetzt deutlich zu sehen war, erwartete sie Nahrung und Wasser.

Sie wurden noch von einigen senkrecht aufragenden Erhebungen aufgehalten, die so steil waren, dass sie sie mühsam umgehen mussten. Auf die schroffen Felsen folgten kleinere Sandsteinblöcke, über die sie klettern konnten, wenn kein Weg zwischen ihnen hindurchführte. Sie marschierten um eine Hochebene, machten dann Halt und rasteten am Rand des kleinen Plateaus. Unmittelbar unter ihnen, nur noch knapp eine Meile entfernt, befand sich das Lager.

Im Osten tauchten die ersten Streifen Tageslicht am Himmel auf, doch es dauerte noch eine Weile, bis es hell wurde. Trotzdem konnten sie die Hauptgebäude des Lagers, die sich dunkelgrau auf dem hellen Wüstenboden abzeichneten, bereits deutlich erkennen. Pitt zählte zweiundzwanzig runde Zelte beziehungsweise Jurten oder *Ger*, wie sie auf Mongolisch hießen. Von Weitem wirkten sie größer als diejenigen, die er in Ulan-Bator und im ganzen Umland gesehen hatte. Seltsamerweise gab es nirgendwo Licht, weder Laternen noch Feuer. Das Lager war in tiefe Dunkelheit getaucht.

Rundum erkannten Pitt und Giordino die dunklen Schatten von Tieren, die offenbar zu einer Herde gehörten. Sie waren aber zu weit entfernt, als dass sie bestimmen konnten, ob es Pferde oder Kamele waren. Einige standen in einer umfriedeten Koppel nahe bei den Jurten, andere zogen frei durch die Gegend.

»Ich glaube, du hast dir ein Pferd gewünscht«, sagte Giordino.

»Hoffen wir, dass es keine Kamele sind.«

Mühelos legten sie das letzte Stück des Weges zurück. Sie waren nur noch hundert Meter vom Lager entfernt, als Pitt plötzlich stehen blieb. Giordino bemerkte es und verharrte ebenfalls. Er spitzte die Ohren und hielt Ausschau nach einer Gefahr, doch ihm fiel nichts Ungewöhnliches auf. Überall herrschte Stille. Bis auf das gelegentliche Heulen des Windes war kein Laut zu hören, und soweit er sehen konnte, regte sich auch im Lager nichts.

»Was ist los?«, flüsterte er Pitt schließlich zu.

»Die Herde«, erwiderte Pitt leise. »Sie rührt sich nicht von der Stelle.«

Giordino spähte auf die zahlreichen Tiere, die in dem dunklen Tal verstreut standen, und achtete auf eine Bewegung. Ein paar Meter entfernt entdeckte er drei zottige braune Kamele, die dicht beisammenstanden und die Köpfe hochreckten. Eine Minute lang starrte er sie an, aber sie rührten keinen Muskel.

»Vielleicht schlafen sie«, wandte er ein.

»Nein«, erwiderte Pitt. »Außerdem rieche ich nichts.«

Pitt, der schon auf vielen Farmen und Ranches gewesen war, wusste, dass es in der Nähe einer Viehherde immer nach Mist roch. Er trat ein paar Schritte vor und kroch dann langsam weiter, bis er neben den drei Tieren stand. Die Kamele zeigten keinerlei Angst und rührten sich nicht einmal, als Pitt einem einen Klaps auf den pelzigen Hintern gab. Erschrocken sah Giordino zu, wie Pitt eins der Tier am Hals packte und anschubste. Das Kamel leistete keinerlei Widerstand, sondern kippte einfach um. Giordino rannte hin und starrte auf das Tier, das reglos auf dem Rücken lag und die Beine in die Luft streckte. Nur dass es keine Beine waren, sondern Lattenstücke.

Das umgekippte Kamel bestand ebenso wie der gesamte Rest der Herde aus Holz.

28

Verschwunden? Was soll das heißen?« Borjin wurde zusehends wütender, und eine dicke Ader, die aussah wie ein Regenwurm, trat an seinem Hals hervor. »Deine Männer haben sie in die Wüste verfolgt!«

Obwohl er Borjin überragte, schien der mürrische Anführer der Wachen unter der Schimpfkanonade seines Chefs förmlich zu schrumpfen.

»Ihre Spuren sind einfach im Sand verschwunden. Es gab kein Anzeichen dafür, dass sie von einem anderen Fahrzeug mitgenommen wurden. Sie befanden sich fünfzig Kilometer von der nächsten Siedlung entfernt, die im Osten liegt, während sie nach Süden unterwegs waren. In der Gobi können sie nicht überleben«, sagte Batbold ruhig.

Tatiana stand an der Bar in der Ecke des Arbeitszimmers und mixte zwei Wodka-Martini. Sie reichte ihrem Bruder ein Glas, trank selbst einen Schluck und fragte dann: »Waren es chinesische Spione?«

»Nein«, erwiderte Batbold. »Das glaube ich nicht. Die zwei Männer haben sich offenbar durch Bestechung unter die staatlichen Personenschützer gemischt. Die chinesische Delegation schien ihre Abwesenheit gar nicht zu bemerken, als der Konvoi wieder aufbrach. Außerdem gebe ich zu bedenken, dass die Beschreibung der beiden Männer, die vorletzte Nacht in unser Lager in Ulan-Bator eingebrochen sind, ebenfalls auf sie zutrifft.«

»So ungeschickt hätten sich die Chinesen nicht angestellt«, wandte Borjin ein.

»Die Männer waren aber keine Chinesen. Ich habe sie selber gesehen. Sie sahen aus wie Russen. Aber Dr. Gantumur vom Labor behauptet, sie hätten ihn auf Englisch mit amerikanischem Akzent angesprochen.«

Tatiana verschluckte sich plötzlich, stellte ihr Glas ab und hustete.

»Amerikaner«, rief sie. »Wie sahen sie aus?«

»Soweit ich das aus dem Fenster erkennen konnte, war der eine groß und schlank und hatte schwarze Haare, der andere klein und gedrungen, mit dunklen Locken«, sagte Borjin.

Batbold nickte. »Ja, die Beschreibung trifft es ganz genau«, murmelte er, ohne zu verraten, wie nah er den beiden Männern gewesen war, als er mit der Schaufel niedergeschlagen wurde.

»Das klingt so, als wären es die Männer von der NUMA«, stieß Tatiana aus. »Dirk Pitt und Al Giordino. Sie waren es, die uns von dem Fischerboot auf dem Baikal gerettet haben. Die gleichen Männer, die kurz vor unserer Abreise aus Sibirien an Bord der *Primorskij* kamen und den russischen Wissenschaftler in ihre Gewalt brachten.«

»Wie haben sie dich hier aufgespürt?«, fragte Borjin mit scharfem Unterton.

»Ich weiß es nicht. Vielleicht durch das Leasen der *Primorskij*.«

»Sie haben ihre Nase in Dinge gesteckt, die sie nichts angehen. Wie sind sie überhaupt auf das Grundstück gekommen?«, fragte er Batbold.

»Sie sind mit einem platten Reifen in die Garage gefahren und dann ins Forschungszentrum eingedrungen. Dr. Gantumur verständigte sofort die Sicherheitskräfte, sodass sie nur ein paar Minuten im Labor waren. Aber irgendwie entkamen sie den Wachen und wollten das Haus durchsuchen, als Sie sie beim Betreten des Heiligtums entdeckt haben.«

Borjins Gesicht lief vor Wut rot an, die Ader an seinem Hals trat noch stärker hervor.

»Sie suchen nach den Mitarbeitern der Ölfirma, da bin ich mir sicher«, sagte Tatiana. »Sie wissen nichts von unserer Arbeit. Mach dir keine Sorgen, mein Bruder.«

»Du hättest diese Leute gar nicht erst herbringen sollen«, zischte er.

»Das ist deine Schuld«, herrschte ihn Tatiana an. »Wenn du die Deutschen nicht umgebracht hättest, bevor sie mit der Auswertung der Daten fertig waren, hätten wir keine weitere Unterstützung gebraucht.«

Borjin funkelte seine Schwester an, weigerte sich aber zuzugeben, dass sie recht hatte. »Dann müssen diese Ölleute ebenfalls liquidiert werden. Sorge dafür, dass sie sich mit ihrer Analyse beeilen. Ich möchte, dass sie bis Ende der Woche tot sind«, sagte er mit stechendem Blick.

»Keine Sorge. Die Amerikaner wissen nichts von unserer Arbeit. Und da sie ohnehin nicht überleben werden, können sie auch nicht reden.«

»Vielleicht hast du recht«, erwiderte er und beruhigte sich wieder etwas. »Diese Männer der See sind jetzt weit entfernt vom Wasser. Aber schick vorsichtshalber den Mönch dorthin, damit es auch dabei bleibt«, fügte er an Batbold gewandt hinzu.

»Eine weise Entscheidung, mein Bruder.«

»Mögen sie verdursten und verdorren«, sagte er versonnen, hob sein Glas und trank einen Schluck Martini.

Tatiana leerte ihr Glas, fragte sich aber insgeheim, ob die Amerikaner tatsächlich dem Verderben geweiht waren. Es waren entschlossene Männer, wie ihr inzwischen klar geworden war, die sich nicht so leicht mit einem Todesurteil abfanden.

Sie kamen sich vor, als liefen sie durch die Außenkulisse eines Hollywood-Western, nur dass sie von Kamelen anstelle von Rindern umgeben waren. Pitt und Giordino kletterten über die Umzäunung einer Koppel und stellten belustigt fest, dass sogar ein Wassertrog für das Vieh vorhanden war. Die reglosen Tiere, die man geschickt um die Ortschaft verteilt hatte, warfen in der Frühmorgensonne lange Schatten. Pitt zählte die Kamelattrappen, gab bei hundert aber auf.

»Erinnert mich an diesen Typen in Texas, der lauter halb eingegrabene Cadillacs auf seinem Grundstück stehen hat«, sagte Giordino.

»Ich glaube nicht, dass es hier um Kunst geht, falls du das da als solche bezeichnen willst.«

Sie gingen zur nächsten Jurte, die doppelt so groß war wie üblich. Das runde Filzzelt durchmaß fast dreißig Meter und war über drei Meter hoch. Pitt entdeckte die weiß gestrichene Eingangstür, die wie bei allen mongolischen Jurten nach Süden gerichtet war. Er klopfte mit den Knöcheln an den Rahmen und rief ein fröhliches »Hallo«. Die dünne Holzleiste bog sich nicht, so heftig er auch dagegenschlug, sondern hallte nur dumpf wider. Pitt legte die Hand an die Wand und drückte. Unter der Zeltplane war kein nachgiebiger Filz, sondern irgendetwas Hartes.

»Das Ding könnte selbst der große böse Wolf nicht umblasen«, sagte er.

Er ergiff den Rand der Abdeckplane und riss ein kleines Stück ab. Darunter befand sich eine dünne Filzschicht, die er ebenfalls wegriss und eine weiß gestrichene Metallfläche freilegte.

»Das ist ein Tank«, sagte Pitt, als er die Hand auf die Metallwand legte.

»Wasser?«

»Oder Öl«, erwiderte Pitt, trat einen Schritt zurück und musterte die anderen Jurten in dem Lager.

»Verglichen mit den üblichen Nomadenzelten mögen sie ja groß sein, aber für Öltanks sind sie ziemlich klein«, stellte Giordino fest.

»Jede Wette, dass wir nur die Spitze des Eisbergs sehen. Die Dinger sind möglicherweise zehn, zwölf Meter tief eingegraben, und das hier ist nur der oberste Teil.«

Giordino scharrte mit den Füßen einen kleinen Stein aus dem Boden, hob ihn auf und schlug damit an den Tank. Dumpf hallte das Metall wider.

»Der ist leer.« Er trat einen halben Schritt zurück und schmiss den Stein an die nächste Jurte. Er prallte ebenfalls mit einem hohlen Scheppern an der Wand ab.

»Auch leer«, sagte er.

»So viel zu deiner Kaffeekanne«, erwiderte Pitt.

»Warum tarnt jemand Öltanks mitten in der Pampa als Ortschaft?«

»Möglicherweise sind wir nicht weit von der chinesischen Grenze entfernt«, sagte Pitt. »Vielleicht hat da irgendjemand Angst, dass ihm die Chinesen sein Öl klauen. Aber ich nehme an, das Zielpublikum sind vor allem Aufklärungsflugzeuge und Satelliten, denn von da oben sieht das hier ziemlich echt aus.«

»Die Quellem können aber nicht sehr ergiebig sein, wenn die Tanks alle leer sind.«

Als sie so durch die falsche Ortschaft streiften, wurde den Männern klar, dass es hier weder Nahrung noch Wasser gab, sodass das Rätsel langsam seinen Reiz verlor. Sie nahmen sich eine Reihe Jurtenattrappen vor und und hofften irgendwelche Notvorräte oder etwas anderes als einen leeren, halb im Sand vergrabenen Öltank vorzufinden, aber sämtliche Zelte dienten lediglich der Tarnung. Nur beim allerletzten ließ sich die Tür tatsächlich öffnen, und dahinter kam eine Pumpstation zum Vorschein, die fünf Meter tief in den Boden eingelassen war. Zahllose Rohre, die von einer knapp anderthalb Meter durchmessenden Zuleitung versorgt wurden, die aus dem Wüstenboden ragte, führten zu den anderen Tanks.

»Eine unterirdische Pipeline«, stellte Pitt fest.

»Mit Hilfe einer Tunnelbohrmaschine ausgeschachtet und montiert?«, fragte Giordino. »Lass mich mal nachdenken. Wann habe ich in letzter Zeit eine gesehen?«

»Gut möglich, dass unsere Freunde von Avarga Oil wieder dahinterstecken. Vielleicht hat es irgendwas mit dem Deal zu tun, den sie mit den Chinesen aushecken. Aber was den Zweck betrifft, kann ich nur raten.«

Die beiden Männer, denen die Müdigkeit und Enttäuschung aufs Gemüt schlug, verstummten wieder. Zumal die höher steigende Sonne immer erbarmungsloser auf den Sand- und Kiesboden rund um die falsche Ortschaft niederbrannte. Da sie von dem langen Nachtmarsch müde und durch den Wasser- und Nahrungsmangel geschwächt waren, beschlossen sie, zunächst einmal zu rasten. Sie rissen Filzstücke aus der Verkleidung eines Tanks, banden sie zu provisorischen Matratzen zuammen und legten sich in den Schatten des Pumpenhauses. Die selbst gebauten Unterlagen fühlten sich himmlisch an, so als betteten sie ihre müden Knochen auf eine Wolke, und binnen kurzer Zeit schliefen sie ein.

Die Sonne hing wie eine fluoreszierende Billardkugel tief am westlichen Horizont, als sich die beiden Männer wieder aufrafften. Die Ruhepause hatte sie kaum gestärkt, und sie fühlten sich antriebslos und wie ausgelaugt, als sie aufbrachen. Das Laufen fiel ihnen merklich schwerer, obwohl sie nur im Schneckentempo vorankamen, so als wäre jeder von ihnen im Schlaf um vierzig Jahre gealtert. Pitt nahm mit Hilfe seiner Uhr eine weitere Peilung vor und führte sie wieder in Richtung Westen, ohne auch nur einen Gedanken darauf zu verschwenden, die unterirdische Pipeline zu verfolgen. Wortlos marschierten sie nebeneinander her, mussten sich zu jedem Schritt zwingen und gleichzeitig die Trugbilder bannen, die ihnen allmählich den Verstand trübten.

Der Wind hatte wieder aufgefrischt und erfasste sie hin und wieder mit fauchenden Böen, wie ein Vorspiel auf die Naturgewalten, die noch kommen sollten. Außerdem war es empfindlich kalt geworden. Sie hatten ein dünnes Filzstück von dem Tank mitgenommen, das sie sich jetzt wie einen Poncho um Kopf und Oberkörper hängten. Bei Sonnenuntergang suchte sich Pitt einen S-förmigen Höhenzug in der Ferne als nächsten Orientierungspunkt aus und bemühte sich darum, einen möglichst geraden Kurs zu halten. Doch als der Wind weiter zulegte, wurde ihm klar, dass der Polarstern in dieser Nacht nicht zu sehen sein würde. Im Kreis zu laufen aber war das Allerletzte, was ihnen in ihrem Zustand passieren durfte.

»Lauf oder stirb« – immer wieder gingen ihm diese Worte durch den Kopf, wie ein nervtötendes Mantra, das ihn vorantrieb. Pitt spürte, dass sein ausgedörrter Schlund regelrecht angeschwollen war, versuchte aber jeden Gedanken an den unentwegten Durst zu verdrängen. Er warf einen Blick zu Giordino, der mit teilnahmslosem Blick vorantrottete. Beide mussten jetzt ihre ganze Kraft und Konzentration aufbieten, um einen Fuß vor den anderen zu setzen.

Pitt verlor jedes Zeitgefühl und beinahe auch das Bewusstsein. Er dämmerte vor sich hin, spürte dann, wie er die Augen aufriss, und wusste nicht genau, ob er im Laufen geschlafen hatte. Er hatte keine Ahnung, wie lange er weggewesen war, aber wenigstens war Giordino noch da, der unverwandt neben ihm her trottete. Seine Gedanken schweiften ab, zu Loren, seiner Frau, die im Kongress zu Hause in Washington saß. Sie waren zwar seit vielen Jahren ein Paar, hatten aber erst kürzlich geheiratet, als Pitt einsah, dass die Zeit, da er rund um die Welt zu immer neuen Abenteuern aufbrach, ein für alle Mal vorüber war. Sie hatte gewusst, dass ihn das Fernweh nie loslassen würde, auch wenn er sich selbst nicht darüber im Klaren gewesen war. Innerhalb weniger Monate nach seiner Ernennung zum Leiter der NUMA war er zusehends rastloser geworden, während er in der Zentrale in Washington hockte und Verwaltungsarbeit erledigte. Loren war es, die ihn schließlich dazu drängte, wieder in den Außendienst zu gehen, wusste sie doch, dass er am glücklichsten war, wenn er mit seiner allerersten Geliebten arbeiten konnte, der See. Durch die zeitweilige Trennung würde ihre Liebe zueinander nur noch stärker werden, sagte sie. Doch er bezweifelte, dass sie das ernst meinte. Da er ihr bei ihrer parlamentarischen Arbeit aber nicht im Weg stehen wollte, hielt er sich an ihren Vorschlag. Jetzt fragte er sich, ob er sie damit zur Witwe gemacht hatte.

Eine Stunde später, vielleicht waren es auch zwei, frischte der Wind, der jetzt heftig aus Nordwest wehte, ernsthaft auf. Binnen kurzer Zeit verschwanden die Sterne am Himmel hinter dichten Wolken, die sich wie wattiger Dunst über sie legten und Pitt die Sicht auf seinen Orientierungspunkt raubten. Es spielte aber keine Rolle, da er ohnehin nur stumpf und teilnahmslos auf seine Füße starrte.

Sie bewegten sich wie Zombies, so als wären sie längst nicht mehr am Leben, wollten aber nicht aufhören zu laufen. Wie ein Roboter marschierte Giordino neben Pitt her, als wären die beiden Männer durch einen unsichtbaren Strick miteinander verbunden. Der Wind wurde stärker, brannte ihnen im Gesicht und trieb ihnen den Sand in die Augen, sodass sie kaum noch etwas sehen konnten. Dennoch trotteten sie weiter, wenn auch weitab von ihrer Route gen Westen. Die erschöpften Männer, die unwillkürlich dem beißenden Wind entrinnen wollten, bewegten sich allmählich im Zickzack gen Süden.

Endlos stolperten sie benommen dahin, bis Pitt bemerkte, dass Giordino über irgendwelche Steine gestolpert und hingefallen war. Er blieb stehen und wollte ihm gerade aufhelfen, als ihn plötzlich eine kräftige Hand packte und in die andere Richtung zerrte. Pitt verlor das Gleichgewicht, stürzte über Giordino und landete in einem Bett aus weichem Sand. Als er benommen dalag, stellte er fest, dass keine Sandkörner mehr auf ihn einprasselten. Ohne es in der Sturmnacht überhaupt wahrzunehmen, war Giordino über einen Felshaufen gestolpert, an dessen Rückseite sich eine kleine Höhle befand, die vor dem heulenden Wind geschützt war. Pitt streckte den Arm aus und betastete die

Felswand, dann spürte er, wie Giordino neben ihn kroch und zusammenbrach. Mit letzter Kraft löste er das Filztuch und breitete es über ihre Köpfe, dann ließ er sich in den weichen Sand sinken und schloss die Augen.

Inmitten des heulenden Sandsturms verloren beide Männer die Besinnung.

29

Giordino träumte. Er träumte, dass er im stillen Wasser eines tropischen Pools lag. Das laue Nass war so zähflüssig wie Sirup, sodass er sich nur langsam und mühselig bewegen konnte. Auf einmal schwappte ihm eine Reihe kleiner, heißer Wellen ins Gesicht. Er riss den Kopf hoch, konnte der feuchten Wärme aber nicht entrinnen. Dann wurde ihm das Ganze zu realistisch. Es lag am Geruch, einem sehr unangenehmen Geruch überdies, zu stark für einen Traum. Der Gestank weckte ihn schließlich, und mühsam schlug er ein Auge auf.

Heller Sonnenschein stach ihm ins Gesicht, aber blinzelnd erkannte er, dass kein aquamarinblaues Wasser um seinen Körper schwappte. Stattdessen kam ein großer, rosiger Lappen auf ihn zu und strich ihm heiß über die Wange. Er riss den Kopf weg und sah, wie der rosa Schwabber hinter einer Reihe kräftiger gelber Zähne in einer ellenlangen Schnauze verschwand. Dann stieß das Vieh den Atem aus und blies Giordino eine widerliche, nach Zwiebeln, Knoblauch und Limburger Käse riechende Wolke ins Gesicht.

Er riss beide Augen auf, schüttelte kurz und heftig den Kopf, bis er wieder einigermaßen klar denken konnte, und starrte über die lange Schnauze hinweg in zwei schokoladenbraune Augen, die von langen Wimpern bedeckt waren. Neugierig blinzelte das Kamel Giordino an, stieß dann einen Schrei aus, wich zurück und knabberte an einem Stück Filz, das aus dem Sand ragte.

Mühsam setzte sich Giordino auf, dem jetzt klar wurde, dass das sirupartige Wasser in seinem Traum eine Schicht Sand gewesen war, den die Sonne aufgewärmt hatte. Fast dreißig Zentimeter hoch hatte ihn der Sandsturm letzte Nacht in der kleinen Höhle aufgetürmt. Benommen zog Giordino die Arme aus der zähen Masse und stupste die Gestalt neben sich an, die ebenfalls unter Filz und Sand begraben war, dann schaufelte er ein paar Handvoll von dem feinen braunen Zeug weg. Der Filz raschelte leicht, wurde dann beiseite gestoßen, und darunter kam Pitts abgespanntes, hageres Gesicht zum Vorschein. Es war von der Sonne verbrannt, die Lippen aufgesprungen und verschwollen. Doch die tief eingesunkenen Augen funkelten auf, als er sah, dass sein Freund am Leben war.

»Ein neuer Tag im Paradies«, krächzte er mit ausgedörrter Kehle, während er die Umgebung musterte. Der Sandsturm hatte sich ausgetobt, jetzt lagen sie in Sonnenschein getaucht unter einem strahlend blauen Himmel.

Sandbäche rieselten an ihnen herab, als sie sich aufrichteten. Giordino schob die Hand in die Tasche und nickte kurz, als er feststellte, dass das Hufeisen noch da war.

»Wir haben Gesellschaft«, stieß er keuchend aus. Seine Stimme klang wie Stahlwolle auf Schmirgelpapier.

Mühsam kroch Pitt unter der Sanddecke hervor und blickte zu dem Lasttier hin, das ein paar Schritte entfernt stand. Es war ein Trampeltier, wie er anhand der beiden Höcker feststellte, die leicht zur Seite hingen. Das verfilzte Fell des Viehs war kaffeebraun, an den Flanken etwas dunkler. Das Kamel erwiderte Pitts Blick ein paar Sekunden lang, dann knabberte es wieder am Filz.

»Ein Wüstenschiff«, sagte Pitt.

»Kommt mir eher wie ein Schlepper vor. Wollen wir's essen oder drauf reiten?«

Pitt überlegte gerade, ob sie überhaupt die Kraft für eins von beidem hatten, als hinter einer Düne ein schriller Pfiff ertönte. Dann kam ein kleiner Junge auf einem braun gescheckten Pferd angesprengt. Er trug einen grünen *Del* und hatte kurze schwarze Haare, die unter einer verblichenen Baseballkappe steckten. Der Junge ritt zu dem Kamel und rief seinen Namen. Als das Kamel den Kopf hob, warf er ihm rasch eine Schlinge um den Hals, die an einer Stange angebracht war, und zog sie straff. Erst jetzt blickte er zu Boden und bemerkte Pitt und Giordino. Erschrocken und mit weit aufgerissenen Augen starrte der Junge auf die beiden ausgezehrten Männer, die ihm wie Gespenster vorkommen mussten.

»Hallo.« Pitt lächelte den Jungen freundlich an. Wieder rieselte Sand aus seiner Kleidung und sammelte sich zu seinen Füßen, als er sich unsicher aufrichtete. »Kannst du uns helfen?«

»Sie ... sprechen Englisch«, stammelte der Junge.

»Ja. Kannst du mich verstehen?«

»Ich lerne im Kloster Englisch«, erwiderte er stolz und um eine klare Aussprache bemüht.

»Wir haben uns verirrt«, sagte Giordino mit heiserer Stimme. »Kannst du uns Wasser und etwas zu essen geben?«

Der Junge glitt aus dem hölzernen Sattel und brachte einen Wasserschlauch aus Ziegenfell zum Vorschein. Pitt und Giordino wechselten sich ab, gönnten sich zunächst aber nur ein paar kleine Schlucke, ehe sie in langen Zügen tranken. Unterdessen holte der Junge ein Schaltuch aus seiner Tasche, das um einen Brocken Hartkäse, hergestellt aus geronnener und in der Sonne getrockneter Milch, geschlungen war. Er schnitt ihn in kleine Stücken und bot sie den Männern an, die sich die gummiartigen Klumpen dankbar teilten und mit dem letzten Wasser hinunterspülten.

»Ich heiße Nojon«, sagte der Junge. »Wer seid ihr?«

»Ich bin Dirk, und das ist Al. Wir sind sehr froh, dass wir dir begegnen, Nojon.«

»Ihr seid dumm, Dirk und Al, wenn ihr ohne Wasser und Reittiere in die Gobi geht«, sagte er streng. Dann lächelte er und fügte hinzu: »Ihr kommt mit mir nach Hause, wo euch meine Familie willkommen heißen wird. Von hier aus ist es nur knapp einen Kilometer. Ein kurzer Ritt für euch.«

Der Junge glitt vom Pferd, nahm den kleinen Holzsattel ab un drängte Pitt und Giordino dazu aufzusitzen. Das mongolische Pony war nicht groß, sodass sich Pitt mühelos auf seinen Rücken ziehen konnte und dann Giordono half, der sich hinter ihn hockte. Nojon ergriff die Zügel und führte sie nach Norden durch die Wüste. Das angeleinte Kamel trabte hinter ihnen her.

Sie hatten nur eine kurze Strecke zurückgelegt, als Nojon sie um eine mächtige Sandsteinerhebung führte. Auf der anderen Seite stießen sie auf eine große Herde Kamele, die über eine flache Senke verstreut waren und nach dem kümmerlichen Gras suchten, das aus dem steinigen Boden spross. Mitten auf dem Gelände stand eine einsame, mit einer schmutzig weißen Zeltplane verhüllte Jurte, deren nach Süden gerichtete Tür in einem verwitterten Orangeton gestrichen war. Zwei mit Seilen verbundene Stangen bildeten eine angrenzende Koppel, in der mehrere stämmige braune Pferde standen. Ein kräftiger, glatt rasierter Mann mit dunklen Augen und durchdringendem Blick sattelte gerade eins davon, als die kleine Karawane vorritt.

»Vater, ich habe diese Männer in der Wüste gefunden«, sagte der Junge in seiner Muttersprache. »Sie sind aus Amerika.«

Der Mann warf einen Blick auf die beiden abgerissenen Gestalten und erkannte schnell, dass sie Erleg Khan, dem mongolischen Herrn der Unterwelt, ins Auge geblickt hatten. Rasch half er ihnen vom Pferd und erwiderte den kraftlosen Händedruck der erschöpften Männer.

»Binde das Pferd an«, befahl er seinem Sohn und führte die beiden Gäste in seine Behausung.

Pitt und Giordino duckten sich, betraten die Jurte und staunten zunächst einmal über die gemütliche Ausstattung, die sich vom eintönigen Äußeren angenehm unterschied. Jeder Quadratzentimeter Boden war mit bunt gemusterten Teppichen ausgelegt, Webarbeiten mit leuchtenden Blumenmustern zierten die mit einer flechtwerkartigen Holzkonstruktion verstärkten Wände. Schränke und Tische waren in lebhaften Rot-, Orange- und Blautönen gehalten, die Deckenbalken zitronengelb gestrichen.

Der Innenraum war nach alter Tradition gestaltet, entsprechend der Rolle, die das Übernatürliche im Alltagsleben der Nomaden spielte. Links vom Eingang befanden sich ein Ständer und ein Schrank für den Sattel und die anderen Besitztümer des Mannes. Der linke Teil der Jurte, die Domäne der Frauen, enthielt allerlei Kochutensilien. In der Mitte befanden sich die Feuerstelle und der Kochherd, von dem ein Eisenrohr zu einer Öffnung im Dach führte. Drei niedrige Betten standen entlang der Seitenwände, während die Rückwand dem Familienaltar vorbehalten war.

Nojons Vater führte Pitt und Giordino um die linke Seite des *Ger* zu ein paar Stühlen nahe der Feuerstelle. Eine zierliche Frau mit langen schwarzen Haaren und leuchtenden Augen, die gerade mit einer verbeulten Teekanne beschäftigt war, lächelte die Männer an. Als sie sah, wie erschöpft sie waren, brachte sie feuchte Tücher, mit denen sie sich Gesicht und Hände waschen konnten, und warf dann ein paar Streifen Hammelfleisch in einen Wasserkessel. Als sie den blutigen Verband an Pitts Bein bemerkte, säuberte sie die Wunde, während die Männer eine Tasse mit dünnem schwarzem Tee nach der anderen tranken. Als das Hammelfleisch gar war, setzte sie jedem Mann eine Riesenportion vor und brachte dazu ein Tablett mit Hartkäse. Den ausgehungerten Männern kam das eigenartig schmeckende Mahl wie französische Haute Cuisine vor. Nachdem sie den Hammel mit Käse vertilgt hatten, holte der Mann einen Lederbeutel, der mit gegorener Stutenmilch gefüllt war, *Airag* genannt, und schenkte drei Becher ein.

Nojon kam in die Jurte und setzte sich hinter den Mann, um seinen Eltern, die kein Englisch konnten, als Dolmetscher zu dienen. Leise, mit tiefer Stimme ergriff sein Vater das Wort und blickte Pitt und Giordino in die Augen.

»Mein Vater Tsengel und meine Mutter Ariunaa heißen euch in ihrem Heim willkommen«, sagte der Junge.

»Wir danken euch für eure Gastfreundschaft. Ihr habt uns das Leben gerettet«, sagte Pitt, während er ihnen zuprostete und das

Getränk – *Airag* – probierte. Seiner Ansicht nach schmeckte das Gebräu wie eine Mischung aus warmem Bier und Buttermilch.

»Verratet mir, was ihr ohne Proviant in der Gobi wolltet?«, ließ Tsengel seinen Sohn fragen.

»Wir wurden bei einem kurzen Abstecher in die Wüste von unserer Reisegruppe getrennt«, flunkerte Giordino. »Wir haben unsere Spur zurückverfolgt, haben uns aber verirrt, als letzte Nacht der Sandsturm losbrach.«

»Ihr habt Glück gehabt, dass mein Sohn euch gefunden hat. In diesem Wüstengebiet gibt es nur wenige Siedlungen.«

»Wie weit ist es bis zur nächsten Ortschaft?«, fragte Pitt.

»Etwa zwanzig Kilometer entfernt gibt es eine kleine Siedlung. Aber genug der Fragen«, sagte Tsengel, als er die müden Augen der beiden Männer sah. »Ihr müsst euch nach dem Essen ausruhen. Wir reden später weiter.«

Nojon brachte die Männer zu zwei der kleinen Betten und folgte dann seinem Vater nach draußen, um sich um die Herde zu kümmern. Pitt legte sich auf das gepolsterte Bett und bewunderte die leuchtend gelben Dachstützen, bevor in in tiefen Schlaf sank.

Er und Giordino wurden kurz vor der Abenddämmerung durch den Geruch des über der Feuerstelle kochenden Hammelfleisches geweckt. Sie vertraten sich vor der Jurte die Beine und liefen zwischen den sanftmütigen Kamelen herum, die ungehindert umherstreiften. Kurz darauf kamen Tsengel und Nojon angaloppiert, sie hatten den ganzen Nachmittag lang verirrte Tiere zusammengetrieben.

»Ihr seht jetzt besser aus«, ließ Tsengel seinen Sohn übersetzen.

»Uns geht es auch besser«, erwiderte Pitt. Das Essen, die Getränke und die Ruhepause hatten sie wiederbelebt, und sie fühlten sich erstaunlich frisch.

»Das Essen meiner Frau. Es ist das reinste Elixier.« Der Mann grinste. Er band die Pferde am Begrenzungsseil der Koppel fest, wusch sich mit einem Eimer voller Seifenwasser und geleitete sie in die Jurte. Wieder erwartete sie Hammelfleisch mit Käse, dazu gab es gekochte Nudeln. Diesmal vertilgten Pitt und Giordino ihr Essen nicht so gierig. Außerdem wurde *Airag* nun früher aufgetischt, großzügiger ausgeschenkt und aus kleinen Keramikschalen getrunken, die sich offenbar niemals leerten.

»Sie haben eine eindrucksvolle Herde«, stellte Giordino an den Gastgeber gewandt fest. »Wie viele Tiere?«

»Wir besitzen hundertdreißig Kamele und fünf Pferde«, erwiderte Tsengel. »Ich bin damit zufrieden, aber die Herde ist nur ein Viertel so groß wie die, die wir einst auf der anderen Seite der Grenze besaßen.«

»In der von China verwalteten Inneren Mongolei?«

»Ja, im sogenannten autonomen Gebiet, das mittlerweile kaum mehr als eine chinesische Provinz ist.« Mit wütend funkelnden Augen blickte Tsengel ins Feuer.

»Warum sind Sie weggezogen?«

Tsengel nickte zu einem verblichenen Schwarzweißfoto auf dem Altar hin, auf dem ein Junge hoch zu Pferd und ein älterer Mann zu sehen waren, der die Zügel hielt. Die stechenden Augen des Jungen verrieten, dass es der junge Tsengel mit seinem Vater war.

»Über mindestens fünf Generationen hinweg haben meine Vorfahren ihre Herden im Osten der Gobi weiden lassen. Mein Vater besaß einst über zweitausend Kamele. Aber diese Zeit ist längst vergangen. In diesen Gebieten ist kein Platz mehr für einfache Hirten. Die chinesischen Bürokraten beschlagnahmen das Land ohne Rücksicht auf das natürliche Gleichgewicht. Wieder und wieder wurden wir aus den Weidegründen unserer Vorfahren verjagt und mussten unsere Herden in die unwirtlichsten Teile der Wüste treiben. Mittlerweile zapfen sie überall die Wasservorkommen an, angeblich in ehrenwerter Absicht, für die Industrialisierung des Landes. Infolgedessen schrumpft das Grasland vor ihren Augen. Die Wüste breitet sich von Tag zu Tag weiter aus, aber es ist eine tote Wüste. Die Dummköpfe werden es nicht einsehen, bis der Sand ihre Hauptstadt Peking verschlingt, doch dann ist es zu spät. Meiner Familie wegen blieb mir nichts anderes übrig, als über die Grenze zu ziehen. Die Weidegründe sind kärglich, aber wenigstens wird man hier als Hirte noch geachtet«, sagte er stolz.

Pitt trank einen weiteren Schluck vom bitter schmeckenden *Airag*, während er das alte Foto betrachtete.

»Einem Mann die Lebensgrundlage zu nehmen, ist ein Verbrechen«, sagte er.

Sein Blick fiel auf einen gerahmten Kunstdruck, der hinten auf dem Altar stand. Es war ein altes Porträt, die stilisierte Abbildung eines massigen Mannes mit langem Ziegenbart.

»Tsengel, wer ist der Mann auf dem Altar?«

»Der Yüan-Kaiser Khubilai. Der mächtigste Herrscher der Welt, doch zugleich ein gütiger Freund des kleinen Mannes«, erwiderte Tsengel, als wäre der Kaiser noch am Leben.

»Khubilai Khan?«, fragte Giordino.

Tsengel nickte. »Das waren viel bessere Zeiten, als die Mongolen noch über China herrschten«, fügte er wehmütig hinzu.

Die größere Menge *Airag* zeigte bei Tsengel allmählich Wirkung. Er hatte mehrere Schalen des starken Gebräus zu sich genommen, bekam zusehends glasige Augen und wurde immer rührseliger. Pitt versuchte das Thema zu wechseln, als er feststellte, dass die Gespräche über Geopolitik ein bisschen heikel wurden.

»Tsengel, wir sind draußen in der Wüste auf etwas Sonderbares gestoßen, bevor uns der Sandsturm erwischt hat. Eine künstliche Ortschaft, umgeben von hölzernen Kamelen. Kennen Sie den Ort?«

Tsengel lachte laut auf.

»Ach ja, die reichsten Hirten der Gobi. Nur dass ihre Stuten keinen Tropfen Milch geben.« Er lächelte und trank wieder einen Schluck *Airag*.

»Wer hat das gebaut?«, fragte Giordino.

»Ein großer Trupp Männer ist in der Wüste aufgetaucht, mit allerlei Geräten, Rohren und einer Grabmaschine. Sie haben

Tunnel unter der Erde gegraben, die viele Kilometer lang sind. Ich habe ein bisschen Geld von ihnen bekommen, damit ich ihrem Vorarbeiter den Weg zur nächsten Quelle weise. Er hat gesagt, sie arbeiten für eine Ölfirma in Ulan-Bator, mussten aber schwören, dass sie niemandem etwas von ihrer Arbeit erzählen. Mehrere Männer, die den Mund aufgemacht hätten, wären auf einmal verschwunden, und die anderen Arbeiter wären sehr beunruhigt. Sie haben in aller Eile die Holzkamele gezimmert und die großen Tanks gebaut, die wie *Ger* aussehen. Dann sind die Männer wieder verschwunden. Die Tanks in dem Dorf sind leer. In denen sammelt sich nur der Staub, den der Wind verweht. Das ist viele Monate her, und ich habe seither niemanden dort gesehen. Bei den anderen ist es genauso.«

»Welche anderen?«, fragte Pitt.

»Es gibt drei weitere Lager mit eisernen *Ger*, alle nahe der Grenze. Und überall ist es das Gleiche. Sie sind leer und verlassen, bis auf die Holzkamele.«

»Gibt es hier in der Gegend irgendwelche Ölquellen, oder werden vielleicht Probebohrungen vorgenommen?«, fragte Pitt.

Tsengel dachte einen Moment lang nach, dann schüttelte er den Kopf. »Ich habe vor vielen Jahren in China Ölquellen gesehen, aber hier in der Gegend nicht.«

»Aus welchem Grund tarnt Ihrer Meinung nach jemand seine Öltanks und stellt außen herum hölzernes Herdenvieh auf?«

»Ich weiß es nicht. Einige Leute sagen, die eisernen *Ger* wurden von einem reichen Hirten gebaut, der damit den Regen auffangen und mit dem Wasser das Grasland zurückholen will. Ein Schamane behauptet, die hölzernen Tiere sind eine Huldigung, mit denen die Götter beschwichtigt werden sollen, weil man durch das Graben im Untergrund die Wüste entweiht hat. Andere sagen wieder, es wäre einfach das Werk der Mächtigen, die die Reichtümer der Wüste ausbeuten wollen. Weshalb sie sich die Mühe machen und alles verbergen? Weil sie ihr böses Herz verbergen wollen.«

Die letzte Schale *Airag* hatte Tsengel so ziemlich den Rest gegeben. Er schlürfte die letzte Neige in seiner Schale aus, stand etwas unsicher auf und wünschte den Gästen und seinen Angehörigen eine gute Nacht. Dann torkelte er zu einem der Betten, ließ sich auf die Überdecke fallen und schnarchte ein paar Minuten später schon laut vor sich hin. Pitt und Giordino halfen den anderen beim Abräumen und gingen dann nach draußen, um etwas frische Luft zu schnappen.

»Ich begreif's immer noch nicht«, sagte Giordino, während er zum Nachthimmel aufblickte. »Warum sollte jemand Öltanks in der Wüste verstecken, in denen sich bloß Staub ansammelt?«

»Vielleicht will dieser Jemand etwas viel Wichtigeres als die Tanks verbergen.«

»Was könnte das sein?«

»Vielleicht«, erwiderte Pitt und bohrte die Schuhspitze in den Boden, »geht es um die Ölquelle.«

30

Trotz Tsengels lautem Schnarchen schliefen Pitt und Giordino tief und fest, nachdem ihnen Nojon sein Bett überlassen hatte und auf ein paar Kissen am Boden nächtigte. Bei Sonnenaufgang wachten alle auf und nahmen ein gemeinsames Frühstück aus Nudeln und Tee zu sich. Tsengel hatte inzwischen alles Notwendige vorbereitet, damit Pitt und Giordino Nojon zur nächsten Ortschaft begleiten konnten, wo die Kinder dreimal die Woche abgeholt und zum Unterricht in ein Kloster gebracht wurden. Pitt und Giordino sollten einfach mitfahren, denn dort kam ab und zu ein Versorgungslaster aus Ulan-Bator vorbei.

Pitt drückte Ariunaa ein paar staubige Geldscheine in die Hand und bedankte sich für Essen und Unterkunft, dann verabschiedete er sich von Tsengel.

»Die Tür zum *Ger* eines Hirten steht immer offen. Möge es

euch wohl ergehen auf euren Reisen, und denkt gelegentlich an eure Freunde in der Gobi.«

Die Männer schüttelten sich die Hand, dann sprengte Tsengel davon und kümmerte sich um seine Herde. Pitt, Giordino und Nojon stiegen auf drei stämmige Pferde und ritten in Richtung Norden.

»Dein Vater ist ein guter Mann«, sagte Pitt, während er zusah, wie die von Tsengel aufgewirbelte Staubwolke am Horizont verschwand.

»Ja, aber er ist traurig, weil er so weit von seinem Geburtsort entfernt lebt. Wir kommen hier gut zurecht, aber ich weiß, dass sein Herz an Hulunbuir hängt, dem Land im Südosten.«

»Wenn er es hier zu was bringt, schafft er's meiner Meinung nach überall«, sagte Giordino, während er die karge Landschaft der Umgebung betrachtete.

»Es ist mühsam, aber wenn ich älter bin, helfe ich meinem Vater. Ich werde in Ulan-Bator auf die Universität gehen und Arzt werden. Dann kaufe ich ihm so viele Kamele, wie er haben will.«

Sie ritten erst über eine Schotterebene und bahnten sich später einen Weg durch eine Reihe schroffer Sandsteinerhebungen. Die Pferde trotteten dahin, ohne dass man sie lenken musste, fanden ihren Weg von allein, wie ein Muli am Grand Canyon, das jeden Schritt hinab zum Colorado kennt. Doch es dauerte nicht lange, bis Pitt und Giordino der Hintern wehtat. Die Pferde trugen den herkömmlichen mongolischen Sattel, der aus Holz gefertigt war. Wie die meisten Kinder in den mongolischen Steppen- und Wüstengebieten hatte Nojon Reiten gelernt, bevor er gehen konnte, und war den harten Sitz daher gewohnt. Pitt und Giordino hingegen kamen sich vor, als holperten sie auf einer Parkbank über eine nicht enden wollende Reihe von Bodenschwellen.

»Bist du dir sicher, dass es hier nirgendwo eine Bushaltestelle oder einen Flugplatz gibt?«, fragte Giordino mit verkniffener Miene.

Nojon dachte über die Frage nach.

»Einen Bus nicht, abgesehen von dem in der Ortschaft. Aber ein Flugzeug schon. Nicht weit von hier. Ich bringe euch hin.«

Bevor Giordino etwas sagen konnte, gab Nojon seinem Pferd die Hacken und galoppierte auf einen Höhenzug im Osten zu.

»Ein weiterer Umweg hat uns gerade noch gefehlt«, sagte Pitt. »Dabei ziehen wir uns höchstens einen Bandscheibenvorfall zu.«

»Woher wollen wir denn wissen, ob auf der anderen Seite des Kamms dort nicht ein Learjet auf uns wartet?«, konterte Giordino.

Sie gaben ihren Pferden die Sporen, worauf die Tiere begeistert lossprengten und der von Nojon aufgewirbelten Staubwolke folgten. Sie galoppierten bis zum Fuß des Höhenzugs und umgingen ihn dann an der Nordspitze. Mit lautem Hufschlag überquerten sie ein ebenes Stück Sandsteinboden, ritten um ein paar große Blöcke herum und holten schließlich Nojon ein, der im Schatten einer Felsnadel saß und auf sie wartete. Verdrossen stellte Giordino fest, dass es weder einen Jet noch einen Flugplatz oder irgendein anderes Verkehrsmittel gab, soweit das Auge reichte. Ringsum erstreckte sich nur die mit Geröll übersäte Wüstenlandschaft, aus der gelegentlich eine Felsformation aufragte. Aber wenigstens hatte der Junge in einer Hinsicht recht, dachte Giordino. Sie waren tatsächlich nur ein kurzes Stück von ihrem eigentlichen Weg abgeschweift.

Pitt und Giordino zügelten ihre Pferde, als sie sich Nojon näherten. Der Junge lächelte sie an und deutete dann mit dem Kopf auf die Rückseite der Anhöhe hinter sich.

Pitt warf einen Blick auf den Höhenzug, sah aber nur einen felsigen Hang, der mit einer roten Sandschicht bedeckt war. Ein paar Blöcke waren seltsam geformt und schienen in einem matten Silberton zu schimmern.

»Ein bezaubernder Felsengarten«, sagte Giordino versonnen.

Aber Pitt war neugierig geworden, als er zwei Felshöcker bemerkte, die etwa gleichgroß und erstaunlich ebenmäßig waren, und ritt hin. Als er näherkam, sah er, dass es gar keine Gesteinsblöcke waren, sondern zwei halb verschüttete Sternmotoren. Der eine saß an der stumpfen Nase eines auf dem Dach liegenden Flugzeugrumpfes, der andere an der dazugehörigen Tragfläche, die unter dem Sand verschwand.

Nojon und Giordino ritten zu Pitt, als dieser absaß und den Sand von einer der Motorhauben wischte. Er blickte verwundert auf und sagte zu Giordino: »Das ist kein Learjet. Es ist eine dreimotorige Fokker.«

31

Die Fokker F. VIIB lag noch immer an der gleichen Stelle, an der sie vor mehr als siebzig Jahren zu Bruch gegangen war. Unmengen von Sand hatten sich an der umgekippten Maschine angesammelt, sodass die rechte Tragfläche und der Rumpf fast völlig verschüttet waren. Ein Stück weiter hinten lag die andere Tragfläche mit dem Backbordmotor zertrümmert neben den Felsen, an denen sie bei der Notlandung abgerissen waren. Die Nase der Maschine war zusammengedrückt wie eine Ziehharmonika, das Cockpit voller feinem Sand, unter dem die zerschmetterten, noch immer an den Sitzen festgeschnallten Skelette von Pilot und Copilot begraben waren. Pitt wischte eine dicke Sandschicht unter dem Pilotenfenster weg, bis er den verblichenen Namenszug lesen konnte: *Blessed Betty*.

»Ein großartiger Landeplatz«, sagte Giordino. »Hast du nicht mal gesagt, die alten Vögel wären unverwüstlich?«

»So gut wie. Die dreimotorige Fokker war genauso robust wie die Ford Tri-Motor. Admiral Byrd ist mit einer über die Arktis und die Antarktis geflogen. Charles Kingsford-Smith hat 1928 mit seiner Fokker F. VII, der *Southern Cross*, den Pazifischen Ozean überquert. Sie wurde von Wright-Whirlwind-

Motoren angetrieben und konnte praktisch ewig in der Luft bleiben.« Pitt kannte sich mit alten Flugzeugen bestens aus – immerhin besaß er selber eine Ford Tri-Motor, die in seiner Oldtimer-Sammlung in Washington stand.

»Ist wahrscheinlich in einen Sandsturm geraten«, vermutete Giordino.

Nojon verfolgte aus sicherem Abstand, wie Pitt und Giordino an dem vom Sand abgeschmirgelten Rumpf entlang nach hinten gingen, bis sie auf einen schmalen Wulst an der Seitenwand stießen. Sie wischten ein paar Zentimeter Sand weg, bis sie erkennen konnten, dass es die Unterkante der Rumpftür war. Daraufhin schaufelten sie unmittelbar davor ein großes Loch und legten dann die Tür so großflächig frei, dass sie sich öffnen ließ. Als Giordino den letzten Haufen Sand entfernte, bemerkte Pitt eine Reihe Einschusslöcher, die sich neben der Tür über den Rumpf zogen.

»Ich muss dich leider berichtigen, was die Absturzursache angeht«, sagte er und strich mit der Hand über die Löcher. »Sie wurde abgeschossen.«

»Fragt sich bloß, warum?«, sagte Giordino versonnen.

Er wollte gerade die Hand zum Türgriff ausstrecken, als Nojon einen leisen Klagelaut ausstieß.

»Die Alten sagen, da sind tote Männer drin. Die Lamas haben uns aufgetragen, sie nicht zu stören. Deswegen haben die Nomaden keinen Fuß in das Flugzeug gesetzt.«

»Wir werden den Toten die gebührende Achtung erweisen«, versicherte ihm Pitt. »Ich werde dafür sorgen, dass sie anständig begraben werden, damit ihre Seelen Ruhe finden.«

Giordino drehte den Griff um und zog behutsam die Tür auf. Ein Schwall zersplittertes Holz, Sand und Porzellanscherben fiel aus dem dunklen Innenraum und bildete einen kleinen Haufen am Boden. Pitt hob einen zerbrochenen Teller aus der Yüan-Dynastie auf, der mit einem saphirblauen Pfau bemalt war.

»Kein alltägliches Essgeschirr«, sagte er, als er erkannte, dass es sich um eine Antiquität handelte. »Mindestens fünfhundert

Jahre alt, da gehe ich jede Wette ein.« Pitt war zwar kein Experte, doch im Lauf der vielen Jahre, in denen er nach Schiffswracks getaucht hatte, hatte er eine gewisse Erfahrung erworben, was Töpferwaren und Porzellan betraf. Oftmals waren die inmitten des Ballasts gefundenen Tonscherben der einzige Hinweis auf Alter und Herkunft eines Wracks.

»Dann haben wir es hier sowohl mit dem ältesten als auch dem größten Puzzle der Welt zu tun«, sagte Giordino, der von der Tür zurücktrat, damit Pitt einen Blick ins Innere werfen konnte.

Im Rumpf der Maschine herrschte ein heilloses Durcheinander. Überall lagen geborstene und zersplitterte Holzkisten herum, deren Inhalt über den ganzen Boden verstreut war, wie ein Teppich aus blau-weißen Porzellanscherben. Nur ein paar wenige Kisten nahe dem Heck hatten die Bruchlandung heil überstanden.

Pitt kroch in den Rumpf und wartete einen Moment, bis sich seine Augen an die Dunkelheit gewöhnt hatten. Durch das schummrige Licht und die staubige, abgestandene Luft wirkte die Kabine der Fokker etwas unheimlich, was durch die leeren Korbsitze, die von der Decke des umgekippten Flugzeugs hingen, noch verstärkt wurde. Pitt zog den Kopf ein, drehte sich um und ging zuerst zu den unversehrten Kisten im Heck. Bei jedem Schritt knirschte zerbrochenes Porzellan unter seinen Füßen und zwang ihn dazu, vorsichtig durch die Trümmer zu laufen.

Er fand insgesamt fünf intakte Kisten, auf deren Seitenwand in großen Blockbuchstaben FRAGILE und ATTENTION: BRITISH MUSEUM stand. Pitt fasste unter das lose Holz eines abgeplatzten Kistendeckels und hebelte ihn auf. Im Innern befand sich eine große Porzellanschale, die in ein Tuch geschlagen war. Sie war schätzungsweise über siebenhundert Jahre alt, hatte einen gezackten Rand und war über dem weißen Fuß mit grünlich-blauer Glasur bemalt. Einen Augenblick lang bewunderte Pitt das kunstvolle Blütenmuster, dann stellte er sie in die Kiste zurück. Der Fund wie auch die Scherben am Boden deuteten darauf hin, dass die Maschine alte Keramiken transportiert hatte, aber allem Anschein nach keine Passagiere.

Pitt machte kehrt und lief zur Seitentür zurück, wo Giordino zu ihm stieß.

»Irgendein Hinweis auf die Fracht?«, fragte er leise.

»Nur, dass sie für das Britische Museum bestimmt war. Hinten sind ein paar Kisten heil geblieben. Allem Anschein nach enthalten sie altes Porzellan.«

Pitt ging nach vorn und kroch an der ersten Sitzreihe vorbei in Richtung Cockpitwand. Ein Großteil der Fracht war beim Aufprall der Maschine nach vorn geschleudert worden, wo sich ein Trümmerhaufen auftürmte. Pitt stieg über einen großen, zerbrochenen Topf und entdeckte eine staubige Lederjacke inmitten einiger Keramikstücke. Er trat um ein paar Scherben herum und räumte eine geborstene Kiste aus dem Weg, um sich die Sache genauer anzusehen. Dann erstarrte er. Im schummrigen Licht, das durch die Tür drang, sah er, dass die Jacke noch von ihrem Besitzer getragen wurde.

Die mumifizierten Überreste von Leigh Hunt lagen auch Jahrzehnte später noch dort, wo er gestorben war, nachdem er sich unter fürchterlichen Schmerzen mit gebrochenem Rückgrat nach vorn geschleppt hatte. Den linken Arm hatte er um ein gelbes Holzkästchen geschlungen, in der weißlich schimmernden rechten Knochenhand hielt er ein kleines Notizbuch. Hunts Gesicht war verzerrt und runzlig wie altes Leder, durch die trockene Wüstenluft und eine dünne Schicht Kieselerde aber gut erhalten.

»Der arme Kerl. Er muss die Bruchlandung überlebt haben und erst später gestorben sein«, stellte Pitt leise fest.

»Das Kästchen und das Notizbuch haben ihm offenbar etwas bedeutet«, erwiderte Giordino.

Pitt war nicht ganz wohl zumute, als er das Notizbuch vorsichtig aus der skelettierten Hand löste, dann das Kästchen an sich nahm und an Giordino weiterreichte. Erst jetzt bemerkte er einen staubigen und zerbeulten Fedora, der neben der Leiche am Boden lag, und stülpte ihn behutsam über das Gesicht des Toten.

»Ich nehme an, den Piloten ist es nicht anders ergangen«, sagte er mit einem Blick nach vorn. Vorsichtig stieg er über Hunt hinweg, ging zur Wand und versuchte durch den Sehschlitz ins Cockpit zu spähen. Die ganze Kanzel war voller Sand, der durch das bei der Bruchlandung zersprungene Pilotenfenster ins Innere geweht worden war.

»Das auszugraben dauert gut einen halben Tag«, sagte Giordino, der über Pitts Schulter schaute.

»Vielleicht beim nächsten Mal«, erwiderte Pitt. Er war sich so gut wie sicher, dass unter der dicken Sandschicht die Gebeine der Piloten lagen.

Die beiden Männer gingen wieder nach hinten und stiegen in den strahlenden Sonnenschein hinaus. Nojon lief unruhig auf und ab, hielt dann aber inne und lächelte, als Pitt und Giordino aus der Maschine kamen. Giordino hielt das gelbe Holzkästchen hoch, zeigte es Nojon und hebelte dann den Deckel auf. Darin befanden sich eine Bronzeröhre und ein eng zusammengerolltes Gepardenfell, beide noch im gleichen tadellosen Zustand, wie Hunt sie gefunden hatte.

»Nicht gerade die Kronjuwelen«, sagte er, während er den Inhalt leicht enttäuscht musterte. Er hielt die Bronzeröhre in die Sonne und stellte fest, dass sie leer war.

»Das sollte uns etwas mehr verraten«, sagte Pitt, schlug das Notizbuch auf und las das Titelblatt vor. »Ausgrabungen bei Shang-tu. Beginn 15. Mai 1937. Feldtagebuch von Dr. Leigh Hunt, Expeditionsleiter.«

»Lies weiter«, sagte Giordino. »Ich möchte unbedingt erfahren, ob das Gepardenfell für einen Fußschemel in Dr. Hunts Bibliothek bestimmt war oder für ein Kissen im Boudoir seiner Geliebten.«

»Meine Freunde, wir müssen uns auf den Weg machen, wenn wir den Bus zum Kloster erwischen wollen«, unterbrach sie Nojon.

»Das Geheimnis muss also warten«, sagte Pitt. Er steckte das Notizbuch in die Brusttasche seines Hemdes, ging dann zur Seitentür der Fokker und schloss sie wieder.

»Was ist mit unsern Freunden da drin?«, fragte Giordino.

»Ich sage Dr. Sarchow Bescheid, wenn wir wieder in Ulan-Bator sind. Er weiß bestimmt, an wen er sich bei der mongolischen Regierung wenden muss, damit eine ordentliche Ausgrabung durchgeführt wird. Wir müssen dafür sorgen, dass die Artefakte geborgen werden, für die Dr. Hunt sein Leben hingegeben hat. Das sind wir ihm schuldig.«

»Außerdem müssen er und die Piloten ein ordentliches Begräbnis bekommen.«

Pitt türmte einen Sandhaufen vor der Flugzeugtür auf, damit sie geschlossen blieb, während Giordino das Holzkästchen in einer ledernen Satteltasche verstaute. Dann stiegen sie wieder auf die Pferde, die Nojon gehalten hatte, und ließen sich auf den unbequemen Sätteln nieder.

»Bist du sicher, dass in den Kisten dahinten keine Daunenkissen waren?«, fragte Giordino, der kurz zusammenzuckte.

Pitt schüttelte nur lächelnd den Kopf. Als sie in Richtung Ortschaft trotteten, drehte er sich um, warf einen letzten Blick auf die staubigen Überreste der alten Maschine und fragte sich, welche Geheimnisse Hunts Tagebuch wohl preisgeben würde.

Nach einstündigem Ritt erreichten sie die winzige Siedlung namens Senj. Die Ortschaft war vermutlich nur auf wenigen Karten verzeichnet, bestand sie doch aus kaum mehr als ein paar Jurten, die um ein kleines Wasserloch aufgestellt waren. Die Quelle, von der es gespeist wurde, sprudelte das ganze Jahr über und sorgte dafür, dass die heimischen Hirten ein ständiges Auskommen hatten, ohne alle paar Monate mit ihren Herden zu fruchtbaren Weidegründen ziehen zu müssen. Wie auf dem Land üblich übertrafen die Kamele und Pferde, die sich in und um die Siedlung herumtrieben, die menschlichen Bewohner zahlenmäßig bei Weitem.

Nojon führte Pitt und Giordino zu einer Jurte, über der ein

oranges Banner wehte, und band ihre Pferde an einem Seil fest, das zwischen zwei Stangen gespannt war. Etliche kleine Kinder, die in der Nähe Fangen spielten, hielten kurz inne und glotzten die Männer an, dann widmeten sie sich wieder ihrem Spiel. Giordino wankte wie ein besoffener Vollmatrose, als er vom Pferd stieg, Beine und Hintern taten ihm vom harten Sattel weh.

»Ich glaube, das nächste Mal nehm ich ein Kamel und versuche mein Glück mit den Höckern.«

Pitt war ebenfalls wund geritten und heilfroh, wieder auf eigenen Beinen zu stehen.

»Ein Sommer mit der Herde, und ihr könnt reiten wie ein *Arat*«, sagte Nojon, der die einheimischen Pferdehirten damit meinte.

»Ein Sommer im Sattel, und ich bin reif fürs Gipsbett«, grummelte Giordino.

Ein älterer Ortsbewohner bemerkte die Männer, kam auf einem Bein angehumpelt und sprach den Jungen mit rascher Zunge an.

»Das ist Otgonbajar«, sagte Nojon. »Er lädt euch auf eine Schale *Airan* in sein *Ger* ein.«

Das tiefe Heulen eines Lastwagenmotors hallte von den umliegenden Hügeln wider, dann kam ein kleiner, fahlgrüner Bus über einen Höhenkamm und fuhr, eine Staubwolke hinter sich herziehend, auf die Ortschaft zu. Nojon schaute auf das nahende Fahrzeug, dann schüttelte er den Kopf.

»Ich fürchte, unser Bus ist da«, sagte er.

»Sag Otgonbajar bitte, dass wir seine Einladung zu schätzen wissen, aber wir müssen uns ein andermal zu ihm gesellen«, sagte Pitt. Er ging zu dem alten Mann und schüttelte ihm die Hand. Der Alte nickte, lächelte verständnisvoll und zeigte ihm seinen zahnlosen Gaumen.

Mit laut quietschenden Bremsen hielt der Bus an, und der Fahrer drückte auf die Hupe. Die herumtobenden Kinder wurden mucksmäuschenstill, zogen im Gänsemarsch zum Bus und sprangen hinein, sobald sich die Ziehharmonikatür öffnete.

»Kommt mit«, sagte Nojon und führte Pitt und Giordino zum Bus.

Der Bus, in den 80er Jahren in Russland gebaut, ein KAvZ, Modell 3976, war ein Relikt aus den ruhmreichen Tagen der Roten Armee. Wie viele Fahrzeuge, die in der Mongolei gelandet waren, hatte ihn die alte Schutzmacht weitergereicht, nachdem er dort nach langen Dienstjahren ausgemustert worden war. Jetzt, da der Lack verblichen, die Fenster gesplittert und die Reifen abgefahren waren, sah man ihm sämtliche 400 000 Kilometer an, die er mittlerweile auf dem Buckel hatte. Aber wie ein alter Boxer, der nicht aufhören will, war er immer wieder zusammengeflickt und auf eine weitere Runde losgeschickt worden.

Pitt, der hinter Nojon die Treppe hinaufstieg, war nicht schlecht überrascht, als er feststellte, dass der Fahrer ein Anglo war. Er lächelte Pitt durch seinen weißen Bart an, seine eisblauen Augen funkelten schelmisch.

»Hi, Jungs«, sagte er zu Pitt und Giordino. »Nojon sagt, ihr seid aus den Staaten. Ich auch. Schnappt euch einen Sitz, dann geht's los.«

Der Bus fasste zwanzig Fahrgäste und war ziemlich voll, nachdem er die Kinder aus drei benachbarten Siedlungen abgeholt hatte. Pitt bemerkte, dass der Platz hinter dem Fahrer von einem schwarz-braunen Dackel in Beschlag genommen wurde, der sich im Tiefschlaf lang ausgestreckt hatte. Der Platz auf der gegenüberliegenden Seite des Gangs war frei, daher pflanzte er sich dort hin und ließ Giordino ans Fenster rutschen. Der Fahrer schloss die Tür und fuhr aus der Ortschaft. Sobald er die Viehherden hinter sich gelassen hatte, trat er das Gaspedal durch und schaltete hoch. Mit schrillem Motorengeheul beschleunigte der Bus allmählich bis auf stattliche achtzig Stundenkilometer, während er über den harten Wüstenboden bretterte.

»Das Kloster Bulangiin ist nicht gerade ein Ferienort«, sagte der Fahrer, während er Pitt und Giordino in dem rechteckigen Rückspiegel musterte, der über der Sonnenblende angebracht war. »Seid ihr zwei auf Reiterabenteuerurlaub in der Gobi?«

»Könnte man so sagen«, erwiderte Pitt. »Aber die Reiterei haben wir in diesem Urlaub hoffentlich hinter uns. Im Augenblick wollen wir bloß zurück nach Ulan-Bator.«

»Kein Problem. Morgen kommt ein Versorgungslaster aus U.B. zum Kloster. Wenn's euch nichts ausmacht, eine Nacht mit einer Horde ehrwürdiger Mönche zu verbringen, könnt ihr euch morgen von dem Laster mitnehmen lassen.«

»Das soll uns nur recht sein«, sagte Pitt, als der Bus über eine Querrinne sprang. Grinsend verfolgte er, wie der Dackel in die Luft flog und wieder auf dem Sitz landete, ohne ein Auge aufzuschlagen.

»Darf ich fragen, was Sie in dieser Gegend machen?«, fragte Giordino.

»Ach, ich helfe einer privaten archäologischen Stiftung aus den Staaten, die den Wiederaufbau von buddhistischen Klöstern unterstützt. Vor der Machtübernahme durch die Kommunisten im Jahr 1921 gab es in der Mongolei über siebenhundert Klöster. Fast alle wurden in den dreißiger Jahren im Zuge der verheerenden Säuberungsaktionen der Regierung geplündert und niedergebrannt. Tausende von Mönchen verschwanden spurlos, wurden entweder auf der Stelle hingerichtet oder in sibirische Arbeitslager verfrachtet, wo sie elendiglich gestorben sind. Diejenigen, die man nicht ermordete, mussten ihrer Religion abschwören, auch wenn ihr viele insgeheim weiter treu geblieben sind.«

»Muss ziemlich schwer sein, wieder von vorn anzufangen, wenn sämtliche Reliquien und heiligen Schriften vor langer Zeit zerstört wurden.«

»Erstaunlich viele alte Texte und Kunstwerke aus den Klöstern wurden von wachsamen Mönchen vor den Säuberungen vergraben. Mittlerweile tauchen tagtäglich wichtige Reliquien auf, und einige alte Klöster öffnen wieder ihre Pforten. Die Einheimischen brauchen endlich keine Angst mehr zu haben, dass sich solche Schandtaten wiederholen könnten.«

»Wie sind Sie vom Bauarbeiter zum Schulbusfahrer geworden?«, fragte Giordino.

»Draußen in der Pampa muss man vielseitig sein.« Der Fahrer lachte. »Die Gruppe, der ich helfe, besteht nicht nur aus einem Haufen Archäologen, auch Zimmerleute, Lehrer und Historiker gehören dazu. Unser Abkommen bezieht sich nicht allein auf den Wiederaufbau von Klöstern, sondern auch auf die Gründung von Schulen. Für die Kinder der nomadisch lebenden Hirten sind die Möglichkeiten, eine ordentliche Ausbildung zu bekommen, ziemlich bescheiden, wie Sie sich sicher vorstellen können. Wir bringen ihnen Lesen, Schreiben, Rechnen und Sprachen bei und hoffen, den Kleinen damit irgendwann ein besseres Leben zu ermöglichen. Ihr Freund Nojon zum Beispiel spricht drei Sprachen und ist in Mathe ein richtiges As. Wenn wir ihm in jungen Jahren die entsprechende Ausbildung geben können und verhindern, dass er eine PlayStation in die Finger kriegt, wird er vielleicht mal ein hervorragender Ingenieur oder Arzt. Und genau das hoffen wir, all diesen Kindern bieten zu können.«

Der Bus fuhr über eine Bergkuppe, hinter der sich ein schmales Tal auftat. In seiner Mitte wuchs dichtes, mit lila Buschwerk durchsetztes Gras, das etwas Farbe in die sonst so eintönige Wüstenlandschaft brachte. Pitt bemerkte eine Reihe kleiner Steingebäude inmitten der Wiesenfläche, daneben eine Handvoll weißer Jurten. In einer nahe gelegenen Koppel tummelten sich zahlreiche Kamele und Ziegen, und an der Südseite standen mehrere kleine Geländewagen.

»Das Kloster Bulangiin«, erklärte der Fahrer. »Heimstätte von zwölf Mönchen, einem Lama, siebzehn Kamelen und gelegentlich auch ein, zwei hungrigen Freiwilligen aus den Vereinigten Staaten.« Er steuerte den Bus durch ein paar tiefe Reifenspuren hinab und hielt vor einer der Jurten.

»Das ist die Schule«, sagte der Fahrer zu Pitt und Giordino, als die Kinder lärmend aus dem Bus drängten. Nojon stürmte an ihnen vorbei, winkte den beiden Männern zu und sprang ebenfalls hinaus.

»Ich muss jetzt leider Erdkunde unterrichten«, sagte der Fahrer, nachdem alle Kinder weg waren. »Wenn ihr zwei zu dem großen Gebäude mit dem Drachen am Vordach geht, stoßt ihr auf Lama Santanai. Er spricht Englisch und wird euch heute Nacht irgendwo unterbringen.«

»Sehen wir Sie später noch?«

»Vermutlich nicht. Ich habe versprochen, über Nacht in einem der Dörfer zu bleiben, nachdem ich die Kinder heimgebracht habe. Ich soll dort über westliches Demokratieverständnis sprechen. War aber schön, mit euch zu plaudern. Lasst's euch hier gutgehen.«

»Vielen Dank fürs Mitnehmen, und für die Auskünfte«, erwiderte Pitt.

Der Fahrer schnappte sich den Dackel, holte ein Erdkundebuch unter seinem Sitz hervor und begab sich in die Jurte, wo seine Klasse bereits auf ihn wartete.

»Netter Kerl«, sagte Giordino, stand dann auf und stieg aus dem Bus. Als Pitt ihm folgte, bemerkte er über der Sonnenblende an der Windschutzscheibe ein Schild mit der Aufschrift WILLKOMMEN. IHR FAHRER IST CLIVE CUSSLER.

»Aha«, sagte Pitt und nickte nachdenklich. »Aber er fährt wie Mario Andretti.«

Sie gingen auf drei pagodenartige Gebäude zu, deren geschwungene Dächer mit alten, blau glasierten Tonziegeln gedeckt waren. Das mittlere und größte war der Tempel, flankiert von einem kleinen Altargelass und einem Lagerraum. Pitt und Giordino stiegen eine flache Treppe hinauf und bewunderten zwei steinerne Drachen, die an beiden Ecken des überspringenden Tempeldaches hockten und ihre langen Schwänze über die steil ansteigenden Ziegel nach oben ringelten. Bedächtig traten die beiden Männer durch eine riesige offene Tür, wo sie von tiefem Männergesang empfangen wurden.

Als sich ihre Augen an das schummrige Kerzenlicht gewöhnt hatten, sahen sie zwei breite Bänke, die sich längs durch den Tempel zogen und vor einem kleinen Altar endeten. Ein halbes Dutzend ältere Mönche in leuchtend safrangelben Gewändern, die Köpfe kahl geschoren, hockten einander reglos im Schneidersitz gegenüber und stimmten Gesänge an. Pitt und Giordino gingen auf Zehenspitzen im Uhrzeigersinn um sie herum, nahmen an der Rückwand Platz und sahen ihnen beim Rezitieren ihrer Mantras zu.

In der Mongolei wird der Buddhismus tibetanischer Prägung praktiziert, der sogenannte Lamaismus, der sich durch jahrhundertealte religiöse Bande zwischen beiden Ländern entwickelte. Vor den von der Regierung angezettelten Säuberungen waren fast ein Drittel aller mongolischen Männer Lamas, die in einem der zahlreichen schlichten Klöster, die übers ganze Land verstreut waren, ein asketisches Dasein führten. Unter kommunistischer Herrschaft verschwand der Buddhismus nahezu völlig aus dem Alltagsleben. Eine ganze Generation von Mongolen wird also erst jetzt wieder im Glauben ihrer Vorfahren unterwiesen.

Pitt und Giordino konnten sich dem Zauber dieses Tempels nicht entziehen, der spirituellen Kraft der Zeremonie, wie sie seit Hunderten von Jahren nahezu unverändert von edlen Lamas vollzogen wurde. Der exotische Duft brennender Räucherstäbchen betörte sie, aber auch das warme Kerzenlicht, dessen flackernder Schein sich an der rot gestrichenen Decke spiegelte und auf die Purpurbanner fiel, die an den Wänden hingen. Die matt schimmernden Buddhastatuen in verschiedenen Inkarnationen, die in den Wandnischen und am Altar standen, und die sehnsuchtsvollen Töne, die aus dem Mund der Mönche drangen, trugen ein Übriges dazu bei.

Gemeinsam stimmten die Mönche eine Zeile aus den Gebetsbüchern an, die vor ihnen lagen, und wiederholten sie mehrmals. Allmählich wurde das Mantra lauter, der Gesang kraftvoller, bis ein älterer Lama, der eine dicke Brille trug, plötzlich auf eine

Ziegenfelltrommel schlug. Die anderen Mönche stimmten mit kleinen Messingglocken ein oder bliesen in große weiße Muschelhörner, bis die Wände des Tempels wackelten. Dann verklang das Crescendo wie durch ein unsichtbares Handzeichen, und Stille kehrte ein, worauf die Mönche einen Augenblick lang meditierten und sich dann von den Bänken erhoben.

Der Lama mit der dicken Brille stellte seine Trommel ab und trat zu Pitt und Giordino. Er war fast fünfundachtzig Jahre alt, bewegte sich aber so kraftvoll und geschmeidig wie ein junger Mann. Die tiefbraunen Augen kündeten von Güte und Klugheit.

»Die Amerikaner, die durch die Wüste wandern«, sagte er mit starkem Akzent. »Ich bin Santanai. Willkommen in unserem Tempel. Wir haben in unserer heutigen Andacht auch für euer Wohlbefinden gebetet.«

»Entschuldigen Sie bitte, dass wir hier einfach so reingeschneit sind«, sagte Pitt, der etwas verblüfft darüber war, dass der Lama bereits über sie Bescheid wusste.

»Der Weg zur Erleuchtung steht allen offen.« Der Lama lächelte. »Kommen Sie, ich zeige Ihnen Ihre Unterkunft.« Der alte Lama führte Pitt und Giordino im Tempel herum, ging dann mit ihnen hinaus, und sie spazierten über das ganze Grundstück.

»Das Kloster stammt aus den zwanziger Jahren des neunzehnten Jahrhunderts«, erklärte er. »Seine Bewohner hatten während der großen Säuberung mehr Glück als die meisten anderen. Die Schergen der Regierung zerstörten die Unterkünfte und die Lebensmittellager, dann trieben sie die Gläubigen weg. Aber aus mir unbekannten Gründen rührten sie den Tempel nicht an, der danach viele Jahrzehnte lang leer und verlassen dastand. Die heiligen Texte und andere von uns verehrte Gegenstände wurden von einem hiesigen Hirten gerettet und in der Nähe im Sand vergraben. Als die Regierung wieder Religionsfreiheit gewährte, haben wir den Tempel als Mittelpunkt unserer Klosters wiedereröffnet.«

»Den Gebäuden sieht man ihr Alter kaum an«, stellte Giordino fest.

»Einheimische Hirten und untergetauchte Mönche haben den Tempel in den Jahren der Unterdrückung gepflegt. Die abgeschiedene Lage trug dazu bei, dass die allerschlimmsten Atheisten in der Regierung kein allzu scharfes Auge auf die Anlage haben konnten. Doch wir haben noch viel Arbeit vor uns, bis alles wiederhergestellt sein wird«, sagte er und deutete auf einen Stapel Holz und Baumaterial. »Wir leben noch in Jurten, aber eines Tages werden wir wieder feste Wohnquartiere haben.«

»Sie und ein Dutzend Schüler?«

»Ja, hier leben zwölf Mönche und ein Novize, der zu Gast bei uns weilt. Aber wir hoffen in nicht allzu ferner Zeit weitere zehn junge Männer bei uns aufnehmen zu können.«

Der Lama führte Pitt und Giordino zu einem der kleineren Gebäude neben dem Tempel. »Ich kann Ihnen eine Unterkunft in unserem Lagerraum anbieten. Das Archäologenteam, das uns besucht, ist für mehrere Wochen an einer Grabungsstätte in der Nähe beschäftigt. Sie haben einige Feldbetten zurückgelassen, die Sie benutzen können. Wollen Sie morgen mit dem Versorgungslaster zurückfahren?«

»Ja«, erwiderte Pitt. »Wir müssen unbedingt nach Ulan-Bator.«

»Das wird sich machen lassen. Ich muss zum Unterricht in den Tempel zurückkehren. Machen Sie es sich bitte bequem und leisten Sie uns bei Sonnenuntergang beim Abendessen Gesellschaft.«

Der Lama wandte sich um und schritt mit seinem im Wind wogenden roten Gewand zum Tempel. Pitt und Giordino stiegen ein paar Stufen hoch und traten in den Lagerraum, einen schmalen fensterlosen Bau mit hoher Decke. Sie mussten eine riesige Eisenglocke umgehen, die unmittelbar hinter der Tür stand, ein Überbleibsel aus alter Zeit, das noch darauf wartete, dass es hier wieder einen Glockenturm gab. Dahinter waren an der einen Wand Mehl, Nudeln, Tee und andere Lebensmittel gestapelt, an der anderen standen Körbe mit Decken und Pelzen, die für die kalten Wintermonate hier verwahrt wurden. Ganz hinten, unter einem Gemälde von Sakyamuni, dem im Schneidersitz auf einem Lotusblütenthron hockenden Buddha, entdeckten sie mehrere mit Segeltuch bespannte Feldbetten.

»Schon seltsam: Er wusste, dass wir in der Gegend sind«, sagte Pitt.

»Die Wüste ist klein«, erwiderte Giordino. »Sieh's doch mal positiv. Wir müssen nicht auf dem Boden schlafen und haben jede Menge Zeit zum Ausruhen, bis unsere Mitfahrgelegenheit aufkreuzt. Ich jedenfalls möchte meine neue Unterkunft am liebsten gleich ausprobieren«, sagte er und legte sich auf eins der Feldbetten.

»Ich muss erst noch ein bisschen lesen«, erwiderte Pitt und ging zur Tür, bevor Giordino losschnarchte.

Er setzte sich auf die Vortreppe, betrachtete nachdenklich den alten Tempel und das staubige Tal, das sich dahinter erstreckte. Dann öffnete er den Rucksack und las das Tagebuch von Dr. Leigh Hunt.

32

Wiedersehn, Dirk, und viele Grüße an Ihren Freund Al.« Nojon stürmte die Treppe herauf und verbeugte sich. Pitt stand auf, schüttelte dem Jungen die Hand und wunderte sich einmal mehr, wie reif er für seine zehn Jahre wirkte.

»Mach's gut, mein Freund«, erwiderte Pitt. »Hoffentlich sehen wir uns mal wieder.«

»Ja. Das nächste Mal reitet ihr auf Kamelen.« Der Junge grinste und rannte dann den Fußweg entlang zum wartenden Schulbus. Die Tür schloss sich hinter ihm, dann röhrte der alte Bus die Hügelkuppe empor und der untergehenden Sonne entgegen.

Der Krach hatte Giordino geweckt, der auf die Treppe getrottet kam und die Arme hochreckte.

»Sind Nojon und die anderen Kinder schon auf dem Heimweg?«, fragte er, als er den Bus hinter dem Hügel verschwinden sah.

»Er ist gerade vorbeigekommen und hat sich verabschiedet. Ich soll dir ausrichten, dass sein bestes Kamel jederzeit für einen Ausritt zur Verfügung steht.« Pitt vertiefte sich wieder in Hunts Tagebuch.

»Wie sind die intimen Bekenntnisse unseres mumifizierten Archäologen?«

»Kaum zu glauben«, sagte Pitt.

Giordino sah Pitts ernsten Blick und setzte sich auf die Treppe.

»Was hast du entdeckt?«

»Dr. Hunt, sein mongolischer Assistent und ein Trupp chinesischer Arbeiter haben in Nordchina die Überreste einer versunkenen Stadt namens Shang-tu ausgegraben.«

»Nie gehört.«

»Vielleicht kennst du sie unter ihrem im Westen gebräuchlichen Fantasienamen … Xanadu.«

»Nicht noch mehr«, grummelte Giordino kopfschüttelnd. »Gab's das wirklich?«

»Eindeutig. Es war der Sommerpalast von Khubilai Khan. Er hat die Hütte rund hundertzwanzig Meilen nordwestlich von Peking bauen lassen, um der Sommerhitze in der Hauptstadt zu entrinnen. In der Umgebung lag ein ummauertes Jagdrevier und daneben eine Stadt mit mehr als hunderttausend Einwohnern. Als Hunt hinkam, war nicht mehr als ein Haufen Felsen und Staub auf einer menschenleeren Ebene übrig.«

»Dann stammen die Artefakte in der Maschine also aus der Zeit des Khubilai Khan. Die müssen ein kleines Vermögen wert sein. Jedenfalls die wenigen Sachen, die beim Absturz des Flugzeugs nicht zu Bruch gegangen sind.«

»Durchaus möglich. Obwohl Hunt selbst von der Ausbeute

enttäuscht war. Er schreibt, dass er bis zum letzten Tag der Ausgrabungen nichts Bedeutendes gefunden habe. Aber dann wurden dein Holzkästchen und das Gepardenfell freigelegt.«

Pitt hatte das offene Holzkästchen mit dem Gepardenfell und der Bronzeröhre neben sich stehen. Er holte zuerst das Fell heraus.

»Hunt hat das Gepardenfell kaum erwähnt, aber schau dir das an«, sagte er, breitete das Fell aus und drehte es um. Auf der Rückseite befanden sich acht kleine Gemälde in einzelnen Kästchen. Auf dem ersten Bild war eine große chinesische Dschunke zu sehen, die gefolgt von zwei kleineren Booten einen Fluss hinabsegelte. Auf den anschließenden Bildern sah man die Schiffe auf hoher See und dann beim Ankern in einer Bucht. Im letzten Kästchen stand das in der Bucht liegende große Schiff in Flammen. Ein brennendes Banner, auf dem ein blauer Hund prangte, knatterte am Vormast. Nicht weit vom Schiff waren einige Kisten gestapelt, die ebenfalls von Flammen umgeben waren. Die ganze Gegend rund um die Bucht wurde von Qualm und Feuerzungen verschlungen.

»Handelt offenbar von einer Seefahrt, die in einem Feuersturm endete«, sagte Giordino. »Vielleicht sind sie auf Gegner gestoßen, die mit griechischem Feuer umgehen konnten. Könnte aber auch sein, dass sie zu nahe an der Küste geankert haben, als dort ein Waldbrand ausbrach und Glutbrocken zu ihnen geweht wurden. Der britische Archäologe hat sich nicht dazu geäußert?«

»Nein. Ich frage mich, ob er die Rückseite des Fells vor seinem Tod überhaupt untersucht hat.«

»Hat das Kästchen irgendeine Bedeutung?«

»Das Kästchen war nicht das Wesentliche, sondern die Bronzeröhre. Besser gesagt, das, was sich in der Röhre befand. Offenbar steckte eine Art Seidenrolle drin. Bemalt mit einer Schatzkarte, die zu einem unglaublichen Hort führt.«

»Der Behälter war aber leer, als wir ihn gefunden haben. Meinst du, sie ist noch in der Maschine, bei Hunt?«

»Hier, lies Hunts letzte Eintragungen«, sagte Pitt und reichte Giordino das Tagebuch. Auf der letzten Seite standen drei kurze Absätze.

5. August 1937. Per Flugzeug auf dem Weg nach Ulan-Bator. Schweren Herzens muss ich von einer schrecklichen Entdeckung berichten. Tsendyn, mein getreuer Assistent, Partner und Freund, hat mich am Ende verraten. Die Seidenrolle ist verschwunden, aus ihrem Behältnis entwendet, obwohl ich es seit seiner Freilegung gehütet habe wie meinen Augapfel. Tsendyn ist der Einzige, der es gewesen sein kann, er hat mir hinterrücks einen Dolchstoß versetzt, bevor die Maschine startete. Ohne die Rolle ist die Spur zu D.K. verloren. Ich werde zusehen, ob ich mich an die Hinweise erinnern und die Karte aus dem Gedächtnis nachzeichnen kann. Dann werde ich in U.B. einen kleinen Trupp ausrüsten und mich auf die Suche begeben. Selbst wenn nichts dabei herauskommt, stoße ich vielleicht an den Hängen des Burhan Haldun auf Tsendyn und kann Vergeltung üben. Meine einzige Hoffnung

Die Eintragung brach mitten im Satz ab, wurde aber später mit zitttriger Handschrift fortgeführt. Giordino bemerkte, dass Blutstropfen auf das staubige Blatt gefallen waren.

Datum unbekannt. Wir sind in der Wüste zerschellt, abgeschossen von einem japanischen Kampfflugzeug. Beide Piloten tot. Ich fürchte, ich habe mir das Rückgrat und die Beine gebrochen. Kann mich nicht bewegen. Warte auf Hilfe. Ich bete darum, dass man uns bald findet. Schmerzen sind unerträglich.

Später dann in krakeligem Gekritzel:

Letzte Eintragung. Alle Hoffnung ist dahin. Mein tiefstes Bedauern gilt Leeds beim Britischen Museum und Emily, meiner geliebten Frau. Gott schütze euch.

»Armer Kerl«, sagte Giordino. »Das erklärt auch, weshalb er auf den Trümmern lag. Wahrscheinlich hat er mehrere Tage in der Maschine gelegen, bevor er dann gestorben ist.«

»Nachdem er wusste, was er verloren hatte, müssen die Schmerzen umso schlimmer gewesen sein.«

»Und was hat es mit dieser seidenen Schatzkarte auf sich? Wer oder was ist D.K.?«

»Hunt beschreibt die Rolle in einer früheren Eintragung, unmittelbar nach ihrer Entdeckung. Er war ebenso wie sein Assistent Tsendyn davon überzeugt, dass sie den Wegweiser zu einem verschollenen Grab darstellte. Die Ortsangabe, das Kentei-Gebirge in der Mongolei, die herrschaftlichen Insignien, dazu die Legende von einem weinenden Kamel, all das passt zu den historischen Aufzeichnungen. Die Seidenkarte war ein Hinweis auf die letzte Ruhestätte des Dschingis Khan.«

Giordino stieß einen leisen Pfiff aus, dann schüttelte er den Kopf. »Dschingis Khan, wie? Da hat sich wohl jemand eine Fälschung andrehen lassen. Der olle Dschingis muss erst noch gefunden werden. Seine Grabstätte gilt als eines der größten archäologischen Rätsel der Welt.«

Pitt blickte auf eine tanzende Staubwolke am Horizont, während er über tausend Eindrücke nachdachte. Dann schüttelte er seinerseits den Kopf.

»Im Gegenteil. Sein Grab wurde tatsächlich gefunden«, sagte er leise.

Giordino starrte ihn mit verständnisloser Miene an, wusste aber, dass er Pitts Behauptung besser nicht in Frage stellen sollte. Pitt blätterte zu einer Seite ganz am Anfang des Tagebuchs zurück und zeigte Giordino den Absatz.

»Hunts mongolischer Assistent Tsendyn hieß mit Nachnamen Borjin.«

»Das kann nicht sein. Der Vater?«

»Wenn ich mich nicht irre, haben wir vor Kurzem den Marmorsarg des verstorbenen Tsendyn Borjin besucht.«

»Wenn das Borjins Vater war, der in dem Steinbau lag, dann muss der Sarkophag in der Mitte der Kammer …«

»Ganz recht«, sagte Pitt zerknirscht. »Das Grabmal des Dschingis Khan steht auf Tolgoi Borjins Hof.«

Bei Sonnenuntergang begaben sie sich zum Abendessen mit dem Lama und den Mönchen in eine der Jurten. Es war ein einfaches Mahl, bestehend aus einer Gemüsebrühe mit Nudeln, dazu wurde dunkelbrauner Tee gereicht. Die Mönche aßen schweigend und nickten lediglich, wenn der Lama ab und zu das Wort ergriff. Pitt musterte beiläufig ihre runzligen Gesichter. Die meisten waren über siebzig, doch ihre Bewegungen wirkten gelassen und anmutig, die braunen Augen ernst und klug. Alle hatten kahl rasierte Köpfe, bis auf einen stämmigen jüngeren Mann. Er nahm rasch sein Essen zu sich, drehte sich dann um und grinste Pitt unentwegt an, bis die anderen fertig waren.

Nach dem Essen sahen Pitt und Giordino beim Abendgebet im Tempel zu und zogen sich dann in den Lagerraum zurück. Pitt, dessen Gedanken ein ums andere Mal um den Verweis auf Dschingis Khan in Hunts Tagebuch kreisten, wollte dringender denn je nach Ulan-Bator zurück. Bevor sie sich hinlegten, zog er eins der Feldbetten zum Eingang hin.

»Kannst du in geschlossenen Räumen etwa nicht mehr schlafen?«, frotzelte Giordino.

»Nein«, erwiderte Pitt. »Irgendwas macht mir zu schaffen.«

»Mir macht auch was zu schaffen. Ich habe nämlich seit fast einer Woche nichts Anständiges mehr gegessen«, sagte Giordino und kroch unter seine Decke.

Pitt holte einen offenen Karton vom Regal, der Räucherstäbchen, Gebetsperlen und anderes Zubehör enthielt. Nachdem er ein paar Minuten herumgekramt hatte, drehte er die Kerosinlampe aus und legte sich ebenfalls flach.

Der Eindringling kam nach Mitternacht. Lautlos öffnete er die Tür einen Spalt weit, sodass ein schmaler Streifen Mondlicht einfiel, und stahl sich hinein. Er zögerte einen Moment, bis sich seine Augen an die Dunkelheit gewöhnt hatten, dann lief er langsam zu dem Feldbett nahe dem Eingang. Er war einen Schritt davor, als er mit dem Fuß eine kleine Gebetsglocke streifte, die am Boden lag. Als das leise Schellen durch den stillen Raum hallte, erstarrte er und hielt die Luft an. Ein paar Sekunden lang spitzte er die Ohren und horchte, ob sich irgendetwas rührte. Doch alles blieb ruhig.

Daraufhin kniete sich der Mann auf den Boden, tastete nach der Glocke und schob sie behutsam aus dem Weg. Seine Knöchel streiften eine zweite Glocke, die er ebenfalls vorsichtig entfernte, bevor er näher an das Feldbett heranschlich. Mit Mühe und Not konnte er die schlafende Gestalt erkennen, die unter einer Decke lag. Er richtete sich auf, hob mit beiden Händen ein funkelndes, zweischneidiges Schwert und hieb mit aller Kraft zu. Die rasiermesserscharfe Klinge traf knapp unterhalb des Kissens auf, dort, wo der Hals des Schläfers liegen musste.

Aber irgendetwas stimmte nicht. Die Klinge stieß nicht auf Knochen, kein Blut spritzte auf, kein Todesröcheln ertönte. Stattdessen traf das Schwert ohne jeden Widerstand auf das Feldbett und grub sich tief in den Holzrahmen. Der Möchtegernkiller war zunächst verwundert, dann erschrak er, als ihm klar wurde, dass er ausgetrickst worden war. Aber nun war es schon zu spät.

Pitt stürmte von seinem Feldbett im hinteren Teil des Raums nach vorn. Der Killer, der sich über die Pritsche am Eingang beugte, war in dem schmalen Streifen Mondlicht, der hinter ihm durch die Tür fiel, deutlich zu erkennen. Pitt hatte seinerseits eine Schaufel mit langem Holzgriff in den Händen, die er sich kurzerhand bei den Geräten der Archäologen ausgeborgt und unter seinem Bett verstaut hatte. Als er noch einen Schritt von der mit Kissen ausgestopften Pritsche entfernt war, riss er sie hoch und schlug damit nach der dunklen Silhouette des Killers.

Der Eindringling erholte sich rasch von seinem ersten Schreck. Als er Pitts Schritte näher kommen hörte, riss er das Schwert aus dem Feldbett und schwang es über dem Kopf, hieb dann in weitem Bogen nach dem Angreifer, den er eher ahnen als sehen konnte.

Doch Pitt kam ihm zuvor. Unverhofft tauchte das Schaufelblatt aus der Dunkelheit auf und traf die Hand des Eindringlings, als dieser das Schwert nach unten reißen wollte. Knochen knirschten, Knöchel knackten unter dem Metall, dann ein markerschütternder Schmerzensschrei, der über die ganze Klosteranlage hallte.

Das Schwert flog davon und scharrte klirrend über den Boden. Der Killer, der keine Lust zu einem Duell hatte, umschlang seine zerschmetterte Hand und wankte zur Tür. Pitt setzte zu einem zweiten Schlag von links an, aber der Eindringling brachte sich mit einem kurzen Satz in Sicherheit. Jetzt stand das leere Feldbett zwischen den beiden Männern, was Pitt zu einem letzten Ausfall nutzte. Er holte weit aus und zielte tief, als er den Eindringling zur Tür stürzen sah. Die Schaufelspitze streifte den Mann hinten am Bein, knapp unterhalb der Wade.

Wieder stieß der Killer einen Schrei aus, verlor dann das Gleichgewicht und stürzte lang hin, ohne sich abzufangen, da er immer noch die zerschmetterte Hand umklammerte. Die schwere Eisenglocke, die er in der Dunkelheit nicht sehen konnte, traf ihn zwischen Hinterkopf und Nacken, als er zu Boden ging. Pitt hörte ein trockenes Knacken, als zersplitterte ein Baseballschläger, dann einen dumpfen Aufschlag.

Giordino tauchte neben Pitt auf, stieg dann über das Feldbett und trat die Tür auf. Im hellen Mondschein sahen sie den Eindringling leblos auf der Seite liegen, den Kopf seltsam abgeknickt.

»Genick gebrochen«, sagte Giordino, als er sich über die reglose Gestalt beugte.

»Mit uns hatte er Schlimmeres vor«, sagte Pitt, lehnte die Schaufel an die Wand und hob das Schwert auf.

Lichter tauchten draußen auf der Treppe auf, dann traten der Lama und zwei Mönche ein, die Kerosinlampen in der Hand hatten.

»Wir haben einen Schrei gehört«, sagte der Lama, dann fiel sein Blick auf den Körper, der zu seinen Füßen lag. Das rote Gewand, das der Tote trug, leuchtete im Lampenschein. Selbst Giordino erschrak, als er sah, dass der Eindringling eine ähnliche Robe trug wie die Mönche Buddhas, die strengen Gewaltverzicht übten. Der Lama betrachtete die kurzen schwarzen Haare, das jugendliche Gesicht und erkannte ihn sofort.

»Zenoui«, sagte er ohne jede Gefühlsregung. »Er ist tot.«

»Er wollte uns umbringen«, sagte Pitt, hielt das Schwert hoch und deutete auf die zerschlitzten Decken auf dem Feldbett. »Ich habe ihn mit der Schaufel zu Fall gebracht, und er ist auf die Glocke gestürzt und hat sich das Genick gebrochen. Vermutlich finden Sie noch weitere Waffen bei ihm.«

Der Lama wandte sich an einen der Mönche und sagte etwas auf Mongolisch. Der fromme Mann kniete sich hin, tastete den Toten ab und hob dann das rote Gewand an, unter dem ein Gürtel mit einem Dolch und einer kleinen automatischen Pistole zum Vorschein kam.

»Dies ist nicht der Weg des Dharma«, sagte der Lama erschrocken.

»Seit wann ist er schon im Kloster?«, fragte Pitt.

»Er kam einen Tag vor euch hier an. Er sagte, dass er aus dem Norden käme, aus Orhon, aber auf der Suche nach dem inneren Frieden die Gobi durchqueren wollte.«

»Jetzt hat er ihn gefunden«, bemerkte Giordino grinsend.

Der Lama dachte einen Moment lang nach, dann warf er Pitt und Giordino einen argwöhnischen Blick zu. »Bei seiner Ankunft hat er nach zwei Ausländern gefragt, die durch die Wüste ziehen. Ich habe ihm erklärt, dass wir nichts von Ihnen wüssten, doch es könnte gut möglich sein, dass Sie hierher kämen, weil der wöchentliche Versorgungslaster weit und breit das zuverlässigste Verkehrsmittel ist, wenn man nach Ulan-Bator will.

Daraufhin äußerte er mir gegenüber den Wunsch, länger bleiben zu wollen.«

»Deshalb haben Sie also vor unserer Ankunft über uns Bescheid gewusst«, sagte Pitt.

»Aber warum wollte er Sie ermorden?«

Pitt berichtete kurz von ihrer Suche nach dem verschollenen Explorationsteam, dem Abstecher zu Borjins Anwesen und der anschließenden Flucht. »Dieser Mann stand wahrscheinlich in Borjins Diensten.«

»Dann ist er also kein Mönch?«

»Ich würde sagen, es war jedenfalls nicht seine eigentliche Berufung.«

»Tatsächlich wusste er vieles nicht, was unsere Gebräuche betrifft«, sagte der Lama. Er furchte die Stirn und fügte hinzu: »Ein gewaltsamer Todesfall in einem Kloster, das wird uns, fürchte ich, große Unannehmlichkeiten mit den Behörden einbringen.«

»Genau genommen war es ein Unfall. Melden Sie es doch dementsprechend.«

»Wir können jedenfalls gern auf eine Untersuchung von Seiten irgendwelcher Behörden verzichten«, grummelte Giordino.

»Ja«, pflichtete der Lama bei, »wenn es der Wahrheit entspricht, dann werde ich einen Unglücksfall melden. Nach Ihrer Abreise.« Der Lama ließ die Leiche von zwei anderen Mönchen in eine Decke wickeln und zum Tempel bringen.

»Ich bedaure sehr, dass Sie in Lebensgefahr gerieten, während Sie bei uns weilen«, sagte er.

»Wir bedauern sehr, dass wir Ihrem Kloster so viele Unannehmlichkeiten bereitet haben«, erwiderte Pitt.

»Mögen Sie Ihren weiteren Aufenthalt in Frieden genießen«, sagte der Lama, dann schritt er zum Tempel, wo ein kurzes Gebet für den Toten gesprochen wurde.

»Gute Detektivarbeit«, sagte Giordino, schloss dann die Tür und stellte das Feldbett davor. »Woher hast du gewusst, dass ein falscher Mönch an Bord ist?«

»Es war nur eine Ahnung. Er wirkte nicht so fromm und asketisch wie die anderen Mönche, außerdem hat er beim Essen ständig zu uns hingeschaut, als kenne er uns. Ich fand den Gedanken gar nicht so abwegig, dass Borjin uns jemanden hinterhergeschickt hat, jemanden, der sich als Mönch verkleidet hat.«

»Hoffentlich hat er keine Freunde dabei. Ich nehme an, dass ich dir jetzt was schuldig bin«, sagte Giordino.

»Was denn?«

»Schaufeldienst für den Rest der Nacht«, sagte er, schob die verbeulte Schippe unter sein Feldbett und kroch unter die Decke.

Der Versorgungslaster traf am späten Vormittag ein und lud etliche Kisten mit Gemüse und Kurzwaren ab. Nachdem alles im Lagerraum verstaut war, versammelten sich die Mönche zu einer Meditationsstunde im Tempel. Der Lama blieb ein Stück zurück und plauderte mit dem Lastwagenfahrer, während sich Pitt und Giordino für den Aufbruch vorbereiteten.

»Der Fahrer bittet euch darum, ihm im Führerhaus Gesellschaft zu leisten. Er sagt, die Fahrt nach Ulan-Bator wird etwa fünf Stunden dauern.«

»Vielen Dank für Ihre Gastfreundschaft«, sagte Pitt. Er warf einen Blick zum Tempel, wo der verhüllte Leichnam des Killers auf einer Bank lag. »Hat sich schon jemand nach Ihrem anderen Gast erkundigt?«

»Nein«, sagte der Lama kopfschüttelnd. »Er wird in vier Tagen eingeäschert, aber die Asche wird nicht auf der Anlage bleiben. Er trug den Geist des Sakyamuni nicht im Herzen«, sagte er. Der alte Lama wandte sich wieder an Pitt und Giordino. »Mein Herz sagt mir, dass ihr ehrenwerte Männer seid. Begebt euch mit Weisheit und Geisteskraft auf euren Weg, dann werdet ihr finden, was ihr sucht.«

Der Lama verbeugte sich tief, Pitt und Giordino ebenfalls, dann stiegen sie in den Lastwagen. Der Fahrer, ein alter Mongole, dem mehrere Schneidezähne fehlten, lächelte übers ganze Gesicht, ließ dann den Laster an und fuhr langsam von der Anlage. Der Lama stand reglos da und hielt den Kopf gesenkt, bis das Fahrzeug außer Sicht war und sich der aufgewirbelte Staub auf seiner Robe und den Sandalen abgesetzt hatte.

Pitt und Giordino saßen schweigend da, während der Laster durch die Wüste bretterte, und dachten über die Abschiedsworte des Lamas nach. Allem Anschein nach wusste der alte Mann nicht nur, was sie entdecken wollten, sondern er hatte ihnen auch grünes Licht gegeben.

»Wir müssen zurück«, murmelte Pitt.

»Nach Xanadu?«, fragte Giordino.

»Nach Xanadu.«

DRITTER TEIL

Erschütterungen

DIRKS KATAMARAN
Roland Dahlgzurt

33

Mit starrem Blick beäugte der blau getüpfelte Barsch die große Gestalt, die auf ihn zuschwamm. Für einen Hai bewegte sie sich zu langsam, und für einen Delfin war die neonblaue Haut zu glänzend. Außerdem hatte sie statt des Schwanzes zwei sonderbare gelbe Anhängsel, mit denen sie sich vorantrieb. Nachdem er zu dem Schluss gekommen war, dass die Gestalt weder Freund noch Feind war, wich ihr der Barsch aus und verzog sich zur Nahrungssuche in einen anderen Teil des Riffs.

Summer Pitt beachtete den großen Fisch kaum, der ins weite Blau davonschoss. Sie konzentrierte sich auf eine gelbe Nylonleine, die sich über den Meeresboden zog, und folgte ihr wie einer Spur Brotkrumen. Geschmeidig und mit ruhigen Flossenschlägen bewegte sie sich eine bis anderthalb Armeslängen über den knorrigen Spitzen der Korallen durch das Wasser. Sie hielt eine Videokamera in den Händen, mit der sie die farbenprächtige Rifflandschaft zu beiden Seiten der gelben Leine filmte.

Summer nahm an einem NUMA-Projekt teil, bei dem es darum ging, den Zustand der Korallenriffe vor den Hawaii-Inseln zu untersuchen. Ablagerungen, Überfischung und eine durch Verschmutzung und globale Erwärmung verursachte Algenblüte hatten weltweit zu einem langsamen, aber steten Niedergang der Korallenriffe geführt. Zwar waren die Riffe vor Hawaii bislang weitestgehend verschont geblieben, doch es gab keine Gewähr dafür, dass sie langfristig nicht ebenfalls vom Ausbleichen und anschließenden Massensterben betroffen werden würden, das man bereits vor Australien, Okinawa und der mikronesischen Inselwelt beobachtet hatte. Durch ständiges Überwachen der Riffe konnte man feststellen, inwieweit der Mensch zu dieser Schädigung beitrug, und die entsprechenden Gegenmaßnahmen treffen.

Die Vorgehensweise war denkbar einfach. Man verglich aktuelle Videoaufnahmen des Riffs mit den Bildern, die Monate oder Jahre zuvor an gleicher Stelle gemacht worden waren. Durch eine Zählung der Fische sowie des Benthos, also der Tier- und Pflanzenwelt am Meeresboden, konnte man sich einen Eindruck vom momentanen Zustand dieses Riffs und Dutzender anderer verschaffen, die im Zuge des NUMA-Projekts untersucht wurden.

Mit trägen Flossenschlägen schwamm Summer an der Leine entlang bis zu deren Endpunkt in einer Sandrinne, wo ein Edelstahlbolzen in den Meeresboden getrieben worden war. An dem Bolzen hing eine mit Fettstift gekennzeichnete Plastikkarte. Summer drehte die Karte zum Objektiv, filmte die Leine und die Markierung und schaltete die Kamera aus. Als sie die Plakette losließ, fiel ihr in einer Höhlung, die durch angeschwemmten Sand entstanden war, etwas auf. Mit ein paar raschen Scherenschlägen ihrer gelben Flossen glitt sie über eine Reihe kleiner Felsen hinweg, zwischen denen ein Oktopus herumstromerte, der seinen Leib aufblähte, indem er Wasser in die Mantelhöhle einsog, das er durch den Siphon wieder ausstieß und sich auf diese Weise fortbewegte. Summer beobachtete das intelligente wirbellose Tier, während es seine Farbe veränderte und fast durchsichtig wurde, bevor es zum Riff davonschwamm. Als sie zu den Felsen zurückblickte, bemerkte sie einen kleinen, rundlichen Gegenstand, der aus dem Sand ragte. Ein winziges Gesicht schien sie anzulächeln, als wäre es froh, entdeckt zu werden. Summer wedelte eine dünne Sandschicht weg, hob den Gegenstand auf und hielt ihn vor ihre Tauchbrille.

Es war eine kleine Porzellanfigur, eine junge Frau, die ein

wallendes rotes Gewand trug und die schwarzen Haare zu einem Dutt hochgesteckt hatte. Die rundlichen Wangen waren rot getönt, wie bei einem Cherub, die schmalen Augen unverkennbar asiatisch. Was die künstlerische Gestaltung betraf, wirkte sie eher schlicht, der Kleidung und der Haltung nach zu schließen war sie ziemlich alt. Vorsichtshalber drehte Summer die Statuette um, entdeckte jedoch kein MADE IN HONG KONG am Fuß. Sie wühlte mit der freien Hand im Sand herum, fand jedoch keine weiteren Gegenstände.

Dann bemerkte sie ein Stück entfernt die silbernen Luftblasen eines anderen Tauchers. Es war ein Mann, der am Rand des Riffs kniete und Sedimentproben entnahm. Summer schwamm zu dem anderen Taucher und hielt die Porzellanfigur hoch.

Die hellgrünen Augen ihres Bruders funkelten neugierig auf, als er den Fund betrachtete. Dirk, ebenso groß und schlank wie sein gleichnamiger Vater, verstaute die Probe in einer Tauchtasche, streckte die Beine aus und bedeutete Summer durch ein Handzeichen, dass sie ihm die Fundstätte zeigen sollte. Sie lotste ihn vom Riff weg, über eine Sandbank zu einer mit Kies übersäten Stelle, neben der sie das lächelnde Gesicht entdeckt hatte. Dirk schloss zu ihr auf, worauf sie beide in weitem Bogen etwa anderhalb Meter über dem Meeresgrund die geriffelte Sandbank umschwammen, die plötzlich an einem erstarrten Lavastrom endete, als sie sich wieder der Küste näherten. Weiter draußen ging sie in einen steilen Abhang über, der bis auf 4500 Meter Tiefe abfiel. Mitten in dem Sand ragte eine Reihe von Korallenstöcken auf, die Dirk sich noch einmal genauer ansehen wollte.

Der Stock erstreckte sich nahezu gradlinig über rund drei Meter Boden. Dirk fiel auf, dass der Sand weiter vorn dunkler wirkte, bevor er auf das Lavafeld stieß. Summer schwamm unterdessen zu einem kleinen, rundlichen Klumpen, der aus dem Boden ragte, dann winkte sie Dirk zu sich. Mit einem kurzen Flossenschlag war er bei Summer und stellte fest, dass es sich allem Anschein nach um einen großen Stein handelte, rechteckig und über anderthalb Meter breit. Er tauchte nach unten, strich mit dem Handschuh über die verkrustete Kante und tastete dann die Oberfläche ab. Die harte Kruste gab unter seinen Fingern plötzlich nach, als er auf dichten Seeigelbewuchs in der Mitte stieß. Als Summer ihn nicken sah, kam sie mit der Videokamera heran und filmte das Objekt aus nächster Nähe. Dann setzten die beiden Taucher ihre Suche fort, wurden aber nicht mehr fündig. Als sie zu einer Fallleine kamen, die den Ausgangspunkt ihres Tauchgangs markierte, stiegen sie zu Oberfläche auf, die zehn Meter über ihnen glitzerte.

Im saphirblauen Wasser einer weiten Bucht nahe der Keliuli Bay an der Südwestküste von Big Island, der Hauptinsel von Hawaii, tauchten sie auf. Ein paar hundert Meter entfernt schlug die Brandung an die Felsenküste, steil ansteigende schwarze Lavaklippen, umgeben von weißer Gischt. Vor ihnen hallte das Krachen der Brecher wie Donnergrollen wider.

Dirk schwamm zu einem kleinen Schlauchboot, das an der Fallleine vertäut war, und stemmte sich über die Gummiwand. Er schnallte Pressluftflasche und Bleigurt ab und half seiner Schwester an Bord. Summer spie das Mundstück ihres Atemreglers aus und kam kaum zum Luftholen.

»Was hältst du von dem Korallenstock in der Mitte der Sandbank?«, sprudelte sie los.

»Er kommt mir ein bisschen zu gradlinig vor.«

»Den Eindruck hatte ich auch. Ich würde gern mal eine Weile im Sand außen rumgraben. Mal sehen, ob da irgendwas übrig ist, das die Korallen noch nicht verzehrt haben.«

Sie holte die Porzellanfigur aus ihrer Tauchtasche und musterte sie im Sonnenschein.

»Du meinst wohl, in den Korallen da unten liegt ein Schiffswrack, was?«, versetzte Dirk frotzelnd, während er die Bugleine löste und den kleinen Außenbordmotor anwarf.

»Irgendwo muss das ja herkommen«, sagte sie und hielt die Statuette hoch. »Wie alt könnte sie deiner Meinung nach sein?«

»Keine Ahnung«, erwiderte Dirk. »Meiner Meinung nach ist der rechteckige Stein viel interessanter.«

»Hast du eine Vermutung?«

»Das schon«, sagte er, »aber ich denke nicht daran, irgendwelche Behauptungen anzustellen, bevor ich den Schiffscomputer nicht zu Rate gezogen habe.«

Dirk drehte das Gas auf, und kurz darauf jagten sie über die Wellen hinweg auf das Schiff zu, das in der Ferne vertäut war. Das Forschungsschiff der NUMA war leuchtend türkis gestrichen, und als sie sich von Steuerbord her näherten, konnten sie den Namen erkennen, der in schwarzen Lettern am Heckspiegel prangte: MARIANA EXPLORER. Dirk lotste das Boot zur Backbordwand und lies es unter einen kleinen Kran treiben, von dessen Ausleger zwei Trossen aufs Wasser herabhingen. Als Dirk und Summer die Trossen an den D-Haken im Boot befestigten, beugte sich ein muskulöser Mann über die Reling. Mit seinem dicken Schnurrbart und den stahlblauen Augen sah er wie der Widergänger Wyatt Earps aus, allerdings mit breitem texanischem Akzent.

»Haltet eure Hosen fest«, rief er und schaltete die hydraulische Winde ein. Im Nu hatte Jack Dahlgren das Boot aus dem Wasser gehievt und an Deck abgesetzt. »Hast du das letzte Riff hier erfasst?«, fragte er Summer, als er ihnen beim Abspülen und Verstauen der Tauchausrüstung half. »Der Käptn will wissen, ob er klar Schiff machen und nach Leleiwi Point abdampfen kann, dem nächsten Untersuchungsgebiet, an der Ostküste der Insel.«

»Ja und nein«, erwiderte Summer. »Wir haben alle Daten gesammelt, aber ich würde hier gern noch einen weiteren Tauchgang machen.«

Dirk hielt die Porzellanfigur hoch. »Summer meint, sie ist auf ein Schatzschiff gestoßen«, sagte er grinsend.

»Kunstschätze wären mir auch recht.«

»Was für Hinweise habt ihr gefunden?«, fragte Dahlgren.

»Nichts Aufsehenerregendes, aber Summer hat einen ganz interessanten Stein entdeckt«, sagte Dirk. »Wir müssen uns die Videokassette anschauen.«

Dirk und Summer duschten und zogen sich um, dann trafen sie sie sich mit Dahlgren in einem der Labors des Forschungsschiffes. Dahlgren hatte die Videokamera an einen Breitwandbildschirm angeschlossen und spielte die Aufnahme ab. Als der rechteckige Stein auftauchte, drückte Dirk auf die PAUSE-Taste.

»So was Ähnliches habe ich schon mal gesehen«, sagte er, setzte sich dann an einen Computer und gab eine Reihe von Befehlen ein. »Es war bei einem Kongress über Unterwasserarchäologie, eine Veröffentlichung über ein Wrack, das man vor Malaysia gefunden hat.«

Nach kurzer Suche stieß er auf eine Website, auf der er den wissenschaftlichen Text fand, dazu eine Reihe von Fotos von der Fundstelle. Dirk ließ die Bilder durchlaufen, bis eine Unterwasseraufnahme von einem großen Stein auftauchte. Es war ein rechteckiger Granitblock, auf der einen Seite schmal zulaufend, mit zwei Löchern in der Mitte.

»Wenn der Bewuchs weg ist, sieht er fast genauso aus wie das Ding auf Summers Video«, bestätigte Dahlgren, nachdem er die beiden Aufnahmen miteinander verglichen hatte.

»Ja, er hat nicht nur die gleiche Form, sondern auch ungefähr die gleiche Größe«, stellte Dirk fest.

»Okay, ich geb mich geschlagen«, sagte Summer. »Was ist das?«

»Ein Anker«, erwiderte Dirk. »Beziehungsweise ein steinernes Gewicht, in das ein Enterhaken oder Dregganker eingepasst wurde. Als Blei und Eisen noch rar und kostbar waren, stellte man Anker vorzugsweise aus Holz und Stein her.«

»Damit sprichst du auf die Anfänge der Seefahrt an«, sagte Dahlgren.

Dirk nickte. »Das ist ja das Spannende dabei. Summers Anker sieht genauso aus wie der hier«, sagte er und deutete auf den Bildschirm.

»Darüber sind wir uns einig«, sagte Summer. »Aber woher kommt er? Was für ein Wrack hat man vor Malaysia geborgen?«

»Tja«, sagte Dirk und scrollte weiter, bis er auf eine Computergrafik stieß, die ein viermastiges Segelschiff darstellte. »Was haltet ihr von einer chinesischen Dschunke aus dem dreizehnten Jahrhundert?«

34

Eine Woche nach der Feuersbrunst bei Ras Tanura verdeckten noch immer ölige Qualmschwaden den Himmel über dem Persischen Golf. Selbst über der Insel Khark, einem felsigen Kalksteineiland, zweihundertachtzig Kilometer östlich von Ras Tanura vor der iranischen Golfküste gelegen, hing dichter brauner Dunst, der ekelhaft nach Petroleum roch.

Nicht weniger giftig als die Luft war das Wasser östlich der kleinen Insel, auf dem ein dicker Ölteppich ständig schwappte. Die Wasserverschmutzung allerdings wurde durch austretendes und versickerndes Rohöl aus den Hafenanlagen an der Ostseite der Insel verursacht, wo sich eine mächtige T-förmige Transportbrücke mit Liegeplätzen für bis zu zehn Tanker befand. An einer von Menschenhand angelegten Insel vor der Westküste konnten mehrere Mammuttanker Rohöl laden, das aufgrund der Schwerkraft von den auf einer Anhöhe in der Mitte der Insel stehenden Tanks zu den Kais strömte. Khark ist zwar nur ein winziges Eiland – und dennoch das größte Ölterminal des Iran sowie einer der größten Ölhäfen der Welt.

Kurz vor Anbruch der Dämmerung tuckerte ein heruntergekommenes schwarzes Bohrschiff an der Flotte der Tanker vorbei, die in einer Reihe entlang des Terminals im Osten lagen. Dann drehte das Schiff nach Norden ab, näherte sich der Insel und ging nahe den Klippen an der Nordküste vor Anker. Ein iranisches Patrouillenboot, das die Küstengewässer überwachte, zog vorbei, ohne einen Gedanken an das alte Schiff zu verschwenden, das unter indischer Flagge fuhr.

Auch keiner der Ölarbeiter an Land beachtete es, zumal kurz darauf die Dunkelheit anbrach. Doch jetzt erwachte das Schiff zum Leben. Langsam fuhr es auf und ab und erkundete das schwarze Gewässer, bevor es an der vorgesehenen Stelle die Maschinen stoppte. Strahlruder an Bug, Heck und beiden Seiten sorgten dafür, dass das Schiff durch Wind und Strömung nicht abgetrieben wurde. Im schummrigen Schein der gedämpften Decksbeleuchtung montierte die in schwarze Overalls gekleidete Besatzung ein kurzes Bohrgestänge unter dem Turm und ließ es durch einen offenen Moon Pool im Bauch des Schiffes ab. An seiner Spitze befand sich nicht der übliche Bohrmeißel, vielmehr gab es drei seltsame Zylinder, die miteinander zu einer Art Dreifuß verbunden waren.

Der Dreifuß wurde zum Meeresgrund abgesenkt, dann verschwand die Decksmannschaft, und auf dem Schiff kehrte wieder Stille ein. Doch zwanzig Minuten später ertönte unter dem Schiff ein dumpfer Knall, der von den in der Nähe liegenden Schiffen und den Arbeitern auf der Insel kaum wahrgenommen wurde. Aber fünfzehn Meter tiefer drang eine starke Schallwelle senkrecht in den Meeresboden ein, wurde von der Erdkruste zurückgeworfen und brach sich, ohne Schaden anzurichten. Mit Ausnahme eines Konvergenzpunktes der drei Zylinder, die den Schall auf eine bestimmte Stelle in genau der richtigen Tiefe konzentrierten, wo sich eine Verwerfungslinie befand.

Auf das kurze akustische Bombardement folgte ein weiteres, dann ein drittes. Durch den konzentrierten Schallbeschuss wurden seismische Wellen in die unterirdische Verwerfung gejagt, bis sie der Belastung nicht länger standhielt. So wie Ella Fitzgerald mit ihrer Stimme ein Glas zerspringen lassen konnte, führten die akustischen Schwingungen zu einem Bruch der achthundert Meter unter dem Meeresspiegel gelegenen Verwerfung.

Dieser Bruch wiederum löste heftige Erschütterungen an der Erdoberfläche aus, die vom US Geological Survey mit einer Stärke von 7,2 auf der Richter-Skala gemessen wurden – ein mörderisches Beben in jeglicher Hinsicht. Trotzdem verloren nur wenige Menschen das Leben, und schwerere Schäden gab es lediglich in ein paar iranischen Ortschaften nahe der Insel Khark. Da der Persische Golf zu seicht ist, als dass hier ein Tsunami entstehen kann, war fast ausschließlich die iranische Küste am Südzipfel des Golfs betroffen. Und die Insel Khark.

Auf der kleinen Insel mit ihren Ölpumpanlagen allerdings entstanden verheerende Schäden. Das ganze Eiland erbebte, als wäre eine Atombombe unter ihm explodiert. Dutzende von Öltanks zerplatzten wie Ballons, worauf der Inhalt den Hang hinabströmte und sich ins Meer ergoss. Die gewaltige Transportbrücke vor der Ostküste zerbrach in mehrere herumtreibende Teile, die gegen die vertäuten Tanker prallten und ihre Rümpfe durchbohrten. Der Mammuttanker-Terminal an der Westküste verschwand völlig.

Das kleine schwarze Bohrschiff hielt sich nicht lange mit der Begutachtung des Schadens auf, sondern dampfte in den frühen Morgenstunden in Richtung Süden. Die zahlreichen Hubschrauber und Rettungsschiffe, die das felsige Eiland ansteuerten, beachteten das alte Schiff kaum, das sich vom Ort der Zerstörung entfernte, nachdem es ganz allein den iranischen Ölexport zum Erliegen gebracht, damit dem weltweiten Erdölmarkt einen weiteren schweren Schlag versetzt und China ins Chaos gestürzt hatte.

35

Auf dem ohnehin schon schwer erschütterten Ölterminmarkt schlug die Nachricht von den Zerstörungen auf der Insel Khark wie eine Atombombe ein und löste ein allgemeines Chaos aus. Von Angst und Hektik getriebene Händler stürzten sich auf Terminkontrakte und trieben den Rohölpreis bis auf aberwitzige hundertfünzig Dollar pro Barrel hoch. Der Dow Jones Index an der Wall Street hingegen entwickelte sich in entgegengesetzter Richtung. Die Börse musste vorzeitig schließen, als der Freiverkehr zum Erliegen kam, nachdem der Marktwert durch massive Verkäufe innerhalb eines halben Tages um zwanzig Prozent gefallen war.

Überall in den Vereinigten Staaten rasten besorgte Autofahrer zur nächstbesten Tankstelle, um sich noch möglichst günstigen Sprit zu besorgen. Durch den Ansturm und die Hamsterkäufe gingen die geringen Bezinreserven rasch zur Neige, und bald darauf waren sämtliche Staaten von der Treibstoffknappheit betroffen. In manchen Regionen kam es gelegentlich sogar zu gewalttätigen Auseinandersetzungen wegen der schwindenden Vorräte.

Im Cabinet Room des Weißen Hauses berief der Präsident eine Sondersitzung mit den obersten Wirtschafts- und Sicherheitsberatern ein. Der aus Montana stammende Präsident, ein nüchterner und allgemein beliebter Mann, hörte schweigend zu, als sein höchster Wirtschaftsberater eine Reihe verheerender Folgen des Ölschocks aufzählte.

»Ein fast hundertprozentiger Anstieg des Ölpreises innerhalb von knapp zwei Monaten wird zu einem noch nie dagewesenen Inflationsdruck führen«, erklärte der Berater, ein Mann mit schütter werdendem Haar und dicker Brille. »Das gesamte Transportwesen wird in größte Schwierigkeiten geraten, aber darüber hinaus sind auch noch zahllose andere Unternehmen auf Erdöl angewiesen, sei es für die Herstellung von Plastik, Chemikalien, Farbe oder Textilien … es gibt kaum einen Industriezweig, der nicht unmittelbar von einem Preisanstieg betroffen ist. Zumal diese Preisentwicklung an den Verbraucher weitergegeben werden muss, der dann die Auswirkungen des Ölschocks bereits an der Tankstelle zu spüren bekommt. Dass es zu einer sofortigen Rezession kommen wird, steht schon jetzt fest. Ich befürchte sogar, dass wir vor einer schweren und langen Wirtschaftskrise von weltweiten Ausmaßen stehen.«

»Ist diese Preiserhöhung nicht eine übertriebene Reaktion?«, fragte der Präsident. »Immerhin importieren wir keinen Tropfen Öl aus dem Iran.«

»Die allgemeine Panik spielt zweifellos eine große Rolle. Aber die Schäden auf Khark beeinträchtigen die weltweite Versorgung mit Öl, was sich wiederum auf die Preise in den USA auswirkt, selbst wenn unsere Versorgung stabil bleibt. Natürlich erleben wir bereits einen Rückgang der Importe durch die Zerstörungen bei Ras Tanura. Infolgedessen reagieren die Märkte sehr nervös. Zumal die Besorgnis durch Gerüchte weiter geschürt wird, denen zufolge Terroristen für die Schäden an beiden Hafenanlagen im Persischen Golf verantwortlich sein sollen.«

»Ist an diesen Behauptungen irgendwas dran?«, fragte der Präsident seinen Nationalen Sicherheitsberater, einen ernsten Mann mit schmalem Gesicht.

»Soweit wir feststellen konnten, nicht«, erwiderte er mit ruhiger Stimme. »Ich werde veranlassen, dass sich Langley die Sache noch mal genauer ansieht, aber sämtliche Hinweise deuten auf ein Erdbeben hin. Dass sich zwei derart verheerende Erschütterungen so nahe beieinander ereigneten, scheint eine Laune der Natur zu sein.«

»Meinetwegen, aber wir sollten trotzdem kein Risiko eingehen, was die einheimischen Fanatiker betrifft, die diese Situation möglicherweise für eine Schlagzeile nutzen wollen. Dennis, ich möchte, dass der Heimatschutz erhöhten Terroralarm für alle Seehäfen anordnet. Außerdem sollten wir dafür sorgen, dass die Überwachung unserer Ölhäfen verstärkt wird, vor allem entlang der Golfküste.«

»Wird erledigt, Mr. President«, erwiderte der Abteilungsleiter für den Heimatschutz, der dem Staatsoberhaupt gegenübersaß.

»Garner, meiner Meinung nach könnte man der allgemeinen Hysterie rasch Herr werden, wenn ein Teil der strategischen Erdölreserve freigegeben wird.« Dieser Vorschlag kam von Vizepräsident James Sandecker, einem Admiral im Ruhestand und früheren Leiter der NUMA. Er war ein kleiner, aber energischer Mann mit funkelnden Augen und feuerrotem Spitzbart. Als alter Freund des Präsidenten redete er seinen Boss nur selten mit dem Titel an. »Der Ölmarkt wird sich mit der Zeit wieder beruhigen. Aber wenn wir einen Teil der Reserven freigeben, sollte das die unmittelbaren Ängste der Bevölkerung vor einer Ölknappheit etwas dämpfen und vielleicht auch das Vertrauen in die Märkte stärken.«

Der Präsident nickte. »Setzen Sie einen entsprechenden Präsidentenerlass auf«, befahl er einem Assistenten.

»Ein paar aufmunternde Worte von höchster Stelle könnten auch nicht schaden«, fügte Sandecker hinzu und warf einen kurzen Blick auf ein großes Porträt von Teddy Roosevelt, das an der Seitenwand hing.

»Ich werde meinen Teil dafür tun«, pflichtete ihm der Präsident bei. »Setzen Sie sich mit den Nachrichtenagenturen in Verbindung und beraumen Sie für morgen Abend eine Fernsehansprache an«, erklärte er. »Ich werde mich für eine freiwillige Benzinrationierung in den nächsten dreißig Tagen einsetzen. Könnte dazu beitragen, dass die Raffinerien mit der Versorgung nachkommen. Zuerst müssen wir die Bevölkerung beruhigen, dann überlegen wir uns, wie wir aus diesem Schlamassel rauskommen.«

»Es gibt einige Möglichkeiten zu bedenken«, warf der Stabschef ein. »Ein vorübergehendes Einfrieren der Preise sowie eine gesetzlich vorgeschriebene Treibstoffrationierung ließen sich rasch durchsetzen.«

»Möglicherweise wäre es ganz klug, in der Öffentlichkeit für Sparmaßnahmen einzutreten und hinter den Kulissen ein bisschen Druck auszuüben«, sagte Sandecker. »Vermutlich können wir einige unserer ausländischen Lieferanten dazu überreden, die Ölförderung zu steigern. Vielleicht sind die einheimischen Produzenten bereit, uns ebenfalls weiterzuhelfen, obwohl die Alaska-Pipeline meines Wissens derzeit auf Hochbetrieb läuft.«

»Ja, die Förderung in der Arktis wurde bereits gesteigert«, bestätigte der Wirtschaftsberater. »Sonst stünden wir im Augenblick viel schlechter da. Die angesprochenen Maßnahmen sind ja alle schön und gut, aber auf die Nachfrage im Inland werden sie nur geringe Auswirkungen haben. Und auf den Weltmarkt so gut wie gar keine, das ist die traurige Wirklichkeit. Was wir brauchen, sind umfangreiche Reparaturmaßnahmen, damit die Versorgung gewährleistet ist. Aber es wird Monate dauern, bis Saudi-Arabien und der Iran so weit sind. Ich muss leider feststellen, dass wir im Moment nur wenig tun können, um den weltweiten Ölpreis nachhaltig zu beeinflussen.«

Daraufhin kehrte bedrücktes Schweigen ein. Schließlich ergriff der Präsident wieder das Wort.

»Na schön, meine Herren, bringen Sie alles zur Sprache. Ich möchte sämtliche Möglichkeiten in Betracht ziehen, auch die allerschlimmsten. Und ich nehme an, wir sollten rasch etwas unternehmen. Wenn der Ölpreis auf dem derzeitigen Niveau bleibt, wie viel Zeit haben wir dann, bis die Wirtschaft völlig vor die Hunde geht?«, fragte er und schaute den Wirtschaftsweisen mit einem bohrenden Blick aus seinen dunklen Augen an.

»Schwer zu sagen«, erwiderte der Berater sichtlich nervös. »Etwa dreißig Tage, bis es zu ersten Werksstilllegungen und den damit verbundenen Massenentlassungen kommt. Wenn die Märkte den ersten Schock verdaut haben, lässt der Preisdruck möglicherweise nach. Aber wir benötigen einen Rückgang um mindestens dreißig bis vierzig Dollar, wenn wir eine schwere Rezession vermeiden wollen. Die Kehrseite der Medaille ist, dass die Märkte derzeit auf sehr schwachen Füßen stehen. Ein weiterer Schock welcher Art auch immer, und wir haben es mit einer weltweiten Katastrophe zu tun.«

»Ein weiterer Schock«, sagte der Präsident leise. »Davor bewahre uns Gott.«

36

Die Sandbank, die Summers Porzellanfigur preisgegeben hatte, sah jetzt wie eine Unterwasserbaustelle aus. Aluminiumgitter lagen am Meeresboden, gelbe Seile erstreckten sich nach allen Seiten, dazwischen steckten orangfarbene Fähnchen. Aus der anfänglichen Probegrabung am Korallenstock war eine ausgewachsene Bergungsaktion geworden, nachdem Dirk und Summer ein großes Stück Spantholz entdeckt hatten, das einen halben Meter tief im Sand steckte. Weitere Sondierungen bestätigten dann, dass die Porzellanfigur und der Ankerstein nicht achtlos über Bord geworfen worden waren, sondern von einem Wrack stammten, das zwischen zwei Korallenstöcken versunken war.

Herrliche, blau-weiß bemalte Porzellanteller und -schalen, dazu Weihgaben und Jadeschnitzereien, all das deutete auf ein chinesisches Schiffswrack hin. Auch die bislang gefundenen Spantenteile passten von der Bauart her zu einer ausladenden chinesischen Dschunke. Zu Summers Erstaunen, aber auch zu ihrem Leidwesen, hatte die Entdeckung eines alten chinesischen Schiffes in hawaiianischen Gewässern viel Aufsehen erregt. Medienvertreter aus aller Welt stürzten sich wie Geier auf sie, um an ihre Story zu kommen. Nachdem sie wiederholt die immer gleichen Fragen beantwortet hatte, war sie heilfroh, als sie endlich ihre Pressluftflasche und die Flossen anlegen und in die Unterwasserwelt entfliehen konnte. Die Pressefritzen würden das Interesse an der Suche bald verlieren, das wusste sie, und dann konnten sie die Bergung ungestört fortsetzen.

Summer ließ sich über das Gitterwerk treiben, vorbei an zwei Tauchern, die den Sand von einem großen Holzstück bliesen, vermutlich der Achtersteven. Ein paar Meter weiter hatte man bei einer Bodensondierung ein weiteres großes Holzstück entdeckt, möglicherweise das Ruder. Sie glitt zum Rand der Grabungsstätte, stieß mit ein paar Flossenschlägen an einer Fallleine entlang nach oben und streckte die geballte Faust hoch, bis sie auftauchte.

Summer schwamm ein paar Meter bis zum Fallreep des braunen Eisenprahms, der jetzt über dem Fundort vertäut war, warf die Flossen an Bord und kletterte auf das kleine Boot. Es bestand hauptsächlich aus einem offenen Deck, an dessen einem Ende eine rostige Blechhütte aufragte. Daneben lehnte ein Wandständer voll von Taucherausrüstung, und an der Reling waren ein Generator, eine Wasserpumpe und mehrere Kompressoren aufgebaut. Die beiden Surfboards allerdings, die auf dem Wellblechdach der Hütte lagen, passten nicht ganz zu diesem spartanischen Arbeitsplatz. Sie gehörten Dirk und Summer und zählten zur Standardausrüstung, wenn sie vor Hawaii im Einsatz waren.

»Wie ist das Wasser?«, erkundigte sich Jack Dahlgren mit seinem Texas-Singsang. Er hatte einen Schraubenzieher in der Hand und war über einen Kompressor gebeugt, als Summer ihre Pressluftflasche und die Tauchausrüstung verstaute.

»Wir sind auf Hawaii«, versetzte sie lächelnd. »Wie immer der reinste Genuss.« Sie rieb ihre Haare trocken und ging dann zu Dahlgren.

»Geht's bald wieder los?«, fragte sie.

»Ich warte nur noch auf die letzte Treibstoff- und Nachschublieferung von der *Mariana*. Wir haben einen Kompressor für den Airlift und zwei weitere für die Luftversorgung von oben. Damit ist das Tauchen in diesen lauschigen Gewässern ein Kinderspiel.»

»Ich fände es spannender, wenn wir uns mit dem Airlift die letzten Stellen vornehmen, die noch nicht freigelegt sind.«

Bei dem Airlift handelte es sich um eine Art Staubsauger, ein Rohr, in das unten Pressluft eingeführt wurde, sodass ein Vakuum entstand, mit dem man Sand und kleinere Trümmer vom Fundort eines Wracks absaugen konnte.

»*Mariana Explorer* an *Brown Bess*«, drang es knisternd aus einem Walkie-Talkie, das an der Reling hing. Trotzdem war Dirks Stimme auf Anhieb zu erkennen.

»*Bess* hier. Bitte kommen«, antwortete Dahlgren.

»Jack, wir haben den Sprit und die Hotdogs und sind zehn Meilen entfernt. Der Käptn sagt, wir machen zum Treibstoffentladen an eurer Leeseite fest.«

»Wir warten.« Dahlgren spähte zum Horizont und entdeckte einen türkisen Punkt, der auf den Prahm zuhielt. Dann knisterte das Funkgerät ein weiteres Mal.

»Und sag Summer, dass sie einen weiteren Besucher hat, der mit ihr über das Wrack sprechen möchte. *Explorer* Ende.«

»Nicht *noch* ein Reporter«, rief Summer und verdrehte angewidert die Augen.

»Summer ist schwer begeistert und sagt, sie freue sich schon auf das nächste Interview«, erwiderte Dahlgren lachend, als er Summers Blick sah.

Knapp eine Stunde später traf das NUMA-Schiff ein und fuhr längsseits neben den Prahm. Während sich Dahlgren um die Übernahme eines Zweihundert-Liter-Fasses mit Benzin kümmerte, stieg Summer an Bord der *Mariana Explorer* und begab sich in die Offiziersmesse. Dort traf sie Dirk, der mit einem dunkelhäutigen Asiaten in brauner Hose und marineblauem Hemd Kaffee trank.

»Summer, komm mal her, ich möchte dir Dr. Alfred Tong vorstellen«, sagte Dirk und winkte sie zu sich.

Tong stand auf und verbeugte sich, dann schüttelte er Summer die Hand.

»Freut mich sehr, Sie kennenzulernen, Miss Pitt«, sagte er und blickte zu ihren grauen Augen auf. Er war kleiner als sie, hatte aber, wie sie feststellte, einen kräftigen Handschlag, und der Hautfarbe nach zu schließen war er ebenso gern an der Sonne wie sie. Sie versuchte nicht auf die auffällige Narbe zu starren, die sich über seine linke Wange zog, sondern schaute stattdessen auf die lebhaften walnussbraunen Augen und die pechschwarzen Haare.

»Gott sei Dank«, rief sie. »Ich hatte schon mit einem weiteren Fernsehreporter gerechnet.«

»Dr. Tong ist Konservator am Nationalmuseum von Malaysia«, erklärte Dirk.

»Ja«, sagte Tong und nickte, dann fuhr er in gebrochenem Englisch fort. »Ich habe gerade an einem Seminar an der Universität von Hawaii teilgenommen, als ich von Ihrer Entdeckung hörte. Ein Mitarbeiter der Universität brachte mich in Kontakt mit einem Vertreter der NUMA vor Ort. Der Kapitän und Ihr Bruder waren dann so freundlich, mich für heute einzuladen.«

»Hat von der Logistik her bestens hingehauen«, erklärte Dirk. »Die *Mariana Explorer* war zufällig in Hilo, wo sie Treibstoff und Proviant für den Prahm gefasst hat, und kehrt heute Abend wieder zurück.«

»Und weshalb interessieren Sie sich für das Wrack?«, fragte Summer.

»Wir haben in unserem Museum eine beachtliche Sammlung von Kunst- und Gebrauchsgegenständen aus dem südostasiatischen Raum. Außerdem zeigen wir eine umfangreiche Ausstellung mit Funden von einem chinesischen Schiff aus dem vierzehnten Jahrhundert, das in der Straße von Malakka geborgen wurde. Es ist nicht mein eigentliches Fachgebiet, aber ich verfüge über gewisse Kenntnisse, was Töpferwaren aus der Yüan- und der Ming-Dynastie betrifft. Ich interessiere mich sehr für das, was Sie da geborgen haben, und dachte, ich könnte Ihnen vielleicht meine Hilfe bei der Altersbestimmung des Schiffes anhand der Artefakte anbieten. Ich und viele andere wären begeistert, wenn im westlichen Pazifik tatsächlich ein chinesisches Schiff aus dem dreizehnten Jahrhundert entdeckt worden wäre.«

»Die Altersbestimmung ist das Allerwichtigste«, erwiderte Summer. »Leider haben wir bislang nur eine begrenzte Anzahl von Keramiken gefunden. Eine Stichprobe haben wir zur Untersuchung an die University of California geschickt, aber die verbliebenen Stücke dürfen Sie gern in Augenschein nehmen.«

»Es wäre vielleicht ganz nützlich zu wissen, wo Sie die Stücke gefunden haben. Können Sie mir etwas über den Zustand und die Beschaffenheit des Wracks sagen?«

Dirk entrollte einen großen Papierbogen, der auf dem Tisch lag. »Ich wollte gerade das Bergungsprofil mit Ihnen durchgehen, bevor Summer kam.«

Sie setzten sich an den Tisch und betrachteten die Graphik, ein mit Hilfe des Computers erstelltes Diagramm des Fundortes aus der Draufsicht. In einem hufeisenförmigen Gebiet neben dem Lavafeld waren Holzstücke und vereinzelte Artefakte zu erkennen. Tong war von der geringen Anzahl der Funde überrascht, die seiner Meinung nach kaum auf ein großes Segelschiff hindeutete.

»Wir haben mit Archäologen von der University of Hawaii zusammengearbeitet, um so viele Wrackteile wie möglich zu bergen«, sagte Dirk. »Leider können wir nur etwa zehn Prozent des Schiffes erkennen.«

»Der Rest liegt unter Korallen?«, fragte Tong.

»Nein, das Wrack liegt rechtwinklig zu zwei Korallenriffen unter einer Sandbank, mit dem Bug in Richtung Küste«, sagte Summer. Sie deutete auf das Diagramm, auf dem zwei Korallenstöcke zu beiden Seiten des Ausgrabungsfeldes zu sehen waren. »Der Sand hat verhindert, dass die vorhandenen Artefakte von den Korallen zerstört wurden. Wir nehmen an, dass dieses Stück Sand vor langer Zeit, als der Meeresspiegel noch niedriger lag, möglicherweise eine natürliche Fahrrinne durch die Korallen darstellte.«

»Wenn die Korallen das Wrack nicht überwuchert haben, warum sind dann nicht mehr Überreste zu sehen?«

»Wegen der Lava.« Summer deutete auf das Ende des Hufeisens, auf dem ein felsiges Bett zu sehen war, das in Richtung Küste verlief. »Wenn Sie aus dem Fenster schauen, können Sie sehen, dass dieser Teil der Küste aus einem großen Lavafeld besteht. Der übrige Teil des Wracks liegt, wie ich leider feststellen muss, unter Lavagestein.«

»Bemerkenswert«, sagte Tong und zog eine Augenbraue hoch.

»Der Rest des Wracks wie auch die Fracht sind also unter der Lava erhalten geblieben?«

»Der übrige Teil des Schiffes liegt entweder unter der Lava oder wurde von ihr verschlungen. Wenn das Schiff gesunken ist und unter Sand begraben wurde, bevor die Lava ausströmte, dann könnte es durchaus erhalten geblieben sein. Die Holzstücke, die wir neben dem Lavafeld gefunden haben, lagen tief im Seeboden, was darauf hindeutet, dass der Rest des Schiffes tatsächlich noch vorhanden sein könnte.«

»Was den Vorteil hat, dass wir mit Hilfe der Lava möglicherweise auch das Alter des Schiffes bestimmen können«, sagte Dirk. »Wir lassen von einem hiesigen Vulkanologen die historischen Aufzeichnungen über Vulkanausbrüche und damit in Zusammenhang stehende Lavaströme in diesem Teil der Insel überprüfen. Bislang wissen wir nur, dass es im betreffenden Gebiet seit mindestens zweihundert Jahren, möglicherweise aber auch viel länger, keine vulkanische Aktivität gegeben hat.«

»Und welche Teile des Schiffes konnten Sie identifizieren?»

»Nur ein paar Stücke, die offenbar vom Heck stammen. Es sind dicke Hölzer – das deutet auf ein großes Schiff hin, möglicherweise über fünfzig Meter lang. Dann ist da noch der Ankerstein, der dem aus China bekannten Typ entspricht und ebenfalls für ein stattliches Schiff spricht.«

»Ein Schiff dieses Alters und dieser Größe müsste ziemlich sicher aus China stammen«, sagte Tong.

»Ja«, erwiderte Dirk, »die europäischen Schiffe waren zu dieser Zeit nur halb so groß. Ich habe die Legende über den chinesischen Admiral Zheng He gelesen, der im Jahr 1405 mit einer mächtigen Schatzflotte die Welt umsegelt haben soll. Das hier ist aber kein hundertfünfzig Meter langer, sechsmastiger Gigant, wie sie Zheng He angeblich einsetzte, falls es überhaupt jemals so gewaltige Schiffe gegeben hat.«

»Die Überlieferung neigt zu Übertreibungen«, erklärte Tong. »Aber eine Überquerung des Pazifik hundert Jahre vor Zhengs angeblicher Reise wäre eine erstaunliche Leistung.«

»Die geborgenen Keramiken sind ein klarer Hinweis darauf, dass das Wrack tatsächlich so alt ist«, sagte Summer. »Wir haben bei unseren Nachforschungen vergleichbare Muster gefunden, was darauf hindeutet, dass das Schiff möglicherweise aus dem dreizehnten oder vierzehnten Jahrhundert stammt. Vielleicht können Sie unsere Einschätzungen bestätigen, wenn Sie die Stücke in Augenschein nehmen.«

»Ich bin sehr gespannt darauf, mir Ihre Funde anzusehen.«

Summer führte ihn über eine Treppe hinunter in ein hell erleuchtetes Labor. Regale mit Plastikbehältern säumten die Rückwand, dort waren diverse Fundstücke des Wracks in Süßwasser eingelegt.

»Bei den meisten Gegenständen, die wir bislang geborgen haben, handelt es sich um Bruchstücke des Schiffes«, erklärte sie. »Die Frachträume und Mannschaftsunterkünfte müssen unter der Lava liegen, da wir nur wenige persönliche Habseligkeiten gefunden haben. Wir haben zwar ein paar Kochutensilien und einen Topf entdeckt«, fuhr sie fort und deutete auf ein anderes Regal, »aber das hier dürfte Sie vermutlich am ehesten interessieren.«

Sie holte zwei Tabletts von einem Regal und stellte sie auf einen Edelstahltisch. Sie enthielten mehrere Teller, eine Schale und zahlreiche Porzellanscherben. Die meisten Gegenstände waren zuckrig weiß, die Schale hingegegen musste aus schwarzem Ton gefertigt sein. Tongs Augen leuchteten auf, als er eine Lesebrille aufsetzte und die Funde untersuchte.

»Ja, sehr hübsch«, murmelte er, während er sie betrachtete.

»Was können Sie uns über die künstlerische Gestaltung sagen?«, fragte Summer.

»Vom Muster und Material her entsprechen sie den Produkten, die aus den Brennöfen von Jingdezhen und Jianyang stammen. Die Qualität scheint insgesamt nicht ganz so hoch zu sein wie bei den Arbeiten der späteren Ming-Dynastie. Dieses Fischsymbol hier«, sagte er und hielt einen der Teller hoch, »habe ich schon einmal auf einer Schale aus der Yüan-Zeit gesehen. Ich würde mich Ihrer Einschätzung anschließen. Bei diesen Keramiken handelt es sich um typische Gegenstände, wie sie während der Song- und der Yüan-Dynastie im zwölften und dreizehnten Jahrhundert hergestellt wurden.«

Summer grinste übers ganze Gesicht und zwinkerte ihrem Bruder fröhlich zu. Tong holte den letzten Gegenstand vom Tablett, einen großen, weiß und grünlich blau bemalten Teller, von dem ein keilförmiges Stück abgebrochen war. In der Mitte stolzierte ein glasierter Pfau, den Rand zierte ein Rudel Hirsche, die von einem Geparden gejagt wurden. Tong musterte den Teller eingehend und betrachtete dann wiederholt die kunstvolle Glasur und die Tierdarstellungen.

»Einer unserer Konservatoren hat in einer Datei ein ähnliches Muster gefunden, das angeblich von den Herrschern der Yüan-Zeit verwendet wurde«, sagte Dirk.

»Ja, so ist es«, murmelte Tong, der den Teller abstellte und sich dann berichtigte. »Das heißt, es ist ähnlich, wurde aber sicherlich nicht fürs Herrscherhaus gefertigt. Ein ähnliches Design, das man höchstwahrscheinlich für den Handel benutzte«, fügte er hinzu. »Aber ich stimme zu, dass es aus der Yüan-Zeit stammt, die, wie Sie wissen, von 1264 bis 1386 dauerte. Weit vor Admiral Zheng also.«

»Genau das nehmen wir an, auch wenn man sich kaum vorstellen kann, dass ein Schiff zu dieser Zeit bis in die Gewässer vor Hawaii vorgedrungen ist.«

Die Tür zum Labor öffnete sich, und der Kapitän der *Mariana Explorer* kam herein. Bill Stenseth, ein hochaufgeschossener Mann mit rotbraunen Haaren, wurde auf dem ganzen Schiff wegen seiner ruhigen Art, seiner Intelligenz, Gutmütigkeit und seinem Sinn für Gerechtigkeit geachtet.

»Dahlgren hat den Treibstoff und die Vorräte auf eurem schwimmenden Hotel verstaut. Wenn ihr bereit seid zum Übersetzen, können wir wieder in See stechen.«

»Wir sind fast fertig, Käptn. Dirk und ich holen nur noch unsere Sachen, dann steigen wir zu Jack um.«

»Arbeiten Sie noch immer am Wrack?«, fragte Tong.

»Wir müssen noch ein letztes Stück Holz freilegen, bei dem es sich unserer Meinung nach um einen Teil des Ruders handeln könnte«, erklärte Summer. »Wenn das stimmt, bekommen wir eine ungefähre Vorstellung von den Ausmaßen des Schiffes. Die *Mariana Explorer* muss die Rifferkundung auf der anderen Seite der Insel fortsetzen, deshalb werden Dirk, Jack Dahlgren und ich ein paar Tage auf dem Prahm kampieren und die Arbeit zu Ende bringen.«

»Ich verstehe«, sagte Tong. »Nun, vielen Dank, dass Sie mir die Fundstücke gezeigt haben. Wenn ich wieder in Malaysia bin, werde ich in den Unterlagen unseres Museums nachschlagen und zusehen, ob ich Ihnen weitere Auskünfte bezüglich der Keramiken geben kann, die ich heute gesehen habe.«

»Danke, dass Sie sich die Zeit für einen Besuch genommen haben und uns an Ihrem Wissen teilhaben ließen. Wir freuen uns sehr, dass Sie unsere Einschätzung bestätigt haben, was das Alter und die Herkunft des Schiffes betrifft.«

Dirk und Summer holten rasch ihre persönlichen Sachen und sprangen auf den Prahm, wo Dahlgren mittlerweile die Vertäuleinen des Schiffes losmachte. Mit einem Tuten der Sirene steuerte Kapitän Stenseth die *Explorer* vom Prahm weg, und kurz darauf nahm das Schiff Kurs auf Hilo.

»Na, was habt ihr zwei über das chinesische Lavaschiff erfahren?«, fragte Dahlgren, während er in einer großen Kühlbox herumwühlte und etwas Trinkbares suchte.

»Dr. Tong ist der gleichen Meinung wie wir, was die Datierung der Keramiken angeht. Damit wäre das Schiff sieben- bis achthundert Jahre alt«, erwiderte Summer.

»Der gute Doktor schien sich sehr für den Teller zu interessieren, der nach Ansicht unserer Jungs im Labor Motive des Herrscherhauses trägt, auch wenn er sich nicht festlegen wollte«, sagte Dirk.

»Reine Eifersucht, glaube ich.« Summer grinste. »Es ist ein kaiserliches Schiff, ich weiß es einfach.«

»Kaiserlich«, sagte Dahlgren, der sich mit einer Dose Bier in einen Liegestuhl fallen ließ und die Füße auf die Reling legte. »Na, wenn das nicht alles schlägt.«

37

Fünftausend Meilen weiter östlich marschierten Pitt und Giordino, die ebenso verwegen wie abgerissen wirkten, in die Lobby des Continental Hotels in Ulan-Bator. Ihre zerknitterte Kleidung war voller Staub, desgleichen die Haare, die Haut und die Schuhe. Schorfiger Sonnenbrand verunstaltete ihre Gesichter, soweit sie nicht mit borstigen Bartstoppeln überwuchert waren. Fehlte nur noch ein Fliegenschwarm, der um ihre Köpfe schwirrte.

Der Geschäftsführer des Hotels warf einen verächtlichen Blick auf die beiden Penner, die mit verquollenen Augen die Rezeption ansteuerten.

»Irgendwelche Nachrichten für Zimmer 4024 oder 4025?«, fragte Pitt, dessen weiße Zähne hinter den gesprungenen Lippen aufblitzen.

Der Geschäftsführer legte die Stirn in Falten, als ihm klar wurde, mit wem er es zu tun hatte, und zog sich kurz in einen kleinen Nebenraum zurück.

»Eine Nachricht und eine Postsendung«, sagte er und reichte Pitt einen Zettel und einen kleinen Karton, der mit Expressaufklebern zugeplastert war.

Pitt nahm die Nachricht entgegen, reichte Giordino das Päckchen und trat von der Rezeption zurück.

»Von Korsow«, sagte er leise zu Giordino.

»Verrat mir bitte, was uns unser Lieblingsagent vom KGB zu sagen hat?«

»Er wurde zu einer Konferenz des Außenministeriums nach Irkutsk zitiert. Lässt grüßen und hofft, dass unser Abstecher nach Süden was gebracht hat. Er meldet sich bei uns, wenn er wieder in der Stadt ist.«

»Sehr höflich«, sagte Giordino mit leicht spöttischem Unterton. »Fragt sich bloß, ob Theresa und Jim bis zu seiner Rückkehr warten können.« Er riss das Expresspäckchen auf, in dem sich ein altes, in Leder gebundenes Buch und eine große Flasche mit Vitaminkapseln befanden. Eine kleine Karte fiel heraus, die er aufhob und Pitt reichte.

»Von der Gemahlin?«

Pitt nickte und las schweigend die handschriftliche Nachricht.

Dein Lieblingsbuch und ein paar zusätzliche Vitamine, damit du gesund bleibst. Geh bitte sparsam damit um, mein Lieber.

Die Kinder senden beste Grüße aus Hawaii. Sie haben ein altes Wrack entdeckt und für ziemlichen Wirbel gesorgt. Ohne dich ist Washington langweilig, also komm bald nach Hause.

Loren

»Ein Buch und Vitamine? Mrs. Pitt scheint mir aber nicht sehr romantisch zu sein«, frotzelte Giordino.

»Ach, aber es ist meine Lieblingsgeschichte. Hat immer wieder einen Hammer zu bieten.« Pitt hielt den Roman hoch und zeigte Giordino den Rücken.

»Melvilles *Moby Dick*. Kein schlechter Geschmack«, sagte Giordino, »auch wenn ich mit den Abenteuern von Archie und Veronica bestens bedient bin.«

Pitt schlug das Buch auf und blätterte es durch, bis er auf einen herausgeschnittenen Teil stieß. In der Mitte des vermeintlichen Wälzers war ein 45er Colt versteckt.

»Wie ich sehe, gibt's eine Harpune dazu, Ahab«, flüsterte Giordino und stieß einen leisen Pfiff aus.

Pitt schraubte den Flaschendeckel ab und zeigte ihm rund ein Dutzend 45er Patronen für den Colt.

»Bekommt eine Kongressabgeordnete nicht großen Ärger, wenn sie Schusswaffen in der Weltgeschichte herumschickt?«, fragte Giordino.

»Nur, wenn sie erwischt wird.« Pitt lächelte, verschloss die Flasche und schlug das Buch wieder zu.

»Nachdem wir jetzt ein bisschen was zu ballern haben, brauchen wir nicht auf Korsow zu warten«, gab Giordino zu bedenken.

Pitt schüttelte bedächtig den Kopf. »Nee, ich glaube, wir sollten rasch die Biege machen. Vermutlich wären wir hier ohnehin unseres Lebens nicht mehr sicher, wenn Borjin von seinem buddhistischen Killermönch nichts mehr hört.«

»Eine Dusche und ein Bier sollten uns bei der weiteren Planung ganz gut tun.«

»Erst ein paar Fakten«, sagte Pitt und ging zu dem kleinen Business Center in der Lobby. Er griff in seine Hosentasche, holte den Anhänger heraus, den er aus Borjins Labor mitgenommen hatte, und legte ihn auf den Fotokopierer. Dann kritzelte er eine kurze Nachricht auf die Kopie, schob sie in das danebenstehende Faxgerät und wählte eine Auslandsnummer. Anschließend wählte er eine zweite Nummer und ließ die Seismogramme aus dem Handbuch durchlaufen.

»Das dürfte ein paar Müßiggängern die Flausen austreiben«, sagte er zu sich selbst, während er sich auf sein Zimmer begab.

Rein äußerlich wirkte das Grundstück in Georgetown, auf dem die Remise stand, wie jeder andere noble Wohnsitz in diesem schicken Viertel von Washington, D.C. Die Dachtraufen des verwitterten Ziegelbaus waren frisch gestrichen, blitzblank funkelten die aus dem neunzehnten Jahrhundert stammenden Glasfenster, und der kleine Garten außen herum war tadellos gepflegt. Ganz anders sah es jedoch drinnen aus, wo es wie im Bücherlager der New York City Public Library zuging. Auf Hochglanz polierte Holzregale säumten nahezu sämtliche Wände des Hauses, alle randvoll mit historischen Werken über

Schiffe und Seefahrt. Der Esstisch und die Ablageflächen in der Küche lagen ebenfalls voller Bücher, außerdem türmten sich überall Bücherstapel am Boden.

St. Julien Perlmutter, der leicht exzentrische Besitzer des Remisenhauses, wollte es genau so haben. Bücher waren die große Leidenschaft des Marinehistorikers, der zu den bedeutendsten seiner Zunft zählte und hier eine Sammlung von Nachschlagewerken zusammengetragen hatte, nach der Bibliothekare und Privatsammler in aller Herren Länder gierten. Dabei war er großzügig und ließ Gleichgesinnte, die wie er die See liebten, jederzeit bereitwillig in sein Archiv und teilte sein Wissen mit ihnen.

Das Piepen und Surren des Faxgeräts schreckte Perlmutter auf, der auf dem schweren Ledersessel eingeschlafen war, während er sich das Logbuch des Geisterschiffes *Mary Celeste* zu Gemüte geführt hatte. Er wuchtete seine fast dreieinhalb Zentner Lebendgewicht aus dem Sessel, ging in sein Arbeitszimmer und holte das Fax. Er strich sich den dichten grauen Bart, wähend er die kurze Nachricht auf dem ersten Blatt las.

St. Julien,

eine Flasche frisches Airag für dich, wenn du das identifizieren kannst.

Pitt

»*Airag*. Das ist die reinste Erpressung«, grummelte er grinsend.

Perlmutter war ein ebenso großer Gourmet wie Gourmand, der sowohl gehaltvolle als auch exotische Kost schätzte, wie sein mächtiger Bauch verriet. Pitt hatte genau den richtigen Nerv getroffen, als er ihn mit vergorener Stutenmilch aus der Mongolei bestach. Perlmutter musterte die folgenden Faxseiten, auf denen Vorder- und Hinteransicht eines silbernen Anhängers zu sehen waren.

»Dirk, ich bin zwar selbst kein Juwelier, aber ich kenne jemanden, der etwas damit anfangen könnte«, sagte er laut. Er griff zum Telefon, wählte eine Nummer und wartete einen Augenblick.

»Gordon? St. Julien hier. Sag mal, ich weiß, dass wir nächsten Donnerstag zum Mittagessen verabredet sind, aber ich bräuchte schon vorher deine Hilfe. Könnten wir uns stattdessen heute treffen? Schön, schön, ich kümmere mich um die Reservierung. Wir sehen uns um zwölf.«

Perlmutter legte den Hörer auf und blickte wieder auf den fotokopierten Anhänger. Wenn er von Pitt kam, steckte vermutlich eine wilde Geschichte dahinter. Wild und gefährlich.

Im Monocle, einem vor allem bei Politikern beliebten Lokal nicht weit vom Capitol Hill, drängten sich die Mittagsgäste, als Perlmutter durch die Tür trat. Rasch entdeckte er inmitten der Senatoren, Lobbyisten und Parlamentsbediensteten, die hier werktags verkehrten, seinen Freund Gordon Eeten, der in einer Seitennische saß und einer der wenigen Besucher war, die keinen blauen Anzug trugen.

»St. Julien, schön, dich wiederzusehen, mein Freund«, begrüßte ihn Eeten, ein stattlicher Mann, der humorvoll wirkte, zugleich aber auch den Scharfblick eines Detektivs besaß.

»Wie ich sehe, muss ich ein bisschen aufholen«, sagte Perlmutter grinsend, als er das fast leere Martiniglas auf dem Tisch stehen sah.

Perlmutter ließ sich vom Barkeeper einen Sapphire Bombay Gibson bringen, dann bestellten die beiden Männer ihr Mittagessen. Während sie warteten, reichte Perlmutter Pitts Fax an Eeten weiter.

»Vor dem Essen müssen wir leider etwas Geschäftliches regeln«, sagte Perlmutter. »Ein Freund von mir ist in der Mongolei auf dieses Schmuckstück gestoßen und möchte wissen, was es für eine Bedeutung hat. Kannst du mir da weiterhelfen?«

Mit ausdrucksloser Miene musterte Eeten die Fotokopien. Als Kunsthistoriker und Gutachter beim berühmten Auktionshaus Sotheby's hatte er buchstäblich Tausende von Kunstgegenständen und Antiqutäten geschätzt, bevor sie öffentlich versteigert wurden. Und da er von Kindesbeinen an mit Perlmutter befreundet war, hatte er dem Marinehistoriker regelmäßig einen Tipp gegeben, wenn bei einer anstehenden Auktion interessante Gegenstände aus dem Bereich der Seefahrt angeboten wurden.

»Die Qualität lässt sich schwer ermessen«, begann Eeten. »Ich gebe nur ungern eine Einschätzung anhand einer Fotokopie ab.«

»Wie ich meinen Freund kenne, ist ihm der Wert eher egal. Ich glaube, er interessiert sich vor allem für das Alter und den historischen Zusammenhang.«

»Warum hast du das nicht gleich gesagt?«, erwiderte Eeten, der nun sichtlich gelöster wurde.

»Du weißt also, was es ist?«

»Ja, ich glaube schon. Ich habe ein ähnliches Stück bei einer Auktion gesehen, die wir vor ein paar Monaten durchgeführt haben. Natürlich müsste ich es eigenhändig untersuchen, um seine Echtheit zu bestätigen.«

»Was kannst du mir darüber sagen?«, fragte Perlmutter, der sich in einem kleinen Buch Notizen machte.

»Allem Anschein nach ist es eine seldschukische Arbeit. Der doppelköpfige Adler, ein ziemlich einzigartiges Motiv, war das bevorzugte Symbol der Dynastie.«

»Wenn mich mein Gedächtnis nicht trügt, waren die Seldschuken türkische Muslime, die für kurze Zeit einen großen Teil von Byzanz beherrschten«, sagte Perlmutter.

»Ja, sie überrannten etwa um 1000 nach Christus Persien und erreichten rund zweihundert Jahre später den Gipfel ihrer Macht, bevor sie von dem choresmienischen Reich unter Ala ed-Din Mohammed vernichtet wurden. Die Seldschuken waren hervorragende Künstler, vor allem in der Bearbeitung von Steinen, aber auch geschickte Metallhandwerker. Eine Zeitlang prägten sie sogar Silber- und Kupfermünzen.«

»Dann könnten sie diesen Anhänger also hergestellt haben.«

»Auf jeden Fall. Die winzige Kalligraphie entspricht der Gepflogenheit der Seldschuken, die vor allem ihre späteren Metallarbeiten mit islamischen Gebeten oder Widmungen versahen. An der Columbia University gibt es einen Professor, der die Inschrift für dich übersetzen könnte, die vermutlich in Kufisch gehalten ist, einem altarabischen Alphabet. Wer weiß, vielleicht handelt es sich sogar um eine persönliche Inschrift an den Sultan.«

»Hochherrschaftliche Verbindungen?«

»Ja. Weißt du, die Seldschuken haben für ihre Kunstwerke nur selten Silber und Gold verwendet. Diese Materialien galten als Luxusartikel und entsprachen daher nicht dem islamischen Ideal, das großen Wert auf Schlichtheit legt. Natürlich galten diese Regeln nicht unbedingt für die Sultane, von denen einige das Zeug regelrecht horteten. Wenn dieser Anhänger also aus Silber besteht, was der Fall zu sein scheint, dann liegt mit größter Wahrscheinlichkeit irgendeine Verbindung zu einem Herrscherhaus vor.«

»Wir haben es also mit einem seldschukischen Erzeugnis zu tun, das etwa zwischen 1100 bis 1200 nach Christus entstanden ist und möglicherweise aus dem Besitz eines Sultans stammt«, fasste Perlmutter zusammen, während er in sein Buch kritzelte.

»Höchstwahrscheinlich. Die Gegenstände, die wir untersucht und kürzlich versteigert haben, gehörten zu einem Schatz, den man Malik Schah zuschreibt, einem Sultan, der 1092 starb. Ich finde es hochinteressant, dass dein Freund dieses Stück in der Mongolei gefunden hat. Wie ich schon erwähnte, wurden die Seldschuken von den Truppen des Ala ed-Din Mohammed geschlagen, der seinerseits um 1220 von Dschingis Khan besiegt wurde. Das hier könnte durchaus ein Teil der Kriegsbeute gewesen sein, die die Armeen des Dschingis Khan mit nach Hause brachten.«

Ein Kellner kam und brachte ihr Essen, ein Rib-eye-Steak für Eeten und eine Portion Kalbsleber für Perlmutter.

»Ein paar bemerkenswerte Erkenntnisse, Gordon. Ich nehme

an, dass nicht allzu viele asiatische Kunstgegenstände aus dem zwölften und dreizehnten Jahrhundert auf den Markt kommen.«

»Es ist schon komisch. Normalerweise bekommen wir nur selten Artefakte aus dieser Zeit zu Gesicht. Aber vor etwa neun Jahren wurden wir von einem Händler in Malaysia angesprochen, der ein ganzes Warenpaket verkaufen wollte und uns seither mit einem steten Strom von Kunstwerken versorgt. Ich würde wetten, dass wir in dieser Zeit ähnliche Stücke im Wert von hundert Millionen Dollar verkauft haben. Und ich weiß, dass Christie's auch schon Artikel in etwa der gleichen Größenordnung versteigert hat.«

»Meine Güte. Irgendeine Ahnung, woher die Gegenstände stammen?«

»Da kann ich nur Vermutungen anstellen«, sagte Eeten, während er ein Stück Steak kaute. »Der malaysische Händler ist ein ziemlich verschlossener Bursche, der seine Quelle nicht preisgeben will. Ich durfte dem Mann noch nie persönlich begegnen. Aber er hat uns auch noch nie eine Fälschung geschickt. Jede seiner Lieferungen bestand ausnahmslos aus echten Stücken.«

»Ich finde es etwas sonderbar, dass Lieferungen dieses Umfangs aus Malaysia kommen.«

»Stimmt, aber die Waren könnten irgendwo anders gefunden worden sein. Er ist nur der Händler. Außerdem klingen weder sein Name noch der seiner Firma malaysisch.«

»Wie denn?«, fragte Perlmutter, während er sein Mahl beendete.

»Ein seltsamer Name. Sie nennt sich die Buryat Trading Company.«

38

Theresa war erleichtert, als sich die Tür zu ihrem Zimmer öffnete und ihr ein Wächter zuwinkte, dass sie auf den Gang treten sollte. Wenn sie mich umbringen wollen, dann … ist das eben so, dachte sie. Besser als das endlose Eingesperrtsein und die bangen Vorahnungen.

Zwei Tage war es her, seit man sie ohne jede Erklärung in ihrem Zimmer eingeschlossen hatte. Sie hatte zu niemandem Kontakt, von einem Wärter einmal abgesehen, der ihr gelegentlich ein Tablett mit Essen hereinschob. Zwar wusste sie nichts vom Besuch der chinesischen Delegation, hatte aber die Autos gehört, als sie ankamen und wieder abfuhren. Noch rätselhafter waren die Schüsse, die im hinteren Teil des Grundstücks gefallen waren. Sie hatte vergeblich versucht, durch das kleine Fenster an der Rückwand ihres Zimmers etwas erkennen zu können. Als sie am nächsten Tag gelangweilt erneut aus dem Fenster blickte, hatte sie eine Patrouille berittener Wachen vorbeitraben sehen. Aber es schienen weniger zu sein als zuvor.

Als sie jetzt aus der Tür trat, sah sie zu ihrer Freude Wofford draußen auf dem Flur stehen, auf einen Stock gestützt.

»Der Urlaub ist vorbei«, sagte er. »Ich nehme an, jetzt geht's wieder an die Arbeit.«

Seine Worte sollten sich als wahr erweisen, denn kurz darauf wurden sie ins Arbeitszimmer gebracht. Borjin, der an einem Tisch saß und eine dicke Zigarre rauchte, erwartete sie bereits. Er wirkte gelöster als beim letzten Mal, aber auch arroganter denn je zuvor.

»Nehmen Sie Platz, meine Freunde«, sagte er und winkte sie zum Tisch. »Ich hoffe, Sie haben Ihre Freizeit genossen.«

»Klar«, versetze Wofford. »Ständig die Wände anzuglotzen war sehr entspannend.«

Ohne auf den Kommentar einzugehen, deutete Borjin auf einen Stapel seismischer Berichte.

»Ihre Arbeit hier ist fast abgeschlossen«, sagte er. »Aber die Auswahl der Stellen, die für eine Probebohrung in Frage kommen, drängt.« Er entfaltete eine topographische Karte von einem rund fünfhundert Quadratkilometer großen Gebiet. Anhand der Legenden konnten Theresa und Wofford erkennen, dass es einen Teil der zu China gehörenden Wüste Gobi unmittelbar südöstlich der mongolischen Grenze umfasste.

»Sie haben uns bereits Erkenntnisse zu einer Reihe vielversprechender Stellen in dieser Region geliefert. Und ich muss sagen, dass Ihre Einschätzungen sehr scharfsinnig waren«, sagte er herablassend. »Wie Sie sehen können, sind die Schollenbrüche, die Sie bereits untersucht haben, auf dieser Karte gekennzeichnet. Ich bitte Sie jetzt darum, diese Verwerfungen in ihrem Verhältnis zur ganzen Region zu bewerten und festzustellen, welche sich bevorzugt für Probebohrungen eignen und die höchste Fördermenge versprechen.«

»Befinden sich diese Stellen nicht in China?«, fragte Wofford.

»Ja, so ist es«, erwiderte Borjin ohne eine weitere Erklärung.

»Sie sind sich doch darüber im Klaren, dass die möglichen Vorkommen ziemlich tief liegen?«, fragte Wofford. »Vermutlich hat man sie genau deshalb früher übersehen.«

»Ja. Wir haben die geeigneten Geräte, um in der erforderlichen Tiefe zu bohren«, erwiderte Borjin unwirsch. »In sechs Monaten brauche ich zweihundert ergiebige Quellen. Finden Sie sie.«

Borjins Arroganz brachte Woffort endgültig auf die Palme. Theresa sah, wie er rot anlief und sich an den Mongolen wandte, als wollte er ihm sagen, er könne ihn … kreuzweise. Rasch ergriff sie die Initiative.

»Das schaffen wir«, stieß sie aus. »Es dürfte aber etwa drei, vier Tage dauern«, fügte sie hinzu, um etwas Zeit zu gewinnen.

»Sie haben bis morgen Zeit. Der Leiter meiner technischen Abteilung wird sich heute Nachmittag mit Ihnen treffen und erwartet einen eingehenden Bericht über das Ergebnis Ihrer Untersuchungen.«

»Dürfen wir nach Ulan-Bator fahren, wenn wir fertig sind?«, fragte sie.

»Ich werde dafür sorgen, dass Sie am Morgen darauf mit einem Fahrzeug hingebracht werden.«

»Dann sollten wir uns lieber an die Arbeit machen«, erwiderte Theresa, nahm den Ordner und breitete den Inhalt auf dem Tisch aus. Borjin machte erst eine misstrauische Miene, nickte dann aber, stand auf und verließ den Raum. Als er verschwunden war, wandte sich Wofford kopfschüttelnd an Theresa.

»Du gibst dich ja ziemlich hilfsbereit«, flüsterte er. »Willst du dich bei ihm anbiedern?«

»Er soll denken, dass wir ihm glauben«, erwiderte sie und hielt sich den Bericht vor den Mund. »Außerdem wollte ich nicht, dass du auf ihn losgehst und uns beide umbringst.«

Wofford lächelte verlegen, als ihm klar wurde, wie gut sie die Lage erfasst hatte.

Theresa, die noch immer auf der Hut vor Überwachungskameras war, holte eine Karte unten aus dem Ordner, drehte sie wie beiläufig um und verteilte ein paar andere Berichte darüber. Dann nahm sie einen Stift und schrieb »Fluchtgedanken« auf die leere Rückseite. Nachdem sie noch ein paar Anmerkungen daruntergeschrieben hatte, schob sie sie über den Tisch. Wofford nahm sie und las Theresas Notizen. Als er sie hochhob, bemerkte sie, dass es sich um eine Karte des Persischen Golfs handelte. An diversen Stellen waren rote Zackenlinien abgebildet. Außerdem fielen ihr zwei rote Kreise auf, die über zwei dickere Linien gezeichnet waren. Der eine, so stellte sie fest, markierte die Stadt Ras Tanura, der andere eine kleine Insel vor der Küste des Iran.

»Jim, schau dir mal die Karte an«, unterbrach sie ihn und drehte die Karte um.

»Das sind Verwerfungen«, sagte Wofford, nachdem er sich die roten Linien angesehen hatte. »Sie markieren die Grenzen der tektonischen Platten, die rund um den Persischen Golf aneinanderstoßen, und die Verwerfungszonen, die davon ausgehen.«

Da sie seit ihrer Entführung keinerlei Kontakt zur Außenwelt gehabt hatten, wussten sie nichts von den verheerenden Erdbeben, die vor Kurzem die Golfregion erschüttert hatten. Während Wofford die roten Kreise musterte, kramte Theresa in dem Ordner herum und brachte zwei ähnliche Karten zum Vorschein. Bei der ersten handelte es sich um ein Messtischblatt vom Baikalsee.

»Meine Güte, schau dir das an«, sagte sie, hielt die Karte hoch und deutete auf die Spitze des blauen Sees. Unmittelbar über ihrer Fingerkuppe, am Nordufer des Gewässers, war eine starke Verwerfungslinie rot eingekreist. Außerdem hatte man auf der Karte eine neu gebaute Pipeline eingezeichnet, die nur ein oder zwei Meilen nördlich des Sees verlief.

»Wäre es deiner Meinung nach möglich, dass sie an der Verwerfung irgendwas angestellt haben, das die Seiche-Welle ausgelöst hat?«, fragte sie.

»Ich wüsste nicht wie, ohne dass man eine Atombombe hochgehen lässt«, erwiderte Wofford, doch er klang nicht allzu überzeugend. »Was ist auf der anderen Karte?«

Theresa breitete die andere Karte aus. Beide erkannten sofort die Küste von Alaska, die sich von Anchorage bis runter nach British Columbia zog. Die Alaska-Pipeline, die von ihrem Endpunkt in der Hafenstadt Valdez ins Inland führte, war mit gelbem Leuchtstift markiert. Durch die anderthalb Meter dicken Rohre strömte das Rohöl aus den reichhaltigen Feldern an der Prudhoe Bay am North Slope, dem hohen Norden von Alaska, die den amerikanischen Binnenmarkt mit einer Million Barrel pro Tag versorgten.

Theresa, der immer mulmiger zumute wurde, deutete auf eine Verwerfungslinie vor der Küste, die auf der Karte markiert war. An einer Stelle dieses Faltenbruchs, unmittelbar vor dem Hafen Valdez, war ein dunkelroter Kreis eingezeichnet.

Schweigend starrten sie beide auf die Markierung und fragten sich beklommen, was Borjin mit der Alaska-Pipeline vorhatte.

39

Hiram Yeager vertilgte ein Hühnchensandwich mit grünem Tee und entschuldigte sich dann bei seinen Tischgefährten in der Cafeteria. Der Leiter des Datenverarbeitungszentrums der NUMA, der seine kostbaren Rechner nur selten für längere Zeit allein ließ, wollte so schnell wie möglich wieder in sein elektronisches Reich im zehnten Stock zurückkehren. Er lächelte vor sich hin, als er am Ausgang der Cafeteria zwei Politiker in blauen Anzügen sah, Besucher vermutlich, die den gut fünfzigjährigen Althippie in seinem Rolling-Stones-T-Shirt mit einem schiefen Blick bedachten.

Der schlaksige Computerfreak stellte sich gern als Außenseiter dar, trug mit Vorliebe Jeans und Cowboystiefel und hatte die langen Haare zu einem Pferdeschwanz gebunden. Noch außergewöhnlicher erschienen allerdings seine Fähigkeiten, wie das gewaltige Rechenzentrum erkennen ließ, das er aufgebaut und von Anfang an geleitet hatte. In seinen Computern war die weltweit umfassendste Datensammlung zum Thema Ozeanographie, Meeresbiologie und Unterwasserforschung gespeichert, außerdem konnten sie anhand der aus Hunderten von Überwachungsstationen in aller Welt bezogenen Informationen in Echtzeit Witterungs- und Wasserbedingungen darstellen. Yeager allerdings fand, dass die Computer ein zweischneidiges Schwert waren. Die gewaltigen Rechnerkapazitäten verleiteten seiner Meinung nach die in Diensten der NUMA stehenden Forscher und Wissenschaftler dazu, ihre Leistungsfähigkeit für immer neue Lieblingsprojekte in Anspruch zu nehmen. Doch Yeager war bekannt dafür, dass er niemanden abwies, der ihn um Rechnerzeit bat.

Als sich die Fahrstuhltür im zehnten Stock öffnete, trat er in seine Computerkaverne hinaus, in deren vorderem Teil eine hufeisenförmige Konsole stand. Ein stämmiger Mann mit schütter werdendem Haar und freundlichem Gesicht saß auf einem der Drehstühle vor dem Schaltpult.

»Ich kann's kaum glauben«, sagte er lächelnd. »Ich habe dich tatsächlich mal außerhalb des Büros erwischt.«

»Im Gegensatz zu meinen geliebten Computern muss ich ab und zu was essen«, versetzte Yeager. »Schön, dich mal wiederzusehen, Phil«, fügte er hinzu und schüttelte ihm die Hand. »Wie läuft's da unten in der Kiesgrube?«

Dr. Phillip McCammon kicherte über die Anspielung. Er war Leiter der Abteilung für Meeresgeologie und Fachmann für die Erforschung der Sedimentschichten am Seeboden. Und wie es der Zufall wollte, war seine Abteilung in einer der unterirdischen Etagen der NUMA-Zentrale untergebracht.

»Wir klopfen immer noch Steine«, sagte McCammon. »Du könntest mir allerdings mit ein paar Rechnerkapazitäten aushelfen.«

»Mein Königreich steht dir zur Verfügung«, erwiderte Yeager und deutete auf die Rechner hinter sich, die fast so leistungsstark waren wie ein halbes Dutzend Supercomputer.

»Ich werde das Schloss nicht lange in Beschlag nehmen. Ich habe nur eine inoffizielle Anfrage von einem Bekannten in Langley erhalten, der darum bittet, dass ich mir ein paar seismische Daten ansehe. Ich nehme an, die CIA interessiert sich für die beiden jüngsten Erdbeben, die den Persischen Golf erschüttert haben.«

»Es ist schon ein seltsamer Zufall, dass sich auf so engem Raum in kurzer Zeit zwei Erdbeben ereignet haben, die beide die Ölversorgung zum Zusammenbruch brachten. Wenn das Benzin noch teurer wird, komme ich demnächst mit dem Fahrrad zur Arbeit«, maulte Yeager.

»Nicht nur du.«

»Also, womit kann ich dir dienen?«

»Das National Earthquake Information Center in Golden, Colorado, soll eine Kopie seiner sämtlichen Aufzeichnungen über die weltweiten seismischen Aktivitäten im Lauf der letzten fünfzig Jahre durchgeben«, sagte McCammon und reichte Yeager einen Zettel mit der entsprechenden Anlaufstelle. »Einer meiner Analytiker hat ein Computerprogramm geschrieben, mit dem sich die typischen Eigenschaften der Beben am Persischen Golf auswerten lassen. Ich möchte diese Parameter mit der Datenbank der Erdbebenforscher in Golden abgleichen, um festzustellen, ob noch andere ähnlich geartete Vorkommnisse vorliegen.«

»Meinst du, da könnte irgendjemand irgendwas gedreht haben?«

»Nein, ich kann mir nicht vorstellen, wie. Aber wir wollen doch den freundlichen Schlapphüten nebenan weiterhelfen!«

Yeager nickte. »Kein Problem. Ich lasse Max noch heute Nachmittag die Daten aus Golden holen. Schick mir deine Software, dann haben wir morgen ein paar Antworten für dich vorliegen.«

»Danke, Hiram. Ich lasse dir sofort das Programm bringen.«

Als McCammon zum Aufzug ging, wandte sich Yeager einer Tastatur zu und gab eine Reihe von Befehlen ein. Er hielt erst inne, als er bemerkte, dass ein mehrseitiges Fax in seinem Eingangskorb lag. Dann sah er, dass es aus dem Continental Hotel in Ulan-Bator kam, und stöhnte kurz auf.

»Jetzt kommt's aber knüppeldick«, murmelte er, als er das Fax überflog. Dann legte er die Blätter ab und widmete sich wieder seiner Tastatur.

Im nächsten Moment tauchte eine wunderschöne Frau auf der anderen Seite der Konsole auf. Sie trug eine blütenweiße Bluse und einen karierten Wollrock, der bis zu den Knien reichte.

»Guten Tag, Hiram. Ich hab mich schon gefragt, ob du dich heute noch meldest.«

»Du weißt doch, dass ich nicht von dir lassen kann, Max«,

erwiderte er. Max war eine Art Wunderwesen, eine Holographie, die er als benutzerfreundliches Interface für sein Computernetzwerk geschaffen hatte. Sie war zwar Yeagers Frau nachempfunden, hatte aber die knackige Figur einer Zwanzigjährigen, ohne jemals zu altern. Für Yeager und alle anderen Mitarbeiter der NUMA war sie zu einer echten Kollegin geworden, auf deren künstliche Intelligenz man sich bei der Lösung schwieriger Probleme verlassen konnte.

»Mit Komplimenten kommt man immer weiter«, gurrte sie. »Was kommt heute dran? Ein großes Problem oder ein kleines?«

»Sowohl als auch«, erwiderte er. »Möglicherweise musst du die ganze Nacht über ran, Max.«

»Du weißt doch, dass ich niemals schlafe«, sagte sie und krempelte die Ärmel ihrer Bluse hoch. »Womit fangen wir an?«

»Ich glaube«, sagte er und zog das Fax zu sich heran, »wir sollten lieber mit dem Boss loslegen.«

40

Die Tropensonne stieg langsam über den Lavahügeln und Kokosnusspalmen empor und tauchte das vor Anker liegende Boot in goldenes Licht. An Bord dröhnten die Klänge einer Hawaii-Gitarrenband aus einem Ghettoblaster und übertönten das Summen eines tragbaren Generators.

Summer, Dirk und Dahlgren hatten sich bereits aus ihren Feldbetten in der kleinen Hütte geschwungen und bereiteten sich auf einen langen Arbeitstag unter Wasser vor. Während Dirk die Pressluftflaschen an zwei Generatoren füllte, beendete Summer ihr aus frischen Papayas und Bananen bestehendes Frühstück und trank ein Glas Guavensaft dazu.

»Wer ist zuerst dran?«, fragte sie und blickte auf die ruhige morgendliche See, die sie umgab.

»Ich glaube, Käptn Jack hat einen Arbeitsplan aufgestellt«, sagte Dirk und deutete mit dem Kopf auf Dahlgren.

Dahlgren, der eine Badehose, Gummilatschen und ein Hawaiihemd trug, war über zwei leichte Tauchhelme gebeugt und inspizierte die Atemregler. Den Spitznamen Käptn verdankte er einer verblichenen blauen Mütze mit gekreuzten goldenen Ankern über dem Schirm, wie sie vorzugsweise von reichen Yachtbesitzern getragen wurde. Dahlgrens Kappe hingegen sah aus, als wäre sie von einem M-1-Panzer überrollt worden.

»Aye«, brüllte Dahlgren mit seiner rauen Stimme. »Wir arbeiten in Neunzig-Minuten-Schichten, jeweils zwei Taucher, und wechseln uns nach einer Pause ab. Dirk und ich übernehmen die erste Schicht, danach kommst du zur zweiten Schicht zu mir runter, während Dirk etwas für seine Bräune tut«, sagte er und nickte Summer zu.

»Das erinnert mich an was. Ich habe an Bord dieses Kahns gar keinen Mixer gesehen«, sagte Dirk.

»Ich muss dir leider mitteilen, dass die letzten Rumrationen gestern Nacht aufgebraucht wurden. Zu medizinischen Zwecken«, versetzte Dahlgren.

Als sie Dirks erschrockenen Blick sah, verdrehte Summer die Augen. »Na schön, ihr künftigen Abstinenzler, gehen wir an die Arbeit. Wenn wir mit etwas Glück das Ruder finden wollen, haben wir viel zu graben. Außerdem müssen wir die Alugitter auseinandernehmen und verstauen, und ich würde auch ganz gern etwas essen, bevor die *Mariana Explorer* zurückkehrt, um weitere Gebiete zu untersuchen.«

Dahlgren stand auf, nahm seine Kapitänsmütze ab und schleuderte sie quer übers Deck. Die Kappe flog durch die Luft und traf Summer mitten auf der Brust, doch sie reagierte sofort und fing sie nach dem ersten Aufprall.

»Da«, sagte Dahlgren, »du gibst einen besseren Bligh ab als ich.«

Dirk lachte, Summer lief rot an und warnte ihn dann: »Pass auf, sonst drehe ich dir die Luftzufuhr ab, wenn du unten bist.«

Dirk warf die beiden Kompressoren an und schlüpfte dann ebenso wie Dahlgren in einen dünnen Nasstauchanzug. Beim Tauchen wurden sie von einem der Kompressoren mit Luft versorgt und mussten keine sperrigen Pressluftflaschen tragen, was die Arbeit erleichterte und die Tauchzeit verlängerte. Da das Wasser an dieser Stelle nur knapp zehn Meter tief war, konnten sie theoretisch den ganzen Tag unten bleiben, ohne sich Sorgen wegen der *Bends* machen zu müssen, dieser ungemein schmerzhaften Begleiterscheinungen der Caisson-Krankheit, die durch ungenügende Dekompression auftritt.

Summer holte den Airlift, montierte den Luftschlauch des zweiten Kompressors, dessen Druck sich durch ein Ventil regeln ließ, an den Mündungsstutzen des großen PVC-Rohrs und ließ es langsam über die Bordwand ab, bis es den Boden berührte und die Halteleine erschlaffte.

Dirk zog seine Flossen an und warf einen Blick auf seine Uhr. »Wir sehen uns in neunzig Minuten«, sagte er zu Summer und stülpte dann seinen Tauchhelm über den Kopf.

»Ich lass das Licht an«, rief Summer, um das Dröhnen der Kompressoren zu übertönen. Sie ging zur Reling und ordnete drei Luftschläuche, die für die Arbeit unter Wasser gebraucht wurden. Dirk winkte ihr zu und verschwand dann von der Bordwand des Prahms, Dahlgren folgte ihm eine Sekunde später.

Der Lärm der Kompressoren verklang, als Dirk in das türkise Wasser eintauchte. Nachdem er den Druckausgleich vorgenommen hatte, rollte er sich vornüber und stieß mit ein paar kurzen Flossenschlägen zum Grund, wo er nach kurzer Zeit den Airlift fand. Er ergriff das Rohr und schwamm hinter Dahlgren her, der in tieferes Wasser vordrang. Bei zwei orangenen Fähnchen, die aus dem sandigen Meeresboden ragten, hielten sie inne. Dirk hob den Airlift an und öffnete das Ventil am Luftschlauch. Ein Schwall Pressluft strömte in den unteren Teil des Rohres, stieg gurgelnd zur Oberfläche und riss Sand und Wasser mit sich. Dirk fuhr mit dem Mündungsstutzen am Grund hin und her, saugte den Sand ab und hob rund um die Markierung ein kleines Loch aus.

Dahlgren sah ihm einen Moment lang zu, dann entfernte er sich ein Stück. Er hatte einen Edelstahlstab mit einer Querstange als Griff in den Händen, stieß die Metallsonde in den Sand und schraubte sie in den Boden, bis er in etwa einem halben Meter Tiefe auf etwas Hartes stieß. Aufgrund seiner Erfahrung erkannte er anhand der Vibration, dass es sich um Holz handelte. Er zog die Sonde heraus, setzte sie ein Stück weiter erneut an und wiederholte das Ganze. Nach ein paar weiteren Sondierungen markierte er die Umrisse des unter dem Sand vergrabenen Objekts mit orangen Fähnchen.

Das Loch, das Dirk mit dem Airlift schuf, wurde allmählich größer. Er hatte sich bis zu einer ebenen Fläche vorgearbeitet, die mit starkem Bewuchs überzogen war. Als er die Markierungsfähnchen betrachtete, die Dahlgren gesteckt hatte, wurde ihm klar, dass es sich um einen sehr großen Gegenstand handelte. Wenn es tatsächlich ein Ruder war, mussten sie möglicherweise umdenken, was die Ausmaße des Schiffes anging.

Summer überprüfte unterdessen ein weiteres Mal die Kompressoren und setzte sich dann in einen Liegestuhl auf der anderen Seite des Decks, allerdings in Sichtweite der Luftschläuche. Eine kühle, ablandige Bö strich über den Prahm und ließ sie leicht frösteln. Sie war froh, dass die Morgensonne das Deck rasch aufwärmte.

Frohgemut betrachtete sie die Umgebung, bewunderte die zerklüftete Küste von Hawaii und genoss die köstlichen Blütendüfte, die von der üppigen grünen Insel zu ihr geweht wurden. Dann wandte sie den Blick seewärts, auf das wogende Wasser des Pazifik, das aus seinen blauen Tiefen zu leuchten schien. Geistesabwesend nahm sie ein schwarzes Schiff wahr, das ein Stück entfernt seines Wegs dampfte, atmete dann einen tiefen Zug frische Seeluft ein und lehnte sich zurück.

Wenn das Arbeit ist, dachte sie belustigt, dann können sie mein Urlaubsgeld behalten.

41

Pitt war bereits wach und angezogen, als es frühmorgens an seiner Hotelzimmertür klopfte. Er öffnete sie vorsichtig und war erleichtert, als er Giordinos grinsendes Gesicht vor sich sah.

»Den Landstreicher da habe ich beim Betteln in der Lobby erwischt«, sagte er und deutete mit dem Daumen nach hinten. »Ich dachte, du weißt vielleicht, was wir mit ihm machen sollen.«

Rudi Gunn, der müde und zerzaust, zugleich aber auch erleichtert wirkte, spähte hinter Giordinos massigem Oberkörper hervor.

»Tja, mein lange vermisster Stellvertreter«, sagte Pitt grinsend. »Wir dachten schon, du hast dir eine hübsche Babuschka gesucht und dich in der Wildnis Sibiriens häuslich niedergelassen.«

»Ich war heilfroh, als ich die Wildnis Sibiriens hinter mir hatte. Wenn ich allerdings gewusst hätte, dass die Mongolei noch unzivilisierter ist, wäre ich dort geblieben«, antwortete Gunn. »Niemand hat mir gesagt, dass es in dem gesamten Land keine einzige asphaltierte Straße gibt. Ich bin die ganze Nacht auf irgendwas gefahren, das nicht mal eine Straße war. Ich komme mir vor, als wäre ich mit einem Springstock von New York nach L.A gehüpft.«

Pitt schenkte ihm eine Tasse Kaffee ein. »Hast du unsere Forschungsgeräte und die Tauchausrüstung mitgebracht?«, fragte er.

»Ja, ich habe alles auf einem Lastwagen verstaut, den mir das Institut freundlicherweise geliehen hat, beziehungsweise verkauft – ich bin mir da nicht ganz sicher. Ich musste meine letzten Rubel hergeben, um die russischen Grenzposten zu schmieren, damit sie mich in die Mongolei lassen. Die haben bestimmt gedacht, ich wäre bei der CIA.«

»Deine Augen sind nicht nervös genug«, grummelte Giordino.

»Ich nehme an, ich kann mich nicht beklagen«, sagte Gunn an Pitt gewandt. »Al hat mir von eurem Marsch durch die Wüste Gobi berichtet. Klang nicht gerade nach einem Sonntagsspaziergang.«

»Nein, aber auf diese Weise haben wir viel vom Land gesehen«, erwiderte Pitt lächelnd.

»Dieser Spinner in Xanadu … hält der die Ölsucher immer noch fest?«

»Wir wissen, dass Roy tot ist. Wir können nur vermuten, dass die anderen noch dort und am Leben sind.«

Das Klingeln des Telefons unterbrach sie. Pitt meldete sich und sprach kurz, dann schaltete er den Lautsprecher an. Hiram Yeagers Stimme drang aus dem Gerät.

»Viele Grüße aus Washington, wo sich die Bürokraten allmählich fragen, was aus ihren geliebten Gurus der Tiefe geworden ist«, sagte er.

»Die sind in der Mongolei und genießen die wunderbaren Reichtümer der Unterwasserwelt«, erwiderte Pitt.

»Habe ich schon vermutet. Bei den Nachrichten, die aus eurem Teil der Welt eingehen, habt ihr natürlich auch die Hand im Spiel gehabt.«

Die drei Männer sahen sich verständnislos an.

»Wir waren ein bisschen beschäftigt«, sagte Pitt. »Was für Nachrichten?«

»China hat heute Morgen erklärt, dass es das autonome Gebiet der Inneren Mongolei, das unter seiner Verwaltung steht, an die Mongolei abtritt.»

»Ich habe bemerkt, dass sich auf dem Platz da unten Leute versammeln, die aussehen, als wollten sie zu einem Fest gehen«, sagte Gunn. »Ich dachte schon, vielleicht ist hier heute ein Feiertag.«

»China stellt es als eine freundliche Geste gegenüber dem alten Nachbarn hin und erntet dafür jede Menge Anerkennung von den Vereinten Nationen und den Regierungen der westlichen Welt. Seit Jahren waren Untergrundbewegungen aktiv, die sich für die Unabhängigkeit der Inneren Mongolei beziehungsweise für eine Wiedervereinigung mit der Mongolei eingesetzt haben. Für die Chinesen war das schon seit einiger Zeit eine ziemlich peinliche Anglegenheit. Hinter vorgehaltener Hand sagen die Analytiker aber, dass es weniger um Politik als um Wirtschaftsfragen geht. Manche mutmaßen, dass ein Pipeline-Deal und ein Handelsabkommen der Grund dafür ist. Dann bekommt China Öl und andere Rohstoffe, die es für seine wachsende Wirtschaft braucht, obwohl anscheinend keiner glaubt, dass die Mongolei tatsächlich über große Ölvorkommen verfügt.«

»Genau darum geht es. Ich glaube, man könnte durchaus sagen, dass Al und ich an den Verhandlungen teilgenommen haben«, sagte Pitt und warf Giordino einen verschwörerischen Blick zu.

»Ich wusste doch, dass ihr irgendwas damit zu tun habt«, rief Yeager lachend.

»Es geht eher um das Avarga Oil Consortium und Tolgoi Borjin. Al und ich haben ein paar seiner Anlagen gesehen. Er hat bereits Tanklager entlang der Grenze gebaut.«

»Schon beachtlich, wie schnell er den Schlüssel zum Schloss in die Finger bekommen hat«, sagte Giordino. »Er muss eine ziemlich gute Verhandlungsmasse zu bieten haben.«

»Oder Falschinformationen. Hiram, konntest du irgendwas mit den Sachen anfangen, die ich dir gefaxt habe?«

»Max und ich haben eine Nachtschicht eingelegt und ausgegraben, was wir konnten. Dieser Typ und seine Firma sind ein ziemliches Rätsel. Finanziell gut ausgestattet, aber vorwiegend im Geheimen tätig.«

»Eine russische Kontaktperson hat etwas Ähnliches festgestellt«, sagte Giordino. »Was hast du über seine Ölgeschäfte rausgefunden?«

»Es gibt keinerlei Aufzeichnungen darüber, dass Avarga Oil tatsächlich Öl aus der Mongolei exportiert. Anderseits gibt's da aber auch nicht viel auszuführen. Soweit man weiß, haben sie nur eine Handvoll Ölquellen, die tatsächlich ausgebeutet werden.«

»Sie fördern also nicht genug, um Chinas Bedarf auch nur annähernd zu decken beziehungsweise den irgendeines anderen Landes?«

»Es gibt keinerlei Hinweise. Das Komische ist, dass wir auf eine ganze Reihe von Verträgen mit westlichen Firmen gestoßen sind, die technisches Gerät für die Ölgewinnung liefern. Nachdem die Ölpreise auf über hundertfünzig Dollar pro Barrel angestiegen sind, besteht eine gewaltige Nachfrage nach neuen Explorationen und Aufschlussbohrungen. Die Zulieferbetriebe kommen nicht mehr nach. Doch Avarga war allen anderen zuvorgekommen. Offenbar haben sie in den letzten drei Jahren gewaltige Mengen an Spezialbohrgeräten und Zubehör für Pipelines gekauft, die allesamt in die Mongolei verfrachtet wurden.«

»Einen Teil davon haben wir hier in Ulan-Bator gefunden.«

»Das einzige Gerät, bei dem wir passen mussten, war die Tunnelbohrmaschine. Wir fanden lediglich einen Vermerk, dass der betreffende Bautyp ins Ausland ging und nach Malaysia exportiert wurde.«

»Vielleicht eine Briefkastenfirma von unseren Freunden bei Avarga Oil?«, wandte Pitt ein.

»Vermutlich. Dieser spezielle Typ, den ihr gesehen habt, wurde für den Bau von unterirdischen Pipelines in geringer Tiefe konstruiert. Bestens geeignet also für Ausschachtungen im weichen Sand der Wüste Gobi. Allerdings konnte ich nicht feststellen, woher Borjin die Mittel hat, um all diese Geräte zu kaufen, denn über große Einnahmen verfügt er offensichtlich nicht«, sagte Yeager.

»Dschingis Khan bezahlt die Zeche«, erwiderte Pitt.

»Den Witz kapier ich nicht.«

»Es stimmt aber«, sagte Giordino. »Er liegt im Hinterhof dieses Typen.«

Während Giordino Gunn und Yeager von dem Grabmal in Borjins Hof und der Entdeckung von Hunts Tagebuch in der zerschellten Fokker berichtete, holte Pitt ein zehnseitiges Fax heraus, das er von Perlmutter erhalten hatte.

»St. Julien bestätigt es weitgehend«, sagte Pitt. »Sotheby's und andere große Auktionshäuser beziehen seit acht Jahren ständig Lieferungen bedeutender asiatischer Kunst- und Gebrauchsgegenstände aus dem zwölften und dreizehnten Jahrhundert.«

»Beutegut, das mit Dschingis Khan begraben wurde?«, fragte Gunn.

»Im Wert von über hundert Millionen Dollar. Perlmutter teilt mit, dass sämtliche Artefakte aus Gegenden stammen, die Dschingis Khan bis zu seinem Tod erobert hat. Das passt ins Bild, und die Quelle ebenfalls. Die Gegenstände wurden ausnahmslos von einer zwielichtigen malaysischen Firma namens Buryat Trading Company geliefert.«

»Das ist die gleiche Firma, die auch die Tunnelbohrmaschine gekauft hat«, rief Yeager.

»Die Welt ist klein, was? Hiram, vielleicht könnt ihr euch, du und Max, diese malaysische Briefkastenfirma mal genauer ansehen, wenn wir fertig sind.«

»Na klar. Aber ich glaube, wir sollten auch über das deutsche Zeug reden, das du mir geschickt hast.«

»Ach ja, die auf deutsch geschriebenen Unterlagen. Habt ihr irgendwas rausgefunden?«

»Was die Unterlagen betrifft, nicht viel. Wie du ja angemerkt hast, handelt es sich um die ersten Seiten einer technischen Bedienungsanleitung. Hast du sie in Verbindung mit einem großen Elektrogerät gefunden?«

»In einem Zimmer voller Computer, die an einen drei Meter hohen Dreifuß aus miteinander verbundenen Röhren angeschlossen waren. Irgendeine Ahnung, was das sein könnte?«

»Für eine genaue Bestimmung seiner Funktion waren nicht genügend Anhaltspunkte vorhanden. Es handelte sich lediglich um Bedienungsanleitungen für eine seismisch-akustische Vorrichtung.«

»Kannst du das so übersetzen, dass man es versteht?«, fragte Giordino.

»Größtenteils experimentelles Zeug. Von Wachter ist offenbar technologisch einen großen Schritt vorangekommen.«

»Wer ist von Wachter?«, fragte Pitt.

»Dr. Friedrich von Wachter. Ein bedeutender Elektroingenieur und Professor an der Universität Heidelberg. Bekannt für seine Forschungen auf dem Gebiet der akustischen und seismischen Darstellung. Max ist darauf gekommen, dass ein Zusammenhang zwischen von Wachter und der seismisch-akustischen Vorrichtung bestehen könnte. In einer seiner letzten Veröffentlichungen ging es um die theoretische Anwendung eines parametrischen akustischen Geräts zur Darstellung von Gesteinsschichten.«

Gunn nahm sich noch einen Kaffee, während sie Yeagers Ausführungen zuhörten.

»Die Sache ist zwar noch etwas undurchsichtig, aber offenbar hat Dr. von Wachter ein funktionierendes Gerät zur seismisch-akustischen Darstellung entwickelt«, sagte er. »Wie ihr wisst, verwendet man bei der Suche nach Erdölvorkommen seismische Wellen, die durch Sprengungen, Fallgewichte oder Schwingermaschinen künstlich erzeugt werden, sich in den verschiedenen Gesteinen unterschiedlich schnell ausbreiten und an den Schicht- und Verwerfungsgrenzen gebrochen werden. Diese gebrochenen beziehungsweise zurückgeworfenen Wellen werden mit Geo- oder Hydrophonen in Seismogrammen ausgewertet, anhand derer sich per Computer der geologische Aufbau der Erdkruste darstellen lässt.«

»Klar. In der Meeresforschung benutzt man ein Luftgewehr zum Erzeugen von Schockwellen«, sagte Giordino.

»Von Wachter hat offenbar elektronische Mittel zur Erzeugung von Schallwellen entwickelt, sodass Sprengstoff überflüssig ist. Das akustische Gerät erzeugt, wenn ich das richtig verstanden habe, ein Schallbombardement im hohen Frequenzbereich, das sich in Form von seismischen Wellen im Boden fortpflanzt.«

»Wir haben aber bei der Erkundung mit Sonargeräten die Erfahrung gemacht, dass Hochfrequenzwellen nicht so weit eindringen, dass man im Tiefengestein etwas ›sehen‹ kann«, warf Giordino ein.

»Das stimmt. Die meisten Wellen werden nahe der Oberfläche gebrochen. Offenbar kann man mit von Wachters Gerät ein stärkeres und konzentrierteres Bombardement erzeugen, was wiederum dafür sorgt, dass ein großer Prozentsatz der Wellen tief eindringt. Den Angaben im Handbuch wie auch deiner Beschreibung des Gerätes nach zu schließen, verwendet von Wachter drei große Vorrichtungen zum Aussenden der Schallwellen.«

»Jede Wette, dass sie Dschingis auf diese Weise gefunden haben«, stellte Pitt fest. »Vermutlich war er zusammen mit Khubilai Khan und anderen verwandten Herrschern an einem geheimen Ort in den Bergen begraben.«

»Und offensichtlich verwenden sie es auch für die Suche nach Öl«, fügte Gunn hinzu.

»Eine wertvolle Technologie, für die Ölfirmen ein Vermögen hinlegen«, sagte Giordino. »Dr. von Wachter muss ein reicher Mann sein.«

»Leider ist er ein toter Mann. Er und eine Reihe deutscher Ingenieure kamen vor gut einem Jahr bei einem Erdrutsch in der Mongolei ums Leben.«

»Warum kommt mir das so verdächtig vor?«, fragte Giordino.

»Ich muss wohl nicht hinzufügen, dass sie seinerzeit für das Avarga Oil Consortium tätig waren«, sagte Yeager.

»Borjin hat also noch mehr Blut an den Händen«, stellte Pitt fest, ohne überrascht zu sein. Mittlerweile traute er Avarga Oil und seinem Leiter Tolgoi Borjin so gut wie jede Schandtat zu.

»Aber das passt alles nicht zusammen«, sagte Giordino. »Ein

seismisches Erkundungsteam ermordet, ein weiteres entführt. Eine Tunnelbohrmaschine, Spezialbohrgeräte, eine riesige getarnte Tankanlage mitten in der Wüste. Nach Aussage unseres Hirtenfreundes Tsengel nur eine von mehreren. Alle durch unterirdische Pipelines miteinander verbunden. Aber offensichtlich keinerlei Förderung. Warum also?«

Einen Moment lang kehrte Stille ein, während alle fieberhaft nachdachten. Dann blickte Pitt auf, als wäre ihm soeben eine Idee gekommen.

»Weil sie dort, wo das Öl ist, nicht bohren können«, sagte er.

»Borjin hat doch in der Mongolei vermutlich so viele Leute geschmiert, dass er überall bohren kann, wo er will«, konterte Giordino.

»Aber angenommen, das Öl befindet sich gar nicht in der Mongolei.«

»Natürlich«, sagte Gunn, der plötzlich begriff. »Er hat in China Öl gefunden, genauer gesagt, in der Inneren Mongolei. Aber ich würde gern wissen, wie er die Chinesen dazu überredet hat, das Gebiet zurückzugeben.«

»Die sind übel dran«, sagte Yeager. »Durch die Erdbeben am Persischen Golf und den Brand an ihrem wichtigsten Ölhafen in der Nähe von Shanghai hat China über Nacht die Hälfte seiner Ölimporte verloren. Sie sind in einer verzweifelten Lage und dementsprechend auch zu irrationalem Verhalten fähig, wenn sie damit für rasche Abhilfe sorgen können.«

»Das würde auch die Tanks an der Grenze erklären. Vielleicht haben sie bereits heimlich Quellen in der Inneren Mongolei erschlossen, aus denen sie das Öl zum einen oder anderen Tanklager pumpen«, vermutete Pitt. »Die Chinesen bekommen lediglich mit, dass die Mongolei Öl ausführt, ohne zu wissen, dass es aus ihrem eigenen Hinterhof stammt.«

»Ich möchte nicht auf dieser Seite der Großen Mauer sein, wenn dieser Schwindel auffliegt«, sagte Gunn.

»Das könnte auch eine Erklärung dafür sein, weshalb Borjin

das Explorationsteam am Baikal entführt hat«, sagte Giordino. »Vermutlich brauchte er deren Fachkenntnisse, um festzustellen, wo er bohren muss, damit er möglichst rasch Öl fördern kann.«

»Meiner Ansicht nach hätte er sich die Fachleute auch auf dem freien Markt besorgen können«, wandte Yeager ein.

»Möglicherweise. Aber vermutlich wollte er nicht riskieren, dass irgendetwas über die Lage dieser Ölvorkommen durchsickert.«

»Vielleicht lässt er sie frei, nachdem sein Deal mit den Chinesen unter Dach und Fach ist«, sagte Gunn.

»Unwahrscheinlich«, erwiderte Pitt. »Sie haben Roy bereits ermordet, und uns wollten sie ebenfalls umbringen. Nein, ich fürchte, sie sind so gut wie tot, sobald sie Borjin die Auskünfte liefern, die er von ihnen haben will.«

»Hast du dich schon mit der amerikanischen Botschaft in Verbindung gesetzt? Wir brauchen Unterstützung von Seiten der Politik, wenn wir sie retten wollen«, sagte Gunn.

Pitt und Giordino warfen sich einen verschwörerischen Blick zu.

»Mit Diplomatie kommen wir in diesem Fall nicht weiter, Rudi«, sagte Giordino. »Borjin hat zu viel Unterstützung. Unsere russischen Freunde haben es auf diesem Weg auch schon vergeblich versucht, und die haben in diesem Teil der Welt mehr Einfluss als wir.«

»Aber irgendetwas müssen wir unternehmen«, konterte er.

»Tun wir doch«, sagte Pitt. »Wir rücken ihnen auf die Pelle.«

»Das könnt ihr nicht machen. Wenn ihr im Namen der US-Regierung gegen sie vorgeht, sorgt ihr möglicherweise für einen Zwischenfall von internationaler Tragweite.«

»Nicht, wenn die US-Regierung nichts davon weiß. Außerdem rücken nicht nur Al und ich an. Du kommst ja mit.«

Gunn wurde blass, so als wäre ihm auf einmal übel geworden.

»Ich wusste doch, dass ich in Sibirien hätte bleiben sollen«, murmelte er.

42

Yeager beendete gerade das Gespräch in die Mongolei, als Dr. McCammon die Datenverarbeitungszentrale der NUMA betrat. Max wandte sich von der anderen Seite der hufeisenförmigen Konsole aus an den Meeresgeologen und lächelte.

»Guten Abend, Dr. McCammon«, sagte sie. »Machen Sie Überstunden?«

»Äh, guten Abend«, erwiderte McCammon, der nicht recht wusste, wie er sich einem computergestützten Hologramm gegenüber verhalten sollte. Nervös wandte er sich ab und begrüßte Yeager.

»Hallo, Hiram. Langer Tag?«, fragte er, als er bemerkte, dass Yeager die gleichen Sachen trug wie tags zuvor.

»Sehr lang«, erwiderte Yeager und unterdrückte ein Gähnen. »Eine späte Anfrage vom Boss hat uns schwer beschäftigt. Wir hatten schon vor Stunden mit dir gerechnet.«

»Ein paar unerwartete Besprechungen haben mich den Großteil des Tages gekostet. Ich nehme an, du bist noch nicht dazu gekommen, die Daten vom Erdbebencenter abzurufen«, fragte McCammon.

»Unsinn«, erwiderte Yeager leicht unwirsch. »Max kann viele Aufgaben gleichzeitig erledigen.«

»Genau«, warf Max ein. »Und zumindest ein paar von uns bewahren dabei sogar Haltung.«

»Wir haben haben uns die Daten letzte Nacht besorgt«, fuhr Yeager fort, ohne auf den Kommentar einzugehen. »Und heute Morgen in aller Frühe haben wir dein Programm laufen lassen. Max«, sagte er an das Ebenbild seiner Frau gewandt, »drucke bitte die Ergebnisse für Dr. McCammon aus. Und wenn du schon mal dabei bist, kannst du auch gleich mündlich über unsere Feststellungen berichten.«

»Natürlich«, erwiderte Max. Ein großer Laserdrucker an der Seitenwand des Raumes fing leise surrend mit dem Ausdrucken an, während sich Max ihre Worte zurechtlegte.

»Die Daten, die wir vom nationalen Erdbebeninformationscenter erhalten haben, gaben die weltweiten seismischen Aktivitäten im Laufe der letzten fünf Jahre wieder, darunter auch die beiden schweren Beben, die vor Kurzem den Persischen Golf erschütterten. Ich habe Ihr Programm durchlaufen lassen, in dem die beiden Erdbeben analysiert werden, und dann die augenfälligsten Gemeinsamkeiten über eine Filtersoftware mit der gesamten Datei abgeglichen. Interessanterweise stieß ich bei beiden Beben auf mehrere ziemlich einmalige Eigenschaften.«

Max legte eine Kunstpause ein und trat einen Schritt näher zu Yeager und McCammon, bevor sie fortfuhr.

»In beiden Fällen handelte es sich um Beben in äußerst geringer Tiefe, da die Epizentren nur knapp drei Kilometer unter der Erdoberfläche lagen. Dies haben sie mit den meisten oberflächlichen Beben gemein, die sich für gewöhnlich in einer Tiefe von fünf bis fünfzehn Kilometern ereignen.«

»Das ist aber ein großer Unterschied«, sagte McCammon.

»Weniger bedeutsam ist jedoch, dass es sich in beiden Fällen um tektonische Beben handelte, die nicht durch Vulkanismus ausgelöst wurden. Und wie Sie wissen, waren es schwere Beben mit einer Stärke von über 7,0 auf der Richter-Skala.«

»Sind zwei Beben mit einer derartigen Magnitude nicht ziemlich selten?«, fragte Yeager.

»Es ist schon ein bisschen ungewöhnlich, aber durchaus möglich«, sagte McCammon. »In Los Angeles würde ein Erdbeben dieser Stärke großes Aufsehen erregen, aber Tatsache ist, dass sich irgendwo auf der Welt Beben mit einer Magnitude von 7,0 oder mehr durchschnittlich einmal im Monat ereignen. Da die meisten in unbesiedelten Gegenden oder untermeerisch auftreten, erfahren wir nicht viel davon.«

»Ganz recht«, warf Max ein. »Allerdings ist es – rein statistisch gesehen – doch sehr ungewöhnlich, dass sich zwei Beben dieser Stärke auf einem derart begrenzten Gebiet ereignen.«

»Irgendwelche anderen Gemeinsamkeiten, Max?«, fragte Yeager.

»Ja. Obwohl sich das nur schwer ermessen lässt, scheinen die Schäden, die bei beiden Beben entstanden, von der Größenordnung her nicht ganz angemessen zu sein. In beiden Schüttergebieten wurden erhebliche Gebäudeschäden verzeichnet, die die von ähnlich starken Beben bekannte Norm deutlich überschreiten. Die tatsächlichen Schäden entsprechen eher denen, die ein Beben mit einer Magnitude von 8,0 verursacht.«

»Anhand der Richter-Skala lässt sich die Zerstörungsgewalt eines Bebens nicht immer genau ermessen«, stellte McCammon fest, »vor allem, wenn es sich in nur geringer Tiefe ereignet. In diesem Fall haben wir es mit zwei Beben im oberen Erdmantel zu tun, die sich als hochgradig zerstörerisch erwiesen. Die Stärke an der Erdoberfläche wird wahrscheinlich viel größer gewesen sein, als die Einstufung anhand der Magnitude verrät.«

Max runzelte kurz die Stirn, während sie ihre Dateien durchging, dann nickte sie McCammon zu.

»Sie haben völlig recht, Doktor. Die primären seismischen Wellen waren von der Größenordnung her bei beiden Beben wesentlich schwächer als die Oberflächenwellen.«

»Sonst noch etwas, Max?«, fragte McCammon, der sich im Beisein der Holographie allmählich etwas wohler fühlte.

»Ja, noch ein letzter Aspekt. Bei beiden Erdbeben wurden zunächst schwächere P-Wellen aufgezeichnet, bevor die tatsächlichen Erschütterungswellen auftraten.«

»Vermutlich sogenannte Vorläufer«, sagte McCammon. »Ganz und gar nicht ungewöhnlich.«

»Kann mir vielleicht jemand erklären, was es mit diesen Oberflächen- und P-Wellen auf sich hat?«, fragte Yeager genervt.

Max schüttelte den Kopf. »Muss ich dir denn alles erklären? Das sind die Grundlagen der Seismologie. Bei einem herkömmlichen tektonischen Beben entstehen dreierlei Wellen, bei denen unterschiedliche Energie freigesetzt wird. Die ersten Vorläufer sind die sogenannten primären oder P-Wellen. Sie haben ähnliche Eigenschaften wie Schallwellen und laufen mit mittelhoher Geschwindigkeit durch festes Gestein und sogar durch das Erdinnere. Die langsameren zweiten Vorläufer sind sogenannte sekundäre oder S-Wellen. Die langsameren S-Wellen können quer zur Ausbreitungsrichtung verlaufen und führen zu schweren horizontalen und vertikalen Bodenverwerfungen. Die langsamsten, aber ernergiereichsten Oberflächen- oder L-Wellen schließlich verlaufen an der Erdoberfläche und richten die eigentlichen Schäden an.«

»Aha«, sagte Yeager. »Dann gibt es also drei grundverschiedene Frequenzen, die vom Epizentrum eines Erdbebens ausgehen.«

»Genau«, sagte McCammon.

»Gibt es in der Gegend, in der sich die beiden Beben ereigneten, große Verwerfungslinien?«

»Am Persischen Golf stoßen zwei tektonische Platten aneinander, die Arabische und die Eurasische. Nahezu alle seismische Aktivität auf der Welt findet in vergleichsweise schmalen Zonen rund um aneinandergrenzende Platten statt. Die schweren Erdbeben, die sich in jüngerer Zeit im Iran, in Afghanistan und Pakistan ereigneten, weisen darauf hin, dass die beiden Beben am Golf nichts Außerwöhnliches waren, von der relativen Nähe einmal abgesehen.«

»Ich nehme an, dein Freund in Langley kann damit nicht allzu viel anfangen«, sagte Yeager.

»Ich kann es mir jedenfalls nicht vorstellen«, erwiderte McCammon. »Aber dank Max hat er jetzt zumindest jede Menge Daten.«

Als McCammon zum Drucker ging, um die Unterlagen zu holen, stellte Yeager dem Computer eine weitere Frage.

»Max, als du Phils Filterprogramm hast durchlaufen lassen, bist du da auf irgendwelche anderen Erdbeben mit den gleichen Parametern gestoßen?«

»O ja. Aber in einer graphischen Darstellung kann ich dir das besser zeigen, also wende dich bitte der Projektionswand zu.«

Auf einer großen weißen Leinwand hinter Max erschien eine farbige Weltkarte. Zwei rote Punkte, die die Epizentren der jüngsten Beben markierten, blinkten am Persischen Golf auf. Sekunden später leuchteten weitere Punkte auf, dicht an dicht gedrängt und auf ein Gebiet in Nordostasien konzentriert, gefolgt von einem weiteren Punkt etwas weiter nördlich. McCammon legte seine Papiere ab und trat vor die Karte.

»Vom nationalen Erdbebeninformationscenter wurden insgesamt vierunddreißig seismische Vorkommnisse mit ähnlichen Merkmalen wie bei den beiden Beben am Golf erfasst. Das jüngste ereignete sich vor über einer Woche in Sibirien«, sagte Max und deutete auf den einsamen roten Punkt.

Yeager riss erschrocken die Augen auf. »Und wo fanden diese Erschütterungen statt?«, fragte er.

»Hauptsächlich in der Mongolei. Fünfzehn Vorkommnisse in den Bergen östlich der Hauptstadt Ulan-Bator, zehn in der südmongolischen Provinz Dornogow und weitere neun in einem unmittelbar jenseits der Grenze zu China gelegenen Gebiet. Außerdem gab es ein Beben in Sibirien, am Baikalsee.«

»In der Mongolei«, murmelte Yeager und schüttelte ungläubig den Kopf. Langsam stand er auf, rieb sich die müden Augen und wandte sich dann an McCammon.

»Phil«, sagte er, »ich glaube, du, Max und ich, wir brauchen ein paar Tassen Kaffee.«

43

Summer hörte sich auf ihrem MP3-Player die neueste CD von Nils Lofgren an und summte fröhlich mit, während sie die Luftschläuche im Auge behielt, die sich über die Bordwand schlängelten. Allmählich aber langweilte sie sich und freute sich schon darauf, ins Wasser zu steigen und ebenfalls zu arbeiten. Sie stand auf und reckte sich, warf dann einen Blick auf die See und sah, wie das schwarze Schiff, das ihr zuvor schon aufgefallen war, Kahakahakea Point umrundete. Irgendetwas ließ ihr keine Ruhe, als sie verfolgte, wie es beidrehte und genau auf den Prahm der NUMA zuhielt.

»Bitte nicht noch mehr Mediengeier«, sagte sie laut und hoffte, dass ihr nicht noch eine weitere Reporterschar auf den Leib rückte. Doch ihr Argwohn nahm noch zu, und als sie das Schiff genauer betrachtete, wurde ihr klar, woran es lag.

Es war ein Bohrschiff, mit rund fünfzig Meter Länge jedoch verhältnismäßig klein. Außerdem war es mindestens dreißig Jahre alt und hatte schon bessere Zeiten erlebt. Rostschlieren zogen sich vom Speigatt aus über den Rumpf, Deck und Aufbauten waren voller Schmutz- und Schmierflecken. Doch es war weniger das Aussehen des Schiffes, das Summer beunruhigte. Was hatte ein Bohrschiff in hawaiianischen Gewässern verloren? Vor den Hawaii-Inseln gab es keine nennenswerten Ölvorkommen, und der Meeresboden fiel rasch auf über dreitausend Meter ab, sodass Offshore-Bohrungen ausgesprochen kostspielig waren.

Summer sah den weißen Schaum, den der verwitterte Bug durchschnitt, während das Schiff direkt auf sie zukam. Es war nur noch knapp eine Meile entfernt und machte keinerlei Anstalten, die Maschinen zu drosseln. Als es bis auf eine Viertelmeile heran war und noch immer mit voller Fahrt lief, warf Summer einen kurzen Blick zu dem behelfsmäßigen Mast, den sie auf der Wellblechhütte aufgestellt hatten. Eine rote Taucherflagge mit weißem Schrägstreifen flatterte in der Morgenbrise.

»Ich habe Taucher im Wasser, du Idiot«, fluchte sie, als das Schiff weiter schnurgerade auf sie zuhielt. Es war jetzt so nahe, dass sie zwei Gestalten auf der Brücke erkennen konnte. Sie ging rasch zur Reling, winkte und deutete auf die Taucherflagge. Das Schiff wurde langsamer, doch es näherte sich noch immer ziemlich unvorsichtig. Inzwischen war ihr klar, dass das Bohrschiff längsseits gehen wollte.

Summer stürmte in die Hütte, an deren Wand ein Seefunkgerät hing, stellte auf VHF Kanal 16 ein und griff zum Mikrofon.

»Nahendes Bohrschiff, hier NUMA-Prahm. Wir haben Taucher im Wasser. Ich wiederhole, wir haben Taucher im Wasser. Bitte Abstand halten, over.«

Ungeduldig wartete sie auf eine Antwort, doch nichts tat sich. Sie schlug einen etwas drängenderen Tonfall an und wiederholte die Durchsage. Wieder meldete sich niemand.

Inzwischen war das Bohrschiff nur noch wenige Meter entfernt. Summer rannte zurück zur Reling, brüllte zu dem Schiff hinüber und deutete auf die Taucherflagge. Das Schiff drehte bei, aber Summer erkannte sofort, dass es nicht wenden, sondern längsseits gehen wollte. Sie rechnete fast damit, eine Horde seekranker Reporter und Kameramänner an der Reling hängen zu sehen, und war umso überraschter, als sie feststellte, dass Steuerbord- und Achterdeck menschenleer waren. Einen Moment lang lief es ihr eiskalt über den Rücken.

Mit gekonntem Ruderschlag glitt das Schiff längsseits neben den Prahm, bis seine Steuerbordreling unmittelbar über dessen Bordwand aufragte. Dann wurden die diversen Strahlruder eingeschaltet, die es so genau auf Position hielten, als wäre es an dem Prahm vertäut.

Teils neugierig, teils besorgt betrachtete Summer das Schiff, das eine Minute lang längsseits lag, ohne dass sich etwas tat. Dann ertönte ein leiser Ruf aus den Aufbauten, und ein halbes Dutzend Männer kamen aus einer Tür gestürmt. Summer warf nur einen kurzen Blick auf sie: es waren lauter tough wirkende Asiaten, dann bekam sie es mit der Angst zu tun. Als die Männer zur Reling rannten und auf den Prahm sprangen, machte sie kehrt und stürmte zur Wellblechhütte. Sie spürte, dass jemand hinter ihr her war, drehte sich aber nicht um, als sie in die Hütte raste und zum Funkgerät griff.

»Mayday, Mayday, dies ist…«

Ihre Stimme erstarb, als zwei schwielige Hände das Funkgerät packten und samt Mikrofon und Anschlusskabel kurzerhand von der Wand rissen. Mit breitem Grinsen trat der Mann einen kurzen Schritt zur Seite, schleuderte das Funkgerät über die Reling und sah zu, wie es ins Wasser klatschte. Als er sich mit schmalem Lächeln zu Summer umdrehte und ihr seine schmutzig gelben Zähne zeigte, war er seinerseits fällig. Summer ging einen Schritt auf ihn zu und trat ihm mit aller Kraft in den Unterleib.

»Dreckskerl«, stieß sie aus, als der Mann auf ein Knie sank. Seine Augen traten aus den Höhlen, und Summer sah, dass er schwer angeschlagen war. Rasch trat sie einen Schritt zurück und holte zu einem weiteren Tritt aus, der ihn an der Schläfe traf. Der Angreifer brach zusammen und krümmte sich vor Schmerz.

Zwei andere Männer des Enterkommandos, die den K.O.-Schlag gesehen hatten, stürmten auf Summer zu und packten sie an den Armen. Verzweifelt versuchte sie sich loszureißen, bis einer der Männer ein Messer zückte, an ihre Kehle hielt und ihr irgendwas ins Ohr grunzte. Der andere fand ein Stück Seil, mit dem er ihre Handgelenke und Ellbogen fesselte.

Jetzt erst, da sie hilflos war, konnte Summer ihre Häscher genauer betrachten. Sie waren klein, aber stämmig gebaut, eindeutig Asiaten, mit hohen Wangenknochen und runderen Augen, als es bei Chinesen üblich war. Beide trugen schwarze T-Shirts und Arbeitshosen, und sie sahen aus, als wären sie harte Arbeit gewöhnt. Summer nahm an, dass es indonesische Piraten waren, aber was wollten sie von einem spartanischen Arbeitsschiff?

Als sie nach hinten blickte, krampfte sich mit einem Mal ihr

Magen zusammen. Zwei Männer des Enterkommandos hatten Äxte in der Hand, mit denen sie jetzt auf die Vertäuleinen am Heck einhieben. Mit zwei, drei Schlägen hatten sie die Taue gekappt und gingen dann zum Bug. Ein dritter Mann, der die beiden beaufsichtigte, hatte ihr den Rücken zugekehrt. Er kam ihr irgendwie bekannt vor, doch erst als er sich umdrehte und sie die lange Narbe an seiner linken Wange sah, erkannte sie Dr. Tong. Langsam kam er auf Summer zu und musterte die Geräte an Deck, während sich die beiden Holzfäller an den vorderen Ankerleinen zu schaffen machten.

»Hier gibt's keine Kunstwerke zu holen, Tong«, rief sie, als er näher kam. Mittlerweile war ihr klar geworden, dass er überhaupt kein Museumsdirektor war, sondern lediglich ein Kunsträuber.

Abschätzig betrachtete Tong die Geräte, ohne sie eines Blickes zu würdigen. Dann rief er dem Mann, den Summer auf die Planken geschickt hatte, etwas zu, worauf dieser sich aufrappelte und zu der Hütte humpelte, in der ein kleiner Generator summte. Er stemmte ihn hoch, wie vorher das Radio, und schmiss ihn über die Bordwand. Der kleine Benzinmotor gurgelte einmal auf, als er ins Wasser eintauchte, dann ging er aus. Anschließend warf er einen kurzen Blick auf die beiden Kompressoren, humpelte dann zum nächstbesten, musterte ihn kurz und suchte nach dem Schalter.

»Nein!«, rief Summer.

Hämisch grinsend wandte er sich Summer zu, als er die STOP-Taste gefunden hatte, und drückte dann mit dem Daumen darauf. Der Kompressor war augenblicklich ausgestellt.

»Da unten sind Männer, die mit Luft versorgt werden müssen«, flehte Summer.

Ohne sie zu beachten nickte Tong seinem Helfershelfer zu. Der Mann hinkte zum zweiten Kompressor, lächelte Summer ein weiteres Mal zu und schaltete ihn aus. Als der Motor mit einem leisen Jaulen erstarb, kam Tong zu Summer und baute sich vor ihr auf.

»Hoffentlich kann Ihr Bruder gut schwimmen«, zischte er.

Nun packte Summer eine unbändige Wut, die jede Angst verdrängte. Aber sie sagte nichts. Der Mann, der ihr ein Messer an die Kehle hielt, drückte fester zu, dann sagte er in einer fremden Sprache irgendwas zu Tong.

»Soll ich sie töten?«

Lüstern musterte Tong Summers straffen, braungebrannten Körper. »Nein«, versetzte er. »Schaff sie an Bord.«

Die beiden Holzfäller, die mittlerweile die Ankertaue gekappt hatten, kamen, die Äxte über die Schulter gelegt, auf Tong zu. Der Prahm trieb jetzt ab und wurde von der Strömung hinaus auf die See gezogen. Der Steuermann des Bohrschiffs bediente die Strahlruder per Hand und setzte ein Stück zurück, um längsseits neben dem Prahm zu bleiben, musste aber zugleich darauf achten, dass die beiden Schiffe nicht aneinanderstießen. Da er aber keinen festen Orientierungspunkt hatte, konnte er nicht verhindern, dass sich die beiden Rümpfe mehrmals mit einem dumpfen Scheppern streiften.

»Du da«, herrschte Tong einen der beiden Holzfäller an. »Mach das Gummiboot unbrauchbar.«

Am Bug des Prahms lag ein kleines Zodiac, für den Fall, dass sich das NUMA-Team mal an Land begeben musste. Der Mann mit der Axt ging hin und kappte mit zwei raschen Hieben die Vertäuleinen, dann zückte er ein an seinem Gürtel hängendes Messer und stieß es mehrmals in den aufgeblasenen Schwimmkörper, worauf die Luft zischend entwich. Sicherheitshalber stellte er das Boot auf und kippte es über die Reling. Das beschädigte Zodiac schaukelte noch ein paar Minuten auf dem Wasser, bis eine Woge über die Bordwand schwappte und es in die Tiefe zog.

Summer bekam von dem Zerstörungswerk nur wenig mit, da ihr Bewacher sie grob an die Reling stieß. Tausend Gedanken gingen ihr durch den Kopf. Sollte sie das Risiko eingehen und sich trotz des Messers, das ihr an die Kehle gedrückt wurde, zur Wehr setzten? Wie konnte sie Dirk und Jack helfen? Brachte es irgendetwas, wenn sie an Bord des Bohrschiffes ging? Doch all diese Fragen führten zu nichts. *Einen* Ausweg gab es allerdings, falls sie es irgendwie schaffte, ins Wasser zu gelangen. Selbst mit verbundenen Händen konnte sie diesen Verbrechern ihrer Meinung nach mühelos davonschwimmen. Wenn sie über die Bordwand sprang und unter dem Prahm hindurch zur anderen Seite tauchte, waren sie vielleicht so sauer, dass sie von ihr abließen. Und vielleicht konnte sie Dirk und Jack an Bord helfen und gemeinsam mit ihnen Widerstand leisten. Wenn ihnen nichts zustieß.

Summer versuchte es mit einem Täuschungsmanöver, gab jeden Widerstand auf und folgte den anderen Männern, als sie auf die Reling stiegen und sich an Bord des Bohrschiffes zogen. Der Mann mit dem Messer half ihr beim Hochklettern und hielt sie an den Ellbogen fest, worauf sich einer der Männer auf dem Schiff hinkniete und ihr die Hände entgegenstreckte, um sie an Bord zu hieven. Doch Summer tat so, als rutschte sie aus, bevor sie zugreifen konnte, keilte gleichzeitig mit dem rechten Fuß aus und traf mit der Ferse die Nase des Messerhelden. Das dumpfe Knirschen verriet ihr, dass sie ihm das Nasenbein gebrochen hatte. Doch sie drehte sich nicht zu ihm um, sondern zog den Kopf ein und sprang hinab in den schmalen Streifen Wasser zwischen den beiden Schiffen.

Einen Wimpernschlag lang schwebte sie in der Luft und wartete auf den Aufprall im kühlen Wasser. Doch dazu kam es nicht.

Unverhofft tauchte ein Händepaar über der Reling auf und bekam ihre Bluse und die Beine ihrer Shorts zu fassen. Statt senkrecht hinabzufallen, wurde sie zur Seite gerissen, prallte an die Reling und stürzte auf das Deck des Prahms. Im nächsten Moment wurde sie von den gleichen Händen wieder auf die Beine gezerrt. Es war Tong, wie sie jetzt feststellte, der für einen Mann, der gut einen Kopf kleiner war, erstaunliche Kräfte besaß.

»Du wirst an Bord gehen«, fauchte er sie an.

Der Schlag kam von links und erwischte sie, ehe sie ihn abblocken konnte. Sie sank in die Knie, als Tongs Faust ihre Kinnlade traf, Sterne tanzten vor ihren Augen, doch sie wurde nicht ohnmächtig. Benommen, wie sie war, wurde sie an Bord des Bohrschiffs gehievt und auf die Brücke geschleift, wo man sie in einen kleinen Stauraum hinter dem Ruderhaus sperrte.

Summer lag auf einer dicken Taurolle und hatte das Gefühl, die ganze Welt drehe sich vor ihren Augen. Dann wurde ihr übel und sie erbrach sich in einen rostigen Eimer. Sofort ging es ihr besser, worauf sie sich an einem kleinen Bullauge emporzog. Gierig atmete sie die frische Luft ein, bis sie wieder klar sehen konnte, und stellte dann fest, dass das Bohrschiff an der gleichen Stelle der Bucht lag, an der auch der Prahm vertäut gewesen war.

Der Prahm. Sie reckte den Kopf und entdeckte schließlich das braune Boot, das bereits über eine Meile weit entfernt war und auf die offene See trieb. Sie kniff die Augen zusammen und hielt Ausschau nach Dirk und Jack. Doch sie waren nirgendwo an Deck zu sehen.

Der Prahm trieb ohne sie aufs Meer hinaus.

44

Dirks Arme fühlten sich wie Spaghetti an, nachdem er den Airlift ein ums andere Mal gegen den Widerstand des Wassers vorangewuchtet und in Position gebracht hatte. Obwohl Dahlgren ihn ein paar Mal abgelöst hatte, plagte er sich schon über eine Stunde mit dem unter Druck stehenden Schlauch ab. Eine mühselige Arbeit, zumal auch noch die Ebbe eingesetzt hatte und das Oberflächenwasser mit fast zwei Knoten seewärts ablief. Auf dem Grund war die Strömung zwar deutlich schwächer, aber den Airlift halbwegs ruhig über der abzusaugenden Stelle zu halten, war so schwierig, als wollte man einen Flaggenmast auf einer Stecknadelspitze balancieren.

Dirk warf einen Blick auf seine Taucheruhr, während er den Airlift ein paar Zentimeter weiterwuchtete. Nur noch fünfzehn Minuten bis Schichtende, danach kam eine Pause, in der er sich von der eintönigen Arbeit erholen konnte. Er kam langsamer voran, als er gehofft hatte, aber immerhin hatte er ein knapp zwei Meter durchmessendes Quadrat freigelegt. Das verkrustete Holz war dick, aber flach – und entsprach von der Form her einem Schiffsruder. Nur die Größe war etwas verblüffend. Dahlgren hatte mit seiner Sonde einen über fünf Meter langen Gegenstand abgesteckt – ein gewaltiges Ausmaß für ein Ruderblatt.

Er verfolgte die zur Oberfläche aufsteigenden Luftblasen und warf einen erneuten Blick auf den Kiel des großen schwarzen Schiffes, das neben dem Prahm lag. Er und Dahlgren hatten unter Wasser das Grollen der Maschinen gehört, als das Schiff näher gekommen war, und erstaunt zugesehen, wie der dunkle Rumpf kurzerhand längsseits ging. Sie hatten bemerkt, wie die Strahlruder eingeschaltet wurden, die das Schiff in Position hielten, und waren zunächst erleichtert gewesen, dass der Idiot keinen Anker auswarf. Ein weiteres Filmteam, das zu viel Geld hatte, vermutete Dirk. Wahrscheinlich kam demnächst eine Schar Taucher mit Unterwasserkameras herunter, um den Fund zu dokumentieren. Hurra, dachte er spöttisch.

Dann verdrängte er seinen Unmut und konzentrierte sich wieder auf die Arbeit mit dem Airlift. Als er den Schlauch an einem kleinen Hügel ansetzte, bemerkte er, dass kein Sand angesaugt wurde. Und dann wurde ihm bewusst, dass das Gerät gar nicht mehr vibrierte und das Rauschen der hindurchströmenden Pressluft verstummt war. Summer musste den Airlift abgeschaltet haben, was wiederum hieß, dass sie aus irgendeinem Grund auf den Prahm zurückkehren sollten – es sei denn, der Kompressor hatte kein Benzin mehr. Er hielt einen Moment lang inne und beschloss, erst einmal abzuwarten, ob Summer den Motor wieder anwarf, bevor er auftauchte.

Ein paar Meter weiter stieß Dahlgren seine Sonde in den feinen Sand. Aus dem Augenwinkel nahm Dirk wahr, dass er plötzlich aufstieg. Aber irgendetwas stimmte nicht, und als Dirk sich zu ihm umwandte, sah er, dass Dahlgren die Sonde fallen gelassen hatte und die Hände um Tauchbrille und Luftschlauch schlang, während seine Beine herabhingen. Und dann wurde ihm klar, dass Dahlgren wie eine Marionette nach oben gezogen wurde.

Ehe er reagieren konnte, wurde ihm der Airlift aus den Händen gerissen und schoss auf Dahlgren zu. Als Dirk nach oben blickte, sah er gerade noch, wie sich sein Luftschlauch straffte, dann wurde auch er ruckartig hochgezogen.

»Was zum…«, stieß er aus, doch dann verklangen seine Worte. Er wollte eintatmen und bekam nach einem kurzen Zug keine Luft mehr. Der Kompressor, der sie mit Luft versorgte, war ebenfalls abgestellt worden. Genau wie Dahlgren griff auch er nach dem Schlauch, damit er ihn nicht weiter herumschleifte und er möglicherweise vom Helm gerissen wurde. Neben ihm peitschte der Airlift wie ein außer Rand und Band geratenes Pendel durch das Wasser. Das dicke Plastikrohr kam auf ihn zu, schlug an sein Bein und schoss dann in die andere Richtung davon. Ohne Luftzufuhr, herumgezerrt wie eine Stoffpuppe und vom Airlift durchgeprügelt, sah sich Dirk einer Vielzahl von Gefahren ausgesetzt – eine Lage, in der viele Taucher in Panik verfallen wären. Und von da an wäre es nur noch ein kurzer Schritt zu einem nassen Tod gewesen.

Dirk geriet jedoch nicht in Panik. Er war seit seiner Kindheit ein leidenschaftlicher Taucher. Ein Ausfall der Geräte war für ihn nichts Neues. Bei Tauchgängen in seichten Gewässern hatte er die Pressluftflasche schon oft bis auf den letzten Atemzug geleert. In einem Notfall, ob unter Wasser oder sonstwo, sagte er sich, kommt es vor allem darauf an, die Ruhe zu bewahren und logisch zu denken.

Zuallererst brauchte er Luft. Im ersten Moment wollte er auftauchen, doch das war gar nicht notwendig. Auch wenn sie von oben mit Luft versorgt wurden, hatten alle Taucher eine kleine

Pressluftflasche für den Notfall dabei. »Ponytank« wurde sie genannt, war kaum größer als eine Thermosflasche und enthielt für zehn Minuten Luft. Dirk hielt den Luftschlauch mit einer Hand fest, griff mit der anderen unter seinen linken Arm, wo der Ponytank an der Tarierweste befestigt war, drehte das oben liegende Ventil auf und holte durch den Lungenautomaten Luft. Nach zwei, drei tiefen Atemzügen spürte er, wie sich sein Herzschlag beruhigte.

Er dachte sofort an Dahlgren, der ja ebenfalls von oben mit Luft versorgt worden war. Knapp zehn Meter vor sich sah er einen Blasenstrom aus Dahlgrens Helm aufsteigen und wusste, dass auch er aus der Reserveflasche atmete. Aber der Airlift war Dahlgren gefährlich nahe gekommen und peitschte jetzt unmittelbar hinter ihm durchs Wasser. Das elastische Rohr, das zum Abluftstutzen auf dem Prahm führte, bog sich unter der Last des Wassers, spannte sich wie eine Feder und schnellte dann wie ein Schnipsgummi los. Dirk sah, wie er sich hinter Dahlgren bedrohlich spannte, und winkte seinem Freund zu. Doch der Texaner zog sich an seinem Luftschlauch hoch und sah weder den Airlift noch Dirks Warnzeichen. Im nächsten Augenblick peitschte das Rohr nach vorn, schoss zu Dirks Entsetzen wie ein Pfeil auf Dahlgren zu und traf ihn am Hinterkopf, unmittelbar unter dem Tauchhelm. Als er abprallte, erschlaffte Dahlgren.

Dirk verfluchte sich, als er spürte, dass sein Herz wieder schneller schlug. Er bemerkte, dass der Meeresboden abfiel und sie schneller durchs Wasser gezogen wurden. Oben war ein ablandiger Wind aufgekommen, der den plumpen Prahm gemeinsam mit dem Ebbstrom mit mehr als vier Knoten vor sich her schob. Unterdessen fragte sich Dirk, warum der verdammte Kahn abtrieb, und wo – zum Teufel noch mal – Summer steckte. Dann wandte er sich Dahlgren zu. An ein Auftauchen war nicht zu denken. Erst musste er sich um Dahlgren kümmern und feststellen, ob er noch atmete.

Wild entschlossen hangelte er sich am Luftschlauch entlang.

Seine müden Arme schmerzten bei jedem Zug, zumal er auch noch den fünfzehn Kilo schweren Bleigurt umgeschnallt hatte. Aber er wollte ihn noch nicht abwerfen, da er in der gleichen Tiefe wie sein Freund bleiben musste.

Wie ein Bergsteiger zog er sich auf drei Meter an Dahlgren heran, als ihm der wild gewordene Airlift erneut in die Quere kam. Das dicke Rohr schoss auf ihn zu und verpasste ihn nur um Armeslänge, peitschte nach Dahlgren aus, bog sich wieder durch und sprang zurück. Diesmal streckte Dirk den Arm aus und bekam es zu fassen, als es an ihm vorbeizischte. Um ein Haar hätte es ihm die Flossen von den Füßen gerissen, als er es mit den Beinen umklammerte und auf ihm durchs Wasser jagte, als ritte er einen bockenden Bronco. Vorsichtig zog er sich nach oben, wo das Rohr mit einem dicken Gummischlauch verbunden war, und zückte ein kleines Tauchermesser, das er ans Bein geschnallt hatte. Dirk stieß die Klinge in den Schlauch und säbelte mit aller Kraft drauflos, während das Rohr unter ihm auskeilte und um sich hieb. Bis es endlich nach einem letzten Schnitt abriss und in die Tiefe sank, worauf Dirk herabglitt und ihm zum Abschied einen Tritt versetzte.

Jetzt, da die wild gewordene Dampframme aus dem Weg war, wandte sich Dirk wieder Dahlgren zu. Da er beim Kampf mit dem Airlift den Luftschlauch loslassen musste, war er wieder fast zehn Meter von Dahlgren abgetrieben worden. Sein Freund, der von dem an seinem Nacken befestigten Schlauch durchs Wasser gezogen wurde, sah aus wie ein nasser Lappen. Mit stechenden Armen hangelte sich Dirk erneut zu ihm hin, Zentimeter um Zentimeter, bis er auf gleicher Höhe war. Er schlang sich den Schlauch in einem Palstek um die Taille, schwamm dann mit einem kurzen Flossenschlag zu seinem Freund und hielt sich an dessen Tarierweste fest, zog sich hoch und schaute durch Dahlgrens Tauchbrille.

Dahlgren hatte die Augen geschlossen und war offensichtlich bewusstlos. Aber er atmete, wie der dünne Blasenstrom verriet, der alle paar Sekunden aus dem Lungenautomaten aufstieg. Er hielt Dahlgren mit einer Hand fest, löste mit der anderen seinen Bleigurt und drückte auf den Inflatorknopf an seiner Tarierweste. Die wenige Luft, die sich noch in seinem Ponytank befand, strömte jetzt in die Weste und blies sie halb auf. Doch das reichte, um sie nach oben zu befördern, zumal Dirk den Aufstieg mit kräftigen Flossenschlägen unterstützte.

Kaum waren sie oben, als sie wieder unter Wasser gezogen wurden, wie gestürzte Wasserskifahrer, die das Seil nicht loslassen. Im nächsten Moment tauchten sie wieder auf und wurden erneut nach unten gezerrt. Während sie durch die Dünung geschleift wurden, griff Dirk nach unten und warf Dahlgrens Bleigurt ab und schaffte es dann sogar, seinen Helm abzunehmen. Als sie auftauchten, holte er tief Luft, ergriff das Mundstück von Dahlgrens Tarierweste, drückte auf das Daumenventil, sobald sie wieder unter Wasser gezogen wurden, und blies hinein. Nach ein paar Runden war Dahlgrens Weste prall gefüllt und sorgte für weiteren Auftrieb.

Da er Angst hatte, sein Freund könnte durch das ständige Rucken Kopf- oder Nackenverletzungen davontragen, holte er den Luftschlauch ein paar Zentimeter ein, zog ihn durch einen D-Ring an Dahlgrens Tarierweste und verknotete ihn. Damit war er sicher vertäut, solange der Schlauch nicht riss.

Nachdem er sich davon überzeugt hatte, dass Dahlgren halbwegs über Wasser blieb, griff er nach seinem eigenen Luftschlauch und hangelte sich zum Prahm. So hundemüde er nach dem langen Aufenthalt im Wasser auch war, er musste jetzt unbedingt an Bord, auch wenn noch einmal mehr als zehn Meter vor ihm lagen. Mit letzter Kraft kämpfte er sich langsam voran, musste sich regelrecht zwingen, den Schmerz zu verdrängen, die Versuchung zu unterdrücken und einfach loszulassen. Stattdessen setzte er eine Hand vor die andere und zog sich weiter, ein ums andere Mal, ohne auch nur einmal innezuhalten.

Dann blickte er zum ersten Mal zu dem Schiff auf und hoffte Summer an der Reling stehen zu sehen. Doch weder sie noch sonst jemand befand sich auf dem offenen Deck. Dirk wusste, dass seine Schwester ihn niemals freiwillig im Stich ließe. Irgendetwas musste passiert sein, als das schwarze Schiff längsseits gegangen war, und Dirk befürchtete das Schlimmste. Die Sorge, gepaart mit Wut, verlieh ihm neue Kräfte, und wie besessen hangelte er sich die letzten Meter voran.

Als er endlich die Bordwand erreichte, zog er sich hoch, kroch unter der Reling hindurch und ließ sich aufs Deck fallen. Er gönnte sich nur ein paar Sekunden Pause, streifte dann Flossen und Tarierweste ab, rief Summers Namen und suchte das Deck nach ihr ab. Als er keine Antwort erhielt, stand er auf, ergriff Dahlgrens Luftschlauch und holte ihn ein. Der Texaner verschwand ein paar Sekunden unter Wasser, als eine größere Welle über ihn hinwegrollte, dann tauchte er wieder auf. Allmählich aber kam er wieder zu Bewusstsein, bewegte sogar langsam Arme und Beine und versuchte vergeblich vorwärtszukommen. Dirk, der seine Arme kaum noch spürte, zog ihn zum Prahm und schlang den Luftschlauch um die Reling, dann beugte er sich hinab, bekam den Kragen von Dahlgrens Tarierweste zu fassen und hievte ihn an Bord.

Dahlgren wälzte sich aufs Deck, dann setzte er sich mühsam auf, nahm den Helm unbeholfen ab und sah Dirk mit glasigen Augen an. Er griff an seinen Nacken und zuckte zusammen, als seine Finger auf die baseballgroße Beule stießen.

»Was, zum Geier, ist da unten passiert?«, fragte er mit schwerer Zunge.

»Bevor oder nachdem der Airlift deinen Schädel als Sandsack benutzt hat?«, erwiderte Dirk.

»Das Ding hat mich also erwischt. Ich weiß noch, dass ich plötzlich hochgerissen wurde, dann war die Luft weg. Ich habe meinen Ponytank aufgedreht und wollte grade aufsteigen, als das Licht ausging.«

»Du kannst froh sein, dass du die Notluft rechtzeitig angezapft hast. Hat ein paar Minuten gedauert, bis ich den Airlift gebändigt hatte und dich nach oben schaffen konnte. Und da ging's auch erst mal rund.«

»Danke, dass du mich nicht zurückgeworfen hast«, gab Dahlgren grinsend zurück. »Wo ist Summer? Und warum sind wir zwanzig Meilen vom Land entfernt?«, fragte er und deutete auf die zerklüftete Küste von Hawaii, die in der Ferne verschwand.

»Ich weiß es nicht«, erwiderte Dirk.

Während sich Dahlgren ausruhte, suchte Pitt das Deck und die Hütte ab, hielt Ausschau nach Spuren, die Summers Verschwinden erklären könnten. Als er zurückkehrte, sah ihm Dahlgren an der Miene an, dass er nichts Gutes zu berichten hatte.

»Das Funkgerät ist weg. Das Zodiac ist weg. Der Generator ebenfalls. Und sämtliche Vertäuleinen wurden gekappt.

»Und wir treiben nach China. Piraten vor Hawaii?«

»Oder Schatzjäger, die glauben, wir hätten Gold an Bord.« Dirk starrte zur Insel zurück. Die Bucht konnte er zwar nicht mehr sehen, aber er wusste, dass das schwarze Schiff noch dort lag.

»Das Schiff, das wir gehört haben?«, fragte Dahlgren, vor dessen Augen immer noch alles verschwamm.

»Ja.«

»Dann muss Summer an Bord sein.«

Dirk nickte schweigend. Wenn sie tatsächlich auf dem Schiff war, dann war sie möglicherweise heil davongekommen. Noch gab es Hoffnung. Doch die schwand mit jeder Minute, die sie weiter aufs Meer hinausgetrieben wurden. Sie mussten sich erst selbst helfen, bevor sie Summer helfen konnten. Wenn sie auf einem Prahm ohne eigenen Antrieb mitten auf dem Pazifik dahintrieben, konnte es wochenlang dauern, bis sie einem Schiff begegneten. Hoffentlich, dachte er grimmig, während er zusah, wie die Insel immer kleiner wurde, kommen wir so schnell wie möglich zur Küste zurück.

45

Der letzte Ort auf Erden, an dem Rudi Gunn sein wollte, war die Ladefläche eines russischen Lastwagens, der über eine unbefestigte Piste holperte. Doch genau dort befand er sich jetzt. Sein Rücken, der Hintern und die Beine schmerzten vom ständigen Stauchen und Rütteln. Bei jedem Schlagloch und jeder Querrinne schlugen seine Zähne derart heftig aufeinander, dass er meinte, die russischen Monteure hätten weder Stoßdämpfer noch Federn eingebaut.

»Die Aufhängung der Karre muss vom Marquis de Sade konstruiert worden sein«, murmelte er mit grimmiger Miene, als sie über eine Bodenwelle rumpelten.

»Nur die Ruhe.« Giordino, der am Lenkrad saß, grinste ihn an. »Das ist das gute Straßenstück.«

Gunn wurde leicht blass, als er feststellte, dass die Straße nur noch aus zwei von Wind und Wetter verschliffenen Fahrrillen bestand, die sich durchs hohe Steppengras zogen. Seit Mittag rumpelten sie schon durch das offene Land in Richtung Xanadu. Er musste sich auf Pitt und Giordino verlassen, die sich angeblich an die Strecke zu Borjins Landsitz erinnern konnten. Ein paar Mal jedoch konnten auch sie nur raten, welcher der zahllosen Fahrspuren sie durch das wellige Hügelland folgen sollten. Immerhin stießen sie auf einige vertraute Orientierungspunkte, und als sie sich der kleinen Bergkette im Südosten näherten, wussten sie, dass sie auf dem richtigen Weg waren.

»Noch zwei Stunden, Rudi«, sagte Pitt, der durch die Windschutzscheibe schaute und die Entfernung abschätzte. »Dann hast du das Schlimmste hinter dir.«

Gunn, der das leise Gefühl hatte, dass ihm das Schlimmste erst noch bevorstand, schüttelte schweigend den Kopf. Ein weiterer Anruf von Hiram Yeager, der kurz vor ihrer Abfahrt in Ulan-Bator eingegangen war, hatte ihnen den Ernst und die Dringlichkeit der Lage deutlich gemacht, denn seit er ihnen von einer Reihe seltsamer Erdbeben in der Mongolei berichtet hatte, wussten sie, dass sie schleunigst etwas unternehmen mussten.

»Was den Zusammenhang betrifft, sind wir noch nicht sehr weit gekommen, aber Folgendes wissen wir immerhin«, sagte Yeager mit müder Stimme. »Eine Reihe von Erdbeben hat mehrere Gebiete im Norden der Mongolei sowie eine abgelegene Gegend im Süden, nahe der Grenze zu China erschüttert. Diese Erdbeben sind insofern einzigartig, als sich die Epizentren relativ nahe an der Erdoberfläche befanden. Es waren größtenteils schwächere Beben, bei denen aber energiereiche Oberflächenwellen entstanden sind, die eine besondere Zerstörungsgewalt besitzen. Dr. McCammon hat festgestellt, dass die Vorläufer eines jeden Bebens von der Stärke her nahezu gleich waren, was bei natürlichen Erschütterungen so gut wie nicht vorkommt.«

»Du meinst also, dass diese Erdbeben durch irgendwelche Eingriffe von Menschenhand verursacht werden?«, fragte Pitt.

»So unwahrscheinlich es auch klingen mag, aber die Seismogramme deuten ebenfalls darauf hin.«

»Ich weiß, dass Erdbeben manchmal durch Ölbohrungen und vermutlich auch durch unterirdische Atombombentests ausgelöst werden können. Ich kann mich auch noch entsinnen, dass damals, als das alte Rocky Flats Arsenal bei Denver verseuchtes Wasser in den Felsuntergrund gepumpt hat, die ganze Gegend von Erdbeben erschüttert wurde. Hast du festgestellt, ob dort irgendwelche großen Bohrungen stattfinden? Oder vielleicht sogar Atombombentests von Seiten des südlichen Nachbarn der Mongolei?»

»Die Epizentren im Norden des Landes lagen in einem Berggebiet östlich von Ulan-Bator, eine abgelegene und zerklüftete Gegend, soweit wir das feststellen konnten. Und bei einem durch Bohrungen ausgelösten Beben würden nach Auskunft von Max auch nicht diese einheitlichen Vorläuferwellen auftreten. Was die Beben im Süden betrifft, so würden wir es anhand der Seismogramme erkennen, wenn dort ein Atombombentest stattgefunden hätte.«

»Dann rate ich einfach mal und sage, dass wir damit beim verstorbenen Dr. von Wachter sind.«

»Gebt dem Mann einen Keks«, sagte Yeager. »Als Max uns berichtete, dass von Wachter bei einem Erdrutsch im östlich von Ulan-Bator gelegenen Kentei-Gebirge ums Leben kam, ging mir ein Licht auf. Das war zu viel des Zufalls. Wir schlossen daraus, dass sein akustisch-seismischer Apparat, beziehungsweise ein Nebenprodukt dieser Technologie, irgendetwas mit den Erdbeben zu tun haben muss.«

»Das ist doch unmöglich«, sagte Gunn. »Man bräuchte gewaltige Schockwellen, um so etwas zu bewirken.«

»Diese Meinung ist weit verbreitet«, erwiderte Yeager. »Aber Dr. McCammon, der sowohl mit Max als auch mit einigen anderen Seismologen zusammenarbeitet, hat diesbezüglich eine Vermutung. Wir haben mit einem Kollegen von Wachter gesprochen, dem der Doktor vom Erfolg seiner Reflektionsdarstellung berichtete. Das Geheimnis seiner genauen Darstellungen, wenn man so will, besteht darin, dass er die Schallwellen, die er in den Boden jagt, komprimieren und bündeln kann. Für gewöhnlich verhält es sich mit Schallwellen genauso wie mit den Wasserringen, wenn man einen Kieselstein in einen Teich wirft – sie breiten sich nach allen Seiten aus. Von Wachter hat eine Möglichkeit entdeckt, die Wellen so zu bündeln, dass sie auf ein schmales Frequenzband konzentriert bleiben, während sie den Untergrund durchdringen. Wenn die so entstandenen Wellen reflektiert werden, erhält man offenbar eine derart scharfe und genaue Darstellung, wie es mit keiner anderen bekannten Technologie möglich ist. So jedenfalls äußerte sich der Kollege.«

»Und wie kommst du von einer seismischen Darstellung zu einem Erdbeben?«, hakte Gunn nach.

»Durch zwei Gedankensprünge. Erstens: Das von Wachter entwickelte Gerät ermöglicht genaue Darstellungen, anhand derer sich Faltenbrüche und Verwerfungslinien im Erdmantel erkennen lassen. Dazu gehört nicht allzu viel Fantasie, denn in geringer Tiefe liegende Verwerfungen kann man auch schon mit der bereits vorhandenen Technologie erfassen.«

»Okay, mit von Wachters seismischem Gerät lassen sich also Faltenbrüche im Erdinnern punktgenau erkennen«, sagte Gunn. »Dennoch muss man auf diese Bruchstellen in irgendeiner Weise einwirken, sagen wir, durch Bohrungen oder mit Sprengstoff, damit es zu einem Verwerfungsbruch und infolgedessen zu einem Erdbeben kommt.«

»Das ist unser zweiter Sprung. Du hast recht, man muss auf die Verwerfung einwirken, um ein Erdbeben auszulösen. Aber eine seismische Welle ist eine seismische Welle. Für die Verwerfung spielt es keine Rolle, ob sie durch eine Explosion erzeugt wird …«

»… oder durch ein akustisches Bombardement«, brachte Pitt Yeagers Satz zu Ende. »Das ergibt durchaus Sinn. Der drei Meter hohe Dreifuß ist eine Art Wandler, der ein starkes akustisches Signal erzeugt. Der Größe und der dazugehörigen Stromversorgung nach zu schließen, sogar ein ziemlich starkes.«

»Wenn dieses akustische Bombardement auf eine Verwerfungslinie gerichtet wird, könnten die dabei entstehenden Vibrationen zu einem Bruch führen, und das ergibt ein Erdbeben. Es ist nur eine Theorie, aber sowohl McCammon als auch Max sind der Meinung, dass es funktionieren könnte. Vielleicht war von Wachters Technologie ursprünglich gar nicht dafür vorgesehen, sondern man hat diese Nebenwirkung eher zufällig entdeckt.«

»Auf jeden Fall befindet sie sich jetzt in Borjins Händen. Wir müssen also davon ausgehen, dass er im Besitz dieser Technologie ist und sie auch einsetzen kann«, sagte Pitt.

»Du hast die Auswirkungen bereits aus nächster Nähe erlebt«, sagte Yeager. »Eins der Beben, das dem typischen Profil entspricht, hat den Baikalsee erschüttert. Möglicherweise kam es dabei versehentlich zu einem Erdrutsch unter Wasser, der wiederum die Seiche-Welle auslöste, die dich fast umgebracht hätte. Wir nehmen an, dass sie es eigentlich auf die Pipeline am

Nordufer des Sees abgesehen hatten, die sie ja auch beschädigt haben.«

»Das erklärt auch, weshalb sie die *Wereschtschagin* versenken und unsere Computer zerstören wollten. Wir haben Borjins Schwester Tatiana von unseren seismischen Forschungen auf dem See erzählt. Wahrscheinlich ist ihr klar geworden, dass wir mit unseren Geräten die künstlich erzeugten Signale erfasst haben, die dem Beben vorausgingen«, sagte Giordino.

»Signale, die wir zu einem Schiff auf dem See hätten zurückverfolgen können ... der *Primorskij*«, fügte Pitt hinzu.

»Dann haben sie die Zerstörungsgewalt dieser Technologie bereits genutzt«, sagte Gunn.

»Es ist noch schlimmer. Wir wissen nicht, was sie mit den Erdbeben in der Mongolei und an der chinesischen Grenze bezwecken. Aber diese Vorfälle weisen die gleichen Eigenschaften auf wie die beiden Beben, die unlängst den Persischen Golf erschüttert und die Ölindustrie in dieser Region zerstört haben.«

Die Männer in dem Hotelzimmer waren schockiert. Dass es eine Technologie gab, mit der man Erdbeben auslösen konnte, war erschreckend genug. Noch unglaublicher aber schien es, dass man sie dazu benutzte, um einen nahezu weltweiten Zusammenbruch der Wirtschaft herbeizuführen. Und dass die Spur zu einem geheimnisvollen Mogul führte, der im mongolischen Hinterland lebte. Was Borjins Täuschungsmanöver und die von ihm verursachten Zerstörungen betraf, so wurde Pitt jetzt manches klar. Offenbar hatte er Ölvorkommen in der Inneren Mongolei entdeckt und wollte zum größten Versorger von ganz Ostasien werden. Aber Pitt bezweifelte, dass sich sein Ehrgeiz darin schon erschöpfte.

»Wurde das an höhere Stellen weitergeleitet?«, fragte er.

»Ich habe mich mit Vizepräsident Sandecker in Verbindung gesetzt und einen Gesprächstermin mit ihm vereinbart. Der alte Fuchs will etwas Konkretes in der Hand haben. Er hat aber versprochen, sich beim Präsidenten dafür einzusetzen, dass er eine Sondersitzung des Nationalen Sicherheitsrates einberuft, falls die vorliegenden Fakten sofortige Maßnahmen rechtfertigen. Ich habe ihm berichtet, dass du bereits damit befasst bist, und er bittet dich darum, handfeste Beweise dafür zu liefern, dass Borjin etwas mit den Erdbeben zu tun hat.« Admiral Sandecker, jetzt Vizepräsident Sandecker, war Pitts ehemaliger Chef bei der NUMA und hielt immer noch engen Kontakt zu ihm und den anderen Mitarbeitern der Meeresforschungsbehörde.

»Die Beweise«, sagte Pitt, »befinden sich in dem Labor auf Borjins Anwesen. Dort steht ein seismisches Gerät, auch wenn es sich meiner Meinung nicht um das gleiche handelt, das man am Baikalsee eingesetzt hat.«

»Vielleicht wurde das Gerät vom Baikalsee zum Persischen Golf geflogen. Wir müssen davon ausgehen, dass es mindestens zwei davon gibt«, sagte Yeager.

»Ich würde eher auf drei wetten. Ich nehme an, du kannst anhand der Beben am Baikal und in der Golfregion nachweisen, dass man das Gerät auch an Bord eines Schiffes einsetzen kann.«

»Ja. Die Epizentren beider Beben am Persischen Golf lagen vor der Küste.«

»Die Schiffe könnten das Bindeglied sein«, stellte Pitt fest. »Das Schiff am Baikalsee hatte einen Moon Pool und einen Turmaufbau am Achterdeck. Vielleicht solltest du am Persischen Golf mit der Suche beginnen und Ausschau nach einem Versorgungs- oder Forschungsschiff halten, das vielseitig verwendbar ist.«

»Ich darf überhaupt nicht dran denken, dass die überall auf der Welt Erdbeben auslösen können«, erklärte Yeager. »Passt auf euch auf. Ich bin mir nämlich nicht ganz sicher, ob der Vizepräsident in der Mongolei irgendetwas für euch tun kann.«

»Danke, Hiram. Spür du einfach die Schiffe auf, wir sehen zu, dass Borjin dingfest gemacht wird.«

Pitt wartete das Ergebnis von Yeagers Besprechung mit Sandecker nicht ab. Er wusste, dass kurzfristig kaum etwas zu machen war. Die Mongolei und die USA hatten zwar gute, wenn auch noch ausbaufähige Beziehungen zueinander, aber es würde Wochen, wenn nicht Monate dauern, bis sich die Regierung einschaltete. Und bislang hatten sie gegen Borjin bestenfalls Indizien in der Hand.

Da das Leben von Theresa und Wofford unter Umständen auf dem Spiel stand, arbeitete Pitt mit Giordino und Gunn einen Plan zum Infiltrieren des Anwesens aus, dann brachen sie nach Xanadu auf. Borjin rechnete jetzt bestimmt nicht mit Besuchern, das wusste er. Wenn sie sich still und heimlich anschlichen und jede Menge Glück hatten, konnten sie Theresa und Wofford vielleicht sogar befreien und sich mit dem Belastungsmaterial gegen Borjin wieder absetzen.

Der staubverkrustete Laster fuhr über einen Hügel, dann trat Giordino auf die Bremse, als sie sich einer Abzweigung näherten. Die ebenmäßige Piste hinter dem kleinen Tor war die Zufahrt zu Borjins Domizil.

»Der Pilgerweg nach Xanadu«, stellte Giordino fest.

»Hoffentlich haben wir keinen Gegenverkehr«, sagte Pitt.

Die Dämmerung nahte, und Pitt ging davon aus, dass zu so später Stunde niemand mehr das Anwesen verließ. Nach Ulan-Bator waren es immerhin vier Stunden Fahrt. Trotzdem könnte einer von Borjins berittenen Wächtern auch außerhalb der Mauern seine Runden drehen, doch das ließ sich dann eben nicht ändern.

Giordino bog ab und folgte der einsamen Seitenstraße, die in zahlreichen Kurven und Serpentinen in die Berge führte. Nachdem sie einen steilen Pass überwunden hatten, bremste Giordino ab, als neben der Straße der Fluss auftauchte. Gischtend toste das Wildwasser zu Tal, da kurz zuvor ein ungewöhnlich heftiger Gewitterschauer über dem Berggipfel niedergegangen war. Giordino, der tagelang nur trockenen Staub erlebt hatte, stellte erstaunt fest, dass die Straße nach den jüngsten Regenfällen ziemlich matschig war.

»Wenn mich mein Gedächtnis nicht trügt, sind es von der

Stelle aus, wo man den Fluss sehen kann, noch rund zwei Meilen bis zum Grundstück«, sagte Giordino.

»Wir müssen vor allem auf das Aquädukt achten«, bemerkte Pitt.

Giordino fuhr langsam weiter, worauf alle drei Ausschau nach dem Aquädukt und eventuell umherstreifenden Patrouillen hielten. Pitt entdeckte schließlich das aus dem Fluss ragende Rohr, das die steinerne Wasserleitung speiste. Jetzt wusste er, dass sie nicht mehr als eine halbe Meile von dem Anwesen entfernt waren.

Giordino entdeckte eine Lichtung neben der Straße und stieß mit dem Laster in ein Kieferngehölz, dann stellte er den Motor ab. Der mit Staub und Lehm verkrustete Wagen war zwischen den Bäumen schwer zu erkennen, nur ein sehr aufmerksamer Beobachter hätte ihn von der Straße aus entdecken können.

Gunn schaute nervös auf seine Uhr und stellte fest, dass es kurz vor acht war.

»Was nun?«, fragte er.

Pitt brachte eine Thermosflasche zum Vorschein und schenkte eine Runde Kaffee aus.

»Abwarten, bis es dunkel wird«, erwiderte er und trank einen Schluck des dampfenden Gebräus. »Dann schwärmen die schwarzen Männer aus.«

46

Ein steter, frischer Tropenwind wehte über den Prahm, als Dirk und Dahlgren ihre Tauchanzüge abstreiften, die Müdigkeit verdrängten und sich überlegten, wie sie an Land gelangen könnten.

»Der Kahn ist zu unhandlich zum Segeln, selbst wenn wir Mast und Tuch hätten«, sagte Dahlgren.

»Was wir nicht haben«, erwiderte Dirk. »Das Wichtigste zuerst. Mal sehen, ob wir die Abdrift etwas aufhalten können.«

»Ein Seeanker?«

»Ganz meine Meinung«, sagte Dirk und ging zu einem der Kompressoren.

»Ein ziemlich teurer Anker«, stellte Dahlgren fest, während er die Reste der Vertäuleinen einsammelte.

Sie verknoteten sie zu einer zehn Meter langen Leine, schlangen das eine Ende um den Heckdalben und banden das andere am Kompressor fest, dann wuchteten sie ihn über die Reling. Der im Wasser hängende Kompressor musste als behelfsmäßiger Treibanker genügen und sollte vor allem die durch den Wind verursachte Abdrift dämpfen.

»Damit halten wir uns auch die Haie vom Leib, sobald einer da reinbeißt«, flachste Dahlgren.

»Das ist noch das geringste Problem«, erwiderte Dirk. Er suchte den Horizont ab, hielt Ausschau nach einem anderen Schiff, das er vielleicht auf sie aufmerksam machen konnte. Aber die See vor der Südwestspitze der Hawaii-Inseln war weit und breit einsam und verlassen.

»Sieht so aus, ob wir allein klarkommen müssen.«

Die beiden Männer suchten den Prahm nach irgendetwas Brauchbarem ab. Das Zodiac, mit dem sie hätten an Land gelangen können, war nicht mehr da. Nur noch ein Kompressor samt Wasserpumpe, jede Menge Tauchausrüstung, ein paar Klamotten und Lebensmittel. Dahlgren schlug mit dem Knöchel an die Hüttenwand. »Daraus könnten wir ein Floß bauen«, sagte er. »Wir haben ein paar Werkzeuge und jede Menge Tau.«

Dirk dachte einen Moment lang darüber nach, ohne sich dafür begeistern zu können. »Das dauert mindestens einen Tag, und gegen Wind und Strömung kommen wir damit nur schwer voran. Vielleicht sollten wir lieber abwarten, bis ein Schiff vorbeikommt.«

»Ich habe ja bloß laut drüber nachgedacht, wie wir so schnell wie möglich zu Summer kommen könnten.«

Dirk war mit dem gleichen Gedanken beschäftigt. Sie konnten ohne Weiteres überleben. Sie hatten jede Menge Proviant und Wasser an Bord. Und wenn die *Mariana Explorer* in die Bucht zurückkehrte und feststellte, dass der Prahm nicht mehr da war, würde sofort eine Such- und Rettungsaktion in die Wege geleitet werden. Innerhalb einer Woche würde man sie finden, davon war er überzeugt. Aber was geschah inzwischen mit Summer?

Beim bloßen Gedanken daran wurde ihm übel, und er fragte sich wieder und wieder, wer die Leute sein mochten, die sie entführt hatten. Er fluchte lautlos vor sich hin, weil sie auf diesem Kahn festsaßen, der immer weiter von der Küste abtrieb. Und als er rastlos am Deck auf und ab ging und Summers Surfboard auf dem Hüttendach sah, wurde ihm seine Ohnmacht umso mehr bewusst. Irgendetwas mussten sie sich einfallen lassen.

Dann hatte er eine Idee. Sah die Lösung unmittelbar vor sich. Vielleicht hatte ihm Summer sogar ein bisschen dabei geholfen.

Strahlend wandte er sich an Dahlgren.

»Wir bauen kein Floß, Jack«, sagte er, »sondern einen Katamaran.«

Die grauweiße Heringsmöwe schwang sich mit lautem, wütendem Kreischen vom Wasser auf, kreiste über dem seltsamen Ding, das sie beinahe überfahren hätte, flog dann, nachdem sie es eine Zeitlang mit wachsamem Blick betrachtet hatte, wieder herab und ließ sich in seinem Kielwasser nieder. Ein derartiges Segelboot hatte der Vogel noch nie gesehen. Aber das galt auch für die meisten Menschen.

Dirk war auf die Idee gekommen, aus seinem und Summers Surfbrett einen Katamaran zu bauen, woraufhin sich die beiden Männer sofort ans Werk machten, um den verrückten Einfall in die Tat umzusetzen. Die leichten Glasfaserbretter eigneten sich hervorragend als Schwimmkörper, und auf Dahlgrens Vorschlag hin benutzten sie ihre Feldbetten als Querstreben. Sie rissen die Stoffbespannung ab, legten sie kreuzweise über die Surfbretter, befestigten sie mit Tauschlingen und sicherten sie zusätzlich noch mit Klebeband.

»Wenn wir ein kleines Loch in die Bretter bohren, könnten wir eine Sicherungsleine durchziehen, damit sie nicht von der ersten Welle weggerissen werden«, schlug Dahlgren vor.

»Bist du verrückt? Das sind alte Greg-Noll-Boards. Summer bringt uns um, wenn wir ihr Brett beschädigen.«

Sie nahmen das dritte Bettgestell und bauten daraus einen Mast, den sie mit mehreren Toppreeps abstützten. Aus der hellblauen Stoffbespannung der ausgeschlachteten Pritschen bastelten sie ein Segel. Nach knapp zwei Stunden hatten sie einen kleinen, wenn auch etwas sonderbar aussehenden Katamaran zusammengezimmert.

»Zur Regatta von Sydney nach Hobart würde ich ihn nicht nehmen, aber ich glaube, nach Hawaii kommen wir damit«, sagte Dirk, während er ihr Werk bewunderte.

»Jo«, versetzte Dahlgren mit breitem texanischen Akzent. »Hässlich wie die Sünde, aber absolut brauchbar. Man muss ihn einfach mögen.«

Die beiden Männer schlüpften in ihre Tauchanzüge, befestigten einen Beutel mit Lebensmitteln und Wasser am Mast und ließen das Boot über die Seitenwand ab. Vorsichtig stiegen sie an Bord, überprüften seine Stabilität und lösten dann die Vertäuleine. Rasch trieb der Prahm davon, während die beiden Männer das Segel mit den Füßen in den Wind drehten. Anschließend zog Dirk die Leinwand straff und machte sie an der hinteren Querstrebe fest. Zu seiner Überraschung schoss das kleine Boot unter dem Druck des Windes auf das rechteckige blaue Segel regelrecht über das Wasser.

Jeder der beiden Männer lag auf einem der Surfbretter, bis sie sich davon überzeugt hatten, dass die Feldbettgestelle hielten. Die Taue erfüllten ihren Zweck, die beiden Bretter schnitten tadellos durch die Wogen, und die Querstreben rührten sich kaum von der Stelle. Allerdings wurden sie, auch als sie sich aufsetzten, ein ums andere Mal von den Bugseen geduscht.

»Ich komme mir vor, als ob ich im Liegestuhl Wasserski fahre«, sagte Dahlgren grinsend, als eine große Welle über sie hinwegspülte.

Der kleine Katamaran aber hielt zusammen, glitt flott dahin und blieb mit Hilfe eines Paddels, das Dirk als Ruder an der Querstrebe achtern angeschlagen hatte, einigermaßen auf Kurs. Steuern allerdings konnte man damit nur sehr begrenzt, daher segelten sie ein, zwei Stunden geradeaus und kreuzten dann auf. Dirk holte das Segel ein, worauf die Männer den Bug des Bootes mit den Füßen um neunzig Grad herumdrückten, das Tuch wieder setzten und den Wind diesmal mit der anderen Seite einfingen.

»Die Sache mit der Sidney-Hobart-Regatta würde ich mir noch mal überlegen, mein Guter. Der segelt sich traumhaft«, flachste Dahlgren.

»Stimmt. Aber ich glaube, bei dem Törn hätte ich trotzdem lieber einen Trockentauchanzug dabei.«

Beide staunten nicht schlecht über die Seetüchtigkeit des primitiven Bootes. Es dauerte nicht lange, dann war der Prahm außer Sicht, während die Insel Hawaii am Horizont langsam größer wurde. Als sie dahinglitten, kehrten Dirks Gedanken wieder zu Summer zurück. Als Zwillinge hatten sie eine weitaus engere Beziehung zueinander als viele andere Geschwisterpaare. Er meinte ihre Gegenwart regelrecht spüren zu können und wusste mit einem Mal, dass sie noch am Leben war. Halte durch, beschwor er sie stumm. Bald kommt Hilfe.

Die dunklen Lavahänge des Mauna Loa schimmerten lila in der untergehenden Sonne, als sie sich der Südwestspitze von Hawaii näherten. Dieser zerklüftete Küstenabschnitt war weitgehend unbewohnt und durch die schroffen Klippen von See aus kaum zugänglich, von dem einen oder anderen schwarzen Sandstrand einmal abgesehen. Dahlgren deutete auf eine felsige

Landzunge, die etwa ein, zwei Meilen weiter südlich wie eine geballte Faust in den Pazifik ragte.

»Ist das nicht Humuhumu Point?«

»Sieht jedenfalls so aus«, pflichtete Dirk ihm bei, während er die Landmarke im schwindenden Licht betrachtete. »Das heißt, dass die Keliuli Bay auf der anderen Seite liegt, gar nicht weit von uns entfernt. Wir sind fast wieder an der gleichen Stelle auf die Küste gestoßen, von der wir abgetrieben wurden.«

»Jedenfalls eine gute Navigation mit dem Surfbrett«, sagte Dahlgren. Dann spähte er in die andere Richtung und musterte die Küste. »Das heißt, dass Milolii der nächste Ort ist, an dem wir landen und die Behörden verständigen können.«

»Was ungefähr sechs Meilen entfernt ist.«

»Ein ordentlicher Törn. Es sei denn, du hast vor, in die andere Richtung zu fahren und die Jungs aufzusuchen, die uns auf große Fahrt geschickt haben.«

Dahlgren wusste Bescheid, als er Dirks Augen auffunkeln sah. Wortlos kreuzten sie mit dem Katamaran nach Südosten auf und segelten die Küste hinab in Richtung Keliuli Bay.

47

Summer, die in dem kleinen Stauraum eingeschlossen war, döste vor sich hin, während sich der Nachmittag dahinzog. Nachdem sie den Raum vergeblich nach irgendwelchen Werkzeugen oder anderen Gegenständen abgesucht hatte, die ihr bei einer Flucht helfen könnten, blieb ihr nichts anderes übrig, als untätig herumzusitzen und sich zu fragen, wie es Dirk und Jack ergangen sein mochte. Schließlich schob sie eine leere Kiste unter das Bullauge und legte die Taurolle so darauf, dass sie einen primitiven, aber halbwegs bequemen Stuhl hatte, von dem aus sie aufs Meer hinausschauen und sich gleichzeitig die frische Brise ins Gesicht wehen lassen konnte.

Von ihrem Sitzplatz aus bemerkte sie das rege Treiben auf dem Achterdeck des Schiffes und sah, wie ein Gummiboot zu Wasser gelassen wurde, mit dem mehrere Taucher aufbrachen, um das Wrack zu untersuchen. Vergebliche Liebesmüh, wie sie zufrieden feststellte, wusste sie doch, dass keine Artefakte mehr zum Vorschein kommen würden, da sie den freiliegenden Teil des Wracks bei ihrer Bergungsaktion bereits völlig leer geräumt hatten.

Nachdem die Taucher zurückgekehrt waren, sah und spürte sie, wie das Bohrschiff in eine andere Position gebracht wurde. Gegen Sonnenuntergang ging die Hektik dann von Neuem los, wie ihr die lauten Rufe und das Surren eines Krans verrieten, die vom darunterliegenden Deck zu ihr drangen. Sie schrak auf, als die Tür zum Stauraum plötzlich aufgerissen wurde und ein stiernackiger Schlägertyp mit schiefen Zähnen eintrat. Er stieß sie auf die Brücke und brachte sie zu einem Kartentisch, an dem Tong im Schein einer Schwenklampe ein Diagramm studierte. Er blickte auf und warf ihr einen herablassenden Blick zu, als sie näher kam.

»Miss Pitt. Meine Taucher haben bestätigt, dass Ihre Bergungsaktion sehr gründlich war. Und Sie haben nicht gelogen. Der Großteil des Schiffes ist unter Lava begraben. Vor uns liegt viel Arbeit, bis wir feststellen können, um was für ein Schiff es sich hier wirklich handelt.«

Er wartete auf eine Entgegnung, doch Summer warf ihm nur einen kalten Blick zu und hob dann die Arme, die immer noch gefesselt waren.

»Ach ja. Nun gut, ich glaube, Sie können jetzt nicht mehr fliehen«, sagte er und nickte dem Stiernackigen zu. Der Handlanger zückte ein Messer und zerschnitt kurzerhand die Stricke. Summer rieb sich die Handgelenke und blickte sich wie beiläufig auf der Brücke um. Ein Steuermann stand am vorderen Fenster und hatte den Blick auf das Radarsichtgerät gerichtet. Ansonsten war die Brücke menschenleer, von den beiden Männern neben ihr einmal abgesehen. Tong bedeutete ihr, dass sie neben ihm Platz nehmen sollte, was sie nach kurzem Zögern auch tat.

»Ja«, sagte Summer leise. »An Bord der *Mariana Explorer*, die übrigens jeden Moment zurückkehren müsste, haben wir Ihnen doch bereits erklärt, dass wir sämtliche Artefakte aus dem Teil des Wracks geborgen haben, der nicht von Lava bedeckt war. Und das waren nicht allzu viele.«

Tong lächelte Summer an, beugte sich dann vor und legte ihr die Hand aufs Knie. Am liebsten hätte sie ihm eine geknallt und wäre davongerannt, stattdessen funkelte sie ihn lediglich mit eisigem Blick an und bemühte sich nach besten Kräften, ihre Angst und Abscheu zu kaschieren.

»Meine Liebe, wir haben die *Mariana Explorer* vor Hilo passiert«, versetzte er spöttisch. »Sie müsste mittlerweile vor Leleiwi Point sein, ihrem auf der anderen Seite der Insel gelegenen Bestimmungsort«, fügte er feixend hinzu.

»Weshalb ist das Wrack für Sie so wichtig?«, fragte sie und hoffte ihn dadurch etwas ablenken zu können.

»Sie haben wirklich keine Ahnung, was?«, erwiderte er ungläubig. Dann nahm er die Hand von ihrem Knie und wandte sich wieder dem Diagramm auf dem Tisch zu. Es war eine Sonaraufzeichnung vom Meeresboden, auf der der Fundort des Wracks und das angrenzende Lavafeld zu erkennen waren. Fast in der Mitte des Lavastroms war ein X eingezeichnet.

»Sind Sie bei Ihrer Bergungsaktion in das Lavafeld vorgedrungen?«, fragte er.

»Nein, natürlich nicht. Ich weiß nicht, worauf Sie es abgesehen haben, Dr. Tong. Sämtliche Artefakte wurden geborgen, doch das übrige Wrack ist unter einer Lavaschicht begraben. Daran können weder Sie noch irgendjemand anders etwas ändern.«

»Oh, aber selbstverständlich, meine Liebe, selbstverständlich.«

Summer starrte Tong mit einer Mischung aus Angst und Neugier an, während sie sich fragte, was diese Plünderer noch in der Hinterhand haben mochten.

Tong ließ Summer in der Obhut ihres Bewachers zurück, ging auf die Brückennock und stieg eine Leiter hinab. Dann ging er nach achtern, öffnete eine Luke und trat in eine große Abteilung. Reihenweise säumten Computer und elektronische Schaltpulte die Wände – fast doppelt so viele Geräte wie in der Testkammer auf dem Familiensitz in der Mongolei. Ein kleiner Mann mit stechendem Blick stand neben einer großen Arbeitsplatte voller Farbbildschirme und blickte über die Schulter auf das Display des Chefprogrammierers. Es war der gleiche Mann, der auch die Suchaktion im Kentei-Gebirge geleitet hatte, die abgebrochen wurde, nachdem das russische Explorationsteam getötet worden war. Er nickte Tong zu.

»Wir haben eine kleinere Verwerfung ausfindig gemacht und die entsprechenden Koordinaten erfasst«, sagte er mit rauer Stimme. »Sie befindet sich ganz in der Nähe, aber möglicherweise genügt das nicht, um den gewünschten Riss im Lavafeld zu erzeugen. Ich fürchte, Sie verlangen etwas Unmögliches. Wir sollten hier lieber nicht noch mehr Zeit vergeuden, sondern dem Wunsch Ihres Bruders nachkommen und nach Alaska weiterfahren.«

Tong ließ sich durch die Vorhaltungen nicht beirren. »Ein, zwei Tage Verzögerung ist die Sache schon wert. Wenn wir Erfolg haben und es sich tatsächlich um ein kaiserliches Schiff aus der Zeit der Yüan-Dynastie handelt, ist der Auftrag in Alaska verglichen damit eine Kleinigkeit.«

Der kleine Mann nickte zögernd. »Ich rate zu vier, fünf abgestuften Detonationen. Anschließend schicken wir die Taucher hinab und lassen das Ergebnis überprüfen. Danach wissen wir, ob wir die Lava aufbrechen können.«

»Sehr gut, nehmen Sie den akustischen Beschuss vor. Wir arbeiten die Nacht über durch. Sollten wir nicht vorankommen, brechen wir morgen auf und fahren nach Alaska.«

Tong trat zurück und ließ die Techniker ans Werk gehen. Wie am Persischen Golf wurde das seismisch-akustische Gerät durch den Moon Pool des Schiffes auf das Lavafeld hinabgelassen, wo es aufrecht am Meeresboden stand. Eine in der Nähe gelegene Verwerfung wurde geortet und angepeilt, dann wurden die Computer und Signalverstärker aktiviert. Nach einem Mausklick schoss der erste gewaltige elektrische Impuls durch die drei Wandler in fünf Faden Tiefe. Im nächsten Augenblick hallte der dumpfe Knall der akustischen Schockwelle auf dem Schiff wider.

Tong stand mit erwartungsvollem Grinsen da, als das Bombardement begann, und hoffte darauf, dass die Fahrt in zweierlei Hinsicht erfolgreich verlief.

Eine Meile entfernt stieß der flache Katamaran unter dem nachtschwarzen Himmel in die Bucht. Dirk und Dahlgren legten sich wieder auf die Surfbretter und paddelten an den hochaufragenden Klippen entlang. Als sie eine flache Felsleiste knapp über dem Wasserspiegel entdeckten, zogen sie ihr Boot unter einer fast senkrecht aufragenden Lavawand an Land. Dirk stand auf und betrachtete die hellen Lichter des Bohrschiffes, das in der Nähe lag, holte dann das Segel ein und baute den Mast ab, damit sie besser getarnt waren.

Anschließend setzten sich die beiden Männer, die den ganzen Tag im Wasser gewesen und entsprechend erschöpft waren, ruhten sich aus und musterten das Schiff. Sie waren so nah, dass sie ein rundes Dutzend Männer erkennen konnten, die um den Turmaufbau auf dem hell erleuchteten Achterdeck herumwuselten. Sie sahen auch, wie der Dreifuß durch das Deck ins Wasser abgelassen wurde.

»Meinst du, die wollen tatsächlich durch die Lava bohren, um an das Wrack zu kommen?«, fragte Dahlgren.

»Ich kann mir nicht vorstellen, was sie sich davon versprechen.«

Die beiden Männer aßen ihren Proviant, tranken das mitgenommene Wasser und streckten dann die müden Glieder. Halbwegs gestärkt, legten sie sich gerade einen Angriffsplan zurecht, als ein tiefes Grollen aus der Bucht ertönte. Es war ein dumpfes

Geräusch, so als käme es aus dem Schiff oder aus dem darunterliegenden Wasser.

»Was zum Geier war das?«, fragte Dahlgren.

»Eine Unterwasserexplosion?«, murmelte Dirk. Er blickte auf das Wasser und rechnete damit, dass rund um das Schiff Gischt und Blasen aufstiegen, aber nichts tat sich. Kaum ein Kräuseln war draußen in der Bucht zu sehen.

»Komisch, dass sich das nicht aufs Wasser auswirkt. Muss aus dem Schiff gekommen sein«, sagte er.

»Sieht aber nicht so aus, als ob da drüben die große Panik ausbricht«, erwiderte Dahlgren. Ein Großteil der Decksmannschaften war verschwunden, das Schiff wirkte ruhig. »Wie wär's, wenn wir uns die Sache mal näher ansehen?«

Sie wollten den Katamaran gerade ins Wasser ziehen, als ein zweiter dumpfer Knall ertönte. Auch diesmal ohne jede Auswirkung auf das Wasser in der Bucht. Während die beiden noch über die seltsame Detonation nachdachten, setzte plötzlich ein Donnergrollen ein. Der Lärm schwoll an, dann erbebte der Boden unter ihren Füßen so heftig, dass sie fast das Gleichgewicht verloren hätten. Geröll und kleine Lavabrocken regneten die steile Klippenwand herab.

»Pass auf!«, schrie Dirk, als er sah, wie sich hinter ihnen ein Felsbrocken löste und auf sie zu rutschte. Die beiden Männer konnten gerade noch aus dem Weg hechten, als der Felsen an ihnen vorbeirollte, den Katamaran streifte und dann im Wasser landete.

Der Boden bebte noch ein paar Sekunden lang nach, aber dann war alles vorbei. Ein paar gischtgekrönte Wellen, die das Erdbeben aufgewühlt hatte, klatschten an die Klippenwand. Dann beruhigte sich das Wasser in der Bucht wieder.

»Ich dachte schon, die ganze Klippe kommt auf uns runter«, sagte Dahlgren.

»Könnte immer noch passieren«, erwiderte Dirk, während er die dräuende Lavawand misstrauisch musterte. »Wir sollten lieber nicht hier rumhängen, bis wir's rausfinden.«

Dahlgren starrte zu dem Bohrschiff. »Das hat das Erdbeben verursacht«, erklärte er im Brustton der Überzeugung. »Es wurde durch die Detonation ausgelöst.«

»Hoffen wir, dass es keine Absicht war. Wahrscheinlich versuchen sie, das Lavafeld aufzubrechen, um an das Wrack ranzukommen.«

»Das können sie haben. Lass uns lieber Summer suchen und dann abhauen, bevor uns die ganze Insel auf den Kopf fällt.«

Sie ließen den Katamaran zu Wasser und schwangen sich an Bord, paddelten dann lautlos von den Felsen weg und hielten vorsichtig auf das Bohrschiff zu. Dahlgren, der nach vorn Ausschau hielt, bemerkte, dass die Spitze seines Surfbretts platt wie ein Pfannkuchen war.

Aber er brachte es nicht über sich, Dirk zu erzählen, dass der herabstürzende Felsbrocken sein Surfbrett erwischt hatte.

48

Summer saß am Kartentisch im Ruderhaus und dachte über eventuelle Fluchtmöglichkeiten nach, als das erste akustische Bombardement ausgelöst wurde. Der dumpfe Knall drang direkt unter dem Schiff hervor, und sie vermutete ebenso wie Dirk, dass es sich um eine Art Explosion handelte. Diese Verbrecherbande versucht offenbar die Lavaschicht über dem Wrack aufzusprengen, dachte sie.

Der Stiernackige, der sie von der anderen Tischseite aus boshaft anstarrte, reagierte mit einem schmalen Grinsen auf Summers teils wütende, teils verwunderte Miene. Als ein paar Sekunden später der zweite Unterwasserknall auf der Brücke widerhallte, zeigte er ihr die ganze Pracht seiner tabakgebräunten Zähne.

So widerlich Summer ihre Häscher auch fand, ihr Treiben faszinierte sie doch. Wenn jemand den Tod anderer Menschen in Kauf nahm und mutwillig die Liegestätte eines Wracks zerstörte, dann musste er sich ziemlich sicher sein, dass der Laderaum irgendetwas sehr Wertvolles enthielt. Summer dachte an Tong und sein Interesse an dem Porzellanteller mit dem kaiserlichen Motiv. Doch er musste es noch auf etwas anderes als Töpferwaren abgesehen haben, wenn er die Lava wegsprengte, um an sein Ziel zu kommen. Vermutlich Gold oder Edelsteine, dachte sie.

Als die Brücke unter der zweiten Schockwelle leicht erbebte, überlegte sie sich wieder ihre Fluchtmöglichkeiten. Zunächst einmal musste sie zusehen, dass sie von dem Schiff runterkam, sonst hatte sie keine Überlebenschance. Sie war eine gute Schwimmerin. Sie musste nur irgendwie ins Wasser gelangen, dann konnte sie es mühelos zu den Klippen rund um die Bucht schaffen. Der Marsch ins Inland oder am Meer entlang dürfte wegen der steil aufragenden, zerklüfteten Küste alles andere als ein Spaziergang werden, aber vielleicht konnte sie sich einfach zwischen den Felsen verstecken, bis die *Mariana Explorer* zurückkehrte. So schwer es auch sein mochte, es war allemal besser, als weiter auf diesem Schiff und in Gesellschaft dieser Killer zu bleiben.

Sie kam zu dem Schluss, dass sie jetzt, da sie mit dem Steuermann und ihrem Bewacher allein auf der Brücke war, vielleicht die besten Chancen hatte. Der Steuermann stellte allem Anschein nach keine große Gefahr dar. Er war fast noch ein Junge, schmächtig gebaut, und wirkte irgendwie duckmäuserisch. Fortwährend glotzte er Summer mit ihren über eins achtzig an, als wäre sie Aphrodite.

Sie wandte sich dem Stiernackigen auf der anderen Seite des Tisches zu. Er allerdings könnte ihr Ärger machen. Der Rohling mit den schlechten Zähnen konnte gewalttätig werden. Seine Miene verriet ihr, dass es ihm Spaß machen würde, einer schönen Frau wehzutun, und beim bloßen Gedanken daran erschauderte sie. Sie musste ihn mit seinen eigenen Waffen schlagen, aber wenigstens hatte sie das Überraschungsmoment auf ihrer Seite.

Sie bot ihren ganzen Mut auf und sagte sich schließlich, dass sie es einfach versuchen musste, entweder jetzt oder nie. Sie stand vom Tisch auf und lief zum vorderen Brückenfenster, als wollte sie sich die Beine vertreten und den Ausblick genießen. Der Stiernackige tat es ihr sofort gleich und blieb ein paar Schritte hinter ihr stehen.

Summer hielt einen Moment lang inne, atmete tief durch, um sich zu beruhigen, und wandte sich dann der Backbordbrückennock zu. Mit einem weiten Schritt ging sie auf die offene Tür zu, als wollte sie in einen Fahrstuhl steigen. Der Wächter schnaubte sie augenblicklich an, dass sie stehen bleiben sollte, doch sie beachtete ihn nicht. Leichtfüßig ging sie durch die Tür. Der Rohling kam ihr sofort hinterher und legte ihr seine schmutzige Hand auf die Schulter. Die Schnelligkeit, mit der sie reagierte, überraschte sie selbst.

Sie rechnete mit seinem Vorstoß, ergriff mit beiden Händen den Unterarm des Mannes, drehte sich zur Seite und stieß seine Hände nach oben. Dann ging sie rückwärts in den Mann hinein und sank auf ein Knie. Der Gorilla erkannte, dass sie zu einem Judowurf ansetzen wollte, und sprang zur Seite, aber sie hatte seine Handgelenke in einem schmerzhaften Klammergriff umschlossen und konnte ihm mit einer Armbewegung den Knochen brechen. Der Mann war jetzt wütend und schlug mit der freien Hand nach Summer, erwischte sie jedoch nicht richtig, drosch lediglich auf ihren Rücken ein. Sie wiederum stand kurzerhand auf, verdrehte ihm erneut das Handgelenk und trieb ihn zurück. Der Mann keuchte vor Schmerz auf und hieb wieder vergeblich nach Summer, doch dann hielt er es nicht mehr aus und torkelte zurück. Er prallte gegen den Fahr- und Kommandostand, sank dann in die Knie und gab auf. Solange Summer ihn fest im Griff hatte, war er hilflos.

Ein rotes Licht leuchtete an der Konsole auf, und gleichzeitig fing das Schiff leicht zu vibrieren an. Beim Aufprall auf den Fahr- und Kommandostand war der Stiernackige gegen einen Knopf gefallen, mit dem die automatischen Strahlruder auf Handbetrieb umgeschaltet wurden. Der junge Steuermann, der erschrocken verfolgte, wie Summer ihren deutlich größeren Bewacher überwältigte, wich vom Ruder zurück, schnatterte aufgeregt auf Mongolisch und deutete auf das blinkende Licht. Summer, deren Herz nach dem kurzen Kampf raste, holte Luft und warf einen Blick auf die Konsole.

Sämtliche Anzeigen und Regler waren in Mandarin beschriftet, aber unter den Angaben der Werft hatte jemand Plastikschilder mit der englischen Übersetzung aufgeklebt. Sie sah sich das Licht an und las die Übersetzung darunter: »Manuelle Strahlruderbedienung«. Im nächsten Augenblick hatte sie eine Idee.

»Der Plan wird geändert«, murmelte sie dem verständnislosen Steuermann zu. »Erst unternehmen wir eine kurze Fahrt.«

Summer sah sich die danebenliegenden Regler an und entdeckte zwei Drehschalter, die mit BACKBORDSTRAHLRUDER VORN und BACKBORDSTRAHLRUDER ACHTERN gekennzeichnet waren. Sie streckte die freie Hand aus und drehte beide auf null. Fast gleichzeitig ertönte ein dritter dumpfer Knall, da das akustische Gerät erneut eingesetzt wurde. Genau im richtigen Moment, dachte Summer. Die Detonation übertönte das Geräusch der umgeschalteteten Strahlruder. Mit etwas Glück bemerkte die Besatzung vielleicht gar nicht, dass sich das Schiff jetzt seitwärts durch die Bucht bewegte. In ein paar Minuten würde es auf die Lavafelsen an der Küste prallen, und das anschließende Durcheinander bot ihr eine günstige Gelegenheit zur Flucht.

»Weg da«, herrschte sie den nervösen Steuermann an, der sich wieder näher an den Fahr- und Kommandostand schlich. Der junge Mann sprang zurück und warf einen bangen Blick auf das schmerzverzerrte Gesicht des Stiernackigen.

Leise und ohne jedes Ruckeln schob sich das von den Steuerbord-Strahlrudern angetriebene Schiff quer durch die Bucht. Summer meinte bereits ein leichtes Scharren von der Wasserlinie vernommen zu haben, doch das Schiff bewegte sich weiterhin seitwärts, und in der Dunkelheit hatte sie so gut wie keine Sicht.

Nur noch ein bisschen länger durchhalten, dachte sie, als sie spürte, wie ihre Hand, mit der sie den Gorilla festhielt, allmählich müde wurde.

Nervös zählte sie die Sekunden und wartete auf das dumpfe Knirschen, wenn der Schiffsrumpf auf die Lava stieß. Doch sie verlor jeden Mut, als ein ganz anderes Geräusch durch die offene Tür drang. Eine Männerstimme.

»Was ist hier los?«, knurrte der Mann.

Erschrocken drehte sich Summer um und sah Tong vor sich, der eine automatische Pistole auf ihre Brust gerichtet hatte.

49

Sie waren mit dem Katamaran bis auf hundert Meter an das Bohrschiff herangepaddelt und hielten in weitem Bogen auf den Backbordbug zu, um den gleißenden Flutlichtern über dem Achterdeck auszuweichen. Als sie die Bordwand absuchten, um festzustellen, ob sich irgendwelche Besatzungsmitglieder oder ein Ausguck in der Nähe aufhielten, beugte sich Dahlgren plötzlich zu Dirk.

»Schau mal zur Brücke. Schnell«, flüsterte er.

Dirk blickte zu den vorderen Aufbauten hinauf und sah jemanden an der offenen Tür zur Brückennock vorbeilaufen. Groß, wallende rote Haare, die bis über die Schulter fielen.

»Summer.«

»Ich bin mir ziemlich sicher, dass sie es ist«, sagte Dahlgren.

Dirk war mehr als erleichtert, als er sah, dass seine Schwester noch lebte. Mit neuer Kraft paddelte er den Katamaran auf das Schiff zu. »Lass uns an Bord gehen und feststellen, was da los ist.«

Leichter gesagt als getan. Das unterste Deck befand sich immer noch gut drei Meter über ihnen. Und da das Schiff von den Strahlrudern in Postition gehalten wurde, hing auch keine Ankerkette ins Wasser, an der sie hätten emporklettern können. Er konnte nur hoffen, dass möglicherweise am Heck ein festes Fallreep angebracht war – auf einem Arbeitsschiff nichts Ungewöhnliches.

Sie passierten den Bug und paddelten gerade leise nach achtern, als unter ihnen die dritte Detonation ertönte. Sie spürten das leichte Vibrieren des Schiffes und sahen, wie sich das Wasser etwas kräuselte, aber auch diesmal stieg keine der bei einer Unterwasserexplosion üblichen Gischtfontänen empor. Die Strahler rund um den Moon Pool tauchten die Unterseite des Schiffes in gleißendes Licht, sodass sie eine Reihe von Trossen sehen konnten, die zu dem Dreifuß hinabführten, der aufrecht am Meeresboden stand.

Sie schoben sich weiter an der Bordwand entlang, als Dirk plötzlich auffiel, dass das Gurgeln der Strahlruder verstummt war. Ehe er wusste, wie ihm geschah, stieß der Schiffsrumpf gegen den Katamaran und riss das Boot dann auf einer Welle mit sich. Das ganze Schiff drückte mit seiner vollen Breitseite gegen sie und wurde rasch schneller. Dirk, der auf dem hoch aufragenden Ausleger hockte, sah, dass der Katamaran umzukippen drohte. Das untere Surfbrett wurde immer tiefer ins Wasser gedrückt, sodass es nur noch eine Frage der Zeit war, bis das Boot unter das seitwärts fahrende Schiff geriet.

»Runter mit dir«, rief Dirk Dahlgren zu.

Er wollte sich gerade selber herunterrollen, als er über seinem Kopf eine Leine bemerkte. Es war eine nicht belegte Vertäuleine, die über die Bordwand herabhing. Pitt stieß sich mit aller Kraft von dem kippenden Katamaran ab, sprang hoch und bekam das Tau gerade so mit der linken Hand zu fassen, zog sich herum und ergriff es mit beiden Händen, worauf es sich unter seinem Gewicht straffte, sodass es nur noch einen Meter über dem Wasser hing.

Er blickte zurück und sah, wie der Katamaran kenterte und unter das Schiff geriet. Dahlgren war weiter hinten, ritt auf einer sich auftürmenden Woge und schwamm wie ein Verrückter.

»Hierher. Ich habe eine Leine«, rief Dirk ihm mit gedämpfter Stimme zu. Er konnte nur hoffen, dass niemand auf sie aufmerksam wurde.

Immerhin war er so laut, dass Dahlgren ihn hörte. Mit kräftigen Kraulzügen kämpfte er sich zwar auf Dirk zu, doch beiden Männern war klar, dass er dieses Tempo nicht lange durchhalten konnte. Zumal das Wasser von der Bordwand des Schiffes aus nach allen Seiten strudelte und Dahlgren einmal hierhin, einmal dorthin riss. Als er endlich in Reichweite gespült wurde, streckte Dirk den Arm aus, bekam ihn am Tauchanzug zu fassen und packte mit aller Kraft zu. Er zog ihn so weit aus dem Wasser, dass Dahlgren einen Arm um die Leine schlingen konnte. Einen Moment lang hing er schlaff am Tau und rang nach Atem.

»Das war spannend«, keuchte er.

»Und außerdem das zweite Mal, dass ich dich heute aus dem Wasser fischen musste«, sagte Dirk. »Wenn das so weitergeht, bestehe ich darauf, dass du abnimmst.«

»Ich werd's mir überlegen«, schnaufte Dahlgren.

Sie ruhten sich kurz aus, kletterten dann an dem Tau hinauf und traten auf das über ihnen liegende Deck. Zwar vernahmen sie gedämpfte Stimmen, die ihnen verrieten, dass ein paar Besatzungsmitglieder am Achterdeck waren, aber sie konnten sich an der Backbordwand doch unbemerkt aufstellen. Dirk warf einen kurzen Blick auf die hohe Lavawand, die in der Dunkelheit rasch näher kam. Im Ruderhaus stimmte irgendwas nicht, denn das Schiff war eindeutig auf Kollisionskurs, und niemand schien es zu bemerken.

»Los geht's«, flüsterte er. »Ich habe das Gefühl, dass wir nicht lang auf diesem Schiff sein werden.«

Als sie vorrückten, ertönte in der Ferne ein weiteres tiefes Grollen. Diesmal kam das Getöse von der Küste.

In der NUMA-Zentrale, fünftausend Meilen entfernt, öffnete sich die Fahrstuhltür im zehnten Stock der NUMA-Zentrale, und Hiram Yeager tappte schläfrig mit einer Thermoskanne voller Sumatra-Kaffee in sein Computerreich. Er riss die Augen auf, als er Dr. McCammon mit besorgter Miene an der Konsole sitzen sah.

»Bist du mir etwa schon wieder zuvorgekommen, Phil?«, fragte Yeager.

»Tut mir leid, dass ich dich schon in aller Frühe stören muss. Aber gerade ist was vom nationalen Erdbebencenter eingegangen, das wichtig zu sein scheint.«

Als Yeager auf einem Drehstuhl neben ihm Platz genommen hatte, breitete er ein Seismogramm auf dem Tisch aus.

»Vor ein paar Minuten hat ein Erdbeben die Hauptinsel von Hawaii erschüttert«, sagte McCammon. »Knapp über 7,0 auf der Richter-Skala. Und es war ein Beben in geringer Tiefe. Das Epizentrum lag knapp eine Meile vor der Küste, an der Keliuli Bay.«

»Wie sehen die Vorläufer aus?«

McCammon runzelte die Stirn. »Ganz ähnlich wie die anderen, die wir uns angesehen haben. Allem Anschein nach Menschenwerk. Ich habe Max gerade die Daten eingespeist, um ihre Einschätzung zu hören«, fügte er hinzu.

Max stand mit verschränkten Armen neben einer Reihe von Computern, als wäre sie tief in Gedanken versunken. Dann wandte sie sich um und lächelte McCammon an.

»Dr. McCammon, ich stehe Ihnen jederzeit gerne zur Verfügung. Es ist das reinste Vergnügen, mit einem echten Gentleman zu arbeiten«, sagte sie, warf einen Blick zu Yeager und rümpfte kurz die Nase.

»Guten Morgen, Max«, sagte Yeager. »Hast du die Analyse für Dr. McCammon fertig?«

»Ja«, sagte Max nickend. »Wie Dr. McCammon dir zeigen kann, wurden vor dem Beben drei primäre Wellen aufgezeichnet. Jede hat nahezu identische seismische Eigenschaften, allerdings war die zweite Welle etwas stärker. Und beide Vorläufer sind nahe der Erdoberfläche entstanden.«

»Inwieweit lassen sie sich mit den P-Wellen vor den Beben am Persischen Golf vergleichen?«, fragte Yeager.

»Beide Vorläuferwellen weisen nahezu identische Eigenschaften auf: wie die P-Wellen vor den Erdbeben bei Ras Tanura und Khark. Auch die entstanden nahe der Erdoberfläche.«

Yeager und McCammon sahen sich schweigend an.

»Hawaii«, sagte Yeager schließlich. »Warum Hawaii?«

Dann fügte er kopfschüttelnd hinzu: »Ich glaube, wir sollten uns mit dem Weißen Haus in Verbindung setzen.«

50

Summer ließ das Handgelenk des Stiernackigen nicht los, obwohl sie in den Lauf der Glock-Automatik starrte. Tong stand reglos in der Tür und versuchte die Lage einzuschätzen. Hinter ihm hallte ein dumpfes Grollen übers Wasser, doch er achtete nicht darauf, sondern bewunderte Summer, die einen seiner Schläger auf die Knie gezwungen hatte.

Der Steuermann, der auf der anderen Seite der Brücke stand, hatte mittlerweile wieder Mut gefasst, hielt aber vorsichtshalber Abstand zu Summer.

»Die Backbord-Strahlruder sind abgestellt«, rief er Tong zu. »Wir laufen auf die Felsen.« Er winkte aufgeregt und deutete auf die Lavaklippen, die jetzt an Backbord auftauchten.

Tong hörte ihm zu, ohne recht zu verstehen, worum es ging, sah dann, wohin er deutete und schaute zur Brückennock hinaus. Als er sich umdrehte, tauchten zwei dicke Arme, die in einem schwarzen Neopren-Anzug steckten, aus der Dunkelheit auf und schlangen sich um Tongs Oberkörper. Der Mongole drückte unwillkürlich seine Pistole ab, doch der Schuss ging durch das Brückendach, ohne irgendwelchen Schaden anzurichten. Dann fuhr Tong herum, schwang die Waffe wie eine Keule und versuchte sich zu wehren. Doch diese Reaktion kam zu spät. Der Angreifer war bereits einen Schritt vorgetreten und brachte ihn aus dem Gleichgewicht. Tong torkelte nach vorn, versuchte sich auf den Beinen zu halten und kam dadurch noch mehr ins Straucheln. Der Angreifer nutzte das sofort, hebelte Tong aus und riss ihn von den Beinen. Dann torkelte er auf die Brückennock, hievte Tong hoch, bis er über der Reling hing und ließ ihn los. Der Mongole, der wie vom Donner gerührt war, stieß einen Schrei aus, der erst abriss, als er mit einem lauten Aufklatschen ins Wasser schlug.

Draußen auf der Brückennock drehte sich Jack Dahlgren, der beim Rodeo schon manch ein Kalb niedergerungen hatte, um und grinste Summer mit einem kurzen Augenzwinkern zu. Im nächsten Moment drängte sich Dirk an ihm vorbei und stürmte auf die Brücke, einen Landungshaken in der Hand, den er auf dem Unterdeck hatte mitgehen lassen.

»Ihr habt es geschafft«, stieß Summer beim Anblick der beiden Männer aus.

»Klatschnass, aber lebendig.« Dirk lächelte.

Die Freude über das Wiedersehen war nur von kurzer Dauer, denn im nächsten Moment wurde das Schiff von einem heftigen Schlag erschüttert, der alle zu Boden warf. Das viertausend Tonnen schwere Bohrschiff prallte, noch immer von den Steuerbord-Strahlrudern angetrieben, mit seiner Breitseite auf den Rand der Bucht. Ein schrilles Knirschen hallte von der Wasserlinie empor, als der stählerne Kiel über das Lavagestein schrammte. Die scharfen Vulkanfelsen schlitzten den Rumpf auf, sodass tonnenweise Seewasser in die unteren Laderäume einbrach und das Schiff binnen kürzester Zeit nach Backbord krängte. Irgendwo in der Dunkelheit unter dem Kiel wurde Tongs lebloser Leib herumgewirbelt, nachdem er beim Aufprall unglücklich zwischen Schiff und Schären geraten war.

Der junge Steuermann rappelte sich zuerst wieder auf, löste die Alarmglocke aus und flüchtete dann über die Brückennock. Summer ließ das Handgelenk ihres Gefangenen los, aber der Stiernackige verlor jeden Kampfesmut, als Dirk ihm die Pike in die Rippen rammte und ihn durch die Tür zur Backbordbrückennock drängte. Draußen waren Männerstimmen zu hören, die gegen das fortwährende Grollen anschrien.

»Warum habe ich das Gefühl, dass du beim Steuern des Schiffes die Hand im Spiel hattest?«, fragte Dirk grinsend seine Schwester.

»Eine reine Verzweiflungstat«, erwiderte Summer.

»Wir bekommen Gesellschaft«, sagte Dahlgren, der auf der Brückennock Ausschau hielt. Zwei Treppen tiefer stürmte ein Trupp bewaffneter Männer zur Brücke.

»Kannst du schwimmen?«, fragte Dirk, der sie über das abschüssige Deck zur Steuerbord-Brückennock führte.

»Mir geht's bestens«, erwiderte Summer. »Ich wollte, bevor ihr kamt, grade selber ein Bad nehmen.«

Rasch stiegen die drei von der Brücke aufs tiefer gelegene Deck, wo Schreie und laute Rufe der Besatzung durch die Nacht hallten. Am Bug waren mehrere Matrosen dabei, ein Rettungsboot auszubringen, obwohl das Wasser bereits über die tief liegende Backbordwand spülte. Summer, die keine Zeit durch einen weiteren Zusammenstoß mit der Besatzung verlieren wollte, kletterte auf der anderen Seite über die Reling und rutschte über die schräge Bordwand des krängenden Schiffes ins Wasser. Dirk und Dahlgren folgten ihr und schwammen rasch davon.

Das Grollen von der Küste wurde lauter, bis schließlich ein weiteres Beben den Boden erschütterte. Dieser Erdstoß war noch heftiger als der vorausgegangene und riss ganze Lavabrocken aus der Klippenwand, die entlang der Bucht zu Tal donnerten und hohe Gischtfontänen emporschleuderten, wenn sie ins Wasser stürzten.

Auch aus der Klippe, die über dem Bohrschiff aufragte, brach infolge der schweren Erschütterungen ein großes Stück Vulkangestein ab, schlug einmal an einem Felsvorsprung auf, prallte ab und fiel dann genau auf das Schiff. Der spitze Lavabrocken bohrte sich durch den hinteren Teil der Brücke und das Deck, das auf den darunterliegenden Computerraum stürzte. Der Fuß des Felsens knallte mittschiffs auf die Backbordwand und drückte alles platt, was ihm in den Weg kam. Voller Panik sprangen die Besatzungsmitglieder ins Wasser, um dem Chaos zu entrinnen, während sich das Rettungsboot vom Bug des Schiffes löste.

Dann endlich verhallte das Grollen und mit ihm auch das Donnergetöse der herabstürzenden Felsen. Nur noch das Gurgeln des sinkenden Schiffes und der gelegentliche Schrei eines Matrosen drangen durch die Nacht. Hundert Meter entfernt verfolgten Dirk, Summer und Dahlgren die letzten Minuten des alten Schiffes.

»Das gibt ein gutes Riff ab«, stellte Dahlgren fest, als sich das Schiff tiefer ins Wasser legte. Kurz darauf rollte es auf die Seite, rutschte an den Felsen ab und sank zwanzig Meter tief auf den Meeresgrund. Nur der hohe Turmaufbau, der beim Aufprall an die Klippenwand und dem anschließenden Kentern abgerissen war, wies auf die letzte Ruhestätte des Bohrschiffs hin.

»Was haben die sich denn von dem Wrack versprochen?«, fragte Dirk.

»Das habe ich nicht rausgekriegt«, erwiderte Summer. »Aber sie waren zum Äußersten bereit und wollten sogar das Lavafeld aufbrechen, um da ranzukommen.«

»Und nebenbei haben sie zwei Erdbeben ausgelöst«, fügte Dahlgren hinzu. »Ich würde gern wissen, was für eine Zauberkiste sie dazu benutzt haben.«

»Und ich würde gern wissen, wer dahintersteckt«, sagte Summer.

Von der Küste näherte sich das Motorengeräusch eines Flugzeugs, das kurz darauf über der Bucht beidrehte. Es war eine tief fliegende Turboprop-Maschine der Küstenwache, eine HC-130 Hercules, deren Landescheinwerfer gleißend über den Ozean strichen. Die Maschine kreiste über ihnen und strich über das Rettungsboot und den abgerissenen Bohrturm hinweg, bevor sie sich auf die Suche nach Überlebenden im Wasser begab. Ein paar Minuten später jagten zwei F-15 der Hawaii Air

National Guard, die vom Hickam Field auf Oahu kamen, im Tiefflug übers Meer und kreisten dann zur Unterstützung der Hercules über der Bucht. Den Lufteinsatz hatten die NUMA-Leute, ohne es zu wissen, Hiram Yeager zu verdanken, der, als sich das zweite Erdbeben ankündigte, den Vizepräsidenten überreden konnte, die Vorfälle genauer zu untersuchen. Daraufhin war sofort das Militär ins Erdbebengebiet beordert worden.

»Das tut den wehen Augen doch mal gut«, sagte Summer, als die Hercules wieder über ihnen kreiste. »Ich weiß nicht, wieso sie hier sind, aber ich jedenfalls bin froh drüber.«

»Ich gehe jede Wette ein, dass bereits ein Kutter und ein paar Hubschrauber unterwegs sind«, sagte Dirk.

»Zum Geier, wir brauchen keinen verdammten Kutter«, sagte Dahlgren und lachte dann laut auf. »Wir haben unser eigenes Rettungsboot.«

Er schwamm zu einem undefinierbaren Gegenstand, der ganz in der Nähe im Wasser trieb, kehrte kurz darauf zurück und zog den angeschlagenen, aber noch intakten Katamaran hinter sich her.

»Der Kat. Er hat's überlebt«, sagte Dirk verblüfft.

Summer schaute sich das Ding an und stellte dann stirnrunzelnd fest: »Mein Surfbrett. Was hat das hier zu suchen?«

Verwundert musterte sie den verzogenen Aluminiumrahmen, der mit Tauen an Dirks Surfbrett befestigt war, das seinerseits, wie sie bemerkte, an etlichen Stellen ziemlich angeschlagen war.

»Und was ist damit passiert?«

»Schwesterherz«, sagte Dirk achselzuckend, »das ist eine lange Geschichte.«

51

Die Zeiger der Uhr rührten sich nicht von der Stelle. So jedenfalls kam es Theresa vor. Sie wusste, dass sie durch ihre ständigen Blicke auf das kunstvolle Chronometer an der Wand nur das Ihre dazu beitrug, dass die Zeit so furchtbar langsam verrann. Doch der bevorstehende Fluchtversuch machte sie nervös, bis sie sich schließlich dazu zwang, nicht mehr zur Uhr zu schauen, sondern sich auf die geologischen Berichte zu konzentrieren, die vor ihr lagen.

Es war der zweite Tag hintereinander, an dem sie, nur von gelegentlichen Essenspausen unterbrochen, im Arbeitszimmer saßen und bis in die Nacht mit ihrer Aufgabe beschäftigt waren. Allerdings waren Theresa und Wofford, ohne dass ihre Häscher das wussten, bereits seit Stunden mit der Auswertung der Seismogramme fertig. Doch sie taten so, als arbeiteten sie weiter, in der Hoffnung darauf, dass sie auch an diesem Abend nur von einem Wächter in ihre Zimmer zurückgebracht wurden. Einer der beiden Posten, die tagsüber an der Tür standen, war verschwunden, nachdem er ihr Abendessen abgeräumt hatte, was ihre Chancen auf ein Entkommen verbesserte.

Theresa warf einen kurzen Blick zu Wofford, der regelrecht strahlte, während er den begleitenden Bericht zu einem Seismogramm durchlas. Er hatte die genauen Darstellungen bewundert, die mit von Wachters Technologie angefertigt worden waren, und die dazugehörigen Begleittexte förmlich verschlungen. Theresa wünschte sich insgeheim, ihre Angst ebenso mühelos verdrängen zu können wie Wofford.

Die Uhrzeiger krochen an der Neun vorbei, als Tatiana, die eine schwarze Hose und einen dazu passenden leichten Wollpulli trug, ins Arbeitszimmer kam. Ihre langen Haare waren frisch gekämmt, und sie trug ein funkelndes Goldamulett um den Hals. Doch ihr attraktives Aussehen, so stellte Wofford fest, konnte die innere Kälte und Gefühllosigkeit nicht kaschieren.

»Sind Sie mit der Analyse fertig«, fragte sie ohne jede Vorrede.

»Nein«, erwiderte Wofford. »Die zusätzlichen Profile wirken sich auf unsere früheren Annahmen aus. Wir müssen ein paar Berichtigungen vornehmen, wenn wir optimale Bohrergebnisse erzielen wollen.«

»Wie lange dauert das?«

Wofford gähnte laut und nachdrücklich. »In drei, vier Stunden müssten wir fast so weit sein.«

Tatiana blickte auf die Uhr. »Sie können morgen früh weitermachen. Ich gehe davon aus, dass Sie bis zum Mittag mit Ihrer Bewertung fertig sind und meinem Bruder Bericht erstatten können.«

»Und danach werden wir nach Ulan-Bator gebracht?«, fragte Theresa.

»Natürlich«, erwiderte Tatiana mit einem schmalen Lächeln, das sie der Lüge zieh.

Dann kehrte sie ihnen den Rücken zu, sprach kurz mit dem Wächter und verschwand wieder. Theresa und Wofford stapelten in aller Ruhe die Berichte, räumten den Arbeitstisch auf und versuchten möglichst viel Zeit herauszuschlagen. Denn nur wenn sie mit dem Wachmann allein und sonst unbeaufsichtigt waren, hatten sie eine Fluchtchance.

Nachdem sie so lange getrödelt hatten, wie sie es wagen konnten, ohne dass es zu sehr auffiel, standen sie auf. Wofford griff sich einen Stapel Akten und wollte ihn mitnehmen, doch der Wärter deutete auf die Berichte und schüttelte den Kopf. Wofford legte sie wieder auf den Tisch, nahm seinen Stock und humpelte mit Theresa zur Tür. Der Aufpasser folgte ihnen auf den Fersen.

Theresas Herz raste, als sie den langen Korridor entlanggingen. Im Haus war alles ruhig, die Lichter waren gedämpft – allem Anschein nach hatten sich Tatiana und Borjin in ihre Privaträume im Südflügel zurückgezogen. Doch plötzlich kam der kleinwüchsige Hausverwalter mit einer Wodkaflasche in der

Hand aus einem Nebenraum. Er bedachte die Gefangenen mit einem hochmütigen Blick und hastete dann zur Treppe, die zu den Unterkünften der Dienstboten führte.

Wofford humpelte betont schwerfällig den Gang entlang und spielte den harmlosen Behinderten. Als sie am Ende des breiten Korridors angekommen waren, wurde er noch langsamer und warf einen kurzen Blick in die Seitenflure, um sicherzugehen, dass keine weiteren Wachen oder Dienstboten in der Nähe waren. Dann wartete er ab, bis sie das Foyer hinter sich hatten und in der Nähe ihrer Zimmer im Nordflügel waren, bevor er losschlug.

Allem Anschein nach war es reine Unachtsamkeit. Er schwang seinen Gehstock nach vorn und setzte ihn ein bisschen zu weit links auf, genau vor Theresas rechten Fuß. Beim nächsten Schritt stolperte sie über den Stock und warf sich gleichzeitig auf eine Weise nach vorn, dass es einer Stuntfrau in Hollywood alle Ehre gemacht hätte. Wofford verlor ebenfalls das Gleichgewicht, torkelte vorwärts, als fiele er hin, und kniete sich dann auf sein gesundes Bein. Er schaute zu Theresa, die lang hingestreckt am Boden lag und sich kaum bewegte. Jetzt hing alles vom Wächter ab.

Wie Wofford erwartet hatte, erwies sich der Mongole als wahrer Gentleman und bückte sich, um Theresa aufzuhelfen. Wofford wartete, bis er mit beiden Händen Theresas Arm ergriff, dann sprang er ihn an wie eine Katze. Er stieß sich mit dem heilen Bein ab, warf sich auf den Wärter und riss den Stock hoch, dessen gekrümmter Griff den Wachmann unter dem Kinn traf und seinen Kopf zurückschleuderte. Durch die Wucht des Schlages zerbrach der hölzerne Stock, und der Griff schlug auf den Boden, aber Wofford sah, wie der Wärter glasige Augen bekam und dann rücklings umfiel.

Theresa und Wofford hielten inne und lauschten bang, ob Wachmänner den Korridor entlanggestürmt kamen. Doch es blieb ruhig.

»Alles in Ordnung?«, flüsterte Wofford und bückte sich, um Theresa aufzuhelfen.

»Mir fehlt nichts. Ist er tot?«, fragte sie und deutete auf den am Boden liegenden Wärter.

»Nein, der ruht sich bloß aus.« Wofford holte eine Vorhangkordel, die er aus seinem Zimmer hatte mitgehen lassen, aus der Hosentasche und fesselte rasch Hände und Füße des Wachmanns. Dann zog er ihn mit Theresas Hilfe über den Boden und schleppte ihn ins erste Zimmer. Dort riss er einen Kopfkissenbezug vom Bett, knebelte ihn damit, schloss dann die Tür und sperrte ihn ein.

»Bereit für eine kleine Zündelei?«, fragte er Theresa.

Sie nickte nervös, dann schlichen sie ins Foyer zurück.

»Viel Glück«, flüsterte er, huschte hinter eine Säule und wartete.

Theresa hatte darauf bestanden, allein ins Arbeitszimmer zurückzukehren, und konnte Wofford schließlich davon überzeugen, dass es so sinnvoller war. Mit seinem verletzten Bein war er zu langsam, machte zu viel Lärm und könnte sie alle beide in Gefahr bringen.

Sie drückte sich an die Wand und huschte leichtfüßig den breiten Korridor entlang. Weit und breit war niemand zu sehen, und bis auf das Ticken einer alten Standuhr schien alles ruhig. So schnell, wie sie es wagen konnte, lief sie zum Arbeitszimmer und trat durch die offene Tür. Glücklicherweise hatte der Wachmann beim Gehen das Licht ausgeschaltet, sodass sie vom hellen Flur aus so gut wie nicht zu sehen war, stellte sie fest und atmete einmal tief durch, um ihre Angst zu unterdrücken.

Dann tastete sie sich durch den vertrauten Raum, bis sie auf das Bücherregal an der hinteren Wand stieß. Aufs Geratewohl zog sie etliche Bücher heraus und kniete sich hin, riss mit beiden Händen die Seiten heraus und knüllte sie zusammen. Sobald sie einen kleinen Haufen Papier aufgetürmt hatte, baute sie außen herum eine Pyramide aus Büchern, die sie aufklappte und mit den Blättern nach innen gewandt hinstellte. Als sie mit ihrem Werk zufrieden war, stand sie auf, drückte sich an der hinteren Wand entlang und stieß auf den kleinen Ecktisch, auf dem ein Zigarrenhumidor und eine Kristallkaraffe mit Cognac standen. Theresa ergriff die Karaffe, verteilte den Inhalt im Zimmer und kippte den letzten Viertelliter über ihre Papierpyramide. Dann kehrte sie zum Tisch zurück, öffnete den Humidor und tastete darin herum, bis sie auf eine Schachtel Streichhölzer stieß, die Wofford zuvor entdeckt hatte. Sie ergriff sie, lief auf Zehenspitzen zur Tür und spähte vorsichtig hinaus. Auf dem Flur war noch immer alles ruhig.

Sie schlich zu dem Bücherhaufen zurück, bückte sich, riss ein Streichholz an und warf es auf das mit Cognac getränkte Papier. Kein fauchender Feuerball loderte auf, lediglich eine kleine Flamme, die über die Schnapsrinnsale auf dem Teppichboden wanderte und sich immer weiter ausbreitete.

»Brenn schon«, sagte Theresa beschwörend. »Brenn das verdammte Gefängnis nieder.«

52

Sie wirkten wie Phantome, wie Unholde mit schwarzer Gummihaut, die sich geistergleich zwischen den Bäumen bewegten. Lautlos und vorsichtig überquerten die drei dunklen Gestalten die Straße und rückten dann zum Aquädukt vor. Ein paar Meter weiter stürzte das Wildwasser zu Tal, dessen Rauschen von den Berghängen widerhallte. Eine der Gestalten hielt den Arm ins Aquädukt, schaltete dann eine Stiftlampe an. Das Wasser strudelte munter vorbei, aber die Strömung war bei Weitem nicht so stark wie unten im tosenden Fluss. Pitt schaltete die Lampe aus und nickte seinen Gefährten zu.

Nach Sonnenuntergang hatten sie noch eine Stunde gewartet, bis die bewaldete Bergspitze nahezu pechschwarz vor ihnen aufragte. Da der Mond spät aufging, hatten sie noch mindestens zwei, drei Stunden tiefe Dunkelheit. Pitt, Giordino und Gunn stiegen auf die Ladefläche des Lastwagens, wo ihre Ausrüstung in drei ordentlichen Stapeln aufgebaut war.

»Wie tief ist das Aquädukt?«, fragte Gunn, als er in einen schwarzen DUI-Trockentauchanzug schlüpfte.

»Allenfalls zwei Meter«, erwiderte Pitt. »Vermutlich kämen wir mit Schnorcheln durch, aber wir nehmen lieber Kreislaufgeräte, falls wir ein bisschen länger unten bleiben müssen.«

Pitt hatte seinen Neopren-Anzug bereits zugezogen und streifte sich gerade die Tragschale mit dem Dräger-Kreislaufgerät über. Es wog nur knapp über zehn Kilo und versorgte den Taucher mit Atemluft, die in einem geschlossenen System über eine Kalkpatrone gereinigt und durch eine mitgeführte Sauerstoffflasche mit reinem Sauerstoff angereichert wurde. Das Gerät war kleiner und weniger sperrig als die herkömmliche Pressluftflasche, vor allem aber entwichen so gut wie keine verräterischen Luftblasen. Pitt schnallte sich den Bleigurt um und hakte die Tauchtasche ein, in der sich seine Schuhe befanden, zwei Walkie-Talkies und sein 45er Colt. Er stieg vom Lastwagen, suchte kurz die Umgebung ab und beugte sich wieder hinein.

»Sind die Herrschaften zu einer mitternächtlichen Schwimmstunde bereit?«, fragte er.

»Ich bin reif für ein heißes Bad und einen Bourbon«, sagte Gunn.

»Alles klar, ich muss bloß noch mein Einbruchswerkzeug einpacken«, erwiderte Giordino. Er kramte in einem Werkzeugkasten herum, holte eine Eisensäge, einen Franzosen, ein Brecheisen und ein Unterwasserschweißgerät heraus und verstaute alles in seiner Tasche, hakte sie am Gürtel fest und sprang vom Laster. Gunn folgte ihm mit ernster Miene.

Die Männer hatten ihre leichten Schwimmflossen in der Hand, als sie in ihren Trockentauchanzügen zum Aquädukt vorrückten. Neben der V-förmigen Wasserrinne stehend blickte sich Pitt ein letztes Mal um. Der Mond war noch nicht aufgegangen, und unter dem bewölkten Himmel betrug die Sicht höchstens zehn Meter. Im Aquädukt konnte sie so gut wie niemand entdecken.

»Seht zu, dass ihr euch abbremst. Wir kommen unter der kleinen Brücke unmittelbar hinter der Mauer raus«, sagte Pitt, während er seine Flossen anlegte. Er überprüfte den Atemregler, zog dann die Tauchbrille herunter und rollte sich behutsam ins Aquädukt. Gunn schlug hinter ihm ins Wasser, gefolgt von Giordino, der elegant hineinglitt und die Nachhut bildete.

Das eisige Flusswasser, in dem er ohne Schutzanzug binnen weniger Minuten erfroren wäre, fühlte sich für Pitt wie ein kühler Windhauch an. Trotz der beißenden Kälte um Mund und Halbgesichtsbrille war er für die Abkühlung sogar dankbar, denn auf dem Weg zum Aquädukt war er in dem isolierenden Trockentauchanzug fast ins Schwitzen geraten.

Die Strömung in dem abschüssigen Aquädukt war stärker, als er erwartet hatte, deshalb schob er die Füße nach vorn, legte sich flach auf den Rücken und trat mit den Flossen dagegen an, bis er nur noch im Schritttempo vorankam. In zahlreichen Kurven und Biegungen zog sich das Aquädukt an der Straße entlang, und Pitt kam sich wie auf einer Rodelbahn vor, als er an den glitschigen, mit Algen bewachsenen Betonwänden entlangflutschte, die Gegenbande touchierte und wieder zurückprallte.

Das macht ja richtig Spaß, dachte er, während er zum Himmel aufblickte und die Wipfel der hohen Kiefern betrachtete, die das Ufer säumten. Dann wichen die Bäume zurück, und die Wasserrinne führte schnurgerade über eine Lichtung. Vor sich sah er gedämpften Lampenschein, in dem sich die hohe Mauerkrone abzeichnete.

Genau genommen waren es zwei Lichtquellen, eine Lampe auf der Mauer und eine weitere, deren Schein aus dem Pförtnerhaus fiel. Dort saßen zwei Wachen vor einer großen Videowand und plauderten miteinander. Fast ein Dutzend Kameras, die rund um die Grundstückgrenzen angebracht waren, darunter auch eine unmittelbar über dem Aquädukt, lieferten ständig Live-Aufnahmen vom Geschehen rundum. Doch hier, in dieser abgelegenen Gegend, war auf den körnig grünen Bildern der Nachtsichtgeräte lediglich ab und zu ein Wolf oder eine Gazelle zu sehen. Trotzdem passten die Wachen einigermaßen auf, widerstanden dem Drang zu schlafen und vertrieben sich die Zeit auch nicht beim Kartenspiel, da sie wussten, dass Borjin keinerlei Unregelmäßigkeiten duldete.

Beim Anblick der Mauer ließ Pitt etwas Luft aus seinem Trockentauchanzug ab, sodass er ein paar Zentimeter tiefer sank. Er drehte sich kurz um, bevor er untertauchte, und sah die dunkle Silhouette von Rudi Gunn hinter sich. Hoffentlich verstand Gunn den Hinweis und tauchte ebenfalls unter.

Das Wasser war so klar, dass Pitt den Lampenschein am Tor und auf der Mauer mühelos sehen konnte. Als er näher glitt, streckte er die Füße hoch, zog die Knie an und machte sich auf ein Hindernis gefasst. Er wurde nicht enttäuscht. Kaum war er an den Lichtern zu seiner Rechten vorbeigerauscht, als er mit den Flossen auf ein Eisengitter stieß, das große Gesteinsbrocken, aber auch Eindringlinge abfangen sollte. Pitt schwamm rasch zur Seite, kniete sich hin und blickte flussaufwärts. Kurz darauf sah er etwas Schwarzes vor sich, griff zu und fing Rudi Gunn ab, bevor er gegen das Gitter prallte. Unmittelbar dahinter tauchte Giordino auf, der sich wie Pitt mit den Füßen an den Eisenstäben abfing.

Die Wachen, die nur wenige Meter weiter im Pförtnerhaus saßen, bemerkten von all dem nichts. Wenn sie besser auf den Monitor geachtet hätten, auf dem die Bilder der Kamera über dem Kanal liefen, hätten sie möglicherweise etwas Dunkles gesehen und die Sache näher in Augenschein nehmen können. Und wenn sie ihre warme Hütte verlassen und die Ohren aufgesperrt hätten, wäre ihnen vielleicht auch das dumpfe Scharren aufgefallen, das aus dem Wasser drang. Aber sie plauderten unverwandt weiter.

Das Gitter war kein großes Hindernis, jedenfalls nicht so schlimm, wie sie erwartet hatten. Keine Querstreben, die sie mühsam hätten durchsägen müssen, nur drei senkrechte Stäbe, jeweils gut fünfzehn Zentimeter voneinander entfernt. Giordino tastete sie ab, ergriff den mittleren Stab, zog sich nach unten und setzte seine Säge an. Das Eisen war so rostig, dass er es nach gut einem Dutzend Zügen durchgesägt hatte. Er nahm sich die nächste Stange vor und durchtrennte sie fast ebenso mühelos. Dann stemmte er die Füße an den Boden, ergriff beide Stäbe unmittelbar über der Bruchstelle, drückte die stämmigen Schenkel durch und bog die Eisenstangen so weit nach vorn, dass am Boden des Aquädukts ein schmaler Durchgang frei wurde.

Gunn kniete in der Wasserrinne, als ihn Giordino am Arm ergriff und zu dem Loch lotste. Gunn tastete die Öffnung ab, stieß mit einem kurzen Flossenschlag hinein und wand sich um den verbliebenen Stab. Dann drehte er sich um, trat gegen die Strömung an, bis er Pitt und Giordino hinter sich hindurchgleiten sah – und ließ sich dann mitziehen. Sie trieben durch ein Betonrohr, das unter der Umfriedungsmauer hindurchführte, glitten in tiefer Dunkelheit weiter dahin, bis sie plötzlich in einer Wasserrinne auf der anderen Seite landeten.

Gunn tauchte auf und sah gerade noch, wie eine schmale Brücke über ihm vorbeihuschte. Er versuchte Halt zu finden, als ihn jemand ergriff und zur Seite zog.

»Bis hierher und nicht weiter, Rudi«, hörte er Pitt flüstern.

Die Wände der Wasserrinne waren steil und glitschig, aber die drei Männer zogen sich an den Stützpfeilern der Brücke heraus, blieben dann in deren Schatten sitzen, streiften die Tauchanzüge ab und verstauten sie unter den Streben. Mit einem kurzen Blick über das Gelände überzeugten sie sich davon, dass alles ruhig war und in unmittelbarer Umgebung keine berittenen Patrouillen umherstreiften.

Gunn zog den Reißverschluss seiner Tauchtasche auf, holte seine Brille, die Schuhe und eine kleine Digitalkamera heraus. Pitt, der neben ihm saß, hatte seinen 45er und die beiden Walkie-Talkies bereitgelegt. Er überzeugte sich davon, dass die Funkgeräte leise gestellt waren, und reichte eines an Gunn weiter.

»Tut mir leid, dass wir nicht genügend Waffen haben. Wenn du in die Bredouille gerätst, meldest du dich bei uns«, sagte Pitt.

»Ich bin drin und wieder draußen, bevor irgendwer was mitkriegt, das kannst du mir glauben.«

Gunn hatte die Aufgabe, sich ins Labor zu schleichen, das seismische Gerät zu fotografieren und alle Unterlagen mitgehen zu lassen, die ihm unterwegs in die Hände fielen. Falls jemand dort arbeitete, sollte er sich unverrichteter Dinge zur Brücke zurückziehen und dort warten. Pitt und Giordino hatten ein etwas kitzligeres Unternehmen vor. Sie wollten ins Haus eindringen und nach Theresa und Wofford suchen.

»Wir sehen zu, dass wir uns hier wieder treffen, es sei denn, einer von uns kommt nicht unbehelligt wieder raus. Dann nehmen wir uns die Garage vor und schnappen uns eins von Borjins Fahrzeugen.«

»Nimm das hier, Rudi«, sagte Giordino und reichte Gunn sein Brecheisen. »Falls die Tür verschlossen ist ... oder eine neugierige Laborratte Ärger macht.«

Gunn nickte mit einem bitteren Grinsen, nahm das Brecheisen und zog in Richtung Labor davon. Am liebsten hätte er Pitt und Giordino dafür verflucht, dass sie ihn hierher geschleppt hatten, doch er wusste auch, dass es sinnvoll war. Sie mussten zumindest versuchen, Theresa und Wofford zu retten. Und da es gleichzeitig darum ging, Unterlagen über das seismische Gerät zu beschaffen, wurden für diesen Einsatz drei Mann gebraucht. Verdammt, eigentlich bräuchte man hundert Mann, dachte Gunn, während er zum Himmel blickte, als hoffte er auf eine Kompanie Spezialeinsatzkräfte, die per Fallschirm über dem Anwesen einschwebten. Doch er sah nur ein paar vereinzelte Sterne, deren Licht kaum durch die leichte Wolkendecke drang.

Gunn verdrängte seine Bedenken und lief los, huschte von einem Busch zum anderen und achtete darauf, dass er in Deckung blieb. Erst vor der Zufahrt wurde er langsamer und schlich fast im Schneckentempo über die Straße, damit der Kies nicht unter seinen Füßen knirschte. Er hielt sich an Pitts Anweisungen und drückte sich an der hell erleuchteten Garage vorbei. Das Klirren und Klappern diverser Werkzeuge verriet ihm, dass dort zumindest eine Person zu später Stunde noch an der Arbeit war.

Gerade wollte er auf das angrenzende Labor vorrücken, als ihn das Wiehern eines Pferdes jäh erstarren ließ. Da er rundum keinerlei Bewegung sah, kam er zu dem Schluss, dass das Geräusch aus den Stallungen am anderen Ende des Gebäudes kommen musste. Er musterte das Labor und stellte erleichtert fest, dass im Erdgeschoss nur ein paar gedämpfte Lichter brannten. Die Fenster im oberen Stock waren heller erleuchtet, und von dort hörte er auch leise Musik. Offenbar befanden sich dort die Unterkünfte der Wissenschaftler, die im Labor arbeiteten.

Nachdem er sich noch einmal davon überzeugt hatte, dass keine berittene Patrouille in der Nähe war, schlich er zur Glastür und drückte dagegen. Zu seiner Überraschung war sie nicht verschlossen. Rasch trat er in den Forschungs- und Erprobungsbereich und schloss die Tür hinter sich. Ein gutes Dutzend Oszilloskope summten in dem von ein paar Schreibtischlampen erleuchteten Raum, sonst aber war er leer. Gunn bemerkte einen Kleiderständer neben dem Eingang, schnappte sich einen der langärmligen weißen Laborkittel, die dort hingen, und streifte ihn über seine dunkle Jacke. Ein bisschen Verkleidung kann nicht schaden, dachte er, und falls zufällig jemand von draußen reinschaut, lässt er sich vielleicht täuschen.

Er ging den breiten Korridor entlang, der sich durch das ganze Gebäude zog, und stellte fest, dass in den wenigen Labors und Büros, die ihn säumten, Licht brannte. Da er Angst hatte, im Gang erwischt zu werden, zögerte er zunächst, dann ging er los, und zwar so schnell wie möglich, allerdings ohne zu rennen, hielt den Blick nach vorn gerichtet und den Kopf gesenkt. Die drei anderen Personen, die hier noch arbeiteten, nahmen ihn nur kurz wahr, als er am Fenster vorbeiging. Sie sahen lediglich, dass es sich um jemanden in einem Laborkittel handelte, einen ihrer Kollegen vermutlich, der auf dem Weg zur Toilette war.

Kurze Zeit später war Gunn bei der wuchtigen Tür am Ende des Gangs. Schwer atmend und mit hämmerndem Herzen entriegelte er das Schloss und drückte dagegen. Die schwere Tür schwang lautlos auf, und dahinter sah er die schalltote Kammer. In der Mitte des Raums, unter einem Ring heller Deckenleuchten, ragte eins von Wachters seismischen Geräten auf, genau wie Pitt und Giordino es beschrieben hatten.

Gunn, der heilfroh war, dass sich niemand in der Kammer aufhielt, huschte durch die Tür und den Laufgang hinauf.

»Die erste Hälfte wäre geschafft«, murmelte er, als er die Digitalkamera zückte. Sein Blick fiel auf das Walkie-Talkie an seinem Gürtel, und er fragte sich, wie es Pitt und Giordino ergehen mochte.

53

Wenn du von vorn für Ablenkung sorgst, kann ich mich außen rumschleichen und ihnen in die Flanke fallen«, flüsterte Pitt, während er die beiden Wachen musterte, die reglos zu beiden Seiten der Eingangstür zum Wohnsitz standen.

»Mit Hilfe meines handzahmen Franzosen müsste das klappen«, erwiderte Giordino und klopfte auf die schwere rote Rohrzange, die an seinem Gürtel hing.

Pitt senkte den Kopf und entsicherte seinen Colt. Sie mussten die Posten am Eingang ausschalten, wenn sie in das Haus eindringen wollten, so viel stand fest. Die Gefahr bestand dabei darin, dass sie keinen Schuss abfeuern durften, um die zahlreichen Wachmänner nicht zu alarmieren, die sich auf Borjins Anwesen aufhielten.

Lautlos rückten die beiden Männer mit kurzen Sprints vor,

entlang der spiegelnden Wasserläufe, die zum Haus strömten. Dann warfen sie sich zu Boden und krochen zu einem Rosenbeet, das sich rund um das überdachte Portal zog. Sie konnten die Wachen deutlich erkennen, als sie zwischen den hellgelben Damaszenerrosen hindurchspähten.

Beide Männer, an die Mühsal ereignisloser Nachtschichten gewöhnt, lehnten locker an der Mauer des Hauses. Nach 22 Uhr ließen sich Borjin oder seine Schwester nur selten blicken, es sei denn, sie unternahmen einen Abendspaziergang oder kehrten spät aus Ulan-Bator zurück.

Pitt bedeutete Giordino, dass er an Ort und Stelle bleiben und ihm fünf Minuten Zeit lassen sollte, bis er sich in Position gebracht hatte. Als Giordino nickte und sich wieder hinkauerte, lief Pitt in einem weiten Bogen zur anderen Seite des Portals. Er folgte dem Rosenbeet, bis er auf die Zufahrt stieß und überquerte dann den Kiesweg ebenso vorsichtig wie Gunn. Vom Fahrweg bis zum Haus erstreckte sich offenes Gelände, über das Pitt tief geduckt rannte. Dann ging er hinter einem Wacholderbusch an der Vorderseite des Hauses in Deckung und spähte durch die Äste zur Tür. Die Wachen standen nach wie vor auf ihrem Posten und hatten ihn in der Dunkelheit offenbar noch nicht bemerkt.

Er schlich weiter voran, von einem Busch zum nächsten, bis er das überdachte Portal erreichte. Dort kniete er sich hin, den 45er in der Hand, und wartete auf Giordinos Auftritt.

Da die Wachen bislang keine Reaktion zeigten, gab Giordino Pitt eine weitere Minute Zeit, bevor er durch das Rosenbeet vorrückte. Ihm war aufgefallen, dass die Säulen, auf denen das Dach des Portals ruhte, eine hervorragende Deckung abgaben, wenn er sich der Vortreppe näherte. Er schob sich ein Stück zur Seite, bis er in den toten Winkel der Wachen kam, dann stieg er aus dem Beet.

Wie er vermutet hatte, konnte er die Wachen nicht sehen, sie ihn folglich auch nicht, daher lief er schräg nach rechts, bis zur Rückseite der Säule. Die Haustür war jetzt nur noch fünf Meter entfernt, und er hatte freie Sicht auf beide Wachen. Lautlos und ohne ein Wort zu sagen trat er hinter der Säule hervor, holte aus und schleuderte den Franzosen wie einen Tomahawk.

Beide Posten bemerkten den stämmigen Italiener sofort, waren aber zu erschrocken, als dass sie hätten reagieren können. Ungläubig starrten sie auf das rote Ding, das durch die Luft auf sie zuwirbelte, einen von ihnen an der Brust traf und ihm mehrere Rippen brach. Der Mann ging in die Knie und stöhnte vor Schmerz. Der andere Wächter trat sofort zu ihm, um ihm zu helfen, sah dann aber, dass er nicht schwer verletzt war, und richtete sich auf, um sich auf Giordino zu stürzen. Doch der hatte sich mittlerweile wieder hinter die Säule verzogen. Der Posten ging einen Schritt in seine Richtung, hielt dann jedoch inne, als er hinter sich Schritte hörte. Er drehte sich um und sah gerade noch den Griff von Pitts 45er, der ihn knapp unter dem Helm traf.

Als er zusammensackte, schob ihm Pitt die Hände unter die Achseln und fing ihn auf, bevor er zu Boden schlug. Giordino huschte hinter der Säule hervor und näherte sich, als Pitt den Bewusstlosen zu einem Gebüsch ziehen wollte. Pitt bemerkte plötzlich, wie Giordinos Augen auffunkelten, dann schrie er: »Runter!«

Pitt duckte sich, als Giordino zwei Schritte vortrat und dann genau auf ihn zusprang. Giordino streckte die Arme aus, flog über Pitt hinweg und auf den ersten Posten zu, der jetzt hinter Pitt stand. Der Verletzte hatte sich von dem Schlag mit dem Franzosen erholt, rappelte sich gerade wieder auf und hatte ein kurzes Messer gezückt, das er Pitt gerade in den Rücken stoßen wollte. Giordino riss mitten in der Luft den linken Arm herum, schlug das Messer zur Seite und landete mit voller Wucht auf dem Wächter. Gemeinsam gingen sie zu Boden, worauf Giordino seinem Gegner das Knie in die Brust rammte. Der Mann krümmte sich unter dem unerträglichen Druck auf seine gebrochenen Rippen und schnappte nach Luft. Dann traf ihn Giordinos rechte Faust an der Schläfe, erstickte seinen Schrei und schlug ihn bewusstlos, bevor er einen weiteren Laut hervorbrachte.

»Das war ziemlich knapp«, japste Giordino.

»Danke für den Einsatz«, sagte Pitt. Er stand auf und erkundete das Gelände. Auf dem Grundstück und im Haus war alles ruhig. Offenbar hatten die Wachen keinen Alarm ausgelöst.

»Schaffen wir die Typen aus der Sicht«, flüsterte Pitt und schleppte sein Opfer zwischen die Büsche. Giordino packte seinen Mann am Kragen und tat es ihm gleich.

»Hoffentlich ist nicht zu früh Schichtwechsel«, grummelte er.

Als Pitt seinen Wachmann im Gebüsch abgeladen hatte, wandte er sich mit funkelnden Augen an Giordino.

»Ich glaube, der kommt früher, als du denkst«, sagte er und zwinkerte ihm verschmitzt zu.

54

Theresa sah, wie die kleinen Flammen die zerfetzten Seiten erfassten und allmählich höher und heller aufloderten. Nun griff das Feuer auf die aufgeschlagenen Bücher über. Als klar war, dass es nicht mehr verlöschte, lief sie rasch zur Tür des Arbeitszimmers und schnappte sich unterwegs den Stapel Berichte, die Wofford zuvor schon hatte mitgehen lassen wollen. In ihnen befanden sich eine Reihe von Wachters präzisen seismischen Darstellungen sowie die Karten mit den Verwerfungslinien und den beunruhigenden roten Markierungen, darunter auch die vor Alaska. Nach einem letzten Blick auf das gelb lodernde Feuer, das im hinteren Teil des Raumes emporzüngelte, wandte sich Theresa um und stürmte den Korridor entlang.

Sie war nervös, rannte so schnell sie konnte, ohne zu laut aufzutreten oder Gefahr zu laufen, dass sie hinfiel. Trotzdem meinte sie jeden ihrer Schritte widerhallen zu hören und spürte, wie ihr jetzt, da sie ihre Flucht in die Tat umsetzen wollten, das Adrenalin ins Blut schoss. Der Plan war simpel. Sie versuchten sich im Flur neben dem Foyer zu verstecken, bis die Posten am Eingang auf das Feuer aufmerksam wurden, dann wollten sie sich im anschließenden Tohuwabohu hinausstehlen, ein Fahrzeug beschaffen und das Tor durchbrechen. Jetzt, da das Feuer gelegt war, wurde sie zuversichtlicher und glaubte sogar ein bisschen daran, dass ihr zugegebenermaßen etwas dürftiger Fluchtplan gelingen könnte.

Sie lief langsamer, als sie sich dem Foyer näherte und hielt nach Wofford Ausschau. Er stand neben einer hohen, kannelierten Säule, dem Versteck, in dem sie ihn zurückgelassen hatte. Er warf ihr einen erschrockenen Blick zu, als er sie sah. Theresa wiederum lächelte und bedeutete ihm mit einem kurzen Nicken, dass alles geklappt hatte. Wofford, der normalerweise stets zu einem Scherz aufgelegt war, stand wie versteinert da, mit verkniffener Miene.

Dann trat Tatiana aus seinem Schatten. Sie hatte eine kleine automatische Pistole auf seinen Rücken gerichtet. Mit giftigem Lächeln zischte sie Theresa an. »Ein herrlicher Abend für einen Spaziergang, nicht?«

Theresa keuchte erschrocken auf, dann lief es ihr eiskalt über den Rücken. Doch als sie Tatianas gemeines Grinsen sah, schlug ihre Angst in Wut um. Wenn ihre Stunde schon geschlagen hatte, sagte sie sich, dann wollte sie wenigstens nicht klein beigeben.

»Ich konnte nicht schlafen«, versuchte sie zu bluffen. »Wir sind so kurz vor dem Abschluss der Analyse. Ich habe den Wächter dazu überredet, uns ein paar Berichte holen zu lassen, damit wir auf unseren Zimmern weiterarbeiten können«, sagte sie, die Akten unter den Arm geklemmt.

Den Versuch war's wert, aber Theresa sah an Tatianas Blick, dass sie ihr kein Wort glaubte.

»Und wo ist der Wächter?«

»Er räumt im Arbeitszimmer auf…«

Im gleichen Augenblick hallten etliche dumpfe Schläge durch den Korridor, als ob Bücher zu Boden fielen – ein Werk der Flammen, die sich durch eins der unteren Regale fraßen. Mit neugierigem Blick trat Tatiana in die Mitte des Foyers, um den Gang entlangzuschauen, hatte die Waffe aber unverwandt auf Wofford gerichtet. Er warf Theresa einen Blick zu, worauf sie kurz nickte.

Wie auf ein Stichwort hin schleuderte Theresa ihren Aktenstapel auf Tatiana zu, während sich Wofford auf ihren rechten Arm stürzte. Mit einer flinken, schlangengleichen Bewegung, die sie beide überraschte, drehte sich Tatiana herum, wich Wofford aus und ließ die Akten an ihrem Hinterkopf abprallen. Im nächsten Moment fuhr sie inmitten der zu Boden segelnden Papiere zu Theresa herum, trat einen Schritt vor und drückte ihr die Waffe an die Wange.

»Dafür sollte ich dich auf der Stelle töten«, zischte sie in Theresas Ohr, während sie Wofford mit der anderen Hand zu sich winkte.

Sie trieb Theresa mit dem Lauf ihrer Pistole, einer Makarow PM, durchs Foyer zum Eingang, griff mit ihrer freien Hand um sie herum und riss die Tür auf.

»Wachen«, rief sie. »Kommt zu mir.«

Die beiden Posten am Portal, die mongolische Kriegergewänder trugen und die Helme tief in die Stirn gezogen hatten, stürmten herein und schätzten rasch die Lage ab. Der erste Wächter trat zu Wofford und zog eine Faustfeuerwaffe, die er dem Geophysiker in die Rippen rammte. Der zweite Wachmann, der deutlich kleiner war, kam zu Theresa und ergriff ihren Arm.

»Übernehmt sie«, befahl Tatiana und zog die Waffe von Theresas Gesicht weg. Der Wächter gehorchte und riss sie grob von Tatiana weg. Theresa, die nun jede Hoffnung verlor, warf Wofford einen verzweifelten Blick zu. Komischerweise wirkte Wofford nicht mehr so trübsinnig wie zuvor, im Gegenteil, er schaute sie aufmunternd an. Dann löste sich plötzlich der Schraubzwingengriff um ihren Oberarm. Im nächsten Augenblick ließ der Posten Theresa los und packte unverhofft Tatianas Handgelenk, verdrehte es kurz und drückte gleichzeitig zu. Die Waffe glitt ihr aus der Hand, ehe sie wusste, wie ihr geschah, und landete scheppernd auf den Marmorplatten. Dann riss er ihren Unterarm erneut herum und versetzte ihr einen Stoß, worauf sie mit einem Schmerzensschrei zu Boden stürzte.

»Was, um alles auf der Welt, erlaubt ihr euch?«, brüllte sie, rieb sich das Handgelenk und stand auf. Zum ersten Mal sah sie sich den Wachmann genauer an, bemerkte seine Ärmel und stellte fest, dass ihm sein Umhang zwei Nummern zu groß war. Sein Grinsen kam ihr irgendwie bekannt vor, auch wenn es ihrer Meinung nach völlig fehl am Platz war. Sie wandte sich dem anderen Posten zu und sah, dass seine Kluft viel zu klein war. Außerdem hatte er mittlerweile seine Waffe auf sie gerichtet. Als sie ihm ins Gesicht schaute und die funkelnden grünen Augen sah, keuchte sie auf.

»Sie!«, krächzte sie. Dann verschlug es ihr vor Schreck die Sprache.

»Hatten Sie etwa den Pizzaservice erwartet?«, erwiderte Pitt, der die 45er auf ihren Bauch gerichtet hatte.

»Aber Sie sind doch in der Wüste umgekommen«, stammelte sie.

»Nein, das war Ihr Freund, der falsche Mönch«, erwiderte Giordino, während er die Makarow aufhob. Tatiana schien bei seinen Worten regelrecht zu schrumpfen.

»Al, Sie sind zurückgekommen«, rief Theresa, den Tränen nahe. Giordino drückte ihre Hand.

»Tut mir leid, dass ich Sie beim Reingehn ein bisschen hart anfassen musste«, sagte er. Theresa nickte verständnisvoll und erwiderte den Druck.

»Jedenfalls sind wir heilfroh, Sie zu sehen, Mr. Pitt«, sagte Wofford. »Wir hatten kaum noch Hoffnung, hier wieder heil rauszukommen.«

»Wir haben gesehen, was sie Roy angetan haben«, sagte Pitt

und warf Tatiana einen kalten Blick zu. »Das hier ist nicht gerade ein Ferienlager. Jedenfalls habt ihr uns viel Mühe erspart, denn jetzt müssen wir nicht mehr das ganze Haus nach euch absuchen.«

»Ich glaube, wir sollten lieber verschwinden, bevor die eigentlichen Palastwachen aufkreuzen«, warf Giordino ein und führte Theresa zur Tür.

»Moment«, sagte sie. »Die seismischen Berichte. Wir haben Hinweise dafür gefunden, dass sie möglicherweise auf tektonische Verwerfungen am Persischen Golf und in Alaska einwirken.«

»Das ist doch Blödsinn«, erklärte Tatiana.

»Mit Ihnen hat hier keiner gesprochen, Schwester«, versetzte Giordino und richtete die Makarow auf sie.

»Es stimmt«, sagte Wofford, bückte sich dann und half Theresa beim Einsammeln der Papiere, die am Boden verstreut waren. »Sie haben die Zerstörung der Ölpipeline an der Nordspitze des Baikalsees verursacht, bei der die Seiche-Welle ausgelöst wurde. Außerdem haben sie Verwerfungen am Persischen Golf und in der Nähe der Alaska-Pipeline aufs Korn genommen.«

»Am Golf haben sie bereits zugeschlagen, fürchte ich«, sagte Pitt.

»Die Daten dürften eine gute Ergänzung zu den Fotos sein, die Rudi grade schießt«, warf Giordino ein.

Pitt sah, dass ihn Theresa und Wofford fragend ansahen.

»In dem Labor auf der anderen Seite der Zufahrt steht ein akustisch-seismisches Gerät. Damit hat man, wie wir glauben, Erdbeben ausgelöst, bei denen schwere Schäden in den Ölhäfen am Persischen Golf entstanden. Ihre Unterlagen könnten diese Vermutung untermauern. Aber dass Alaska ebenfalls auf der Liste steht, wussten wir noch nicht.«

Theresa stand mit dem Arm voller Dokumente da, als ein ohrenbetäubendes Schellen durch den Gang drang. Die Flammen, die sich von den brennenden Büchern immer weiter ausbreiteten, hatten einen Rauchmelder vor dem Arbeitszimmer ausgelöst, dessen Alarm durchs ganze Haus hallte.

»Wir haben im Arbeitszimmer Feuer gelegt«, erklärte Theresa. »Ein Ablenkungsmanöver, das Jim und ich zur Flucht nutzen wollten.«

»Vielleicht klappt es immer noch«, erwiderte Pitt. »Aber wir sollten lieber nicht warten, bis die Feuerwehr anrückt.«

Rasch trat er durch die offene Tür, gefolgt von Theresa und Wofford. Tatiana schob sich zur hinteren Wand und versuchte sich während des allgemeinen Aufbruchs zu verstecken. Giordino lächelte sie an, trat zu ihr hin und packte sie am Pulli.

»Sie müssen leider mitkommen, meine Liebe. Wollen sie lieber laufen oder fliegen?«, fragte er und schubste sie kurzerhand zum Ausgang. Tatiana drehte sich um und fauchte ihn an, dann aber ging sie widerwillig durch die Tür.

Draußen führte Pitt die Gruppe zu den Säulen, die das Dach des Portals trugen, dann blieb er stehen. Von rechts hörte er den Hufschlag galoppierender Pferde, der ihm verriet, dass eine Patrouille an der Nordgrenze des Anwesens den Alarm gehört hatte und zum Eingang sprengte. Schreie und lautes Getöse drangen aus den Stallungen und den Unterkünften der Wachmannschaften vor ihm und zu seiner Linken. Und er sah Männer mit Laternen und Taschenlampen, die zu Fuß zum Haus stürmten.

Insgeheim verfluchte er Theresa dafür, dass sie Feuer gelegt hatte. Wenn sie ein paar Minuten früher weggekommen wären, hätten sie das Durcheinander nutzen können. Aber jetzt, da sämtliche Wachmannschaften auf den Beinen waren und sich auf ihre Posten begaben, konnten sie nur in Deckung gehen und darauf hoffen, dass sie an ihnen vorbeiliefen.

Pitt deutete auf die Rosenstöcke hinter den Säulen. »Alle flach hinlegen. Wir warten, bis sie ins Haus rennen, dann verziehen wir uns«, sagte er leise.

Theresa und Wofford warfen sich sofort zu Boden und robbten hinter eine Reihe Dornensträucher. Giordino stieß Tatiana hinter einen knospenden Busch und legte ihr die Hand über den Mund. Dann hielt er sich mit der anderen Hand die Makarow an die Lippen und sagte: »Schscht.«

Pitt kniete sich hin und löste das Walkie-Talkie von seinem Gürtel.

»Rudi, kannst du mich hören?«, sagte er leise.

»Ich bin ganz Ohr«, kam die ebenso gedämpfte Antwort.

»Wir sind auf dem Weg nach draußen, aber hier fängt gerade eine Party an. Wir müssen uns in etwa fünf bis zehn Minuten am Fluchtpunkt treffen.«

»Ich mach hier Schluss und verzieh mich zur Garage. Ende.«

Pitt warf sich zu Boden, als drei Wächter aus den Stallungen nahten. Sie rannten nur ein paar Schritte an ihm vorbei und nahmen kaum wahr, dass die Posten an der Tür nirgendwo zu sehen waren, bevor sie hineinstürmten. Bislang brannten am Portal nur ein paar schummrige Lichter, sodass Pitt und die anderen im Schutz der Dunkelheit gut gedeckt waren.

Die berittene Patrouille war noch rund fünfzig Meter entfernt. Pitt überlegte, ob sie entlang der Rosenstöcke aufs Gelände vorrücken sollten, verwarf den Gedanken dann aber. Die Reiter rechneten bestimmt nicht damit, dass irgendjemand in der Nähe des Portals lag. Und mit etwas Glück tobte das von Theresa gelegte Feuer mittlerweile so heftig, dass alle Mann zum Löscheinsatz herangezogen wurden.

Die berittene Patrouille, insgesamt acht Mann, sprengte in schnellem Galopp auf das Haus zu, doch an der mit Kies bestreuten Auffahrt zügelten die Reiter plötzlich ihre Pferde. Pitt wurde mulmig zumute, als er sah, wie sie sich in einem weiten Halbkreis rund ums Portal auffächerten und dann anhielten. Zwei der Pferde schnaubten unruhig, als die Reiter sie an die Kandare nahmen. Vier weitere Wachen, die von der anderen Seite angerannt kamen, blieben kurz vor der Auffahrt stehen, als der Alarm im Haus plötzlich verstummte. Entweder war das Feuer außer Kontrolle geraten, oder man hatte es, wie Pitt befüchtete, in den Griff bekommen, bevor es sich weiter ausbreiten konnte.

Ein blendend weißes Gleißen lieferte ihm die Antwort. Mit einem Mal flammten ein Dutzend Strahler auf, die an den Dachsparren des Portals angebracht waren, und tauchten die ganze Umgebung in helles Licht. Im Schein der Halogenlampen waren Pitt und die anderen, die zwischen den Rosenstöcken lagen, nun deutlich zu sehen.

Pitt umschloss den Griff seines 45ers fester und zielte auf den nächsten Reiter. Die Wachen zu Fuß waren weiter entfernt und allem Anschein nach nicht bewaffnet. Bei den Berittenen aber sah die Sache anders aus. Neben den Bögen und ihren tödlichen Pfeilen hatten sie, wie Pitt erschrocken feststellte, alle Gewehre dabei, die sie angelegt und auf sie gerichtet hatten. Er sah zwar, dass Giordino mit der Makarow ebenfalls auf einen Reiter zielte, doch die Lage, in der sie sich befanden, schien alles andere als rosig.

Doch niemand eröffnete das Feuer. Stattdessen hallten Schritte aus dem Marmorfoyer, dann stürmten vier Männer aus der Tür. Die drei Wachen, die auf den Alarm hin ins Haus gerannt waren, traten ein paar Schritte vor, blieben dann stehen und starrten Pitt und die anderen an. Ihre leuchtend orangen Gewänder waren von Rauch und Asche geschwärzt, aber sie wirkten ganz und gar nicht panisch. Vor allem aber hatten sie, wie Pitt besorgt feststellte, Sturmgewehre vom Typ AK-47 im Anschlag.

Der vierte Mann drängte sich an ihnen vorbei und lief mitten auf die Auffahrt. Borjin trug einen blauen Seidenmantel, der nicht recht zu seinem hochrot angelaufenen Gesicht passte. Er warf einen wütenden Blick auf die Büsche neben dem Portal, wo die beiden nackten und bewusstlosen Posten im Schein der Strahler deutlich zu erkennen waren. Dann wandte er sich mit finsterer Miene an Pitt und die anderen und knurrte: »Dafür werdet ihr mir büßen.«

55

Die Neugier half Gunn über seine anfängliche Angst hinweg, als er die echofreie Kammer betrat. Er hatte schon andere schalldichte Räume gesehen, aber noch nie einen derart hohen, in dem so viele leistungsstarke elektronische Geräte standen. Die Computer und Stromkästen, die reihenweise den Rand der Plattform säumten, erinnerten ihn an die Rechnerzentrale an Bord eines Trident-U-Boots. Noch interessanter aber war das seltame Gebilde in der Mitte des Raumes: drei miteinander verbundene Röhren, die drei Meter hoch aufragten. Gunn lief es eiskalt über den Rücken, als er die Akustikwandler betrachtete und an Yeagers Behauptung dachte, dass man damit Erdbeben auslösen könnte.

Im nächsten Augenblick brach ihm der Schweiß aus. Er bemerkte, dass die Temperatur in der Kammer fast vierzig Grad betrug. Überrascht stellte er fest, dass die Geräte eingeschaltet waren und irgendein Testprogramm lief. Die Hitze, die von den zahllosen elektronischen Geräten abgestrahlt wurde, hatte den Raum in eine Sauna verwandelt. Er zog seinen geborgten Laborkittel und die Regenjacke aus, die er darunter trug, holte seine Digitalkamera heraus, stieg auf die Plattform und fing an der hinteren Seite an und fotografierte in aller Eile sämtliche Geräte. Dann lief er schwitzend zum Eingang, öffnete die Tür und ließ einen Schwall kühle Luft herein. Und weil er nahende Schritte so besser hören konnte und außerdem über Funk erreichbar sein wollte, ließ er sie offen und fotografierte weiter.

Gunn hielt erst inne, als er zu einer großen Konsole kam, vor der ein gepolsterter Ledersessel stand. Allem Anschein nach war dies das Schaltpult, von dem aus das seismische Gerät aktiviert wurde. Gunn ließ sich auf dem Sessel nieder und musterte den bunten Flachbildschirm vor sich. In der Mitte des Monitors blinkte eine Popup-Anzeige auf, ein Wort nur – TESTDURCHLAUF, auf Deutsch. Aber Rudi, der ein paar Brocken Deutsch konnte, seit er einige Monate lang gemeinsam mit einem deutschen Forscherteam das im Zweiten Weltkrieg von einem russischen U-Boot versenkte Passagierschiff *Wilhelm Gustloff* untersucht hatte, verstand, was damit gemeint war. Er klickte ein mit ABBRECHEN gekennzeichnetes Kästchen an, worauf ein farbiges Bild erschien, das wie ein abstraktes Gemälde wirkte.

Dann erkannte er, dass es sich um eine dreidimensionale Darstellung von Sedimentschichten handelte, die in unterschiedlichen Goldgelbtönen leuchteten. Am linken Rand fand sich eine Skala, die eine Tiefe von fünfhundert Metern anzeigte, daher nahm er an, dass es eine stratigraphische Abbildung der Erdkruste unmittelbar unter dem Labor war. Er griff zu einer Computermaus und zog sie zu sich. Als sich der Cursor über den Bildschirm bewegte, drang ein lautes Ticken aus den hoch aufragenden Wandlern. Das Ticken brach kurz darauf wieder ab, als ein weiteres Bild aus dem Erdinneren auftauchte. Gunn stellte fest, dass die Skala jetzt bei fünfhundertfünfzig Meter stand.

Von Wachter hatte in der Tat ein Gerät konstruiert, das bemerkenswerte seismische Darstellungen ermöglichte. Gunn zog die Maus mehrmals hin und her und bewunderte die kristallklaren Abbildungen der Gesteinsschichten viele hundert Meter unter ihm. Unterdessen tickte das akustische Gerät vor sich hin, gedreht von einem Elektromotor, der ab und zu den Neigungswinkel veränderte. Gunn saß eine Zeitlang da wie ein Junge, der sich von seinem Computerspiel nicht losreißen kann, betrachtete fasziniert die Bilder und musterte die Unregelmäßigkeiten im Untergrund. So nahm er kaum wahr, als Pitt sich per Funk bei ihm meldete, stürmte dann aber sofort zur Tür, damit die Verbindung in der isolierten Kammer nicht abriss.

Anschließend meldete er sich ab und warf einen kurzen Blick in den Flur. Als er niemanden sah, flitzte er wieder auf die Plattform und fotografierte die übrigen Geräte rund um den seismischen Apparat. Dann zog er seine Jacke an und wollte schon aufbrechen, kehrte aber noch kurz zu der Konsole zurück und kramte in den Papieren herum, die er dort gesehen hatte. Er stieß auf ein dickes Handbuch, offenbar eine Bedienungsanleitung, die an ein kleines Edelstahlklemmbrett geheftet war. Das Deckblatt und die vorderen Seiten fehlten – vermutlich hatte sie Pitt bei seinem letzten Besuch herausgerissen. Gunn steckte das Handbuch samt Klemmbrett in eine Reißverschlusstasche seiner Jacke und begab sich zur Tür. Er wollte gerade hinausgehen, als eine Stimme aus dem Funkgerät drang.

Das Herz rutschte ihm in die Hose, als ihm klar wurde, dass es nicht Pitts Stimme war. Und wenn die Durchsage stimmte, war alles aus.

56

Pitt stand langsam auf, den Colt nach unten gerichtet, um Borjins schießfreudige Wachen mit ihren Schnellfeuerwaffen nicht zu einem Feuerstoß zu verleiten. Er wartete, bis Giordino Tatiana auf die Beine zog, zu ihrem Bruder herumdrehte und die Makarow deutlich sichtbar an ihr Ohr hielt. Vergeblich versuchte sich Tatiana von ihm loszureißen.

»Lass mich los, du Schwein. Ihr seid alle tot«, fauchte sie.

Giordino lächelte lediglich, ergriff eine Handvoll ihrer Haare und drückte ihr den Lauf der Makarow tiefer ins Ohr. Tatiana zuckte vor Schmerz zusammen, dann gab sie jeden Widerstand auf.

Als alle Tatiana anblickten, hob Pitt langsam den Colt, bis er auf Borjins Bauch gerichtet war. Mit der linken Hand strich er unauffällig über die Sendetaste seines Funkgeräts und hoffte, dass Gunn das Zeichen verstand und begriff, dass sie in der Klemme steckten.

Borjin warf seiner Schwester nur einen kurzen, fast teilnahmslosen Blick zu. Pitt und Giordino hingegen betrachtete er genauer, und plötzlich funkelten seine Augen auf.

»Ihr zwei«, rief er, als er sie erkannte, dann fasste er sich wieder. »Ihr habt also die Fahrt in die Wüste überlebt und seid wieder auf meinem Grundstück erschienen? Warum lasst ihr euch auf solche Dummheiten ein? Nur um das Leben eurer Freunde zu retten?« Er nickte zu Theresa und Wofford hin, die hinter Tatiana standen.

»Wir sind hier, weil wir Ihnen das Handwerk legen wollen. Verhindern wollen, dass Sie weitere Erdbeben verursachen und wegen des Öls noch mehr Morde begehen«, erwiderte Pitt. »Wir sind auch wegen unserer Freunde hier. Und wegen Dschingis.«

Borjin zeigte kaum eine Reaktion, als Pitt die Erdbeben ansprach. Doch als der Name des mongolischen Großkhans fiel, zuckte er zusammen, verkniff die Augen und lief derart rot an, dass Pitt dachte, er würde jeden Moment Feuer spucken.

»Vorher wird euch der Tod ereilen«, versetzte er und nickte den Wachen zu.

»Vielleicht. Aber Sie und Ihre Schwester werden mich begleiten.«

Mit finsterer Miene musterte Borjin den markig wirkenden Mann, der ihm da so keck drohte. An Pitts entschlossenem Blick erkannte er, dass er dem Tod schon oftmals in die Augen geschaut hatte. Wie sein großes Vorbild Dschingis Khan kannte er offenbar keinerlei Angst. Doch eine Schwäche hatte er, und die wollte er nutzen, um ihn ein für alle Male loszuwerden.

»Meine Männer können euch jederzeit niedermähen«, entgegnete er. »Aber ich möchte nicht, dass meine Schwester stirbt. Lassen Sie Tatiana los, dann dürfen Ihre Freunde gehen.«

»Nein«, rief Theresa und baute sich vor Giordino auf. »Sie müssen uns alle gehen lassen.« Dann flüsterte sie Giordino zu: »Wir werden nicht zulassen, dass man Sie hier ermordet.«

»Sie stellen hier keine Bedingungen«, antwortete Borjin kalt. Er tat so, als wollte er lediglich auf- und abschreiten, Pitt war jedoch klar, dass er vorhatte, sich unauffällig aus dem Schussfeld zu verziehen. Er fasste den Griff des 45ers fester, als Borjin hinter einen Wachmann trat, dann erstarrte er.

Der Knall klang, als hätte jemand mit einem Vorschlaghammer auf einen Eisenkessel eingedroschen und gleichzeitig eine Sprengladung gezündet. Doch keine der Waffen war losgegangen. Das dumpfe Grollen kam von der anderen Seite des Anwesens, vom Labor her. Zwanzig Sekunden verstrichen, und immer noch standen alle verwundert da, dann ertönte der zweite Donnerschlag. Tatiana erkannte das Geräusch zuerst. Erschrocken wandte sie sich an ihren Bruder.

»Das ist von Wachters Gerät«, rief sie mit bangem Unterton. »Jemand hat es aktiviert.«

Wie der schwere Donnerhall eines mächtigen Gongs dröhnte der dritte Schlag vom Labor her über das Gelände und übertönte ihre Worte.

Gunn war trotz aller Anspannung bemerkenswert ruhig geblieben. Ihm war klar, was Pitt von ihm erwartete – er sollte mit seinen Fotos und den anderen Beweisen vom Anwesen flüchten, sich mit den Behörden in Verbindung setzen und Borjin bloßstellen. Doch er konnte sich nicht einfach nur absetzen und seine Freunde dem sicheren Tod überlassen. Er wusste allerdings auch, dass er lediglich selber sterben würde, wenn er ihnen nur mit einem Brecheisen bewaffnet zu Hilfe kam. Aber vielleicht, dachte er, nur vielleicht, konnte er Borjins Dämon gegen seinen Meister verwenden.

Gunn ging wieder in die schalltote Kammer, zog die Tür hinter sich zu und rannte zur Konsole. Jetzt war er dankbar, dass die Anlage lief und er ein paar Minuten zuvor damit gespielt hatte. Er setzte sich auf den Ledersessel, griff zur Maus, scrollte vor und suchte eine Darstellung, die er vorhin gesehen hatte. Während der Dreifuß tickend und summend die Befehle ausführte, fuhrwerkte Gunn hektisch mit dem Cursor herum. Dann endlich fand er das gesuchte Bild – ein sonderbarer Sprung im Gestein, der zwei Sedimentschichten voneinander trennte. Außen herum sah er etwa ein Dutzend runde Unregelmäßigkeiten, bei denen es sich um Risse im Fels handelte. Er hatte keine Ahnung, ob es tatsächlich eine Verwerfung war und ob sich an dieser Stelle überhaupt Spannung aufgebaut hatte. Mit dem akustischen Gerät spielte das vielleicht ohnehin keine Rolle. Gunn wusste zwar nicht, ob er damit irgendetwas ausrichten konnte, aber etwas Besseres fiel ihm im Augenblick einfach nicht ein.

Er zog den Cursor zum Scheitelpunkt des Risses im Gestein und klickte ihn an. Ein leuchtendes Fadenkreuz blinkte über dem markierten Punkt auf, und wieder tickte der Dreifuß. Gunn bewegte den Cursor zum oberen Rand des Bildschirms und scrollte durch eine Reihe von Pull-down-Menüs. Schon nach kurzer Zeit tropfte ihm bei der hektischen Arbeit in der heißen Kammer der Schweiß von der Stirn, zumal er immer wieder die deutschen Befehle der Software lesen musste, die von Wachter und seine Mitarbeiter entwickelt hatten. Wieder und wieder hielt er inne und überlegte fieberhaft, bis ihm fast vergessene Worte und Formulierungen einfielen. Er erinnerte sich an Yeagers Bericht, demzufolge von Wachter für seine Darstellungen gebündelte Hochfrequenzwellen benutzte, daher stellte er den höchsten Frequenzbereich ein. Fachbegriffe wie AMPLITUDE verstand er ohnehin, und so wählte er die höchste Leistungsstärke und einen Arbeitsgang, der alle zwanzig Sekunden wiederholt wurde. Ein rot blinkendes Kästchen, in dem in Großbuchstaben AKTIVIEREN stand, tauchte auf dem Bildschirm auf. Gunn kreuzte in Gedanken die Finger und klickte es an.

Zunächst tat sich gar nichts. Dann lief in rascher Abfolge eine lange Reihe von programmiersprachlichen Zeichen ab. Gunn meinte zunächst, seine überreizten Sinne spielten ihm einen Streich, doch die Verstärker und Computer schienen förmlich zum Leben zu erwachen und gaben ein tiefes Summen von sich. Er wischte sich über die Stirn und war davon überzeugt, dass die Temperatur noch einmal um mindestens zehn Grad gestiegen war. Er bemerkte, dass der Dreifuß wieder tickte, aber diesmal lauter und höher. Dann flackerten die Lichter, und ein lauter Knall drang aus der nach unten gerichteten Spitze des Dreifußes. Es war, als hätte nur wenige Zentimeter entfernt ein

Blitz eingeschlagen. Die akustische Welle erschütterte das Gebäude derart, dass Gunn fast vom Sessel gefallen wäre.

Mit klingenden Ohren torkelte er zur Tür, blieb dann stehen und schaute bestürzt in die Kammer.

Der echofreie Raum. Er war so gebaut, dass er den Schall absorbierte. Selbst die gebündelten Wellen des akustischen Geräts wurden von den schallschluckenden Bodenplatten vermutlich stark abgeschwächt. Die ganze Arbeit, die er sich mit dem Aktivieren der Anlage gemacht hatte, war umsonst gewesen.

Gunn sprang von dem Eisensteg auf den Schaumstoffboden und rannte auf den Dreifuß zu. Er war auf den nächsten Beschuss gefasst und hielt sich rechtzeitig die Ohren zu, als die Wandlerröhren mit ohrenbetäubendem Knall die zweite Schallwellensalve abfeuerten.

Der Donnerschlag warf ihn auf die Knie, doch er rappelte sich rasch wieder auf und kroch zu dem Dreifuß, riss hektisch die Schaumstoffplatten unter dem Gerät heraus und zählte laut bis zwanzig, damit er von der nächsten Entladung nicht wieder überrascht wurde. Er hatte Glück, denn der Schaumstoff war nicht festgeklebt und ließ sich mühelos in großen Stücken lösen. Darunter lagen offenbar Fliesen, aber Gunn erkannte anhand der matt silbrigen Farbe, dass sie aus Blei waren und als zusätzlicher Schallschutz dienten. Er hatte bis elf gezählt, als er zur Konsole stürmte und das Brecheisen holte, das auf dem Tisch lag. Er stieß die Spitze in eine Fuge im Boden, stemmte eine der schweren Fliesen hoch und wuchtete sie zur Seite. Ohne darauf zu achten, dass er mittlerweile bei achtzehn angelangt war, arbeitete er weiter und riss rasch drei weitere Bleiplatten heraus, die unter dem akustischen Gerät zusammen mit der ersten ein Quadrat gebildet hatten.

Gunn stellte fest, dass er vor lauter Aufregung offenbar zu schnell gezählt hatte, trat dann rasch zurück und hielt sich die Ohren zu, bevor der dritte Knall ertönte. Er blickte zu Boden und sah, dass das Gerät jetzt auf eine dünne Betonschicht gerichtet war, die das Fundament des Gebäudes bildete.

»Daran kann ich nichts ändern«, murmelte er, als der Donnerschlag verhallte, und ging zum Ausgang.

Als er die schwere Tür aufzog, rechnete er fast damit, dass ihn draußen eine Schar bewaffneter Wachen erwartete. Aber die waren alle zum Haus gestürmt, jedenfalls vorerst. Stattdessen sah er eine kleine Gruppe Wissenschaftler, einige im Pyjama, die zum anderen Ende des Flurs rannten. Als Gunn aus der Kammer trat, schrie einer der Männer irgendetwas und hetzte die wütende Meute auf ihn. Gunn, der nur ein paar Meter Spielraum hatte, sprintete zum nächstbesten Büro auf der rechten Seite und trat ein.

Wie die meisten Büros im Gebäude war es spartanisch eingerichtet, mit einem grauen Metallschreibtisch an der Wand und einem Labortisch daneben, auf dem allerlei elektronische Geräte standen. Das Mobiliar interessierte Gunn nicht. Ihm ging es vor allem um das kleine Fenster, das aufs Gelände führte. Er ging hin, dankte Giordino stillschweigend dafür, dass er ihm das Brecheisen geliehen hatte, hieb mit der stumpfen Seite auf die eine Ecke der Scheibe ein und zertrümmerte sie. Dann fegte er die Scherben vom Fensterbrett und kletterte hinaus. Kaum war er am Boden gelandet, als der vierte Knall des akustischen Geräts ertönte, der jetzt, da sich Gunn außerhalb des Gebäudes befand, weitaus weniger heftig wirkte.

Durch das Fenster hörte er die aufgeregten Schreie der Wissenschaftler, die in die Kammer stürmten, ohne sich weiter um ihn zu kümmern. Er wusste, dass sie die Anlage abschalten würden, bevor das nächste Schallwellenbombardement einsetzte. Sein aus der Not geborener Versuch, in aller Eile ein Erdbeben auszulösen, war vertan. Und damit auch die Chance, Pitt und Giordino das Leben zu retten, dachte er beklommen.

57

Als der zweite Knall über das Anwesen hallte, schickte Borjin zwei berittene Wachen los, die die Sache untersuchen sollten. Während sie über das dunkle Gelände davonsprengten, war in der Ferne ein leises Grollen zu vernehmen, das kurz darauf ebenso wie der Hufschlag der Pferde vom dritten seismischen Beschuss übertönt wurde.

»Haben Sie noch weitere Freunde mitgebracht?«, sagte Borjin mit spöttischem Grinsen zu Pitt.

»Ein paar, aber die genügen, um Ihnen endgültig das Handwerk zu legen«, erwiderte Pitt.

»Dann werden sie mit Ihnen sterben.«

Vom Labor her ertönte ein lautes Klirren, als ob Glas zerspränge, gefolgt von einer weiteren Entladung des akustisch-seismischen Geräts. Dann kehrte Stille ein.

»Offenbar haben Ihre Freunde meine Wachen kennengelernt«, sagte Borjin grinsend.

Er sah Pitt immer noch mit höhnischem Lächeln an, als ein weiteres Grollen, das wie ein aufziehendes Gewitter klang, von den Berghängen widerhallte. Doch diesmal hielt es an, wurde immer stärker, als ginge eine Lawine zu Tal. Draußen – vor der Mauer des Anwesens – stimmte ein Wolfsrudel sein klagendes Geheul an. Auch die Pferde spürten die sich anbahnende Katastrophe, von der die Menschen noch nichts ahnten, wurden zusehends nervöser und fingen laut an zu wiehern.

Tausend Meter unter der Erdoberfläche schnitten sich drei gebündelte Schallwellen, die von den drei Wandlern abgefeuert worden waren, an dem von Gunn markierten Riss, einer Verwerfung im Sedimentgestein. Die ersten beiden Bombardements des seismischen Geräts waren durch den schallschluckenden Boden der Kammer abgeschwächt worden und trafen nur mit geringer Kraft auf die Bruchstelle. Die dritte Salve jedoch hatte mit voller Wucht eingeschlagen. Zwar hielt das Gestein stand, aber die Verwerfungslinie wurde durch die seismischen Wellen heftig erschüttert. Der vierte Beschuss schließlich knackte den Fels.

Eine Verwerfung, auch Bruch, Sprung oder Paraklase genannt, bedeutet eine Lageänderung von Gesteinsschichten längs einer mehr oder weniger geneigten Bewegungsfläche. Die meisten Erdbeben entstehen durch Verschiebungen oder Bruchbildungen in solchen Verwerfungszonen. Dabei gerät die Erdkruste durch die Bewegung der tektonischen Platten unter eine Spannung, die durch die Erschütterungen des Bodens auf einmal ausgeglichen wird. Die gewaltigen Kräfte, die dabei freigesetzt werden, lösen wiederum Schockwellen aus, die die Erde erbeben lassen.

Das vierte und letzte Schallwellenbombardement traf die Verwerfung unter dem mongolischen Gebirgszug mit der Sprengkraft eines Torpedos. Die seismischen Erschütterungen führten dazu, dass sich die Schollen sowohl vertikal als auch horizontal verschoben. Diese sogenannte Dislokation war nur geringfügig, ein paar Zentimeter entlang der rund achthundert Meter langen Bruchstelle, aber da sie sich relativ nahe an der Erdoberfläche ereignete, waren die Auswirkungen gewaltig.

Die Schockwellen jagten durch den Erdmantel und erschütterten den Boden ringsum. Das dabei ausgelöste Erdbeben hatte eine Stärke von 7,5 auf der Richter-Skala. Doch die gemessene Magnitude gab nicht das wahre Ausmaß der an der Erdoberfläche freigesetzten Energie wieder, wo die Erschütterungen den Menschen in dem betroffenen Gebiet zehnmal so heftig vorkamen.

Für Pitt und die anderen kündigte sich die Verschiebung durch ein dumpfes Grollen an, das immer mehr anschwoll, bis es so klang, als donnerte ein Güterzug unter der Erde vorbei. Dann erreichten die Schockwellen die Erdoberfläche, worauf der Boden in Bewegung geriet, zunächst hin und her schwankte, dann nach allen Seiten zu bersten schien.

Pitt und die Wachen ließen einander nicht aus den Augen, als das Erdbeben anfing, doch durch die heftigen Erschütterungen wurden sie nach kurzer Zeit von den Beinen gerissen. Pitt sah, wie einer der Posten rücklings auf die Vortreppe fiel und das Schnellfeuergewehr losließ, das etwa eine Armeslänge von ihm entfernt liegen blieb. Pitt versuchte sich gar nicht auf den Beinen zu halten, sondern warf sich sofort mit nach vorn gestreckten Armen zu Boden und brachte den 45er in Anschlag. Durch die leichtere Waffe war er plötzlich im Vorteil, zielte auf den nächsten noch stehenden Mann und drückte ab. Trotz der Erschütterungen traf er sein Ziel, worauf der Mann rücklings zu Boden stürzte. Im nächsten Moment hatte er die Waffe auf den zweiten Posten gerichtet, der in die Knie gegangen war, um nicht aus dem Gleichgewicht zu geraten, und drückte in rascher Folge dreimal ab. Der Wachmann gab mit seinem AK-47 noch einen Feuerstoß ab, aber zwei von Pitts Schüssen hatten ihn getroffen und auf der Stelle getötet, während seine Kugeln links neben Pitt den Boden aufrissen.

Pitt riss die Waffe herum und legte auf den ersten Wachmann an, der unmittelbar vor Borjin zu Fall gekommen war. Der mongolische Tycoon war beim ersten Schuss die Treppe hinaufgestürmt und ging jetzt, als Pitt sich ihm zuwandte, hinter der Tür in Deckung. Der Wächter rannte hinter ihm her und war kurz vor der Türschwelle, als Pitt einmal abdrückte. Hinter ihm fiel ein weiterer Schuss, abgefeuert von Giordino, nachdem er Tatiana zu Boden gestoßen hatte. Doch inzwischen bebte die Erde so stark, dass niemand mehr genau zielen konnte. Der Posten geriet zwar kurz ins Torkeln, hechtete dann aber durch die Tür und entkam unverletzt.

Die berittenen Wachen auf der anderen Seite der Auffahrt hatten bislang nicht ins Gefecht eingreifen können. Die Pferde, die nicht verstanden, weshalb der Boden unter ihren Füßen bebte, schnaubten und wieherten unentwegt. Drei der Tiere bäumten sich immer wieder auf, sodass sich die Reiter mit aller Kraft an den Zügeln festhalten mussten. Ein vierter Gaul ging durch und preschte in vollem Galopp über die Auffahrt, trampelte über die beiden toten Posten und jagte wie von Sinnen in Richtung Pferdekoppel.

Fast eine Minute lang bebte die Erde so heftig, dass die am Boden liegenden Männer das Gefühl hatten, sie würden bei jedem Stoß in die Luft geschleudert. Ein chaotisches Klirren und Scheppern hallte aus Borjins Haus, als Gläser und Geschirr zersprangen. Dann gingen flackernd die Lichter aus. Aus dem Laborgebäude auf der anderen Seite des Grundstücks drang das leise Heulen einer Alarmsirene.

Und dann war es vorüber. Das Grollen verklang, die Erschütterungen ließen nach, und auf dem Anwesen kehrte eine geradezu unheimliche Stille ein. Die Strahler über dem Portal waren ausgefallen, wie Pitt dankbar feststellte, sodass sie jetzt wieder in tiefe Dunkelheit getaucht waren. Aber er wusste, dass die Schießerei noch lange nicht vorbei war.

Er warf einen kurzen Blik zu den anderen und sah, dass Theresa und Wofford unverletzt waren, aber über Giordinos linkes Bein zog sich ein blutig roter Streifen. Mit leicht missmutiger Miene musterte Giordino die Wunde.

»Sorry, Boss. Habe einen Querschläger von Machine Gun Kelly abgekriegt. Der Knochen ist aber nicht getroffen.«

Pitt nickte, wandte sich dann den Berittenen zu, deren Pferde sich allmählich wieder beruhigten.

»Geht hinter den Säulen in Deckung. Schnell«, rief er. Er hatte kaum ausgesprochen, als einer der Reiter sein Gewehr abfeuerte.

Giordino, der leicht humpelte, zerrte Tatiana hinter eine der Säulen, Theresa und Wofford drückten sich hinter die daneben. Pitt gab ihnen mit einem Schuss in Richtung der Wachen Feuerschutz und stürmte dann hinter eine dritte Säule. Durch die Marmorpfeiler waren sie zumindest vorübergehend gedeckt und konnten weder von den Reitern noch vom Haus aus unter Beschuss genommen werden.

Die fünf verbliebenen Wachen zu Pferd, die ihre Tiere jetzt wieder im Griff und damit die Hände zum Schießen frei hatten, nahmen die Säulen trotzdem auf gut Glück unter Feuer. Doch die vermeintliche Beute war jetzt außer Sicht, während sie ungedeckt im offenen Gelände standen. Giordino beugte sich blitzschnell um die Säule, gab zwei Schüsse auf den nächsten Berittenen ab und ging wieder in Deckung. Die Kameraden des an Bein und Schulter getroffenen Reiters erwiderten sofort das Feuer und deckten Giordino mit einem Hagel aus Blei und Marmorsplittern ein. Der verletzte Wachmann ließ sein Gewehr fallen und verzog sich hinter die Büsche am Ende der Auffahrt. Während Giordino das Feuer auf sich zog, versuchte Pitt sein Glück, beugte sich hinaus, gab zwei Schüsse ab und erwischte einen der Wächter am Arm. Dann brüllte der Patrouillenführer einen Befehl, woraufhin die übrigen Reiter auf die Büsche hinter ihnen zusprengten.

Giordino wandte sich an Pitt. »Die kommen wieder. Einen Dollar, dass sie absitzen und zu Fuß angreifen.«

»Vermutlich versuchen sie uns in diesem Augenblick in die Flanke zu fallen«, erwiderte Pitt. Er dachte an Gunn und wollte zu seinem Funkgerät greifen, aber es war nicht mehr da. Vermutlich war es während des Erdbebens vom Gürtel gerutscht und lag jetzt irgendwo im Dunkeln.

»Hab das Funkgerät verloren«, sagte er und schob einen kurzen Fluch hinterher.

»Ich bezweifle sowieso, dass Rudi uns hier helfen kann. Ich habe nur noch fünf Schuss übrig«, erwiderte Giordino.

Pitt hatte ebenfalls nur noch ein paar Patronen im Colt. Da sowohl Wofford als auch Giordino humpelten, konnten sie sich nicht in aller Eile absetzen. Die Wachen schwärmten höchstwahrscheinlich rund um das Anwesen aus und wollten von drei Seiten auf sie vorrücken. Pitt warf einen Blick zur Tür und kam zu dem Schluss, dass sich im Haus möglicherweise eine bessere Verteidigungsstellung bot. Drinnen war es sonderbar still. Vielleicht hatten er und Giordino den Posten doch getroffen, und nur Borjin versteckte sich noch da drin.

Pitt kniete sich hin und wollte die anderen gerade zum Eingang führen, als ein Schatten aus der Tür fiel. Im schummrigen Licht meinte er die Mündung einer Schusswaffe zu sehen. Dann raschelte es plötzlich in den Rosenstöcken hinter ihm, und nun wusste er, dass es zu spät war. Die Falle war zugeschnappt, es gab kein Entrinnen. Sie waren in der Unterzahl, hatten zu wenig Waffen, kaum noch Munition und konnten sich nirgendwo verstecken. Folglich mussten sie hier die letzte Stellung halten.

Dann hallte ein dumpfes Grollen von den Berghängen wider. Es klang ähnlich, aber doch seltsam anders als das Getöse vor dem Erdbeben. Und mit ihm kündigte sich die nächste Katastrophe an.

58

Pitt horchte und stellte fest, dass dieses Grollen eher vom Berg oben kam als aus den Tiefen der Erde. Es war ein Donnerhall, der nicht nachließ, sondern von Sekunde zu Sekunde lauter wurde. Das Getöse schien, als es näher kam, allmählich in ein Rauschen überzugehen. Alle Blicke waren auf das Tor gerichtet, auf das dieses Geräusch allem Anschein nach zuhielt, immer lauter anschwoll, bis es klang, als röhrten ein Dutzend Jumbojets gleichzeitig über die Startbahn.

Inmitten des Getöses hallten entsetzte Rufe vom Tor her, wo die Posten aus ihrer Wachstube gelaufen kamen und hastig das schwere Eisentor aufstoßen wollten. Ihre Flucht wie auch ihre Schreie gingen in einer gewaltigen, alles zermalmenden Wasserwand unter.

Knapp fünfhundert Meter weiter flussaufwärts war durch das Erdbeben ein tiefer, quer zum Ufer verlaufender Riss entstanden, um den das tobende Wasser wirbelnd schäumte, bevor es sich in den Spalt ergoss. Nahe der Einmündung des Aquädukts wurde der ganze Fluss umgeleitet und bahnte sich entlang des höher liegenden Fahrwegs ein neues Bett.

Die Wassermassen waren auf Borjins Anwesen zugeströmt und hatten sich dann in einer weiten Senke gestaut. Eine hohe Berme, eine Art Stufe, die einst als Rampe für den Transport des schweren Geräts zwischen Straße und Aquädukt angelegt worden war, bildete einen Damm in Sichtweite des Anwesens. Das brodelnde Wasser füllte die Senke und verwandelte sie binnen kurzer Zeit in einen Stausee. Dann sickerten die ersten Fluten über den Rand und spülten eine Rinne aus, die sich rasch bis zum Fuß des Dammes ausdehnte. Kurz darauf brach die ganze Berme zusammen und setzte eine kochende Wasserwand frei.

In einer drei Meter hohen Welle schoss das eisige schwarze Wasser auf das Anwesen zu. Die Torwachen, die die nahende Flut erst wahrnahmen, als es bereits zu spät war, wurden von der Welle zermalmt, als sie ans Tor brandete und sich über die Mauer ergoss. Wieder stauten sich die Wassermassen kurz, rissen dann aber das Tor mit sich und schlugen eine große Bresche in die Mauer. Auf dem Grundstück vereinigten sich die beiden Ströme und schossen in einer immer noch fast zwei Meter hohen Woge auf das Haus zu.

Pitt sah die nahende Wasserwand und erkannte, dass sie nicht davonlaufen konnten, Giordino und Wofford schon gar nicht. Dann musterte er die Umgebung und erkannte, dass sie nur eine einzige Überlebenschance hatten.

»Haltet euch an den Säulen fest«, rief er.

Die dorischen Marmorsäulen boten durch ihre tiefe Kannelierung guten Halt. Theresa und Wofford streckten die Arme um eine Säule und fassten sich an den Händen. Giordino schlang seinen kräftigen linken Arm um den Marmor und hielt mit der anderen Hand die Makarow fest. Tatiana vergaß angesichts der anbrandenden Wassermassen ihre Angst, von einem Schuss getroffen zu werden, und klammerte sich an Giordinos Taille. Pitt hatte gerade noch Zeit, sich flach hinzulegen, die Säule zu umfassen und die Luft anzuhalten, bevor die Sintflut über ihn hereinbrach.

Doch zuerst vernahmen sie schrille Schreie. Die Wachen, die heimlich das Portal umstellt hatten, wurden von dem Wildwasser überrascht, von den Beinen gerissen und von der Woge verschlungen, die sich auf das Wohnhaus zuwälzte. Pitt hörte den Aufschrei eines Wachmanns, der nur ein paar Meter neben ihm von der Strömung dem Haus entgegengeworfen wurde.

Die Welle folgte dem Weg des geringsten Widerstands, wälzte sich über den nördlichen Teil des Anwesens, während das Labor und die Garage größtenteils verschont blieben. Dann brandete sie, von einem tiefen Grollen begleitet, mit voller Wucht gegen das Haus. Wie Pitt gehofft hatte, wirkten die Säulen wie Wellenbrecher und fingen die größte Wucht des Wassers ab, dennoch wurden seine Beine vom Boden gerissen, und er musste sich mit aller Kraft festhalten, bis die Flut über ihn hinweggespült war und der gewaltige Sog etwas nachließ. Jetzt erst, da keine Gefahr mehr bestand, dass er mitgerissen und übel zugerichtet werden könnte, spürte er, wie eisig das Wasser war. Im ersten Moment traf es ihn wie ein Schock, raubte ihm den Atem und brannte wie tausend spitze Nadeln auf der Haut. Er zog sich an der Säule hoch und stellte fest, dass ihm die Flut nur noch bis zum Schenkel reichte, warf dann einen Blick zu Giordino und sah, wie er Tatiana hustend und spuckend aus dem Wasser zog. Kurz darauf tauchten auch Theresa und Wofford auf, die ebenfalls vor Kälte nach Luft japsten.

Die Wasserwand war auf dem Weg bergab ins Haus eingedrungen, hatte die Tür mitgerissen und strömte gut einen halben Meter hoch durchs Foyer. Der Großteil der Welle hatte sich aber an dem massiven Gemäuer gebrochen. Die brodelnde Flut strudelte schließlich um den Nordflügel des Hauses und ergoss sich in einem breiten Wasserfall über die Klippe an der hinteren Grundstücksgrenze. Hier und da übertönten die erstickten Schreie der Männer das Tosen des Flusses. Sie hatten das erste Anbranden der Woge überlebt, nur um jetzt zu Tal gerissen zu werden. Dann brach der Nordflügel unter der Wucht des Wassers zusammen und stürzte mit lautem Getöse in die Fluten.

Auf der Vorderseite ließ die Strömung unterdessen nach, sodass Pitt zu den anderen waten konnte, die sich um Giordinos Säule versammelt hatten. Mit grimmiger Miene betrachtete er die Leichen mehrerer Wachmänner, die immer noch in der Auffahrt herumtrieben. Dann sah er, dass Theresa ihn mit glasigen Augen anstarrte und von Kopf bis Fuß zitterte. Selbst Giordino, den so leicht nichts erschüttern konnte, wirkte wie betäubt – vermutlich hatte er durch die Schussverletzung und das unfreiwillige Bad in dem eisigen Wasser eine Art Schock erlitten. Pitt war sich darüber im Klaren, dass sie sich alle eine Unterkühlung zuziehen würden, wenn sie nicht schleunigst aus der kalten Flut kamen.

»Wir müssen auf trockenen Boden. Da rüber«, sagte er und deutete auf das Labor, das auf einer leichten Anhöhe stand. Wofford nahm Theresa am Arm, während Pitt darauf achtete, dass Tatiana nicht floh. Aber auch ihr war nach dem eisigen Bad nicht mehr nach Widerstand zumute.

Der umgeleitete Fluss hatte sich zwei neue Betten durch das Anwesen gegraben. Der Hauptarm strömte vom Tor zum nördlichen Teil des Hauses, wo das Wasser noch immer um die einstürzenden Mauern brodelte, der zweite wirbelte auf das Labor zu und schwappte dann zurück zum Portal, wo sich ein Teil ins Haus ergoss, während sich der Rest mit dem Hauptarm vereinigte und seitlich um das Gemäuer flutete.

Dieser Nebenarm war es, der Pitt und die anderen einschloss. Zwar führte er den Trupp rasch aus dem tiefsten Geländeabschnitt heraus, aber noch immer standen sie bis zu den Knöcheln im eisigen Wasser, das sich nach allen Seiten ausbreitete. Rundum hallten Schreie und lautes Gebrüll der Wissenschaftler über das Grundstück, als sie versuchten, das Einbrechen des Wassers in das Labor zu verhindern. In der Garage rief jemand irgendetwas, und gleichzeitig wurde ein Auto angelassen. Auf dem Gelände herrschte heilloses Chaos. Die Pferde der Wachmänner waren während des Erdbebens aus ihrer Koppel ausgebrochen und preschten jetzt panisch auf dem Grundstück hin und her.

Pitt hatte unterdessen andere Sorgen. Er sah, wie Theresa in die Knie sank, stürmte sofort zu Wofford und half ihm, sie wieder aufzurichten.

»Sie wird ohnmächtig«, flüsterte er Pitt zu.

Pitt blickte ihr in die Augen sah den abwesenden Blick. Sie zitterte noch immer am ganzen Leib, ihre Haut war blass und kühl. Sie befand sich am Rande der Unterkühlung.

»Wir müssen sie wärmen und trocken kriegen, und zwar pronto«, sagte Wofford.

Da sie mitten auf dem überfluteten Anwesen standen, hatten sie nur beschränkte Möglichkeiten. Und ihre Lage wurde noch schwieriger, als ein Fahrzeug mit gleißenden Scheinwerfern aus der Garage geschossen kam.

Das Wasser ringsum stand fast einen halben Meter hoch, aber der Wagen pflügte wie ein Panzer hindurch. Pitt sah, wie das Fahrzeug herumgezogen wurde und genau auf sie zuhielt. Dann schaltete der Fahrer das Fernlicht an und kurvte in Schlangenlinien hin und her, als wäre er volltrunken. Die gleißenden Scheinwerferstrahlen huschten über Pitt und die anderen hinweg, dann steuerte der Fahrer wieder geradeaus, gab Gas und näherte sich rasch.

Der verfrorene Trupp stand auf offenem Gelände. Nirgendwo war ein Versteck in Sicht. Außerdem verhinderte das schwarze Wasser, das um ihre Knöchel wirbelte, eine rasche Flucht, selbst wenn es irgendwo Deckung gegeben hätte. Seelenruhig musterte Pitt das nahende Fahrzeug, dann wandte er sich an Wofford.

»Übernehmen Sie Theresa einen Moment«, sagte und nahm den Arm von ihrer Schulter. Dann brachte er seinen 45er in Anschlag und zielte auf die getönte Windschutzscheibe und den unsichtbaren Fahrer.

Pitt hielt die Waffe mit ruhiger Hand und legte den Finger um den Abzug. Ohne sich darum zu scheren, hielt der Fahrer durch das hoch aufspritzende Wasser weiter auf ihn zu. Als er näher kam, scherte er leicht aus und bremste ab. Dirk wartete ab, als er sah, wie der schwarze Range Rover mit Turbolader einen Bogen fuhr und dann ein paar Meter vor ihm zum Stehen kam. Er richtete die Waffe auf das Seitenfenster, das ihm jetzt zugewandt war, und trat einen Schritt vor, den Colt mit ausgestreckten Armen im Anschlag.

Das Auto stand einen Moment lang da, in Dampfwolken eingehüllt, die vom heißen Unterboden aufstiegen. Dann senkte sich lautlos das schwarz getönte Fenster auf der Fahrerseite, und aus dem dunklen Innenraum tauchte ein vertrautes Gesicht mit dicker Hornbrille auf.

»Hat hier jemand ein Taxi bestellt?«, fragte Rudi Gunn grinsend.

59

Pitt bugsierte Theresa auf den Rücksitz, worauf Giordino Tatiana hineinstieß und sich neben Theresa setzte. Sobald Wofford vorn eingestiegen war, drehte Gunn die Heizung auf, als wollte er sie alle grillen. Giordino zog Theresa die Schuhe und die nasse Oberbekleidung aus, sobald seine Hände zu zittern aufhörten. Die Wärme tat ihnen allen gut, sogar Theresa setzte sich nach kurzer Zeit auf und half, Giordinos Bein zu verbinden.

»Haben wir dir diese Erschütterung von Borjins Bau zu verdanken?«, fragte Pitt, der noch immer am offenen Fahrerfenster lehnte.

»Dr. von Wachter genau genommen. Sein seismisches Gerät funktioniert nämlich, und es ist sogar richtig benutzerfreundlich. Ich habe ein bisschen damit herumgespielt, auf einen Knopf gedrückt, und im nächsten Moment erbebte die Erde.«

»Im letzten Moment, möchte ich hinzufügen.«

»Klasse Beben, Rudi«, meldete sich Giordino vom Rücksitz, »aber auf das Eiswasserbad hätten wir verzichten können.«

»Für Feuer- und Flutschäden bin ich nun wirklich nicht verantwortlich«, erwiderte Gunn.

Pitt wandte sich dem Labor zu und bemerkte erst jetzt den dicken Rauch und die Flammen, die aus den Fenstern im ersten Stock schlugen. Irgendwo in dem Gebäude war eine Gasleitung gerissen, ein Funke hatte das ausströmende Gas entzündet und einen Feuerball entfacht. Eine Schar zerzauster Wissenschaftler versuchte verzweifelt Geräte, Forschungsmaterialien und persönliche Habseligkeiten herauszuholen, bevor das ganze Gebäude in Flammen aufging.

Tatiana, die in dem warmen Auto ebenfalls aufgetaut war, wurde plötzlich widerspenstig.

»Raus hier«, fauchte sie. »Das ist das Auto meines Bruders.«

»Mir hat es auch gefallen«, erwiderte Gunn. »Erinnern Sie mich dran, dass ich mich bei ihm dafür bedanken muss, dass er den Schlüssel stecken ließ.«

Gunn öffnete die Tür und wollte aussteigen. »Willst du fahren?«, fragte er Pitt. »Ich setze mich zu der Wildkatze dahinten.«

»Nein«, sagte Pitt und warf einen kurzen Blick zum Wohnhaus. »Ich will mir Borjin vorknöpfen.«

»Versuchen Sie es ruhig«, giftete Tatiana, »damit er Sie töten kann.«

Giordino reichte es nun. Er versetzte ihr kurzerhand einen Kinnhaken. Das Gekeife brach ab, und sie sackte bewusstlos auf den Sitz.

»Das wollte ich schon seit einiger Zeit mal machen«, sagte er wie zur Entschuldigung. Dann wandte er sich an Pitt. »Brauchst du Unterstützung?«

»Jedenfalls keine, die einen Platten hat«, erwiderte er mit einem kurzen Nicken auf Giordinos bandagiertes Bein. »Hilf du lieber Rudi dabei, alle heil rauszubringen, falls es weitere Schwierigkeiten gibt. Ich will mich bloß davon überzeugen, dass unser Gastgeber nicht abgetaucht ist.«

»Du darfst dich aber auch nicht länger in diesem eisigen Wasser rumtreiben«, sagte Gunn, als er sah, wie Pitt kurz bibberte. »Nimm wenigstens meine Jacke«, fügte er hinzu und streifte sie ab. »Nicht dass du dieses schicke Kostüm verstecken solltest.« Grinsend musterte er den triefenden orangen *Del*, den Pitt noch immer trug. Also legte Pitt die nassen Sachen ab, schlüpfte in Gunns trockene Jacke und zog den Reißverschluss hoch.

»Danke, Rudi. Sieh zu, dass du vom Gelände kommst, bevor der ganze Laden den Berg runterrutscht. Wenn ich nicht innerhalb einer Stunde zu euch stoße, haust du ohne mich nach Ulan-Bator ab.«

»Wir warten.«

Gunn sprang in den Range Rover, legte den Gang ein und pflügte durch das hoch aufspritzende Wasser zur Ausfahrt. Das Tor und ein gut fünf Meter breites Mauerstück waren von der Flutwelle umgerissen worden, sodass ringsum Beton- und Trümmerbrocken in der Gegend lagen. Pitt blickte dem Rover hinterher, als Gunn ihn durch die breite Bresche in der Mauer steuerte, dann dank des Allradantriebs locker über die Trümmer rumpelte, bis die Rücklichter auf der anderen Seite verschwanden.

Als Pitt durch das dunkle Wasser zum Wohnhaus watete, kam er sich einsam und allein gelassen vor, fürchterlich verfroren. Und er fragte sich, was ihn bei Borjin erwartete.

60

Die Flut war weitgehend abgelaufen, im Haus aber stand das Wasser noch immer knöcheltief, als Pitt die Vortreppe hinaufstieg. Vor der weggerissenen Tür blieb er stehen, als er einen Mann bäuchlings im Wasser liegen sah, die Beine hinter einem Pflanzenkübel eingeklemmt. Er ging hin und betrachtete die Leiche genauer. Es war keiner der Sturmgewehrschützen, auf die er geschossen hatte, aber offenbar ein anderer Wachmann, der in den Wassermassen ertrunken war. Pitt bemerkte, dass er noch immer einen hölzernen Speer in der Hand hatte, den er mit eisernem Griff umklammerte. Er bückte sich, riss ihm das orange Gewand vom Leib und wand ihm den Speer aus der Hand. Dann stieß er den Spieß durch die Armlöcher und hob das Gewand hoch, als hinge es an einem Kleiderbügel. Darauf fällt zwar nur ein Idiot rein, dachte er, aber etwas anderes hatte er gegen das, was ihn da drin erwartete, nun mal nicht aufzubieten.

Er ging in die Hocke, huschte durch die Tür und sicherte mit dem 45er nach allen Seiten ab. Keine Menschenseele war im Foyer, und im ganzen Haus herrschte Stille, vom Rauschen des Wassers einmal abgesehen, das irgendwo eine Treppe hinabströmte. Der Strom war längst ausgefallen, aber an der Flurdecke brannten vereinzelte rote Lämpchen – die Notbeleuchtung wurde per Generator betrieben. Sie spendeten kaum Licht, warfen lediglich rote Schatten in die verlassenen Korridore.

Pitt spähte in die drei Gänge. In Richtung Norden tat sich ein großes Loch auf, wo der Fluss den halben Flügel weggespült hatte. Dort konnte sich Borhin nicht absetzen, es sei denn er besaß einen Kajak und war lebensmüde. Pitt erinnerte sich daran, dass Theresa gesagt hatte, das Arbeitszimmer liege am Mittelgang, daher lief er ihn langsam entlang.

Er drückte sich an die Wand, den Colt mit der rechten Hand nach vorn gerichtet. Den Speer klemmte er sich in die Armbeuge und hielt ihn mit der linken Hand schräg vor sich. Die zerrissene orange Tunika, die immer einen Schritt vor Pitt war und zugleich in den Korridor hing, diente ihm als eine Art improvisierte Vorhut.

Pitt ging langsam, zog die Füße nach, damit ihn kein aufspritzendes Wasser verriet. Genau genommen konnte er kaum anders gehen, da seine Füße so taub waren, dass er das Gefühl hatte, als liefe er auf seinen Beinstümpfen. Große Verfolgungsjagden zu Fuß brachte er jedenfalls nicht mehr fertig, so viel war ihm klar. Er konnte froh sein, wenn er sich überhaupt auf den Beinen hielt.

Vorsichtig ging er weiter, an etlichen Nebenräumen vorbei, ohne sie zu betreten. Er blieb vor jeder Tür stehen und wartete ein paar Minuten lang, bis er sicher war, dass ihm niemand in den Rücken fallen konnte. Ein umgekippter Schrank und ein paar zerschellte Statuetten versperrten ihm den Weg, sodass er kurz zur Gangmitte ausweichen musste. Als er sich aber der Küche näherte, drückte er sich wieder an die Wand und hielt die Tunika schräg nach vorn.

Pitt spürte, wie sehr ihm das eisige Wasser zugesetzt hatte, und dass er seine ganze Kraft aufbieten musste, um wachsam zu bleiben, Augen und Ohren offen zu halten. Als er ein leises Rascheln hörte, erstarrte er und versuchte festzustellen, ob er dieses Geräusch von irgendwoher kannte. Er bewegte den Speer leicht hin und her, ohne sich von der Stelle zu rühren.

Der Feuerstoß kam aus der Küche, eine Reihe ohrenbetäubender Schüsse aus einer Schnellfeuerwaffe, deren Lärm vom Gemäuer widerhallte. Im schummrigen roten Licht sah Pitt, wie die orange Tunika von den Kugeln zerfetzt wurde, die den Stoff durchschlugen und sich ein paar Schritte vor ihm in die Korridorwand bohrten. Ruhig zog Pitt den 45er herum, zielte auf das Mündungsfeuer in der offenen Küchentür und drückte dreimal ab.

Als das Donnern des Colts verhallte, hörte Pitt ein Aufkeuchen, gefolgt von einem gurgelnden Klagelaut, der aus der Küche drang. Im nächsten Moment ertönte ein metallisches Scheppern, so als prallte ein Schnellfeuergewehr gegen Stahlpfannen, dann ein dumpfer Schlag, als der Wachmann zu Boden stürzte.

»Barsijar?«, rief Borjin den Flur entlang.

Pitt grinste vor sich hin, ohne einen Laut von sich zu geben. Er hatte das Gefühl, dass sich nun keine weiteren Helfershelfer mehr zwischen ihm und Borjin befanden. Er ließ Speer und Tunika fallen und rückte angriffslustig in die Richtung vor, aus der er Borjins Stimme gehört hatte. Seine tauben Füße fühlten sich an, als wären Bleigewichte daran befestigt. Er musste sich regelrecht durchs Wasser schleppen und mit der freien Hand an der Wand abstützen, um nicht das Gleichgewicht zu verlieren. Vor sich hörte er Borjins Schritte, bis sie am Ende des Korridors mit einem Mal verklangen.

Ein lautes Krachen ertönte von draußen, als ein weiterer Teil des Nordflügels unter der Wucht des Wassers einstürzte. Das ganze Haus bebte jetzt, da die wirbelnden Fluten das Gemäuer immer weiter unterspülten. Pitt war sich der Gefahr bewusst, in der er hier in diesem Haus schwebte, das hoch auf einer Felswand stand und jederzeit den Berghang hinabrutschen konnte. Doch er dachte nicht daran, kehrtzumachen und sich zum Ausgang zurückzuziehen. Borjin war jetzt ganz in der Nähe, und er konnte ihn lebend schnappen.

Rasch lief er an ein paar kleinen Nebenräumen vorbei, zögerte dann kurz, als er das vom Feuer geschwärzte Arbeitszimmer erreichte. Noch immer zitterte er vor Kälte und Nässe, zwang sich aber dazu, sich auf die Umgebung zu konzentrieren und jeden Gedanken an den eigenen Zustand zu verdrängen. Das stete Plätschern war lauter geworden, als er sich dem hinteren Teil des Ganges näherte. Im schummrigen Schein der Notlichter sah er, dass dies vom Flutwasser herrührte, das eine Treppe unmittelbar hinter dem Arbeitszimmer hinabschoss. Außerdem sah er die Abdrücke nasser Füße, die kaum erkennbar über den trockenen Boden zu dem Konferenzzimmer am Ende des Korridors führten.

Langsam schob sich Pitt an der Treppe vorbei weiter, froh darum, endlich nicht mehr im eisigen Wasser zu stehen. Dann näherte er sich vorsichtig der Tür zum Konferenzraum und spähte hinein. Der spät aufgegangene Mond stand jetzt über dem Horizont und warf seinen silbernen Schein durch die hohen Glasfenster. Pitt ließ den Blick durch den weitläufigen Raum schweifen und versuchte Borjin zu entdecken. Aber nichts rührte sich. Leise trat er ein und sicherte mit dem Colt ringsum ab.

Borjin passte genau den richtigen Zeitpunkt ab. Der Mongole tauchte am Kopfende des Konferenztisches auf, als Pitt sich der gegenüberliegenden Seite des Zimmers zugewandt hatte. Viel zu spät fuhr er herum, als er eine Bewegung wahrnahm, gefolgt von einem lauten Schwirren. Aus der Drehung, und obwohl er sich mit seinen tauben Füßen kaum aufrecht halten konnte, gab er einen Schuss auf Borjin ab, der diesen jedoch weit verfehlte und lediglich die Fensterscheibe hinter ihm zertrümmerte. Borjin hatte besser gezielt.

Pitt sah gerade noch den gefiederten Pfeil auf sich zukommen, bevor er ihn mit einem dumpfen Schlag unmittelbar unter dem Herzen in die Brust traf. Dann wurde er von der Wucht des Aufpralls von den Beinen gerissen. Als er rücklings zu Boden stürzte, warf er einen letzten Blick auf Borjin, der eine Armbrust in der Armbeuge liegen hatte. Das Mondlicht spiegelte sich auf seinen Zähnen, die er zu einem zufriedenen, mörderischen Grinsen gebleckt hatte.

61

Nachdem er sich mit dem Geländewagen durch die Trümmer der Umfriedungsmauer gekämpft hatte, steuerte Gunn den Range Rover auf eine leichte Anhöhe zu und kroch hinauf. Oben angekommen, wendete er und schaltete die Scheinwerfer aus. Von ihrer hohen Warte aus hatten sie freien Blick auf das verwüstete Anwesen. Das kochende Wildwasser aus den Bergen schoss durch die geborstene Mauer und brodelte um das Wohnhaus. Aus dem in dichten Qualm gehüllten Labor auf der anderen Seite schlugen immer höhere Flammen.

»Hoffentlich bleibt von diesem Bau nicht mal die Asche übrig«, stellte Wofford fest, der das Werk der Zerstörung mit zufriedenem Blick betrachtete.

»Da die nächste Feuerwehr vermutlich mindestens hundertfünzig Meilen entfernt ist, wäre das gut möglich«, erwiderte Gunn. Schwitzend stieg er aus dem überheizten Wagen, dessen Gebläse die anderen getrocknet und wieder aufgewärmt hatte.

Giordino schwang sich hinter ihm heraus, humpelte zu ihm hin und betrachtete das Bild der Verwüstung unter ihnen. Irgendwo im Haus hörten sie Schüsse fallen, dann, ein paar Minuten später, einen einzelnen Schuss.

»Er hätte nicht allein zurückkehren sollen«, sagte Giordino fluchend.

»Niemand hätte ihn aufhalten können«, sagte Gunn. »Er kommt schon klar.« Aber auch er hatte ein mulmiges Gefühl dabei.

Borjin legte die mittelalterliche Armbrust wieder zu seiner Sammlung alter Waffen, trat dann an das zerbrochene Fenster und warf einen kurzen Blick nach draußen. Auf der Rückseite des Hauses strömten Sturzbäche herab, sammelten sich an den Felskanten und schossen dann in einem breiten Wasserfall zu Tal. Weitaus mehr Sorgen bereiteten Borjin die Fluten, die sich im Innenhof stauten und allmählich dem Heiligtum näherten. Erschrocken betrachtete er das Gemäuer. Das eigentliche Gebäude war zwar noch intakt, aber der von einem Bogen überspannte Eingang schien durch das Erdbeben schwer beschädigt.

Ohne Pitt, der auf der anderen Seite des Zimmers am Boden lag, eines weiteren Blickes zu würdigen, stürmte Borjin aus dem Konferenzraum, watete durch das herabströmende Wasser, das seine Füße umspülte, die Treppe hinab und hielt sich mit beiden Händen am Geländer fest. Nur einmal, bei einem Absatz auf halber Höhe der Treppe, blieb er einen Moment lang stehen und neigte den Kopf kurz vor dem Gemälde, das dort hing, dem düsteren Porträt eines kriegerischen Großkhans. Im Untergeschoss stand das Wasser fast hüfthoch, bis er eine Seitentür entriegelte, worauf sich ein eisiger Sturzbach in den Innenhof ergoss. Schwankend und torkelnd wie ein betrunkener Seemann schleppte er sich über den überfluteten Hof zu dem geborstenen Eingang des Allerheiligsten. Er stieg über einen Haufen herabgestürzter Steine, trat in den Fackelschein im Innenraum und stellte erleichtert fest, dass das Wasser auf dem erhabenen Boden nur wenige Zentimeter hoch stand.

Nachdem er sich davon überzeugt hatte, dass die Sarkophage unbeschädigt geblieben waren, musterte er Wände und Decke. Etliche breite Risse zogen sich wie ein riesiges Spinnennetz über die Dachkuppel. Das alte Gemäuer war durch das Erdbeben schwer erschüttert worden. Nervös blickte Borjin zur Decke über dem Katafalk in der Mitte und überlegte, wie er seinen kostbarsten Besitz schützen könnte. Den Schatten, der an den flackernden Fackeln vorbeihuschte, nahm er gar nicht wahr.

»Ihre Welt zerbricht, Borjin. Und Sie gehen mit ihr unter.«

Der Mongole fuhr herum, erstarrte dann, als hätte er ein Gespenst gesehen. Pitts Geist, aus dessen Brust der Armbrustbolzen ragte, stand auf der anderen Seite des Raumes, unheimlich anzuschauen. Der 45er Colt, den er mit ruhiger Hand auf Borjin gerichtet hatte, wirkte allerdings ganz und gar nicht übernatürlich. Borjin starrte ihn nur verständnislos an.

Pitt ging auf einen der Marmorsarkophage an der Seitenwand des Grabmals zu und richtete die Waffe darauf. »Schön, dass Sie Ihre Angehörigen um sich haben. Ihr Vater?«, fragte er.

Borjin, der beim Ablick des Toten, der ihn da ansprach, sichtlich um Fassung rang, nickte stumm.

»Ihr Vater hat dem britischen Archäologen zwar die Karte vom Grab des Dschingis Khan gestohlen«, sagte Pitt, »aber er hat es trotzdem nicht gefunden.«

Borjin zog die Augenbrauen hoch. »Man Vater erhielt Hinweise auf den ungefähren Standort des Begräbnisstätte. Doch nur mit Hilfe moderner Technologie konnten wir das eigentliche Grab finden.«

»Von Wachters akustisch-seismisches Gerät.«

»So ist es. Mit einem Prototyp entdeckten wir das Grab. Weitere Verbesserungen, die wir an dem Gerät vornahmen, zeitigten dann höchst bemerkenswerte Ergebnisse, wie Sie ja selber erleben durften.« Aus seinen Worten triefte förmlich der Spott, während er die Kammer nach einer Waffe absuchte.

Langsam trat Pitt in die Mitte des Raumes und legte die freie Hand auf den Granitsarkophag, der dort auf einem Piedestal stand. »Dschingis Khan«, sagte er. Trotz aller Müdigkeit, und obwohl er durchgefroren war, stellte er zu seinem eigenen Erstaunen fest, dass er großen Respekt vor dem alten Kriegsherrn hatte. »Ich nehme an, das mongolische Volk wird nicht gerade begeistert sein, wenn es erfährt, dass Sie ihn in Ihrem Hinterhof verwahrt haben.«

»Das Volk der Mongolei wird Freudenfeste feiern – im Morgendämmer neuer Eroberungen«, erwiderte Borjin mit schriller, sich überschlagender Stimme. »Im Namen Temujins werden wir uns gegen die Narren dieser Welt erheben und unseren alten Ruhm und unsere Vormacht wieder herstellen.«

Er hatte seinen Sermon kaum beendet, als ein tiefes Grollen durch die Kammer hallte. Ein paar Sekunden lang schwoll es an, dann verklang es in einem lauten Donnerschlag, als der ganze Nordflügel des Hauses beziehungsweise das, was noch von ihm übrig gewesen war, aus dem Fundament gerissen wurde und den Hang hinabrutschte.

Beim anschließenden Aufprall wurde das ganze Anwesen bis in die Grundfesten erschüttert, die verbliebenen Trakte des Wohnhauses ebenso wie das Heiligtum. Pitt spürte, wie der Boden des Mausoleums unter seinen Füßen erbebte. Er war vom kalten Wasser ausgelaugt und hielt sich nur mühsam auf den Beinen. Fast hätte er das Gleichgewicht verloren und musste sich am Sarkophag festhalten, um die Waffe weiter auf Borjin zu richten.

Borjin sank auf ein Knie, richtete sich aber wieder auf, als das Grollen und die Erschütterungen nachließen. Er riss die Augen auf, als von oben ein jähes Knacken und Knistern ertönte. Er blickte auf und sah gerade noch, wie ein Stück der Decke herabkam und neben ihm aufschlug.

Pitt drückte sich an den Sarkophag, als der hintere Teil des Gemäuers einstürzte und ein Hagel aus Steinen und Mörtelbrocken herabprasselte. Eine dichte Staubwolke wurde aufgewirbelt, die ihm jede Sicht nahm. Er spürte, wie Teile der Decke auf den Sarkophag neben ihm schlugen, doch er bekam keinen direkten Treffer ab. Dann wartete er ein paar Minuten, bis sich der Staub verzogen hatte, und ließ sich den kühlen Nachtwind übers Gesicht streichen, stand danach auf und sah sich in den Überresten des mittlerweile dunklen Grabmals um. Die ganze hintere Wand und die halbe Decke waren eingestürzt, hinter den Steinhaufen sah er die Scheune und das alte Auto, das dort stand.

Es dauerte ein paar Minuten, bis er Borjin inmitten der Trümmer fand. Nur Kopf und Oberkörper ragten aus dem Geröll, unter dem er begraben war. Pitt trat neben ihn, als er die Augen aufschlug, stumpf und teilnahmslos. Ein Blutfaden rann aus seinem Mund, und Pitt bemerkte, dass sein Nacken seltsam verdreht war. Mühsam richtete er den Blick auf Pitt und funkelte ihn wütend an.

»Warum ... warum sterben Sie nicht?«, stieß Borjin aus.

Die Antwort hörte er nicht mehr. Er gab ein leises Keuchen von sich, ein dumpfes Röcheln tief aus der Kehle, dann trübte sich sein Blick. Tolgoi Borjin, zerschmettert von dem Monument, das für den Aufbruch zu neuen Eroberungszügen stehen sollte, starb im Schatten des Dschingis Khan eines raschen Todes.

Mitleidlos musterte Pitt den Leichnam, dann senkte er langsam den Colt. Er zog den Reißverschluss an der Brusttasche seiner Jacke auf und schaute hinein. Die dicke Bedienungsanleitung für das seismische Gerät, die Gunn dort verstaut hatte, war von dem Armbrustbolzen durchbohrt, der sämtliche Seiten durchschlagen hatte und sogar in das Klemmbrett aus Metall eingedrungen war. Dies allein musste verhindert haben, dass er sein Herz getroffen und ihn auf der Stelle getötet hatte.

Pitt ging zu Borjin und blickte auf dessen Leichnam hinab.

»Manchmal habe ich eben einfach Glück«, sagte er und beantwortete damit dessen letzte Frage.

Durch den Einsturz des Nordflügels war weiteres Wasser auf

den Innenhof geschwappt. Ein steter Strom umspülte das Grabmal und drohte sich in das baufällige Gemäuer zu ergießen. Es war nur eine Frage der Zeit, bis die Flut den Boden unter dem Mausoleum so aufgeweicht hatte, dass es den Hang hinabrutschte. Das Grabmal des Dschingis Khan würde dabei endgültig zerstört werden, und seine Gebeine wären für alle Zeiten verloren.

Pitt wandte sich um und wollte sich absetzen, bevor das restliche Gemäuer einstürzte, zögerte dann aber, als er einen Blick auf die Scheune hinter dem Grabmal warf. Er wandte sich um und blickte zum Sarkophag des Dschingis Khan, der den Einsturz des Grabmals bislang unbeschadet überstanden hatte. Einen Moment lang fragte er sich, ob er der letzte Mensch war, der den Katafalk sah. Dann fiel ihm etwas ein. Es war eine verrückte Idee, zweifellos, und er musste unwillkürlich grinsen und erschauderte zugleich.

»Na schön, alter Knabe«, murmelte er. »Mal sehen, ob du noch zu einem letzten Eroberungszug fähig bist.«

62

Pitts Füße brannten wie Feuer, aber wenigstens spürte er sie allmählich wieder, als er über die Steinhaufen an der Rückseite des Grabmals stieg. Er schleppte sich zur Scheune und riss ein paar Bretter aus der Wand, schleuderte dann Kisten und Kästen beiseite und bahnte sich einen Weg durch Müll und Trümmer zu seinem Ziel, dem eingestaubten alten Auto.

Es war ein 1921 Rolls-Royce Silver Ghost, ein offener Tourenwagen, dessen Aufbau von dem britischen Karosseriebauer Park Ward stammte. Jahrzehntealter Schmutz und Lehm hatten sich auf der einzigartigen auberginefarbenen Lackierung abgelagert. Die Farbe, mittlerweile längst verblasst, hatte einst ausgezeichnet zu der Motorhaube und den Radkappen aus blank poliertem Aluminium gepasst. Pitt fragte sich, wie es diesen Wagen, früher ein vertrauter Anblick in den Straßen von London, wohl in die Mongolei verschlagen hatte. Dann fiel ihm ein, dass T.E. Lawrence mit einem gepanzerten Rolls-Royce, aufgebaut auf dem Chassis des 1914er Silver Ghost, im Ersten Weltkrieg quer durch die arabische Wüste gegen die Türken zu Felde gezogen war. Vielleicht hatte sich damals bis in die Gobi herumgesprochen, dass dieses Auto unverwüstlich war. Möglicherweise war der aus vorrevolutionärer Zeit stammende Wagen auch das einzige Statussymbol, das die kommunistische Partei Borjins Familie bewilligt hatte.

Für Pitt spielte das keine Rolle. Viel wichtiger war die Kurbel mit dem silbernen Griff, die vorn in dem Auto steckte. Damals war sie ein Notbehelf gewesen, falls die elektrische Zündung ausfiel, aber jetzt hoffte Pitt damit den Wagen anwerfen zu können, auch wenn die Batterie längst leer sein mochte. Vorausgesetzt natürlich, dass der Motor nicht festgefressen war.

Pitt öffnete die Fahrertür auf der rechten Seite und nahm den Gang heraus, dann trat er vor den Wagen und bückte sich, ergriff mit beiden Händen die Kurbel und drückte sie hoch, stemmte sich mit den Beinen ab. Nichts tat sich, aber Pitt versuchte es noch ein zweites Mal, schnaufte und ächzte. Diesmal bewegte sich der Griff ein paar Zentimeter weit. Er ruhte sich kurz aus, probierte es dann ein weiteres Mal, und beim Nachdrücken bekam er die Kurbelwelle frei, spürte, wie sich die Kolben in den sechs Zylindern auf und ab bewegten.

Da er in seinem Hangar in Washington selber eine bescheidene Flotte alter Automobile angesammelt hatte, wusste er um die Tücken beim Anlassen eines Oldtimers. Er setzte sich ans Steuer und stellte mit den am Lenkrad angebrachten Kippschaltern Drosselklappe, Zündzeitpunkt und Drehzahl ein. Dann klappte er die Haube auf und drückte auf einen kleinen Gummibalg, der auf einem Messingbehälter saß, in dem hoffentlich noch Benzin war. Dann kehrte er zur Kurbel zurück und versuchte den Motor per Muskelkraft anzuwerfen.

Bei jeder Umdrehung knirschte und knarrte der alte Sechszylinder, als lechzte er nach einem Tropfen Sprit. Pitt, dem noch immer die Kälte in den Knochen steckte, spürte, wie seine Kräfte schwanden. Doch er zwang sich dazu weiterzumachen, jetzt da er dem Wagen wenigstens hin und wieder ein ersterbendes Winseln entlockte. Dann, beim zehnten Versuch, hustete der Motor auf. Nach einigen weiteren Umdrehungen spotzte er. Pitt, der eiskalte Füße hatte, während ihm zugleich der Schweiß auf der Stirn stand, legte sich noch einmal ins Zeug. Und diesmal drehte die Kurbelwelle durch, das Gemisch aus Luft und Benzin entzündete sich, und tuckernd sprang der Motor an.

Pitt ruhte sich kurz aus, während der alte Wagen warmlief und eine dicke schwarze Qualmwolke aus dem rostigen Auspuff spie. Anschließend stöberte er in der Scheune herum, bis er eine kleine Kiste voller Ketten fand, die er auf den Rücksitz stellte. Dann setzte er sich ans Steuer, legte den ersten Gang ein, ließ die Kupplung kommen und fuhr mit dem Rolls aus der Scheune.

63

Er ist schon über eine Stunde unterwegs«, stellte Gunn mit einem besorgten Blick auf seine Uhr fest.

Er und Giordino standen auf der Anhöhe und betrachteten das Bild der Verwüstung, das sich unter ihnen bot. Das Labor stand in lodernden Flammen, die das ganze Gebäude samt der angrenzenden Garage verschlangen. Schwarzer Qualm hing über dem Gebäude, aus dem Feuerzungen hoch zum Himmel aufschlugen und das Anwesen in gelbes Licht tauchten. Der Nordflügel des Wohnhauses, das auf der anderen Seite des sonst so gepflegten Gartens stand, fehlte, und an seiner Stelle breitete sich strudelndes Wasser aus.

»Lass uns rasch runterfahren«, sagte Giordino. »Vielleicht ist er verletzt und kann nicht laufen.«

Gunn nickte.

Fast eine Stunde war vergangen, seit sie den Feuerstoß gehört hatten. Pitt hätte längst wieder herauskommen müssen.

Sie gingen zum Auto, als von unten ein dumpfes Grollen ertönte. Diesmal war es kein Erdbeben, das wussten sie, sondern eine Folge der Unterspülung durch das Wasser. Sie blieben stehen, starrten hinab und warteten auf die nächste Katastrophe. Von ihrem Standort aus wirkte es, als stürzte ein Kartenhaus in sich zusammen. Zunächst gerieten die Wände an der Nordseite des Gebäudes ins Wanken, kippten dann um und rissen weitere Teile mit sich. Mit einem mahlenden Knirschen, gefolgt von einem donnernden Krachen, brach der Mittelbau des Hauses zusammen und verschwand im Wasser. Die hohe weiße Turmspitze über dem Portal stürzte herunter und zerbarst in tausend Stücke, die von den Fluten davongetragen wurden. Kurz darauf sahen Pitt und Giordino, wie der übrige Teil des Hauses über die Felskante rutschte und inmitten der aus dem Wasser ragenden Trümmer den Hang hinabgespült wurde. Innerhalb weniger Sekunden war es verschwunden. Nur ein paar Mauerreste des Südflügels standen noch am Rande eines Sturzbaches.

Mit der Zerstörung des Hauses war alle Hoffnung dahin, dass sie Pitt noch lebend finden konnten. Gunn und Giordino wussten, dass niemand im und um das Haus die Katastrophe überstanden haben konnte. Keiner der beiden Männer sagte ein Wort oder rührte sich von der Stelle. Gemeinsam standen sie da und starrten mit finsterer Miene auf den umgeleiteten Fluss, der über das Fundament des Hauses hinwegströmte und über die dahinterliegende Klippe zu Tal stürzte. Das Rauschen des Wildwassers klang, als wollte es mit den knisternden Flammen aus dem Labor darum wetteifern, wer in der Stille der Nacht mehr Lärm erzeugen konnte. Dann meinte Gunn ein weiteres Geräusch zu hören.

»Was ist das?«, fragte er. Er deutete mit dem Finger auf ein paar Überreste des Südflügels, die auf trockenem Boden standen und beim Einsturz des Wohnhauses offenbar stehen geblieben waren. Das surrende Heulen eines hochgedrehten Motors hallte vom dahinterliegenden Hang wider. Gelegentlich hustete und spotzte er, klang aber sonst, als liefe er im roten Bereich. Der Lärm wurde lauter, bis zwei Lichter auftauchten, die sich langsam über den Hügel schoben.

Im Qualm und Flammenschein des brennenden Labors wirkte das sonderbare Ding wie ein riesiger Urzeitkäfer, der aus einem Loch im Boden gekrochen kam. Zwei runde, schummrige Lichter drangen wie große gelbe Augen durch die Dunkelheit. Dahinter erschien ein metallisch glänzender Körper, in Staub und Schmutz gehüllt, den die hinteren Gliedmaßen aufwirbelten. Dann spie das Untier eine weiße Dampfwolke aus, die aus seinem Kopf drang.

Das Wesen, das sich nur mühsam fortbewegte, schob sich schließlich über den Hügel, als müsste es sich jeden Meter erkämpfen. Dann blies eine jähe Bö den Qualm und Staub weg, und im Feuerschein erkannten Gunn und Giordino, dass es sich nicht um ein riesiges Insekt handelte, sondern um den alten Rolls-Royce aus der Scheune.

»Ich kenne nur einen Typen, der in einem solchen Moment eine derart alte Kiste fahren würde«, rief Giordino und stieß einen Jubelruf aus.

Gunn sprang in den Range Rover, raste den Hügel hinab und zurück auf das Anwesen. Als der Rolls von ihren Scheinwerfern erfasst wurde, sahen sie, dass der alte Wagen noch immer kaum vorankam und an seiner hinteren Stoßstange eine straff gespannte Kette befestigt war. Das Auto versuchte irgendetwas auf den Hügel zu ziehen.

Pitt, der im Rolls saß, winkte dem nahenden Range Rover zu und konzentrierte sich dann wieder aufs Fahren. Er hatte noch immer den ersten Gang eingelegt und trat mit dem rechten Fuß das Gaspedal durch. Immer wieder drehten die platten Hinterreifen durch, gruben sich wacker in den Boden und suchten Halt. Doch die Last, die hinten dranhing, war zu schwer, und das alte Auto schien den Kampf zu verlieren. Der überlastete

Motor klopfte laut, als das wenige Wasser, das noch im Kühler gewesen war, verdampfte, und Pitt wusste, dass es nicht mehr lange dauern würde, bis sich die Kolben festfraßen.

Plötzlich sah er Giordino neben sich auftauchen, der den Türpfosten ergriff und ihm lächelnd zuzwinkerte. Trotz des bandagierten Beins legte er sich mit aller Kraft ins Zeug und schob den Wagen an. Dann kamen Gunn, Wofford und auch Theresa, verteilten sich rund um den Wagen und halfen ihm dabei.

Mit vereinten Kräften konnten sie den Wagen, der in den letzten Zügen lag, ein Stück voranbewegen, dann machte er jäh einen Satz nach vorn. Zehn Meter dahinter holperte ein großer Granitblock über die Hügelkuppe und schlitterte dann weiter, als der Wagen unverhofft Fahrt aufnahm. Pitt tuckerte zu einem trockenen Fleck und stellte den Motor ab, der erst eine weiße Dampfwolke ausstieß und dann erstarb.

Als sich der Dampf verzog, sah Pitt, dass er von einem Dutzend Wissenschaftlern und Technikern sowie ein, zwei Wachmännern umringt war, die den Kampf gegen das Feuer aufgegeben hatten und nachsehen wollten, was es mit dem Motorengeräusch auf sich hatte. Vorsichtig stieg er aus und trat zum Heck des Autos. Giordino und die anderen standen bereits um den an der Kette hängenden Block und berichteten ihm, dass er das Abschleppmanöver heil überstanden hatte.

Pitt fürchtete um ihre Sicherheit, als die Meute näher rückte, und griff zu seinem 45er. Doch er brauchte sich keine Sorgen zu machen.

Als die Wissenschaftler und Wachen sahen, dass der Sarkophag des Dschingis Khan aus den Fluten gerettet worden war, brachen sie in Jubelrufe aus und applaudierten ihm.

Eine Reise ins Paradies

GRABMAL DES DSCHINGIS KHAN

64

Der in Diensten der US Navy stehende Kreuzer *Anzio* ging von seiner Station vor der Küste der Vereinigten Arabischen Emiraten, hundert Meilen tief in der Straße von Hormus, auf Nordkurs und steuerte dann quer über den Persischen Golf. Der Aegis-Kreuzer der Ticonderoga-Klasse war zwar bei Weitem nicht das größte Schiff in diesen Gewässern, mit Sicherheit aber eines der gefährlichsten. Mit seinem Phasenradar, das in den hohen Aufbauten untergebracht war, vermochte er jedes feindliche Schiff, Flugzeug oder Fahrzeug im Umkreis von zweihundert Meilen aufzuspüren und als Ziel zu erfassen. Auf einen Knopfdruck hin konnte eine von hunderteinundzwanzig Tomahawk- oder Standardraketen aus den vertikalen Startrampen unter Deck abgeschossen werden, die den angepeilten Angreifer innerhalb von Sekunden zerstörte.

Das Hightech-Arsenal wurde vom Combat Information Center, der Kampfleitzentrale, aus bedient, einem dunklen Kontrollraum tief im Innern des Schiffes. Im schummrigen Licht der blauen Deckenlampen musterte Captain Robert Buns einen von mehreren großen Projektionsschirmen an der Wand. Die umliegende Golfregion war in bunten Farben dargestellt und mit diversen geometrischen Figuren und Symbolen überlagert, die in Zeitlupe über den Monitor tanzten. Jedes Symbol stand für ein Schiff oder Flugzeug, das vom Radar erfasst wurde. Eine Figur, ein rot hervorgehobener Punkt, schob sich von links nach rechts in die Straße von Hormus, quer über den Kurs des Schiffes.

»Zwölf Meilen bis zum Abfangen, Sir«, meldete ein Matrose, einer von mehreren Elektronikexperten, die an den Computerstationen der Leitzentrale saßen.

»Auf Kurs bleiben«, erwiderte Buns. Er war ein gewissenhafter, aber stets auch zu einem Witz aufgelegter Offizier, der von seiner Besatzung verehrt wurde, und hatte seinen derzeitigen Einsatz am Golf bislang genossen. Abgesehen davon, dass er seine Frau und die beiden Kinder vermisste, empfand er den Dienst in arabischen Gewässern als eine willkommene Herausforderung und aufgrund der gelegentlichen Gefahren auch als eine erfrischende Abwechslung.

»In drei Meilen dringen wir in iranische Gewässer ein«, warnte ein junger Kampfleitoffizier, der neben ihm stand. »Die wollen sich eindeutig unter der iranischen Küste in Sicherheit bringen.«

»Ich glaube nicht, dass die Iraner nach dem Vorfall bei der Insel Khark bereit sind, ihnen Unterschlupf zu gewähren«, erwiderte Buns. »Pat, ich denke, ich schau mir die Sache von der Brücke aus an. Sie übernehmen das CIC.«

»Aye, Captain. Wir bleiben auf alle Fälle in Verbindung.«

Buns verließ die abgedunkelte Kommandozentrale und begab sich auf die Brücke, die in gleißenden Sonnenschein getaucht war, der sich auf dem Wasser des Golfs spiegelte. Ein dunkelhaariger Offizier stand neben dem Ruder, hatte ein Fernglas angesetzt und beobachtete ein schwarzes Schiff, das vor ihnen durchs Meer pflügte.

»Ist das unser Ziel, Commander?«, fragte der Captain.

Commander Brad Knight, der leitende Nachrichtendienstoffizier der *Anzio*, nickte.

»Ja, Sir, das ist ein Bohrschiff. Die Luftaufklärung hat bestätigt, dass es sich um die *Bayan Star* aus Kuala Lumpur handelt. Das gleiche Schiff, das unsere Satelliten kurz vor den Erdbeben bei Ras Tanura und Khark erfasst haben.«

Knight blickte auf das Vorderdeck des Kreuzers hinab und sah einen Trupp Marineinfanteristen in Kampfanzügen, die zwei Zodiac-Boote bereitmachten.

»Das Enterkommando scheint so weit zu sein, Sir.«

»Tja, mal sehen, ob die *Bayan Star* mitspielt.«

Buns ging zu einem Funker, der vor seinem Gerät saß, und erteilte einen kurzen Befehl. Daraufhin funkte der Kreuzer das Bohrschiff an, erst auf Englisch, dann auf Arabisch, und forderte es auf, beizudrehen, die Maschinen zu stoppen und sich von einem Suchtrupp überprüfen zu lassen. Das Schiff reagierte auf keinen der Funksprüche.

»Geschwindigkeit unverändert«, meldete ein Radarbeobachter.

»Ich kann einfach nicht glauben, dass ihnen die Hornets nicht aufgefallen sind«, sagte Knight. Zwei F/A-18 vom Flugzeugträger *Ronald Reagan* hatten das Schiff vorher eine Stunde lang verfolgt und waren ständig im Tiefflug darüber hinweggedonnert.

»Ich glaube, wir müssen das auf die altmodische Tour machen und ihnen einen Schuss vor den Bug setzen«, sagte Buns. Der Kreuzer hatte zwei 12,7-cm-Geschütze, die für diesen Zweck gut geeignet waren – und zu noch viel mehr.

Der Kreuzer schob sich bis auf zwei Meilen an das Bohrschiff heran, als der Radarbeobachter plötzlich rief: »Es wird langsamer, Sir.«

Buns beugte sich vor, warf einen Blick auf das Radarsichtgerät und sah, dass sich der Blip des Bohrschiffs kaum noch in Richtung Südwesten fortbewegte.

»Bringen Sie uns längsseits. Lassen Sie den Durchsuchungstrupp antreten.«

Der schnittige graue Kreuzer blieb auf Nordostkurs und schloss zu dem Bohrschiff auf, bis die beiden Schiffe nur noch durch einen achthundert Meter breiten Streifen Wasser voneinander getrennt waren. Rasch stiegen die Marines in die Zodiacs, die binnen kürzester Zeit ausgebracht wurden. Als sie auf das Bohrschiff zufuhren, wandte sich Knight plötzlich an Buns. »Captain, ich sehe am Heck des Feindes zwei Boote im Wasser. Ich glaube, die Besatzung verlässt das Schiff.«

Buns setzte ein Fernglas an und richtete es auf das Bohrschiff. Zwei Rettungsboote voller Besatzungsmitglieder, die schwarze Overalls trugen, entfernten sich von dem Schiff. Als Buns das Glas herumzog und sich das heruntergekommene Schiff anschaute, sah er gerade noch eine Reihe weißer Rauchwolken aus den unteren Decks quellen.

»Die wollen es versenken«, sagte er. »Ruft das Enterkommando zurück.«

Staunend sah die Besatzung der *Anzio* zu, wie das Bohrschiff binnen kurzer Zeit tiefer ins Wasser sank. Innerhalb weniger Minuten spülten die salzigen Fluten des Persischen Golfes über den Bug hinweg, während das Heck immer höher aufragte, bis das vollgelaufene Schiff mit einem zischenden Ächzen unterging.

Knight schüttelte den Kopf, während er die aufsteigenden Blasen und den Schaum über dem nassen Grab des Schiffes betrachtete.

»Das wird dem Pentagon ganz und gar nicht passen. Die waren ganz scharf darauf, dass wir das Schiff unversehrt lassen. Waren mächtig neugierig auf die Technologie an Bord.«

»Immerhin haben wir die Besatzung«, sagte Buns und nickte zu den beiden Rettungsbooten hin, die freiwillig auf den Kreuzer zuhielten. »Und außerdem kann das Pentagon das Schiff immer noch haben, wenn es so scharf drauf ist. Es liegt bloß neunzig Meter tief in iranischen Hohheitsgewässern«, fügte er grinsend hinzu.

65

Ein frischer Wind strich über die tiefer gelegenen Hänge des Burhan Haldun hinweg und ließ die zahllosen blau-roten mongolischen Flaggen an ihren Masten knattern. Die größte Fahne, ein mächtiges, fünfzehn Meter breites Banner, wehte über einem Mausoleum aus Granit, dessen kunstvoll behauene Fassade von einheimischen Handwerkern erst wenige Tage zuvor in aller Eile fertiggestellt worden war. Das leere Grabmal war von einer großen Schar von Würdenträgern, VIPs und Reportern umlagert, die leise miteinander redeten, während sie auf die Ankunft des künftigen Bewohners warteten.

Plötzlich wurde in der Menschenmenge Getuschel laut und verstummte dann, als sich der Marschtritt schwerer Stiefel näherte. Eine Kompanie mongolischer Soldaten tauchte zwischen den Kiefern auf und marschierte den sanften Hang zu den Wartenden hinauf. Sie waren die Vorhut eines langen Zuges der Ehrengarde, die die Überreste des Dschingis Khan zu seiner letzten Ruhestätte geleitete.

Dschingis Khan war während der Belagerung der nordwestchinesischen Stadt Yinchuan vom Pferd gefallen und ein paar Tage später seinen Verletzungen erlegen. Ein geheimer Trauerzug hatte seinen Leichnam 1227 in die Mongolei zurückgebracht, an die Hänge des Burhan Haldun, wo er bestattet wurde. Nähere Einzelheiten sind jedoch nicht bekannt. Damit seine Feinde nichts von seinem Tod erfuhren und die Grabstätte für alle Ewigkeiten unauffindbar blieb, geleiteten seine Kampfgefährten den Sarg wahrscheinlich in einem unauffälligen, vielleicht sogar streng abgeschirmten Marschzug in die Berge zurück und bestatteten ihn an einem unbekannten Ort. Diesmal, fast achthundert Jahre später, wurde er ohne jede Geheimniskrämerei zu Grabe getragen.

Der Leichnam des mongolischen Feldherrn war eine Woche lang in Ulan-Bator aufgebahrt worden, wo über zwei Millionen Menschen an dem Katafalk vorbeidefilierten, mehr als zwei Drittel der gesamten Bevölkerung des Landes. Aus allen Ecken der Mongolei waren Pilger angereist, um einen Blick auf seinen Sarg zu werfen. Als ihn ein Trauerzug in einem dreitägigen Marsch zu seinem Grabmal ins Kentei-Gebirge geleitete, säumten ebenfalls Tausende von Anhängern den Wegesrand, schwenkten Flaggen und Bilder des alten Heerführers, weinten und winkten, wenn der Wagen mit dem Sarkophag vorbeirollte, als wäre ein lieber Anverwandter gestorben. Zum Abschluss wurde ein nationaler Trauertag und künftiger Feiertag zu seinem Gedenken ausgerufen. An diesem Tag zog die Karawane einen behelfsmäßigen Weg zu einem friedlichen Flecken Erde am Fuße des Kentei-Gebirges empor, wo der Großkhan angeblich zur Welt gekommen war.

Pitt, Giordino und Gunn saßen gemeinsam mit Theresa und Wofford in der vordersten Reihe der Würdenträger, nur ein paar Plätze vom Präsidenten der Mongolei und den hochrangigsten Parlamentariern entfernt. Als sich der Trauerzug näherte, wandte sich Pitt um und zwinkerte einem kleinen Jungen zu, der hinter ihm saß. Nojon und seine Eltern, von Pitt als Ehrengäste eingeladen, blickten sich mit ehrfürchtiger Miene um, und der Junge riss die Augen auf, als der Katafalk des Khans endlich auftauchte.

Dschingis Khans sterbliche Überreste ruhten auf einem gewaltigen Wagen aus Holz, leuchtend gelb bemalt und so prachtvoll, wie es sich für den größten Eroberer, den die Welt je erlebt hatte, geziemt. Ein herrliches Gespann aus acht schneeweißen Hengsten, die ihre Hufe offenbar im Gleichschritt aufsetzten, zog den Granitsarkophag, den Pitt aus den Fluten gerettet hatte und der jetzt mit frischen Lotusblüten bedeckt war.

Eine Schar Lamas, die leuchtend rote Gewänder und gelbe Hüte trugen, bezog schweigend vor dem Grabmal Stellung. Am Fuß der Anhöhe stießen zwei Mönche in ihre *Radongs*, mächtige Hörner, die einen tiefen Brummton von sich gaben, der durchs ganze Tal schallte. Als der dumpfe Widerhall im Wind verklang, stimmten die Lamas ein längeres Trauergebet an, bei dem sie von Trommeln und Tambourins begleitet Weihrauch verbrannten. Anschließend zogen sie schweigend zur Seite, woraufhin ein alter Schamane auftrat. Das Zeitalter des Dschingis Khan war von Mystik geprägt, und der Schamanismus spielte im Leben der Nomaden eine wichtige Rolle. Der grauhaarige Schamane, mit einem wallenden Bart und in Rentierleder gekleidet, tanzte singend um ein großes Feuer, in dem etliche Hammelknochen lagen. Mit einer Beschwörung, die wie ein lauter Klagegesang klang, segnete er die sterblichen Überreste des Großkhans und tat kund, dass sie nun aus dem Land des immer blauen Himmels zur Eroberung der Ewigkeit aufbrächen.

Zum Abschluss der Gedenkfeier wurde der Granitsarkophag in das Mausoleum gerollt, das anschließend von einem Kran mit einem sechs Tonnen schweren polierten Steinblock verschlossen wurde. Die Zuschauer sollten später schwören, dass sie genau in diesem Augenblick ein fernes Donnergrollen gehört hätten, obwohl keine Wolke am Himmel zu sehen gewesen war. Dschingis Khan hatte wieder seine Ruhestätte in den geliebten Bergen seiner Heimat gefunden, und sein Grabmal sollte zu einer Pilgerstätte für Touristen, Historiker und das gesamte mongolische Volk werden.

Als sich die Menschenmenge zerstreute, näherten sich Iwan Korsow und Alexander Sarchow von hinten, wo sie gemeinsam mit dem russischen Botschafter gesessen hatten.

»Wie ich sehe, seid ihr an Land ebenso gute Schatzsucher wie zur See«, sagte Sarchow lachend und schloss Pitt und Giordino in die Arme.

»Das war bloß eine Zugabe. Eigentlich wollten wir nur herausfinden, warum jemand die *Wereschtschagin* versenken wollte«, erwiderte Pitt.

»In der Tat. Übrigens müssen wir unser gemeinsames Forschungsprojekt am Baikalsee noch zu Ende bringen. Die *Wereschtschagin* wird repariert und ist nächsten Sommer wieder einsatzbereit. Ihr beide stoßt doch hoffentlich zu uns.«

»Wir sind dabei, Alexander.«

»Aber nur, wenn es keine weiteren Seiche-Wellen gibt«, warf Giordino ein.

Korsow, der wie üblich übers ganze Gesicht grinste, gesellte sich hinzu.

»Das beeindruckende Ergebnis eines verdeckten Einsatzes, meine Freunde«, sagte er. »Ihr solltet in den Sicherheitsdienst der russischen Föderation eintreten, dort kann man Männer mit euren Fähigkeiten gut brauchen.«

»Ich glaube, mein Boss hätte da ein, zwei Einwände«, erwiderte Pitt lachend.

Der Präsident der Mongolei kam mit ein paar Begleitern auf sie zu. Sarchow verabschiedete sich rasch, und Pitt bemerkte gerade noch, wie sich auch Korsow verstohlen unter die abziehende Menschenmenge mischte. Der Präsident, ein kleiner, eleganter Mann, sprach nahezu akzentfreies Englisch.

»Mr. Pitt, im Namen des mongolischen Volkes möchte ich Ihnen und Ihren Mitarbeitern von der NUMA dafür danken, dass Sie Dschingis Khan gerettet und für die Nachwelt erhalten haben.«

»Ein Mann von derartiger historischer Größe verdient es, ewig zu leben«, erwiderte Pitt und nickte zum Mausoleum hin. »Auch wenn es ein Jammer ist, dass sämtliche Kostbarkeiten aus dem Grab verschollen sind.«

»Ja, es ist eine Tragödie, dass die Schätze des Dschingis Khan an Händler in aller Welt verhökert wurden, nur weil sich Borjin und seine Geschwister bereichern wollten. Vielleicht kann unser Land mit den Einnahmen aus den neu entdeckten Ölvorkommen einen Teil der Altertümer zurückkaufen. Natürlich nehmen die Archäologen an, dass Khubilai Khan, dessen Grab Borjin gottlob nicht finden konnte, mit einem noch größeren Hort bestattet wurde. Und zumindest Khubilai Khan und sein Schatz ruhen noch ungestört in der Mongolei, irgendwo unter diesen Hügeln.«

»Khubilai Khan«, murmelte Pitt, während er das Mausoleum

des Dschingis Khan betrachtete. In die Granitfassade war, wie er erst jetzt bemerkte, ein Wolf eingehauen, dessen Silhouette blau bemalt war.

»Ja, so lautet die Legende. Mr. Pitt, ich möchte mich außerdem persönlich bei Ihnen dafür bedanken, dass Sie das verbrecherische Treiben der Familie Borjin aufgedeckt und uns geholfen haben, ihnen das Handwerk zu legen. Ich habe eine Untersuchung innerhalb meiner Regierung in die Wege geleitet, um das ganze Ausmaß der Korruption festzustellen. Sämtliche Mitwisser und Beteiligten werden ebenso ihrer gerechten Strafe zugeführt werden wie auch Borjin, das verspreche ich Ihnen.«

»Hoffentlich stellt sich Tatiana als Zeugin zur Verfügung.«

»Aber gewiss doch«, erwiderte der Präsident mit einem verschlagenen Grinsen. Tatiana wurde, wie er wusste, in einer alles andere als angenehmen Haftanstalt festgehalten. »Mit ihrer Hilfe und der weiteren Unterstützung Ihrer Begleiter aus der Ölindustrie«, sagte er und nickte zu Theresa und Wofford hin, »werden wir die neu entdeckten Ölvorkommen zum Wohle des mongolischen Volkes fördern.«

»Wird China die Abtretung der Inneren Mongolei nicht widerrufen?«, fragte Gunn.

»Das wäre zu riskant, sowohl außenpolitisch als auch gegenüber den Bewohnern der Inneren Mongolei selbst, die sich größtenteils für eine Trennung von China aussprechen. Nein, die Chinesen werden sich damit begnügen, dass wir ihnen wie vereinbart Erdöl zu einem günstigen Preis verkaufen. Das heißt, bis unsere Pipeline zur russischen Hafenstadt Nachodka fertiggestellt ist.« Der Präsident lächelte und winkte dem russischen Botschafter zu, der ein paar Meter entfernt stand und mit Sarchow plauderte.

»Sorgen Sie bitte dafür, dass die Einnahmen den Menschen zugutekommen, die sie am nötigsten haben«, sagte Pitt.

»Jawohl, wir haben uns Ihren Bundesstaat Alaska zum Vorbild genommen. Ein Teil der Einnahmen wird an jeden Mann, jede Frau und jedes Kind in diesem Land ausgeschüttet werden.

Das übrige Geld wird zum Ausbau des Gesundheits- und Bildungswesens sowie für die Infrastruktur verwendet werden. Borjin hat uns nachdrücklich gelehrt, dass nicht ein Heller aus dem Gewinn in die Hände einer Einzelperson fallen darf.«

»Gut zu wissen. Mr. President, aber um einen Gefallen muss ich Sie noch bitten. Wir haben in der Wüste Gobi ein abgestürztes Flugzeug entdeckt.«

»Der Direktor unseres archäologischen Instituts hat mich bereits informiert. Wir werden umgehend eine Gruppe von Forschern der Nationaluniversität der Mongolei losschicken, die das Flugzeug bergen wird. Die Toten an Bord werden zur Bestattung in ihre Heimatländer überführt.«

»Sie haben es verdient.«

»Es war mir ein Vergnügen, Mr. Pitt«, sagte der Präsident, als ihn ein Berater am Ärmel zupfte. Er drehte sich um und wollte schon weggehen, hielt dann aber inne.

»Fast hätte ich es vergessen«, sagte er zu Pitt. »Ein Geschenk des mongolischen Volkes an Sie. Soweit ich weiß, schätzen Sie so etwas.«

Er deutete den Hang hinab auf einen großen Tieflader, der dem Leichenzug unauffällig in die Berge gefolgt war. Auf der Ladefläche stand ein großer, mit einer Plane verhüllter Gegenstand. Pitt und die anderen sahen, wie zwei Arbeiter hinaufkletterten und die Abdeckung wegzogen. Darunter kam der staubige Rolls-Royce aus Borjins Scheune zum Vorschein.

»Wenn Sie den restaurieren wollen, haben Sie für die nächsten Monate eine schöne Wochenendbeschäftigung«, sagte Wofford, während er den klapprigen Wagen musterte.

»Meine Frau Loren wird begeistert sein«, erwiderte Pitt mit einem teuflischen Grinsen.

»Irgendwann würde ich sie gern mal kennenlernen«, sagte Theresa.

»Wenn Sie das nächste Mal nach Washington kommen. Aber ich nehme an, Sie werden nun einige Zeit in der Mongolei beschäftigt sein.«

»Die Firma hat uns drei Wochen Sonderurlaub wegen der Strapazen gewährt. Wir beide wollen nach Hause fahren und uns eine Weile ausruhen und erholen, bevor Jim und ich zurückkommen.«

Der Blick, den sie Giordino zuwarf, aber auch ihr Tonfall verrieten, dass sich dieses »wir« nicht auf Wofford bezog.

»Ich nehme an, Sie sind nicht unbedingt scharf darauf, in dieser Zeit einen tollen alten Seebär wie Al gesund zu pflegen«, sagte Pitt.

»Das hatte ich eigentlich vor«, erwiderte sie kokett.

Giordino, der sich auf eine Krücke stützte und einen dicken Verband um den Unterschenkel hatte, grinste breit.

»Danke, Boss. Ich wollte schon immer mal die Zuidersee sehen.«

Nachdem sie sich voneinander verabschiedet hatten, schlenderte Pitt den Hang hinab. Gunn stieß zu ihm, und sie näherten sich dem alten Rolls.

»Der mongolische Energieminister hat mir gerade berichtet, dass der Ölpreis heute wieder um zehn Dollar gefallen ist«, sagte er. »An den Märkten glaubt man endlich die Nachricht, dass das Avarga Oil Consortium aus dem Verkehr gezogen wurde und nicht mehr mit weiteren Erdbeben gerechnet werden muss. Experten sagen sogar voraus, dass der Preis infolge der neuen Ölvorkommen in der Inneren Mongolei weiter nachgeben und sich auf einem Stand wie vor den Störfällen am Persischen Golf einpendeln wird.«

»Dann ist die Ölpanik also vorbei und eine weltweite Wirtschaftskrise abgewendet. Vielleicht lernen die Wirtschaftsmächte endlich mal die Lektion und konzentrieren sich ernsthaft auf die Erforschung erneuerbarer Energiequellen.«

»Das tun sie erst, wenn es unbedingt sein muss«, sagte Gunn. »Zufällig habe ich erfahren, dass man im Pentagon nicht allzu erfreut darüber ist, dass alle drei seismischen Geräte von Wachter zerstört wurden, nachdem auch das letzte im Golf versunken ist.«

»Dafür kann die NUMA nichts.«

»Stimmt. Es war reines Glück, dass Summer und Dirk auf Hawaii auf Borjins Bruder und das zweite Gerät gestoßen sind. Beziehungsweise er auf sie gestoßen ist. Wenn das Schiff wie geplant nach Valdez gefahren wäre und die Alaska-Pipeline beschädigt hätte, wäre wirklich der Teufel los gewesen.«

»Das war wegen des chinesischen Schiffswracks, das Summer entdeckt hatte. Aus irgendeinem Grund hat sie das angelockt«, sagte Pitt. Er wirkte einen Moment lang geistesabwesend, während er in Gedanken die möglichen Zusammenhänge durchging. Dann funkelten seine grünen Augen auf einmal auf.

Gunn, der sich auf die unmittelbaren Anforderungen seiner Regierung konzentrierte, nahm es nicht wahr.

»Nicht nur die drei seismischen Geräte wurden zerstört, sondern auch von Wachters Forschungsunterlagen. Offenbar hatte Borjin das gesamte Material des Professors im Laborgebäude aufbewahrt, das jetzt nicht mehr als ein Haufen Asche ist. Damit ist nichts übrig geblieben, anhand dessen jemand diese Technologie nachbauen könnte.«

»Ist das so schlimm?«

»Vermutlich nicht. Aber mir wäre wohler zumute, wenn ich wüsste, dass *wir* diese Erfindung in Händen hätten und nicht jemand wie Borjin.«

»Das muss jetzt unter uns und dem Auto bleiben«, sagte Pitt. »Aber ich weiß zufällig, dass die Betriebsanleitung, die du aus dem Labor mitgenommen hast, Flut und Flammen überstanden hat.«

»Die Anleitung ist noch da? Sie wäre eine große Hilfe, falls jemand Wachters Gerät nachbauen will. Hoffentlich ist sie gut aufgehoben.«

»Ich habe einen sicheren Aufenthaltsort gefunden.«

»Weißt du das genau?«, fragte Gunn.

Pitt ging zum Heck des Rolls und öffnete einen großen Lederkoffer, der auf den Gepäckständer des Wagens montiert war. Am Boden des muffigen Behältnisses lag die Bedienungsanleitung für das seismische Gerät, in der noch immer der Armbrustpfeil steckte.

Gunn stieß einen leisen Pfiff aus, legte dann die Hände über die Augen und wandte sich ab.

»Ich habe nichts gesehen«, sagte er.

Pitt verschloss den Koffer wieder und untersuchte dann seelenruhig den ganzen Wagen. Im Westen zog eine dunkle Wolkenbank auf, die rasch näher kam. Die übrigen Gäste, die noch am Grabmal verweilten, begaben sich eilig zu ihren Fahrzeugen, um dem bevorstehenden Regenguss zu entgehen.

»Ich glaube, wir sollten uns lieber auf den Weg machen«, sagte Gunn und lotste Pitt zu einem gemieteten Jeep, der am Fuß des Hügels stand. »Zurück nach Washington?«

Pitt blieb stehen und warf einen letzten Blick auf das Mausoleum des Dschingis Khan. Dann schüttelte er den Kopf.

»Nein, Rudi, fahr du schon mal voraus. Ich komme in ein paar Tagen nach.«

»Willst du noch ein bisschen hier bleiben?«

»Nein«, erwiderte Pitt mit versonnenem Blick. »Ich gehe auf Wolfsjagd.«

66

Die warme Tropensonne brannte auf das Deck der *Mariana Explorer*, als sie den felsigen Lavafinger von Kahakahakea Point umrundete. Bill Stenseth, der Kapitän des NUMA-Schiffes, ließ die Maschinen drosseln, als es in die mittlerweile vertraute Bucht bei der Keliuli Bay stieß. An Backbord voraus sah er eine rote Markierungsboje auf dem Wasser schaukeln. Zwanzig Meter tiefer lagen die zermalmten Überreste des Bohrschiffs von Avarga Oil, teilweise unter einem Haufen Lavabrocken begraben. Da die Bucht immer seichter wurde, ließ er die Maschinen stoppen und den Anker werfen.

»Keliuli Bay«, rief er aus und drehte sich zur Rückseite der Brücke um.

Dort saß Pitt an einem Kartentisch aus Mahagoni und studierte mit Hilfe einer Lupe eine Küstenkarte von Hawaii. Neben der Karte lag das zusammengerollte Gepardenfell, das er aus Leigh Hunts zu Bruch gegangener Fokker in der Wüste Gobi geborgen hatte. Pitts Kinder, Summer und Dirk, standen daneben und blickten ihm über die Schulter.

»Das ist also der Tatort«, sagte der ältere Pitt, stand auf und sah aus dem Fenster. Er reckte die Arme hoch und gähnte, war hundemüde, nachdem er erst kurz zuvor von Ulan-Bator über Irkutsk und Tokio nach Honolulu geflogen war. Die warme, feuchte Luft fühlte sich herrlich an, nachdem er kurz vor dem Abflug in der Mongolei einen spätsommerlichen Kälteeinbruch mit vereinzelten Schneeschauern erlebt hatte.

Pitts Rückkehr nach Hawaii war aber auch mit einer gewissen Wehmut verbunden, die sich während seines Aufenthalts in Honolulu noch verstärkt hatte. Da er drei Stunden auf den Anschlussflug nach Hilo warten musste, mietete er sich einen Wagen und fuhr über die Koolau Mountains zur Ostküste von Oahu. An einer Seitenstraße in der Nähe des Kailua Beach spazierte er auf einen kleinen Friedhof mit Blick auf den Ozean. Es war eine gepflegte Anlage mit viel Grün, umgeben von üppigen Laubbäumen. Er schlenderte über das Gelände, schritt eine Reihe nach der anderen ab und musterte die Grabsteine. Unter den Schatten spendenden Zweigen eines blühenden Jasminbaums fand er schließlich das gesuchte Grab.

Summer Morgan, seine erste und größte Liebe, die Mutter seiner Kinder, war erst vor Kurzem gestorben. Pitt hatte keine Ahnung gehabt, dass sie überhaupt noch gelebt und nach einem Unfall, bei dem sie entstellt und verkrüppelt wurde, ein abgeschiedenes Dasein geführt hatte. Er war davon überzeugt gewesen, dass sie schon vor Jahrzehnten umgekommen war, hatte all die Jahre über versucht, sie zu vergessen, bis plötzlich seine beiden erwachsenen Kinder vor seiner Tür standen. Mit einem Mal waren die alten Gefühle wieder da gewesen, und er hatte sich voller Schmerz gefragt, ob sein Leben anders verlaufen wäre, wenn er gewusst hätte, dass sie noch lebte und ihre Zwillinge aufzog. Mittlerweile hatte er die Kinder ins Herz geschlossen – und er hatte Lori, seine jetzige Frau. Doch die Trauer blieb, durchsetzt mit Ärger über die verlorene Zeit.

Mit einem bleiernen Gefühl, das ihm schwer auf der Brust lastete, sammelte er eine Handvoll zarter Jasminblüten ein und verstreute sie behutsam über dem Grab. Eine ganze Weile stand er wehmütig dort und starrte hinaus aufs Meer. Die sanft wogenden Wellen seiner anderen Liebe, der See, halfen ihm über den Schmerz hinweg. Er war müde und ausgelaugt, als er den Friedhof wieder verließ, aber zugleich voller neuer Hoffnung.

Als er jetzt mit seinen Kindern auf der Brücke stand, wurde ihm beim Gedanken daran, dass ein Teil von Summer noch immer lebte, warm ums Herz. Seine alte Abenteuerlust meldete sich zurück, und er konzentrierte sich wieder auf das geheimnisvolle Wrack.

»Bei der Markierungsboje hat Summer das Bohrschiff auf Grund gesetzt«, sagte Dirk lächelnd und deutete aus dem Fenster. »Das chinesische Wrack liegt fast genau in der Mitte der Bucht.« Er zog den Arm nach rechts.

»Die Artefakte stammen laut Datierung aus dem dreizehnten Jahrhundert?«, fragte Pitt.

»Alles deutet darauf hin«, erwiderte Summer. »Die Keramiken, die wir geborgen haben, stammen aus der späten Song- oder frühen Yüan-Dynastie. Bei den Holzproben stellte man fest, dass sie von einer Ulme herrühren, die etwa um das Jahr 1280 gefällt wurde. Die berühmte chinesische Werft in Longjian hat Ulmen zum Bau ihrer Schiffe verwendet, was ein weiterer eindeutiger Hinweis ist.«

»Die geologischen Aufzeichnungen aus der Gegend geben auch einiges her«, sagte Dirk. »Da das Wrack von einem Lavastrom erfasst wurde, haben wir die historisch belegten Vulkanausbrüche auf der Hauptinsel abgecheckt. Der Kilauea ist zwar der bekannteste und aktivste Vulkan, aber auch der Hualalai und der Mauna Loa waren in der jüngeren Vergangenheit nicht gerade untätig. Der Mauna Loa, von uns aus der nächste, ist in den letzten hundertfünfzig Jahren sechsunddreißig Mal ausgebrochen. In den Jahrhunderten davor hat er zahllose Lavaströme ausgeschieden. Einheimische Geologen haben Holzkohleproben, die unter den Lavafeldern gefunden wurden, per Radiokarbonmethode datiert. Eins der Kohlestücke, von der benachbarten Pohue Bay, ist etwa achthundert Jahre alt. Wir wissen nicht genau, ob die Lavaströme, die sich in die Bucht ergossen und unser Schiff unter sich begraben haben, von diesem Ausbruch stammen. Aber ich gehe jede Wette ein, dass es genau so ist. Wenn ja, dann ist unser Schiff spätestens 1300 nach Christus hier gewesen.«

»Stimmt das in etwa mit deinem geheimnisvollen Gepardenfell überein?«, fragte Summer.

»Das lässt sich nicht datieren, aber die Reise, die darauf dargestellt ist, weist ein paar sehr interessante Parallelen auf«, erwiderte Pitt. »Das Flaggschiff ist eine mächtige viermastige Dschunke, was aufgrund des Ruders, das Dirk und Jack entdeckt haben, von der Größe her zu eurem Schiff passen würde. Leider gibt's keinen Begleittext zu den Bildern. Auf dem Fell stehen nur ein paar entzifferbare Wörter, die übersetzt so viel wie ›Eine lange Reise ins Paradies‹ lauten.«

Pitt setzte sich und musterte noch einmal die Bilder auf der Rückseite des alten Tierfells. Auf einer Reihe von Zeichnungen war eindeutig eine viermastige Dschunke zu sehen, die mit zwei kleineren Begleitschiffen auf große Fahrt ging, bis sie eine Inselgruppe erreichte. Die Inseln waren zwar nur grob umrissen, lagen aber etwa in der gleichen Position zueinander wie die acht größten Eilande des Hawaii-Archipels. Die Dschunke lief der Abbildung zufolge die größte Insel an, wo sie am Fuß einer hohen Klippe ankerte. Das letzte Bildkästchen aber faszinierte Pitt am meisten. Auf ihm war war das vor Anker liegende Schiff zu sehen, und dahinter einige Kisten, die am Strand, unmittelbar unter der Klippe, gestapelt waren. Rauch und Feuer hüllten das Schiff und die ganze Umgebung ein. Pitts besonderes Interesse galt einer brennenden Flagge am Mast der Dschunke.

»Der Vulkanausbruch passt haargenau«, sagte er. »Die Flammen auf der Zeichnung sehen aus, als stammten sie von einem Waldbrand, aber genau das ist das Geheimnis. Es war überhaupt kein Brand, sondern ein Vulkanausbruch.«

»Diese Kisten«, sagte Summer. »Die müssen irgendetwas Wertvolles enthalten, vielleicht eine Art Schatz. Tong beziehungsweise Borjin, wie er deinen Worten zufolge wirklich hieß, wusste etwas über die Fracht des Schiffes. Deshalb hat er auch versucht, das Lavafeld mit einem gezielten Erdbeben aufzubrechen.«

»Ich glaube, die haben sich täuschen lassen«, sagte Dirk. »Der Schatz, wenn es denn einer ist, befand sich gar nicht auf dem Schiff. Wenn die Zeichnung stimmt, wurde die Fracht an Land gebracht und von den Lavaströmen vernichtet.«

»Wurde sie wirklich vernichtet?«, fragte Pitt mit einem verschmitzten Grinsen.

»Wie hätte sie denn die Lava überstehen sollen?«, fragte Summer. Sie nahm die Lupe und betrachtete das letzte Bildkästchen. Dann zog sie die Augenbrauen kurz hoch, als sie die von schwarzem Gestein umgebenen Kisten musterte. Auf und um die Kisten herum waren keine Flammen zu sehen.

»Auf dem Bild brennen sie nicht. Meinst du wirklich, sie könnten den Ausbruch überstanden haben?«

»Ich würde sagen, es wäre eine Überprüfung wert. Los, wir gehen baden und überzeugen uns selbst davon.«

»Aber müssten sie nicht unter Lava begraben sein?«, wandte Dirk ein.

»Hab ein bisschen Vertrauen in einen alten Mann«, sagte Pitt lächelnd und verließ die Brücke.

Dirk und Summer, die immer noch ihre Zweifel hatten, folgten ihrem Vater zum Heck des Schiffes, wo ihre Tauchausrüstung schon bereitlag. Sie luden alles in ein Zodiac, und Jack Dahlgren ließ sie zu Wasser.

»Die erste Person, die eine Ming-Vase findet, bekommt einen Tequila von mir«, frotzelte er, als er das Gummiboot losmachte.

»Vergiss Salz und Limone nicht«, rief Summer zurück.

Pitt steuerte das Zodiac schräg auf die Küste zu und stellte ein paar Meter vor dem Brandungssaum den Motor ab. Dirk warf einen Anker aus, damit es nicht abgetrieben wurde, dann legten alle drei ihre Tauchausrüstung an.

»Wir halten uns parallel zur Küste, so nahe wie möglich an der Brandung«, wies Pitt sie an. »Aber passt auf Brecher auf.«

»Und wonach genau halten wir Ausschau?«, fragte Dirk.

»Nach einer Treppe zum Himmel.« Sein Vater lächelte geheimnisvoll, dann zog er die Taucherbrille übers Gesicht. Er setzte sich auf die Bordwand des Bootes, lehnte sich zurück, ließ sich ins Wasser fallen und verschwand unter einer kleinen Welle. Auch Dirk und Summer rückten ihre Brillen zurecht, schoben sich die Atemregler in den Mund und folgten ihm.

Sie sammelten sich am Grund, in rund fünf Meter Tiefe, wo das Wasser dunkel und trüb war. Die donnernde Brandung wühlte Schlick und Gischt auf, sodass die Sicht nur etwa anderthalb Meter betrug. Summer sah, wie ihr Vater ihr zunickte, sich dann umdrehte und ins Zwielicht vorstieß. Sie schwamm hinter ihm her, wissend, dass ihr Bruder die Nachhut bildete.

Der Meeresboden bestand aus einem zerklüfteten Lavabett, das links von ihr steil anstieg. Selbst unter Wasser wurde sie durch die anbrandenden Wogen stark abgetrieben und musste häufig mit kräftigen Flossenschlägen dagegenhalten, um nicht an eine aufragende Lavawand geworfen zu werden.

Zwanzig Minuten lang folgte sie den Flossen und der Blasenspur ihres Vaters, bis er endgültig im dunklen Wasser vor ihr verschwand. Ihrer Meinung nach mussten sie etwa den halben Küstensaum der Bucht hinter sich haben. Sie nahm sich vor, noch zehn Minuten weiterzuschwimmen, dann aufzutauchen und festzustellen, wo sie sich genau befand.

Sie schwamm am Brandungssaum entlang, als sie spürte, dass

sie von einer großen Welle erfasst und dicht an eine Lavawand getrieben wurde. Als sie sich umdrehte und sich mit ein paar Flossenschlägen entfernen wollte, wurde sie von einer zweiten, noch stärkeren Welle überrascht, die sie in Richtung Küste schob und dann rücklings an die Lava schmetterte, sodass die stählerne Pressluftflasche über den Fels scharrte.

Sie überstand den Aufprall unverletzt, wurde aber weiter gegen die Lava gedrückt, bis die Welle vorüberwogte. Sie wollte gerade wegschwimmen, als sie auf den Felsen über sich einen dunklen Fleck bemerkte. Sie zog sich näher und spähte in die dunkle Röhre, die schräg nach oben, in Richtung Küste führte. Im trüben Wasser konnte sie nicht erkennen, ob es sich nur um ein Loch im Fels handelte, deshalb holte sie eine Taschenlampe aus ihrer Tauchtasche und richtete den Lichtstrahl dort hinein. Er verlor sich im Wasser, ohne auf die gegenüberliegende Wand zu treffen. Die Öffnung führte also ein Stück tiefer in die Wand.

Ihr Herz schlug einen Takt schneller, als ihr klar wurde, dass ihr Vater nach genau so etwas suchte. Sie hielt sich erst am Rand des Loches fest, als eine weitere Welle vorbeiwogte, griff dann nach hinten und schlug mit der Taschenlampe an ihre Pressluftflasche. Ein metallisches Scheppern hallte durchs Wasser.

Fast augenblicklich tauchte Dirk auf, der Summer fragend ansah und dann verwundert die Öffnung musterte, auf die sie deutete. Kurz darauf schwamm auch ihr Vater zu ihnen und schlug Summer spielerisch auf den Rücken, als er den Tunnel bemerkte. Er schaltete seine Taschenlampe an und schwamm hinein, gefolgt von seinen Kindern.

Pitt erkannte sofort, dass es sich um eine Lavaröhre handelte. Die Wände waren glatt und rund, so ebenmäßig, als wären sie von einer Maschine gefräßt worden. Doch dieser Tunnel war durch einen steten Strom heißer Lava entstanden, der an der Oberfläche abgekühlt war und dadurch eine feste Kruste bildete, sodass eine Röhre zurückblieb, nachdem das glutflüssige Gestein im Innern versiegt war. Man hat schon bis zu fünfzehn

Meter breite Lavaröhren entdeckt, die sich über mehrere Kilometer erstrecken. Summers Röhre war dagegen relativ klein und durchmaß nur knapp zwei Meter.

Pitt schwamm rund zehn Meter hinein und stellte anhand seines Tiefenmessers fest, dass sie leicht anstieg. Dann verbreiterte sie sich plötzlich, und er sah gerade noch, wie sich der Strahl seiner Taschenlampe auf irgendetwas spiegelte, bevor er in einem ruhigen Tümpel auftauchte. Er trat Wasser und leuchtete mit der Lampe rundum. Auf drei Seiten ragten senkrechte schwarze Lavawände auf, auf der vierten Seite aber tat sich eine breite Felskammer auf. Pitt paddelte mit ein paar trägen Flossenschlägen zu der Steinkante, als neben ihm die Unterwasserlampen von Dirk und Summer auftauchten. Gemeinsam schwammen sie zu den Felsen und stiegen aus dem Wasser, bevor einer von ihnen seinen Atemregler ausspie und etwas sagte.

»Unglaublich«, sagte Summer. »Eine Höhle, die durch eine Lavaröhre mit der Außenwelt verbunden ist. Allerdings könnte sie eine Klimaanlage brauchen.« Die Luft in der Grotte war feucht und so muffig, dass Summer überlegte, ob sie nicht weiter Pressluft atmen sollte.

»Wahrscheinlich war die Höhle früher einmal viel tiefer und wurde durch die Lava, die den Berghang herabgeströmt ist, von der Außenwelt abgeriegelt«, sagte Pitt. »Reiner Zufall, dass sich an ihrem Eingang eine Lavaröhre gebildet hat.«

Dirk legte seine Pressluftflasche und den Bleigurt ab, dann leuchtete er die Umgebung ab.

»Summer, hinter dir.«

Sie drehte sich um und keuchte auf, als sie nur wenige Schritte hinter sich einen Mann stehen sah, unterdrückte aber einen Schrei, als ihr klar wurde, dass es kein lebender Mensch war.

»Ein Tonkrieger?«, fragte Dirk.

Summer schaltete ihre Lampe an und bemerkte eine weitere Figur, die in der Nähe stand. Beide waren lebensgroß, mit aufgemalten Uniformen und kunstvoll geschwungenen Schwertern.

Sie trat näher und betrachtete sie genauer. Es waren Soldaten mit geflochtenen Haaren und dünnen Schnurrbärten unter den beinahe mandelförmigen Augen.

»Kaiser Qins Terrakottakrieger von Xian?«, sagte Pitt. »Vielleicht aber auch Kopien aus dem dreizehnten Jahrhundert.«

Summer sah ihren Vater fragend an. »Dreizehntes Jahrhundert? Was machen die hier?«

Pitt ging zu den beiden Figuren und bemerkte einen schmalen Pfad, der aus der Lava gehauen war und zwischen ihnen hindurchführte.

»Ich glaube, sie führen uns zur Antwort«, sagte er. Er trat zwischen die Tonkrieger und folgte gemeinsam mit Dirk und Summer dem Pfad, der sich um mehrere Lavawände schlängelte, bis sich auf einmal ein riesiger Raum vor ihnen auftat.

Pitt und seine beiden Kinder blieben auf der Schwelle stehen und richteten ihre Lampen in die Höhle. Eine ganze Armee von Tonfiguren säumte die Wände der Kammer. Jede trug eine schwere Halskette aus Gold oder ein mit Edelsteinen besetztes Amulett. Die Terrakottakrieger umstanden einen weiteren Ring aus Statuen, hauptsächlich lebensgroße Tierfiguren, manche aus Jade oder Stein, andere vergoldet. Rehe grasten hier furchtlos neben mächtigen Falken, und in ihrer Mitte tänzelten zwei weiße Pferde.

Zwischen den Skulpturen standen kleine lackierte Schränkchen und Tische, alle mit Staub überzogen. Auf einem großen Teakholztisch sah Summer ein kunstvoll gearbeitetes Gedeck im Schein ihrer Taschenlampe schimmern. Die Teller, das Besteck und die Trinkkelche, die auf einer Seidendecke standen, waren allesamt vergoldet. Neben dem Tisch befand sich allerlei Zierrat aus Gold und Silber, teilweise mit arabischen Buchstaben und chinesischen Schriftzeichen versehen. Auf anderen Tischen sah sie Spiegel, verschiedene Kästchen und Kunstgegenstände, die mit funkelnden Edelsteinen besetzt waren. Summer trat vor ein Schränkchen, auf dem in leuchtenden Farben gemalte Schlachtszenen prangten, und zog eine Schublade auf. Das mit

Seide ausgekleidete Behältnis war voller Schalen mit Bernstein, Saphiren und Rubinen.

Die Skulpturen und Edelsteine interessierten Pitt nicht. Er blickte zum Mittelpunkt der Höhlenkammer hin, wo ein langer Holzkasten auf einem steinernen Piedestal stand. Er war leuchtend gelb bemalt und auf allen Seiten mit kunstvollen Schnitzerien verziert. Pitt trat näher heran und richtete seine Lampe auf den Deckel. Ein ausgestopfter Gepard, die Fänge gefletscht, eine Pranke zum Zuschlagen erhoben, schien ihn förmlich anzufauchen. Er leuchtete die Platte ab, auf der die Raubkatze stand, und lächelte, als er die Abbildung sah. Ein großer Wolf, blau bemalt, prangte auf dem Deckel des Sarkophags.

»Darf ich vorstellen, Khubilai Khan, der verstorbene Kaiser des Yüan-Reiches«, sagte er.

»Khubilai Khan«, flüsterte Summer und riss die Augen auf. »Das kann nicht sein.«

»Ich dachte, der wäre irgendwo in der Nähe von Dschingis begraben«, sagte Dirk.

»Einer weit verbreiteten Legende zufolge. Aber die Geschichte schien mir nicht recht zu stimmen. Borjin konnte mit seinem seismischen Gerät das Grab von Dschingis Khan aufspüren, aber Khubilai hat er nicht gefunden. Der soll aber angeblich in der gleichen Gegend begraben sein. Dann taucht euer Dr. Tong hier auf, verschiebt seinen eigentlichen Auftrag, den Anschlag auf die Alaska-Pipeline, nur um sich ein Schiffswrack anzusehen? Da ging es offensichtlich um etwas viel Verlockenderes, etwas, auf das die Borjins den größten Wert legten. Ich nehme an, sie haben in der Mongolei Khubilais leeres Grab entdeckt oder sind auf irgendeinen anderen Hinweis gestoßen, dass er woanders bestattet wurde.«

»Mir ist immer noch nicht klar, wieso uns das hierherführt«, sagte Summer.

»Die Geschichte steht auf dem Gepardenfell. Es wurde in Shang-tu gefunden, folglich musste es in irgendeinem Zusammenhang mit Khubilai stehen. Man weiß, dass der Kaiser abgerichtete Geparden besaß, mit denen er auf die Jagd ging. Folglich könnte das Fell von einem seiner Schoßtiere stammen. Wichtiger aber ist, dass das Gepardenfell zusammen mit einer auf Seide gemalten Landkarte ausgegraben wurde, auf der angeblich der Standort von Dschingis Kahns Grab dargestellt ist. Borjins Vater hat diese Seidenkarte in seinen Besitz gebracht, und Borjin hat selber zugegeben, dass sie ihm auf der Suche nach dem Grab geholfen hat. Aus irgendeinem Grund hat man seinerzeit die Bedeutung der Bilder auf dem Gepardenfell nicht erkannt. Der blaue Wolf war für mich der Knackpunkt.«

»Was für ein blauer Wolf?«, fragte Summer.

»Ein Erkennungszeichen«, sagte er und deutete auf das Bild, das auf den Deckel des Sarkophags gemalt war. »Das war das Wappentier der kaiserlichen Großkhane und stammt ursprünglich von Dschingis Khan. Wenn ihr euch das Gepardenfell genau anschaut, seht ihr auf dem letzten Bild ein Banner mit einem blauen Wolf am Mast der brennenden Dschunke. Dies wurde aber nur in Gegenwart des Großkhans gesetzt. Euer Wrack, das zu den Darstellungen eines kaiserlichen Schiffes passt, das von China aus in See sticht, wurde der Datierung zufolge fünfzig Jahre nach Dschingis Khans Tod gebaut. Er kann diese Fahrt also nicht unternommen haben. Nein, aber der Datierung nach stammt es aus der Zeit, als Khubilai Khan regierte. Und starb. Auf dem Gepardenfell ist die letzte Reise des Khubilai Khan dargestellt. Das ist sein Geheimnis.«

»Aber aus welchem Grund hat man ihn nach Hawaii gebracht?«, fragte Summer, während sie den Lichtstrahl ihrer Taschenlampe über den Sarkophag streichen ließ. Er fiel kurz auf einen knotigen Holzstab, der am Fußende des Sarges lehnte. Sie bemerkte eine Kette aus Haifischzähnen, die um den abgewetzten Griff hing.

»Seine letzten Jahre waren nicht leicht. Vielleicht wollte er mit seiner ›Reise ins Paradies‹ zu einem Jenseits an fernen Gestaden aufbrechen.«

»Dad, woher hast du gewusst, dass sein Grab den Vulkanausbruch überstanden hat und wir es finden können?«, fragte Dirk.

»Derjenige, der das Gepardenfell bemalte, hatte das Grabmal und die Schätze gesehen, und er wusste also, dass sie die Lavaströme überstanden haben, sonst stünden die Kisten ebenfalls in Flammen. Was den Zugang betrifft, da habe ich geraten. Der Meeresspiegel ist heute höher als vor achthundert Jahren, deshalb habe ich mir gedacht, dass der Eingang möglicherweise unter Wasser liegt.«

»Das hier müssen die Schätze sein, die er im Laufe seiner lebenslangen Eroberungszüge angehäuft hat«, sagte Dirk, der angesichts der schieren Masse an Kostbarkeiten um sie herum wie vom Donner gerührt war. »Vielleicht wurde ein Teil dieser Sachen schon zu Zeiten Dschingis Khans zusammengerafft. Die müssen unschätzbar viel wert sein.«

»Das mongolische Volk wurde um den Schatz des Dschingis Khan betrogen. Ich fände es nur gerecht, wenn es den Hort des Khubilai Khan zu treuen Händen zurückerhielte. Ich nehme doch an, dass man am Burhan Haldun noch eine passende Grabstätte findet, wo Khubilai bis in alle Ewigkeit ruhen kann.«

Die Wunderdinge, die sie in diesem geheimen Grabmal sahen, überstiegen jedes Vorstellungsvermögen, und sie ertappten sich dabei, nur noch miteinander zu flüstern, während sie durch die alte Schatzkammer streiften. Im Schein ihrer Taschenlampen flackerten seltsame Schatten, rätselhaft und geheimnisvoll, als erstünde der Geist ferner Zeiten. Als die Strahlen über die schimmernden Wände strichen, musste Pitt an das wahre Xanadu denken und an das ergreifende Gedicht von Samuel Coleridge.

»›Der Schatten der Freudenkuppel / Trieb inmitten der Wogen«, trug er leise vor. »Wo man den Singsang / Von Quelle und Grotten vernahm.‹«

Summer trat zu ihrem Vater und drückte ihm die Hand. »Mama hat uns immer erzählt, dass du ein hoffnungsloser Romantiker bist«, sagte sie lächelnd.

Als die Batterien ihrer Taschenlampen langsam schlappmachten, kehrten Pitt und Summer zum Eingang zurück. Dirk gesellte sich zu ihnen, als sie ein letztes Mal den Blick durch die Kammer schweifen ließen.

»Erst hast du Dschingis Khans Sarkophag gerettet. Jetzt hast du auch noch Khubilai Khan und den kaiserlichen Schatz entdeckt«, sagte er. »Das macht dir so schnell keiner nach.«

Summer nickte. »Dad, manchmal bist du einfach unglaublich.«

Pitt breitete die Arme aus und drückte die beiden Kinder an sich.

»Nein«, erwiderte er mit einem breiten Grinsen. »Manchmal habe ich eben einfach Glück.«